O PACTO

Joe Hill

O Pacto

Tradução
André Gordirro

Rio de Janeiro, 2023

Copyright © 2010 by Joe Hill.
Copyright da tradução © 2023 por Casa dos Livros Editora LTDA. Todos os direitos reservados.
Título original: Horns

Todos os direitos desta publicação são reservados à Casa dos Livros Editora LTDA. Nenhuma parte desta obra pode ser apropriada e estocada em sistema de banco de dados ou processo similar, em qualquer forma ou meio, seja eletrônico, de fotocópia, gravação etc., sem a permissão do detentor do copyright.

Publisher: *Samuel Coto*
Editora executiva: *Alice Mello*
Editora: *Lara Berruezo*
Editoras assistentes: *Anna Clara Gonçalves e Camila Carneiro*
Assistência editorial: *Yasmin Montebello*
Copidesque: *Midori Faria*
Revisão: *João Rodrigues e André Sequeira*
Design de capa: *Guilherme Peres*
Diagramação: *Abreu's System*

Dados Internacionais de Catalogação na Publicação (CIP)
(Câmara Brasileira do Livro, SP, Brasil)

Hill, Joe
 O pacto / Joe Hill ; tradução André Gordirro. – Rio de Janeiro, RJ : HarperCollins Brasil, 2023.

 Título original: Horns.
 ISBN 978-65-6005-029-7

 1. Ficção policial e de mistério (Literatura norte-americana) I. Título

23-155874
CDD-813.0872

Índices para catálogo sistemático:
1. Ficção policial e de mistério : Literatura norte-americana   813.0872

Tabata Alves da Silva – Bibliotecária – CRB-8/9253

Os pontos de vista desta obra são de responsabilidade de seu autor, não refletindo necessariamente a posição da HarperCollins Brasil, da HarperCollins Publishers ou de sua equipe editorial.

HarperCollins Brasil é uma marca licenciada à Casa dos Livros Editora LTDA.
Todos os direitos reservados à Casa dos Livros Editora LTDA.
Rua da Quitanda, 86, sala 218 – Centro
Rio de Janeiro, RJ – CEP 20091-005
Tel.: (21) 3173-1030
www.harpercollins.com.br

Para Leanora — amor, sempre

Satanás é um de nós; muito mais do que Adão ou Eva.
— Michael Chabon, "A respeito dos Dimons e Poeira"

SUMÁRIO

INFERNO	11
BOMBA	67
O SERMÃO INFLAMADO	143
O CONSERTADOR	251
O EVANGELHO SEGUNDO MICK E KEITH	309
Agradecimentos, notas, confissões	384
O diabo na escadaria: um aviso	386
O diabo na escadaria	389

INFERNO

CAPÍTULO UM

IGNATIUS MARTIN PERRISH PASSOU a noite bêbado e fazendo coisas terríveis. Ele acordou na manhã seguinte com dor de cabeça, levou as mãos às têmporas e sentiu uma coisa estranha: um par de protuberâncias pontiagudas e nodosas. Estava passando tão mal — fraco e com os olhos úmidos — que não pensou em coisa alguma, a princípio; a ressaca era forte demais para raciocinar ou se preocupar.

Mas, ao cambalear diante do vaso sanitário, Ig deu uma olhada no espelho acima da pia e viu que chifres brotaram da testa dele enquanto dormia. Ig tropeçou e, pela segunda vez em doze horas, mijou nos próprios pés.

CAPÍTULO DOIS

ELE VESTIU NOVAMENTE O short cáqui — ainda estava usando as roupas do dia anterior — e se inclinou sobre a pia para analisar melhor.

Não pareciam exatamente chifres; cada um era quase tão comprido quanto seu dedo anular: grossos na base, estreitavam-se até uma ponta em forma de gancho. Os chifres estavam cobertos pela pele muito branca de Ig, exceto as extremidades, que tinham um tom de vermelho feio e inflamado, como se estivessem prestes a perfurar a carne. Ele tocou num chifre e sentiu a ponta sensível, um pouco dolorida. Passou os dedos pelas laterais de cada um e sentiu a densidade do osso por baixo da suavidade da pele esticada e firme.

O primeiro pensamento de Ig foi que, de alguma forma, o culpado por aquela desgraça era ele mesmo. Na noite anterior, ele tinha entrado na floresta e ido ao lugar onde Merrin Williams fora morta, depois da velha fundição. As pessoas deixaram lembranças em uma cerejeira-negra doente, cuja casca havia sido arrancada, exibindo o caule. Merrin fora encontrada da mesma maneira, com as roupas arrancadas para mostrar a carne por baixo. Havia fotos dela penduradas delicadamente nos galhos, um vaso de salgueiros, cartões deformados e manchados pela exposição à natureza. Alguém — a mãe de Merrin, provavelmente — deixara uma cruz decorativa com rosas amarelas de náilon presas por grampos e uma Virgem de plástico que sorria com a idiotice beatífica dos retardados mentais.

Ele não suportava aquele sorriso afetado. Não suportava a cruz também, enfiada no lugar onde Merrin sangrou até a morte por causa da cabeça esmagada. Uma cruz com rosas amarelas. Que merda. Era como uma cadeira elétrica com almofadas de estampas florais. Uma piada de mau gosto. Ficava incomodado com o fato de que alguém tivesse deixado Cristo ali. Cristo estava um ano atrasado para fazer qualquer bem. Cristo não estava por perto quando Merrin precisou dele.

Ig arrancou a cruz decorativa e a pisoteou. Sentiu vontade de mijar e o fez em cima da Virgem; no processo, acabou urinando nos próprios pés. Talvez isso tenha sido blasfemo o suficiente para provocar essa transformação. Não, ele achava que havia algo mais. Mas não conseguia se lembrar. Ele tinha bebido muito.

Ele virou a cabeça de um lado para outro enquanto se avaliava no espelho e tocava nos chifres. Quão profundo era o osso? As raízes dos chifres chegavam até o cérebro? Ao pensar nisso, o banheiro escureceu, como se a luz da lâmpada tivesse enfraquecido. A escuridão crescente, porém, estava atrás dos olhos, dentro da cabeça. Ele se segurou na pia e esperou que a sensação de fraqueza passasse.

Foi quando Ig compreendeu. Ele morreria. Óbvio que ele ia morrer. Alguma coisa estava se enfiando no cérebro: um tumor. Os chifres não existiam de verdade; eram metafóricos, imaginários. Um tumor estava devorando o cérebro de Ig e fazendo com que ele visse coisas. E se Ig tinha chegado ao ponto de ver coisas, provavelmente, era tarde demais para salvá-lo.

A ideia de que ele talvez fosse morrer trouxe consigo uma onda de alívio, uma sensação física, como voltar a respirar depois de ficar debaixo d'água por muito tempo. Ig quase se afogou uma vez e sofreu de asma quando criança e, para ele, a satisfação era tão simples quanto respirar.

— Estou doente — falou ele, em tom baixo. — Estou morrendo.

Dizer isso em voz alta melhorou seu humor.

Ele se avaliou no espelho, esperando que os chifres desaparecessem no momento em que sabia que eram uma alucinação, mas não foi o que aconteceu. Os chifres permaneceram. Ig puxou o cabelo com raiva, tentando escondê-los, pelo menos até chegar ao médico, então desistiu quando percebeu como era bobagem tentar esconder algo que ninguém além dele conseguiria de ver.

Ele entrou no quarto com as pernas trêmulas. As roupas de cama tinham sido empurradas para cada lado, e o lençol de baixo ainda exibia a marca amarrotada das curvas de Glenna Nicholson. Ig não se lembrava de ter dormido com ela nem de ter chegado em casa — outra parte perdida da noite. Até aquele momento, Ig pensara que tinha dormido sozinho e que Glenna passara a noite em outro lugar. *Com outra pessoa.*

Eles haviam saído na noite anterior, mas, depois de beber um pouco, Ig começou a pensar em Merrin, uma vez que seu aniversário de morte estava se aproximando. Quanto mais bebia, mais sentia falta de Merrin... e mais consciente ficava de como Glenna era tão pouco parecida com ela. As tatuagens e unhas postiças, a estante cheia de romances de Dean Koontz, os cigarros e a ficha criminal faziam de Glenna a anti-Merrin. Era irritante vê-la sentada do outro lado da mesa; parecia uma espécie de traição estar com ela, embora Ig não soubesse se estava traindo Merrin ou a si mesmo. Finalmente ele teve que fugir — Glenna não parava de estender a mão para acariciar seus dedos, um gesto que pretendia ser carinhoso, mas que por alguma razão o irritou. Ele foi para o banheiro masculino e se escondeu lá por vinte minutos. Quando voltou, encontrou a mesa vazia. Ig ficou sentado bebendo por uma hora antes de entender que Glenna não voltaria e que ele não estava arrependido. Só que, em algum momento da noite, os dois acabaram ali, na mesma cama, a cama que compartilharam naqueles últimos três meses.

Ig ouviu o burburinho distante da TV. Então Glenna estava no apartamento, ainda não tinha ido para o salão. Ele pediria a ela que o levasse de carro ao médico. A breve sensação de alívio diante da ideia de morrer havia passado, e Ig já temia os dias e semanas que viriam: o pai lutando contra as lágrimas, a mãe fingindo ânimo, soro intravenoso, tratamentos, radiação, vômitos descontrolados, comida de hospital.

Ig entrou de mansinho no aposento ao lado, onde Glenna estava sentada no sofá da sala de estar com uma regata do Guns N' Roses e calças de pijama desbotadas. Ela estava curvada para a frente, com os cotovelos apoiados na mesa de centro, enfiando o resto de uma rosquinha na boca. Na frente de Glenna estava a caixa de rosquinhas de supermercado de três dias antes e uma garrafa de dois litros de Coca Diet. Ela estava assistindo a um programa de entrevistas diurno.

Glenna ouviu Ig e deu uma olhada na direção dele, com as pálpebras baixas e o olhar desaprovador, então voltou a encarar a TV. "Meu Melhor Amigo é um Sociopata!" era o tema do dia. Caipiras flácidos se preparavam para jogar cadeiras uns nos outros.

Ela não tinha notado os chifres.

— Acho que estou doente — comentou ele.

— Não venha reclamar comigo — disse ela. — Também estou de ressaca.

— Não. Quero dizer... olhe para mim. Eu pareço bem? — perguntou ele, porque precisava ter certeza.

Glenna virou lentamente a cabeça e observou Ig com os olhos semicerrados. O rímel da noite anterior estava um pouco borrado. Ela tinha um rosto macio, com uma bela aparência redonda, e um corpo macio, com uma bela aparência curvilínea. Quase poderia ter sido modelo, se o trabalho exigisse modelos *plus size*. Ela tinha 25 quilos a mais que Ig. Não que fosse gorda, ele é que era absurdamente magro. Ela gostava de transar por cima e, quando pousava os cotovelos no peito de Ig, conseguia arrancar todo o ar dele, em um ato impensado de asfixia erótica. Ig, que tantas vezes tinha lutado para respirar, sabia de cor todos os famosos que tinham morrido disso. Era um fim surpreendentemente comum entre músicos. Kevin Gilbert. Hideto Matsumoto, provavelmente. Michael Hutchence, com certeza, e não era alguém em quem ele gostaria de estar pensando naquele momento. O demônio interior. Cada um de nós.

— Você ainda está bêbado? — perguntou Glenna.

Quando Ig não respondeu, ela balançou a cabeça e se voltou para a televisão.

Era isso, então. Se Glenna tivesse visto os chifres, teria se levantado gritando. Se ela não os viu, é porque não estavam lá. Os chifres existiam apenas na mente de Ig. Talvez ele se olhasse outra vez no espelho e não os visse. No entanto, Ig percebeu o próprio reflexo na janela, e os chifres ainda estavam lá. Na janela, Ig era uma figura vítrea e transparente, um fantasma demoníaco.

— Acho que preciso ir ao médico — disse ele.

— Você sabe do que *eu* preciso? — indagou ela.

— O quê?

— De outra rosquinha — retrucou Glenna, enquanto se inclinava para a frente a fim de bisbilhotar a caixa aberta. — Será que teria problema se eu comesse outra?

Ig respondeu com uma voz monocórdia que ele mal reconheceu:

— O que a impede?

— Eu já comi uma e nem estou mais com fome. Só estou a fim de comer. — Glenna virou a cabeça e o encarou, os olhos brilhando de uma forma amedrontada e suplicante. — Eu queria comer a caixa inteira.

— A caixa inteira — repetiu ele.

— Nem quero usar minhas mãos. Só quero enfiar a cara e começar a comer. Eu sei que isso é nojento. — Glenna contou as rosquinhas, tocando-as com o dedo. — Seis. Você acha que teria problema se eu comesse mais seis rosquinhas?

Era difícil pensar com aquela sensação de pressão e peso nas têmporas. O que ela estava lhe perguntando não fazia sentido, era outra parte do pesadelo bizarro que o acometera naquela manhã.

— Se você está de sacanagem comigo, pode parar. Já falei que não estou me sentindo bem.

— Eu quero outra rosquinha — disse Glenna.

— Vá em frente. Não estou nem aí.

— Beleza. Se você não se importa — falou ela, então pegou uma rosquinha, partiu-a em três pedaços e começou a comer, enfiando um naco após o outro sem engolir.

Em pouco tempo, a rosquinha inteira estava dentro da boca de Glenna, preenchendo as bochechas. Ela engasgou, então inspirou profundamente e começou a engolir.

Iggy observou, enojado. Ele nunca tinha visto Glenna fazer algo parecido, não tinha visto nada parecido desde o colégio, quando as crianças enojavam as outras no refeitório. Quando ela terminou, respirou um pouco de maneira ofegante e irregular, depois virou a cabeça para trás e olhou para Ig ansiosamente.

— Eu nem gostei. Meu estômago está doendo — disse ela. — Você acha que eu deveria comer outra?

— Por que você comeria outra se seu estômago está doendo?

— Porque eu quero engordar para valer. Não gorda como estou agora. Gorda o suficiente para que você não queira ter algo comigo. — Glenna pôs a língua para fora e tocou com a ponta o lábio superior em um gesto pensativo e ponderado. — Eu fiz uma coisa nojenta ontem à noite. Quero falar com você sobre isso.

Novamente me ocorreu o pensamento de que nada daquilo estava acontecendo de verdade. Se ele estivesse tendo algum tipo de sonho febril, porém, era um sonho persistente, com detalhes convincentes.

Uma mosca andou pela tela da TV. Um carro passou silenciosamente na rua. Um momento se seguiu a outro, de um jeito que parecia se somar à realidade. Ig tinha talento para adição. Matemática foi sua melhor matéria na escola, depois de ética, que ele não considerava uma matéria de fato.

— Acho que não quero saber o que você fez ontem à noite — disse Ig.

— É por isso que eu quero lhe contar. Para deixá-lo enojado. Para lhe dar um motivo para ir embora. Eu me sinto tão mal com o que você passou e com o que as pessoas dizem a seu respeito, mas não aguento mais acordar ao seu lado. Eu só quero que você vá, e se eu lhe contar o que fiz, essa coisa nojenta, então você vai embora e eu ficarei livre novamente.

— O que as pessoas dizem a meu respeito? — indagou ele.

Foi uma pergunta boba. Ig já sabia.

Glenna deu de ombros.

— Tem a ver com o que você fez com Merrin. Que você é um pervertido sexual doentio e coisa e tal.

Ig a encarou, paralisado. Aquilo o fascinou, a maneira como cada coisa que Glenna dizia era pior do que a anterior e como ela parecia estar à vontade para dizê-las. Sem vergonha ou constrangimento.

— Então, o que você queria me contar?

— Eu esbarrei com Lee Tourneau ontem à noite depois que você sumiu. Lembra que Lee e eu tínhamos um lance na época do colégio?

— Lembro — confirmou Ig.

Lee e Ig foram amigos em outra vida, mas tudo aquilo tinha ficado para trás, tudo aquilo havia morrido com Merrin. Era difícil manter amigos íntimos quando se era suspeito de ser um assassino sexual.

— Ontem à noite, na Station House, ele estava sentado a uma mesa nos fundos. Depois que você desapareceu, Lee me pagou uma bebida. Eu não falava com ele havia muito tempo. Esqueci como é fácil conversar com ele. Você conhece Lee, ele não age como se fosse superior. E foi muito legal comigo. Como você não voltou, ele sugeriu que a gente procurasse por você no estacionamento e que, se você tivesse ido embora, me daria carona para casa. Mas então, lá fora, começamos a nos beijar com tesão, como nos velhos tempos, como quando estávamos juntos... e eu me empolguei e chupei Lee lá mesmo, com alguns caras assistindo e tudo o mais. Eu não fazia algo tão louco assim desde que eu tinha dezenove anos e tomava *speed*.

Ig precisava de ajuda. Ele precisava sair do apartamento. O ar estava muito pesado, e os pulmões pareciam apertados e comprimidos.

Ela estava inclinada sobre a caixa de rosquinhas novamente, com uma expressão plácida, como se tivesse acabado de lhe contar que o leite havia acabado ou que estavam sem água quente de novo.

— Será que eu poderia comer mais uma? — perguntou Glenna. — Meu estômago melhorou.

— Faça o que você quiser.

Ela virou a cabeça e encarou Ig com os olhos claros brilhando com uma empolgação fingida.

— Está sendo sincero?

— Estou cagando para isso — retrucou ele. — Coma como uma porca.

Glenna sorriu, covinhas surgiram nas bochechas, então se curvou sobre a mesa e pegou a caixa com uma das mãos. Segurou firme, enfiou o rosto na caixa e começou a comer. Glenna fazia ruídos enquanto mastigava, estalando os lábios e respirando de maneira estranha. Ela engasgou novamente, os ombros se contraíram, mas Glenna continuou comendo, empurrando com a mão livre mais rosquinhas para dentro da boca, embora as bochechas já estivessem inchadas e cheias. Uma mosca zumbiu em torno da cabeça dela, agitada.

Ig passou pelo sofá em direção à porta. Glenna se sentou um pouco, ofegante, e revirou os olhos na direção dele. O olhar dela transmitia pânico, e as bochechas e a boca molhada estavam cheias de açúcar.

— Hmm — gemeu Glenna. — Hmm.

Se ela estava gemendo de prazer ou de sofrimento, ele não sabia.

A mosca pousou no canto da boca de Glenna. Ele viu o inseto ali por um instante, e, de repente, Glenna pôs a língua para fora e pegou a mosca com a mão ao mesmo tempo. Quando baixou a mão, a mosca havia sumido. O maxilar subiu e desceu, transformando tudo dentro da boca em uma pasta.

Ig abriu a porta e saiu rapidamente. Quando a fechou, ela estava baixando o rosto para a caixa novamente... um mergulhador que havia enchido os pulmões de ar e estava mergulhando mais uma vez nas profundezas.

CAPÍTULO TRÊS

ELE DIRIGIU ATÉ A Clínica de Medicina Moderna, onde ofereciam atendimento de emergência. A pequena sala de espera estava quase lotada, fazia muito calor e havia uma criança gritando. Uma garotinha estava deitada no meio da sala, soltando soluços uivantes entre a respiração ofegante. A mãe, sentada em uma cadeira contra a parede, inclinava-se sobre a filha, sussurrando furiosa e freneticamente um fluxo constante de ameaças, imprecações e frases do tipo "comporte-se agora, antes que seja tarde demais". Em certo momento, ela tentou agarrar o tornozelo da filha, e a menina chutou a mão da mãe com um sapato preto de fivela.

As outras pessoas ignoravam com afinco a cena, olhando fixamente para revistas ou para a TV sem som. Estava passando o programa do "Meu Melhor Amigo é um Sociopata!" ali também. Várias olharam para Ig quando ele entrou, algumas de forma esperançosa, talvez fantasiando que o pai da menina tivesse chegado para tirá-la dali e lhe dar uma surra brutal. Mas, assim que o viram, desviaram o olhar, sabendo em um relance que ele não iria ajudar.

Ig desejou ter levado um chapéu. Ele colocou a mão em concha na testa, como se para proteger os olhos de uma luz brilhante, na esperança de esconder os chifres. Se alguém os notou, no entanto, não reagiu.

Na outra extremidade da sala havia uma mulher sentada frente a um computador atrás de uma janelinha. A recepcionista observava a mãe da criança que chorava, mas, quando Ig apareceu diante dela, ergueu o olhar e contraiu os lábios, formando um sorriso.

— Como posso ajudá-lo? — perguntou ela, enquanto pegava uma prancheta com alguns formulários.

— Gostaria que um médico examinasse uma coisa — disse Ig, erguendo ligeiramente a mão para revelar os chifres.

A recepcionista estreitou os olhos e franziu os lábios em uma careta empática.

— Bem, isso não parece normal — retrucou ela, e girou para o computador.

Qualquer que fosse a reação que Ig esperasse — e ele não sabia bem o que esperar — não era essa. A recepcionista reagiu aos chifres como se ele tivesse mostrado um dedo quebrado ou uma erupção na pele... mas *reagiu* a eles. Pareceu tê-los visto. Só que, se a mulher *realmente* os tivesse visto, Ig achava que ela não iria apenas franzir os lábios e virar o rosto.

— Eu só preciso de algumas informações. Nome?

— Ignatius Perrish.

— Idade?

— Vinte e seis.

— Você se consulta com algum médico particular?

— Eu não vou a um médico há anos.

A recepcionista ergueu a cabeça e o encarou com uma expressão pensativa, franzindo as sobrancelhas. Ig pensou que seria repreendido por não fazer exames regulares. A menina soltou um guincho ainda mais alto do que antes. Ig olhou para trás a tempo de vê-la bater no joelho da mãe com um caminhão de bombeiros feito de plástico vermelho, um dos brinquedos empilhados no canto para as crianças brincarem enquanto esperavam. A mãe arrancou o caminhão das mãos da filha. A garota caiu de costas novamente e começou a chutar o ar — como uma barata virada para cima —, berrando com fúria renovada.

— Quero mandar essa pirralha infeliz calar a boca — comentou a recepcionista, em um tom de voz radiante e casual. — O que você acha?

— Tem uma caneta? — perguntou Ig, com a boca seca, e ergueu a prancheta. — Vou preencher isso aqui.

A recepcionista relaxou os ombros e seu sorriso sumiu.

— Claro — respondeu para Ig, e empurrou uma caneta para ele.

Ele deu as costas para a mulher e abaixou o olhar para os formulários presos à prancheta, mas seus olhos não focaram.

A recepcionista tinha visto os chifres, mas não os considerou incomuns. Logo depois, ela disse aquilo sobre a menina que estava chorando e sua pobre mãe: *Quero mandar essa pirralha infeliz calar a boca*. Ela perguntou a ele se achava que não teria problema. Glenna também perguntou se não teria problema em enfiar a cara na caixa de rosquinhas e comer como um porco no cocho.

Ele procurou um lugar para se sentar. Havia exatamente duas cadeiras vazias, uma de cada lado da mãe. Quando Ig se aproximou, a garota puxou fundo dos pulmões um grito estridente que estremeceu as janelas e fez com que alguns na sala de espera se encolhessem. Avançar na direção daquele som era como entrar em um vendaval de dobrar os joelhos.

Enquanto Ig se sentava, a mãe da menina afundou na cadeira e bateu com uma revista enrolada na própria perna — que não era, na opinião de Ig, no que ela realmente queria bater. A menina parecia ter se exaurido com esse último grito e agora estava deitada com lágrimas escorrendo pelo rosto vermelho e feio. A mãe também tinha o rosto vermelho. Ela revirou os olhos e se dirigiu a Ig. Pareceu se fixar brevemente nos chifres dele... e então desviou o olhar.

— Desculpe por tanto barulho — disse ela, tocando a mão de Ig em um gesto de desculpas.

E quando tocou, quando a pele dela roçou a dele, Ig soube que o nome dela era Allie Letterworth e que nos últimos quatro meses ela vinha transando com o instrutor da aula, com quem se encontrava em um motel depois do campo de golfe. Na semana passada, eles caíram no sono depois de uma trepada extenuante, e, como o celular de Allie estava desligado, ela tinha perdido as ligações cada vez mais frenéticas da colônia de férias da filha, indagando onde estava Allie e quando ela iria pegar a menina. Quando Allie finalmente chegou, com duas horas de atraso, a filha estava histérica, com o rosto vermelho, catarro escorrendo do nariz, os olhos injetados. Allie teve que comprar um bicho de pelúcia de sessenta dólares e uma banana split para acalmá-la e comprar seu silêncio; era a única maneira de impedir que o marido descobrisse. Se ela soubesse como uma criança seria uma chatice, nunca teria tido uma.

Ig afastou sua mão da de Allie.

A garota começou a grunhir e a bater os pés no chão. Allie Letterworth suspirou e se inclinou na direção de Ig.

— Se serve de consolo, eu adoraria chutá-la bem no meio dessa bunda mimada, mas estou preocupada com o que todas essas pessoas diriam se eu batesse nela. Você acha que...

— Não — interrompeu Ig.

Ele não entendia por que sabia tanto a respeito dela, mas o fato era que Ig sabia, assim como sabia o próprio número de celular ou endereço. Ele também sabia, com absoluta certeza, que Allie Letterworth não confessaria a um completo estranho que chutaria a bunda mimada da filha. Ela falou aquilo como se estivesse falando consigo mesma.

— Não — repetiu Allie Letterworth, abrindo a revista e deixando que se fechasse. — Creio que não posso fazer isso. Imagino se devo apenas me levantar e sair. Basta deixá-la aqui e ir embora de carro. Eu poderia ficar com Michael, me esconder do mundo, beber gim e foder o tempo todo. Meu marido me processaria por abandono, mas quem se importa? Quem iria querer ter custódia parcial *disso aqui*?

— Michael é seu instrutor de golfe? — perguntou Ig.

Ela assentiu com uma expressão sonhadora, sorriu para ele e disse:

— O engraçado é que eu nunca teria me inscrito nas aulas se soubesse que Michael era crioulo. Antes de Tiger Woods, não havia macacos no golfe, exceto para carregarem os tacos; era um lugar para onde ir e se livrar deles. Você sabe como os negros são, sempre falando foda-se isso ou foda-se aquilo ao celular, e o jeito que eles olham para as mulheres brancas. Mas Michael é educado. Ele fala como um branco. E é verdade o que dizem a respeito de paus negros. Eu transei com um monte de brancos, e nenhum deles era bem-dotado como Michael. — Ela franziu o nariz e completou: — A gente chama de taco de ferro.

Ig se levantou e foi rapidamente até a janela da recepcionista. Ele rabiscou às pressas as respostas para algumas perguntas do formulário e, em seguida, devolveu a prancheta para ela.

Atrás dele, a menina gritou:

— *Não!* Não, eu *não vou* me sentar!

— Eu sinto que *tenho* que dizer alguma coisa para a mãe daquela menina — falou a recepcionista, olhando para a mulher e a filha, sem prestar atenção na prancheta. — Eu sei que não é culpa dela que a filha seja uma fedelha estridente, mas eu queria muito poder dizer uma única coisa.

Ig olhou para a menininha e para Allie Letterworth. Allie estava curvada sobre ela novamente, cutucando a filha com a revista enrolada, sibilando para ela. Ig voltou a encarar a recepcionista.

— Vá em frente — incentivou ele, testando.

A mulher abriu a boca e hesitou, olhando para Ig com certa ansiedade.

— O único problema é que eu não gostaria de começar uma cena.

As pontas dos chifres de Ig pulsaram com um calor repentino e desagradável. Parte dele estava surpresa — e fazia menos de uma hora que ele tinha notado os chifres — que a recepcionista não tivesse cedido imediatamente quando ele deu permissão.

— O que você quer dizer com "*começar* uma cena"? — perguntou, afagando sem parar o pequeno cavanhaque que estava deixando crescer; naquele momento, ele estava curioso para ver se conseguiria convencê-la a fazer aquilo. — É incrível como as pessoas permitem que os filhos se comportem hoje em dia, não é mesmo? Pensando bem, dificilmente dá para culpar a criança se os pais não conseguem ensiná-la a se comportar.

A recepcionista sorriu: um sorriso rígido e grato. Ao vê-lo, Ig sentiu outra sensação disparar pelos chifres, uma empolgação gelada.

Ela se levantou e olhou para a mulher e a menina atrás de Ig.

— Senhora? — chamou a recepcionista. — Com licença, senhora?

— Sim? — disse Allie Letterworth, erguendo o olhar, esperançosa com a possibilidade de a filha estar sendo chamada para a consulta.

— Eu sei que sua filha está muito chateada, mas, já que a senhora não consegue acalmá-la, será que poderia mostrar a porra de um pouco de consideração com o resto de nós e levantar essa bunda gorda da cadeira e levá-la para fora, onde não teremos que ouvir o berreiro dela? — indagou a recepcionista, com o sorriso artificial estampado no rosto.

Allie Letterworth ficou pálida de repente, as bochechas brancas com alguns pontos vermelhos e quentes. Ela segurou a filha pelo pulso. O rosto da menina tinha um tom rubro horrível, e ela estava lutando para se libertar, cravando as unhas na mão da mãe.

— O quê? — retrucou ela. — O que você disse?

— Minha cabeça! — gritou a recepcionista, batendo furiosamente na têmpora direita, o sorriso desfeito. — Sua filha não cala a boca, e minha cabeça vai explodir e...

— Vai se foder! — berrou Allie Letterworth enquanto se levantava, cambaleando.

— ...se a senhora tivesse alguma consideração pelos outros...
— Enfie no cu!
— ...pegaria essa sua porca estridente pelos cabelos e a arrastaria pela merda da porta...
— Sua piranha velha!
— ...mas, ah, não, fica apenas sentada aí *dando mole*...
— Vamos, Marcy — chamou Allie, puxando a filha pelo pulso.
— Não! — exclamou a menina.
— Eu disse para irmos agora! — gritou a mãe, arrastando Marcy em direção à saída.

No batente da porta para a rua, a filha de Allie Letterworth se soltou da mãe. Ela disparou pela sala de espera, mas tropeçou no caminhão de bombeiro e caiu de quatro no chão. A garota começou a berrar mais uma vez, soltou os piores e mais agudos protestos, e rolou para o lado, segurando o joelho ensanguentado. A mãe não se importou; jogou a bolsa no chão e começou a berrar com a recepcionista, que gritou de volta estridentemente. Os chifres de Ig latejaram com uma sensação curiosamente prazerosa de plenitude e peso.

Ig estava mais perto da garota do que qualquer outra pessoa, e a mãe dela não fez menção de socorrer a filha. Ele segurou o pulso da menina para ajudá-la a se levantar. Quando a tocou, Ig soube que seu nome era Marcia Letterworth e que havia jogado o café da manhã no colo da mãe de propósito naquela manhã, porque ela a estava obrigando a ir ao médico para queimar as verrugas e Marcia achava que aquilo iria doer e que a mãe era má e estúpida. Marcia ergueu o rosto na direção dele. Os olhos da menina, cheios de lágrimas, eram do tom azul intenso e claro de um maçarico.

— Odeio a mamãe — confessou ela para Ig. — Quero queimá-la na cama com fósforos. Eu quero queimá-la dos pés à cabeça.

CAPÍTULO QUATRO

A ENFERMEIRA QUE AFERIU o peso e a pressão de Ig lhe contou que seu ex-marido estava namorando uma garota que dirigia um Saab esportivo amarelo. A enfermeira sabia onde ela havia estacionado e queria ir lá no horário de almoço para fazer um grande arranhão na lataria com as chaves do carro. Ela queria deixar cocô de cachorro no banco do motorista. Ig ficou sentado perfeitamente imóvel na mesa de exame, com as mãos cerradas em punhos, e não deu qualquer opinião.

Quando a enfermeira retirou o medidor de pressão arterial, os dedos dela roçaram no braço de Ig, e ele soube que a mulher já havia vandalizado os carros de outras pessoas muitas vezes: uma professora que a reprovou por ter colado na prova, um amigo que revelara um segredo, o advogado do ex-marido apenas por ser o advogado do ex-marido. Ig visualizou a enfermeira, aos doze anos, arrastando um prego pela lateral do Oldsmobile preto do pai dela, abrindo uma feia linha branca que percorria o carro inteiro.

A sala de exame estava gelada, com o ar-condicionado no mínimo, e Ig estava tremendo de frio e nervosismo quando o dr. Renald entrou na sala. Ig abaixou a cabeça para mostrar os chifres. Ele contou ao médico que não sabia dizer o que era real e o que não era. Ig disse que achava que estava tendo delírios.

— As pessoas não param de me confessar coisas — revelou ele. — Coisas horríveis. Contam coisas que querem fazer, coisas que ninguém *jamais* admitiria querer fazer. Uma garotinha acabou de me dizer que queria colocar fogo na mãe. A enfermeira me disse que quer estragar o carro de uma pobre garota qualquer. Estou assustado. Nao sei o que está acontecendo comigo.

O médico avaliou os chifres e franziu a testa, formando rugas de preocupação.

— São chifres — determinou o homem.

— Eu sei que são chifres.

O dr. Renald balançou a cabeça.

— Parecem inflamados nas pontas. Está doendo?

— Pra diabo.

— Rá — disse o médico, esfregando a boca com a mão. — Deixe-me medi-los.

O dr. Renald passou a fita em volta da base, depois mediu da têmpora à ponta e então a distância entre as extremidades. Ele rabiscou alguns números no receituário. Passou os dedos calejados por cima deles, sentindo os chifres, com o rosto atento, ponderando, e Ig soube de algo que não queria saber. Alguns dias antes, o dr. Renald tinha ficado no escuro do quarto se masturbando, enquanto espiava por trás da cortina as amigas da filha de dezessete anos se divertindo na piscina.

O médico recuou novamente, com preocupação nos velhos olhos cinza. Ele parecia tentar tomar uma decisão.

— Sabe o que eu quero fazer?

— O quê? — perguntou Ig.

— Eu quero moer um pouco de oxicodona e dar uma cheirada. Prometi a mim mesmo que nunca cheiraria no trabalho, porque acho que me deixa bobo, mas não sei se consigo esperar mais seis horas.

Ig demorou um instante para perceber que o médico estava esperando sua opinião a respeito.

— Será que podemos nos ater apenas a essas coisas na minha cabeça? — indagou Ig.

Os ombros do médico caíram. Ele virou o rosto e soltou um suspiro lento e irritado.

— Preste atenção — disse Ig. — Por favor. Eu preciso de ajuda. Alguém tem que me ajudar.

O dr. Renald olhou relutantemente para ele.

— Não sei se isso está acontecendo ou não — argumentou Ig. — Acho que estou ficando maluco. Por que as pessoas não reagem quando veem os chifres? Se eu visse alguém com chifres, mijaria nas calças.

O que, na verdade, foi exatamente o que ele *fez*, quando se viu no espelho.

— É difícil lembrar que eles existem — retrucou o médico. — Assim que desvio o olhar de você, eu me esqueço dos chifres. Não sei por que isso acontece.

— Mas você os está vendo agora.

Renald assentiu.

— E você nunca viu algo parecido?

— Tem certeza de que não posso dar uma cheirada? — indagou o médico. Ele se iluminou de repente. — Eu divido com você. Podemos ficar chapados juntos.

Ig balançou a cabeça.

— Por favor, me escute.

O médico fez uma careta, mas assentiu.

— Como é que você não quer chamar os outros médicos para vir aqui? Por que você não está levando meu problema a sério?

— Para ser sincero — começou Renald —, está meio difícil me concentrar. Fico pensando nos comprimidos dentro da minha pasta e na amiga da minha filha. Nancy Hughes. Deus, eu quero a bunda dela. Me sinto enjoado quando penso nisso, no entanto. Ela ainda usa aparelho nos dentes.

— Por favor — implorou Ig. — Estou pedindo sua opinião como médico...sua ajuda. O que eu devo fazer?

— Porra de pacientes — disse o médico. — Só se importam com vocês mesmos.

CAPÍTULO CINCO

ELE DIRIGIU. NÃO PENSOU aonde estava indo, e por um tempo isso não importava. Estar em movimento já bastava.

Se sobrou um lugar que Ig pudesse chamar de seu, era aquele carro, seu AMC Gremlin de 1972. O apartamento pertencia a Glenna. Ela morava lá antes dele e continuaria lá depois que terminassem o relacionamento, o que aparentemente seria naquele momento. Ele tinha voltado a ficar com os pais por um tempo, imediatamente após a morte de Merrin, mas nunca se sentiu à vontade, não pertencia mais àquela casa. O que sobrou para Ig foi o carro, que era um veículo, mas também uma moradia, um espaço onde viveu momentos bons e ruins de sua vida.

Os bons: transar com Merrin Williams dentro do carro, bater a cabeça no teto e o joelho na marcha. Os amortecedores traseiros ainda estavam duros e rangiam quando o carro sacudia, um barulho que fazia Merrin morder o lábio para não rir, mesmo quando Ig estava metendo nela. Os ruins: a noite em que ela fora estuprada e morta, na velha fundição, enquanto ele dormia de ressaca no carro, odiando-a nos sonhos.

O AMC era um lugar para ficar de bobeira quando não havia outro lugar para ir, quando não havia algo para fazer senão dar uma volta por Gideon, esperando que algo acontecesse. Nas noites em que Merrin trabalhava ou precisava estudar, Ig passeava com Lee Tourneau, seu melhor amigo alto, magro e meio cego. Eles dirigiam até o banco de areia, onde às vezes havia uma fogueira e uns conhecidos, algumas picapes estacionadas no aterro, um isopor cheio de Coronas. Eles se sentavam no capô do carro e observavam as fagulhas da fogueira subindo pela noite e as chamas refletidas na água preta e agitada. Os dois conversavam a respeito de maneiras ruins de morrer — um assunto natural para eles, estacionados tão perto do rio Knowles. Ig disse que afogamento seria a pior maneira, e tinha vivenciado isso para comprovar o argumento. Uma vez o rio o tinha engolido, o mantido no fundo e forçado a descer pela garganta, e foi Lee Tourneau quem nadara para retirá-lo de lá. Lee disse que havia maneiras de morrer muito piores do que se afogar e que Ig não tinha imaginação. Para ele, morrer queimado com certeza vencia afogamento, mas era óbvio que ele *diria* isso, já que enfrentou um problema desastroso com um carro em chamas. Ambos sabiam o que sabiam.

O melhor de tudo eram as noites no Gremlin com Lee e Merrin. Lee se encolhia no banco de trás — ele era educado por natureza e sempre deixava Merrin se sentar na frente com Ig — e depois se deitava, com as costas da mão cobrindo a testa, como um Oscar Wilde deprimido no sofá. Eles iam ao Paradise Drive-In beber cerveja enquanto maníacos de máscara perseguiam adolescentes seminuas, que eram abatidas pela motosserra sob gritos e buzinas. Merrin chamava esses programas de "encontros duplos": Ig ia com ela, e Lee, com a mão direita. Para Merrin, metade da diversão de sair com os dois era implicar com Lee, mas, na manhã em que a mãe dele morreu, ela foi a primeira a chegar à casa de Lee para abraçá-lo enquanto ele chorava.

Por meio segundo, Ig pensou em passar na casa de Lee; ele havia tirado Ig do fundo do poço uma vez, talvez conseguisse de novo. Então lembrou-se daquela coisa terrível, digna de pesadelo, que Glenna havia lhe confessado uma hora antes, enquanto devorava as rosquinhas: *Eu me empolguei e chupei Lee lá mesmo, com alguns caras assistindo e tudo o mais.* Ig tentou sentir o que deveria sentir, tentou odiar os dois, mas não conseguia nem evocar um pequeno desprezo. Ele tinha outras preocupações no momento. Que por acaso estavam crescendo na porra da sua cabeça.

De qualquer maneira, não era como se Lee o tivesse apunhalado pelas costas, roubando sua amada. Ig não estava apaixonado por Glenna e não achava que ela estava ou algum dia tivesse estado apaixonada por ele. Por outro lado, Lee e Glenna tinham um passado, tiveram uma espécie de relacionamento havia muito tempo.

Ainda assim, não era o tipo de coisa que um amigo faria com outro. Só que Lee e Ig não eram mais amigos. Depois que Merrin foi morta, Lee Tourneau excluiu Ig de sua vida de maneira fria, mas sem crueldade explícita. Expressou seus sentimentos de forma discreta e sincera logo depois que o corpo de Merrin fora encontrado, mas não prometeu ficar ao lado dele para apoiá-lo, não se ofereceu para marcarem de se encontrar. Nas semanas e nos meses seguintes, Ig percebeu que apenas ele ligava para Lee, não o contrário, e que Lee não se esforçava muito para sustentar a conversa. O amigo sempre demonstrou certo desapego emocional, por isso talvez Ig não tivesse registrado de imediato como fora completamente abandonado. Depois de um tempo, porém, Lee passou a dar cada vez mais desculpas para não o encontrar. Ig podia não ser tão inteligente, mas sabia somar dois mais dois. Lee era assessor de um deputado de New Hampshire e não poderia ter qualquer relacionamento com o principal suspeito em um caso de assassinato sexual. Não houve brigas, nenhum momento desagradável entre eles. Ig entendeu, deixou a amizade acabar sem rancor da parte dele. Afinal, o pobre, magoado, estudioso e solitário Lee tinha um futuro. Ig, não.

Talvez porque estivesse pensando naqueles dias na praia, Ig estacionou perto da Knowles Road, na base da ponte Old Fair Road. Se estava procurando um lugar para se afogar, não poderia haver um melhor. O banco de areia penetrava trinta metros na corrente antes de despencar nas águas profundas, agitadas e azuis. Ele poderia encher os bolsos com pedras e entrar direto. Também poderia subir na ponte e pular; era alto o suficiente. Mire nas pedras em vez de no rio para fazer o trabalho direito. Pensar no impacto o fez estremecer. Ele saiu do carro, se sentou no capô e ficou ouvindo o barulho dos caminhões bem acima dele, correndo para o sul.

Ig tinha ido lá muitas outras vezes. Como a velha fundição da Rota 17, o banco de areia era um destino para quem era jovem demais para ter um destino. Ele se lembrou de outra ocasião, com Merrin, e como foram pegos desprevenidos pela chuva e se abrigaram embaixo da ponte. Eles ainda estavam no Ensino Médio. Nenhum dos dois sabia dirigir e não havia um carro para onde correr. Dividiram uma cesta encharcada de mariscos fritos, sentados no declive de paralelepípedos cheios de ervas daninhas embaixo da ponte. Estava tão frio que conseguiam ver o vapor da própria respiração, e Ig segurou as mãos molhadas e congeladas de Merrin nas dele.

Ig encontrou um jornal manchado e, quando eles se cansaram de tentar lê-lo, Merrin sugeriu que fizessem algo inspirador com o jornal. Algo que levantaria o ânimo de todo mundo que olhasse para o rio durante a chuva. Os dois correram morro acima, em meio à garoa, para comprar velas de aniversário na loja de conveniência, e depois voltaram. Merrin mostrou para Ig como fazer barcos de papel, e eles acenderam as velas, colocaram nos barcos e os soltaram, um por um, na chuva e no crepúsculo — uma longa cadeia de pequenas chamas deslizando serenamente pela escuridão alagada.

— Juntos somos inspiradores — disse ela para Ig, seu hálito de mariscos e seus lábios frios tão perto da orelha dele que o fez estremecer.

Merrin tremia sem parar, lutando contra um ataque de riso.

— Merrin Williams e Iggy Perrish, tornando o mundo um lugar melhor e maravilhoso, um barquinho de papel de cada vez.

Ela não percebeu ou fingiu não ver os barcos se enchendo com a água da chuva e afundando a menos de cem metros da costa, apagando as velas dentro deles.

Rememorar aquele momento e quem ele era quando os dois estavam juntos deu uma pausa no turbilhão frenético e descontrolado de pensamentos. Talvez pela primeira vez no dia, Ig conseguiu refletir sem pânico sobre o que estava acontecendo com ele e sobre a decisão que precisava tomar.

Ele considerou novamente a possibilidade de ter sofrido uma ruptura com a realidade, que tudo o que vivenciou ao longo do dia havia sido apenas imaginado. Não seria novidade ter confundido fantasia e realidade, e ele sabia por experiência própria que era especialmente propenso a sofrer de improváveis ilusões religiosas. Ig não tinha esquecido a tarde que passou na casa da árvore da imaginação. Era raro ter passado um dia nos últimos oito anos sem que ele tivesse pensado nisso. Obviamente, se a casa da árvore era uma fantasia — e essa era a única explicação que fazia sentido —, fora uma fantasia compartilhada. Merrin e ele descobriram o lugar juntos, e o que aconteceu lá foi um dos laços secretos que os amarravam um ao outro, um mistério para se resolver quando um passeio ficava maçante ou quando nenhum dos dois conseguia voltar a dormir, após serem acordados por uma tempestade no meio da noite. "Eu sei que é *possível* que as pessoas tenham a mesma alucinação", dissera Merrin certa vez. "Só que eu nunca me vi como esse tipo de pessoa."

O problema de pensar que os chifres não passavam de uma ilusão especialmente persistente e assustadora, um salto para a loucura que era questão de tempo para ter acontecido, era que ele só conseguia lidar com a realidade diante de si. Não adiantava dizer para si mesmo que era tudo coisa da própria cabeça se continuasse acontecendo. Acreditar não era exigência; desacreditar não tinha importância. Os chifres estavam sempre lá quando Ig erguia a mão para tocá-los. Mesmo quando não os tocava, ele sentia as pontas sensíveis e doloridas expostas à brisa fria do rio. Eles tinham a solidez convincente e literal de um osso.

Perdido em pensamentos, Ig não ouviu o carro da polícia descendo a colina até o veículo parar atrás do Gremlin e o motorista dar um breve apito da sirene. O coração de Ig disparou de maneira angustiante, e ele virou-se rapidamente. Um dos policiais estava debruçado para fora da janela do carona da viatura.

— Qual é o lance, Ig? — disse o policial, que não era um policial qualquer, e sim, um chamado Sturtz.

Sturtz usava mangas curtas que mostravam os antebraços musculosos, com um bronzeado causado pela exposição rotineira ao sol. Era uma camisa justa, e ele era um homem bonito. Com o cabelo loiro despenteado pelo vento e os olhos escondidos por trás dos óculos escuros espelhados, Sturtz poderia estar em um outdoor anunciando cigarros.

O parceiro dele, Posada, atrás do volante, tentava ostentar o mesmo visual, sem sucesso. Tinha um aspecto mirrado; o pomo de adão, muito proeminente. Os dois tinham bigode, mas em Posada era um bigode delicado e vagamente cômico, que mais parecia o de um *maître* francês em uma comédia de Cary Grant.

Sturtz sorriu. Sempre ficava contente em ver Ig. Ele nunca gostou de ver qualquer policial, mas preferia evitar principalmente Sturtz e Posada, pois, desde a morte de Merrin, eles tinham como passatempo incomodar Ig, pará-lo por andar dez quilômetros acima do limite de velocidade e revistar seu carro, multando-o por jogar lixo na rua, vadiar, viver.

— Nada de mais. Só estou parado aqui — respondeu Ig.

— Você está parado aí há meia hora — disse Posada, enquanto os dois policiais saíam da viatura. — Falando sozinho. A mulher que mora ali atrás chamou os filhos para dentro porque ficou com medo de você.

— Imagine como ela surtaria se soubesse quem ele é — provocou Sturtz. — Um transviado sexual e suspeito de assassinato como vizinho.

— Olhando pelo lado positivo, ele nunca matou nenhuma criança.

— Não ainda — retrucou Sturtz.

— Eu vou embora — disse Ig.

— Você vai ficar — ordenou Sturtz.

— O que você quer fazer? — perguntou Posada para Sturtz.

— Eu quero prendê-lo.

— Quer prendê-lo pelo quê?

— Não sei. Qualquer coisa. Talvez inventar algum flagrante. Sacolé de coca. Posse ilegal de arma. Tanto faz. Pena que não temos algo. Queria muito foder com esse cara.

— Eu quero te beijar na boca quando você fala sacanagem — revelou Posada.

Sturtz assentiu, imperturbável diante dessa confissão. Foi então que Ig se lembrou dos chifres. Estava começando de novo, como o médico e a enfermeira, como Glenna e Allie Letterworth.

— O que eu quero mesmo — falou Sturtz — é prendê-lo por alguma coisa e obrigá-lo a resistir. Ter uma desculpa para arrancar a porra dos dentes daquela pobre boca.

— Com certeza. Quero muito ver essa cena — comentou Posada.

— Por acaso vocês sabem o que estão dizendo? — perguntou Ig.

— Não — respondeu Posada.

— Mais ou menos — disse Sturtz, estreitando os olhos como se tentasse ler uma placa distante. — Estamos conversando sobre se devemos prender você apenas por diversão, mas não sei por quê.

— Você não sabe por que quer me prender?

— Ah, eu sei por que quero te prender. Estou dizendo que não sei por que estamos falando disso. Não é o tipo de coisa que costumo conversar.

— Por que você quer me prender?

— Por causa dessa cara de veado que você tem. Essa cara de veado me irrita. Não sou muito fã de homossexuais — contou Sturtz.

— E eu quero te prender porque talvez você resista, e aí Sturtz vai te jogar em cima do capô do carro para colocar as algemas — falou Posada. — Vou me inspirar nisso para a punheta de hoje à noite, só que vou imaginar vocês dois nus.

— Então você não quer me prender porque acha que matei Merrin e me safei? — perguntou Ig.

— Não — respondeu Sturtz. — Eu nem acho que você a matou. Você é muito maricas. Você teria confessado.

Posada riu.

— Ponha as mãos no teto do carro — mandou Sturtz. — Estou a fim de xeretar. Dar uma olhada na traseira.

Ig ficou contente em se afastar dos dois e esticar os braços em cima do teto do carro. Ele pressionou a testa contra a janela do motorista. O vidro frio o acalmava.

Sturtz deu a volta até o porta-malas. Posada ficou parado atrás de Ig.

— Preciso das chaves dele — avisou Sturtz.

Ig tirou a mão direita do teto para pegá-las do bolso.

— Mantenha as mãos no teto — disse Posada. — Eu pego as chaves. Em qual bolso?

— Direito — respondeu Ig.

Posada enfiou a mão no bolso da frente de Ig e passou o dedo pelo chaveiro. Puxou-o para fora e jogou as chaves para Sturtz, que bateu palmas para apanhá-las e abriu o porta-malas.

— Gostaria de enfiar minha mão no seu bolso novamente — falou Posada. — E deixá-la lá dentro. Você não sabe como é difícil me controlar para não tirar uma casquinha. Com o perdão do trocadilho. Tira. Rá. Nunca imaginei que meu trabalho envolveria algemar homens seminus. Preciso admitir que nem sempre me comportei.

— Posada — começou Ig —, você deveria deixar o Sturtz saber como você se sente em relação a ele.

Quando ele disse isso, os chifres latejaram.

— Sério? — perguntou Posada, soando surpreso, porém curioso. — Às vezes eu até considero contar...mas então eu penso, sabe, que ele provavelmente vai me dar uma surra.

— Não mesmo. Aposto que Sturtz está esperando você fazer isso. Por que você acha que ele deixa o primeiro botão da camisa aberto daquele jeito?

— Já reparei que Sturtz nunca fecha aquele botão.

— Você deveria apenas abrir o zíper da calça dele e chupá-lo. Surpreenda-o. Deixe-o excitado. Talvez Sturtz esteja esperando que você tome a iniciativa. Mas não faça algo até eu ir embora, ok? É melhor ter privacidade para fazer uma coisa assim.

Posada colocou as mãos em concha em volta da boca e exalou, sentindo o cheiro do hálito.

— Droga! — exclamou ele. — Não escovei os dentes hoje de manhã. — Então Posada estalou os dedos. — Mas tem um refrigerante no porta-luvas. — Ele se virou e correu para a viatura, murmurando com os próprios botões.

O porta-malas bateu. Sturtz voltou para perto de Ig com um ar arrogante.

— Eu queria ter um motivo para te prender. Queria que você metesse a mão em mim. Eu poderia mentir e dizer que você me tocou. Que me passou uma cantada. Sempre achei que você parecia mais do que meio bicha, com seu andar afeminado e essa expressão de quem sempre parece prestes a chorar. Não acredito que Merrin Williams deixou você entrar debaixo das saias dela. Quem quer que a tenha estuprado, provavelmente, deu a primeira boa foda da vida dela.

Parecia que Ig havia engolido um carvão que entalara no meio do caminho, atrás do peito.

— O que você faria se um cara te tocasse? — indagou Ig.

— Eu enfiaria meu cassetete no cu dele. Perguntaria ao Seu Homossexual se ele gostaria disso. — Sturtz pensou por um momento e disse: — A menos que eu estivesse bêbado. Então eu só deixaria que ele me chupasse.

Ele parou mais um segundo antes de perguntar, com uma voz esperançosa:

— Você vai me tocar para que eu possa enfiar meu...

— Não — falou Ig. — Mas acho que você está certo sobre os gays, Sturtz. É preciso traçar um limite. Se o Seu Homossexual sair impune depois de tocá-lo, todo mundo vai pensar que você é um deles também.

— Eu sei que estou certo. Não preciso que você me diga. Terminamos aqui. Vá embora. Não quero mais te encontrar de bobeira por aí ou embaixo da ponte. Entendido?

— Sim.

— Na verdade, eu *quero* te encontrar de bobeira. Com drogas no porta-luvas. Entendido?

— Sim.

— Ok. Então estamos acertados. Agora dê o fora. — Sturtz largou a chave do carro de Ig no asfalto.

Ig esperou que ele se afastasse antes de se curvar, pegar a chave e se sentar atrás do volante do Gremlin. Deu uma última olhada na viatura pelo espelho retrovisor. A essa altura, Sturtz estava no banco do carona segurando uma prancheta com as duas mãos e franzindo as sobrancelhas para ela, tentando decidir o que escrever. Posada estava virado de lado, voltado para o parceiro, olhando para o outro homem com uma mistura de desejo e ganância. Quando Ig se afastou, Posada lambeu os lábios e abaixou a cabeça, se enfiou embaixo do painel e sumiu de vista.

CAPÍTULO SEIS

ELE TINHA IDO ATÉ o rio para elaborar um plano, mas, apesar de tanta reflexão, estava tão confuso quanto uma hora antes. Pensou nos pais e até chegou a dirigir alguns quarteirões na direção da casa deles. Então Ig girou o volante, desviou o carro e entrou em uma rua transversal. Ele precisava de ajuda, mas não achava que os pais seriam capazes de lhe prestar socorro. Ig ficava nervoso em pensar o que eles poderiam oferecer em vez de ajuda... que desejos secretos poderiam revelar. E se sua mãe nutrisse o desejo de transar com garotinhos? E se seu pai nutrisse!

De qualquer maneira, as coisas estavam diferentes entre eles desde a morte de Merrin. Era difícil para seus pais ver o que aconteceu com Ig depois do assassinato. Eles não queriam saber como ele estava vivendo, nunca tinham ido à casa de Glenna. Glenna perguntou por que eles nunca almoçaram juntos e insinuou que Ig tinha vergonha dela, o que era verdade. Era difícil também conviver com a sombra que o filho lançou sobre eles, pois todos na cidade achavam que Ig havia estuprado e assassinado Merrin Williams e se safado porque os pais ricos e cheios de contatos tinham mexido os pauzinhos, cobrado favores e interferido na investigação.

O pai de Ig tivera seus cinco minutos de fama. Ele havia tocado com Sinatra e Dean Martin, aparecia nos discos dos dois. Ele gravou álbuns próprios — quatro, no total — para a gravadora Blue Tone no fim dos anos 1960 e início dos anos 1970 e cravou um hit de sucesso no Top 100 com um instrumental suave e jazzístico chamado "Fishin' with Pogo". Ele se casou com uma corista de Las Vegas, apresentou-se em programas de variedades na TV e em um punhado de filmes e, finalmente, se mudou para New Hampshire, para que a mãe de Ig pudesse ficar perto da família dela. Mais tarde, ele se tornou um professor famoso no Berklee College of Music, que, de vez em quando, participava da orquestra Boston Pops.

Ig sempre gostou de ouvir o pai, de observá-lo enquanto ele tocava. Era quase errado dizer que o pai tocava. Muitas vezes parecia o contrário: que o trompete estava tocando o pai de Ig. A maneira como as bochechas inflavam e desinflavam como se ele estivesse sendo inalado pelo instrumento, a maneira como os pistões dourados se colavam nos dedos como pequenos ímãs presos a limalhas de ferro, fazendo-os pular e dançar em espasmos inesperados e surpreendentes. A maneira como o pai de Ig fechava os olhos e inclinava a cabeça e seus quadris giravam para a frente e para trás como se o torso fosse uma broca, penetrando cada vez mais em sua essência, puxando a música do fundo de seu âmago.

O irmão mais velho de Ig ingressou no ramo da família com toda a força. Terence aparecia na TV todas as noites: era o astro do próprio programa de música e comédia, *Hothouse*, que saiu do nada para ganhar de lavada a audiência dos outros apresentadores de atrações similares. Terry tocava trompete em situações que desafiavam a morte, como "Ring of Fire" em um ringue de fogo com Alan Jackson e "High & Dry" dentro de um tanque que se enchia de água com Norah Jones. A música não soou bem, mas foi uma grande sensação. Terry estava ganhando uma bolada.

Ele tinha um jeito próprio de tocar, diferente do pai. O peito inflava tanto que parecia que os botões de sua camisa saltariam. Com os olhos esbugalhados, tinha sempre uma expressão de surpresa. Terry balançava o tronco para a frente e para trás, o rosto brilhava de felicidade e às vezes o trompete soava como se estivesse gargalhando. Ele herdara o dom mais precioso do pai: quanto mais ensaiava, menos parecia algo ensaiado, e o ato se tornava mais natural, inesperado e intenso.

Quando eram adolescentes, Ig odiava ouvir o irmão tocar e inventava qualquer desculpa para evitar ir com os pais às apresentações de Terry. Ele sentia tanta inveja que chegava a ter indigestão; tampouco conseguia dormir na véspera dos espetáculos de Terry na escola ou, mais tarde, nos clubes locais. Odiava ir com Merrin, pois não suportava ver o deleite no rosto dela, vê-la em transe por causa da música do irmão. Quando ela dançava ao som do *swing* de Terry, Ig o imaginava pegando-a pela cintura com mãos invisíveis. Já tinha superado isso, no entanto. Já tinha superado havia muito tempo e, na verdade, a única parte do dia de que ele gostava era assistir a *Hothouse* quando Terry tocava.

Ig teria se tornado trompetista também, não fosse pela asma. Ele nunca conseguia inspirar o suficiente para que o trompete soasse adequadamente. Ig sabia que o pai queria que ele tocasse, mas, quando se esforçava, faltava-lhe oxigênio, o peito se contraía demais e sua visão começava a ficar escura. Às vezes, ele continuava tentando até desmaiar.

Quando percebeu que não avançaria com o trompete, Ig tentou tocar piano, mas também não deu certo. O professor, um amigo do pai, era um bêbado com os olhos injetados que fedia a fumaça de cachimbo e que largava Ig ensaiando sozinho alguma peça extremamente complexa para tirar uma soneca na sala ao lado. Depois disso, sua mãe sugeriu o baixo, mas, àquela altura, ele não estava mais interessado em dominar um instrumento. Estava interessado em Merrin. Uma vez que tinha Merrin, não precisou mais do trompete da família.

Ele teria que vê-los algum dia: o pai e a mãe, assim como Terry. O irmão estava na cidade; com o fim da temporada de *Hothouse*, tinha pegado o voo da madrugada para o octogésimo aniversário da avó no dia seguinte. Foi a primeira vez que Terry voltou a Gideon desde a morte de Merrin, e não ficaria muito tempo, voltaria dali a dois dias. Ig não o culpava por querer ir embora logo. O escândalo acontecera no momento em que o programa estava decolando e poderia ter custado todo o esforço de Terry; era até louvável que ele ainda fosse a Gideon, onde corria o risco de ser fotografado com o irmão assassino sexual, uma foto que valeria no mínimo mil dólares para o *Enquirer*. Mas Terry nunca acreditou que Ig fosse culpado. Defendeu furiosamente o irmão, quando a emissora teria preferido que ele emitisse apenas um conciso "sem comentários" e seguisse a vida.

Ig poderia evitá-los por enquanto, porém, mais cedo ou mais tarde, teria que os encarar. Talvez, pensou ele, fosse diferente com a família. Talvez fossem imunes a ele, e os segredos permaneceriam em segredo. Eles amavam Ig, e Ig os amava. O amor tinha que servir para alguma coisa. Talvez Ig pudesse aprender a controlar aquilo, a desligar, fosse lá o que fosse "aquilo". Talvez os chifres sumissem. Eles apareceram sem aviso, então por que não poderiam sumir da mesma forma?

Ig passou os dedos pelo cabelo ralo — ralo aos 26 anos! —, depois colocou a cabeça entre as palmas das mãos. Ele odiava o ritmo frenético dos pensamentos, como uma ideia perseguia a outra desesperadamente. As pontas dos dedos roçaram os chifres, e ele gritou de medo. As palavras estavam na ponta da língua, *Deus, por favor, Deus, faça com que sumam...* mas ele se conteve e não disse qualquer coisa.

Um formigamento lhe subiu pelos antebraços. Se ele era um demônio, ainda poderia falar de Deus? Será que um raio o atingiria, o despedaçaria em um clarão branco? Será que ele pegaria fogo?

— Deus — sussurrou Ig.

Nada aconteceu.

— Deus, Deus, Deus — disse ele.

Ig inclinou a cabeça, ouvindo, esperando por alguma resposta.

— Por favor, Deus, faça com que sumam. Desculpe se fiz alguma coisa para irritá-lo ontem à noite. Eu estava bêbado, com raiva — confessou Ig.

Ele prendeu a respiração, ergueu o olhar e se viu no espelho retrovisor. Lá estavam os chifres. Ig começava a se acostumar com eles, estavam se tornando parte de seu rosto. Esse pensamento o fez estremecer de repulsa.

Com a visão periférica, ele viu um clarão branco à direita e puxou o volante, parando no meio-fio. Ig estava dirigindo sem pensar, sem se importar onde estava e sem saber para onde ia. Ele havia chegado, sem querer, à Igreja do Sagrado Coração de Maria, a qual frequentou com a família por mais de dois terços da vida e onde viu Merrin Williams pela primeira vez.

Ig olhou para a Sagrado Coração com a boca seca. Ele não tinha entrado lá, ou em qualquer outra igreja, desde que Merrin foi morta, pois não queria enfrentar uma multidão, ser encarado por outros paroquianos. Tampouco queria se acertar com Deus; na verdade, achava que Deus era que precisava se acertar com ele.

De repente se ele entrasse lá e rezasse, os chifres sumiriam. Ou talvez... talvez o padre Mould soubesse o que fazer. Ig teve uma ideia. Talvez o padre Mould fosse imune à influência dos chifres. Se houvesse alguém que pudesse resistir ao poder deles, pensou Ig, não seria um clérigo? Ele teria Deus ao seu lado e a proteção da casa divina. Talvez um exorcismo fosse providenciado. O padre Mould devia conhecer pessoas com quem pudesse entrar em contato a respeito de uma situação como essa. Uma borrifada de água benta e alguns pais-nossos poderiam fazer Ig voltar ao normal.

Ele estacionou o Gremlin rente à calçada e subiu o caminho de concreto até a Sagrado Coração. Ele estava quase tocando a porta quando recolheu a mão. E se, ao pegar no trinco, a mão começasse a queimar? E se não conseguisse entrar?, imaginou. E se, quando tentasse passar pela porta, alguma força sombria o repelisse, o jogasse de bunda no chão? Ig se viu cambaleando pela nave, fumaça saindo de dentro da camisa, olhos saltando das órbitas como os de um personagem de desenho animado, e imaginou sufocamento e dor dilacerante.

Ele se obrigou a estender a pegar o trinco. Uma fresta da porta se abriu ao toque da mão — uma mão que não queimou, não sentiu fisgada nem dor alguma. Ig olhou para a escuridão da nave, além das fileiras de bancos com verniz escuro. O lugar tinha cheiro de madeira velha e hinários antigos, com capas de couro gastas pelo sol e páginas quebradiças. Ele gostava daquele cheiro e ficou surpreso ao descobrir que isso se mantivera e que o odor não provocava sufocamento.

Ig passou pela porta. Abriu os braços e esperou. Observou a extremidade de um deles, depois fez o mesmo com o outro, tentando ver se alguma fumaça escapava dos punhos da camisa. Nada. Ig levou a mão ao chifre direito. Ainda estava lá. Ele esperava que os chifres formigassem, pulsassem, fizessem alguma coisa, mas nada aconteceu. A igreja era uma caverna de silêncio e escuridão, iluminada apenas pelo brilho suave dos vitrais. Maria aos pés de seu filho enquanto Ele morria na cruz. João batizando Jesus no rio.

Ig achou que deveria se aproximar do altar, ajoelhar-se ali e implorar a Deus. Sentiu uma prece se formando nos lábios: *Por favor, Deus, se fizer sumir os chifres, eu sempre servirei ao Senhor, voltarei para a igreja, virarei padre, espalharei a Palavra, espalharei a Palavra nos países quentes do Terceiro Mundo onde todo mundo tem lepra, se alguém ainda tiver lepra, por favor, faça sumir os chifres, faça de mim quem eu era.* Ele não conseguiu dizer isso, no entanto. Antes de dar um passo, Ig ouviu uma batida de ferro contra ferro e virou a cabeça.

Ele ainda estava na entrada do átrio e havia uma porta à esquerda, ligeiramente entreaberta, que dava para uma escada. Ali embaixo havia um pequeno ginásio, à disposição dos paroquianos para várias funções. Houve uma nova batida de leve. Ig tocou a porta e, quando ela se abriu mais, ouviu-se uma música *country*.

— Olá? — chamou ele, parado à porta.

Outra batida de ferro e um suspiro sem fôlego.
— Sim? — respondeu o padre Mould. — Quem é?
— Ig Perrish, senhor.
Seguiu-se um momento de silêncio. Durou um pouco demais.
— Venha até aqui — disse o padre Mould.
Ig desceu as escadas.

Na outra extremidade do subsolo, um conjunto de lâmpadas fluorescentes iluminava um tapete felpudo, algumas bolas infláveis gigantes, uma trave de equilíbrio — equipamentos para uma aula de ginástica infantil. Ali, porém, estava mais escuro, com algumas das lâmpadas apagadas. Ao longo das paredes, havia um circuito de esteiras. Perto do pé da escada havia um banco de peso, onde o padre Mold se esticava, deitado de costas.

Quarenta anos antes, Mould fora lateral do time de Syracuse e depois fuzileiro naval, cumprindo uma missão no Triângulo de Ferro. Ainda tinha o porte físico enorme de um jogador de hóquei e a autoridade confiante de um soldado. Ele andava devagar, abraçava as pessoas quando elas lhe agradavam e era adorável como um velho e gentil São Bernardo que gostava de dormir em cima dos móveis, embora soubesse que não deveria. Padre Mould vestia um agasalho cinza e usava um par de Adidas surrado. A cruz pendia de uma das extremidades do banco, balançando suavemente conforme ele abaixava e erguia a barra.

A irmã Bennett estava em pé atrás do banco. Ela também tinha a aparência de um jogador de hóquei, com ombros largos, um rosto pesado e masculino e o cabelo curto e encaracolado preso para trás por uma faixa violeta. Ela usava um casaco roxo para combinar. Irmã Bennett tinha lecionado ética na São Judas Tadeu e gostava de desenhar fluxogramas na lousa, mostrando como certas decisões levavam inexoravelmente à salvação (um retângulo que ela preenchia com nuvens gordas e fofas) ou inexoravelmente ao inferno (uma caixa preenchida com chamas).

O irmão de Ig, Terry, zombava dela implacavelmente, desenhando os próprios fluxogramas, para o divertimento de seus colegas de turma. Mostrava como, após vários encontros lésbicos grotescos, ela acabaria indo para o inferno, onde ficaria feliz em se entregar a práticas sexuais perturbadoras com o diabo. Isso tornou Terry popular no refeitório da São Judas Tadeu — uma primeira prova do gosto de ser uma celebridade. Também foi o primeiro contato dele com a notoriedade, uma vez que acabou sendo denunciado (por um informante anônimo, cuja identidade permaneceu desconhecida). Terry foi chamado até a sala do padre Mould. O encontro aconteceu a portas fechadas, mas não foi o suficiente para abafar o som da palmatória de Mould batendo na bunda de Terry ou, após o vigésimo golpe, os gritos de Terry. Todos na escola ouviram. O ruído percorreu as frestas do antiquado sistema de aquecimento e ecoou em todas as salas de aula. Ig se contorceu na cadeira, em agonia pelo irmão. Acabou enfiando os dedos nos ouvidos para não ter que ouvir. Terry foi proibido de se apresentar no recital de fim de ano — para o qual ele vinha ensaiando havia meses — e reprovado em ética.

Padre Mould se sentou e enxugou o rosto com uma toalha. Estava mais escuro ali ao pé da escada, e Ig imaginou que Mould não conseguiria ver os chifres.

— Olá, padre — cumprimentou Ig.

— Ignatius. Parece que faz uma eternidade. Onde você está morando?

— Eu tenho um lugar lá no Centro — respondeu Ig, com a voz rouca de emoção; não estava preparado para o tom solícito de padre Mould, sua simpatia natural e digna de um tio. — Não é longe, na verdade. Venho pensando em dar uma passada aqui, mas...

— Ig? Você está bem?

— Não sei. Eu não sei o que está acontecendo comigo. É a minha cabeça. Olhe para a minha cabeça, padre.

Ig deu um passo à frente e curvou-se ligeiramente, inclinando-se para a luz. Notou a sombra da cabeça no chão de cimento varrido: os chifres eram um par de pequenos ganchos pontiagudos saindo das têmporas. Ele quase teve medo de ver a reação de Mould e olhou para o padre timidamente. O semblante de um sorriso educado ainda estampava o rosto do padre. O homem franziu as sobrancelhas enquanto ele pensava e avaliava os chifres com uma espécie de perplexidade apática.

— Eu estava bêbado ontem à noite e fiz coisas terríveis — confessou Ig. — E quando acordei, estava assim, e não sei o que fazer. Eu não sei no que estou me tornando. Achei que o senhor pudesse me dizer o que fazer.

Padre Mould ficou analisando por mais um longo momento, boquiaberto, perplexo.

— Bem, moleque — respondeu ele, finalmente. — Você quer que eu lhe diga o que fazer? Acho que você deveria ir para casa e se enforcar. Isso provavelmente vai ser a melhor coisa para você, para sua família...

bem, para todo mundo. Há uma corda no depósito atrás da igreja. Posso pegá-la para você se for para colocá-lo na direção certa.

— Por que... — começou Ig, mas teve que pigarrear antes de continuar: — Por que o senhor quer que eu me mate?

— Porque você assassinou Merrin Williams e aquele advogado judeu influente que seu pai contratou o libertou. A doce Merrin Williams. Eu sentia muito carinho por ela. Não tinha muito peito, mas com certeza exibia uma bundinha bonita. Você devia ter ido para a cadeia. Eu queria que você fosse para a cadeia. Irmã, dê uma olhada na minha série para mim. — Ele se deitou de costas para outra série.

— Mas, padre — falou Ig —, não fui eu. Eu não matei Merrin.

— Ah, seu escroto — disse Mould enquanto colocava as mãos na barra acima dele; a irmã Bennett se acomodou diante do supino. — Todo mundo sabe que foi você. É melhor acabar de uma vez com a sua vida. Você vai para o inferno de qualquer maneira.

— Já estou vivendo um inferno.

Mould grunhiu enquanto abaixava a barra até o peito e a erguia novamente. Ig percebeu que a irmã Bennett o encarava.

— Eu não culparia você por se matar — comentou ela, sem preâmbulos. — Quase todos os dias tenho vontade de me suicidar na hora do almoço. Eu odeio a maneira como as pessoas olham para mim. As piadas de lésbica que elas fazem pelas minhas costas. Eu até usaria aquela corda no depósito, se você não quiser.

Mould ergueu a barra com um suspiro.

— Eu penso na Merrin Williams o tempo todo. Ainda mais quando estou metendo na mãe dela. A mãe dela trabalha muito para mim aqui na igreja, sabe. Na maior parte das vezes de quatro. — Ele sorriu ao pensar naquilo. — Pobre mulher. Rezamos juntos quase todos os dias. Geralmente, para você morrer.

— O senhor... o senhor fez voto de castidade — disse Ig.

— A castidade que se dane. Acho que Deus já deve estar contente de eu deixar o pau dentro das calças perto dos coroinhas. A meu ver, aquela senhora precisa de consolo, e com certeza não vai receber qualquer um daquele quatro-olhos patético com quem está casada. Não o tipo certo de conforto, de qualquer maneira.

— Eu quero ser alguém diferente — interveio a irmã Bennett. — Quero fugir. Quero ser amada. Você já gostou de mim, Iggy?

Ig engoliu em seco.

— Bem... acho que sim. Um pouco.

— Quero dormir com alguém — continuou a irmã Bennett, como se ele não tivesse respondido. — Quero que alguém me abrace na cama à noite. Não importa se é homem ou mulher. Não me importo. Eu não quero mais ficar sozinha. Eu passo cheques pela igreja. Às vezes tenho vontade de esvaziar a conta e fugir com o dinheiro. Às vezes quero muito fazer isso.

— Não entendo — disse Mould — como ninguém nesta cidade ainda não tenha feito de você um exemplo pelo que aconteceu com Merrin Williams. Dar um gostinho do que você deu a ela. Alguns cidadãos preocupados com certeza lhe fariam uma visita uma noite qualquer, o levariam para um passeio relaxante pelo campo. De volta àquela árvore onde você matou Merrin e enforcá-lo nela. Se você não tomar a atitude decente de se matar, então essa seria a segunda melhor coisa.

Ig ficou surpreso ao descobrir que estava relaxando, soltando os punhos e respirando com mais firmeza. Mould balançou com o supino. A irmã Bennett agarrou a barra e a acomodou nos apoios com um baque.

Ig ergueu o olhar para ela e disse:

— O que a está impedindo?

— De quê? — perguntou ela.

— De pegar o dinheiro e ir embora.

— Deus — respondeu a irmã Bennett. — Eu amo Deus.

— O que Ele já fez por você? — indagou Ig. — Será que Ele alivia a dor quando as pessoas riem da senhora pelas costas? Além disso... é pelo amor Dele que está sozinha no mundo. Quantos anos a senhora tem?

— Sessenta e um.

— Sessenta e um é velha. É quase tarde demais. *Quase*. Consegue esperar mais um dia?

Ela tocou o pescoço, com os olhos arregalados e assustados.

— É melhor eu ir — falou, então se virou e passou correndo por ele em direção à escada.

Padre Mould mal pareceu perceber que ela estava saindo. Ele estava sentado, com os pulsos apoiados nos joelhos.

— Terminou a série? — perguntou Ig.

— Falta mais uma repetição.

— Deixe-me ver a série para o senhor — disse Ig, que deu a volta por trás do banco.

Ao entregar a barra para Mould, os dedos de Ig roçaram os nós dos dedos do padre, e ele viu que, quando Mould tinha vinte anos, ele e alguns outros caras do time de hóquei colocaram máscaras de esqui no rosto e dirigiram atrás de um carro cheio de moleques da Nação do Islã que foram dar uma palestra em Syracuse a respeito dos direitos civis. Mould e seus amigos forçaram os moleques a sair da estrada e os perseguiram na floresta com tacos de beisebol. Pegaram o mais lento e quebraram as pernas dele em oito lugares diferentes. Foram dois anos até que o garoto pudesse se locomover sem a ajuda de um andador.

— O senhor e a mãe da Merrin... vocês realmente têm rezado para que eu morra?

— Mais ou menos — respondeu Mould. — Para ser sincero, na maioria das vezes em que ela clama por Deus, ela está cavalgando em meu pau.

— O senhor sabe por que Ele não me abateu? — indagou Ig. — Sabe por que Deus não respondeu às suas orações?

— Por quê?

— Porque Deus não existe. Suas orações são sussurros para uma sala vazia.

Mould ergueu a barra novamente — com grande esforço —, a abaixou e disse:

— Besteira.

— É tudo mentira. Nunca existiu nada disso. Você é quem deveria usar aquela corda no depósito.

— Não — disse Mould. — Você não pode me obrigar a fazer isso. Eu não quero morrer. Eu amo minha vida.

Ok. Ele não conseguia forçar as pessoas a fazer algo que já não quisessem. Ig se perguntou se esse não seria o caso.

Mould fez uma careta e grunhiu, mas não conseguiu levantar a barra novamente. Ig se afastou do banco e foi em direção à escada.

— Ei — chamou o padre. — Preciso de uma ajuda aqui.

Ig enfiou as mãos nos bolsos e começou a assobiar "When the Saints Go Marching in". Pela primeira vez naquela manhã, ele se sentiu bem. Mould arfou e fez força, mas Ig não olhou para trás enquanto subia os degraus.

A irmã Bennett passou por Iggy quando ele entrou no átrio. Ela vestia calças vermelhas e uma camisa sem mangas com estampa de margaridas, e estava com o cabelo preso. A irmã Bennett se assustou ao vê-lo e quase deixou cair a bolsa.

— Está de saída? — perguntou Ig para ela.

— Eu... eu não tenho carro — revelou a irmã Bennett. — Quero levar o carro da igreja, mas tenho medo de ser pega.

— Você vai limpar a conta da igreja. O que importa um carro?

Ela o encarou por um momento, depois se inclinou e beijou Ig no canto da boca. Com o toque de seus lábios, Ig soube da mentira horrível que ela havia contado para a mãe quando tinha nove anos e do dia terrível em que beijou impulsivamente uma de suas alunas, uma linda garota de dezesseis anos chamada Britt, assim como do abandono particular e desesperador de suas crenças espirituais. Ele viu essas coisas, compreendeu e não deu a mínima.

— Deus o abençoe — disse a irmã Bennett.

Ig teve que rir.

CAPÍTULO SETE

NÃO HAVIA MAIS NADA a fazer a não ser voltar para casa e ver os pais. Ig virou o carro naquela direção e dirigiu.

O silêncio do carro o deixou inquieto. Ele tentou ouvir rádio, mas o som lhe deu nos nervos, era pior do que o silêncio. Os pais moravam fora da cidade, a quinze minutos dali, então teve algum tempo para pensar. Ig não se sentia tão inseguro sobre o que esperar deles desde a noite em que foi preso, levado para interrogatório em relação ao estupro e assassinato de Merrin.

O detetive, um homem chamado Carter, começou arrastando uma foto dela sobre a mesa para que Ig olhasse. Mais tarde, sozinho na cela, ele via a foto toda vez que fechava os olhos. Merrin estava branca em contraste com as folhas marrons, deitada de costas, com os pés juntos, os braços na lateral do corpo, o cabelo espalhado. O rosto estava mais escuro do que o chão; a boca, cheia de folhas, e um filete de sangue havia escorrido do couro cabeludo e descido pela borda da face, contornando a maçã do rosto. Ela ainda usava a gravata de Ig, e a parte mais larga do pano cobria recatadamente o seio esquerdo. Ele não conseguia tirar a imagem da mente, afetando seus nervos e seu estômago, até que, em algum momento — não se sabe quando exatamente, pois não havia relógio na cela —, Ig caiu de joelhos diante do vaso sanitário de aço inoxidável e vomitou.

Ele estava com medo de ver a mãe no dia seguinte. Foi a pior noite da vida de Ig, e talvez tivesse sido a pior noite da vida dela. Ele nunca tinha se envolvido em confusão. A mãe provavelmente não teria conseguido dormir, e ele a imaginou sentada na cozinha, de camisola, com uma xícara de chá frio, os olhos vermelhos e o rosto pálido. O pai também não teria conseguido descansar, teria ficado ao lado da mulher. Ig se perguntou se seu pai teria se sentado ao lado dela em silêncio, os dois assustados e imóveis, sem algo para fazer a não ser esperar, ou se Derrick Perrish teria ficado agitado e mal-humorado, andando de um lado para outro na cozinha, dizendo a ela o que eles fariam e como eles contornariam a situação, quem ele detonaria como se fossem malditos blocos de concreto.

Ig estava determinado a não chorar quando visse a mãe, e não chorou. Nem ela. Sua mãe havia se arrumado como se tivesse saído para almoçar com o conselho de curadores da universidade, e o rosto estreito e magro estava alerta e calmo. Seu pai era quem parecia ter chorado. Derrick teve dificuldade em focar o olhar. Estava com mau hálito.

— Não fale com ninguém, exceto com o advogado. — Foi a primeira coisa que saiu da boca de sua mãe. — Não confesse qualquer coisa.

— Não confesse nada — repetiu o pai, que o abraçou e começou a chorar.

Então, em meio aos soluços, Derrick deixou escapar:

— Não me importo com o que aconteceu.

Foi quando Ig percebeu que eles achavam que ele era culpado. E isso era a única coisa que não tinha lhe ocorrido. Mesmo se ele *tivesse cometido* os crimes — mesmo se tivesse sido pego em flagrante —, Ig pensava que os pais acreditariam em sua inocência.

Ig saiu da delegacia de Gideon mais tarde naquele dia, com os olhos doendo sob a luz forte e oblíqua de outubro. Ele não foi acusado. Ele nunca foi acusado. E nunca foi inocentado. Ele era, ainda é, considerado um "suspeito".

Provas foram coletadas na cena do crime, amostras de DNA, talvez — Ig não tinha certeza, já que a polícia não divulgou os detalhes. E ele acreditava, do fundo do coração, que, uma vez que tudo fosse analisado, ele seria publicamente inocentado de todos os crimes. Só que ocorreu um incêndio no laboratório estadual em Concord, e as amostras colhidas do cadáver de Merrin foram arruinadas. Essa notícia assustou Ig. Foi difícil não ser supersticioso, começou a achar que forças sombrias se aliaram contra ele. A sorte correu por entre seus dedos. A única prova forense que sobrara fora a marca de um pneu da Goodyear. O Gremlin de Ig usava pneus da Michelin. Mas isso não foi decisivo, pois, se não havia provas concretas de que Ig havia cometido o crime, também não havia nada que o livrasse da suspeita. Seu álibi — que ele passou a noite sozinho, desmaiado bêbado dentro do carro, atrás de um Dunkin' Donuts abandonado no meio do nada — parecia uma mentira desesperada e surrada, até para ele mesmo.

Naqueles primeiros meses em que se mudara de volta para a casa dos pais, Ig foi cuidado e bem tratado, como se fosse uma criança com gripe outra vez, e seus pais tentavam ajudá-lo a vencer sua doença com sopa e livros. Esgueiravam-se pela casa, como se temessem que a própria vida cotidiana pudesse deixar Ig nervoso. Era curioso que sentissem tanta preocupação pelo filho e, ao mesmo tempo, acreditassem que ele tivesse feito coisas tão horríveis a uma garota que eles também amavam.

Mas, depois que o caso contra Ig esfriou e a ameaça de acusação passou, os pais se afastaram dele, se retraíram. Eles o amaram e estiveram a ponto de ir à guerra quando parecia que o filho seria julgado por assassinato, mas pareceram aliviados em poder se livrar dele ao saberem que Ig não iria para a cadeia.

Ig morou com os pais por nove meses, e não precisou pensar muito quando Glenna perguntou a ele se queria dividir o aluguel com ela. Depois que se mudou, via os pais apenas quando ia visitá-los em casa. Eles não se encontravam na cidade para almoçar, ir ao cinema ou fazer compras, e os pais nunca iam ao apartamento. Às vezes, quando Ig passava em casa, descobria que o pai estava viajando, na França para um festival de jazz ou em Los Angeles para trabalhar em uma trilha sonora. Ele nunca sabia dos planos do pai com antecedência, que não ligava para dizer que estava indo viajar.

Ig conversava sobre amenidades com a mãe na varanda, assuntos sem importância alguma. Ele estava prestes a começar um emprego na Inglaterra quando Merrin morreu, mas essa parte de sua vida foi arruinada. Ig contou à mãe que voltaria a estudar, que tinha os formulários de inscrição para a Universidade Brown e para a Universidade Columbia. E tinha mesmo; os documentos estavam sobre o micro-ondas no apartamento de Glenna. Um deles fora usado como prato para uma fatia de pizza e o outro estava sujo com manchas marrons secas de uma xícara de café. Sua mãe parecia disposta a embarcar na história, a encorajar e aprovar, sem fazer perguntas incômodas que prolongassem o assunto, como se algum dia ele visitaria as universidades para marcar a entrevista, se pretendia trabalhar enquanto esperava notícias do processo de admissão. Nenhum dos dois queria abalar a frágil ilusão de que as coisas estavam voltando ao normal, de que tudo ainda poderia dar certo para Ig, de que a vida dele seria retomada.

Nessas visitas ocasionais, ele só ficava à vontade quando estava com Vera, a avó, que morava com os pais dele. Ig não tinha certeza se ela se lembrava de que ele fora preso por homicídio sexual. Na maior parte do tempo, ela ficava numa cadeira de rodas, pois havia colocado uma prótese de quadril que inexplicavelmente não melhorou sua situação. Ig a levava para passear pela estrada de cascalho, através do bosque ao norte da casa dos pais, para ver a Queen's Face, um platô alto de onde saltavam os praticantes de asa-delta. Em um dia quente de julho, era possível ver cinco ou seis deles voando nas correntes ascendentes, como pipas coloridas ziguezagueando e flutuando no céu. Quando Ig estava com a avó observando enquanto as asas-deltas desafiavam os ventos da Queen's Face, ele quase se sentia como a pessoa que era quando Merrin estava viva, alguém que ficava feliz em fazer o bem para os outros, que ficava feliz com o cheiro do ar livre.

Enquanto subia a colina até a casa, Ig viu Vera no jardim da frente, na cadeira de rodas, com uma jarra de chá gelado em uma mesinha ao lado dela. A cabeça da avó estava inclinada em um ângulo torto; tinha dormido, cochilado ao sol. A mãe de Ig talvez tivesse estado ali do lado de fora com a avó — havia um cobertor xadrez amarrotado estendido na grama. A luz do sol transformou a borda da jarra de chá gelado em um aro de brilho, um halo prateado. A cena era a mais plácida possível, mas, assim que Ig parou o carro, seu estômago começou a revirar. Foi como aconteceu na igreja. No momento em que estava ali, não queria mais sair. Ig temia ver as pessoas que tinha ido ver.

Ele saltou do carro. Não havia o que fazer.

Um Mercedes preto que Ig não reconheceu estava estacionado ao lado da entrada da garagem. Tinha placa do Álamo. O carro alugado de Terry. Ig tinha se oferecido para buscá-lo no aeroporto, mas o irmão respondera que não fazia sentido, pois chegaria tarde e queria ter um carro próprio, e que os dois poderiam se ver no dia seguinte. Então Ig saiu com Glenna e acabou bêbado e sozinho na velha fundição.

De todas as pessoas de sua família, Terry era quem Ig tinha menos medo de encontrar. O que quer que o irmão confessasse, quaisquer compulsões secretas ou constrangimentos, Ig iria perdoá-lo. Ele devia isso a Terry. De alguma forma, talvez Ig tenha ido lá só para ver Terence. Enquanto Ig atravessava o pior pesadelo de sua vida, Terry aparecia todos os dias nos jornais declarando que o caso contra o irmão era uma farsa, um completo absurdo, que seu irmão nunca faria mal a alguém que amava. Para Ig, se uma pessoa teria coragem de ajudá-lo naquele momento, seria Terry.

Ig andou pela grama até chegar ao lado de Vera. A mãe dele deixara a avó virada para a encosta comprida e coberta de grama que descia até a velha cerca de toras no pé da colina. A cabeça estava apoiada sobre o ombro; os olhos, fechados, e o assobio da respiração, baixinho. Ele sentiu um pouco da tensão ir embora ao ver a avó descansando daquele jeito. Ig não precisaria falar com ela, pelo menos, não teria que ouvi-la balbuciar seus desejos secretos mais terríveis. Ele observou o rosto magro, experiente e enrugado da avó e foi preenchido por um enorme carinho, pelas manhãs que passaram juntos vendo *The Price Is Right* com chá e biscoitos com manteiga de amendoim. O cabelo de Vera estava preso para trás, mas se soltava dos grampos, de modo que longas mechas brancas flutuavam por cima das bochechas. Ig colocou a mão suavemente sobre a dela — esquecendo por um momento o que um toque poderia causar.

Sua avó, ele soube então, não sentia dor no quadril, mas gostava que as pessoas a empurrassem na cadeira de rodas e agissem como seus criados. Vera tinha oitenta anos e achava que tinha direito a algumas coisas. Gostava especialmente de mandar na filha, que achava que seu cocô não fedia porque era rica o suficiente para se limpar com notas de vinte dólares, esposa de um grande ex-famoso e mãe de um embuste do showbiz e de um assassino sexual depravado. Embora Vera pensasse que isso era melhor do que Lydia tinha sido, uma prostituta barata que teve a sorte de fisgar um cara famoso qualquer com uma veia sentimental. Vera ainda se surpreendia com o fato de a filha ter conseguido largar a vida em Las Vegas com um marido e uma bolsa cheia de cartões de crédito, em vez de ter passado dez anos na prisão com uma doença venérea incurável. Ela acreditava que Ig sabia o que sua mãe fora — uma puta barata — e que isso o levou a sentir um ódio patológico pelas mulheres, por isso estuprou e matou Merrin Williams. Essas coisas sempre foram tão freudianas. E, claro, a garota Williams era uma carreirista marota, balançava o rabinho na cara do menino desde o primeiro dia, atrás de uma aliança e do dinheiro da família. Com suas minissaias e tops justos, Merrin Williams não passava de uma puta também, na opinião de Vera.

Ig largou a mão da avó como se um fio desencapado tivesse lhe dado um choque inesperado, gritou e deu um passo cambaleante para trás. Vera se mexeu na cadeira e abriu um olho.

— Ah — murmurou ela. — É você.

— Desculpe. Não quis acordar a senhora.

— Eu queria que não tivesse me acordado. Eu queria dormir. Eu estava mais feliz dormindo. Você acha que eu queria ver *você*?

Ig sentiu um calafrio na espinha. A avó virou o rosto.

— Quando olho para você, tenho vontade de morrer.

— Tem mesmo? — perguntou ele.

— Não posso encontrar meus amigos. Não posso ir à igreja. Todo mundo fica me encarando. Todos sabem o que você fez. Isso me faz querer morrer. E aí você vem me levar para passear. Odeio quando você me leva para passear e as pessoas nos veem juntos. Não sabe como é difícil fingir que não te odeio. Sempre pensei que havia algo errado com você. O jeito escandaloso como você fica arfando depois de correr. Você respira pela boca, como um cachorro, ainda mais quando está perto de garotas bonitas. E você era lento. Muito mais lento do que seu irmão. Tentei contar para Lydia. Não sei quantas vezes eu falei para ela que você tinha problemas. Ela não deu atenção, agora veja o que aconteceu. Todos temos que conviver com isso.

Ela cobriu os olhos com a mão, o queixo tremendo. Enquanto Ig atravessava o jardim, ele ouviu a avó começar a chorar.

Ele cruzou a varanda da frente, passou pela porta aberta e entrou na escuridão cavernosa do saguão. Pensou em subir para o antigo quarto e se deitar. Achou que cairia bem tirar um tempo para si mesmo, no frio sombrio, rodeado por seus pôsteres de shows e livros de infância. Então, ao passar pelo escritório da mãe, Ig ouviu o barulho de papéis e se virou automaticamente para olhar para dentro.

A mãe estava curvada sobre a mesa, passando o dedo por um punhado de páginas, de vez em quando arrancando uma e guardando em uma pasta de couro macio. Inclinada naquela posição, sua saia risca de giz ficava bem justa no traseiro. Seu pai a conheceu quando ela dançava em Las Vegas, e Lydia ainda tinha o corpo de uma corista. Ig lembrou-se do que vislumbrou ao ler a mente de Vera — a crença secreta de sua avó de que a filha tinha sido uma prostituta ou coisa pior — e então rapidamente descartou aquilo como uma fantasia senil. A mãe dele era do Conselho Estadual de Artes de New Hampshire e lia romances russos e, mesmo quando ela era uma corista, pelo menos usava penas de avestruz.

Quando Lydia viu Ig olhando para ela da porta, a pasta tombou do joelho. Ela pegou, mas já era tarde demais. Os papéis se espalharam, caindo em cascata no chão. Alguns flutuaram sem rumo e sem pressa, como flocos de neve, e Ig voltou a pensar nas asas-deltas. As pessoas pulavam da Queen's Face também. Os suicidas adoravam o local. Talvez ele mesmo fosse até lá depois.

— Iggy — disse ela. — Não sabia que você viria.

— Eu sei. Tenho dirigido por aí. Não sabia mais para onde ir. Estou tendo uma manhã dos infernos.

— Ah, querido — murmurou Lydia, franzindo a testa em solidariedade.

Fazia tanto tempo que alguém não era solidário com ele, e Ig queria tanto isso, que se sentiu trêmulo, quase fraco.

— Uma coisa terrível está acontecendo comigo, mãe — comentou ele, com a voz falhando.

Pela primeira vez em toda a manhã, Ig estava à beira das lágrimas.

— Ah, querido — repetiu ela. — Você não poderia ter ido para outro lugar?

— O quê?

— Não quero ouvir mais seus problemas.

A ardência no fundo dos olhos começou a diminuir, a vontade de chorar se esvaiu tão rápido quanto havia surgido. Os chifres latejaram com uma sensibilidade dolorida, não inteiramente desagradável.

— Mas eu estou com problemas.

— Não quero ouvir isso. Não quero saber. — A mãe dele se agachou no chão e começou a catar os papéis e enfiá-los na pasta.

— Mãe — chamou Ig.

— Quando você fala, eu quero cantar! — gritou ela, largando a pasta e tapando os ouvidos. — *Lálálá-lá-lá-lá!* Quando você fala, eu não quero ouvir. Quero prender minha respiração até você ir embora.

Ela encheu os pulmões de ar e prendeu a respiração, as bochechas estufando.

Ele cruzou o cômodo e se abaixou diante dela, de modo que Lydia teria que olhar para ele. Ela ficou agachada com as mãos nos ouvidos e a boca fechada com força. Ig pegou a pasta da mãe e começou a colocar os papéis dentro dela.

— É assim que você se sente sempre que me vê?

Ela assentiu furiosamente, com olhos brilhantes e fixos.

— Não se sufoque, mãe.

Lydia encarou o filho por mais um momento, então abriu a boca e respirou fundo, assobiando. Ela observou Ig terminar de guardar os papéis na pasta.

Quando falou, a voz de Lydia saiu baixa, estridente e rápida, com as palavras se atropelando:

— Quero escrever uma carta para você, uma carta muito bonita com uma caligrafia muito bonita em meu papel timbrado especial para dizer quanto papai e eu te amamos e quanto lamentamos por você não estar feliz e como seria muito melhor para todo mundo se você simplesmente fosse embora.

Ele colocou o último papel na pasta e se manteve ali, segurando a pasta sobre os joelhos.

— Para onde?

— Você não queria fazer trilha no Alasca?

— Com Merrin.

— Ou conhecer Viena?

— Com Merrin.

— Ou aprender mandarim? Em Pequim?

— Merrin e eu conversamos sobre ir ao Vietnã para ensinar inglês. Mas não acho que a gente faria isso.

— Não estou nem aí para *onde* você vai. Contanto que eu não tenha que ver você uma vez por semana. Contanto que eu não tenha que ouvir você falar de si mesmo como se tudo estivesse bem, porque não está tudo bem, nunca vai ficar bem novamente. Ver você me deixa muito triste. Eu só quero ser feliz de novo, Ig.

Ele entregou a pasta para a mãe.

— Não quero mais que você seja meu filho — confessou ela. — É tão difícil. Queria ter tido apenas Terry.

Ig se inclinou e beijou a bochecha da mãe. Quando fez isso, viu como Lydia silenciosamente se ressentiu dele durante anos por ter lhe causado estrias. Sozinho, Ig estragara seu corpo de coelhinha do mês da *Playboy*. Terry foi um bebê pequeno, atencioso e deixou a forma e a pele dela intactas, mas Ig fodeu tudo. Uma vez, antes de ter filhos, ela recebeu uma oferta de cinco mil dólares por uma única noite com um xeique do petróleo, em Las Vegas. Que época boa. Foi o dinheiro mais fácil e melhor que ela já ganhou.

— Não sei por que lhe contei tudo isso — falou Lydia. — Eu me odeio. Nunca fui uma boa mãe.

Então Lydia pareceu perceber que tinha sido beijada e tocou a bochecha, passou a palma da mão sobre o local. A mãe de Ig estava piscando para conter as lágrimas, mas, quando sentiu o beijo na pele, sorriu.

— Você me beijou. Você está... você está indo embora? — A voz saiu trêmula de esperança.

— Eu nunca estive aqui — disse ele.

CAPÍTULO OITO

DE VOLTA À ENTRADA da casa, Ig olhou para a porta de tela da varanda e para o mundo iluminado pelo sol lá fora e pensou que deveria ir, ir logo, sair dali antes que encontrasse mais alguém, seu pai ou seu irmão. Ele mudara de ideia com relação a Terry, decidira evitá-lo, afinal de contas. Considerando o que sua mãe lhe dissera, Ig achou melhor não testar seu amor por mais ninguém.

No entanto, ele não saiu da casa, em vez disso se virou e começou a subir as escadas. Ig pensou que, uma vez que já estava ali, deveria olhar no quarto se havia algo que queria levar consigo quando partisse. Partisse para onde? Ele ainda não sabia. Não tinha certeza, porém, de que algum dia voltaria à casa dos pais.

A escada tinha um século de idade e rangeu enquanto Ig subia. Assim que ele chegou ao topo, uma porta do outro lado do corredor, à direita, se abriu, e seu pai colocou a cabeça para fora. Ig já tinha visto isso centenas de vezes. O pai se distraía facilmente e não suportava que alguém passasse pelas escadas sem olhar para ver quem era.

— Ah — murmurou ele. — Ig. Pensei que era... — Mas sua voz foi sumindo.

O olhar dele se desviou para os chifres. O homem ficou parado ali, vestido com uma regata branca e suspensórios listrados, de pés descalços.

— Fale logo — incentivou Ig. — Esta é a parte em que você me conta algo terrível que vem mantendo em segredo. Provavelmente alguma coisa a meu respeito. É só me dizer, e nós lidamos logo com isso.

— Quero fingir que estava fazendo algo importante no meu estúdio para não ter que falar com você.
— Bem. Isso não é tão ruim.
— Ver você é muito difícil.
— Peguei você. Mamãe já me contou tudo isso.
— Eu penso na Merrin. Ela era uma boa garota. Eu a amava, sabe, de certa forma. E invejava você. Nunca estive apaixonado por ninguém como vocês dois estavam apaixonados um pelo outro. Certamente não pela sua mãe... uma putinha obcecada por status. O pior erro que já cometi. Todas as coisas ruins na minha vida saíram do meu casamento. Menos Merrin. Merrin era a coisinha mais doce. Era impossível ouvi-la rir sem sorrir. Quando penso na maneira como você fodeu e a matou, tenho vontade de vomitar.
— Eu não a matei — disse Ig, com a boca seca.
— E a pior parte — falou Derrick Perrish — é que ela era minha amiga e me admirava, e em troca eu ajudei você a se safar.
Ig o encarou.
— Era o cara que dirigia o laboratório forense estadual, Gene Lee. O filho dele morreu de leucemia há alguns anos, mas, antes de bater as botas, eu o ajudei a conseguir ingressos para o show do Paul McCartney e providenciei para que os dois o conhecessem nos bastidores e tudo mais. Depois que você foi preso, Gene entrou em contato. Ele me perguntou se você tinha cometido o crime, e eu disse... eu falei para ele... que não podia dar uma resposta sincera. E dois dias depois houve aquele incêndio no laboratório estadual em Concord. Gene não era o responsável local, ele trabalha em Manchester, mas sempre presumi...

Ig sentiu o estômago revirar. Se as amostras coletadas no local do crime não tivessem sido destruídas, talvez fosse possível provar que ele era inocente. Mas foram queimadas — assim como todas as outras esperanças que Ig tinha no coração, como todas as coisas boas na vida de Ig. Em momentos de paranoia, ele imaginava uma conspiração secreta determinada a condená-lo e destruí-lo. Naquele momento, Ig viu que estava certo, de fato *houve* uma intervenção secreta, mas era uma conspiração de pessoas que queriam protegê-lo.

— Como você pôde ter feito isso? Como pôde ter sido tão estúpido? — perguntou Ig, sem fôlego, tão chocado com a revelação que oscilava à beira do ódio.

— É o que me pergunto. Todos os dias. Quero dizer, quando o mundo vem contra seus filhos, com facas nas mãos, é seu dever ficar no caminho. Todo mundo entende uma situação dessas. Mas isso... *isso*... Merrin era como uma filha para mim. Ela frequentou nossa casa durante dez anos. Ela *confiou* em mim. Eu comprava pipoca para Merrin no cinema, ia aos seus jogos de lacrosse e jogava cartas com ela. Merrin era linda e amava você, e então você esmagou a porra da cabeça dela. Não foi certo encobrir o que você fez, não aquilo. Você deveria ter ido para a cadeia. Quando eu vejo você aqui em casa, tenho vontade de lhe dar um tapa e arrancar essa expressão infeliz da sua cara. Como se você tivesse algo com que ficar triste. Você se safou de um assassinato. Literalmente. E me arrastou junto. Você faz com que eu sinta nojo de mim mesmo. Dá vontade de me lavar, de me esfregar com palha de aço. Fico arrepiado quando você fala comigo. Como pôde fazer aquilo com ela? Merrin era uma das melhores pessoas que já conheci. Com certeza ela era a minha coisa favorita em relação a você.

— Para mim também — interveio Ig.

— Quero voltar ao meu escritório — retrucou o pai, a boca aberta, respirando pesadamente. — Quando vejo você, só quero ir embora. Para meu escritório. Para Las Vegas. Ou Paris. *Qualquer lugar.* Quero ir e nunca mais voltar.

— E você acha mesmo que eu a matei. Não pode se perguntar se talvez as provas que você mandou Gene queimar poderiam ter me salvado? Tantas vezes eu falei que não fiz aquilo, e você nunca imaginou que talvez, apenas talvez, eu fosse inocente?

O pai de Ig o encarou e por um momento ficou sem palavras. Então ele disse:

— Não. Não mesmo. Na verdade, fiquei surpreso por você não ter feito nada contra ela antes. Sempre achei que você era um merdinha esquisito.

CAPÍTULO NOVE

IG FICOU PARADO NA porta do próprio quarto por um minuto inteiro, mas não entrou, não se deitou, como havia imaginado fazer. A cabeça doeu de novo, nas têmporas, na base dos chifres. Sentia uma pressão atrás deles. A escuridão distorcia as bordas de seu campo de visão, no ritmo de sua pulsação.

Mais do que tudo, ele queria descansar, não queria mais loucura. Desejava o toque de uma mão fria na testa. Desejava Merrin de volta — chorar com o rosto enterrado no colo dela enquanto os dedos da namorada passeavam em sua nuca. Tudo que ele relacionava a paz parecia incluí-la: uma tarde fresca de julho, deitados na grama rio acima; um dia chuvoso de outubro, bebendo sidra com ela na sala de estar, os dois aninhados sob um cobertor de tricô, com o nariz frio de Merrin contra sua orelha.

Ele olhou ao redor do quarto, pensando na vida que viveu ali. Ig avistou o velho estojo do trompete embaixo da cama, aparecendo um pouco para fora, pegou e o colocou sobre o colchão. Dentro estava o instrumento de sopro de prata. Estava manchado, os pistos gastos, como se o trompete tivesse sofrido muito uso.

E sofreu. Mesmo depois de saber que seus pulmões fracos nunca mais permitiriam que tocasse trompete, Ig continuou ensaiando, por motivos que não entendia mais. Depois que os pais o mandavam para a cama, ele tocava no escuro, deitado na cama, os dedos voando sobre os pistos. Ele tocava Miles Davis, Wynton Marsalis e Louis Armstrong. Mas a música estava apenas em sua mente. Porque, embora colocasse o bocal nos lábios, ele não ousava soprar, com medo de provocar uma onda de tontura e uma tempestade de neve preta. Aquilo pareceu uma enorme perda de tempo, ter praticado tanto com nenhum objetivo útil.

Em uma súbita convulsão de fúria, ele esvaziou o estojo no chão e jogou longe o trompete e o resto da parafernália do instrumento — tubos e óleo de válvula, bocal sobressalente —, jogou tudo fora. A última coisa que pegou foi uma surdina, modelo Tom Crown, uma coisa que parecia um grande enfeite de Natal feito de cobre escovado. Ig irá lançá-lo ao outro lado do quarto e até tomou impulso para arremessar, mas os dedos não abriram, não deixaram que a surdina saísse de sua mão. Era uma bela peça de metal, mas não foi por isso que ele a segurou. Ig não sabia por que a segurou.

Uma surdina Tom Crown servia para abafar o som ao ser enfiada na campa do instrumento; usada de maneira correta, ela produzia um sopro tão lascivo quanto uma mão subindo por debaixo da saia. Ig baixou o olhar para a surdina, franzindo as sobrancelhas, e *alguma coisa* imperceptível lhe cutucou a consciência. Não era uma ideia, ainda não. Não era nem metade de uma ideia. Era uma noção errante e confusa. Algo a respeito de instrumentos de sopro. Algo a respeito da maneira como eram tocados.

Ig finalmente largou a surdina e se voltou para o estojo do trompete. Retirou o forro de espuma, colocou uma muda de roupa dentro e foi procurar o passaporte. Não porque pensasse em ir embora do país, mas porque queria levar tudo o que lhe era importante, para que não tivesse que voltar mais tarde.

O passaporte estava enfiado na Bíblia chique dentro da gaveta de cima da cômoda, uma versão do Rei Jaime com capa de couro branco e as palavras de Jesus impressas em dourado. Terry a chamava de Bíblia do Neil Diamond. Ele havia ganhado quando criança, participando de um jogo de perguntas e respostas sobre as Escrituras Sagradas nas aulas de catecismo. Quando confrontado com as respostas da Bíblia, Ig fez todas as perguntas certas.

Ig tirou o passaporte do Bom Livro e fez uma pausa, olhando para uma coluna borrada de pontos e traços rabiscada a lápis nas abas. Era uma chave para o código Morse. O próprio Ig havia anotado na contracapa da Bíblia do Neil Diamond, mais de dez anos antes. Certa vez, ele acreditou que havia recebido uma mensagem em código Morse de Merrin Williams e passou duas semanas elaborando uma resposta para ser enviada da mesma forma. A resposta que ele deu ainda estava rabiscada ali em uma série de pontos e traços: sua oração favorita no livro.

Ig jogou a Bíblia dentro do estojo do trompete. Talvez houvesse algo ali, algumas dicas úteis para a situação dele, um remédio homeopático para quando alguém sofresse um caso grave do diabo.

Era hora de ir embora, sair de casa antes que ele visse mais alguém, mas ao pé da escada Ig percebeu que a boca estava seca e pegajosa e que era doloroso engolir. Ele entrou na cozinha e bebeu da pia. Juntou as mãos em concha e jogou água no rosto, depois segurou as laterais da pia enquanto o rosto pingava e se sacudiu como um cachorro. Ig se secou com um pano de prato, curtindo a sensação áspera contra a pele úmida e arrepiada de frio. Por fim, largou o pano e se virou, quando descobriu seu irmão parado atrás dele.

CAPÍTULO DEZ

TERRY SE ENCOSTOU NA parede, logo depois da porta de vaivém. Ele não parecia muito bem — talvez fosse efeito do jet-lag. Precisava se barbear, e as pálpebras estavam inchadas como se ele sofresse de alergia. Terry era alérgico a tudo — pólen, manteiga de amendoim; uma vez ele quase morreu depois de ser picado por uma abelha. A camisa de seda preta e as calças de tweed estavam folgadas no corpo, como se ele tivesse perdido peso.

Os dois se olharam. Ig e Terry não ficavam no mesmo cômodo desde o fim de semana em que Merrin tinha sido morta, e Terry não parecia muito melhor na época, quando falou com dificuldade, tomado pela tristeza por ela e por Ig. Ele partira para a Costa Oeste logo depois — supostamente para os ensaios, embora Ig suspeitasse que o irmão fora convocado para uma reunião de controle de danos com os executivos da Fox — e não voltara desde então, o que não era surpresa alguma. Terry não gostava muito de ir a Gideon, mesmo antes do assassinato.

— Eu não sabia que você estava aqui — disse Terry. — Não o ouvi entrar. Deixou crescer chifres enquanto eu estive fora?

— Achei que estava na hora de experimentar um novo visual. Gostou deles?

O irmão balançou a cabeça.

— Eu quero lhe contar uma coisa — comentou Terry, engolindo em seco.

— Junte-se ao clube.

— Eu quero contar, mas ao mesmo tempo *não quero*. Estou com medo.

— Vá em frente. Desembuche. Provavelmente, não é tão ruim. Acho que qualquer coisa que você pudesse ter a dizer não me incomodaria muito. Mamãe acabou de me falar que nunca mais quer me ver. Papai disse que gostaria que eu tivesse ido para a cadeia para sempre.

— Não.

— Sim.

— Ai, Ig — murmurou Terry, os olhos marejados. — Eu me sinto tão mal. Em relação a tudo. Em relação à forma como as coisas acabaram para você. Sei quanto você a amava. Eu a amava também, sabe. Merrin. Ela era uma garota e tanto.

Ig assentiu.

— Eu quero que você saiba... — começou Terry, com a voz embargada.

— Vá em frente — incentivou Ig, com delicadeza.

— Eu não a matei.

Ig o encarou, a sensação incômoda de formigamento se espalhando pelo peito. A ideia de que Terry pudesse ter estuprado e matado Merrin nunca passara pela cabeça dele, era impossível.

— É claro que não — retrucou Ig.

— Eu amava vocês dois e queria que fossem felizes. Nunca teria feito algo para machucá-la.

— Eu sei disso.

— E se eu soubesse que Lee Tourneau iria matá-la, eu teria tentado impedir — confessou Terry. — Achei que Lee fosse amigo dela. Eu queria tanto contar a verdade para você, mas ele me obrigou a ficar calado. Ele me obrigou.

— IIIIIIIII! — gritou Ig.

— Ele é horrível, Ig — disse Terry. — Você não o conhece. Você acha que conhece, mas não faz a menor ideia.

— IIIIIIIII! — continuou Ig.

— Lee armou para cima da gente, e eu tenho vivido um inferno desde então.

Ig fugiu para o corredor, disparou no escuro até a porta da frente, passou pela tela da varanda com um baque, saiu aos tropeções sob o clarão ofuscante do dia, com os olhos marejados, tropeçou nos degraus e caiu no quintal. Ele se levantou, ofegante. Derrubara o estojo do trompete — Ig mal percebera que ainda o carregava — e o pegou de volta na grama.

Ele cambaleou pelo gramado, mal olhando para onde estava indo. Os cantos dos olhos estavam úmidos, e Ig achou que pudesse estar chorando, mas, quando tocou o rosto, viu os dedos ensanguentados. Ele levou as mãos aos chifres. As pontas haviam rompido a pele, e o sangue lhe escorria pelo rosto. Ig estava ciente de que os chifres estavam latejando, e, embora parecessem estar doloridos, havia uma espécie de emoção nervosa percorrendo as têmporas, uma sensação de alívio não muito diferente do orgasmo. Ele cambaleou, e de sua boca jorrou uma série de maldições, de obscenidades sufocadas. Ig odiava como era difícil respirar, odiava o sangue pegajoso nas bochechas e nas mãos, o céu azul muito brilhante, o cheiro de si mesmo, odiava, odiava, *odiava*.

Perdido nos próprios pensamentos, ele não viu a cadeira de rodas de Vera até quase trombar com ela. Ele parou e olhou para a avó. Ela havia cochilado novamente, e um ronco suave ecoava nas narinas. Vera tinha um sorrisinho no rosto, como se passasse por sua mente um pensamento agradável e sonhador, e sua expressão de paz e felicidade fez o estômago de Ig se revirar em fúria. Ele soltou o freio na parte de trás da cadeira de rodas e deu um empurrão.

— Vadia — xingou ele, enquanto a cadeira de rodas começou a rolar para a frente, colina abaixo.

Ela ergueu a cabeça do ombro, baixou-a de volta e ergueu-a novamente, tentando se mexer fracamente. A cadeira de rodas percorreu a grama verde bem-cuidada, uma roda bateu em uma pedra, trepidou e passou por cima, continuou. Ig lembrou-se do dia, quando tinha quinze anos, em que desceu a Trilha Perigosa dentro de um carrinho de compras: um momento decisivo essencial em sua vida, na verdade. Será que ele tinha andado tão rápido assim? Era admirável como a cadeira de rodas ganhava velocidade, como a vida de uma pessoa ganhava velocidade, como a vida parecia uma bala apontada para um alvo, impossível de frear ou desviar, e não dava para saber o que atingiria, não dava para saber de qualquer coisa a não ser a velocidade e o impacto. Vera provavelmente estava a 65 quilômetros por hora quando bateu na cerca ao pé da colina.

Ig andou em direção ao carro, respirando normalmente outra vez; a sensação de aperto no esterno desapareceu tão rápido quanto havia surgido. O ar tinha um cheiro de grama fresca, aquecida pelo sol do fim de agosto e pelo verde das folhas. Ig não sabia aonde iria em seguida, apenas que estava indo. Uma cobra não venenosa deslizou pelo gramado atrás dele, preta e verde, e com aparência luzidia. A cobra ganhou a companhia de uma segunda e depois de uma terceira. Ig não percebeu.

Enquanto se sentava ao volante do Gremlin, ele começou a assobiar. Realmente *foi* um belo dia. Ig deu a volta com o Gremlin na entrada para carros e começou a descer a colina. A rodovia estava esperando onde ele a havia deixado.

BOMBA

CAPÍTULO ONZE

ELA ESTAVA LHE ENVIANDO uma mensagem.

A princípio ele não sabia que era ela, não sabia quem estava fazendo aquilo. Nem sabia que era uma mensagem. *Tudo* começou cerca de dez minutos após o início da missa: um lampejo de luz dourada no canto da visão, tão brilhante que lhe provocou um sobressalto. Ele esfregou o olho, tentando tirar a mancha brilhante que flutuava diante de si. Quando a visão clareou um pouco, ele olhou ao redor, procurando a fonte da luz, mas não conseguiu encontrá-la.

A garota estava sentada do outro lado do corredor, na fileira de bancos adiante, usando um vestido branco de verão. Ele nunca a tinha visto. Seu olhar continuava se voltando para ela, não porque pensava que a garota tinha algo a ver com a luz, mas porque ela era a melhor coisa para onde olhar naquele lado do corredor. Ele não era o único que achava isso. Um menino magro com cabelo que parecia seda de milho, tão claro que era quase branco, estava sentado logo atrás dela e às vezes parecia se inclinar para olhar por cima do ombro da garota e ver a frente do vestido. Ig nunca a tinha visto, mas reconheceu vagamente o garoto da escola e considerou que poderia ser um ano mais velho que ele.

Ignatius Martin Perrish procurou discretamente por um relógio de pulso ou uma pulseira que pudesse refletir a luz em seu globo ocular. Examinou pessoas com óculos de armação de metal, mulheres com brincos de argolas, mas não identificou o que estava causando aquele lampejo incômodo. Na maior parte do tempo, porém, ele observou a garota, seu cabelo ruivo e seus braços brancos. Havia alguma coisa na brancura daqueles braços que os deixava mais nus do que os braços despidos de outras mulheres na igreja. Muitas ruivas tinham sardas, mas ela parecia ter sido esculpida em um bloco de sabão.

Sempre que ele desistia de procurar a fonte da luz e virava o rosto para a frente, o lampejo dourado retornava como um clarão ofuscante. Era enlouquecedor, esse lampejo no olho esquerdo, como uma mariposa de luz circundando-o, flutuando perto de seu rosto. Uma vez ele até abanou com a mão, tentando afastá-lo.

Foi quando ela se entregou. Não conseguiu evitar e bufou, tremendo com o esforço para conter o riso. Então ela olhou para ele — um olhar lento, de soslaio, satisfeito e divertido. Ela sabia que tinha sido flagrada e que não fazia sentido continuar fingindo. Ig sabia também que ela tinha *planejado* ser flagrada, continuar a brincadeira até ser descoberta, um pensamento que fez os batimentos dele se acelerarem. Ela era muito bonita, tinha mais ou menos a idade dele, o cabelo trançado em uma faixa de seda preta. Estava mexendo em uma cruz de ouro delicada em volta do pescoço e a virou para a luz do sol, e a cruz brilhou e se tornou uma chama cruciforme. A garota se demorou nesse gesto, tornando-o uma espécie de confissão, e então soltou a cruz.

Depois disso, Ig não conseguiu mais prestar a menor atenção no que o padre Mould dizia atrás do altar. Ele queria mais do que tudo que a garota olhasse em sua direção novamente, e por um longo tempo ela não se virou, uma espécie de recusa charmosa. Mas de repente ela lhe lançou outro longo olhar maroto. Diretamente para Ig, a garota reluziu a cruz em seus olhos, dois lampejos curtos e um longo. Um momento se passou, e ela disparou uma sequência diferente: três lampejos curtos desta vez. A garota sustentava o olhar de Ig enquanto reluzia a cruz para ele, sorrindo, mas de forma sonhadora, como se tivesse se esquecido do motivo pelo qual estava sorrindo. A intensidade em seu olhar sugeria que ela queria fazê-lo entender algo, que a brincadeira com a cruz era importante.

— Acho que é código Morse — disse o pai de Ig, em voz baixa, com o canto da boca; pareciam dois condenados conversando no pátio da prisão.

Ig se contraiu em um reflexo nervoso. Naqueles últimos minutos, a Sagrado Coração de Maria havia se tornado um programa de TV com o volume reduzido a um murmúrio inaudível. Mas, quando o pai falou, Ig foi arrancado do momento e voltou a ter consciência de onde estava.

Ele também ficou assustado ao descobrir que o pênis havia endurecido ligeiramente dentro das calças e estava quente contra a perna. Era importante que o pênis voltasse ao normal. A qualquer momento eles ficariam de pé para o hino final, e Ig estaria com a barraca armada.

— O quê? — perguntou ele.

— Ela está dizendo: "Pare de olhar para minhas pernas" — respondeu Derrick Perrish, com o canto da boca de novo, como um mafioso de cinema. — "Ou vou lhe dar um olho roxo."

Ig fez um som engraçado tentando pigarrear.

A essa altura, Terry estava se esforçando para ver. Ig tinha se sentado na ponta do banco que dava para o corredor, com o pai à sua direita, depois a mãe e a seguir Terry, de maneira que o irmão mais velho teve que esticar o pescoço para ver a garota. Ele considerou as qualidades dela — a garota havia se virado para a frente novamente — e sussurrou:

— Foi mal, Ig. Sem chance.

Lydia bateu na nuca de Terry com o hinário, ele disse "Porra, mãe!", e ela bateu de novo na cabeça dele com o livro.

— Você não vai usar essa palavra aqui — sussurrou ela.

— Por que não bate no Ig? — indagou Terry. — É ele quem está de olho nas ruivinhas. Tendo pensamentos lascivos. Ele está cobiçando. Olhe só. Dá para ver na cara dele. Olhe para essa expressão cobiçadora.

— Cobiçosa — corrigiu Derrick.

A mãe de Ig olhou para o filho, e as faces dele arderam. Ela desviou o olhar do filho para a garota, que não prestou atenção neles, fingindo estar interessada no padre Mould. Depois de um momento, Lydia fungou e olhou em direção ao altar.

— Tudo bem — disse ela. — Eu estava começando a me perguntar se Ig era gay.

E então chegou a hora de cantar, e todos se levantaram. Ig olhou para a garota novamente e, quando ela ficou de pé, entrou na luz do sol e uma coroa de fogo pousou em seu cabelo ruivo escovado e brilhante. Ela se virou e olhou para ele novamente, abrindo a boca para cantar; em vez disso, soltou um gritinho baixo, mas que deu para ouvir. Ela estava prestes a virar o reflexo da cruz na direção de Ig quando a delicada corrente de ouro se soltou e caiu em sua mão.

Ig a observou enquanto ela abaixava a cabeça e tentava consertar a corrente. Então uma reviravolta infeliz aconteceu. O garoto loiro e bonito sentado atrás dela se inclinou e fez um gesto hesitante e desajeitado na nuca dela. Ele estava tentando fechar o colar para ela. A garota se encolheu e se afastou, lançando-lhe um olhar assustado, não especialmente agradecido.

O loiro não ruborizou nem demonstrou estar envergonhado. Ele parecia menos com um menino e mais com estátuas clássicas, com as feições inflexíveis, apenas ligeiramente severas e com a calma sobrenatural de um jovem César, alguém que poderia, com um simples polegar, transformar um grupo de cristãos ensanguentados em comida de leão. Anos mais tarde, seu penteado, aquele cabelo loiro-pálido curtinho, seria popularizado por Marshall Mathers, mas naquele dia parecia esportivo e comum. Ele também usava gravata, o que era elegante. Falou algo para a garota, mas ela balançou a cabeça. O pai dela se inclinou, sorriu para o rapaz e começou a ajeitar o colar ele mesmo.

Ig relaxou. César cometeu um erro tático ao tocá-la quando ela não esperava, a irritou em vez de encantá-la. O pai da garota trabalhou no colar por um tempo, mas depois riu e balançou a cabeça porque não podia ser consertado, e ela riu também, pegando o colar das mãos dele. A mãe disparou um olhar severo para os dois, e a menina e seu pai começaram a cantar novamente.

A missa terminou, e o burburinho aumentou como água enchendo uma banheira; a igreja era um recipiente com determinado volume e seu silêncio natural foi rapidamente deslocado pelo barulho. Ig sempre foi bom em matemática, e ele refletiu em termos de capacidade, volume, invariáveis e, acima de tudo, valores absolutos. Mais tarde, Ig acabou se revelando bom em ética lógica, mas isso talvez fosse apenas uma extensão da parte dele que era boa em realizar equações e fazer com que os números se comportassem bem.

Ig queria falar com ela, mas não sabia o que dizer, e em um momento perdeu a chance. Ao sair dos bancos para o corredor, a garota olhou para ele, repentinamente tímida, mas ainda sorrindo. De repente, o jovem César chegou ao seu lado, inclinando-se para cima dela, e lhe disse alguma coisa. O pai da garota interveio novamente, empurrando a filha para a frente e de alguma forma se enfiando entre ela e o jovem imperador. O pai sorriu para o moleque, de maneira agradável e acolhedora, mas, enquanto falava, empurrava a filha diante de si, marchando com ela, aumentando a distância entre ela e o garoto, com uma expressão calma, moderada e altiva. César não parecia preocupado e não tentou alcançá-la, mas assentiu pacientemente, até deu passagem para que a mãe da garota e algumas mulheres mais velhas — tias? — os alcançassem.

Com o pai conduzindo a filha, não havia chance de falar com ela. Ig observou-a ir embora, desejando que ela olhasse para trás e acenasse para ele, mas ela não fez isso, claro que não. A essa altura, o corredor estava lotado. O pai de Ig colocou a mão sobre um dos ombros do filho para que esperassem as coisas se acalmarem. Ig observou o jovem César passar. Ele estava acompanhado do próprio pai, um homem com um bigode loiro e grosso que crescia até as costeletas, dando-lhe a aparência de um bandido em um faroeste de Clint Eastwood, alguém para ficar à esquerda de Lee Van Cleef e levar um tiro na saraivada de balas de abertura da batalha final.

Finalmente, o tráfego no corredor diminuiu, e o pai de Ig tirou a mão do ombro dele para que enfim pudessem prosseguir. Ig saiu da fileira e aguardou que os pais passassem por ele, como era de hábito, para sair com Terry. Ig olhou ansioso para o banco da garota, como se de alguma forma ela pudesse reaparecer ali. Quando fez isso, seu olho direito foi tomado por um lampejo de luz dourada, como se tudo aquilo fosse começar de novo. Ele se encolheu, fechou os olhos e caminhou naquela direção.

Ela havia deixado a pequena cruz em cima de uma corrente de ouro enrolada, em um quadrado de luz. Talvez ela tivesse largado o objeto e esquecido, enquanto o pai a apressava para se afastar do garoto loiro. Ig pegou a cruz, esperando que estivesse fria. Mas estava quente, deliciosamente quente, como uma moeda deixada o dia inteiro sob a luz do sol.

— Iggy? — chamou a mãe. — Você está vindo?

Ig fechou o punho em volta do colar, virou-se e começou a andar rapidamente pelo corredor. Era importante alcançá-la. Ela lhe dera uma oportunidade de impressioná-la, de ser o descobridor de coisas perdidas, de ser ao mesmo tempo observador e atencioso. Mas quando Ig chegou à porta da igreja ela havia sumido. Ele teve um vislumbre da garota na parte de trás de uma van com painéis de madeira, sentada com uma das tias, os pais na frente, afastando-se do meio-fio.

Bem. Beleza. Sempre havia o próximo domingo, e quando devolvesse o colar, não estaria mais quebrado, e Ig saberia exatamente o que dizer quando se apresentasse.

CAPÍTULO DOZE

TRÊS DIAS ANTES DE Ig e Merrin se encontrarem pela primeira vez, Sean Phillips, um militar aposentado que morava no lado norte de Pool Pond, acordou à uma da manhã por causa de uma detonação de estourar os tímpanos. Por um momento, confuso pelo sono, ele pensou que estava no USS *Eisenhower* novamente e que alguém havia acabado de lançar um rojão. Então Sean ouviu pneus cantando e risos. Ele se levantou do chão — tinha caído da cama e machucado o quadril — e afastou a cortina da janela a tempo de ver um papa-léguas fodido fugindo. Sua caixa de correio havia explodido e estava deformada, fumegando no cascalho. Estava tão cheia de buracos que parecia ter levado um tiro de escopeta.

No fim da tarde seguinte, houve outra explosão, desta vez na lixeira atrás do supermercado Woolworth's. A bomba explodiu com um estrondo retumbante e lançou lixo flamejante a dez metros de altura. Jornais e embalagens em chamas caíram como um granizo ardente e vários carros estacionados foram danificados.

No domingo em que Ig se apaixonou — ou pelo menos sentiu tesão — pela estranha menina sentada do outro lado do corredor da Sagrado Coração, houve mais uma explosão em Gideon. Um morteiro com uma força explosiva aproximadamente igual a um quarto de banana de trinitrotolueno explodiu em um banheiro no McDonald's da Harper Street. Aquilo explodiu o assento, rachou a privada, estilhaçou o tanque, inundou o chão e encheu o banheiro masculino com fumaça preta gordurosa. O prédio foi evacuado até que o chefe da brigada de incêndio determinou que era seguro. O incidente foi noticiado na capa da edição de segunda-feira do *Gideon Ledger*, em uma reportagem encerrada com um apelo do chefe dos bombeiros para que os responsáveis pelas explosões parassem com aquilo antes que alguém perdesse um dedo ou um olho.

As coisas estavam explodindo por toda a cidade havia semanas. Começou pouco antes do Quatro de Julho e continuou até bem depois do feriado, cada vez mais frequente. Terence Perrish e seu amigo Eric Hannity *não eram* os principais culpados. Eles nunca haviam destruído uma propriedade, exceto a própria, e ambos eram jovens demais para sair para passear à uma da manhã, explodindo caixas de correio.

Mas.

Mas Eric e Terry *tinham estado* na praia em Seabrook quando o primo de Eric, Jeremy Rigg, entrou no depósito de fogos de artifício e saiu com uma caixa com 48 morteiros das antigas, que ele alegou terem sido fabricados nos bons e velhos tempos antes de a potência de tais explosivos ter sido limitada pelas leis de segurança infantil. Jeremy havia deixado seis deles com Eric, como presente de aniversário atrasado, dissera ele, embora o verdadeiro motivo talvez fosse pena. O pai de Eric estava desempregado havia mais de um ano e não estava bem.

Era possível que Jeremy Rigg tivesse sido o paciente zero no centro de uma praga de explosões e que todas as bombas que explodiram naquele verão tenham tido algo a ver com ele. Ou talvez Rigg só as comprou porque outros garotos também as estavam comprando, e era isso que se fazia. Talvez houvesse várias formas de se infectar. Ig nunca soube disso, e, no fim das contas, não importava. Era como pensar em quanta maldade existia no mundo ou no que acontecia com uma pessoa depois que ela morria: um exercício filosófico interessante, mas também que não chegava a lugar algum, uma vez que a maldade continuaria existindo e a morte continuaria ocorrendo, a despeito do porquê, do como e do que significassem. Tudo que importava era que no início de agosto tanto Eric quanto Terry entraram na febre de explodir as coisas, assim como todos os adolescentes de Gideon.

As bombas eram chamadas de Morteiros de Eva, bolas vermelhas do tamanho de maçãs com a textura granulada fina de um tijolo e a lateral estampada com a silhueta de uma mulher quase nua. Ela era uma gostosa de peitos empinados com as proporções improváveis de uma garota desenhada no para-lama de um caminhão: seios como bolas de praia e uma cinturinha mais fina do que as coxas. Como um gesto de recato, ela usava o que parecia ser uma folha de bordo sobre a virilha, levando Eric Hannity a concluir que ela era uma torcedora dos Toronto Maple Leafs e, portanto, uma vagabunda canadense que estava apenas pedindo que fizessem seus peitos explodirem.

A primeira vez que Eric e Terry usaram um morteiro foi na garagem de Eric. Eles jogaram a bomba em uma lata de lixo e saíram correndo. A explosão derrubou a lata, a fez girar no piso de concreto e lançou a tampa nas vigas do teto. A tampa fumegava quando caiu, estava amassada ao meio como se alguém tivesse tentado dobrá-la em duas. Ig não estava lá, mas ouviu tudo da boca de Terry, que depois disse que os ouvidos deles zumbiam tanto que nenhum dos dois conseguia ouvir o outro gritando. Outros objetos se seguiram em uma cadeia de demolições: uma Barbie em tamanho real, um pneu velho com uma bomba presa que rolou colina abaixo e uma melancia. Ig não esteve presente em nenhuma das detonações em questão, mas o irmão fazia questão de informá-lo, em detalhes, sobre o que ele havia perdido. Ig sabia, por exemplo, que não havia sobrado nada da Barbie, exceto um pé enegrecido, que caiu do céu para quicar no asfalto da entrada para carros da casa de Eric, fazendo um sapateado louco e desencarnado, e que o fedor do pneu em chamas deixara todo mundo tonto e enjoado, e que Eric Hannity estava perto demais da melancia quando ela explodiu e, como resultado, precisou de um banho. Os detalhes empolgaram e atormentaram Ig a tal ponto que, em meados de agosto, ele ficou meio desesperado para ver algo ser detonado.

Então, na manhã em que Ig entrou na despensa e encontrou Terry tentando enfiar um peru congelado de doze quilos na mochila, ele soube imediatamente para que seria aquilo. Ig não pediu para ir junto e não barganhou com ameaças: *Deixe-me ir com você ou conto para a mamãe*. Em vez disso, observou Terry lutar com a mochila e, quando ficou claro que o peru não caberia, disse que eles deveriam fazer uma tipoia. Ig pegou o casaco corta-vento na área de serviço, e os dois enrolaram a ave nele, e cada um pegou uma manga. Carregar o peru entre eles daquele jeito não era problema, e assim Ig acabou indo junto.

A tipoia durou até o limite do bosque e então, não muito depois de entrarem na trilha que levava à velha fundição, Ig avistou um carrinho de compras meio afundado em um brejo na lateral do caminho. A roda dianteira direita tremia furiosamente, e havia ferrugem por todo lado, mas foi melhor do que carregar o peru por 2,5 quilômetros. Terry obrigou Ig a empurrar.

A velha fundição era uma enorme torre de menagem medieval de tijolo escuro com uma grande chaminé retorcida que se erguia de uma das extremidades e paredes que mais pareciam queijo suíço, cheias de buracos que antes abrigavam janelas. Era cercada por alguns acres de um antigo estacionamento com a pavimentação rachada quase a ponto de se desintegrar e tufos volumosos de grama crescendo ali. O lugar estava movimentado naquela tarde, com os garotos andando de skate nas ruínas, uma fogueira queimando em uma lata de lixo nos fundos. Um grupo de adolescentes pobres — dois meninos e uma garota esquelética — estava em volta das chamas. Um deles segurava o que parecia ser uma salsicha deformada em um graveto. Estava enegrecida e torta, e uma suave fumaça azul emanava dela.

— Olhe só — disse a garota, uma loira rechonchuda com acne e calça jeans de cintura baixa.

Ig a conhecia. Ela era da turma dele. Glenna alguma coisa.

— Aí vem o jantar — continuou ela.

— Parece a porra do Dia de Ação de Graças — falou um dos garotos, um moleque vestindo uma camiseta com a estampa do álbum *Highway to Hell*.

Ele fez um gesto amplo em direção à fogueira na lata de lixo.

— Jogue essa piranha deliciosa aí dentro.

Ig, que tinha apenas quinze anos, estava inseguro com aquele pessoal mais velho e que ele não conhecia. Não conseguia falar, sentiu a traqueia se contrair como se já estivesse sofrendo de uma crise de asma. Mas o irmão tinha lábia. Dois anos mais velho e de posse de uma carteira de motorista, Terry já possuía certo charme dissimulado e a desenvoltura de um apresentador de TV para divertir o público. Ele falou pelos dois. Ele sempre falava pelos dois: esse era o seu papel.

— Parece que o jantar está pronto — disse Terry, acenando com a cabeça para a coisa no graveto. — Seu cachorro-quente está ficando preto.

— Não é um cachorro-quente! — gritou a garota. — É um cagalhão! Gary está cozinhando cocô de cachorro!

Ela se dobrou e gritou de tanto rir. Sua calça jeans estava velha e surrada, e o corpete pequeno parecia ter sido vendido pela metade do preço, mas por cima dele a garota usava uma bela jaqueta de couro preta com um corte europeu. Não combinava com o resto da roupa nem com o clima, o que levou Ig a pensar que havia sido roubado.

— Quer uma mordida? — perguntou o garoto da camisa *Highway to Hell*, tirando o graveto do fogo e o estendendo a Terry. — Perfeitamente cozido.

— Qual é, cara — retrucou Terry. — Eu sou o virgem da escola, toco trompete na banda marcial e tenho pau pequeno. Já engulo muita merda nessa vida.

Os garotos pobres irromperam em gargalhadas, talvez menos pelo que foi dito do que por quem estava dizendo isso — um garoto esguio e bonito com uma bandana desbotada da bandeira americana amarrada na cabeça para segurar o cabelo preto desgrenhado — e pelo jeito como foi dito, num tom de superioridade, como se ele estivesse se divertindo em humilhar outra pessoa e não a si mesmo. Terry usava piadas como golpes de judô, de forma a desviar a energia dos outros para longe dele, e se não conseguisse encontrar outro alvo para seu humor, não tinha problema em puxar o gatilho contra si próprio — uma estratégia que lhe serviu bem anos depois, já no *Hothouse*, quando Terry implorou a Clint Eastwood para socá-lo no rosto e autografar seu nariz quebrado.

Highway to Hell olhou por cima de Terry, através do asfalto rachado, para um menino parado no topo da Trilha Perigosa.

— Ei, Tourneau! Seu almoço ficou pronto.

Mais risadas... embora a garota, Glenna, parecesse repentinamente inquieta. O rapaz nem se virou na direção deles, mas ficou olhando para baixo da colina e segurando um skate de *mountainboard* debaixo do braço.

— Você vai descer? — gritou Highway to Hell quando Tourneau não respondeu. — Ou eu preciso cozinhar colhões para você?

— Vai, Lee! — gritou a garota, erguendo um punho encorajador no ar. — Manda ver!

O rapaz no topo da trilha lançou um olhar breve e desdenhoso para ela e, naquele momento, Ig o reconheceu, era o garoto da igreja. O jovem César. Ele usava uma gravata naquela ocasião e estava com uma naquele momento, junto com uma camisa de botão de manga curta, short cáqui e tênis All Star de cano longo sem meias. Com um skate nas mãos, ele conseguiu fazer o visual parecer vagamente alternativo, e a gravata lhe dava um ar de pedantismo irônico, o tipo de coisa que o vocalista de uma banda punk talvez fizesse.

— Ele não vai — comentou o outro garoto que estava perto da lata de lixo, um moleque de cabelo comprido. — Cruzes, Glenna, ele é mais menina do que você.

— Vai se foder — retrucou ela.

Para aqueles garotos ao redor da lata de lixo, a mágoa que transpareceu no rosto de Glenna foi a coisa mais engraçada até então. Highway to Hell riu tanto que o graveto tremeu e o cagalhão cozido caiu no fogo.

Terry deu um tapinha no braço de Ig, e os dois seguiram em frente. Ig não lamentou estar indo embora, pois achou que havia alguma coisa quase insuportavelmente triste sobre aquele bando. Eles não tinham nada para fazer. Era terrível que desperdiçassem suas tardes de verão cozinhando cocô, xingando e magoando uns aos outros.

Os dois se aproximaram do garoto loiro esguio — Lee Tourneau, aparentemente — e andaram mais devagar quando chegaram ao topo da Trilha Perigosa. A colina descia abruptamente ali, em direção ao rio, um brilho azul-escuro visível entre os troncos pretos dos pinheiros. Antigamente, a trilha era uma estrada de terra, embora fosse difícil imaginar alguém descendo de carro por ela, pois era tão íngreme e erodida que poderia causar uma queda vertiginosa ideal para provocar um capotamento. Havia dois canos enferrujados meio enterrados e, entre eles, um sulco liso e gasto de terra batida, uma espécie de depressão que fora polida até ficar lustrosa depois de passarem por ali umas mil *mountain bikes* e dez mil pés descalços. A avó de Ig, Vera, lhe contou que nos anos 1930 e 1940, quando ninguém se importava com o que era jogado no rio, a fundição usava esses canos para despejar o refugo do metal fundido na água. Quase pareciam trilhos, faltava apenas um vagão de carvão ou um carrinho de montanha-russa para andar neles. Em ambos os lados dos canos, a trilha era toda coberta por lama fragmentada e queimada pelo sol, pedras salientes e lixo. A terra batida entre os canos oferecia um caminho mais fácil para descer, e Ig e Terry reduziram a velocidade, esperando que Lee Tourneau descesse.

Só que ele não desceu. Jamais desceria. Lee Tourneau colocou o skate no chão — que estampava uma cobra e tinha pneus grandes, grossos e nodosos — e o deslizava para a frente e para trás com um pé, como se quisesse ver como rolava. Ele se agachou, pegou a prancha e fingiu verificar uma das rodas.

Os moleques não eram os únicos que implicavam com ele. Eric Hannity e vários outros garotos estavam parados no sopé da colina, olhando para Lee, e de vez em quando gritavam provocações. Alguém berrou para ele parar de ajeitar o absorvente e descer logo de uma vez. Ao lado da lata de lixo, Glenna gritou novamente:

— Monta nela, caubói! — Por trás da torcida animada, porém, ela parecia desesperada.

— Bem — disse Terry para Lee Tourneau —, a situação é essa: você pode levar a vida como um aleijado ou como um cuzão.

— O que isso significa? — perguntou Lee.

Terry suspirou.

— Isso significa que você vai descer?

Ig, que já havia percorrido a trilha muitas vezes em sua *mountain bike*, falou:

— Está tudo bem. Não tenha medo. A trilha entre os canos é muito lisa e...

— Não estou com medo — interrompeu Lee, como se Ig o tivesse acusado.

— Então desça — falou Terry.

— Uma das rodas está presa — argumentou o rapaz.

Terry riu. Riu de forma sarcástica também.

— Vamos, Ig.

Ig empurrou o carrinho, passou por Lee Tourneau e entrou na trincheira entre os canos. Lee olhou para o peru e franziu a testa com uma pergunta que não enunciou em voz alta.

— Vamos explodi-lo — disse Ig. — Venha ver.

— O carrinho de compras tem uma cadeirinha de bebê — caçoou Terry —, caso você queira descer.

Foi uma coisa maldosa de se dizer, e Ig fez uma careta solidária para Lee, mas o garoto loiro tinha uma expressão vazia como a de Spock na ponte de comando da *Enterprise*. Lee se afastou, segurando o skate contra o peito, observando os dois irmãos descerem a colina.

Os garotos lá embaixo estavam esperando por eles. Havia garotas também, algumas até mais velhas, talvez com idade suficiente para estar na faculdade. Elas não estavam à beira do rio com os outros, e sim pegando sol na Coffin Rock, com o biquíni feito de calça jeans cortada.

A Coffin Rock ficava a doze metros da margem, uma grande pedra branca que brilhava ao sol. Os caiaques das meninas estavam parados em um pequeno banco de areia que seguia rio acima, depois da pedra. Ver aquelas garotas deitadas em cima da rocha fez Ig amar o mundo. Duas morenas — poderiam ser irmãs — com corpos bronzeados e sarados e pernas compridas, sentadas e conversando em voz baixa, enquanto observavam os meninos. Mesmo de costas para a Coffin Rock, Ig estava ciente da presença delas, como se as meninas, e não o sol, fossem a principal fonte de luz lançada sobre a margem.

Cerca de uma dúzia de garotos se reuniu para o espetáculo. Ou eles estavam sentados em galhos sobre a água ou montados em *mountain bikes* ou empoleirados em pedras, todos tentando parecer indiferentes e infelizes de um jeito descolado. Esse era outro efeito colateral das garotas na rocha. Cada garoto ali queria parecer mais velho, velho demais, na verdade, até para estar ali. Se conseguissem, com um olhar sério e uma pose impassível, de alguma forma sugerir que estavam ali porque tinham que bancar a babá de um irmão mais novo, melhor ainda.

Talvez porque ele *realmente* estivesse bancando a babá de seu irmão mais novo, Terry se permitiu ficar feliz. Ele retirou o peru congelado do carrinho de compras e caminhou em direção a Eric Hannity, que se levantou de uma pedra próxima, limpando a parte de trás das calças.

— Vamos assar essa piranha — disse Hannity.

— Eu chamo de perua — retrucou Terry, e alguns meninos não resistiram e riram.

Da idade de Terry, Eric Hannity era um selvagem rude e sem papas na língua com uma boca suja e mãos grossas que sabiam como pegar uma bola de futebol americano, lançar uma vara de pescar, consertar um pequeno motor e dar um tapa em uma bunda. Eric Hannity era um super-herói. Como bônus, o pai dele era um ex-policial estadual que levara um tiro, embora não em um tiroteio, mas em um acidente no quartel; outro agente, em seu terceiro dia de serviço, deixou cair um fuzil calibre .30-06 carregado, e a bala atingiu Bret Hannity no abdômen. O pai de Eric tinha um negócio de venda de cards de beisebol colecionáveis, embora Ig convivesse com Eric por tempo suficiente para achar que o verdadeiro negócio de Bret Hannity envolvesse pressionar a seguradora por um acordo de cem mil dólares que deveria sair a qualquer dia, mas que ainda não havia se materializado.

Eric e Terry arrastaram o peru congelado até um velho toco de árvore, apodrecido no miolo a ponto de haver uma espécie de buraco úmido. Eric meteu um pé na ave e a empurrou. O peru entrou espremido, com a gordura e a pele franzidas na borda do buraco. As duas coxas, ossos rosados envoltos em carne crua, foram enfiadas junto, dobrando a cavidade de recheio do peru até formar uma ruga branca.

Eric retirou os dois últimos morteiros do bolso e reservou um. Ele ignorou o garoto que pegou o sobressalente e os outros moleques que se reuniram ao redor, olhando para o morteiro e fazendo ruídos de excitação. Ig teve a impressão de que Eric havia pousado o segundo morteiro apenas para obter aquela reação. Terry pegou o morteiro e o enfiou no peru. O pavio, de quase quinze centímetros de comprimento, saiu obscenamente do buraco enrugado na extremidade traseira da ave.

— É melhor vocês procurarem um abrigo — avisou Eric —, ou vão se vestir de peru para o jantar. E me devolvam a outra bomba. Se alguém tentar fugir com meu último morteiro, essa ave não será a única coisa a ter uma peça de artilharia enfiada na bunda.

Os garotos se espalharam, se agacharam na parte inferior do aterro, protegidos atrás dos troncos das árvores. Apesar de se esforçarem para parecer desinteressados, havia um ar de ansiedade nervosa com um toque de hélio pairando sobre eles agora. As garotas na rocha também ficaram interessadas, perceberam que alguma coisa estava prestes a acontecer. Uma delas se ajoelhou e protegeu os olhos com a mão, olhando para Terry e Eric. Ig desejou, com certa angústia, que houvesse algum motivo para a garota olhar para ele.

Eric colocou um pé na ponta do toco de árvore e pegou um isqueiro, que acendeu com um estalo. O pavio começou a cuspir faíscas brancas. Eric e Terry permaneceram parados por um momento, observando, como se duvidassem que o pavio fosse se acender. Então os dois começaram a recuar, nenhum deles com pressa. Foi muito bem-feito, com um tanto de frieza teatral. Eric avisou para os outros se protegerem, e todos eles concordaram correndo. Isso fez Eric e Terry parecerem inabaláveis e impassíveis, a maneira como ficaram para trás a fim de acender a bomba e depois se retiraram lentamente da área da explosão. Eles recuaram vinte passos, mas não se agacharam nem se esconderam, mantendo a vigilância constante na carcaça. O pavio fez um chiado contínuo por cerca de três segundos e então parou. E nada aconteceu.

— Merda — disse Terry. — Talvez tenha molhado.

Ele voltou a andar em direção ao toco.

Eric agarrou o braço de Terry.

— Espere. Às vezes...

Mas Ig não ouviu o resto da frase. Ninguém ouviu. O peru de doze quilos de Lydia Perrish explodiu com um estalo devastador, um som tão alto, tão repentino e forte, que as garotas na rocha gritaram. Muitos dos meninos também. O próprio Ig teria gritado, mas a explosão pareceu arrancar todo o ar de seus pulmões fracos, e ele só conseguiu ofegar.

O peru foi despedaçado em uma língua de fogo crescente. O toco de árvore explodiu também. Pedaços de madeira fumegantes giravam no ar. Os céus se abriram e choveu carne. Ossos, ainda com trêmulos pedaços de carne crua, passaram por entre as folhas e quicaram no chão. Fragmentos de peru caíram no rio fazendo *plop, plop, plop*. Nas histórias que seriam contadas mais tarde, muitos garotos diriam que as meninas na Coffin Rock foram decoradas com carne crua e encharcadas em sangue como a menina do filme *Carrie*, mas eram só floreios. O mais longe que os pedaços de peru alcançaram foi a mais ou menos seis metros antes da pedra.

Parecia que havia algodão dentro das orelhas de Ig. Alguém gritou de empolgação, a uma longa distância dele — ou, pelo menos, Ig teve essa impressão. Mas, quando ele olhou para trás, viu a garota gritando, parada quase atrás dele. Era Glenna na jaqueta de couro incrivelmente incrível e o corpete colado aos seios. Ela estava ao lado de Lee Tourneau, apertando alguns dos dedos dele com uma das mãos. A outra foi erguida no ar e cerrada em um punho, um gesto caipira de triunfo. Quando Lee percebeu o que ela estava fazendo, soltou seus dedos da mão de Glenna, sem dizer uma palavra.

Outros sons invadiram o silêncio: gritos, brados, risadas. Assim que os últimos restos de peru caíram no chão, os garotos saíram dos esconderijos e começaram a pular. Alguns pegaram ossos estilhaçados e os atiraram ao ar, então fingiram se abaixar, reencenando o momento da detonação. Outros pularam em galhos baixos de árvores, fingindo que tinham pisado em minas terrestres e estavam sendo lançados para o alto. Eles se balançavam nos galhos, uivando. Um garoto estava dançando, tocando uma guitarra invisível, aparentemente sem saber que tinha um pedaço de pele de peru crua no cabelo. Parecia a filmagem de um documentário sobre natureza. Impressionar as garotas na rocha era, naquele momento, irrelevante — para a maioria, pelo menos. Assim que o peru foi detonado, Ig olhou para o rio para ver se elas estavam bem. Ficou observando enquanto elas se levantavam, riam e conversavam alegremente entre si. Uma apontou com a cabeça rio abaixo, depois entrou no banco de areia e foi até os caiaques. Elas iriam embora em breve.

Ig tentou pensar em algo que as fizesse ficar. Ainda tinha o carrinho de compras, subiu um pequeno trecho da trilha e desceu a colina na traseira do carrinho, apenas porque pensava melhor quando estava em movimento. Ig fez isso uma vez, depois repetiu, tão compenetrado que mal percebeu o que estava fazendo.

Eric, Terry e outros garotos aos poucos se reuniram em torno dos restos fumegantes do toco da árvore para inspecionar o estrago. Eric rolou o último morteiro com uma das mãos.

— O que cê vai explodir agora? — perguntou alguém.

Eric franziu a testa em um gesto pensativo e não respondeu. Os outros começaram a oferecer sugestões e logo estavam gritando para serem ouvidos, mais alto do que os demais. Um deles falou que ele poderia explodir um presunto, mas Eric balançou a cabeça.

— Já explodimos carne — disse ele.

Outro sugeriu que colocassem o morteiro em uma das fraldas sujas da irmã mais nova. Um terceiro completou que seria melhor explodi-la apenas se ela estivesse usando no momento, o que provocou risos generalizados.

Então a pergunta foi repetida, e houve uma pausa, enquanto Eric se decidia.

— Nada — respondeu ele, guardando o morteiro no bolso.

Os garotos emitiram sons desesperados, mas Terry, que sabia desempenhar seu papel nesta cena, assentiu com aprovação.

Depois vieram ofertas e barganhas. Um garoto disse que trocaria os filmes pornográficos do pai pelo morteiro. Outro disse que trocaria pelos filmes pornográficos *caseiros* do pai.

— Sério, minha mãe é uma vadia do caralho na cama — relatou ele, e os garotos caíram um em cima do outro, rindo descontroladamente.

— Só vou abrir mão do meu último morteiro se um de vocês, maricas, subir naquele carrinho de compras e descer nu do topo da colina — apostou Eric, acenando com o polegar por cima do ombro para Ig e o carrinho de compras.

— Eu desço do topo da colina — acatou Ig. — Nu.

Cabeças se viraram. Ig estava um pouco afastado do grupo ao redor de Eric e, a princípio, parecia que ninguém havia falado. Então ouviram-se risos e alguns brados incrédulos. Alguém jogou uma coxa de peru em Ig. Ele se abaixou e a coxa passou por cima. Quando Ig se endireitou, Eric Hannity o encarava fixamente enquanto passava o último morteiro de mão em mão. Terry estava bem atrás de Eric, o rosto impassível, e balançou a cabeça, quase imperceptivelmente, como se dissesse: *Não, você não vai.*

— Está falando sério? — perguntou Eric.

— Posso ficar com o morteiro se eu descer a colina sem roupa neste carrinho?

Eric Hannity encarou Ig com os olhos semicerrados.

— Até aqui embaixo. Nu. Se o carrinho não chegar ao sopé, você não ganha nada. Não importa se quebrar a porra da sua coluna.

— Cara — interveio Terry —, eu não vou deixar você fazer isso. Que caralho você acha que eu vou dizer à mamãe quando você arrancar toda a pele dessa sua bunda branca e magra?

Ig esperou as gargalhadas amenizarem antes de responder:

— Não vou me machucar.

— Acordo fechado — anunciou Eric Hannity. — Eu quero ver essa merda.

— Espere, espere, espere — pediu Terry, rindo, abanando a mão no ar.

Ele correu pelo chão seco até Ig, contornou a carrinho e segurou o braço do irmão. Terry estava sorrindo quando se inclinou para falar no ouvido de Ig, mas a voz saiu baixa e ríspida.

— Ficou maluco? Você *não* vai descer a colina com seu pau balançando, fazendo a gente parecer dois idiotas retardados.

— Por quê? Já nadamos nus aqui. Metade desses caras já me viu sem roupa. A outra metade — falou Ig, olhando para o resto da multidão — não sabe o que está perdendo.

— Não existe a menor chance de você descer a colina neste troço. É a porra de um carrinho de supermercado, Ig. As rodas têm *esse* tamanho.

— Ele fez um círculo com o polegar e o indicador.

— Eu vou conseguir — garantiu Ig.

Terry abriu a boca e mostrou os dentes em um sorriso de escárnio irritado e frustrado. Os olhos, porém... os olhos estavam assustados. Na mente de Terry, Ig já tinha arrastado a maior parte do rosto na encosta da colina e estava caído em uma massa confusa, gemendo, no meio da descida. Ig sentiu uma espécie de pena afetuosa de Terry. O irmão era descolado, mais descolado do que Ig jamais seria, mas estava com medo. O medo dele estreitou sua visão de forma que ele não conseguia enxergar outra coisa, exceto o que tinha a perder. Ig não era assim.

O próprio Eric Hannity avançou e se intrometeu.

— Deixe o Ig descer se ele quiser. Não é o seu rabo na reta. Provavelmente é o dele, mas não é o seu.

Terry continuou discutindo com Ig por mais um momento, não com palavras, mas com um olhar zangado. O que fez Terry virar o rosto foi um som bufante, suave e desdenhoso. Lee Tourneau estava sussurrando para Glenna, erguendo a mão para cobrir a boca. Mas, por algum motivo, a encosta estava, naquele momento, inexplicavelmente silenciosa, e a voz de Lee se propagou, de modo que todo mundo a três metros dele pôde ouvi-lo dizendo:

— ...é melhor não estarmos por aqui quando a ambulância aparecer para raspar merda da colina...

Terry se voltou para ele, o rosto se contraindo em uma expressão de raiva.

— Ah, você não vai a lugar algum. Vai ficar bem aí com esse seu skate, que você não anda porque é covarde demais, e conferir o espetáculo. Vai ver como é ter um par de colhões. Pode começar a anotar.

Os garotos caíram na gargalhada. As bochechas de Lee Tourneau se inflamaram, chegaram ao tom de vermelho mais intenso que Ig já vira em um rosto humano, a cor do mal em um desenho animado da Disney. Glenna lançou a Lee um olhar ao mesmo tempo aflito e enojado, então se afastou um passo, como se o vexame dele pudesse ser contagioso.

No tumulto divertido que se seguiu, Ig soltou seu braço da mão de Terry e virou o carrinho morro acima. Empurrou-o através do mato ao lado da trilha, porque não queria que os garotos que o seguiam soubessem o que ele sabia, vissem o que ele tinha visto. Ig não queria que Eric Hannity desistisse da aposta. Seu público correu atrás dele, empurrando e gritando.

Ig não tinha subido tanto quando as rodinhas se enroscaram em algum arbusto e o carrinho começou a tombar violentamente. Ig lutou para endireitá-lo. Atrás dele, nova explosão de gargalhadas. Terry estava andando rapidamente ao lado de Ig, pegou a frente do carrinho e o apontou em linha reta, balançando a cabeça. Sussurrou "Meu Deus" bem baixinho. Ig continuou em frente, empurrando o carrinho diante de si.

Mais alguns passos o levaram ao topo da colina. Ig decidira fazer aquilo, então não havia por que hesitar ou envergonhar-se. Ele largou o carrinho, agarrou o cós do short e o abaixou junto com a cueca, mostrando aos garotos lá embaixo a bunda branca e magra. Houve gritos de susto e de repulsa exagerada. Quando se endireitou, Ig estava sorrindo. Seus batimentos cardíacos se aceleraram, mas só um pouco, como o de um homem passando de uma caminhada rápida para uma corrida leve — correndo para alcançar o táxi antes que alguém o pegasse. Ele chutou o short sem descalçar os tênis e tirou a camisa.

— Bem — disse Eric Hannity —, não seja tímido agora.

Terry riu — um pouco estridente — e desviou o olhar. Ig encarou a multidão: quinze anos e pelado, saco e pau, ombros quentes sob o sol da tarde. O ar trouxe consigo uma lufada de fumaça da fogueira da lata de lixo, onde Highway to Hell ainda estava com o amigo de cabelo comprido.

Ele ergueu uma das mãos, com o mindinho e o dedo indicador esticados, reproduzindo o símbolo universal dos chifres do diabo, e gritou:

— Porra, aí, sim, gata! Hora de rebolar!

Por alguma razão, aquilo afetou os garotos mais do que tudo que havia sido dito até então, de modo que vários se dobraram de tanto rir, ofegando, como se reagissem a alguma toxina transportada pelo ar. Ig, porém, ficou surpreso ao perceber como se sentia relaxado, nu, exceto pelos pés. Ele não se importava de estar nu na frente de outros garotos, e as garotas na Coffin Rock teriam apenas um vislumbre antes que ele voasse para o rio — um pensamento que não o preocupou. Um pensamento que, na verdade, lhe deu um arrepio de empolgação, bem no fundo, na boca do estômago. Claro, já havia *uma* garota olhando para ele: Glenna. Na ponta dos pés atrás da multidão, ela tinha o queixo caído em uma expressão que misturava surpresa e humor. O namorado, Lee, não estava com ela. Ele não seguiu os garotos colina acima, aparentemente *não* queria ver como era um par de colhões.

Ig empurrou o carrinho para a frente e manobrou para colocá-lo no lugar, usando toda aquela agitação para se preparar para a descida. Ninguém deu a mínima para a maneira cuidadosa como ele alinhava o carrinho de compras com os canos meio enterrados.

O que Ig havia descoberto, empurrando o carrinho a curta distância na base da colina, era que os dois canos velhos, enferrujados e meio enterrados estavam separados por cerca de 45 centímetros e que as rodinhas traseiras do carrinho cabiam precisamente entre eles. Sobrava cerca de um centímetro de cada lado e, quando uma das rodas dianteiras tremeu e tentou desviar o carrinho, Ig percebeu que ela batia em um dos canos e voltava. Era bem provável, no declive, que o carrinho batesse em uma pedra e tombasse. Não iria desviar do curso e rolar, no entanto. *Não poderia* desviar do curso. Ele passaria entre os canos como um trem sobre trilhos.

Ig ainda estava com as roupas debaixo do braço, se virou e as jogou para Terry.

— Não saia daqui com elas. Isso vai acabar logo.

— Se você está dizendo — retrucou Eric, o que desencadeou uma nova onda de risos, mas não com tanto estrondo quanto talvez merecesse.

Quando chegara o momento, Ig estava segurando o cabo do carrinho, se preparando para decolar, e viu alguns garotos inquietos. Alguns dos mais velhos e mais incertos estavam sorrindo de maneira questionadora. Além disso, tinham certa preocupação nos olhos, a primeira compreensão incômoda de que talvez alguém devesse intervir antes que Ig ficasse gravemente ferido. Ocorreu a Ig o pensamento de que, se ele não descesse logo, alguém poderia fazer uma objeção sensata.

— Até mais — disse Ig, antes que alguém pudesse tentar impedi-lo, e empurrou o carrinho para a frente, pisando de leve na parte de trás.

Era um estudo em perspectiva, os dois canos descendo a colina, convergindo até o ponto final, a bala e o cano. Praticamente desde o momento em que pisou no carrinho, Ig se viu mergulhado em um silêncio eufórico, os únicos ruídos que ouvia eram as rodas guinchando e o chocalho e o estrondo da estrutura de aço. Correndo na direção dele, vindo lá de baixo, Ig viu o rio Knowles, a superfície escura mais parecendo pequenos diamantes refletindo a luz do sol. As rodas bateram na direita, depois na esquerda, atingiram os canos e voltaram ao rumo, exatamente como Ig previra.

Em um instante, o carrinho de compras estava indo rápido demais para ele fazer qualquer coisa, exceto se segurar. Não havia possibilidade de parar, desmontar. Ig não havia previsto que aceleraria tanto. O vento cortou a pele nua com tanta força que chegou a arder, e ele ardeu enquanto caía, como Ícaro inflamado. Bateu em alguma coisa, uma pedra quadrada, e o lado esquerdo saltou do chão; pronto, o carrinho capotaria naquela velocidade magnífica e fatal, seu corpo nu seria jogado por cima do cabo, e a terra rasgaria a pele de Ig e estilhaçaria seus ossos como os ossos do peru foram estilhaçados, em uma batida repentina e explosiva. Só que a roda dianteira esquerda raspou a curva superior do cano e desceu de volta para a pista. O som daquelas rodas, girando cada vez mais rápido, havia se transformado em um assobio desvairado e desafinado, uma gaita alucinada.

Quando Ig olhou para cima, viu o fim da trilha, os canos convergindo até o ponto final, pouco antes da rampa de terra que o lançaria na água. As garotas estavam de pé no banco de areia, ao lado dos caiaques. Uma delas apontava para Ig. Ele se imaginou caindo do céu, cai, cai, balão, cai, cai, balão, aqui na minha mão, não cai, não, não cai, não, não cai, não, Ig cai aqui na minha mão.

O carrinho desceu gritando entre os canos e disparou na rampa como um foguete saindo da base de lançamento. Atingiu o declive de terra, e Ig foi lançado no ar, o céu se abrindo para ele. O dia ensolarado o pegou como se ele fosse uma bola atirada de leve em uma luva de beisebol, segurou Ig gentilmente por um momento... e então o carrinho deu um pinote para cima e para trás, e a estrutura de aço atingiu Ig no rosto e o céu o soltou, jogando-o na escuridão.

CAPÍTULO TREZE

IG TINHA FLASHES DO tempo em que esteve debaixo d'água. Mais tarde, presumiu que era tudo falso. Como ele podia se lembrar de alguma coisa se esteve inconsciente?

O que Ig se lembrava era de tudo escuro e barulhento e uma sensação de movimento giratório. Ele foi despejado em uma torrente estrondosa de almas, ejetado da terra e de qualquer senso de ordem e entrou em um caos. Ig estava aterrorizado, assustado com a ideia de que era aquilo que o esperava após a morte. Sentiu que estava sendo varrido, não apenas da vida, mas de Deus, da ideia de Deus, da esperança ou da razão, da ideia de que as coisas faziam sentido, que a causa seguia o efeito, e não deveria ser assim, considerou Ig, a morte não deveria ser assim, mesmo para os pecadores.

Ele lutou contra aquela corrente furiosa de barulho e nada. A escuridão pareceu rachar e se abrir para mostrar um vislumbre lamacento de céu, mas se fechou novamente em torno dele. Quando Ig sentiu que estava enfraquecendo e afundando, parecia ter sido agarrado e empurrado por baixo. Então, abruptamente, havia algo mais sólido debaixo de si. Parecia lama. Um momento depois, ele ouviu um grito distante e foi atingido nas costas.

A força do impacto assustou Ig, derrotou a escuridão dentro dele. Ele abriu os olhos de supetão, e foi engolido por um brilho doloroso. Vomitou. O rio saiu pela boca, pelas narinas. Ig estava virado de lado na lama, o ouvido contra o chão, de maneira que conseguiu ouvir o que podiam ser passos se aproximando ou o próprio coração batendo. Ele estava mais abaixo da Trilha Perigosa, embora naquele primeiro momento turvo de consciência não tivesse certeza da distância. Um pedaço escuro de mangueira de incêndio apodrecida deslizou pela terra líquida, a quase dez centímetros de seu nariz. Só depois que ela foi embora, Ig percebeu que era uma cobra, passando por ele perto da margem.

As folhas acima dele começaram a entrar em foco, balançando suavemente em contraste com o céu claro. Alguém estava ajoelhado ao lado dele, com a mão em seu ombro. Os garotos começaram a aparecer, cambaleando por entre os arbustos e então correndo quando o viam.

Ig não conseguia ver quem estava ajoelhado ao lado dele, mas tinha certeza de que era Terry, que o tirou da água e o fez respirar novamente. Ele rolou para ver o rosto do irmão. Um menino magro e pálido com um cabelo loiro glacial o encarou com uma expressão vaga. Lee Tourneau estava distraído, ajeitando a gravata. O short cáqui estava encharcado. Ig não precisou perguntar o motivo. Naquele momento, olhando para Lee, Ig decidiu que também começaria a usar gravatas.

Terry passou por entre os arbustos, viu Iggy e parou de repente. Eric Hannity estava bem atrás dele e colidiu em Terry com tanta força que quase o derrubou. A essa altura, quase vinte meninos estavam reunidos ali.

Ig se sentou e recolheu os joelhos contra o peito. Ele olhou para Lee novamente e abriu a boca para falar, mas, quando tentou, seu nariz estalou de dor, como se estivesse sendo quebrado novamente. Ele se curvou e assoou um respingo vermelho de sangue na terra.

— Com licença — disse Ig. — Desculpe pelo sangue.

— Pensei que você estava morto. Você parecia meio morto, não estava respirando. — Lee estava tremendo.

— Bem — falou Ig —, estou respirando agora. Obrigado.

— O que ele fez? — perguntou Terry.

— Ele me tirou da água — esclareceu Ig, apontando para o short encharcado de Lee. — Ele me fez respirar novamente.

— Você entrou na água para salvá-lo? — indagou Terry.

— Não — respondeu Lee prontamente, surpreso, parecendo perplexo, como se Terry tivesse lhe perguntado algo mais complexo, como a capital da Islândia ou a flor símbolo do estado. — Ele já estava no raso quando o vi. Não nadei para salvá-lo ou... ou qualquer coisa do tipo. Ele já estava...

— Ele me tirou da água — interrompeu Ig, não aceitado a humildade gaguejante de Lee.

Ig se lembrava com clareza de alguém na água com ele, se aproximando dele.

— Eu não estava respirando.

— E você fez boca a boca? — perguntou Eric Hannity, com inconfundível incredulidade.

Lee balançou a cabeça, ainda confuso.

— Não. Não, não foi bem assim. Tudo o que fiz foi bater nas costas dele quando ele, sabe... quando ele estava... — Lee se atrapalhou, não parecia saber como continuar.

— Foi isso que me fez cuspir — interveio Ig. — Engoli boa parte do rio. Meu peito estava cheio de água, e ele bateu para que saísse de mim.

Ele falava com os dentes cerrados. A dor no nariz era como choques fortes e desagradáveis, pequenos choques elétricos. Eles até pareciam ter cor; quando Ig fechava os olhos, via lampejos amarelo-neon.

Os garotos ao redor encararam Ig e Lee Tourneau com uma admiração silenciosa e estupefata. O que acabara de ocorrer era algo que acontecia apenas em devaneios e programas de TV. Alguém esteve prestes a morrer e foi resgatado por outra pessoa, e, naquele momento, o salvo e o salvador foram marcados como especiais, astros do próprio filme, o que fazia deles figurantes ou elenco coadjuvante, na melhor das hipóteses. Salvar uma vida fazia uma pessoa *se tornar* alguém. Lee não era mais um zé-ninguém, era *o* cara que tirou Ig Perrish nu do rio Knowles no dia em que ele quase se afogou. Seria esse cara para o resto da vida.

Ao olhar para Lee, Ig sentiu uma obsessão começar a crescer dentro de si. Ele foi salvo. Estava prestes a morrer, mas aquele garoto de cabelos claros e olhos azuis contestadores o trouxe de volta. Na igreja evangélica, a pessoa vai até um rio e fica submerso para então se erguer para uma nova vida, e Ig achava que Lee o havia salvado também nesse sentido. Ig queria comprar alguma coisa para ele, dar algo a ele, descobrir a banda de rock favorita de Lee para que se tornasse a banda de rock favorita de Ig também. Ele queria fazer o dever de casa de Lee.

Houve um estrondo no meio do mato, como se alguém estivesse dirigindo um carrinho de golfe na direção deles. De repente, a garota, Glenna, apareceu entre eles, sem fôlego, com o rosto manchado. Ela curvou o corpo, colocou uma das mãos na coxa roliça e arfou.

— Cruzes. Olhe o rosto dele. — Glenna se voltou para Lee e franziu a testa. — Lee? O que você está fazendo?

— Ele tirou Ig da água — disse Terry.

— Ele me fez respirar — falou Ig.

— *Lee?* — indagou ela, torcendo o nariz numa expressão que sugeria total descrença.

— Eu não fiz nada de mais — retrucou Lee, balançando a cabeça, e Ig não conseguiu evitar amá-lo.

A dor que latejava na ponte do nariz de Ig se intensificou, abrindo atrás da testa, entre os olhos, penetrando mais fundo no cérebro. Ele estava começando a ver os lampejos amarelo-neon mesmo com os olhos abertos. Terry se apoiou em um joelho ao lado do irmão e pôs a mão em seu braço.

— É melhor você se vestir e voltar para casa — falou Terry, que de alguma forma parecia estar sendo punido, como se ele, e não Ig, tivesse cometido uma imprudência idiota. — Acho que você quebrou o nariz.

Ele ergueu o olhar para Lee Tourneau e deu um breve aceno de agradecimento.

— Ei. Acho que fui um babaca na colina. Desculpe pelo que eu disse naquela hora. Obrigado por ajudar meu irmão.

— Esqueça — disse Lee. — Não foi grande coisa.

Ig quase estremeceu com a frieza da resposta, a relutância dele em curtir o reconhecimento dos outros.

— Você vem com a gente? — perguntou Ig para Lee, cerrando os dentes por causa da dor. Ele olhou para Glenna. — Vocês dois? Quero contar aos meus pais o que Lee fez.

— Ei, Ig — chamou Terry. — Não vamos contar o que fizemos. É melhor eles não saberem o que aconteceu. Você caiu de uma árvore, ok? Havia um galho escorregadio, e você caiu de cara no chão. É... é mais fácil.

— Terry. A gente *tem* que contar para eles. Eu teria me afogado se ele não tivesse me tirado da água.

O irmão de Ig abriu a boca para rebater, mas Lee Tourneau foi mais rápido que ele.

— Não — disse ele, de maneira quase ríspida, e ergueu o rosto para Glenna com os olhos arregalados.

Ela encarou Lee de volta com o mesmo olhar e, com um gesto estranho, agarrou a jaqueta de couro preta. Então ele se levantou.

— Eu não deveria estar aqui. Não fiz nada de mais mesmo. — Lee correu pela pequena clareira para agarrar a mão gorducha de Glenna e puxá-la em direção às árvores. Com a outra mão, ele carregava o skate novinho em folha.

— Espere — pediu Ig, ao ficar de pé.

Quando ele fez isso, um flash em neon espocou atrás de seus olhos, provocando a sensação de que o nariz estava cheio de vidro quebrado.

— Eu tenho que ir. Nós dois temos que ir.

— Ok, mas você vai passar lá em casa algum dia?

— Algum dia.

— Você sabe onde é? É na rodovia, quase na...

— Todo mundo sabe onde é — interrompeu Lee, disparando por entre as árvores, puxando Glenna atrás de si.

Ela lançou um último olhar angustiado para os garotos antes de se permitir ser levada.

A dor no nariz de Ig era mais intensa e vinha em ondas. Ele colocou as mãos em concha no rosto por um momento e, quando as afastou, as palmas estavam pintadas de vermelho.

— Vamos, Ig — falou Terry. — É melhor a gente ir. Um médico precisa ver o seu rosto.

— O meu e o seu — completou Ig.

Terry sorriu e retirou a camiseta do irmão do maço de roupa que ele segurava. Ig se assustou ao vê-la, pois tinha esquecido, até aquele momento, que estava nu. Terry enfiou a camiseta na cabeça de Ig e o vestiu como se ele tivesse cinco anos, e não quinze.

— Provavelmente vou precisar de um cirurgião para remover o pé da mamãe da minha bunda também. Ela vai me matar depois que olhar para a sua cara — argumentou Terry.

Quando a cabeça de Ig saiu pela gola da camiseta, ele viu que o irmão o encarava com uma ansiedade inconfundível.

— Você não vai contar, vai? Sério, Ig. Ela vai me matar por deixar você descer a colina naquela porra de carrinho. Às vezes, é melhor não contar.

— Ai, cara, não sou bom com mentiras. Mamãe sempre sabe. Ela descobre tudo no segundo em que eu abro minha boca.

Terence parecia aliviado.

— Quem disse para você abrir a boca? Você está com dor. Fique lá parado e chore. Deixe a história comigo. Sou bom nisso.

CAPÍTULO CATORZE

LEE TOURNEAU ESTAVA OUTRA vez tremendo e ensopado quando Ig o viu, dois dias depois. Ele usava a mesma gravata, o mesmo short, estava com o skate debaixo do braço. Era como se ele nunca tivesse se secado, como se tivesse acabado de sair do rio Knowles.

Começou a chover e Lee foi pego pela chuva. O cabelo loiro quase branco estava encharcado, e ele fungava. Carregava uma bolsa tipo carteiro molhada pendurada no ombro; aquilo lhe conferia a aparência de um entregador tentando vender alguns jornais em uma velha tirinha do *Dick Tracy*.

Ig estava sozinho em casa, o que era incomum. Os pais tinham ido a um coquetel na casa de John Williams, em Boston. Williams estava no último ano como maestro da Boston Pops, e Derrick Perrish se apresentaria com a orquestra no concerto de despedida. Eles deixaram Terry no comando. Terry passara a maior parte da manhã de pijama vendo MTV ou ao telefone, conversando o tempo todo com amigos igualmente entediados. Seu tom a princípio era alegremente preguiçoso, depois alerta e curioso e a seguir, por fim, curto e conciso, o tom neutro que usava para expressar o mais alto nível de desdém. Ig passara na sala e viu o irmão andando de um lado para outro, um sinal inconfundível de agitação. Finalmente Terry desligou o telefone e subiu a escada correndo. Quando desceu, ele tinha se vestido para sair e balançava as chaves do Jaguar do pai na mão. Avisou que estava indo até a casa de Eric. Ele disse aquilo com o lábio superior contraído, a expressão de quem vai fazer um trabalho sujo, alguém que chegou em casa e encontrou as latas de lixo derrubadas e o lixo espalhado por todo o quintal.

— Não precisa de alguém com carteira para ir com você? — perguntou Ig.

Terry tinha uma licença temporária.

— Só se eu for parado — respondeu Terry.

Ele saiu pela porta e Ig a fechou quando ele foi embora. Cinco minutos depois, Ig a abriu novamente, no instante em que alguém abriu do outro lado. Ele presumiu que o irmão tinha se esquecido de algo e voltado para pegar, mas era Lee Tourneau.

— Como está seu nariz? — indagou Lee.

Ig tocou o esparadrapo na ponta do nariz e depois baixou a mão.

— Eu já não era tão bonito assim. Quer entrar?

Lee deu um passo e ficou parado sob o batente da porta, formando uma poça a seus pés.

— Parece que foi *você* que se afogou — observou Ig.

Lee não sorriu. Era como se ele não soubesse sorrir. Era como se ele tivesse colocado o rosto na cara pela primeira vez naquela manhã e não soubesse como usá-lo.

— Bela gravata — elogiou Lee.

Ig olhou para si mesmo, tinha esquecido que a estava usando. Terry havia revirado os olhos quando o irmão desceu do quarto na terça de manhã com a gravata azul no pescoço.

— O que é isso? — perguntara Terry ironicamente.

O pai deles estava na cozinha naquele exato momento, olhara para Ig e respondera:

— Elegância. Você deveria ter um pouco, Terry.

Ig usava gravata todos os dias desde então, mas não houve mais discussão sobre o assunto.

— O que você está vendendo? — indagou Ig, apontando para a bolsa.

— Custam seis dólares — disse Lee, abrindo a aba e retirando três revistas diferentes. — Escolha a sua.

O título da primeira era apenas *A Verdade!*. A capa estampava um noivo e uma noiva diante do altar em uma grande igreja. As mãos estavam unidas em oração, os rostos erguidos para a luz que incidia obliquamente pelos vitrais. Parecia que o casal havia inalado gás hilariante; ambos tinham expressões idênticas de alegria insana. Havia um alienígena de pele cinza atrás deles, alto e nu. O alienígena tinha cada uma das mãos de três dedos na cabeça deles, como se fosse esmagar seus crânios e matá-los, para a felicidade do casal. A manchete dizia "Casados por

Alienígenas!"". As outras revistas eram *Reforma Tributária Urgente* e *Milícia Americana Moderna*.

— Faço as três por quinze — comentou Lee. — Estou arrecadando dinheiro para o Banco de Alimentos dos Patriotas Cristãos. *A Verdade!* é realmente boa. É ficção científica de qualidade, envolvendo celebridades. Uma reportagem relata que Steven Spielberg fez um passeio pela verdadeira Área 51. E há outra com os caras do Kiss, contando sobre quando eles estavam em um avião que foi atingido por um raio e os motores quebraram. Eles estavam todos rezando para Cristo salvá-los, e, de repente, Paul Stanley viu Jesus sentado na asa e, um minuto depois, os motores ligaram novamente e o piloto conseguiu sair da queda livre.

— Os caras do Kiss são judeus — corrigiu Ig.

Lee não parecia incomodado com a informação.

— É. Acho que a maior parte do que a revista publica é mentira. Mas ainda assim era uma boa história.

Isso pareceu a Ig uma observação extremamente sofisticada.

— Você disse que são quinze dólares pelas três? — perguntou ele.

Lee assentiu.

— Se eu vender o suficiente, posso concorrer a prêmios. Foi assim que ganhei a prancha de *mountainboard* que fui cagão demais para usar.

— Ei — interveio Ig, surpreso com a maneira calma e direta de Lee fingir ser um covarde.

Era pior ouvi-lo dizer aquilo sobre si mesmo do que ouvir Terry dizer a mesma coisa na colina.

— Não — continuou Lee, imperturbável. — Seu irmão estava certo. Eu queria impressionar Glenna e os amigos dela exibindo aquela coisa, mas lá no topo da colina não consegui me arriscar. Só espero que seu irmão não tire sarro de mim de novo se a gente se esbarrar por acaso.

Ig sentiu uma breve, porém intensa onda de ódio pelo irmão mais velho.

— Como se ele tivesse direito de falar alguma coisa. Terry quase se mijou quando pensou que eu contaria para a mamãe o que realmente aconteceu comigo. Uma dica sobre meu irmão: ele sempre vai tirar o dele da reta antes de se preocupar com as outras pessoas. Entre. Tenho dinheiro lá em cima.

— Você quer comprar uma revista?

— Quero comprar todas as três.

Lee franziu as sobrancelhas.

— Até entendo que você se interesse pela *Milícia Americana Moderna*, porque fala de armas e sobre como diferenciar um satélite espião de um satélite normal. Mas tem certeza de que quer *Reforma Tributária Urgente*?
— Por que não? Vou ter que pagar impostos algum dia.
— A maioria das pessoas que lê esta revista tenta não pagar.

Lee seguiu Ig até o quarto, mas parou no corredor, observando o interior com cautela. Ig nunca havia pensado no cômodo como impressionante — era o menor do segundo andar —, mas agora se perguntava se, para Lee, parecia o quarto de um garoto rico e se isso contaria contra ele. O próprio Ig deu uma olhada ao redor, tentando imaginar como o outro enxergava o cômodo. A primeira coisa que notou foi a vista da piscina, a chuva formando círculos na superfície azul brilhante. Também havia um pôster autografado do Mark Knopfler acima da cama; o pai de Ig tinha tocado trompete no último álbum dos Dire Straits.

O próprio instrumento de Ig estava sobre a cama, dentro de um estojo aberto, que continha uma variedade de outros tesouros: um maço de dinheiro, ingressos para um show do George Harrison, a foto de sua mãe em Capri e o crucifixo da garota ruiva com a corrente quebrada. Ig havia tentado consertá-lo com um canivete suíço, mas não conseguiu. Então, ele deixou isso de lado e se dedicou a uma tarefa diferente, mas relacionada. Ig pegou emprestado o volume M da *Enciclopédia Britânica* de Terry e procurou o verbete para o código Morse. Ig ainda se lembrava da sequência de reflexos curtos e longos que a garota ruiva tinha enviado, mas, quando os traduziu, seu primeiro pensamento era que estava errado. Era uma mensagem bastante simples, uma única palavra curta, mas tão surpreendente que um desejo frio e sensual arrepiou de sua espinha até seu couro cabeludo. Ig tinha começado a pensar numa resposta adequada, desenhando sequências de pontos e traços na contracapa da Bíblia do Neil Diamond, tentando respostas diferentes. Porque, obviamente, não era o suficiente apenas ir lá conversar com ela. A ruiva havia falado com ele através de reflexos, e Ig achou que deveria responder na mesma moeda.

Lee observou tudo, os olhos passeando de um lado para outro, e finalmente se fixou em quatro torres cromadas cheias de CDs encostadas na parede.

— É muita música.
— Entre.

Lee entrou arrastando os pés, curvado pelo peso da bolsa de carteiro molhada.

— Sente-se — disse Ig.

Lee se sentou na beirada da cama, ensopando o edredom. Ele virou a cabeça para ver as torres de CDs.

— Nunca vi tanta música. Exceto talvez em uma loja de discos.

— O que você gosta de ouvir? — perguntou Ig.

Lee deu de ombros, o que pareceu uma resposta implausível. Todo mundo ouvia alguma coisa.

— Quais álbuns você tem? — indagou Ig.

— Não tenho.

— Nada?

— Nunca tive muito interesse nisso, eu acho — explicou Lee calmamente. — CDs são caros, não são?

A ideia de que alguém não se interessasse por música desnorteou Ig. Era como não se interessar por felicidade. Então ele pensou na frase *CDs são caros, não são?* e pela primeira vez se deu conta de que Lee não tinha dinheiro para gastar com música ou com qualquer outra coisa. Ig lembrou-se do skate... que ele tinha ganhado como prêmio pelo trabalho de caridade, Lee acabara de dizer. Havia as gravatas e as camisas de botão — provavelmente a mãe dele o obrigava a usá-las quando ele saía para vender revistas, esperando que o filho tivesse uma aparência impecável e responsável. Os garotos pobres se vestiam bem. Eram os ricos que pareciam usar trajes da classe trabalhadora: calça jeans de grife de oitenta dólares propositadamente desbotada e esfarrapada e camisetas surradas direto da prateleira da Abercrombie & Fitch. Além disso, havia a relação de Lee com Glenna e com os amigos dela, uma galera que dava a impressão de morar em trailers; os sócios do country club com certeza não ficavam de bobeira na fundição, queimando cagalhões em uma tarde de verão.

Lee ergueu uma sobrancelha — definitivamente tinha um jeito meio Spock — e pareceu perceber a surpresa de Ig.

— O que você ouve? — indagou Lee.

— Não sei. Um monte de coisa. Venho ouvindo muito os Beatles recentemente. — Por "recentemente" Ig se referia aos últimos sete anos.

— Gosta deles?

— Não conheço direito. O que eles tocam?

A noção de que alguém no mundo poderia não conhecer os Beatles surpreendeu Ig.

— Ora... são *os Beatles* — enfatizou ele. — John Lennon e Paul McCartney.

— Ah, eles — disse Lee, mas, pelo jeito que comentou, Ig sabia que estava envergonhado e apenas *fingindo* saber quem eram. Não estava fingindo com muito afinco, de qualquer forma.

Ig se manteve calado, mas andou até a torre de CDs e avaliou a coleção dos Beatles, tentando decidir por onde Lee deveria começar. Primeiro pensou em *Sgt. Pepper's* e pegou o álbum. Então se perguntou se Lee gostaria ou se ficaria desorientado com todos os metais, acordeões e cítaras, se não perderia o interesse com toda aquela mistura de estilos, *jams* de rock que se transformavam em cantoria de pubs ingleses, que se transformava em jazz suave. Talvez ele gostasse de algo mais fácil de digerir, refrões que não lhe saíssem da cabeça, algo reconhecível como rock 'n roll. O Álbum Branco, então. Só que ouvir o Álbum Branco era como ver os últimos vinte minutos de um filme: a pessoa entenderia a ação, mas não saberia quem eram os personagens ou por que deveria se importar. Os Beatles eram como uma história; ouvi-los era como ler um livro. Era melhor começar com *Please Please Me* mesmo. Ig retirou toda a coleção da torre e colocou os CDs na cama.

— É muita coisa para ouvir. Quando você quer os álbuns de volta?

Ig não sabia que estava dando os CDs até o momento em que Lee fez a pergunta. Lee o tirou da escuridão do rio e o fez respirar novamente com um soco no peito e não recebeu algo por isso. Cem dólares em CDs não eram nada. Nada.

— Pode ficar com eles — disse Ig.

Lee o encarou, confuso.

— Pelas revistas? Você tem que pagar em dinheiro.

— Não. Não pelas revistas.

— Pelo que então?

— Por não me deixar afogar.

Lee olhou para os CDs e pousou a mão hesitante em cima deles.

— Obrigado — falou ele. — Não sei o que dizer. Exceto que talvez você seja louco. Não precisa fazer isso.

Ig abriu a boca, então a fechou, brevemente tomado pela emoção, por gostar tanto de Lee Tourneau, que se sentiu incapaz de lhe dar uma resposta simples. O garoto lançou outro olhar perplexo e curioso para ele, depois virou o rosto.

— Você toca como seu pai? — perguntou Lee, retirando o trompete de Ig do estojo.

— Meu irmão toca. Eu sei tocar, mas não pratico muito.
— Por que não?
— Não consigo respirar.
Lee franziu as sobrancelhas.
— Quer dizer, eu tenho asma. Sinto falta de ar quando tento tocar.
— Acho que você nunca vai ser famoso. — Ele não disse isso de maneira indelicada. Foi apenas uma observação.
— Meu pai não é famoso. Ele toca jazz. Ninguém fica famoso tocando jazz. — *Não mais*, acrescentou Ig silenciosamente.
— Nunca ouvi um disco do seu pai. Não sei muito sobre jazz. É o tipo de coisa que toca nos filmes antigos de gângsteres, certo?
— Geralmente.
— Aposto que eu gostaria disso. Música para cena com gângsteres e garotas naqueles vestidos curtos. Melindrosas.
— Certo.
— E aí os assassinos entram com metralhadoras — narrou Lee, parecendo animado pela primeira vez desde que Ig o conheceu. — Assassinos com chapéus estilo fedora. E metralham o lugar. Explodem um monte de taças de champanhe, gente rica e velhos mafiosos.
Ele fez um gesto imitando uma metralhadora.
— Acho que gosto desse tipo de música. Música para matar pessoas.
— Tenho alguma coisa assim. Espere um minuto.
Ig puxou um disco de Glenn Miller e outro de Louis Armstrong e colocou-os junto com os Beatles. Como Armstrong estava embaixo de AC/DC, Ig perguntou:
— Você gosta de *Back in Black*?
— É um disco?
Ig pegou *Back in Black* e colocou o CD na pilha crescente de Lee.
— Tem uma música chamada "Shoot to Thrill". Perfeita para tiroteios e quebra-quebra.
Mas Lee estava curvado sobre o estojo do trompete, olhando para os outros tesouros de Ig — e pegou o crucifixo da ruiva pela corrente fina de ouro. Ig ficou incomodado ao ver Lee tocá-lo e foi dominado pela vontade de fechar o estojo bem em cima dos dedos de Lee, se ele não tivesse reflexo suficiente para tirar a mão. Ig afastou o impulso, tão rapidamente quanto se houvesse uma aranha em seu braço. Ficou desapontado

consigo mesmo por desejar mal a alguém, ainda que por um momento. Lee parecia uma criança que perdeu o lar em uma enchente — água fria ainda pingava da ponta do nariz —, e Ig pensou que podia ter parado na cozinha para lhe preparar um chocolate quente. Ele queria lhe dar um prato de sopa quente e algumas torradas com manteiga. Havia várias coisas que Ig queria que Lee tivesse. Menos o crucifixo.

Ele deu a volta na cama e meteu a mão no estojo para pegar o maço de dinheiro, virando o ombro para que Lee tivesse que se endireitar e afastar a mão do crucifixo. Ig tirou uma nota de cinco e uma de dez dólares.

— Pelas revistas — disse Ig.

Lee dobrou o dinheiro e enfiou no bolso.

— Você gosta de fotos de racha?

— Racha?

— Boceta — esclareceu ele, sem constrangimento; era como se ainda estivessem conversando sobre música.

Ig ficou desorientado com a repentina mudança de assunto.

— Claro. Quem não gosta?

— Meu distribuidor tem todos os tipos de revista. Vi umas coisas estranhas no depósito dele. Coisas que dão um nó na cabeça. Tem uma revista de mulheres grávidas.

— *Eca!* — exclamou Ig, divertidamente enojado.

— Vivemos tempos difíceis — disse Lee, sem qualquer reprovação notável. — Tem uma revista de velhas também. *Ainda com tesão* é famosa. São mulheres com mais de sessenta anos se tocando. Você tem revista de sacanagem?

A expressão de Ig já respondia à pergunta.

— Vamos ver — sugeriu Lee.

Ig tirou *Detetive* do armário, um de vários jogos de tabuleiro guardados lá no fundo.

— *Detetive* — comentou Lee. — Legal.

Ig não entendeu de início, mas depois se deu conta. Nunca tinha pensado nisso, apenas enfiara as revistas pornô ali porque ninguém mais jogava *Detetive*, e não porque tinha algum significado simbólico.

Ele colocou o jogo em cima da cama e removeu a tampa, o tabuleiro e a bandeja de plástico que continha as peças. Embaixo havia um catálogo da Victoria's Secret e a *Rolling Stone* com Demi Moore nua na capa.

— É um material bem inofensivo — falou Lee, sem ser indelicado.
— Acho que você nem precisa esconder essas coisas, Ig.

Lee afastou a *Rolling Stone* e descobriu uma edição de *Os Fabulosos X-Men*, com Jean Grey de espartilho preto na capa. Ele deu um sorriso.

— Essa é uma revista muito maneira. Fênix sempre parece tão fofa, boa e carinhosa, e *pá!* de repente surge de couro preto. É o tipo que você curte? Garotas bonitinhas por fora, mas diabinhas por dentro?

— Não tenho bem um tipo — respondeu Ig. — Nem sei como isso foi parar aí.

— Todo mundo tem um tipo — retrucou Lee, e é claro que ele estava certo.

Ig tinha pensado quase exatamente a mesma coisa quando Lee disse que não sabia de que música gostava.

— Ainda assim, bater punheta com personagens de quadrinhos... não é legal — observou Lee, com calma e certa empatia. — Alguém já fez isso, bateu uma punheta para você?

De repente, o quarto pareceu se expandir, como se Ig estivesse dentro de um balão se enchendo de ar. Passou por sua cabeça que Lee talvez fosse lhe oferecer uma punheta e, se isso acontecesse — uma coisa terrível e nojenta até de imaginar —, Ig diria que não tinha nada contra os gays, apenas não era o caso dele.

Mas Lee continuou:

— Lembra que eu estava com uma garota na segunda-feira? Ela fez isso comigo. Deu um gritinho quando terminei. Foi a coisa mais engraçada que já ouvi. Eu queria ter gravado.

— Sério? — indagou Ig, ao mesmo tempo aliviado e surpreso. — Vocês estão namorando há muito tempo?

— Não é bem um namoro. Ela só vai lá em casa de vez em quando para desabafar sobre os garotos e as pessoas que a maltratam na escola, entre outras coisas. Ela sabe que minha porta está sempre aberta.

Ig quase riu da última afirmação, que presumiu ser irônica, mas se conteve. Lee parecia estar falando sério.

— Meio que foi um favor ela bater uma para mim. É uma coisa boa também. Não fosse por isso, eu, provavelmente, a espancaria até a morte, do jeito que ela fala o tempo todo.

Lee colocou a revista dos X-Men com cuidado em cima da cama, Ig guardou tudo dentro da caixa de *Detetive* e enfiou o jogo no armário.

Quando voltou, Lee estava segurando o crucifixo em uma das mãos, após tê-lo tirado do estojo do trompete. Ao ver aquilo, o coração de Ig se apertou.

— Bonito — falou Lee. — É seu?

— Não.

— Achei mesmo que não. Parece coisa de menina. Onde você conseguiu isso?

Teria sido mais fácil mentir, dizer que pertencia à mãe. Mas as mentiras pesavam na língua de Ig; além disso, Lee tinha salvado a vida dele.

— Na igreja — respondeu Ig, sabendo que Lee adivinharia o resto.

Ele não entendia por que parecia tão errado contar a verdade sobre uma coisa sem importância. Nunca era errado falar a verdade.

Lee enrolou as duas pontas da correntinha no dedo indicador, de modo que o crucifixo ficou pendurado na palma da mão.

— Está quebrada — comentou ele.

— Já estava assim quando encontrei.

— Era uma ruiva que estava usando isso? Uma garota da nossa idade?

— Ela esqueceu lá. Eu queria consertar para ela.

— Com isso? — perguntou Lee, apontando para o canivete suíço com que Ig estava torcendo os elos da corrente. — Não dá para consertar a corrente com isso. Você provavelmente vai precisar de um alicate de bico fino. Meu pai tem umas ferramentas assim. Aposto que conserto isso em cinco minutos. Sou bom em consertar coisas.

Lee voltou o olhar para Ig. Ele não precisava pedir abertamente para que Ig soubesse o que ele queria. Ig se sentiu mal só de pensar em entregar o crucifixo para Lee, e sua garganta deu um nó, como às vezes acontecia no início de uma crise de asma. Mas havia apenas uma única resposta possível que lhe permitiria manter a noção própria de que era uma pessoa decente e abnegada.

— Claro — disse Ig. — Por que você não leva para casa e vê o que consegue fazer?

— Beleza — concordou Lee. — Vou consertar e devolver para ela no domingo.

— Você faria isso? — indagou Ig.

Parecia que alguém estava girando uma manivela em suas entranhas, torcendo-as metodicamente.

Lee assentiu e voltou o olhar para o crucifixo.

— Obrigado. Eu queria fazer isso. Eu perguntei qual era o seu tipo de garota. Ela faz o *meu* tipo. Tem alguma coisa nela... Dá para saber que aquela garota nunca ficou nua com ninguém, exceto o pai. Eu vi a correntinha arrebentar, estava sentado no banco bem atrás dela. Tentei ajudá-la e tudo. Ela é simpática, mas um pouco arrogante. Acho que a maioria das garotas bonitas são arrogantes até perderem o cabaço. Porque, sabe, a virgindade é a coisa mais valiosa que elas terão na vida. É o que deixa os garotos farejando enquanto pensam nelas, nessa ideia de ser o primeiro. Só que, depois que perdem o cabaço, elas conseguem relaxar e agir como uma garota normal. Enfim. Obrigado por me deixar ficar com o colar. Isso vai me dar uma bela abertura com ela.

— Sem problema — respondeu Ig, mas tinha a sensação de que dera a ele algo muito mais especial do que um crucifixo numa correntinha de ouro.

Era justo. Lee merecia algo de bom depois de salvar a vida de Ig e não receber crédito algum. Mas Ig ficou se perguntando por que *não parecia* justo.

Ele convidou Lee para visitá-lo a qualquer hora, quando não estivesse chovendo, para poderem nadar, e Lee concordou. Ig sentiu como se sua voz não estivesse saindo de sua boca, como se viesse de outra fonte no quarto — o rádio, talvez.

Lee estava a meio caminho da porta com a bolsa de carteiro pendurada no ombro quando Ig viu que ele havia deixado os CDs.

— Leve os discos — lembrou ele.

Ig estava feliz por Lee estar indo embora. Queria se deitar na cama e descansar um pouco. O estômago doía.

Lee olhou para os CDs e disse:

— Não tenho como ouvi-los.

Ig imaginou como Lee era pobre — se morava num apartamento ou num trailer, se acordava à noite com gritos e portas batendo, com os policiais prendendo o vizinho bêbado por espancar a namorada. Era outra razão para não se ressentir por Lee levar o crucifixo. Ig odiava não poder ficar feliz por Lee, não poder sentir prazer no que tinha feito, mas de fato não estava contente, estava com ciúme.

A vergonha fez Ig se virar e remexer na mesa. Ele surgiu com o CD player portátil que havia ganhado no Natal e um par de fones de ouvido.

— Obrigado — falou Lee quando Ig lhe entregou o aparelho. — Não precisa me dar tudo isso. Eu não fiz algo de especial. Eu só estava ali em pé e... bom, você sabe.

Ig ficou surpreso com a intensidade da própria reação, um alívio no coração, uma onda de afeto pelo garoto magro e branquelo que quase não sorria. Ig se lembrou do momento em que foi salvo. Que cada minuto de sua vida era um presente, um presente que Lee lhe tinha dado. O nó na garganta se desfez, e ele conseguiu respirar normalmente outra vez.

Lee enfiou o CD player, os fones de ouvido e os CDs na bolsa antes de erguê-la. Ig observou de uma janela do andar de cima enquanto Lee descia a colina na *mountainboard*, em meio à garoa, enquanto as rodas grossas lançavam ondas de água do asfalto reluzente.

VINTE MINUTOS DEPOIS, IG ouviu o Jaguar chegar com aquele barulho de que ele gostava, um ruído suave de aceleração saído de um filme de ação. Ele voltou para a janela do andar de cima e olhou para o carro preto, esperando que as portas se abrissem e que de dentro saíssem Terry, Eric Hannity e algumas garotas, em uma explosão de risos e fumaça de cigarro. Mas Terry estava sozinho e ficou ao lado do carro por um tempo, então caminhou lentamente até a entrada da casa, como se fosse um homem mais velho com dor nas costas por ter dirigido durante horas, em vez de apenas cruzado a cidade.

Ig estava descendo a escada quando o irmão entrou, a água brilhando no cabelo preto bagunçado. Ele viu Ig olhando lá de cima e abriu um sorriso cansado.

— Ei, mano — disse Terry. — Trouxe uma coisa para você.

E arremessou um objeto redondo e escuro do tamanho de uma maçã silvestre.

Ig fechou as mãos em torno do objeto e olhou para a silhueta branca da garota nua com a folha de bordo sobre a virilha. A bomba era mais pesada do que ele imaginava, a textura áspera e a superfície fria.

— Seu prêmio — falou Terry.

— Ah — murmurou Ig. — Obrigado. Com tudo que aconteceu, achei que Eric ia se esquecer de pagar a dívida.

Na verdade, Ig já tinha aceitado que Eric Hannity nunca pagaria e que havia quebrado o nariz à toa.

— Sim. Bem. Eu lembrei a ele.

— Tudo certo?

— Agora que ele pagou, sim. — Terry fez uma pausa, com a mão na coluna do corrimão. — Ele não queria entregar o morteiro porque você estava de tênis quando desceu a colina ou uma merda dessas.

— Que desculpa esfarrapada. É a desculpa mais esfarrapada que já ouvi — comentou Ig.

Terry não respondeu, apenas ficou ali parado, esfregando o polegar na borda da coluna.

— Ainda assim, vocês brigaram por causa disso? É só uma bombinha.

— Não é, não. Viu o que isso fez com o peru?

A frase soou engraçada para Ig, que não entendeu a mensagem. Terry deu um sorriso culpado e disse:

— Você não sabe o que ele ia fazer com isso. Tem um garoto da escola de que Eric não gosta. Eu o conheço da banda. É um cara legal. Ben Townsend. A mãe dele trabalha com seguros. Tipo, atende ao telefone ou algo assim. Então Eric odeia o moleque.

— Só porque a mãe do garoto trabalha com seguros?

— Você sabe que o pai do Eric não está muito bem, não sabe? Tipo, ele não consegue levantar coisas, não consegue trabalhar e tem dificuldade... tem dificuldade para cagar. É muito triste. Eles já deviam ter recebido o dinheiro do seguro, mas ainda não rolou. Na verdade acho que nunca vão receber. Por isso, Eric quer se vingar de alguém, e meio que cismou com Ben.

— Só porque a mãe dele trabalha na seguradora que está ferrando o pai do Eric?

— Não! — berrou Terry. — Essa é a parte mais bizarra. Ela trabalha numa seguradora *completamente diferente*.

— Isso não faz sentido.

— *Não*. Não faz *mesmo*. E nem perca seu tempo tentando entender. Eric ia usar o morteiro para explodir uma coisa do Ben Townsend e me ligou para ver se eu queria participar.

— O que ele ia explodir?

— O gato.

Ig sentiu um embrulho no estômago, uma espécie de horror que beirava o assombro.

— Não. De repente foi isso que Eric *falou*, mas ele devia estar zoando. Quer dizer... um gato?

— Ele tentou *fingir* que estava me zoando quando viu como eu fiquei puto. E só me deu o morteiro quando ameacei contar ao pai dele sobre todas as merdas que a gente vem fazendo. Então ele jogou a bombinha na minha cabeça e me mandou cair fora. Eu sei que o pai dele já foi bem violento com Eric várias vezes.

— Mesmo sem conseguir cagar?

— Ele não consegue cagar, mas consegue bater de cinto. Espero de verdade que Eric nunca seja policial. Ele e o pai são muito parecidos. Você teria o direito de permanecer calado com a bota dele no seu pescoço.

— E você ia mesmo contar ao pai dele sobre...

— O quê? Não. De jeito nenhum. Como eu poderia delatar Eric quando eu mesmo participei das explosões? Essa é, tipo, a primeira regra da chantagem.

Terry ficou em silêncio por um momento, então disse:

— Você acha que conhece bem alguém. O que acontece, na maior parte dos casos, é que você só conhece o que quer conhecer. — Ele olhou intensamente para Ig. — Ele *é* um cara fodão. Eric. E eu sempre me senti meio fodão quando estava com ele. Você não é da banda, então não sabe como é, Ig. É difícil ser desejado pelas mulheres e temido pelos homens quando sua principal habilidade é tocar "America the Beautiful" no trompete. Eu gostava da maneira como as pessoas nos encaravam. Era assim que eu via minha amizade com ele. Não sei como Eric enxergava. Sei que ele gostava de quando eu pagava as coisas e do fato de conhecermos alguns famosos.

Ig girou a bomba na mão algumas vezes, sentindo que deveria dizer algo, mas sem saber como. O que lhe ocorreu foi irremediavelmente inadequado.

— O que você acha que eu deveria explodir com isso?

— Não sei. Só não me deixe de fora, ok? Guarde o morteiro por algumas semanas. Depois que eu pegar minha licença, a gente poderia ir de carro até Cape Cod com o pessoal. Podemos fazer uma fogueira na praia e encontrar alguma coisa lá.

— A última grande explosão do verão — anunciou Ig.

— Sim. O ideal seria deixar um rastro de destruição que pudesse ser visto do espaço. Se não der, vamos pelo menos tentar destruir alguma coisa preciosa e bonita que nunca poderá ser substituída — falou Terry.

CAPÍTULO QUINZE

DURANTE TODO O CAMINHO até a igreja, as mãos de Ig suavam, pareciam pegajosas e estranhas. Também sentia o estômago embrulhado. Ele sabia o motivo, e era ridículo; afinal, Ig não sabia o nome da garota nem nunca tinha trocado uma palavra com ela.

Se bem que ela havia mandado sinais para ele. Uma igreja cheia de pessoas, muitas da mesma idade dela, e a garota olhou diretamente para ele e lhe enviou uma mensagem com seu crucifixo de ouro ardente. Mesmo então, Ig não sabia por que desistira dela, como podia tê-la entregado de bandeja como um de seus CDs. Ele tentou se convencer de que Lee era solitário, um garoto que morava num trailer e que precisava de alguém, e que as coisas acontecem porque têm que acontecer. Ig tentou se sentir bem com o que fizera, mas, em vez disso, crescia dentro dele uma muralha de terror. Ele não conseguia imaginar por que permitira que Lee levasse o crucifixo da garota. Lee estaria com a correntinha. Ele a entregaria para ela, e ela agradeceria, e os dois conversariam depois da igreja. Para Ig, os dois já deviam até estar saindo juntos; quando passasse por ele, a ruiva olharia de relance em sua direção, mas não demonstraria qualquer reconhecimento — e o crucifixo restaurado brilharia na cavidade do pescoço dela.

Lee estava lá, no mesmo banco, e usava a correntinha dela no *próprio* pescoço. Foi a primeira coisa que Ig notou, e sua reação foi simples e bioquímica: parecia ter bebido, num gole só, uma xícara de café dolorosamente quente. O estômago embrulhou e queimou. Seu sangue ferveu, como se estivesse agitado com a injeção de cafeína.

O banco na frente de Lee permaneceu vazio até os últimos instantes, pouco antes do início da missa, e então três senhoras robustas se acomodaram no lugar onde a garota esteve na semana anterior. Lee e Ig passaram grande parte dos primeiros vinte minutos procurando por ela, mas a garota não estava lá. Seria impossível não ver o cabelo dela, um fio de cobre trançado. Finalmente Lee olhou para Ig do outro lado do corredor e deu de ombros em um gesto cômico, e Ig devolveu o gesto com certo exagero, como se participasse da conspiração de fazer Lee entrar em contato com a Garota do Código Morse.

Ig não fazia parte disso, no entanto. Ele baixou a cabeça na hora de rezar o pai-nosso, mas não estava orando o texto padrão. Queria o crucifixo de volta. Não que isso fosse a coisa certa, mas ele queria a cruz de volta mais do que qualquer coisa na vida, mais do que quis o ar quando estava perdido debaixo daquela onda fatal de água preta e almas rugindo. Ig não sabia o nome dela, mas sabia que os dois eram bons em se divertir, em estar juntos; os dez minutos que ela lampejou a luz dourada em seu rosto foram os melhores dez minutos que ele já tinha passado na igreja. Há certas coisas de que você não pode desistir, não importa quanto esteja devendo.

QUANDO A MISSA TERMINOU, Ig ficou parado com a mão do pai em um de seus ombros, observando as pessoas saírem. Sua família sempre era a última a deixar qualquer lugar lotado: igreja, cinema, estádio de beisebol. Lee Tourneau passou e acenou a cabeça para Ig de uma forma que parecia dizer *Não se pode ganhar sempre.*

Assim que o corredor ficou vazio, Ig foi até o banco onde a garota havia se sentado na semana anterior, agachou-se em um dos joelhos e começou a amarrar o sapato. O pai olhou para trás, mas Ig acenou indicando que continuassem e que os alcançaria depois. Ele observou até a família sair da nave antes de parar de amarrar o sapato.

As três senhoras robustas que se sentaram no banco da Garota do Código Morse ainda estavam lá, recolhendo bolsas e arrumando os xales sobre os ombros. Ao erguer o olhar para elas, Ig percebeu que já tinha visto aquelas mulheres. Elas haviam saído tagarelando com a mãe da garota no domingo anterior, e na ocasião Ig se perguntou se elas eram da família. Será que alguma delas estava no carro depois da missa? Ig não tinha certeza. Ele queria achar que sim, mas suspeitava que estava deixando o pensamento positivo adulterar a memória.

— Com licença — disse Ig.

— Sim? — indagou a senhora mais próxima a ele, uma mulher grande, com cabelos tingidos de um tom metálico de castanho.

Ig indicou o banco com o dedo.

— Havia uma garota aqui. No domingo passado. Ela esqueceu uma coisa sem querer e eu gostaria de devolver. Cabelo ruivo.

A mulher não respondeu, mas permaneceu onde estava, embora o corredor estivesse vazio o suficiente para que ela saísse. Finalmente Ig percebeu que ela estava esperando que ele fizesse contato visual. Quando Ig a encarou e viu o modo como a senhora o observava, com os olhos semicerrados como quem sabe de alguma coisa, ele sentiu o pulso acelerar.

— Merrin Williams — revelou ela —, e os pais dela só vieram à cidade no fim de semana passado para pegar as chaves da nova casa deles. Sei disso porque fui eu que vendi o imóvel e mostrei esta igreja. Eles estão em Rhode Island agora, preparando a mudança. Ela vai estar aqui no domingo que vem. Devo encontrá-los novamente, em breve. Se você quiser, posso entregar o que quer que Merrin tenha esquecido aqui.

— Não — disse Ig. — Tudo bem.

— Hum — murmurou a mulher. — Achei mesmo que você iria preferir entregar a ela pessoalmente. Você está com aquela cara.

— Que... que cara? — perguntou Ig.

— Eu diria qual é — respondeu a mulher —, mas estamos na igreja.

CAPÍTULO DEZESSEIS

QUANDO LEE O VISITOU de novo, eles foram para a piscina e jogaram basquete na parte rasa até a mãe de Ig aparecer com sanduíches de presunto e queijo brie. Lydia conseguia preparar um misto-quente simples como as outras mães — tinha que expressar de alguma forma o paladar mais apurado e sofisticado. Ig e Lee se sentaram para comer em espreguiçadeiras, com a água formando poças debaixo deles. Por alguma razão, um deles estava sempre encharcado quando estavam juntos.

Lee foi educado com a mãe de Ig, mas, depois que ela se afastou, olhou para o queijo leitoso derretido em cima do presunto.

— Alguém gozou no meu sanduíche — disse ele.

Ig estava dando uma mordida e engasgou quando riu, o que se transformou em um ataque de tosse que lhe doeu o peito. Lee deu um tapa nas costas dele e o salvou de si mesmo. Isso estava se tornando um hábito no relacionamento entre eles.

— Para a maioria das pessoas, é apenas o almoço. Para você, é mais uma oportunidade de se matar. — Lee estreitou os olhos à luz do sol e disse: — Acho que você é a pessoa mais propensa à morte que conheço.

— Eu sou mais duro de matar do que pareço — argumentou Ig. — Como uma barata.

— Eu gostei de AC/DC — comentou Lee, mudando de assunto. — Se você quiser matar alguém, seria melhor fazer isso ouvindo a música deles.

— E os Beatles? Você sentiu vontade de dar um tiro em alguém ouvindo os Beatles?

Lee pensou seriamente por um momento, então respondeu:

— Em mim mesmo.

Ig riu de novo. Lee nunca precisava se esforçar para arrancar uma gargalhada, além de não perceber que as coisas que dizia eram engraçadas. Ele tinha uma indiferença, uma aura de frieza, que fez Ig pensar em um agente secreto desarmando uma ogiva... ou programando uma. Em outras ocasiões, Lee mantinha uma expressão tão impassível — ele nunca ria nem das próprias piadas nem das de Ig — que mais parecia um cientista alienígena que veio a Terra para aprender a respeito das emoções humanas. Mais ou menos como o Mork.

Apesar de ter rido, Ig foi invadido por uma angústia, pois não gostar dos Beatles era quase tão ruim quanto não saber algo a respeito deles.

Lee viu o desgosto no rosto de Ig.

— Vou devolvê-los — anunciou ele. — É melhor você ficar com aqueles CDs.

— Não — retrucou Ig. — Fique com eles e ouça mais um pouco. Talvez haja algo de que venha a gostar.

— Eu até que gostei de algumas músicas — disse Lee, mas Ig sabia que ele estava mentindo. — Tinha aquela... — A voz dele foi sumindo, deixando Ig sem saber a qual das sessenta canções ele se referia.

Mas Ig adivinhou.

— "Happiness Is a Warm Gun"?

Lee apontou o dedo para ele, engatilhou o polegar e disparou.

— E quanto ao jazz? Curtiu alguma música?

— Mais ou menos. Não sei. Não consegui ouvir o jazz direito.

— Como assim?

— Eu sempre esquecia que estava ouvindo um CD. Parece música de fundo, como num supermercado.

Ig estremeceu.

— Então, você vai ser um assassino quando ficar mais velho? — perguntou ele.

— Por quê?

— Porque você só gosta de música que o inspire a matar pessoas.

— Não. É só que a música deve dar o clima. Não é esse o objetivo? Serve como pano de fundo para o que você está fazendo no momento.

Ele não discutiria com Lee, mas doía ter um amigo tão ignorante no assunto. Felizmente, com o passar do tempo e sendo o melhor amigo de Ig, Lee aprenderia a verdade a respeito da música: era o terceiro trilho da vida. Você se agarra à música para se livrar da monotonia, para sentir alguma coisa, para viver tudo que deixou de viver enquanto ia à escola, via TV e lavava a louça depois do jantar. Ig supôs que, por ter crescido num trailer, Lee não tivera a oportunidade de conhecer as coisas boas. Levaria alguns anos para tirar o atraso.

— O que você *vai* fazer quando ficar mais velho, afinal? — indagou Ig.

Lee comeu o resto do sanduíche e, com a boca cheia, respondeu:

— Eu gostaria de trabalhar no Congresso.

— De verdade? Para fazer o quê?

— Eu queria propor uma lei que obrigasse as vadias drogadas irresponsáveis a serem esterilizadas, para que não pudessem ter filhos dos quais não cuidariam — disse Lee, sem raiva.

Ig se perguntou por que ele nunca falava da mãe.

Lee levou a mão até o crucifixo no pescoço, aninhado logo acima das clavículas. Após um momento, ele disse:

— Tenho pensado nela. Na nossa garota da igreja.

— Com certeza — falou Ig, tentando soar engraçado, mas o tom saiu um pouco ríspido e irritado, até para os próprios ouvidos.

Lee pareceu não notar. Estava distante, olhando para o nada.

— Aposto que ela não é daqui. Eu nunca a vi na igreja antes daquele dia. Ela devia estar visitando a família ou algo assim. É bem provável que a gente não a veja mais. — Ele fez uma pausa e acrescentou: — Aquela que escapou. — Não tinha um tom melodramático, e sim o bom senso de quem já passara por aquilo.

A verdade ficou presa na garganta de Ig, como o pedaço de sanduíche entalado. Ela estava lá, esperando para ser dita — *Ela vai estar aqui no domingo que vem* —, mas ele ficou quieto. Também não conseguia mentir, não tinha coragem. Ig era o pior mentiroso que conhecia.

Em vez disso, o que Ig falou foi:

— Você consertou a correntinha.

Lee não baixou o olhar para o crucifixo, mas mexeu nele sem prestar atenção enquanto observava o reflexo da luz dançando na superfície da piscina.

— Sim. Venho usando a correntinha para o caso de eu esbarrar com ela enquanto vendo minhas revistas. — Ele fez uma pausa e continuou: — Sabe as revistas de sacanagem de que falei? As que meu distribuidor tem no depósito? Tem uma intitulada *Cherries*, cheia de garotas de dezoito anos supostamente virgens. Essa é minha favorita, a garota que mora ao lado. É melhor ter uma garota com quem você possa imaginar como seria ser o primeiro. É claro que as garotas da *Cherries* não são virgens *de verdade*. Dá para saber apenas olhando as fotos. Elas têm uma tatuagem na cintura ou usam muita maquiagem e têm nome de *stripper*. Apenas se vestem como inocentes para a sessão de fotos. Na próxima vez, elas se vestirão de policiais sexy ou líderes de torcida, e o resultado será igualmente falso. Mas a garota da igreja é para valer.

Ele ergueu o crucifixo e o esfregou entre o polegar e o indicador.

— Estou obcecado com a ideia de ver algo genuíno. Eu não acho que a maioria das pessoas sente metade das coisas que finge sentir. As garotas que namoram tendem a adotar certas atitudes apenas para manter um cara interessado. Como Glenna me mantendo interessado com uma punheta de vez em quando. Não é porque ela gosta de me bater uma punheta. É porque ela *não* gosta de ficar sozinha. Quando uma garota perde a virgindade, porém, pode doer, mas é algo real. Talvez seja a coisa mais real e particular que se poderia ver em outra pessoa. É naquele momento, quando você deixa de lado todos os fingimentos, que você imagina quem ela vai se tornar. Isso é o que penso quando penso na garota da igreja.

Ig não engoliu a metade do sanduíche que tinha comido. A correntinha no pescoço de Lee reluzia ao sol e, quando Ig fechou os olhos, ainda podia vê-la, uma série de imagens brilhantes, sinalizando um aviso terrível. Sentiu uma dor de cabeça chegando.

Quando abriu os olhos, Ig perguntou:
— Então se não der certo na política, você vai matar pessoas para ganhar a vida?
— Acho que sim.
— Como você faria? Qual é o seu método? — Querendo saber como ele próprio mataria Lee, a fim de recuperar o crucifixo.
— De quem estamos falando? Uma vadia que deve dinheiro ao traficante ou o presidente?

Ig soltou um longo e lento suspiro.
— Alguém que sabe a verdade a seu respeito. Uma testemunha importante. Se ele viver, você vai para a cadeia.
— Eu o queimaria até a morte no carro dele — respondeu Lee. — Com uma bomba. Fico de tocaia do outro lado do rua, observando enquanto ele se senta ao volante. Quando ele der a partida, aperto o botão do

controle remoto. Depois da explosão, o carro continua rodando como um grande destroço em chamas.

— Ei. Espere um minuto — falou Ig. — Preciso mostrar uma coisa para você.

Ele ignorou o olhar intrigado de Lee, se levantou e entrou na casa. Voltou três minutos depois com a mão direita cerrada em um punho. Lee ergueu os olhos, as sobrancelhas franzidas, enquanto Ig se acomodava na espreguiçadeira.

— Olhe só — disse Ig, abrindo a mão direita para mostrar o morteiro.

Lee o encarou com o rosto inexpressivo como uma máscara de plástico, mas a indiferença não enganou Ig, que estava aprendendo a interpretá-lo. Quando Ig abriu a mão e Lee viu o que ele segurava, logo se sentou, afoito.

— Eric Hannity pagou a aposta — explicou Ig. — Ganhei isso por descer a colina no carrinho. Você viu o peru, não viu?

— Choveu Dia de Ação de Graças por uma hora.

— Não seria legal colocar a bombinha em um carro? Digamos que você tenha encontrado um veículo abandonado. Aposto que conseguiria explodir o capô com essa coisa. Terry me contou que esses morteiros são pré-LPC.

— Pré o quê?

— Leis de proteção à criança. Os fogos de artifício fabricados hoje em dia são como peidos na banheira. Esses, não.

— Como podem vendê-los se são ilegais?

— É apenas ilegal fabricar novos. Esses são de uma caixa antiga.

— É isso que você vai fazer? Encontrar um carro abandonado e explodi-lo?

— Não. Meu irmão quer que eu espere até ele pegar a carteira de motorista definitiva para irmos a Cape Cod, no fim de semana do Dia do Trabalho.

— Não é da minha conta, creio eu — disse Lee —, mas não acho que ele tenha direito a opinião.

— Não. Eu vou ter que esperar. Eric Hannity nem estava a fim de me dar a bombinha porque eu estava de tênis quando desci a colina. Segundo ele, eu não estava totalmente pelado. Mas Terry falou que isso era babaquice e o fez pagar a dívida. Então, eu devo a ele. E Terry quer ir a Cape Cod.

Pela primeira vez na breve amizade dos dois, Lee parecia irritado com alguma coisa. Ele fez uma careta e se remexeu na espreguiçadeira, como se de repente algo o estivesse cutucando nas costas.

— É meio idiota que essas bombinhas sejam chamadas de Morteiros de Eva. Deveriam ser Maçãs de Eva.

— Por quê?

— Por causa da Bíblia.

— A Bíblia só diz que eles comeram frutos da Árvore do Conhecimento. Não diz especificamente que é uma maçã.

— Eu não acredito nessa história.

— Nem eu — admitiu Ig. — Dinossauros.

— Você acredita em Jesus?

— Por que não? Escreveram tanto sobre ele quanto sobre César.

Ele olhou de soslaio para Lee, que se parecia tanto com César que seu perfil poderia ter sido estampado em um denário de prata, faltando apenas a coroa de louro.

— Você acredita que ele fazia milagres? — perguntou Lee.

— Talvez. Não sei. Se o resto for mesmo verdade, será que essa parte importa mesmo?

— Eu fiz um milagre uma vez.

Ig achou que não era um acontecimento extraordinário de admitir. Seu pai disse que viu um OVNI certa vez no deserto de Nevada, quando estava lá bebendo com o baterista do Cheap Trick. Em vez de perguntar sobre o milagre que Lee havia realizado, Ig disse:

— Foi legal?

Lee assentiu, e seus olhos muito azuis estavam distantes, um pouco fora de foco.

— Eu consertei a Lua. Quando eu era criança. Desde então, sou bom em consertar coisas. É o que faço de melhor.

— Como você consertou a Lua?

Lee apertou bem um olho, ergueu uma das mãos em direção ao céu, prendeu uma Lua imaginária entre o polegar e o indicador e deu um giro de 180 graus. Ele fez um clique suave.

— Pronto, melhor.

Ig não queria conversar sobre religião, e sim sobre demolição.

— Vai ser um milagre quando eu acender o pavio dessa coisa — comentou ele, e o olhar de Lee se voltou para a bomba na mão de Ig. — Vou enviar algo para Deus. Alguma sugestão do quê?

Lee olhou para o morteiro de um jeito que fez Ig pensar em um homem no bar bebendo uma bebida forte e observando a garota no palco abaixar a calcinha. Eles não eram amigos havia muito tempo, mas um padrão fora estabelecido: este era o momento em que Ig deveria dar a bombinha para ele, da mesma maneira como ele lhe entregara o dinheiro, os CDs e a correntinha de Merrin Williams. Só que ele não deu, e Lee não poderia pedir. Ig se convenceu de que não deu o morteiro porque o constrangeu da última vez, presenteando-o com os CDs. Na verdade, era outra coisa: Ig sentiu o ímpeto mesquinho de ter algo que o outro não possuía, de ter seu próprio crucifixo para usar. Mais tarde, depois que Lee fosse embora, Ig ficaria envergonhado com sua atitude: um garoto rico que morava numa casa com piscina esfregando seus tesouros na cara de outro, filho de pai solteiro que morava num trailer.

— Você poderia enfiar a bombinha numa abóbora — sugeriu Lee.

— Muito parecido com o peru — retrucou Ig.

E os dois prosseguiram dando ideias, Lee sugerindo e Ig considerando.

Eles discutiram os efeitos de jogar a bomba no rio para ver se peixes morreriam com ela, jogá-la em um banheiro externo para ver se faria um gêiser de merda, usar uma funda para atirá-la na torre do sino da igreja para ver que tipo de gongo faria quando explodisse. Havia um outdoor fora da cidade em que se lia ARMAZÉM BAIACU — SUPRIMENTOS PARA PESCA E PASSEIOS DE BARCO; Lee comentou que seria hilário colar a bomba no BAIA e ver se conseguiriam transformá-lo em ARMAZÉM CU. Lee tinha muitas ideias.

— Você sempre quer saber de que tipo de música eu gosto — disse Lee. — Vou lhe contar o que eu gosto: do barulho de coisas explodindo e de vidro tilintando. É música para meus ouvidos.

CAPÍTULO DEZESSETE

IG ESTAVA ESPERANDO A sua vez no cabeleireiro quando ouviu uma batida atrás dele, olhou por cima do ombro e viu Glenna parada na calçada, encarando-o a centímetros de distância, com o nariz encostado na vitrine. Ela estava tão perto que estaria respirando no cangote de Ig se não houvesse um vidro entre os dois. Em vez disso, Glenna respirou no vidro, que ficou branco com a condensação. Ela escreveu com o dedo: EU VI SEU PIU-PIU. Abaixo da inscrição, Glenna desenhou a caricatura de um caralho balançando.

O coração de Ig disparou, e ele rapidamente olhou ao redor para ver se a mãe estava por perto, se ela havia notado. Mas Lydia se encontrava do outro lado do salão, atrás da cadeira, dando instruções para a cabeleireira. Terry ocupava o assento, vestido com o avental, esperando pacientemente para ficar ainda mais bonito. Cortar o próprio pelo de rato de Ig era como podar uma cerca viva deformada. Não ficava bonito, apenas administrável.

Ig olhou para Glenna, balançando a cabeça furiosamente: *Vá embora.* Ela limpou a mensagem do vidro com a manga de sua incrivelmente incrível jaqueta de couro.

Ela não estava sozinha. Highway to Hell também estava lá, junto com o outro moleque pobre que fazia parte do grupo deles na fundição, um garoto de cabelo comprido no fim da adolescência. Os dois meninos estavam do outro lado do estacionamento, revirando uma lata de lixo. Qual era o lance daqueles dois com latas de lixo?

Glenna tamborilou as unhas na vitrine. Pintadas da cor de gelo, longas e pontudas, eram unhas de bruxa. Ig olhou de relance para a mãe, mas percebeu que sua ausência não seria sentida. Lydia estava envolvida no que falava, moldando alguma coisa no ar, o penteado perfeito ou talvez uma esfera imaginária, uma bola de cristal, e na bola se via o futuro em que a cabeleireira de dezenove anos recebia uma grande gorjeta se pudesse simplesmente ficar parada lá e assentir e mascar chiclete e deixar Lydia lhe ensinar como fazer seu trabalho.

Quando Ig saiu, Glenna deu as costas para o salão e apoiou a bunda dura e redonda contra o vidro. Ela olhava fixamente para Highway to Hell e seu amigo de cabelo comprido. A lata estava entre os dois, com um saco de lixo aberto. O moleque de cabelo comprido esticava o braço para tocar o rosto de Highway to Hell, quase com carinho. Ele soltava uma gargalhada boba toda vez que o garoto fazia isso.

— Por que você deu aquele crucifixo para Lee? — perguntou Glenna.

De todas as coisas que ela poderia ter dito, aquilo abalou Ig. Ele vinha se perguntando a mesma coisa havia mais de uma semana.

— Ele disse que consertaria — respondeu Ig.

— Está consertado. Então, por que ele não devolve?

— A corrente não é minha. É de... Uma garota a esqueceu na igreja. Eu ajeitaria e devolveria, mas não consegui, e Lee disse que poderia consertar com as ferramentas do pai, e agora ele está usando para o caso de esbarrar com ela enquanto estiver vendendo suas revistas para a instituição de caridade.

— A instituição de caridade — repetiu ela, e bufou. — Você deveria pedir de volta. Os CDs também.

— Ele não ouve música.

— Ele não *quer* ouvir música — retrucou Glenna. — Se quisesse, ele mesmo compraria.

— Não sei. CDs são meio caros e...

— E daí? Ele não é *pobre*, sabe — comentou Glenna. — Ele mora em Harmon Gates. Meu pai é o jardineiro da família. Foi assim que eu conheci Lee. Meu pai me mandou ir lá um dia para plantar peônias. Os pais dele têm muito dinheiro. Ele disse para você que não tem como comprar CDs?

A informação desorientou Ig, a ideia de que Lee morava em Harmon Gates, que contratava um homem para cuidar do jardim, que tinha uma mãe. Principalmente o fato de ter uma mãe.

— Os pais dele moram juntos?

— Às vezes não parece, porque a mãe dele trabalha no Hospital Exeter e demora muito para ir e voltar do emprego para casa, por isso não é muito presente. Talvez seja até melhor. Lee e a mãe não se dão bem.

Ig balançou a cabeça. Era como se Glenna estivesse falando de uma pessoa completamente diferente, alguém que Ig não conhecia. Ele formara uma imagem muito clara da vida de Lee Tourneau, o trailer que ele dividia com o pai motorista de picape, a mãe que tinha desaparecido quando ele era criança para fumar crack e vender o corpo nos inferninhos de Boston. Lee nunca tinha lhe contado que morava num trailer ou que a mãe era viciada, mas Ig achava que essas coisas estavam implícitas na visão de Lee sobre o mundo, nos assuntos que ele nunca mencionava.

— Ele disse que não tem dinheiro para comprar as coisas? — perguntou Glenna novamente.

Ig balançou a cabeça.

— Achei mesmo que não. — Ela rolou uma pedra no chão com a ponta do pé, depois ergueu o olhar e indagou: — Ela é mais bonita do que eu?

— Quem?

— A garota da igreja. A garota que estava usando a correntinha.

Ig tentou pensar no que dizer, mentalmente empenhado em inventar uma mentira gentil. Mas nunca fora bom em mentir, e seu silêncio foi tomado como resposta.

— É — falou Glenna, sorrindo tristemente. — Foi o que eu pensei.

Ig virou o rosto, angustiado demais com aquele sorriso infeliz para manter contato visual. Glenna parecia ser bacana, direta e sem frescura.

Highway to Hell e o garoto de cabelo comprido estavam rindo em volta da lata de lixo; a risada soava alta e aguda como o grasnado de corvos. Ig não sabia por quê.

— Sabe de algum carro em que a gente pudesse botar fogo e se safar? — perguntou Ig. — Não o carro de alguém específico. Apenas um veículo abandonado.

— Por quê?

— Lee quer botar fogo em um carro.

Ela franziu as sobrancelhas, tentando descobrir por que Ig mudara radicalmente o rumo da conversa. Então ela lançou um olhar para Highway to Hell.

— O pai de Gary, meu tio, tem um monte de carros velhos no bosque, atrás da casa dele, em Derry. Ele tem um negócio de autopeças em casa.

Ou pelo menos ele *diz* que tem um negócio de autopeças. Não sei se ele já teve algum cliente na vida.

— Você podia dar a ideia para Lee qualquer dia — disse Ig.

Alguém bateu na vidraça atrás dele, e os dois se viraram para olhar. Lydia sorriu para Glenna e acenou rigidamente com uma das mãos, depois desviou o olhar para o filho de uma forma tensa e impaciente. Ele assentiu, mas, quando a mãe deu as costas, Ig não se apressou para entrar no salão.

Glenna inclinou a cabeça em um ângulo inquisitivo.

— Então, se conseguirmos montar um incêndio criminoso, está a fim de participar?

— Não. Na verdade, não. Divirtam-se vocês, crianças.

— Crianças — repetiu ela, e seu sorriso se alargou. — O que você vai fazer com o seu cabelo?

— Não sei. Provavelmente o que eu sempre faço.

— Você deveria raspar — sugeriu Glenna. — Ficar careca. Você ficaria legal.

— Hã? Não. Não, minha mãe não deixaria.

— Bem, você deveria pelo menos cortá-lo baixo e dar um toque punk. Descolorir as pontas ou algo assim. Seu cabelo faz parte de quem você é. Você não quer ser alguém interessante? — Ela estendeu a mão e bagunçou o cabelo de Ig. — Você poderia ser alguém interessante sem precisar se esforçar muito.

— Acho que não tenho muita voz aqui. Minha mãe vai querer que eu continue com o cabelo de sempre.

— Ah, que chato. Eu gosto de um cabelo meio doido — comentou Glenna.

— É? — perguntou Gary, também conhecido como Highway to Hell. — Você vai amar meu estilo.

Os dois viraram a cabeça e viram Highway to Hell e o garoto de cabelo comprido indo na direção deles. Eles haviam recolhido aparas de cabelo da lata de lixo e colado no rosto de Gary, desenhando uma barba castanho-avermelhada do tipo que Van Gogh usava em seus autorretratos. Não combinava com o cabelo tingido de azul da cabeça raspada de Gary.

Glenna fez uma careta.

— Ah, Deus. Isso não vai enganar ninguém, seu idiota.

— Me dê sua jaqueta — mandou Gary. — Com a sua jaqueta, aposto que eu pareceria ter pelo menos uns vinte anos.

— Você pareceria um retardado, isso sim — retrucou Glenna. — E você não vai ser preso com esta jaqueta.

— De fato é uma jaqueta muito maneira — elogiou Ig.

Glenna lançou para ele um olhar misteriosamente triste.

— Foi Lee quem me deu. Ele é uma pessoa muito generosa.

CAPÍTULO DEZOITO

LEE ABRIU A BOCA para dizer alguma coisa, mas mudou de ideia e a fechou.

— O que foi? — perguntou Ig.

Lee abriu a boca novamente, fechou, abriu e disse:

— Eu gosto daquela música *rá-tá-tá* do Glenn Miller. Até um cadáver dançaria com aquela música.

Ig assentiu e não respondeu.

Os dois estavam na piscina, porque era novamente agosto. Chega de chuva, chega de frio fora de época. A temperatura marcava quase 37 graus, não havia nuvem alguma no céu, e Lee estava usando uma faixa de protetor solar na ponte do nariz para evitar que queimasse. Ig se apoiava em uma boia e Lee estava deitado em um colchão inflável, ambos flutuando na água morna, com um cloro tão forte que o cheiro fazia arder os olhos. Estava muito quente para fazer bagunça.

O crucifixo ainda estava pendurado no pescoço de Lee. A correntinha se espalhava pelo colchão, estendia-se na direção de Ig — como se ele tivesse o poder do magnetismo e a atraísse. Ela refletiu o sol e lançou um lampejo dourado nos olhos de Ig, produzindo um sinal constante em *staccato*. Ig não precisava conhecer o código Morse para saber que o crucifixo estava lhe mandando um sinal. Era sábado, e Merrin Williams estaria na igreja no dia seguinte. *Última chance*, lampejou a cruz. *Última chance, última chance.*

Lee abriu a boca de leve. Parecia querer falar mais, porém não sabia como proceder. Finalmente, disse:

— O primo da Glenna, Gary, vai armar uma fogueira daqui a algumas semanas. Na casa dele. Uma espécie de festa de fim de verão. Ele tem fogos de artifício e outras coisas. Talvez role uma cerveja também. Está a fim de ir?
— Quando?
— No último sábado do mês.
— Não posso. Meu pai vai tocar num concerto com John Williams na Boston Pops. É a noite de estreia. A gente sempre vai aos espetáculos da noite de estreia.
— Sim, entendo — respondeu Lee.
Lee colocou o crucifixo na boca e o sugou, pensando. Então soltou e finalmente disse o que queria:
— Você venderia?
— Venderia o quê?
— O Morteiro de Eva. A bomba. Tem um carro velho na casa do Gary. Pelo que ele diz, ninguém vai se importar se destruirmos aquele troço. Podemos colocar fluido de isqueiro e explodi-lo. — Lee se deteve e acrescentou: — Não foi por isso que perguntei se você poderia ir. Eu o convidei porque seria mais divertido se você estivesse lá.
— Não, tudo bem. Eu sei — disse Ig. — Eu só não me sentiria bem em vendê-lo.
— Bem, você não pode continuar me dando as coisas. Se você vendesse o morteiro, por quanto seria? Economizei um dinheiro com a comissão da venda das revistas.
Ou você pode pegar vinte dólares emprestados com sua mãe, pensou Ig, com uma voz quase ardilosa e sedosa que mal reconheceu.
— Não quero seu dinheiro — falou Ig. — Mas faço uma troca com você.
— Pelo quê?
— Por isso aí — respondeu Ig, acenando a cabeça para o crucifixo.
Pronto. Estava dito. O ar ficou preso nos pulmões de Ig, uma cápsula de oxigênio quente com um gosto químico e estranho de cloro. Lee tinha salvado a vida dele, tirou Ig do rio quando ele estava inconsciente e meteu ar de volta nele com um soco, e Ig estava pronto para retribuir, achava que devia a Lee tudo e qualquer coisa... exceto isso. Ela havia mandado sinais para ele, não para Lee. Ig entendia que não tinha o direito de barganhar com Lee dessa forma, não havia defesa moral alguma, maneira alguma de

se convencer de que aquela era a atitude de uma pessoa decente. Assim que pediu o crucifixo de volta, sentiu-se murchar por dentro; ele sempre se considerou o mocinho de sua própria história, o herói incontestе. Só que um mocinho não faria aquilo. Talvez algumas coisas fossem mais importantes do que ser o mocinho, no entanto.

Lee o encarou fixamente com um leve meio sorriso puxando os cantos dos lábios. Ig sentiu uma onda de calor no rosto e não se arrependeu de todo, mas ficou feliz por estar envergonhado por ela.

— Sei que puxei o assunto do nada — disse ele —, mas acho que estou apaixonado por ela. Eu teria dito alguma coisa antes, mas não quis ficar no seu caminho.

Sem hesitar, Lee estendeu o braço para a nuca e desfez o fecho.

— Tudo que você precisava fazer era pedir. A correntinha é sua. Sempre foi sua. Foi você que encontrou, não eu. Tudo que fiz foi consertar. E se isso lhe der uma abertura com ela, fico feliz em consertar essa situação também.

— Pensei que ela era o tipo de garota de que você gostava. Você não é...

Lee abanou a mão no ar.

— O tipo de cara que compete com um amigo por uma garota cujo nome eu nem sei — completou ele. — Todas as coisas que você me deu, todos os CDs? Mesmo que a maioria seja uma merda, eu agradeço. Não sou um ingrato, Ig. Se você voltar a vê-la, ela é toda sua. Você tem meu apoio até o fim. Só que não acho que ela vai voltar.

— Vai, sim — disse Ig, baixinho.

Lee o encarou.

A verdade surgiu antes que Ig pudesse se conter. Ele precisava saber que Lee não se importava, porque eles eram amigos. Seriam amigos pelo resto da vida.

Quando Lee não perguntou — apenas ficou ali boiando com aquele meio sorriso no rosto comprido e estreito —, Ig continuou:

— Encontrei uma pessoa que a conhece. Ela não foi à igreja no domingo passado porque a família está se mudando de Rhode Island e eles tiveram que voltar e pegar o resto das coisas.

Lee terminou de remover a correntinha e a jogou de leve para Ig, que a pegou quando bateu na água.

— Vá atrás dela, garanhão — disse Lee. — Foi você quem encontrou essa coisa, e, por alguma razão, a garota não pareceu gostar de mim. Além do mais, já tenho mulher saindo pelo ladrão. Glenna foi me ver ontem, para me contar sobre o carro do Gary, e, enquanto estava lá, colocou tudo na boca. Só por um minuto. Mas ela colocou.

Lee deu um sorriso radiante — o sorriso de uma criança que ganhou um balão novo.

— Que vagabunda do caralho, hein?

— Incrível — disse Ig, sorrindo fracamente.

CAPÍTULO DEZENOVE

IG VIU MERRIN WILLIAMS e então fingiu que não viu: uma tarefa nada fácil com o coração saltando dentro dele, atirando-se na caixa torácica como um bêbado furioso atacando as barras de uma cela. Ele tinha pensado naquele momento não apenas todos os dias, mas quase todas as horas de todos os dias, desde a última vez que a vira, e era quase demais para seu sistema nervoso, sobrecarregando a rede. Ela usava calça de linho creme e uma blusa branca com as mangas dobradas para trás, o cabelo solto desta vez. Merrin olhou diretamente para Ig quando ele entrou na igreja com a família, mas Ig fingiu não a ver.

Lee e o pai chegaram alguns minutos antes do início da missa e se acomodaram em um banco ao lado de Ig, bem na frente. Lee virou a cabeça e lançou um olhar demorado para ela, de cima a baixo. Merrin não pareceu notar, pois estava olhando fixamente para Ig. Depois de terminar de inspecioná-la, Lee olhou para trás a fim de ver o próprio Ig com olhos semicerrados. Ele balançou a cabeça fingindo desaprovação antes de ficar de frente de novo.

Merrin encarou Iggy durante os primeiros cinco minutos da missa e, durante todo esse tempo, ele não voltou o olhar para ela nem uma única vez. Ig apertou as mãos, sentiu as palmas escorregadias de suor e manteve os olhos fixos em padre Mould.

Merrin não desistiu até que padre Mould anunciou:

— Vamos rezar.

Ela deslizou no banco para se ajoelhar e juntou as mãos, e foi então que Ig tirou a correntinha do bolso. Ele a segurou na palma da mão, encontrou um pouco de luz e apontou para ela. Uma cruz espectral dourada flutuou no rosto de Merrin e atingiu o canto do olho dela. Ela piscou na primeira vez que Ig refletiu nela, encolheu-se na segunda vez e olhou para ele na terceira. Ig segurou o objeto com firmeza, de maneira que uma cruz dourada feita de pura luz ardeu no centro da mão e o reflexo brilhou no rosto de Merrin. Ela o encarou com um olhar inesperado de solenidade, era o rádio operador de um filme de guerra, recebendo um sinal de vida ou morte de um companheiro de armas.

De maneira lenta e propositai, ele virou o crucifixo para um lado e para outro, lampejando a mensagem em código Morse que havia memorizado ao longo da semana anterior. Parecia importante não errar, por isso Ig manuseava a cruz como se fosse um dedal cheio de nitroglicerina. Quando terminou, Ig sustentou o olhar dela por mais um momento e então fechou a mão em torno da cruz e desviou o olhar novamente, com o coração batendo tão forte que ele teve certeza de que o pai deveria ouvir, ajoelhado ao lado dele. Mas o pai estava orando com as mãos juntas, de olhos fechados.

Ig Perrish e Merrin Williams tomaram cuidado para não se olharem novamente durante o resto da missa. Ou melhor, os dois não se olharam no rosto, embora ele estivesse consciente de que ela o observava com o canto do olho, da mesma maneira que Ig a observava, curtindo a maneira como Merrin se levantava para cantar, com os ombros para trás. O cabelo dela ardia à luz do dia.

Padre Mould abençoou todos e pediu que se amassem, que era exatamente o objetivo de Ig. Quando as pessoas começaram a sair, Ig permaneceu onde estava, com a mão do pai sobre o ombro, como sempre. Merrin Williams entrou no corredor, com o próprio pai atrás de si, e Ig esperou que ela parasse e agradecesse por resgatar a correntinha, mas Merrin nem ligou para ele. Em vez disso, ela devolveu o olhar do pai e ficou conversando com ele enquanto saíam. Ig abriu a boca para falar com Merrin, mas, de repente, foi atraído para a mão esquerda dela, cujo dedo indicador apontava para trás, de volta para o banco. Foi um gesto tão casual que Merrin podia estar apenas balançando o braço, mas Ig tinha certeza de que ela estava dizendo onde ele deveria esperá-la.

Quando o corredor ficou vazio, Ig deu um passo para o lado, a fim de que o pai, a mãe e o irmão fossem na frente. Em vez de segui-los, ele se virou e caminhou em direção ao altar e à capela-mor. A mãe disparou um olhar para ele, e Ig apontou na direção do corredor dos fundos, onde havia um banheiro. Não dava mais para fingir que precisava amarrar o sapato. Ela continuou, com a mão no braço de Terry. O irmão encarou Ig com os olhos semicerrados de suspeita, mas se permitiu ser levado embora.

Ig ficou no corredor escuro dos fundos que levava ao escritório do padre Mould, procurando por ela. Merrin voltou logo, e àquela altura a igreja estava praticamente vazia. Ela vasculhou a nave com o olhar, mas não o viu, e ele permaneceu nas sombras, observando a garota. Merrin caminhou até o altar e acendeu uma vela, se benzeu, ajoelhou-se e rezou. O cabelo dela escondeu o rosto, de modo que Ig não devia tê-lo visto quando ele foi ao encontro dela. Ig não sentia como se estivesse caminhando na direção dela. As pernas não eram dele. Mais parecia que ele estava sendo carregado, levado novamente pelo carrinho de compras; havia aquela mesma sensação vertiginosa, porém nauseante, no fundo do estômago, de cair da borda do mundo, de se arriscar.

Ig não a interrompeu até que ela ergueu a cabeça e olhou para cima.

— Ei — disse ele enquanto Merrin se levantava. — Eu encontrei sua correntinha. Você esqueceu. Fiquei preocupado quando não a vi no domingo passado, achando que não teria a chance de devolvê-la.

Ig já estava oferecendo a correntinha para ela.

Merrin pegou o crucifixo e a fina corrente de ouro da mão dele.

— Você consertou.

— Não — apressou-se Ig. — Meu amigo Lee Tourneau consertou. Ele é bom em consertar coisas.

— Ah — murmurou ela. — Diga a ele que agradeço.

— Você mesma pode dizer se Lee ainda estiver por aí. Ele frequenta a igreja também.

— Põe para mim? — pediu Merrin, que deu as costas para ele, ergueu o cabelo e inclinou a cabeça para a frente, mostrando a nuca branca para Ig.

Ele passou as mãos no peito para secá-las, em seguida abriu a correntinha e colocou-a delicadamente em volta do pescoço dela. Ig torcia para que Merrin não percebesse que suas mãos tremiam.

— Você conheceu Lee, sabe — comentou ele, para que tivesse alguma coisa a dizer. — Ele estava sentado atrás de você no dia em que a corrente quebrou.

— Aquele moleque? Ele tentou colocá-la em mim depois que quebrou. Achei que fosse me estrangular com a corrente.

— Não estou estrangulando você, estou?

— Não — respondeu ela.

Ele estava tendo dificuldades para fechar a corrente. Eram as mãos nervosas. Merrin esperou pacientemente.

— Para quem você estava acendendo a vela? — indagou Ig.

— Minha irmã.

— Você tem uma irmã? — perguntou ele.

— Não mais — disse ela, direta e sem emoção, e Ig sentiu uma pontada de náusea, sabia que não devia ter perguntado.

— Você entendeu a mensagem? — falou ele de qualquer jeito, com uma necessidade urgente de mudar de assunto.

— Que mensagem?

— A mensagem que eu estava sinalizando para você. Em código Morse. Você conhece o código Morse, não é?

Ela riu — um som inesperadamente ruidoso que quase fez Ig deixar a corrente cair. No momento seguinte, os dedos descobriram o que fazer, e ele conseguiu prendê-la no pescoço de Merrin. Ela se virou. Foi um choque ver quão próximos eles estavam um do outro. Se Ig erguesse as mãos, tocaria a cintura de Merrin.

— Não. Eu frequentei um grupo de escoteiras algumas vezes, mas desisti antes de chegarmos a algo interessante. Além disso, já sei tudo o que preciso a respeito de acampar. Meu pai trabalhava como guarda-florestal. O que você estava me sinalizando?

Ela o confundiu. Ig havia planejado toda aquela conversa com antecedência, com muito cuidado, calculando tudo o que Merrin perguntaria e cada resposta atraente que ele daria, mas tudo desceu ralo abaixo.

— Mas *você* não estava sinalizando alguma coisa para *mim*? — perguntou Ig. — Naquele domingo?

Ela riu de novo.

— Eu só queria saber quanto tempo eu conseguiria jogar luz nos seus olhos antes de você descobrir de onde estava vindo. Que mensagem você *achou* que eu estava enviando?

Mas Ig não respondeu. A traqueia começou a se contrair e um terrível calor tomou seu rosto. Pela primeira vez ele percebeu como foi ridículo ter imaginado que ela estava sinalizando *qualquer coisa*, sem falar que ele tinha se convencido de que Merrin citara a palavra "nós". Nenhuma garota no mundo teria passado uma mensagem assim para um garoto com quem ela nunca tinha falado. Era óbvio, naquele momento, que Ig encarava os fatos.

— Eu estava dizendo: "Isso é seu" — respondeu Ig finalmente, decidindo que a única coisa segura a fazer era ignorar a pergunta que ela acabara de fazer.

Além disso, era mentira, embora parecesse verdade. Ele estava transmitindo para Merrin uma única palavra curta também. A palavra tinha sido "sim".

— Obrigada, Iggy — disse ela.

— Como você sabe meu nome? — indagou Ig, surpreso com a forma como o rosto de Merrin ficou corado de repente.

— Eu andei perguntando — falou ela. — Não lembro por quê, eu...

— E você é Merrin.

Ela o encarou, seus olhos questionadores, surpresos.

— Andei perguntando por aí também — retrucou ele.

Merrin olhou para a porta da igreja.

— Meus pais devem estar me esperando.

— Tudo bem — concordou ele.

Quando chegaram ao átrio, Ig descobriu que ambos estavam matriculados no primeiro período de inglês, que a casa dela ficava na Rua Clapham e que a mãe havia inscrito Merrin como voluntária na campanha de doação de sangue que a igreja estava organizando no fim do mês. Ig trabalharia na coleta de sangue também.

— Não vi seu nome na folha de inscrição — comentou ela.

Os dois deram mais três passos antes de ocorrer a Ig que isso significava que ela havia procurado o nome dele. Ele olhou para Merrin e a viu sorrindo de forma enigmática.

Ao saírem da igreja, o sol estava tão forte que por um momento Ig não conseguiu enxergar nada através do clarão forte. Viu um borrão escuro vindo rápido em sua direção, ergueu as mãos e pegou uma bola de futebol americano. Quando a visão clareou, viu seu irmão, Lee Tourneau e alguns outros meninos — até Eric Hannity — e o padre espalhados pela grama, e Mould gritou:

— Ig, manda para cá!

Os pais dele estavam com os pais de Merrin. Derrick Perrish e o pai de Merrin conversavam alegremente, como se as famílias fossem amigas havia anos. A mãe de Merrin, uma mulher magra com uma boca franzida e sem cor, protegia os olhos com uma das mãos e sorria para a filha de um jeito aflito. O dia cheirava a asfalto quente, carros queimando ao sol e grama recém-cortada. Ig, que não tinha vocação para esportes, deu impulso com o braço e jogou a bola com um giro perfeito e certeiro. A bola varou o ar e caiu direto nas mãos grandes e calejadas do padre Mould. Ele a ergueu acima da cabeça e correu pelo gramado verde em sua camisa preta de mangas curtas e colarinho branco.

O jogo durou quase meia hora, com pais, filhos e padre se perseguindo na grama. Lee foi convocado como *quarterback*; ele não era um grande atleta também, mas se encaixava no papel com aquela expressão de calma perfeita, quase fria, e a gravata jogada sobre o ombro. Merrin tirou os sapatos e jogou, era a única garota entre eles.

— Merrin Williams — disse a mãe dela —, você vai sujar suas calças com manchas de grama que nunca vão sair.

— Deixe que ela se divirta — incentivou o pai, abanando a mão.

Não era para derrubar o adversário, apenas roubar a bola com um toque, mas Merrin derrubou Ig em todas as jogadas, mergulhando nos pés dele até aquilo se tornar uma zoação que fez todo mundo rir: Ig eliminado por uma garota de dezesseis anos com a compleição física de uma folha de grama. Ninguém achou mais engraçado, ou gostou mais, do que o próprio Ig, que se esforçou para dar a ela chances de derrotá-lo.

— Você deveria cair de bunda assim que eles lançarem a bola — disse Merrin, na quinta ou na sexta vez em que o eliminou. — Eu posso passar o dia todo fazendo isso, sabe? Qual é a graça? — perguntou ela, ao vê-lo rindo.

Ela estava ajoelhada em cima de Ig, com o cabelo ruivo fazendo cócegas no nariz dele. Merrin cheirava a limão e hortelã. A correntinha pendia do pescoço, lampejava nele novamente, transmitindo uma mensagem de prazer quase insuportável.

— Nada — respondeu ele. — Acho que estou recebendo sua mensagem em alto e bom som.

CAPÍTULO VINTE

DURANTE O RESTO DO verão, eles tornaram um hábito se esbarrar em todo lugar. Quando Ig foi ao supermercado com a mãe, Merrin estava lá com a mãe *dela*, e os dois acabaram andando juntos, alguns passos atrás delas. Merrin pegou um pacote de cerejas, que eles comiam enquanto caminhavam.

— Isso não é furto? — perguntou Ig.

— Não teremos problemas se comermos as provas — disse ela.

Merrin cuspiu um caroço na mão e o entregou para ele. Ela deu para Ig todos os caroços, calmamente esperando que ele se livrasse deles, o que Ig fez enfiando-os no bolso. Quando chegou em casa, havia uma massa úmida e cheirosa do tamanho de um punho de bebê dentro da calça jeans.

E quando o Jaguar teve que ir para a vistoria, Ig acompanhou o pai, porque àquela altura ele já sabia que o pai de Merrin trabalhava lá. Ig não tinha motivos para acreditar que Merrin também estaria na concessionária, em uma tarde ensolarada de quarta-feira, mas ela estava. Sentada na mesa do pai, balançando os pés, parecia esperar por ele, impaciente para que ele chegasse. Os dois pegaram refrigerantes de laranja na máquina de venda automática e ficaram conversando no corredor dos fundos, sob as luzes fluorescentes que zumbiam. Merrin contou que faria uma trilha com o pai até a Queen's Face no dia seguinte. Ig comentou que o caminho passava bem atrás da casa dele, e ela perguntou se ele queria subir com eles. Os lábios de Merrin estavam manchados de laranja por causa do refrigerante. Não era complicado ficar junto com ela. Era a coisa mais natural do mundo.

Era natural incluir Lee também. Ele evitava que as coisas ficassem muito sérias. Lee se convidou para subir até a Queen's Face, dizendo que queria dar uma olhada nas trilhas de *mountainboard*. Ele se esqueceu de levar a prancha, no entanto.

Na subida, Merrin agarrou a gola da camisa e a puxou várias vezes para se abanar e fingir que estava ofegante por causa do calor.

— Vocês já pularam no rio? — perguntou ela, apontando para o Knowles por entre as árvores, que costurava a floresta densa no vale lá embaixo, como uma cobra escura com um dorso de escamas brilhantes e reluzentes.

— Ig pula o tempo todo — respondeu Lee, e Ig riu.

Merrin lançou um olhar intrigado para os dois, mas Ig apenas balançou a cabeça. Lee continuou:

— Mas vou lhe dizer que a piscina do Ig é muito melhor. Quando você vai chamá-la para nadar?

O rosto de Ig formigou de calor com a sugestão. Ele tinha fantasiado com isso muitas vezes — Merrin de biquíni —, mas sempre que chegava perto de convidá-la a respiração falhava.

Os dois conversaram sobre a irmã dela, Regan, apenas uma vez naquelas primeiras semanas. Ig perguntou por que eles haviam se mudado de Rhode Island e Merrin respondeu, dando de ombros:

— Meus pais ficaram muito deprimidos depois que Regan morreu. Além disso, minha mãe cresceu aqui, a família inteira está aqui. E a casa não parecia mais a mesma. Sem Regan nela.

Regan tinha morrido aos vinte anos de um tipo raro e especialmente agressivo de câncer de mama. Demorou apenas quatro meses para matá-la.

— Deve ter sido horrível — murmurou Ig, uma afirmação idiota, mas a única que parecia segura. — Não consigo imaginar como me sentiria se Terry morresse. Ele é meu melhor amigo.

— Era o que eu pensava com relação à minha irmã também.

Eles estavam no quarto de Merrin, e ela estava de costas para Ig, com a cabeça baixa. Merrin estava escovando o cabelo. Sem olhar para ele, ela continuou:

— Mas Regan disse umas coisas quando estava doente; umas coisas muito ruins. Coisas que eu nunca soube que ela pensava a meu respeito. Quando minha irmã morreu, achei que mal a conhecia. Até que me saí bem, em comparação com o que ela disse aos meus pais. Acho que nunca poderei perdoá-la pelo que falou ao papai. — Esta última parte tinha um tom descontraído, como se estivessem conversando sobre um assunto sem importância, e a seguir ela se calou.

Passaram-se anos até eles falarem de Regan novamente. Mas quando Merrin lhe contou, alguns dias depois, que ela seria médica, Ig não precisou perguntar qual seria a especialidade.

No último dia de agosto, Ig e Merrin estavam no evento de doação de sangue, em frente à igreja, do outro lado da rua, no Centro Comunitário do Sagrado Coração, distribuindo copos de refresco e biscoitos recheados. Alguns ventiladores de teto moviam uma lenta corrente de ar quente pelo ambiente, e Ig e Merrin bebiam tanto suco quanto distribuíam. Ele estava reunindo coragem para finalmente convidá-la para um mergulho quando Terry entrou.

Ele ficou parado do outro lado do salão, procurando Ig, que ergueu a mão para chamar sua atenção. Terry inclinou a cabeça: *Venha aqui*. Havia algo de formal, tenso e preocupante naquele gesto. De certa forma, já era preocupante o suficiente ver Terry ali. O irmão não era o tipo de pessoa que perderia uma bela tarde de verão em uma atividade religiosa, se pudesse evitar. Ig só ficou meio consciente de que Merrin o seguia pelo salão enquanto ele passava por entre as macas, os doadores deitados sobre elas, com tubos enfiados nos braços. O ambiente cheirava a desinfetante e sangue.

Quando Ig se aproximou do irmão, Terry o agarrou pelo braço, apertando com força. Ele o fez passar pela porta e sair para o saguão, onde os dois poderiam ficar sozinhos. As portas estavam abertas para o dia claro, quente e fadado ao fracasso.

— Você deu *aquilo* para ele? — indagou Terry. — Deu o morteiro para ele?

Ig não precisou perguntar de quem ele estava falando. A voz de Terry, aguda e ríspida, o assustou. Agulhas de pânico espetaram o peito de Ig.

— Lee está bem?

Era uma tarde de domingo. Lee tinha ido à casa de Gary no dia anterior. Ocorreu a Ig que Lee não estivera presente à missa naquela manhã.

— Ele e alguns outros palhaços colaram o morteiro no para-brisa de um carro abandonado e fugiram. Só que a bomba não disparou imediatamente, e Lee achou que o pavio tinha apagado. Às vezes, isso acontece. Ele estava voltando para verificar quando o para-brisa explodiu e espalhou vidro por toda parte. *Ig.* Eles tiraram a porra de um caco do olho esquerdo do Lee. Estão dizendo que ele teve sorte de não ter penetrado no cérebro.

Ig queria gritar, mas algo estava acontecendo dentro dele. Os pulmões ficaram dormentes, como se tivessem sido injetados com uma dose de Novocaína. Ele não conseguia falar, não conseguia forçar um som a sair pela boca.

— Ig — disse Merrin. — Cadê o inalador?

A voz dela saiu calma e firme. Merrin já sabia tudo sobre a asma dele.

Ig lutou para retirá-lo do bolso e deixou o inalador cair. Ela pegou, e Ig colocou-o na boca e deu uma tragada longa e úmida.

— Preste atenção, Ig — falou Terry. — Cara, o problema não é só o olho. Ele está numa encrenca do diabo. Ouvi dizer que a polícia apareceu junto com a ambulância. Sabe a *mountainboard* dele? Na verdade é roubada. Eles tiraram uma jaqueta de couro de duzentos dólares da namorada do Lee também. A polícia pediu permissão ao pai para revistar o quarto dele hoje de manhã, e o lugar estava *cheio* de paradas roubadas. Lee trabalhou na loja de animais do shopping por algumas semanas e tinha a chave de um corredor de acesso que fica atrás das lojas. Ele pegou pilhas de coisas. Lee roubou várias revistas de uma livraria e estava organizando um golpe de venda para as pessoas, fingindo levantar dinheiro para uma instituição de caridade imaginária. A merda foi lançada. Ele vai parar no reformatório se uma das lojas prestar queixa. De certa forma, se Lee ficar cego de um olho, até vai ser melhor para ele. Pode obter alguma compaixão, talvez ele não...

— Ai, meu Deus — disse Ig, ao ouvir *se Lee ficar cego de um olho* e *tiraram a porra de um caco do olho esquerdo do Lee*; todo o resto era apenas barulho incidental, Terry tocando uma frase musical de vanguarda no trompete.

Ig estava chorando e apertando a mão de Merrin. Quando ela pegou a mão dele? Ig não sabia.

— Você vai ter que conversar com ele — determinou Terry. — É melhor você trocar uma palavrinha com seu amigo e garantir que ele vai ficar de bico fechado. Precisamos agir rápido para tirar o nosso da reta. Se alguém descobrir que você deu o morteiro para ele ou que *eu* dei para *você*... caramba, Ig. Eles podem me expulsar da banda.

Ig não conseguia falar, precisava dar outra longa tragada no inalador. Estava tremendo.

— Pode dar um segundo para ele? — disparou Merrin. — Deixe-o recuperar o fôlego.

Terry lançou um olhar surpreso e intrigado para ela. Por um momento, ele ficou boquiaberto. Então fechou a boca e ficou em silêncio.

— Vamos, Ig — disse Merrin. — Vamos lá fora.

Apoiado em Merrin, Ig desceu os degraus com as pernas tremendo até a luz do sol. Terry ficou para trás, deixou que fossem embora.

O ar estava parado e pesado com a umidade e a sensação de pressão crescente. O céu estava claro no início da manhã, mas havia nuvens pesadas, tão escuras e enormes quanto uma frota de porta-aviões. Uma rajada de vento quente surgiu do nada e os atingiu. Aquele vento cheirava a ferro quente, como trilhos de trem ao sol, como canos velhos, e quando Ig fechou os olhos, viu a Trilha Perigosa, a forma como os dois canos semienterrados desciam encosta abaixo como os trilhos de uma montanha-russa.

— Não é culpa sua — disse ela. — Ele não vai culpar você. Ora, vamos. A doação de sangue está quase acabando. Vamos pegar nossas coisas e ir vê-lo. Agora mesmo. Você e eu.

Ig se encolheu só de pensar em ir com Merrin. Eles haviam feito a troca: a bomba por ela. Seria horrível levá-la com ele. Seria como esfregar na cara. Lee salvou a vida dele, e Ig retribuiu tomando Merrin dele, então aquilo aconteceu, e Lee estava cego de um olho, o olho não prestava mais, e Ig tinha feito aquilo com ele. Ig ficou com a garota e a própria vida, e Lee acabou com um caco de vidro e na ruína. Ig deu outra tragada forte no inalador, com dificuldade para respirar.

Quando teve ar suficiente para falar, ele disse:

— Você não pode vir comigo.

Parte de Ig já estava pensando que a única maneira de compensar a situação era desistindo dela, mas outra parte, a mesma que sugerira a troca do morteiro pela correntinha, sabia que ele não faria isso. Ig decidira semanas antes, fizera um acordo não apenas com Lee, mas consigo mesmo, que faria o que fosse necessário para ser o namorado de Merrin Williams. Desistir dela não faria dele o mocinho da história. Era tarde demais para ser o mocinho.

— Por que não? Ele também é meu amigo — rebateu ela, e Ig a princípio ficou surpreso com Merrin, depois consigo mesmo, por não ter percebido que isso era verdade.

— Não sei o que ele vai dizer. Lee pode estar com raiva de mim. Ele pode dizer coisas sobre... sobre uma troca. — Assim que confessou, Ig soube que não deveria ter feito isso.

— Que troca?

Ele balançou a cabeça, tentando fugir, mas Merrin perguntou novamente:

— O que você trocou?

— Você não vai ficar brava?

— Não sei. Conte, e aí a gente vê.

— Depois que encontrei sua correntinha, dei ao Lee para que consertasse. Mas aí ele ficaria com ela, por isso eu tive que negociar para recuperá-la. E o morteiro foi a moeda de troca.

Ela franziu as sobrancelhas.

— E daí?

Ele lançou um olhar desamparado para Merrin, desejando que ela entendesse, mas, como ela não entendeu, Ig explicou:

— Ele ficaria com o crucifixo para ter uma abertura com você.

Por mais um momento, os olhos de Merrin permaneceram nublados, sem compreender. Então eles desanuviaram. Ela não sorriu.

— Você acha que trocou... — Merrin começou a falar, então parou.

Um instante depois, ela recomeçou. Merrin o encarava com uma calma fria e assustadora.

— Você acha que trocou por *mim*, Ig? É assim que você pensa que tudo isso aconteceu? E você acha que, se tivesse sido ele a *me* devolver o crucifixo, em vez de *você*, eu e Lee estaríamos...

Mas Merrin não completou a frase, porque prosseguir seria reconhecer que ela e Ig estavam juntos, algo que ambos percebiam, mas não ousavam admitir. Então ela começou uma terceira vez:

— Ig. Eu *deixei* a cruz no banco de propósito para *você*.

— Você deixou a cruz... o quê?

— Eu estava entediada. Eu estava tão entediada. E fiquei sentada lá imaginando mais cem manhãs, assando ao sol naquela igreja, morrendo por dentro, um domingo de cada vez, enquanto o padre Mould tagarelava sobre meus pecados. Eu precisava de alguma coisa pela qual aguardasse ansiosamente. Alguma motivação para estar lá. Não queria ir apenas para ouvir um cara qualquer falar e falar sobre pecado. Eu queria pecar um pouco. Foi quando eu vi você sentado lá todo comportadinho, atento a cada palavra como se fosse tudo tão interessante, e eu soube, Ig, eu simplesmente soube... que foder com a sua cabeça me renderia horas de entretenimento.

NO FIM DAS CONTAS, Ig foi visitar Lee Tourneau sozinho. Quando Merrin e Ig começaram a voltar ao centro comunitário para retirar as caixas de pizza e as garrafas de refresco vazias, ouviu-se um estrondo de trovão que durou pelo menos dez segundos, um estrondo baixo e constante que foi sentido além de ouvido. Isso fez com que os ossos do corpo de Ig tremessem como diapasões. Cinco minutos depois, a chuva batia forte no telhado, tão alto que ele precisou gritar com Merrin para ser ouvido, mesmo com ela bem ao lado dele. Ficou tão escuro, a água desceu com tanta força, que era difícil ver o meio-fio das portas abertas da igreja. Eles acharam que talvez conseguissem ir de bicicleta até a casa de Lee, mas o pai de Merrin apareceu para levá-la para casa na perua dele, por isso acabaram não conseguindo ir a lugar algum juntos.

Terry tinha pegado a carteira de motorista permanente dois dias antes, passando no exame logo de primeira, e no dia seguinte levou Ig de carro até a casa de Lee Tourneau. A tempestade rachou árvores e arrancou postes telefônicos do solo, e Terry teve que desviar o Jaguar de galhos caídos e caixas de correio viradas. Foi como se uma explosão subterrânea, uma detonação definitiva e poderosa, tivesse sacudido toda a cidade e deixado Gideon em ruínas.

Harmon Gates era um emaranhado de ruas suburbanas com casas pintadas em cores cítricas, garagens anexas para dois carros, uma piscina no quintal aqui e ali. A mãe de Lee, a enfermeira, uma mulher em seus cinquenta anos, estava do lado de fora da casa em estilo barroco da família Tourneau, tirando galhos de seu Cadillac, a boca franzida e os olhos irritados. Terry deixou Ig e falou para ele ligar quando quisesse uma carona de volta.

Lee tinha um quarto grande no porão detonado. A mãe dele acompanhou Ig e abriu a porta, que deu para uma escuridão cavernosa, na qual a única luz era o brilho azul da televisão.

— Visita para você — anunciou ela, embora sem emoção.

A mãe de Lee deixou que Ig passasse por ela e fechou a porta assim que ele entrou, para que os dois pudessem ficar sozinhos.

Lee estava sem camisa, sentado na beira da cama, segurando o estrado. Passava uma reprise de *O poderoso Benson* na TV, embora Lee mantivesse o volume no mínimo, de maneira que o aparelho era apenas uma fonte de luz e figuras em movimento. Uma bandagem cobria o olho esquerdo e estava enrolada em torno do crânio, envolvendo grande parte da cabeça. As cortinas estavam fechadas. Ele não olhou diretamente para Ig ou para a TV; o olhar apontava para baixo.

— Está escuro aqui — disse Ig.
— A luz do sol me dá dor cabeça — explicou Lee.
— Como está seu olho?
— Eles não sabem.
— Existe alguma chance...
— Eles não acham que vou perder toda a visão.
— Isso é bom.

Lee ficou sentado lá. Ig esperou.

— Já está sabendo de tudo?
— Eu não me importo — disse Ig. — Você me tirou do rio. Isso é tudo que eu preciso saber.

Ig não percebeu que Lee estava chorando até ele soltar um suspiro de dor. Lee chorou como quem sofre um pequeno ato de sadismo — um cigarro sendo apagado nas costas da mão. Ig deu um passo à frente e tropeçou em uma pilha de CDs, os discos que ele tinha dado para Lee.

— Quer que eu os devolva? — perguntou Lee.
— Não.
— O que é, então? Você quer seu dinheiro? Eu não tenho.
— Que dinheiro?
— Das revistas que eu vendi. As que eu *roubei*. — Ele pronunciou a última palavra com amargura.
— Não.
— Por que você está aqui?
— Porque somos amigos. — Ig deu mais um passo e soltou um grito.

Lee estava chorando sangue. O líquido manchava a bandagem e escorria pela bochecha esquerda. Ele tocou o rosto sem perceber e os dedos ficaram vermelhos.

— Você está bem? — perguntou Ig.

— Dói quando eu choro. Preciso aprender a parar de me sentir mal com as coisas. — Ele respirou com dificuldade, os ombros subiam e desciam. — Eu devia ter contado para você. Sobre tudo. Me senti um merda por ter vendido essas revistas para você. Por ter mentido sobre isso. Depois de conhecê-lo melhor, quis voltar atrás, mas era tarde demais. Não é assim que amigos tratam amigos.

— É melhor não irmos por esse caminho. Como eu queria nunca ter dado o morteiro para você.

— Esqueça isso — disse Lee. — Eu quis. Eu decidi. Não se preocupe com isso. Só não me odeie. Eu realmente preciso de alguém que ainda goste de mim.

Ele não precisava pedir. A visão da mancha de sangue através da bandagem fez os joelhos de Ig fraquejarem. Precisou fazer um grande esforço para não lembrar como ele havia provocado Lee com o morteiro, sugerindo todas as coisas que os dois poderiam explodir juntos. Como ele havia trabalhado para afastar Merrin de Lee, que entrou na água e o salvou quando Ig estava se afogando, uma traição para a qual possivelmente não havia expiação.

Ele se sentou ao lado de Lee.

— Ela vai dizer para você não andar mais comigo — disse Lee.

— Minha mãe? Não. Não, ela está contente por eu ter vindo.

— Não a sua mãe. *Merrin*.

— Do que você está falando? Ela queria vir comigo. Está preocupada com você.

— Hã? — Lee estremeceu estranhamente, como se tomado por um arrepio, e a seguir declarou: — Eu sei por que isso aconteceu.

— Foi um acidente de merda. Só isso.

Lee balançou a cabeça.

— Foi para me lembrar.

Ig ficou quieto, esperando ele continuar, mas Lee não falou de novo.

— Lembrar você de quê? — perguntou Ig.

Lee estava lutando contra as lágrimas. Ele enxugou o sangue na bochecha com as costas da mão e deixou uma longa listra escura.

— Lembrar você de quê? — indagou Ig de novo, mas Lee estava tremendo com o esforço para não soluçar e nunca teve coragem de contar para ele.

O SERMÃO INFLAMADO

CAPÍTULO VINTE E UM

IG DIRIGIU PARA LONGE da casa dos pais, do corpo despedaçado da avó e da cadeira de rodas despedaçada, de Terry e de sua terrível confissão, sem saber de fato para onde estava indo. Ao contrário, ele sabia para onde *não* estava indo: para o apartamento de Glenna, para a cidade. Ig não suportava ver outro rosto humano, ouvir outra voz humana.

Em sua mente, ele estava segurando uma porta fechada, jogando todo o peso mental contra ela, enquanto dois homens empurravam do outro lado, tentando entrar à força em seus pensamentos: o irmão e Lee Tourneau. Precisou de toda a força de vontade para impedir que os invasores irrompessem em seu último refúgio, para mantê-los fora de sua cabeça. Ig não sabia o que aconteceria quando os dois finalmente atravessassem aquela porta, não tinha certeza do que ele faria.

Ig seguiu a estreita rodovia estadual, passou por pastos iluminados pelo sol e sob as árvores que se projetavam sobre a estrada, entrou em corredores de escuridão bruxuleante. Viu um carrinho de compras com as rodas para o ar em uma vala ao lado da estrada e se perguntou como os carrinhos às vezes chegavam até ali, onde havia nada. Isso servia para mostrar que ninguém sabia, quando abandonavam alguma coisa, o que os outros poderiam fazer com aquilo. Ig abandonara Merrin Williams uma noite — tinha se afastado de sua melhor amiga no mundo, num ataque de raiva imatura e hipócrita — e veja o que aconteceu.

Ele pensou no momento em que desceu a Trilha Perigosa no expresso do carrinho de compras, dez anos antes, e a mão esquerda tocou inconscientemente o nariz, ainda torto onde havia quebrado. A mente convocou uma imagem intrusa de sua avó descendo a longa colina diante de casa, com as grandes rodas de borracha da cadeira batendo na encosta coberta de grama. Ig imaginou o que ela tinha quebrado quando finalmente parou na cerca. Esperava que tivesse sido o pescoço. Vera dissera que desejava morrer sempre que o via, e Ig vivia para servir. Ele gostava de pensar que sempre fora um neto meticuloso. Se houvesse matado a avó, Ig consideraria um bom começo. Mas ainda havia muito trabalho pela frente.

O estômago se contraiu, o que ele considerou um sintoma de infelicidade, até que começou a roncar também, e Ig teve que admitir que estava com fome. Tentou pensar onde conseguiria comida com o mínimo de interação humana e naquele momento viu O Boxe passando à esquerda.

Foi o local da última ceia dos dois, onde Ig passou sua última noite com Merrin. Ele não tinha voltado lá desde então. Duvidava que fosse bem-vindo. Este pensamento por si só foi um convite. Ig entrou no estacionamento.

Era início de tarde, o período indolente e atemporal que vinha depois do almoço e antes que as pessoas começassem a aparecer para beber depois do trabalho. Havia apenas alguns carros, que pertenciam, imaginou Ig, aos alcoólatras mais sérios. O quadro na frente dizia:

ASAS DE FRANGO 10 CENTAVOS & BUDS 2 DÓLARES
NOITE DAS MULHERES ÀS QUINTAS, VENHA VER NOSSAS GAROTAS
RAH RAH GIDEON SAINTS

Ig saiu do carro com o sol atrás dele, e sua sombra ficou com três metros de comprimento, desenhada na terra, uma figura magra com chifres pretos, as esporas de osso em sua cabeça apontando para a porta vermelha do bar.

QUANDO ELE PASSOU PELA porta, Merrin já estava lá. Embora o lugar estivesse lotado, cheio de universitários assistindo ao jogo, ele a avistou imediatamente. Ela estava sentada à mesa de costume e se virou para encará-lo. A visão dela, como sempre acontecia — especialmente quando eles não ficavam juntos havia algum tempo —, tinha o curioso efeito de deixá-lo ciente da própria presença, a pele nua sob as roupas. Ig não a via havia três semanas e, depois daquela noite, não a veria novamente até o Natal, mas, enquanto isso não acontecia, eles poderiam comer coquetel de camarão, beber algumas cervejas e se divertir um pouco nos lençóis frescos e recém-lavados da cama de Merrin. O pai e a mãe dela estavam em seu acampamento em Winnipesaukee, por isso teriam a casa dela só para os dois. Ig ficou com a boca seca ao pensar no que o esperava depois do jantar, e parte dele lamentou que eles estivessem perdendo tempo com aquilo; outra parte, porém, sentiu que era necessário não ter pressa, levar a noite com calma.

Não era como se os dois não tivessem algo para conversar. Ela estava preocupada, e não demorou muito para ele descobrir o motivo. Ig partiria às 11h45 da manhã seguinte num voo da British Airways para assumir uma vaga na Anistia Internacional e ficaria a um oceano de distância dela por um semestre. Eles nunca ficaram longe um do outro por tanto tempo.

Ig sempre sabia quando alguma coisa a preocupava, conhecia todos os sinais. Merrin se retraía. Ela passava as mãos em objetos — guardanapos, sua saia, as gravatas dele —, como se alisá-los pudesse preparar o caminho para um futuro porto seguro para os dois. Merrin se esquecia de como rir e ficava quase comicamente séria e adulta a respeito de tudo. Era engraçado vê-la desse jeito; isso fez Ig pensar em uma menina vestindo as roupas da mãe. Ele não conseguia levar a sério a seriedade de Merrin.

Não fazia sentido lógico tanta preocupação, embora Ig soubesse que preocupação e lógica raramente andavam juntas. Mas, sério, ele nem teria aceitado o emprego em Londres se Merrin não o tivesse aconselhado a aceitá-lo, se não tivesse *feito pressão* para aceitá-lo. Merrin não permitiu que ele dispensasse a vaga, vencera implacavelmente as discussões em relação a todas as restrições que ele fez. Ela argumentou que não faria mal tentar namorar à distância por seis meses. Se Ig odiasse, poderia voltar para casa. Mas ele não odiaria. Era exatamente o tipo de coisa que Ig sempre quis fazer, o emprego dos sonhos, e ambos sabiam disso. E se ele gostasse do trabalho — e ele com certeza gostaria — e quisesse permanecer na Inglaterra, Merrin iria para lá ficar com ele. Harvard oferecia um programa de transferência em parceria com o Imperial College London, e sua orientadora em Harvard, Shelby Clarke, selecionava os participantes; não havia dúvida de que ela conseguiria entrar. Os dois poderiam ter um apartamento em Londres. Merrin lhe serviria chá e bolinhos de calçola e depois eles transariam. Ig foi convencido. Ele sempre pensou que a palavra "calçola" era mil vezes mais sexy do que "calcinha". Assim, ele aceitou o emprego e foi enviado para Nova York para um treinamento de verão de três semanas e uma sessão de orientação. E então estava de volta, e ela estava alisando as coisas, e ele não se surpreendeu.

Ig avançou pelo salão até Merrin, passando pela aglomeração da entrada. Inclinou-se por cima da mesa para beijá-la antes de se sentar diante dela. Merrin não ergueu o rosto, e Ig teve que se contentar com um beijinho em sua testa.

Havia uma taça de martíni vazia na frente dela, e, quando a garçonete chegou, Merrin pediu outra, além de uma cerveja para Ig. Ele gostava de observá-la, a linha suave no pescoço dela, o brilho escuro do cabelo à meia-luz, e a princípio apenas acompanhou a conversa, murmurando de vez em quando, apenas parcialmente ouvindo. Ig não tinha de fato se concentrado até Merrin declarar que ele deveria encarar a estadia em Londres como um período de férias do relacionamento deles, e mesmo assim Ig pensou que ela estava tentando ser engraçada. Ele não percebeu que Merrin estava falando sério até que ela chegou à parte em que achava que seria bom para os dois passarem mais tempo com outras pessoas.

— Sem roupas — disse Ig.

— Não faria mal — retrucou ela, e engoliu mais ou menos metade do martíni.

Foi a maneira como Merrin engoliu a bebida, mais do que o que ela disse, que provocou um calafrio de apreensão em Ig. Aquela era uma bebida de coragem, e ela já havia tomado pelo menos uma — talvez duas — antes de ele chegar.

— Você acha que não consigo esperar alguns meses? — perguntou ele.

Ig faria uma piada a respeito de masturbação, mas uma coisa estranha aconteceu no meio do caminho. Sua respiração ficou presa, e ele não conseguiu dizer qualquer coisa.

— Bem, não quero me preocupar com o que vai acontecer daqui a alguns meses. Não sabemos como você vai se sentir daqui a alguns meses. Ou como eu vou me sentir. Não quero que você pense que tem que voltar só por minha causa. Ou presumindo que vou me transferir para lá. Vamos nos preocupar com o que vai acontecer agora. Encare a situação desse jeito. Com quantas garotas você já esteve? Em toda a sua vida?

Ig ficou olhando. Ele já tinha visto a expressão carrancuda de concentração muitas vezes no rosto de Merrin, mas nunca ficara com medo disso.

— Você sabe a resposta — disse ele.

— Apenas comigo. E ninguém faz isso. Ninguém vive a vida inteira com a primeira pessoa com quem dormiu. Não hoje em dia. Não há um homem no planeta que faça isso. As pessoas devem ter outros romances. Dois ou três, pelo menos.

— Essa é a palavra que você deu para isso? "Romances"? Que bonitinho.

— Beleza — falou ela. — Você tem que trepar com outras pessoas.

Uma ovação surgiu da multidão, um rugido de aprovação. Alguém tinha marcado um ponto na partida de beisebol.

Ig diria alguma coisa, mas a boca estava pegajosa demais, e ele precisava tomar um pouco de cerveja. Restava apenas um gole no copo. Ig não se lembrava de quando a cerveja chegara ali nem de tê-la bebido. Estava morna e salgada, como a água do mar. Merrin tinha esperado até aquele momento, doze horas antes de ele cruzar o oceano, para lhe dizer isso, para lhe dizer...

— Você está terminando comigo? Você quer cair fora... e esperou até *agora* para me comunicar isso?

A garçonete estava ao lado da mesa com uma cesta de batatas fritas e um sorriso amarelo.

— Gostaria de fazer o pedido? — perguntou ela. — Outra coisa para beber?

— Outro martíni e outra cerveja, por favor — respondeu Merrin.

— Não quero outra cerveja — disse Ig, e não reconheceu a própria voz, que soava engrolada, emburrada, quase infantil.

— Vamos querer martínis de lima-da-pérsia, então — retrucou Merrin.

A garçonete recuou.

— Que porra é essa? Estou com uma passagem de avião, um apartamento alugado, um escritório. Eles estão me esperando para começar a trabalhar na segunda-feira de manhã, e você joga essa merda em cima de mim. O que você quer que eu faça? Quer que eu ligue amanhã para eles e diga: "Obrigado por me dar um emprego desejado por setecentos outros candidatos, mas infelizmente vou ter que dispensar"? É um teste para ver o que eu valorizo mais: você ou o trabalho? Porque se for, saiba que é altamente imaturo e estúpido.

— Não, Ig. Eu quero que você vá, e eu quero que você...

— Dê uma trepada com outra pessoa.

Ela deu um pulo. Ig ficou um pouco surpreso consigo mesmo, não esperava que a própria voz soasse tão cruel.

Mas Merrin assentiu e engoliu em seco.

— Agora ou depois, você vai acabar fazendo isso, de qualquer maneira.

Um pensamento sem sentido, com a voz do irmão, atravessou sua mente: *Bem, a situação é essa: você pode levar a vida como um aleijado ou como um cuzão.* Ig não tinha certeza se Terry realmente dissera isso, pensou que talvez tivesse imaginado a frase, mas, de repente, ela lhe ocorreu com a mesma clareza de um verso retirado de uma música favorita.

A garçonete colocou delicadamente o martíni de Ig diante dele, que virou um terço da taça em um gole só. Ig nunca tinha tomado essa bebida, e a ardência forte e açucarada do drinque o pegou de surpresa. O martíni desceu lentamente e se expandiu nos pulmões. O peito parecia uma fornalha, e o suor começou a porejar no rosto. Ele levou a mão até o pescoço e encontrou o nó da gravata. Ig se atrapalhou com ele e afrouxou o nó. Por que ele estava vestindo camisa social? Estava assando dentro dela. Ele estava no inferno.

— Você vai se ressentir pelas oportunidades perdidas — disse Merrin. — Os homens são assim. Estou apenas sendo prática. Não vou me casar com você para depois ter que enfrentar o seu caso de meia-idade com a nossa babá. Não quero ser o motivo dos seus arrependimentos.

Ig se esforçou para ter paciência, para recuperar a calma e o bom humor. A calma ele conseguiu; o bom humor, não.

— Não me diga como os outros homens pensam. Eu sei o que quero. Eu quero a vida que passamos os últimos sei lá quantos anos sonhando. Quantas vezes já falamos sobre o nome dos nossos filhos? Você acha que tudo isso foi besteira?

— Acho que isso é parte do problema. Você age como se já *tivéssemos* filhos, como se já *fôssemos* casados. Mas não temos e não somos. Para você, os filhos já existem, porque você vive na sua cabeça, não no mundo. Não sei se alguma vez na vida eu quis ter filhos.

Ig arrancou a gravata e a jogou em cima da mesa. Não conseguia suportar alguma coisa em volta do pescoço.

— Você poderia ter me enganado. Realmente parecia que você tinha gostado da ideia nas últimas oito mil vezes que conversamos sobre o assunto.

— Não sei *no que* estou interessada. Não tive a chance de ficar longe de você e pensar sobre minha própria vida desde que nos conhecemos. Eu não tive um único dia...

— Então eu estou te sufocando? É isso que você está dizendo? Que babaquice.

Merrin virou o rosto, olhou fixamente para o outro lado do salão, esperando a raiva dele desanuviar. Ig inspirou profundamente, convenceu-se a não gritar e tentou mais uma vez.

— Lembra o dia na casa da árvore? — perguntou ele. — A casa da árvore que nunca mais conseguimos encontrar, aquela que tinha cortinas brancas? Você falou que aquilo não acontecia com qualquer casal. Você falou que éramos diferentes. Que o amor que nós tínhamos era especial, que duas pessoas em um milhão não eram capazes de sentir o que sentíamos. Você disse que fomos feitos um para o outro. E que não havia como ignorar os sinais.

— Não foi um sinal. Foi apenas uma trepada de tarde numa casa da árvore aleatória.

Ig balançou a cabeça lentamente. Conversar com ela era abanar as mãos numa nuvem de vespas. Não adiantava insistir, e magoava, mas ele não conseguia se conter.

— Não lembra que procuramos por ela? Procuramos durante o verão inteiro, mas nunca mais conseguimos encontrá-la? E você disse que era uma casa da árvore da imaginação?

— Eu falei isso para que pudéssemos *parar* de procurá-la. É exatamente disso que estou falando, Ig. Você e seu mundo mágico. Uma trepada não pode ser apenas uma trepada. Sempre tem que ser uma experiência transcendente, transformadora. É deprimente e esquisito, e estou cansada de agir como se fosse normal. Você tem noção do que está dizendo? Por que diabo estamos *conversando* sobre uma casa da árvore?

— Não estou mais aguentando ouvir você falar — declarou Ig.

— Não está aguentando? Não gosta de me ouvir falar sobre trepada? Por quê, Ig? Isso mexe com a imagem que você faz de mim? Você não quer uma pessoa de verdade. Você quer uma ilusão para bater punheta.

A garçonete falou:

— Acho que vocês ainda não se decidiram. — Ela estava parada ao lado da mesa novamente.

— Mais dois — pediu Ig, e ela foi embora.

Eles se encararam. Ig agarrava a mesa com tanta força que parecia que conseguiria virá-la.

— Éramos garotos quando nos conhecemos — disse Merrin. — Deixamos que a coisa se tornasse muito mais séria do que qualquer namoro de colégio deveria ter sido. Sair com outras pessoas vai colocar nosso relacionamento em perspectiva. Podemos voltar a namorar mais tarde e ver se nos amamos como adultos da mesma forma que nos amávamos quando adolescentes. Sei lá. Depois de um tempo, talvez a gente possa avaliar se nós ainda temos algo a oferecer um para o outro.

— "Avaliar se nós ainda temos algo a oferecer um para o outro"? — repetiu Ig. — Você parece um agente de crédito.

Merrin estava esfregando a garganta com uma das mãos, os olhos tristes, e foi então que Ig percebeu que ela não estava usando a correntinha. Ele se perguntou se havia um significado nisso. O crucifixo tinha sido como um anel de noivado, muito antes de qualquer um deles ter discutido a ideia de ficarem juntos pelo resto da vida. Ig não conseguia se lembrar de tê-la visto alguma vez sem a correntinha — um pensamento que lhe encheu o peito com uma sensação incômoda e vazia.

— Então, você já escolheu alguém? — perguntou ele. — Alguém com quem você quer trepar a fim de colocar nosso relacionamento em perspectiva?

— Não é assim que estou pensando. Eu estou apenas...

— É assim, sim. Foi exatamente isso que você quis dizer. Precisamos trepar com outras pessoas.

Merrin abriu a boca, fechou e tornou a abri-la.

— É, acho que sim, Ig. Isso faz parte da questão. Quer dizer, eu também tenho que transar com outras pessoas. Do contrário, provavelmente, você iria para lá e viveria como um monge. Vai ser mais fácil para você seguir em frente se souber que eu desencanei.

— Então existe uma pessoa.

— Existe uma pessoa com quem... com quem eu saí. Uma ou duas vezes.

— Enquanto eu estava em Nova York. — Ig não perguntou, afirmou.

— Quem?

— Ninguém que você conheça. Não importa.

— Eu quero saber mesmo assim.

— Não é importante. Não vou perguntar sobre o que você está fazendo em Londres.

— Com *quem* estou fazendo — disse ele.

— Certo. Tanto faz. Eu não quero saber.

— Mas *eu* quero. Quando aconteceu?

— Quando aconteceu o quê?

— Quando você começou a sair com esse cara? Semana passada? O que você falou para ele? Avisou que as coisas teriam que esperar até que eu embarcasse para Londres? Ou *não* esperaram?

Merrin afastou ligeiramente os lábios para responder, e Ig viu algo nos olhos dela, uma coisa pequena e assustadora, e numa onda de calor penetrante ele soube o que não queria saber. Soube que ela vinha trabalhando com afinco durante o verão inteiro para chegar àquele momento, desde que começou a pressioná-lo a aceitar o emprego.

— Até onde vocês foram? Já transou com ele?

Merrin balançou a cabeça, mas Ig não sabia se ela estava dizendo que não ou se recusando a responder à pergunta. Merrin estava piscando para não chorar. Ele não percebera quando as lágrimas tinham começado. Foi uma surpresa não sentir vontade de confortá-la. Ig estava dominado por algo que não compreendia, uma mistura perversa de raiva e agitação. Parte dele se surpreendeu ao descobrir como era bom ser injustiçado, ter uma justificativa para magoá-la. Descobrir quanta punição ele poderia infligir. Ig queria chicoteá-la com perguntas. Ao mesmo tempo, as imagens começaram a lhe ocorrer: Merrin de joelhos em um emaranhado de lençóis, fachos de luz intensa sobre o corpo dela, enquanto outra pessoa esticava a mão para tocar sua cintura nua. O pensamento o excitou e o amedrontou na mesma medida.

— Ig — disse Merrin, baixinho. — Por favor.

— Pode parar. Você ainda não está me contando tudo. Há coisas que preciso saber. Preciso saber se você já trepou com ele. Me fale se você já trepou com ele.

— Não.

— Ótimo. Ele já foi lá? Ele estava no seu apartamento com você quando liguei de Nova York? Sentado no sofá passando a mão por baixo da sua saia?

— Não. A gente almoçou, Ig. Só isso. Conversamos de vez em quando. Geralmente sobre a faculdade.

— Você já pensou nele enquanto estou transando com você?

— Meu Deus, não. Por que você está perguntando isso?

— Porque eu quero saber *tudo*. Quero saber cada detalhe de merda que você não está me contando, cada segredinho sujo.

— Por quê?

— Porque assim vai ser mais fácil odiar você — respondeu Ig.

A garçonete ficou rígida ao lado da mesa, paralisada no ato de colocar as novas bebidas sobre a mesa.

— O que você está olhando, porra? — perguntou Ig para a mulher, que deu um passo vacilante para trás.

A garçonete não era a única. As pessoas das outras mesas também os encaravam. Alguns espectadores observavam os dois com seriedade, enquanto outros, casais mais jovens, principalmente, tinham a expressão alegre, se segurando para não rir. Nada era tão divertido quanto um relacionamento sendo rompido em público.

Quando Ig olhou de volta para Merrin, ela estava de pé, atrás da cadeira. Tinha a gravata dele nas mãos. Merrin a pegara quando ele a jogara em cima da mesa e a dobrava e alisava sem parar desde então.

— Aonde você está indo? — perguntou ele, agarrando um dos ombros dela enquanto Merrin tentava escapar.

Merrin cambaleou e bateu com o corpo na mesa. Ela estava bêbada. Ambos estavam.

— Ig — murmurou Merrin. — Meu braço.

Só então ele percebeu que estava apertando o ombro dela com tanta força que chegava a sentir o osso. Precisou de um esforço consciente para abrir a mão.

— Não estou fugindo. Só quero um minuto para me limpar — explicou Merrin, gesticulando para o próprio rosto.

— Ainda não acabamos aqui. Você não me contou tudo.

— Se há coisas que não quero contar — disse ela —, não é por maldade. Só não quero magoar você, Ig.

— Tarde demais.

— Porque eu te amo.

— Eu não acredito em você.

Ig disse aquilo para magoá-la — sinceramente não sabia se acreditava ou não — e sentiu uma empolgação selvagem ao ver que tinha conseguido. Os olhos de Merrin brilharam com as lágrimas, e ela cambaleou e se apoiou na mesa para se equilibrar mais uma vez.

— Se eu estava escondendo coisas de você, era para protegê-lo. Eu sei a boa pessoa que você é. Você merece coisa melhor do que recebeu quando ficou comigo.

— Finalmente — disse Ig. — Concordamos em uma coisa: eu mereço coisa melhor.

Merrin esperou que ele continuasse, mas Ig não conseguiu, sentia falta de ar. Ela se virou e atravessou a multidão em direção ao banheiro feminino. Ele bebeu o resto do martíni enquanto a observava. Ela estava bonita, de blusa branca e saia cinza-pérola, e Ig viu dois universitários virarem a cabeça para olhar para ela, e então um deles comentou alguma coisa e o outro riu.

O sangue de Ig parecia espesso e lento, e ele tinha consciência de que sua pulsação bombeava pesadamente nas têmporas. Ig não percebeu o homem ao lado da mesa, não escutou quando ele o chamou, nem o viu até que o cara se abaixou para olhar no rosto dele. O sujeito tinha o físico de um fisiculturista, com uma camisa polo esportiva branca bem justa nos ombros. Pequenos olhos azuis espiavam por baixo de uma protuberância ossuda da testa.

— Senhor — repetiu ele. — Gostaríamos de pedir que o senhor e sua esposa se retirem. Não podemos permitir que o senhor seja grosseiro com os funcionários.

— Ela não é minha esposa. É só uma mulher com quem eu trepava.

O grandalhão — barman? leão de chácara? — disse:

— Não sou obrigado a ouvir esse linguajar. Fale assim em outro lugar.

Ig se levantou, abriu a carteira e colocou duas notas de vinte na mesa antes de ir na direção da porta. Enquanto andava, ele teve a sensação de estar fazendo a coisa certa. *Deixe-a aí*, foi o que Ig pensou. Sentado diante de Merrin, ele quis arrancar segredos dela e lhe infligir o máximo possível de constrangimentos. Mas, com Merrin fora de vista, ele conseguia finalmente respirar e concluiu que seria um erro lhe dar mais tempo para justificar o que ela decidira fazer com ele. Ig não queria ficar perto dela e permitir que ela transformasse seu ódio em lágrimas, com mais papo sobre como ela o amava. Ele não queria entender e não queria se compadecer.

Merrin voltaria e encontraria a mesa vazia. A ausência de Ig lhe diria mais do que ele mesmo poderia, se tivesse permanecido. Não importava o fato de que ele precisava levá-la em casa. Ela já era adulta, perfeitamente capaz de chamar um táxi. Não era esse o ponto quanto a trepar com outra pessoa enquanto ele estivesse na Inglaterra? Afirmar-se como uma mulher adulta?

Nunca na vida ele teve tanta certeza de que estava fazendo a coisa certa e, quando se aproximou da porta, ouviu um ruído crescente do que parecia uma ovação, pés batendo no chão e mãos aplaudindo... até que ele abriu a porta e deu de cara com o maior aguaceiro.

No momento em que alcançou o carro, suas roupas estavam totalmente ensopadas. Ele começou a dar à ré antes mesmo de acender os faróis. Ligou os limpadores de para-brisa na velocidade máxima, que açoitaram a chuva, mas ainda assim a água escorria pelo vidro como uma inundação, distorcendo sua visão. Ig ouviu um barulho e olhou para trás. Tinha batido num orelhão.

Não iria verificar o estrago. O pensamento nem passou por sua cabeça. Antes de entrar na rodovia, no entanto, ele olhou pela janela do motorista e, através das gotas no vidro, viu Merrin a três metros de distância abraçando o próprio corpo sob a chuva, o cabelo solto em fios molhados. Ela lançou um olhar triste para Ig, mas não gesticulou para que ele parasse, esperasse, voltasse. Ig enfiou o pé no acelerador e foi embora.

O mundo passou como um borrão pela janela, uma confusão impressionista em verde e preto. No fim da tarde, a temperatura subiu e, por pouco, não tornou tudo um inferno. Ig deixou o ar-condicionado ligado no máximo o dia todo. Sentou-se de frente para a saída do ar refrigerado, vagamente ciente de que estava tremendo dentro das roupas molhadas.

As emoções de Ig vieram à tona em movimentos ritmado: na expiração, ele odiava Merrin e queria lhe contar isso até ver o sofrimento em seu rosto; na inspiração, sentia uma pontada de náusea ao lembrar como fora embora e deixara Merrin na chuva e queria voltar e pedir, em voz baixa, que ela entrasse no carro. Na cabeça de Ig, Merrin ainda estava de pé no estacionamento, esperando por ele. Ig deu uma olhada no espelho retrovisor, como se pudesse vê-la lá atrás, mas O Boxe evidentemente já estava a quase um quilômetro de distância. Em vez dela, ele viu um carro da polícia colado em seu para-choque, uma viatura preta com uma barra no teto.

Ig olhou para o velocímetro e descobriu que estava a quase 95 quilômetros por hora numa rodovia cujo limite era de 65. As pernas tremiam com uma força quase dolorosa. Ig tirou o pé do acelerador, o coração disparado, e, quando viu o Dunkin' Donuts fechado com tábuas no lado direito da estrada, ele foi para o acostamento.

O Gremlin ainda se movia rápido demais, e os pneus rasgaram a terra e atiraram pedras ao ar. Pelo retrovisor lateral, ele viu a polícia passar. Só que não era uma viatura, apenas um GTO preto com um bagageiro de teto.

Ig ficou sentado tremendo atrás do volante, esperando que seus batimentos diminuíssem o ritmo. Depois de um tempo, ele decidiu que talvez fosse um erro continuar dirigindo com aquele clima, e bêbado como estava. Ig esperaria que a chuva parasse; já estava diminuindo. Em seguida, pensou que Merrin poderia tentar ligar para ele em casa, para se certificar de que Ig havia chegado bem, e seria ótimo se sua mãe dissesse: "Não, Merrin, ele ainda não está aqui. Está tudo bem?".

Então Ig se lembrou do celular. Merrin tentaria o aparelho primeiro. Ig o retirou do bolso, desligou e o jogou no chão do banco do carona. Ele não tinha dúvida de que ela ligaria, e era muito boa a ideia de que Merrin poderia imaginar que algo tinha acontecido com ele — que havia sofrido um acidente ou, tomado pela tristeza, batido com o carro em uma árvore de propósito.

Ele precisava parar de tremer. Ig empurrou o banco para trás e desligou o carro, pegou um casaco corta-vento e o estendeu sobre as pernas. Ouviu as gotas tamborilarem de forma cada vez mais espaçada no teto do Gremlin; a energia da tempestade já bastante reduzida. Fechou os olhos, relaxando ao som da batida profunda e ressonante da chuva, e não os abriu novamente até as sete da manhã, quando a luz do sol apareceu por entre as árvores.

Ig foi para casa às pressas, jogou-se no chuveiro, vestiu-se, pegou a bagagem. Não era a maneira como pretendia ir embora da cidade. A mãe, o pai e Vera tomavam o café da manhã na cozinha, e os pais pareciam divertidos ao vê-lo correndo, confuso e desorganizado. Não perguntaram por onde ele andou a noite toda. Achavam que sabiam. Ig não teve coragem ou tempo para contar a verdade. A mãe tinha um sorrisinho malicioso no rosto, e ele preferia deixá-la sorrindo a sentindo pena dele.

Terry estava em casa — *Hothouse* estava na pausa de verão — e prometera que levaria Ig ao Aeroporto Logan, mas ainda não tinha se levantado. Vera disse que ele tinha saído com os velhos amigos a noite toda e só voltara para casa depois do nascer do sol. Ela ouviu o carro estacionar e olhou pela janela a tempo de ver Terry vomitando no quintal.

— Pena que ele está em casa, e não lá em Los Angeles — disse a avó de Ig. — Os paparazzi perderam uma foto e tanto. Grande astro da TV devolve o jantar nas roseiras. Teria sido uma ótima manchete para a revista *People*. Ele nem estava vestido com as mesmas roupas com que saiu.

Lydia Perrish parecia estar se divertindo um pouco menos e cutucava inquieta uma toranja.

O pai de Ig se recostou na cadeira e olhou para o rosto do filho.

— Você está bem, Ig? Parece que está sentindo alguma coisa.

— Eu diria que Terence não foi o único a se esbaldar ontem à noite — provocou Vera.

— Você está bem para dirigir? Eu me visto em dez minutos — comentou Derrick. — Posso levar você.

— Fique e tome seu café. É melhor eu ir agora, antes que seja tarde demais. Diga a Terry que espero que ninguém tenha morrido e que ligo para ele da Inglaterra.

Ig beijou todos eles, disse que os amava e saiu, no frescor da manhã, com o orvalho brilhando na grama. Dirigiu os cem quilômetros até o Aeroporto Logan em 45 minutos. Não pegou trânsito até o último trecho, quando passou pelo hipódromo de Suffolk Downs e por uma colina alta com uma cruz de dez metros de altura no topo. Ig ficou preso por um tempo atrás de uma fila de caminhões, sob a sombra daquele monumento. Era verão em todos os outros lugares, mas ali, na escuridão pesada provocada pela cruz gigante, mais parecia fim de outono, e ele sentiu um breve calafrio. Ig teve um lampejo curioso de que ela se chamava Cruz de Don Orsillo, só que isso não podia ser verdade. Don Orsillo era o locutor oficial dos jogos do Red Sox.

As estradas estavam livres, mas o terminal da British Airways estava lotado, e Ig viajaria na classe econômica. Ele esperou por muito tempo na fila. A área dos guichês fora tomada por vozes que ecoavam, pelo estalido agudo de saltos altos ressoando no piso de mármore e por anúncios indecifráveis via alto-falante. Ig havia despachado a bagagem e estava esperando para passar pela segurança, quando sentiu mais do que ouviu a comoção atrás de si. Ele olhou ao redor e viu as pessoas abrindo caminho para um contingente de policiais em coletes à prova de balas e capacetes, portando M16, indo em sua direção. Um deles gesticulava, apontando para a fila.

Quando Ig se afastou deles, viu outros policiais na direção oposta. Eles se aproximavam de ambos os lados. Ig se perguntou se os policiais tirariam alguém da fila. Alguém esperando para passar pela segurança deve ter aparecido na lista de ameaças do Grande Irmão. Ele virou a cabeça a fim de olhar para trás, para os policiais que se aproximavam. Eles andavam com os canos dos fuzis apontados para o chão, as viseiras dos capacetes abaixadas. Encaravam com olhos semicerrados o trecho da fila de Ig. Aquelas armas eram assustadoras, mas não tanto quanto o vazio das expressões dos policiais.

E ele notou outra coisa, a coisa mais engraçada de todas. O oficial encarregado, aquele que gesticulava para que seus homens se espalhassem e cobrissem as saídas, às vezes, Ig tinha a impressão de que o cara estava apontando para ele.

CAPÍTULO VINTE E DOIS

IG ESTAVA PARADO NA porta d'O Boxe, esperando que os olhos se ajustassem à escuridão cavernosa do espaço iluminado apenas por TVs planas e máquinas de pôquer digital. Um casal estava sentado ao bar, figuras que pareciam inteiramente formadas nas sombras. Um fisiculturista se movimentava atrás do bar, arrumando copos de cerveja emborcados na bancada dos fundos. Ig o reconheceu como o leão de chácara que o convidou a sair na noite em que Merrin foi assassinada.

Fora isso, o lugar estava vazio. Ig ficou contente. Ele não queria ser visto. O que ele queria era almoçar sem nem fazer o pedido, para não precisar interagir com quem quer que fosse. Ig estava tentando descobrir uma maneira de realizar isso quando seu celular tocou.

Era o irmão. A escuridão se contraiu ao redor de Ig como um músculo. A ideia de responder, de ter que falar com Terry, deixou Ig tonto de ódio e pavor. Ele não sabia o que o irmão diria, o que *poderia* dizer. Ig segurou o telefone, observando o aparelho zumbir, até que o toque parou.

Assim que o som silenciou, ele começou a se perguntar se Terry sabia o que havia confessado alguns minutos antes. Ig poderia ter descoberto outras coisas atendendo à chamada. Tais como: se os chifres precisavam ser *vistos* para perverter a mente das pessoas. Ele achava que ainda era possível conversar normalmente com alguém ao telefone. Também se perguntou se Vera tinha morrido, e se Ig se tornara de fato o assassino que todos acreditavam que ele era.

Não. Ele não estava pronto para descobrir isso, ainda não. Precisava de um tempo para ficar sozinho no escuro, para ser consumido pelo isolamento e pela ignorância.

Tudo bem, surgiu uma voz em sua mente, sua própria voz, porém maliciosa e zombeteira. *Foi assim que você passou os últimos doze meses. Por que não mais uma tarde?*

Quando os olhos se acostumaram à pouca luz d'O Boxe, ele avistou uma mesa de canto vazia onde alguém tinha comido pizza, talvez com crianças; Ig notou copos de plástico com canudos dobráveis. Sobraram algumas fatias de pizza. Mais importante, o pai que proporcionou essa festa da pizza deixou um copo meio cheio de cerveja. Ig se sentou à mesa, o estofamento rangeu, e se serviu. A cerveja estava morna. A última pessoa a beber do copo podia ter tido cancro com secreção e um caso virulento de hepatite. Depois de crescerem chifres na sua testa, parece bobagem ser exigente com uma possível exposição a germes.

A porta de vaivém da cozinha se abriu e de lá saiu uma garçonete, emergindo de um espaço de azulejos brancos, fortemente iluminado por lâmpadas fluorescentes, para a escuridão. Ela segurava um frasco de produto de limpeza em uma das mãos e um pano na outra e atravessou rapidamente o salão, caminhando na direção dele.

Ig a conhecia, obviamente. Era a mesma mulher que servira bebidas para ele e Merrin naquela última noite. O rosto da garçonete era emoldurado pelo cabelo preto e liso cujas mechas se enrolavam abaixo do queixo comprido e pontudo, de maneira que ela parecia a versão feminina do bruxo que perseguia Harry Potter nos filmes. Professor Snail ou algo assim. Ig tinha planejado ler os livros com os filhos que ele e Merrin pretenderam ter juntos.

Ela não estava olhando para as sobras, e Ig se encolheu no vinil vermelho. Era tarde demais para escapar sem ser visto. Ele considerou se esconder debaixo do tampo, mas achou a ideia ridícula e a descartou. No momento seguinte, a garçonete estava curvada sobre a mesa, recolhendo os pratos. Uma luminária pendia logo acima da mesa e, mesmo quando ele afundou no assento, ainda projetava a sombra da cabeça e dos chifres de Ig sobre a mesa. A mulher viu a sombra e a seguir olhou para ele.

As pupilas da garçonete se contraíram; o rosto empalideceu. Ela largou os pratos, causando um estrondo chocante, embora talvez tenha sido mais chocante que nenhum deles tivesse se quebrado. A garçonete respirou fundo e se preparou para gritar, então viu os chifres. O grito pareceu morrer antes de sair da boca dela. Ela apenas ficou parada.

— A placa dizia que eu poderia ir me acomodando — disse Ig para a garçonete.

— Sim. Tudo bem. Deixe-me limpar a mesa e... já trago um cardápio.

— Na verdade, eu já comi. — Ele indicou os pratos diante de si.

O olhar da mulher se desviou dos chifres para o rosto de Ig, do rosto para os chifres e ficaram indo e voltando várias vezes.

— Você é aquele cara — comentou ela. — Ig Perrish.

Ig assentiu.

— Você serviu a minha namorada e a mim há um ano, em nossa última noite juntos. Quero pedir desculpas pelas coisas que eu falei naquela noite e pela maneira como agi. Eu diria que você me viu no meu pior momento, só que quem eu era naquela ocasião não é nada comparado a quem eu sou agora.

— Não me sinto nem um pouco mal com isso.

— Ah. Ótimo. Achei que tinha causado uma péssima impressão.

— Não — interveio a mulher. — Quero dizer que não me sinto nem um pouco mal por ter mentido para a polícia. Só lamento que eles não tenham acreditado em mim.

Ig sentiu um embrulho no estômago. Estava começando de novo. Ela meio que falava sozinha ou, talvez mais precisamente, com o próprio demônio particular, um demônio que por acaso também se parecia com Ig Perrish. Se ele não descobrisse como controlar aquilo, como neutralizar o efeito dos chifres, logo, logo perderia a cabeça, se já não estivesse louco.

— Que mentiras você contou?

— Eu contei que você ameaçou estrangulá-la. Que vi você tentar empurrá-la.

— Por que você falou isso?

— Para que você não escapasse impune. Para que não pudesse fugir. E olhe o que aconteceu: ela morreu e você está aí. Escapou impune de qualquer maneira, assim como meu pai se safou apesar do que fez comigo e com a minha mãe. Eu queria que você tivesse ido para a cadeia. — Ela virou a cabeça para o lado de forma automática, para tirar o cabelo do rosto. — Além disso, eu queria aparecer no jornal. Queria ser a principal testemunha. Se você fosse a julgamento, eu teria até aparecido na TV.

Ig a encarou embasbacado.

— Eu tentei fazer o melhor possível — continuou a garçonete. — Quando você foi embora naquela noite, sua namorada saiu correndo atrás de você e esqueceu o casaco. Levei para fora para devolvê-lo e vi você arrancar com o carro sem ela. Mas não foi isso que eu contei para a polícia. Eu falei que, quando saí, vi você forçando a garota a entrar no carro e depois caindo fora. Foi o que me ferrou. Acho que você bateu num orelhão ao dar à ré, e um dos clientes ouviu o barulho e olhou pela janela. Ele contou à polícia que viu quando você a deixou. O inspetor me mandou fazer um teste de polígrafo para confirmar minha história, então eu tive que retirar aquela parte. Aí eles não acreditaram em nenhuma das outras coisas que eu contei. Mas eu sei o que aconteceu. Sei que você acabou voltando para buscá-la alguns minutos depois.

— Você está errada. Outra pessoa deu carona para ela. — Quando Ig pensou em quem era, sentiu-se enjoado.

Mas a ideia de que ela pudesse estar errada a respeito dele não pareceu interessar à garçonete. Quando ela falou outra vez, foi como se Ig não tivesse dito coisa alguma:

— Eu sabia que veria você de novo algum dia. Vai me obrigar a ir até o estacionamento com você? Vai me levar para algum lugar e me sodomizar? — O tom da mulher era inconfundivelmente esperançoso.

— O quê? Não. Que porra é essa?

Parte da empolgação sumiu dos olhos da garçonete.

— Você vai pelo menos me ameaçar?

— Não.

— Eu poderia dizer que você me ameaçou. Poderia contar para Reggie que você me alertou para tomar cuidado. Seria uma boa história. — Seu sorriso foi se desfazendo, e ela lançou um olhar abatido para o fisiculturista atrás do bar. — Ele provavelmente não acreditaria em mim, no entanto. Reggie acha que sou uma mentirosa compulsiva. Eu devo ser mesmo. Gosto de contar minhas historinhas. Mesmo assim, eu nunca deveria ter contado ao Reggie que meu namorado, Gordon, morreu nos atentados do World Trade Center depois que eu disse para Sarah, a outra garçonete, que Gordy tinha morrido no Iraque. Deveria ter imaginado que eles trocariam figurinhas. Ainda assim, Gordon *pode* estar morto. Ele morreu para mim. Ele terminou comigo por e-mail, então ele que se foda. Por que estou lhe contando tudo isso?

— Porque você não consegue evitar.

— Isso mesmo. Eu não consigo — disse a mulher, e estremeceu, uma reação com conotações sexuais inconfundíveis.

— O que seu pai fez com sua mãe e com você? Ele... ele te machucou? — perguntou Ig, sem ter certeza se realmente queria saber.

— Ele disse que nos amava, mas mentiu. Fugiu para Washington com minha professora da quinta série. Eles formaram uma família, e meu pai teve outra filha, de quem ele gosta mais do que jamais gostou de mim. Se me amasse mesmo, teria me levado com ele em vez de me deixar com minha mãe, que é uma velha megera deprimente e irritada. Meu pai garantiu que sempre faria parte da minha vida, mas não faz parte de merda alguma. Eu odeio mentirosos. Outros mentirosos, quero dizer. Minhas próprias historinhas não prejudicam as pessoas. Quer saber a historinha que eu conto sobre você e sua namorada?

A pizza que Ig havia comido pesou em seu estômago como uma massa pastosa e indigesta.

— Provavelmente, não.

A garçonete enrubesceu de tão empolgada, e o sorriso voltou.

— Às vezes as pessoas vêm e perguntam o que você fez com ela. Só de bater os olhos já sei quanto as pessoas querem saber, se querem apenas o básico ou os detalhes horríveis. Os universitários querem saber a pior parte. Eu sempre conto que, depois de esmagar o cérebro dela, você a virou de costas e sodomizou o cadáver.

Ig tentou se levantar, bateu com os joelhos na parte de baixo da mesa e, ao mesmo tempo, esbarrou os chifres na luminária de vitral. A lâmpada começou a balançar, e a sombra cornuda avançou na direção da garçonete e depois se encolheu, indo e voltando. Ig teve que se sentar novamente, sentindo uma dor latejar atrás das rótulas.

— Ela não foi... — começou Ig. — Isso não... Sua filha da puta doente.

— Eu sou — confessou a garçonete, com um toque de orgulho. — Eu sou *tão má*. Mas você deveria ver a reação das pessoas quando eu falo essas coisas. As garotas, principalmente, adoram essa parte. É excitante saber que alguém foi profanado. Todo mundo adora um bom homicídio sexual e, na minha opinião, não existe uma história que não possa ser melhorada com um pouco de sodomia.

— Você percebe que está falando sobre uma pessoa que eu amei? — perguntou Ig, cujos pulmões pareciam arranhados e em carne viva, e era difícil recuperar o fôlego.

— Claro — respondeu a mulher. — Foi por isso que você a matou. É por isso que os assassinos fazem isso. Não é ódio. É amor. Às vezes, queria que meu pai tivesse me amado e à minha mãe o suficiente para ter matado *nós duas* e então ele próprio. Aí teria sido uma tragédia terrível, e não apenas outro rompimento chato e deprimente. Se ele tivesse estômago para cometer um duplo homicídio seguido de suicídio, todos nós poderíamos ter aparecido na TV.

— Eu não matei minha namorada — argumentou Ig.

Diante disso, a garçonete finalmente mostrou alguma reação, franzindo as sobrancelhas, contraindo os lábios em uma expressão de decepção.

— Bem. *Isso* não é divertido. Você seria muito mais interessante se matasse alguém. Ora, você tem chifres crescendo na cabeça. Isso é muito legal! É uma *mod*?

— Mod?

— Uma modificação corporal. Foi você que fez?

Embora Ig ainda não conseguisse se lembrar da noite anterior — ele se recordava de tudo até o acesso de raiva embriagado no bosque perto da fundição, mas depois disso havia apenas um vazio terrível —, ele sabia a resposta para a pergunta. E ela lhe ocorreu instantaneamente e sem esforço.

— Sim — disse Ig. — Fui eu que fiz.

CAPÍTULO VINTE E TRÊS

A GARÇONETE DISSE QUE ele seria mais interessante se matasse alguém, então Ig decidiu: por que não matar Lee Tourneau?

Era ótimo saber aonde ele estava indo, entrar no carro com um destino certo. Os pneus levantaram terra quando ele arrancou. Lee trabalhava no gabinete de um deputado em Portsmouth, New Hampshire, a quarenta minutos de distância, e Ig estava no clima para dirigir. Poderia usar aquele tempo na estrada para descobrir como o mataria.

Primeiro ele pensou em usar as mãos. Estrangulá-lo como Lee estrangulou Merrin, a mesma Merrin que o amava, que foi a primeira a visitá-lo em casa para consolá-lo no dia em que a mãe dele morreu. Ig agarrou o volante como se estivesse estrangulando Lee e o sacudiu para a frente e para trás com força suficiente para tremer a coluna de direção. Odiar Lee foi a melhor sensação que Ig sentia em anos.

Seu segundo pensamento foi que devia haver uma chave de roda no porta-malas. Ele poderia vestir o casaco corta-vento jogado no banco de trás e enfiar a chave de roda na manga. Quando Lee estivesse na frente dele, Ig faria a chave escorregar até a mão e o golpearia na cabeça. Ele imaginou o baque úmido da chave de roda penetrando o crânio de Lee e estremeceu de empolgação.

Sua preocupação era que a chave de roda pudesse ter um efeito rápido demais, que Lee nunca soubesse o que o atingiu. No mundo ideal, Ig forçaria Lee a entrar no carro e o levaria a algum lugar para afogá-lo. Seguraria a cabeça dele embaixo d'água e o veria se debater. Ig sorriu ao pensar nisso, sem perceber que lhe saía fumaça das narinas.

No interior bem-iluminado do carro, era apenas uma neblina pálida de verão.

Depois que Lee perdeu a maior parte da visão do olho esquerdo, ele sossegou e evitou problemas. Cumpriu vinte horas de trabalho voluntário não remunerado em cada loja que roubou, independentemente de quanto havia roubado, fosse um par de tênis de trinta dólares ou uma jaqueta de couro de duzentos dólares. Escreveu uma carta para o jornal detalhando cada um de seus crimes e se desculpando com os lojistas, seus amigos, a mãe, o pai e a igreja. Ele se tornou um garoto religiosamente comportado tanto dentro quanto fora da igreja e se ofereceu para trabalhar em todos os programas do Centro Comunitário do Sagrado Coração. Lee trabalhou todos os verões com Ig e Merrin no Acampamento Galileia, um retiro espiritual cristão.

E Lee fora o orador convidado nos cultos das manhãs de domingo no Acampamento Galileia. Ele sempre começava dizendo às crianças que era um pecador, que havia roubado e mentido, usado os amigos e manipulado os pais. Contava que antes era cego, mas que passara a enxergar. Narrava sua história enquanto apontava para o olho esquerdo meio mutilado. Ele proferia a mesma palestra motivacional todo verão. Ig e Merrin ouviam do fundo da capela, e, quando Lee apontava para o olho e recitava o hino cristão "Amazing Grace", Ig, inevitavelmente, sentia um arrepio lhe percorrer as costas e os braços. Ele sabia que tinha sorte em conhecê-lo, que sentia orgulho por conhecê-lo, por fazer uma pequena participação na história de Lee.

E era mesmo uma história muito boa. Quem gostava mesmo eram as garotas. Gostavam tanto de Lee ter sido um bad boy quanto de ter se corrigido; gostavam de ele conseguir falar a respeito da própria alma e do fato de que as crianças o amavam. Havia algo insuportavelmente nobre na maneira como Lee admitia as coisas que havia feito, com toda aquela calma, sem demonstrar vergonha ou constrangimento. As garotas com quem ele saía apreciavam ser a única tentação a que ele ainda se permitia.

Lee foi aceito no seminário em Bangor, Maine, mas desistiu da teologia quando a mãe ficou doente, e voltou para casa a fim de cuidar dela. Na época, os pais dele já tinham se divorciado, e o pai morava com a segunda esposa, na Carolina do Sul. Lee dava remédios para a mãe, mantinha os lençóis limpos, trocava fraldas e assistia ao canal PBS com ela. Quando não acompanhava a mãe, ele estava na Universidade de New Hampshire, onde se formou em estudos de mídia; aos sábados, Lee dirigia até Portsmouth para trabalhar no gabinete do mais novo deputado do estado.

Ele começou como voluntário não remunerado, mas, na ocasião em que a mãe dele morreu, Lee já era funcionário em tempo integral, chefe do programa de divulgação religiosa do deputado. Para muita gente, Lee foi o principal motivo para o deputado ter sido reeleito. Seu oponente, um ex-juiz, assinara uma autorização que dava a uma criminosa grávida o direito de realizar um aborto no primeiro trimestre, o que Lee apelidou de pena de morte para o nascituro. Lee compareceu à metade das igrejas do estado para discursar sobre a questão. Ele fazia bonito no púlpito, com a gravata e a camisa branca imaculada, e nunca perdia a chance de se chamar de pecador, e todos adoravam isso.

O trabalho de Lee na campanha também resultou na única briga que ele teve com Merrin, embora Ig não tivesse certeza de que fora de fato uma luta, já que uma das pessoas não se defendeu. Merrin o criticou severamente por causa do aborto, mas Lee retrucou com calma: "Se você quer que abandone meu emprego, Merrin, posso pedir demissão amanhã. Nem preciso pensar a respeito. Mas, se eu permanecer no trabalho, tenho que fazer o que fui contratado para fazer, e vou fazer bem". Ela disse que Lee não tinha vergonha. Lee comentou que às vezes não sabia se ainda restava algo além da vergonha, e Merrin respondeu: "Ah, Deus, não banque o abnegado para cima de mim". Depois disso ela o deixou em paz.

Lee gostava de olhar para ela, é claro. Ig o flagrou algumas vezes dando uma checada em Merrin quando ela se levantava da mesa, com a saia balançando. Ele sempre gostou de olhar para Merrin. Ig não se importava — Merrin era dele. De qualquer forma, depois do que tinha causado a Lee — com o tempo, ele passou a se considerar o verdadeiro responsável pela cegueira parcial do amigo —, Ig dificilmente ficaria chateado por conta de um olhar dirigido a uma mulher bonita. Lee dizia que o acidente poderia tê-lo deixado completamente cego e, por isso, tentava curtir cada coisa boa que via como se fosse a última bolacha do pacote. Lee tinha um talento especial para fazer afirmações como essa, confessando abertamente seus prazeres e erros, sem medo de ser ridicularizado. Não que alguém zombasse dele, muito pelo contrário: todos estavam torcendo por Lee. Sua volta por cima foi inspiradora para caralho. Talvez algum dia ele próprio concorresse a um cargo político. Já houvera uma conversa nesse sentido, embora Lee risse de qualquer sugestão de que ele devesse mirar mais alto, citando a piada do Groucho Marx que dizia que não valia a pena fazer parte do grupo que o aceitasse como integrante. César também recusou o trono três vezes, lembrou Ig.

Algo estava batendo nas têmporas de Ig. Era como um martelo golpeando metal quente, um estrondo agudo constante. Ele saiu da interestadual e seguiu a rodovia até a área de escritórios, onde o deputado mantinha seu gabinete em um prédio com um grande átrio de vidro em forma de cunha que se projetava para fora da fachada como a proa de um enorme navio-tanque. Ig dirigiu até a entrada dos fundos.

O estacionamento atrás do prédio estava praticamente vazio, o asfalto cozinhando no calor da tarde. Ig estacionou, pegou o casaco corta-vento de náilon azul no banco de trás e saltou. Estava quente demais para usar casaco, mas ele vestiu mesmo assim. Ig gostou da sensação do sol no rosto e na cabeça e o calor subindo do asfalto. Sentiu imenso prazer, na verdade.

Ig abriu o porta-malas e ergueu o compartimento do fundo. A chave de roda estava presa na parte inferior de um painel de metal, mas os parafusos estavam cobertos por ferrugem, e ele machucou as mãos ao tentar soltá-los. Ig desistiu e olhou para o kit de emergência, que continha um sinalizador de magnésio — um tubo embrulhado em papel vermelho, oleoso e liso. Ele sorriu. Um sinalizador era muito melhor do que uma chave de roda. Ig poderia queimar o rosto bonito de Lee com aquilo. Cegá-lo do outro olho, quem sabe — isso talvez fosse tão bom quanto matá-lo. Além disso, Ig combinava mais com um sinalizador do que com uma chave de roda. Não diziam que o fogo era o único amigo do diabo?

Ig cruzou o terreno asfaltado em meio ao calor. Era naquele verão que os gafanhotos de dezessete anos saíam para acasalar, e as árvores atrás do estacionamento zumbiam com insetos, um barulho intenso e ressonante, como o funcionamento de um grande pulmão mecânico. O ruído dos gafanhotos tomou a cabeça de Ig, era o som de sua dor de cabeça, da loucura, da raiva esclarecedora. Um fragmento da Revelação de João veio à sua mente: *Da fumaça saíram gafanhotos, que vieram sobre a terra.* Os gafanhotos apareciam a cada dezessete anos para foder e morrer. Lee Tourneau era um inseto, um inseto que não era melhor do que os gafanhotos — era um pouco pior, na verdade. Ele tinha realizado a parte ruim e, naquele momento, poderia morrer. Ig o ajudaria. Ao atravessar o estacionamento, Ig enfiou o sinalizador na manga do casaco e o segurou com a mão direita.

Ele se aproximou das portas de acrílico inscritas com o nome do Honorável Deputado de New Hampshire. Elas tinham uma tonalidade espelhada, e Ig se viu refletido ali: um magricela suado com um casaco corta-vento com o zíper fechado até o pescoço que parecia ter ido até lá especificamente para cometer um crime. Sem contar que ele tinha chifres. As pontas haviam perfurado a pele das têmporas, e a base do osso estava manchada em tom rosado com sangue. Pior ainda do que os chifres, porém, era a maneira como Ig estava sorrindo. Se estivesse do outro lado das portas e se visse chegando, ele as teria trancado correndo e ligado para a polícia.

Ele entrou em um ambiente silencioso, acarpetado e com ar-condicionado. Um gordo com um corte de cabelo à escovinha estava sentado atrás de uma mesa, falando alegremente em um *headset*. À direita havia um posto de segurança onde os visitantes eram obrigados a passar por um detector de metais. Um policial estadual de cinquenta e poucos anos jazia atrás do monitor de raio-X, mascando chiclete. Uma janela deslizante de acrílico atrás da mesa do recepcionista dava para uma pequena sala vazia com um mapa de New Hampshire pregado na parede e um monitor de segurança. Um segundo policial estadual, um homem enorme, de ombros largos, estava sentado a uma mesa dobrável, curvado sobre uma papelada. Ig não conseguia ver o rosto dele, mas o sujeito tinha um pescoço grosso e uma grande careca branca que de alguma forma parecia vagamente obscena.

Aquilo tudo enervou Ig, aqueles guardas, aquele detector de metais. Vê-los trouxe de volta memórias ruins do Aeroporto Logan, e o corpo formigou com um suor desagradável. Fazia mais de um ano que ele não ia lá ver Lee, e ele não se lembrava de ter que passar por qualquer tipo de segurança.

O recepcionista disse "Tchau, amor" no *headset*, apertou um botão na mesa e olhou para Ig. O homem tinha um rosto largo e redondo, parecido com uma lua, e provavelmente seu nome era Chet ou Chip. Por trás dos óculos de armação quadrada havia uma expressão intensa de espanto ou perplexidade.

— Posso ajudá-lo? — perguntou ele para Ig.

— Sim. Você poderia...

Mas então outra coisa chamou a atenção de Ig: o monitor de segurança na salinha do outro lado da janela de acrílico. O aparelho exibia uma imagem em grande angular da recepção — os vasos de plantas, os inofensivos sofás felpudos e o próprio Ig. Só que alguma coisa estava errada com o monitor. A imagem de Ig era dividida em duas figuras sobrepostas que se separavam e depois voltavam a se juntar; aquela parte tremulava e era instável. A imagem primária de Ig mostrava o que ele era: um homem pálido e esquelético, com uma entrada saliente no cabelo, cavanhaque e chifres curvos. Mas aquela sombra secundária, escura e sem traços característicos entrava e saía de seu corpo em espasmos. Essa segunda versão de si mesmo *não tinha* chifres — uma imagem não de quem ele era, mas de quem havia sido. Era como assistir à própria alma tentando se libertar do demônio ao qual estava ancorada.

O guarda sentado na sala vazia e bem-iluminada também havia notado isso e girou na cadeira para estudar a tela. Ig não enxergava o rosto do policial, apenas a orelha e a careca branca e lustrosa, uma bala de canhão de osso e pele apoiada na base grossa e brutal do pescoço. Depois de um momento, o guarda bateu com o punho no monitor, tentando corrigir a imagem, e golpeou com tanta força que por um momento a imagem inteira escureceu.

— Senhor? — chamou o recepcionista.

Ig desviou o olhar do monitor.

— Você poderia... poderia chamar Lee Tourneau? Diga que Ig Perrish está aqui para vê-lo.

— Eu tenho que verificar um documento seu e imprimir uma etiqueta de identificação antes de deixá-lo entrar — falou ele, de forma automática e monocórdia, fitando os chifres com um fascínio inexpressivo.

Ig olhou para o posto de segurança e sabia que não conseguiria passar com um sinalizador enfiado na manga.

— Vou esperar aqui. Diga que é do interesse dele me ver.

— Eu não acho que seja — disse o recepcionista. — Não consigo imaginar por que você seria do interesse de alguém. Você é horrível. Você tem chifres e é horrível. Só de olhar para você me dá vontade de voltar para casa. Quase não vim trabalhar. Uma vez por mês, tiro um dia de saúde mental e fico em casa, visto a calcinha da minha mãe e me sinto bem gostoso e com tesão. Para uma coroa, ela tem umas coisas bem sexy. Minha mãe tem um espartilho de cetim preto com muitas alças, muito bacana.

Os olhos do recepcionista estavam vidrados e uma pequena porção de saliva branca se acumulava no canto da boca.

— Que bom que você considera isso um dia de saúde mental — retrucou Ig. — Chame Lee Tourneau, sim?

O recepcionista virou para o lado e ficou de perfil para Ig. Apertou um botão e murmurou no *headset*. Ouviu por um momento e respondeu:

— Ok. — O homem girou de volta para Ig; seu rosto redondo brilhava de suor. — Ele está em reuniões a manhã toda.

— Diga ao Lee que eu sei o que ele fez. Use exatamente essas palavras. Diga que, se ele quiser conversar sobre o assunto, vou esperar cinco minutos no estacionamento.

O recepcionista lançou um olhar vazio para ele, depois assentiu e virou-se ligeiramente outra vez. No *headset*, ele disse:

— Sr. Tourneau? Ele diz... ele diz que sabe o que senhor fez? — Ao pronunciar a última palavra, o recepcionista transformou o recado em pergunta.

Ig não ouviu o que mais o homem disse, porque no momento seguinte escutou uma voz ao pé do ouvido, uma voz que ele conhecia bem, mas não ouvia havia anos.

— Iggy Perrish, porra! — exclamou Eric Hannity.

Ig se virou e viu o guarda careca da sala com o monitor de segurança. Aos dezoito anos, Eric parecia um adolescente saído de um catálogo da Abercrombie & Fitch, grande e musculoso, com o cabelo castanho encaracolado cortado rente. Ele gostava de andar descalço, sem camisa e com a calça jeans caindo até a cintura. Mas, com quase trinta anos, o rosto de Eric não era mais tão definido e se tornou um bloco carnudo, e, quando o cabelo começou a rarear, ele raspou tudo, em vez de travar uma batalha que não conseguiria vencer. Eric estava magnífico em sua calvície; se usasse um brinco na orelha, poderia ter feito o papel do Mr. Clean em um comercial de TV. Ele tinha, talvez, inevitavelmente, seguido o ofício do pai, uma profissão que lhe oferecia tanto autoridade quanto apoio legal para machucar pessoas de vez em quando. Na época em que Ig e Lee ainda eram amigos (se é que algum dia foram amigos de verdade), o outro mencionou que Eric era o encarregado da segurança do deputado. Ele contou que Eric ficou bem de boa naquela época. Lee até tinha saído com ele uma ou duas vezes para praticar pesca esportiva. "Claro que ele usa fígado de manifestantes estripados como isca", falou Lee. "Entenda como quiser."

— Eric — disse Ig, se afastando da mesa. — Como você está?

— Feliz — respondeu Eric Hannity. — Feliz em ver você. E aí, Ig? Tudo bem? Matou alguém esta semana?

— Estou bem.

— Você não parece bem. Parece que você esqueceu de tomar o remédio.

— Que remédio?

— Bem, você deve estar doente de *alguma forma*. Está fazendo trinta graus lá fora, mas você está usando um casaco corta-vento e suando como um porco. Além disso, tem chifres crescendo na sua cabeça e eu sei que *isso* não é normal. Claro, se você fosse uma pessoa saudável, nunca teria esmagado a cara da sua namorada e a deixado na floresta. A ruivinha piranha — confessou Hannity, que olhou para Ig com prazer. — Sou seu fã desde então, sabia disso, Ig? Sem brincadeira. Há anos eu acho que sua família riquinha para caralho deveria descer um pouco do pedestal. Principalmente seu irmão, com aquele dinheiro todo, toda noite na TV com modelos de maiô sentadas sobre o colo dele, como se algum dia tivesse trabalhado para ganhar a vida. Então você vai e faz o que fez. Você jogou merda no nome da sua família, e eles nunca vão conseguir limpá-lo de novo. Adorei. Não sei o que mais você pode fazer para se superar. Como você vai se superar, Ig?

Ig teve que se esforçar para evitar que as pernas tremessem. Hannity se agigantava para cima dele, era 45 quilos mais pesado e quinze centímetros mais alto do que ele.

— Só estou aqui para trocar uma palavra com Lee.

— Eu sei como você vai se superar — retrucou Eric Hannity, como se Ig não tivesse falado. — Você vai aparecer no gabinete de um deputado, doido das ideias e com uma arma escondida no casaco. Você está armado, não é? É por isso que você está agasalhado, para escondê-la. Você tem uma arma, e eu vou atirar em você e aparecer na capa do *Boston Herald* por ter mandado para o saco o irmão doente mental de Terry Perrish. Não seria incrível? Na última vez que vi seu irmão, ele me ofereceu ingressos grátis para o programa dele, se eu algum dia fosse a Los Angeles. Esfregou na minha cara quão fodão ele é. Eu queria mesmo era ser o cara que heroicamente dá um tiro bem na sua fuça antes de você matar de novo. Então, no funeral, eu poderia perguntar ao Terry se ele ainda conseguiria me arrumar uns ingressos. Só para ver a cara dele. Vamos lá, Ig. Passe pelo detector de metais para eu ter uma desculpa para meter uma bala nessa sua cara de retardado.

— Eu não vou entrar. Vou esperar lá fora — avisou Ig, já se afastando em direção à porta, consciente do suor frio embaixo dos braços.

Suas mãos estavam escorregadias. Quando empurrou a porta com o cotovelo para abri-la, o sinalizador deslizou e, por um momento aterrorizante, Ig pensou que sairia do casaco na frente de Hannity e cairia no chão, mas ele o agarrou e o segurou no lugar.

Com uma expressão quase animalesca, Eric Hannity observou Ig sair do prédio de volta para a luz do sol.

A transição do frio da recepção para o calor escaldante da tarde deixou Ig um pouco tonto. O céu clareou, depois escureceu, então clareou novamente.

Ele sabia exatamente o que estava fazendo quando dirigiu até o gabinete do deputado. Pareceu simples, pareceu certo. Ig compreendia naquele momento, porém, que fora um erro. Ele não mataria Lee Tourneau com um sinalizador de automóvel (uma ideia comicamente absurda por si só). Lee nem iria sair para conversar com ele.

Ao cruzar o estacionamento, Ig acelerou o passo, assim como as batidas do coração. A única coisa a fazer era ir embora, pegar as estradas secundárias até Gideon. Encontrar um lugar para ficar sozinho, em silêncio, e pensar um pouco. Colocar a cabeça no lugar. Depois de um dia daqueles, Ig precisava desesperadamente colocar a cabeça no lugar. Ir até lá foi um ato tão imprudente e impulsivo que ele se assustou ao pensar que tinha mesmo cogitado fazer aquilo. Parte de Ig achava que Eric Hannity já devia estar chamando reforços e que, se não fosse embora logo, não conseguiria ir depois. (Outra parte, no entanto, murmurou: *Em dez minutos, Eric não se lembrará de que você esteve aqui. Ele nunca falou com você. Ele estava conversando com o próprio demônio.*)

Ig jogou o sinalizador na traseira do Gremlin e bateu o porta-malas. Deu a volta até a porta do motorista antes de ouvir Lee chamá-lo.

— Iggy?

A temperatura interna de Ig caiu vários graus ao som da voz de Lee, como se ele tivesse tomado rapidamente uma bebida muito gelada.

Ig se virou e olhou assustado. Viu Lee através do vapor quente que subia do asfalto, uma figura ondulada e distorcida, entrando e saindo de seu corpo. Uma alma, não um homem. O cabelo curto loiro ardia quente e branco, como se Lee estivesse em chamas. Eric Hannity estava parado ao lado dele, a careca reluzindo, os braços cruzados sobre o peito largo, as mãos escondidas sob as axilas.

Hannity permaneceu na entrada do prédio do gabinete do deputado, mas Lee começou a andar na direção de Ig, parecendo caminhar não no chão, mas no ar, flutuando no calor sufocante do dia. À medida que se aproximava, no entanto, sua forma se tornava mais sólida, de modo que ele não era mais um espírito insubstancial e fluente, uma coisa moldada a partir do calor e da luz distorcida do sol, mas apenas um homem, com os pés no chão. Lee usava calça jeans e uma camisa branca, um traje de trabalhador que tinha o efeito de fazê-lo parecer mais um carpinteiro do que um marqueteiro político. Ele tirou os óculos escuros espelhados quando se aproximou. Uma fina corrente de ouro brilhava em seu pescoço.

O olho direito de Lee tinha o mesmo tom de azul daquele céu ardente de agosto. O dano ao olho esquerdo não resultou no tipo comum de catarata, que aparecia como uma película gelatinosa branca na retina. Lee desenvolvera uma catarata cortical, que se manifestava como raios azul-claros — uma terrível estrela branca se abrindo na tinta preta de sua pupila. O olho direito estava nítido e vigilante, fixo em Ig, enquanto o outro estava ligeiramente voltado para dentro e parecia olhar para longe. Lee dizia que conseguia enxergar com ele, embora não fosse nítido. Era como olhar através de uma janela coberta de sabão. Lee pareceu observar Ig com o olho direito. Sabe-se lá o que o olho esquerdo estava vendo.

— Recebi seu recado — disse Lee. — Então. Você sabe.

Ig levou um susto. Não imaginava que, mesmo sob a influência dos chifres, Lee confessaria de forma tão direta. Isso o desarmou também, a expressão tímida e um meio sorriso constrangido, parecendo quase envergonhado, como se estuprar e assassinar a namorada de Ig tivesse sido apenas uma gafe social sem graça, como deixar um rastro de lama em um tapete novo.

— Eu sei de *tudo*, seu merda — gritou Ig, com a voz trêmula.

Lee empalideceu; manchas vermelhas surgiram nas bochechas. Ele ergueu a mão esquerda, a palma virada para a frente, em um gesto que pedia que Ig esperasse um minuto.

— Ig. Não vou inventar desculpas. Eu sabia que era errado. Bebi um pouco demais e parecia que ela precisava de um amigo, e as coisas saíram do controle.

— Isso é tudo que você tem a dizer para se defender? As coisas saíram da porra do controle? Você sabe que vim aqui para matá-lo.

Lee o encarou espantado por um momento, depois olhou para trás, para Eric Hannity, e de volta para Ig.

— Dado o seu histórico, Ig, você não deveria fazer piada. Depois do que você passou em relação a Merrin, é melhor ter cuidado com o que diz na presença de um agente da lei. Especialmente *esse* agente da lei. Ele não entende ironia.

— Não estou sendo irônico.

Lee cutucou a correntinha de ouro em volta do pescoço.

— Se serve de consolo, eu me sinto mal com isso — argumentou ele. — Ao mesmo tempo, uma pequena parte de mim está feliz por você ter descoberto. Você não precisa dela na sua vida, Ig. Você está melhor sem ela.

Ig não se conteve, emitiu um grunhido baixo e agonizante de raiva e avançou na direção de Lee. Ele esperava que Lee recuasse, mas o outro se manteve firme, apenas dirigiu um olhar para Eric, que acenou com a cabeça em retorno. Então Ig olhou para Eric — e ficou imóvel. Pela primeira vez, ele viu que o coldre de Eric Hannity estava vazio. O motivo de estar vazio era que ele segurava o revólver em uma das mãos e o escondia na axila. Ig não conseguiu realmente ver a arma, mas sentia que ela estava ali, podia sentir o peso do revólver como se ele mesmo o segurasse. Eric usaria a arma também, Ig não tinha dúvida. Ele queria atirar no irmão de Terry Perrish, aparecer no jornal — POLICIAL HERÓI MATA SUPOSTO ASSASSINO SEXUAL —, e se Ig colocasse as mãos em Lee, seria toda a desculpa de que Eric precisava. Os chifres fariam o resto, obrigando Hannity a seguir seus impulsos mais terríveis. Era assim que eles funcionavam.

— Eu não sabia que você se importava tanto — falou Lee finalmente, respirando devagar e com calma. — Cruzes, Ig, ela é ralé. Quero dizer, ela tem bom coração, mas Glenna sempre foi da ralé. Achei que você só estava morando com ela para sair da casa dos seus pais.

Ig não fazia ideia do que ele estava falando. Por um momento, o tempo pareceu parar; até o terrível zumbido dos gafanhotos pareceu fazer uma pausa. Então Ig entendeu, lembrou-se do que Glenna tinha admitido para ele naquela manhã, a primeira confissão que os chifres haviam arrancado. Parecia impossível que aquilo tivesse acontecido ainda naquela manhã.

— Não estou falando *dela* — disse Ig. — Como você pode achar que estou falando *dela*?

— De quem você está falando, então?

Ig não entendia. Todos confessavam. Assim que viam Ig, viam seus chifres, os segredos eram revelados. As pessoas não conseguiam se conter. O recepcionista queria usar as roupas íntimas da mãe e Eric Hannity queria uma desculpa para atirar em Ig e sair no jornal, e, naquele momento, era a vez de Lee, e a única coisa que tinha a confessar era que recebeu um boquete de uma bêbada.

— Merrin — retrucou Ig, com a voz rouca. — Estou falando do que você fez com Merrin.

Lee inclinou a cabeça, só um pouco, de modo que a orelha direita apontava para o céu como um cachorro ouvindo um som distante. Ele soltou um suspiro suave. A seguir, balançou a cabeça de leve.

— Estou perdido, Ig. O que eu supostamente fiz com...

— Você a matou, caralho. Eu *sei* que foi você. Você matou Merrin e obrigou Terry a ficar calado.

Lee analisou Ig com um olhar demorado e cauteloso. Olhou novamente para Eric Hannity — verificando, pensou Ig, se Eric estava perto o suficiente para ouvir a conversa. Não estava. Então, quando Lee o encarou novamente, seu rosto estava vazio e sem expressão. A mudança foi tão brusca que Ig quase gritou de medo — uma reação cômica, um diabo com medo de um homem, quando era para ser o contrário.

— Terry lhe contou isso? — perguntou Lee. — Se foi ele que lhe contou, ele é um mentiroso desgraçado.

Lee era imune aos chifres de uma forma que Ig não compreendia. Havia um muro entre eles que os chifres não conseguiam perfurar. Ig tentou *forçar* os chifres a funcionar; por um momento, eles provocaram uma onda intensa de calor, sangue e pressão, mas não durou muito. Era como tentar tocar trompete com um pano enfiado na campana. Por mais que a pessoa sopre, o som do trompete não vai sair.

— Espero que ele não ande espalhando isso — continuou Lee. — E espero que você também não.

— Ainda não. Mas logo, logo todo mundo vai saber o que você fez.

Será que Lee sequer conseguia *ver* os chifres? Ele não os havia mencionado. Nem parecia ter olhado para eles.

— É melhor não — disse Lee. Em seguida, os músculos do maxilar se contraíram quando uma ideia lhe ocorreu, e ele falou: — Você está gravando isso?

— Sim — afirmou Ig, mas foi lento demais. De qualquer maneira, não era uma boa resposta, uma vez que, se estivesse tentando obter uma confissão, não poderia admitir estar registrando a conversa.

— Não, não está. Você nunca soube mentir, Ig — retrucou Lee, e sorriu.

A mão esquerda dele estava agarrando a correntinha de ouro no pescoço. A mão direita estava dentro do bolso.

— Que pena para você, no entanto. Se você *estivesse* gravando esta conversa, talvez chegasse a algum lugar. Do jeito que as coisas estão, não acho que você possa provar alguma coisa. Talvez seu irmão tenha lhe contado alguma coisa enquanto estava bêbado, eu não sei, mas, seja o que for, é melhor tirar isso da cabeça. Com certeza eu não ficaria espalhando mentiras por aí. Fofocas nunca fazem bem a alguém. Pense nisso. Você consegue imaginar Terry indo à polícia e contando essa história maluca de que eu matei a Merrin, com nada além da palavra dele contra a minha, sendo que se manteve calado durante um ano inteiro? E ainda por cima sem provas? Porque não há, Ig, sumiu tudo. Se ele aparecer com essa história, na melhor das hipóteses será o fim da carreira do Terry. Na pior, talvez nós dois acabemos na cadeia. Juro que não vou ser preso sem arrastá-lo junto comigo.

Lee tirou a mão do bolso para coçar o olho bom com o nó de um dedo, como se para tirar um cisco. Por um momento, o olho direito ficou fechado, e ele encarou Ig com o olho danificado, o que fora atravessado por aqueles raios brancos. E, pela primeira vez, Ig entendeu o que havia de tão terrível naquele olho, o que sempre fora tão terrível em relação a tudo aquilo. Não era como se o olho estivesse *morto*; estava apenas... ocupado com outros assuntos. Como se houvesse dois Lee Tourneaus. O primeiro era o homem que foi amigo de Ig por mais de uma década, um homem que sempre dizia a crianças que era um pecador e que doava sangue para a Cruz Vermelha três vezes por ano. O segundo era o cara que olhava para o mundo ao redor com toda a empatia de uma truta.

Lee limpou o que quer que houvesse no olho direito e deixou o braço cair ao lado do corpo. Então a enfiou no bolso outra vez, sem perceber. Começou a avançar novamente. Ig recuou, ficando fora de alcance. Ele não sabia por que estava recuando, não sabia por que de repente parecia imprescindível manter certo distanciamento entre ele e Lee Tourneau. Os gafanhotos zumbiam nas árvores, um zumbido terrível e enlouquecedor que permeou a cabeça de Ig.

— Ela era sua amiga, Lee — argumentou Ig enquanto se retirava para a frente do carro. — Ela confiou em você e então você a estuprou, matou e a deixou na floresta. Como você pôde fazer aquilo?

— Você entendeu errado, Ig — falou Lee, o tom de voz calmo, firme e baixo. — Eu não a estuprei. É claro que você gostaria de acreditar nisso, mas, sério, ela *queria* que eu a comesse. Ela vinha me provocando havia meses. Mandava mensagens, fazia joguinhos de palavras. Ela me dava mole pelas suas costas. Estava só esperando você ir para Londres para que enfim nosso lance pudesse rolar.

— Não — rebateu Ig, sentindo um calor enjoativo no rosto subindo por trás dos chifres. — Ela pode ter transado com outra pessoa, mas não com você, Lee.

— Ela falou para você que queria transar com outras pessoas. De quem você acha que ela estava falando? Quero dizer, sinceramente, isso parece acontecer muito com as suas namoradas, Ig. Merrin, Glenna... Mais cedo ou mais tarde todas elas acabam sentando no meu pau. — Lee abriu a boca em um sorriso agressivo e cheio de dentes, sem humor.

— Ela lutou contra você.

— Sei que você provavelmente não vai acreditar, mas Merrin também queria isso, queria que eu tomasse a iniciativa, ignorando as objeções dela. Talvez ela *precisasse* disso. Era a única maneira de superar as inibições dela. Todo mundo tem um lado obscuro. Esse era o dela. Você sabe que ela gozou quando transamos, não sabe? Lá na floresta comigo? Ela gozou forte. Acho que era uma fantasia que ela tinha, ser possuída na velha floresta sombria, com alguns arranhões e certa resistência.

— E depois uma pedra na cabeça? — perguntou Ig.

A essa altura, ele já havia recuado, dado a volta pela frente do Gremlin até o lado do carona, sendo seguido por Lee passo a passo.

— Isso também fazia parte da fantasia?

Lee parou.

— Você vai ter que perguntar ao Terry. Foi ele quem fez essa parte.
— Mentira — sussurrou Ig.
— De fato, nao existe verdade. Nenhuma que importe — disse Lee.

Ele tirou a mão esquerda da camisa. Lee usava uma cruz de ouro, que reluzia à luz do sol. Colocou-a na boca e a sugou por um momento, então a deixou cair e disse:

— Ninguém sabe o que aconteceu naquela noite. Se eu a esmaguei com a pedra, se foi o Terry ou se foi *você*... ninguém jamais vai saber o que *realmente* aconteceu. Você não vai conseguir montar um processo, e eu não vou fazer acordo com você ou com seu irmão, então o que quer?

— Quero ver você morrer desesperado e assustado no meio da lama — afirmou Ig. — Como aconteceu com Merrin.

Lee sorriu como se tivesse recebido um elogio.

— Faça isso, então — disse ele. — Vamos lá.

Lee deu um passo rápido e investiu contra Ig, que abriu a porta do carona entre os dois e a jogou na direção de Lee.

A porta bateu nas pernas de Lee com estrondo, e alguma coisa caiu no asfalto com um baque. Ig teve o vislumbre de um canivete suíço vermelho aberto girando no chão. Lee cambaleou e arfou com dificuldade, expirando com força, e Ig aproveitou a chance para entrar correndo no carro, passar por cima do banco do carona e se sentar ao volante. Ele nem se preocupou em fechar a porta.

— Eric! — gritou Lee. — Eric, ele está com uma faca!

Mas o Gremlin ganhou vida com um estouro rouco e rangente, e Ig encontrou o acelerador antes mesmo de se ajeitar no banco. O Gremlin avançou, e a porta do carona se fechou com um baque seco. Ig olhou rapidamente pelo retrovisor e viu Eric Hannity trotando pelo estacionamento, com o revólver na mão, o cano apontado para o chão.

Pedaços de asfalto voaram dos pneus traseiros e brilharam à luz do sol como novelos de ouro. Ao sair, Ig deu outra olhada no espelho retrovisor e viu Lee e Eric parados na nuvem de poeira. O olho direito bom de Lee estava fechado novamente, e ele abanava a terra com a mão. O olho esquerdo meio cego, porém, estava aberto e encarava Ig com uma espécie de fascínio fora desse mundo.

CAPÍTULO VINTE E QUATRO

ELE SE MANTEVE FORA da interestadual no caminho de volta — de volta para onde? Ig não sabia. Ele dirigiu automaticamente, sem pensar. Não tinha certeza do que acontecera com ele. Ou melhor, ele sabia o que havia acontecido, mas não o que significava. Não foi algo que Lee tivesse dito ou feito; foi o que ele não disse e não fez. Os chifres não o afetaram. De todas as pessoas com quem Ig tivera contato naquele dia, somente Lee contou para Ig apenas o que queria; a confissão fora uma decisão ponderada, não um impulso impotente.

Ig queria sair da estrada o mais rápido possível. Será que Lee iria acionar a polícia e dizer que Ig havia aparecido em um estado de loucura e o atacado com uma faca? Não, Ig não achava que ele faria isso. Lee não envolveria a lei nessa questão se pudesse evitar. Mesmo assim, Ig respeitou o limite de velocidade e olhou pelo retrovisor para ver se havia policiais em sua cola.

Ele queria manter a cabeça no lugar e sob controle, lidar com a fuga como um cara frio e fodão, mas os nervos estavam à flor da pele e a respiração era curta. Ig finalmente tinha chegado à beira da exaustão emocional. Seu sistema nervoso estava pifando. Ele não poderia continuar assim. Precisava controlar o que estava acontecendo com ele. Ig precisava de uma maldita *serra*, uma serra de dentes afiados, precisava cortar aquela coisa desgraçada de sua cabeça.

O sol batia na janela em clarões, numa repetição calmante e hipnótica. As imagens batiam da mesma forma na mente de Ig: canivete suíço aberto no chão, Vera descendo a colina na cadeira de rodas, Merrin lampejando o crucifixo na direção dele dez anos antes, a figura chifruda no monitor de segurança do gabinete do deputado, a cruz dourada brilhando à luz do verão no pescoço de Lee... Ig se contraiu de repente, e os joelhos bateram no volante. Um pensamento estranho e desagradável, uma ideia impossível, atravessou sua mente: Lee estaria usando a correntinha *dela*, teria tirado o crucifixo do cadáver de Merrin como um troféu? Só que não, pois ela não estava usando o crucifixo na última noite que passaram juntos. Ainda assim: era dela. Era apenas uma cruz de ouro como qualquer outra, sem uma marca que provasse a quem pertencia, mas ele tinha certeza de que era a mesma correntinha que Merrin usava no primeiro dia em que a vira.

Ig cofiou o cavanhaque imaginando se poderia ser tão simples assim, se a cruz de Merrin pudesse ter desligado os chifres (silenciado) de alguma forma. As cruzes eram uma arma contra os vampiros, não eram? Não, isso era besteira, era um absurdo. Ele havia entrado na casa do Senhor mais cedo, e tanto o padre Mould quanto a irmã Bennett correram para contar seus segredos e pediram permissão a Ig para pecar.

Mas o padre Mould e a irmã Bennett não estavam *dentro* da igreja. Estavam *abaixo* dela. Aquele não era um lugar sagrado. Era uma academia. Será que os dois estavam usando crucifixos, será que vestiam uma roupa que demonstrava sua fé? Ig se lembrou da cruz do padre Mould pendurada em uma das pontas da barra no supino e do pescoço vazio da irmã Bennett. O que você diz sobre *isso*, Ig Perrish? Ig Perrish disse nada; ele dirigiu.

Um Dunkin' Donuts revestido com tábuas passou à esquerda, e Ig percebeu que estava perto do bosque da cidade, não muito longe da estrada que levava à antiga fundição. Ele estava a pouco menos de um quilômetro de onde Merrin fora assassinada, o mesmo lugar aonde Ig tinha ido na noite anterior para praguejar, ter um acesso de cólera, mijar e desmaiar. Era como se todos os acontecimentos do dia tivessem desenhado um grande círculo que inevitavelmente o levaria de volta ao ponto em que ele havia começado.

Ig diminuiu a velocidade e fez a curva. O Gremlin desceu fazendo barulho a estrada de cascalho de mão única, enquanto as árvores se aproximavam de cada lado. A quinze metros da rodovia, a pista estava bloqueada por uma corrente, onde estava pendurada uma placa de proibido marcada por tiros de chumbinho. Ele saiu da estrada, passou por fora da corrente e voltou para a trilha.

Logo a fundição apareceu por entre as árvores. Localizada em um campo aberto no topo de uma colina, deveria estar bem-iluminada, mas, em vez disso, estava escura, parecia sob as sombras. Talvez uma nuvem estivesse tapando o sol; mas quando Ig espiou pelo para-brisa, viu um céu incrivelmente claro de fim de tarde.

Ele dirigiu até chegar à beira da campina em torno das ruínas da fundição e parou o carro. Deixou o motor ligado e saiu.

Quando Ig era criança, a fundição lhe parecia um castelo, saído diretamente das fábulas dos Irmãos Grimm, um lugar no meio da floresta escura onde um príncipe malvado poderia atrair uma inocente para ser morta — exatamente o que aconteceu ali, como se soube. Foi uma surpresa descobrir, como adulto, que a fundição não ficava tão para dentro da floresta, afinal de contas; talvez apenas a uns trinta metros da estrada. Ig andou até o local onde o corpo de Merrin fora encontrado e onde o memorial em nome dela era mantido por amigos e familiares. Ele conhecia o caminho, tinha estado lá muitas vezes desde a morte da namorada. Ig foi seguido por cobras, mas fingiu não notar.

A cerejeira-negra estava como ele a deixara na noite anterior. Ig havia arrancado as fotos de Merrin dos galhos. Elas jaziam espalhadas entre ervas daninhas e arbustos. A casca, uma crosta clara e escamosa, estava descascando e revelava a madeira podre e avermelhada por baixo. Ig tinha tirado o pau da calça e mijado nas ervas daninhas, nos próprios pés e no rosto da Virgem Maria de plástico que havia sido deixada em uma cavidade natural entre duas raízes mais grossas. Ele desprezava aquela imagem com seu sorriso idiota, símbolo de uma história que não significava nada, serva de um Deus que não era bom para pessoa alguma. Ig não tinha dúvida de que Merrin clamara a Deus com o coração, senão com a voz, enquanto estava ali sendo estuprada e morta. A resposta de Deus foi que, devido ao grande volume de chamadas, ela poderia esperar na ligação até morrer.

Ig olhou de relance para a estátua de Maria, começou a se virar e então voltou a olhar. A Santa Mãe parecia ter pegado fogo. A metade direita do rosto sorridente e beatífico tinha uma crosta preta, como um marshmallow torrado na fogueira. A outra metade havia escorrido como cera. Esse lado estava carrancudo e deformado. Ver Maria naquele estado provocou um breve momento de tontura em Ig, que cambaleou e meteu o pé em algo redondo e liso que rolou embaixo do calcanhar e...

...por um momento era noite, as estrelas brilhavam no alto, ele estava olhando para os galhos e as folhas que voavam suavemente e disse: "Estou te vendo aí em cima". Estava falando com quem — Deus? Cambaleou na noite quente antes de cair...

...bem de bunda na terra. Ig olhou para trás e viu que tinha pisado numa garrafa de vinho, a mesma que ele levara na noite anterior. Ig se virou, pegou e sacudiu a garrafa, e o vinho restante girou lá dentro.

Ele se levantou e inclinou a cabeça para trás a fim de dar uma olhada apreensiva nos galhos da cerejeira-negra. As folhas balançavam suavemente acima. Ig passou a língua em torno da cavidade pegajosa e de gosto ruim da boca, depois se virou e começou a voltar para o carro.

Ig passou por cima de uma ou duas cobras no caminho, ainda as ignorando. Ele abriu o vinho e deu um gole. Estava quente de um dia passado ao sol, mas Ig não se importou. Tinha o sabor de Merrin quando ele fazia sexo oral nela: um gosto de óleo e cobre. Também tinha gosto de ervas daninhas, como se de alguma forma a bebida tivesse absorvido a fragrância do próprio verão, depois de uma noite sob a árvore.

Ig dirigiu até a fundição, sacolejando suavemente na campina coberta de mato crescido. Enquanto seguia até o prédio, ele examinou a velha fundição em busca de sinais de vida. Em um dia de verão da própria infância, em uma noite quente de agosto, metade da garotada de Gideon estaria aqui, procurando descolar alguma coisa: um cigarro, uma cerveja, um beijo, uma apalpada ou uma prova da própria mortalidade na Trilha Perigosa. Mas o lugar estava vazio e isolado na última luz do dia. Talvez desde o assassinato de Merrin, os garotos não gostassem mais de dar as caras. Talvez eles pensassem que o lugar era mal-assombrado. Talvez fosse.

Ele deu a volta até os fundos do prédio e estacionou o carro em um lado da Trilha Perigosa, posicionando o Gremlin à sombra de um carvalho. Havia uma saia azul com babados, uma meia preta comprida e um sobretudo pendurados nos galhos, como se a árvore desse como frutos roupa para lavar. À frente do para-choque dianteiro, estavam os canos velhos e enferrujados que desciam até a água. Ele desligou o carro e saiu para dar uma olhada.

Ig não entrava ali havia anos, mas ainda era como ele se lembrava. A fundição estava aberta para o céu, arcos e pilares de tijolos se erguiam na luz avermelhada oblíqua. Trinta anos de pichações sobrepostas cobriam as paredes. A maioria das mensagens era incoerente, mas talvez não tivessem importância. Ig teve a impressão de que, na verdade, todas eram as mesmas: *Eu Sou; Eu Fui; Eu Quero Ser.*

Parte de uma parede havia desmoronado e Ig contornou um monte de tijolos, passando por um carrinho de mão cheio de ferramentas enferrujadas. Do outro lado do salão maior ficava a chaminé. A escotilha de ferro para o alto-forno estava entreaberta, uma abertura grande o suficiente para entrar.

Ig se aproximou e espiou um colchão e vários tocos de velas vermelhas derretidas. Um cobertor sujo e manchado que antes fora azul tinha sido empurrado para o lado do colchão. Mais para trás estavam os restos carbonizados de uma fogueira em um círculo de luz acobreada, diretamente abaixo da chaminé. Ig pegou o cobertor e cheirou. Fedia a urina velha e fumaça. Ele o deixou cair das mãos.

No caminho de volta para o carro, a fim de pegar a garrafa e o celular, Ig finalmente admitiu que estava sendo seguido por cobras. Ele podia *ouvi-las*, o sibilo que o corpo delas fazia quando se arrastavam pela grama seca: quase uma dúzia ao todo. Ig agarrou um pedaço de concreto velho entre as ervas daninhas, se virou e jogou nelas. Uma cobra se desviou sem esforço. Nenhuma foi atingida. As cobras ficaram paradas, olhando para Ig na última luz do dia.

Ele tentou não olhar para elas, mas para o carro; uma cobra-de-esculápio de meio metro caiu do carvalho e atingiu o capô do Gremlin com um baque metálico. Ig recuou com um grito, depois avançou contra o animal e o pegou para tirá-lo dali.

Ig pensou que tinha agarrado a cobra pela cabeça, mas foi mais abaixo, no meio do corpo, e o réptil se retorceu e cravou os dentes em sua mão. Foi como ser grampeado na carne do polegar. Ele grunhiu e jogou a cobra no mato. Ig enfiou o polegar na boca e sentiu o gosto de sangue. Não estava preocupado com veneno. Não havia cobras venenosas em New Hampshire. Quer dizer, não exatamente. Dale Williams gostava de levar Ig e Merrin para fazer trilha nas Montanhas Brancas e alertou para ficarem atentos às cascavéis. Mas ele sempre dava esse aviso com bom humor, com as bochechas rechonchudas em tom de vermelho-vivo, e Ig nunca tinha ouvido mais ninguém falar de cascavéis em New Hampshire.

Ele girou e se virou para a comitiva de répteis. Havia quase vinte.

— Saiam de perto de mim, porra! — rugiu Ig para elas.

As cobras travaram, observando Ig da grama alta com olhos ávidos, fendidos e dourados... e então começaram a se espalhar, virando para o lado e entrando no mato. Ig pensou ter visto algumas delas lhe lançarem olhares ressentidos ao partir.

Ele caminhou em direção à fundição e ergueu o corpo para passar por uma porta alta. Virou-se para dar uma última olhada no crepúsculo, que se tornava mais intenso. Uma única cobra não obedeceu à ordem e o seguiu por todo o caminho de volta às ruínas. Ela se agitava inquieta bem abaixo de Ig, era uma cobra pequena, não venenosa e com marcas sutis, que olhava animada e ansiosa como uma fã embaixo da varanda de um astro de rock, desesperada para ser vista e reconhecida.

— Vá jiboiar em outro lugar! — gritou ele.

Talvez Ig estivesse imaginando coisas, mas ela pareceu se contorcer ainda mais rápido, quase em êxtase. Aquilo lhe lembrou de espermatozoides subindo pelo canal vaginal, a energia erótica disparada — uma linha de raciocínio desconcertante. Ele se virou e saiu dali o mais rápido possível, sem correr.

ELE FICOU SENTADO NA fornalha com a garrafa e, a cada gole de vinho, a escuridão que o cercava se expandia, se tornando mais exuberante. Quando a última dose de Merlot se foi e não havia mais sentido em sugar a garrafa, Ig chupou o dedo dolorido e picado de cobra.

Não considerou dormir no Gremlin — tinha más lembranças da última vez que adormeceu lá e, de qualquer forma, não queria acordar com um cobertor de cobras no para-brisa.

Precisava encontrar um jeito de acender as velas, mas achava que não valia a pena ir até o carro pegar o isqueiro. Não queria andar em meio a um bando de cobras no escuro. Tinha certeza de que elas ainda estavam lá.

Ig achou que poderia haver um isqueiro ou uma caixa de fósforos em algum lugar da fornalha e enfiou a mão no bolso para pegar o celular, pensando que poderia usar a luz da tela para procurar. Mas, quando colocou a mão no bolso, encontrou outra coisa junto com o telefone, uma caixinha de papelão que parecia, mas não poderia ser...

Uma caixa de fósforos. Ele a retirou do bolso e olhou para ela, sentindo um arrepio lhe percorrer a espinha, e não apenas porque não fumava e não sabia como tinha conseguido aquela caixa de fósforos em especial.

FÓSFOROS LÚCIFER, dizia a inscrição ornamentada em letras pretas, com a silhueta de um diabo preto saltitante, a cabeça jogada para trás, o cavanhaque curvo no queixo, os chifres apontando para o céu.

E por um momento lá estava outra vez, tentadoramente próxima, o que tinha acontecido na noite anterior, o que ele tinha feito, mas, quando Ig quis agarrar a imagem, ela escapou. Era tão escorregadia e difícil de pegar quanto uma cobra no mato.

Ele abriu a caixinha de Fósforos Lúcifer. Havia algumas dezenas de palitos com cabeças preto-arroxeadas de aparência maligna. Fósforos grandes e grossos, como os que se usam na cozinha. Exalavam um cheiro de ovo podre, e Ig pensou que deviam ser velhos, tão velhos que seria um milagre se conseguisse acendê-los. Ele riscou um pela faixa de acendimento, e o fósforo ganhou vida na primeira tentativa.

Ig começou a acender as velas. Eram seis ao todo, dispostas em um semicírculo irregular. Um momento depois, elas jogaram uma luz avermelhada nos tijolos, e ele viu a própria sombra no telhado curvo acima de si. Os chifres eram inconfundíveis, a característica mais marcante de sua sombra. Quando olhou para baixo, Ig percebeu que o fósforo havia queimado e se apagado em seus dedos. Ele não tinha notado nem sentido dor enquanto o fósforo lhe queimava a pele. Ig esfregou o polegar e o indicador e observou os restos enegrecidos do palito de fósforo se desfazerem. O polegar não doía mais onde a cobra havia mordido. À meia-luz, ele não conseguia nem encontrar o ferimento.

Ig se perguntou que horas seriam. Ele não usava relógio, mas tinha um celular e ligou o aparelho novamente para ver que eram quase nove. Estava com a bateria fraca e cinco mensagens. Ig levou o telefone ao ouvido.

O primeiro recado: "Ig, é Terry. Vera está no hospital. O freio da cadeira de rodas falhou e ela rolou colina abaixo e bateu na cerca. Tem sorte de estar viva. Ela quebrou a porra da cara, além de algumas costelas. Eles a deixaram na UTI, e ainda é cedo para ficar bêbado. Me ligue".

O irmão se foi em um clique. Nenhuma menção ao encontro dos dois na cozinha naquela manhã, mas isso não surpreendeu Ig. Para Terry, aquilo não acontecera.

O segundo: "Ig. É mamãe. Eu sei que Terry lhe contou sobre Vera. Os médicos a mantiveram inconsciente e no soro com morfina, mas pelo menos está estável. Falei com Glenna. Ela não sabia de você. Me ligue. Sei que conversamos mais cedo hoje, mas minha cabeça está confusa e não consigo me lembrar quando foi ou sobre o que conversamos. Eu amo você".

Ig riu daquilo. As coisas que as pessoas diziam. Como era fácil mentir para os outros, para si mesmas.

O terceiro: "Ei, garoto. Papai. Você já deve estar sabendo que sua avó Vera atravessou a cerca como um caminhão desgovernado. Eu tinha me deitado para tirar um cochilo à tarde e, quando acordei, havia uma ambulância no jardim. É melhor levar um papo com sua mãe. Ela está muito perturbada". O pai fez uma pausa, então continuou: "Tive um sonho muito engraçado com você".

O quarto recado era de Glenna: "Sua avó está na emergência. A cadeira de rodas dela saiu de controle, e ela rolou e bateu na cerca da sua casa. Não sei onde você está ou o que está fazendo. Seu irmão passou aqui te procurando. Quando ouvir este recado, saiba que sua família está precisando de você. Você deveria ir até o hospital". Glenna deu um pequeno arroto. "*Unh*. Desculpe. Comi uma daquelas rosquinhas de supermercado hoje de manhã e acho que estava estragada. Se é que uma rosquinha de supermercado *pode* estragar. Meu estômago doeu o dia todo." Depois de outra pausa, ela disse: "Eu iria ao hospital com você, mas nunca conheci sua avó e mal conheço seus pais. Fiquei pensando em como é estranho eu não os conhecer. Ou não. Talvez não seja estranho. Você é o cara mais legal do mundo, Ig. Sempre achei isso. Mas, no fundo, acho que você tem vergonha de estar comigo depois de todos aqueles anos com *ela*. Porque ela era tão pura e boa e nunca cometia erros, enquanto eu sou toda errada e cheia de maus hábitos. Não posso culpá-lo, sabe. Por ter vergonha. Se serve de consolo, eu também não tenho uma opinião muito boa a meu respeito. Estou preocupada com você, amigo. Cuide da sua avó. E de você mesmo".

A mensagem de Glenna pegou Ig desprevenido — ou talvez tenha sido sua própria reação que o pegou desprevenido. Ele estava preparado para desprezá-la, para odiá-la, mas não para lembrar por que gostava dela. Glenna tinha sido liberal com o apartamento e com o próprio corpo, não o condenou por sua autocomiseração e sua obsessão pela namorada morta. E era verdade: Ig estava com ela porque, de alguma forma, era bom estar perto de alguém tão ferrado quanto ele, alguém para quem Ig podia olhar com desprezo. Glenna era uma maluca de bom coração. Ela tinha uma tatuagem do coelhinho da Playboy que não se lembrava de ter feito — estava bêbada demais — e contava histórias de quando levou spray de pimenta de policiais e brigou em shows. Glenna teve meia dúzia de relacionamentos, todos ruins: um homem casado, um traficante de drogas abusivo, um cara que tirou fotos dela e mostrou para os amigos... e é claro que havia Lee.

Ele pensou na confissão que Glenna fez naquela manhã, que Lee que fora sua primeira paixão, que cometeu um roubo por ela. Ig não imaginava que poderia ser sexualmente possessivo em relação a Glenna — nunca acreditou que o relacionamento deles estava caminhando para algum lugar ou que era exclusivo de alguma forma. Os dois apenas dividiam o apartamento e transavam, não eram realmente um casal com futuro... mas a imagem de Glenna de joelhos diante de Lee Tourneau enquanto o chupava fez Ig se sentir fraco, com uma repulsa que beirava o horror moral. A ideia de Lee Tourneau minimamente perto de Glenna lhe provocou nojo e medo por ela, mas ele não tinha tempo para pensar nisso.

O celular estava reproduzindo o último recado e, um instante depois, Terry estava falando ao ouvido de Ig novamente: "Ainda no hospital", avisou ele. "Sinceramente, estou mais preocupado com você do que com Vera. Ninguém sabe onde você se meteu, e você não atende essa porra de telefone. Passei no apartamento te procurando. Glenna disse que não vê você desde ontem. Vocês brigaram? Ela não parecia muito bem."

Terry fez uma pausa e, quando falou de novo, parecia estar medindo as palavras, selecionadas com uma cautela antinatural: "Eu sei que conversei com você em algum momento, mas não lembro se marcamos de fazer alguma coisa. Não sei. Estou meio confuso. Me dê uma ligada quando receber esta mensagem. Me fale onde você está".

Ig achou que o recado tinha acabado. Pensou que Terry logo desligaria. Em vez disso, o irmão respirou fundo e, com uma voz rouca e assustada, disse: "Por que não consigo me lembrar do que falamos na última vez em que conversamos?".

CADA VELA LANÇAVA A própria sombra no telhado curvo, de modo que as silhuetas pretas de seis diabos se aglomeravam acima de Ig, reunidas em volta do caixão. Os diabos se moviam de um lado para outro em um canto fúnebre que só eles conseguiam ouvir.

Ig mordeu o lábio inferior, preocupado com Glenna, imaginando se Lee Tourneau a visitaria naquela noite procurando por ele. Quando telefonou para ela, a ligação caiu direto na caixa postal. Ele não deixou recado; não sabia o que dizer. *Ei, gata, não vou para casa hoje à noite... Quero dar um tempo até descobrir o que fazer com os chifres que estão crescendo na minha cabeça. Ah, a propósito, não chupe o pau do Lee Tourneau hoje à noite. Ele não é um cara legal.* Se não estava atendendo, Glenna já devia ter ido dormir. Ela disse que não estava se sentindo bem. Chega, então. Deixe para lá. Lee não iria bater à porta de Glenna à meia-noite com um machado em punho. Seria melhor para Lee eliminar a ameaça que Ig representava sem se expor e sem correr riscos.

Ig levou a garrafa aos lábios, mas não saiu nada. Ele a tinha esvaziado havia um bom tempo, por isso ela continuava vazia naquele momento. Isso o irritou. Já era ruim ser exilado da humanidade, ainda por cima sóbrio. Ig se virou para jogá-la fora, mas se conteve ao olhar pela porta aberta da fornalha.

As cobras haviam conseguido entrar na fundição, e eram tantas que ele perdeu o fôlego. Será que havia cem delas ali? Ig pensou que talvez fossem mesmo cem cobras, um emaranhado agitado que encarava a porta da fornalha com olhos pretos brilhantes e ávidos à luz das velas. Após um momento de hesitação, ele lançou a garrafa, que se espatifou no chão diante delas, espalhando vários cacos de vidro. A maioria se arrastou para longe e desapareceu nas pilhas de tijolos ou por uma das várias portas. Algumas, no entanto, apenas recuaram um pouco e ficaram paradas, encarando Ig de forma quase acusatória.

Ele bateu a porta na cara delas, se jogou na cama imunda e puxou o cobertor sobre o corpo. Seus pensamentos eram uma profusão de ruídos raivosos — pessoas gritando com ele, confessando pecados e pedindo permissão para cometer mais —, e Ig achou que não conseguiria dormir, mas o sono o encontrou, enfiou um saco preto em sua cabeça e sufocou sua consciência. Por seis horas foi como se ele estivesse morto.

CAPÍTULO VINTE E CINCO

IGGY ACORDOU NA FORNALHA, enrolado no cobertor velho e manchado de urina. Estava fresco no fundo da chaminé, e ele se sentiu forte e bem disposto. Quando recuperou a consciência, Ig teve um pensamento, o pensamento mais feliz de sua vida. Ele tinha sonhado com tudo aquilo. Com tudo o que havia acontecido no dia anterior.

Ig estava bêbado e infeliz, mijou na cruz e na Virgem Maria, amaldiçoou Deus e a própria vida, foi consumido por uma fúria aniquiladora, sim; tudo isso tinha acontecido. Então, ele cambaleou até a fundição e desmaiou. O resto não passou de um pesadelo especialmente intenso e vívido: ter descoberto chifres crescendo na cabeça; ter ouvido confissões horríveis, uma após a outra, levando ao pior de tudo, ao terrível e impossível segredo de Terry; ter afrouxado o freio da cadeira de rodas e empurrado Vera morro abaixo; ter visitado o gabinete do deputado e confrontado Lee Tourneau e Eric Hannity; e então ter se estabelecido ali na fundição e se escondido de uma multidão de serpentes apaixonadas dentro do alto-forno moribundo.

Suspirando de alívio, Ig levou as mãos às têmporas. Os chifres estavam duros como ossos e emitiam um calor febril desagradável. Ele abriu a boca para gritar, mas alguém foi mais rápido.

A escotilha de ferro e as paredes curvas de tijolo abafavam o som, mas, a distância, ele ouviu um grito agudo e angustiado, seguido de risos. Era uma menina. Ela gritou *"Por favor!"* e em seguida *"Não, pare!"*. Ig empurrou a porta de ferro do alto-forno, a pulsação disparada.

Ig saiu pela escotilha e entrou na luz clara e nítida da manhã de agosto. Outro grito vacilante de medo — ou dor — veio da esquerda, por uma passagem que levava para fora. Em algum nível semiconsciente, Ig registrou um tom gutural e rouco no grito e entendeu que não era uma menina, e sim um menino, cuja voz estava estridente de pânico. Ig não reduziu a velocidade, mas correu descalço pelo concreto, passando pelo carrinho de mão cheio de ferramentas velhas e enferrujadas. Ele agarrou o primeiro instrumento que estava à mão sem parar para avaliar o objeto, apenas queria algo para golpear.

Eles estavam do lado de fora, no asfalto: três de roupa e um de samba-canção branca, muito pequena para o seu tamanho, com rastros de lama. O menino de cueca, esquelético e comprido no torso, devia ter apenas treze anos. Os outros eram mais velhos, calouros ou veteranos do Ensino Médio.

Um deles, um moleque com a cabeça raspada em forma de lâmpada, estava sentado em cima do garoto quase nu, fumando um cigarro. Alguns passos atrás, havia um garoto gordo vestindo uma regata. Com o rosto suado e alegre, ele saltitava, os peitos de gordo balançando. O mais velho dos garotos estava à esquerda, segurando pelo rabo uma pequena cobra que se contorcia. Ig a reconheceu — impossível, mas era verdade — como aquela que lhe lançara olhares de desejo no dia anterior. Ela se contorceu, tentando se erguer o suficiente para morder o garoto que a agarrava, mas não conseguiu. Esse terceiro moleque tinha um tesourão de jardim na outra mão. Ig ficou parado atrás deles, na passagem, observando a molecada a quase dois metros do chão.

— *Chega!* — gritou o menino de cueca. O rosto dele estava sujo, mas linhas claras de pele rosada se destacavam onde as lágrimas haviam aberto trilhas na terra. — *Pare, Jesse! Já chega!*

O fumante, Jesse, sentado em cima dele, jogou cinza quente no rosto do menino.

— Cale a boca, arrombado. Eu é que sei quando já chega.

Arrombado já tinha sido queimado com o cigarro várias vezes. Ig enxergou três pontos vermelhos e brilhantes de tecido inflamado no peito. Jesse passou a ponta do cigarro por cada marca de queimadura, segurando-o a apenas alguns centímetros da pele de Arrombado. A brasa brilhante traçou um triângulo irregular.

— Sabe por que desenhei um triângulo? — perguntou Jesse. — Era assim que os nazistas marcavam um veado. Essa é a *sua* marca. Eu não ia fazer uma coisa assim tão ruim, mas você tinha que gritar como se estivesse levando na bunda. Além disso, seu hálito cheira a pau recém-chupado.

— Rá! — exclamou o gordo. — Essa foi boa, Jesse!

— Eu tenho exatamente o que você precisa para tirar esse cheiro de pau — disse o garoto com a cobra. — Uma coisa para lavar sua boca.

Enquanto falava, o terceiro moleque ergueu as lâminas abertas do tesourão, colocou atrás da cabeça da cobra e, operando as alças com uma das mãos, cortou a cabeça dela com um estalo úmido. A cabeça em forma de diamante quicou no asfalto. Parecia dura, como uma bola de borracha. O tronco da cobra estremeceu e se contorceu, enrolou-se em si mesmo e depois se desenrolou em uma série de espasmos fortes.

— *Uaaaaaau!* — gritou Gordo, saltitando. — Você *decapetou* essa filha da puta, Rory!

Rory se agachou ao lado de Arrombado. O sangue saía da cobra em rápidos jatos.

— Chupe — ordenou Rory, empurrando a cobra para cima do rosto de Arrombado. — Você só precisa chupar, aí o Jesse para.

Jesse riu e deu uma tragada forte no cigarro, de modo que a brasa na ponta ganhou um tom vermelho intenso e venenoso.

— *Chega* — gritou Ig, a própria voz irreconhecível, grave e ressonante que parecia vir do fundo de uma chaminé. Quando ele falou, o cigarro na boca de Jesse estourou como um fogo de artifício, subindo em um lampejo branco.

Jesse gritou, saltou de cima de Arrombado e caiu na grama alta. Ig pulou do patamar de cimento para o mato e cravou o cabo da ferramenta que segurava na barriga do Gordo. Foi como cutucar um pneu, uma resistência elástica e dura que subiu pelo cabo. Gordo tossiu e deu meia-volta.

Ig se virou e apontou a extremidade da ferramenta para o garoto chamado Rory. Rory largou o corpo da cobra. Ela caiu no asfalto e se contorceu desesperadamente, como se ainda estivesse viva e tentasse fugir.

Rory se levantou lentamente e deu um passo para trás em uma pilha baixa de tábuas, latas velhas e arame enferrujado. Ele escorregou no lixo, cambaleou e caiu sentado. O garoto olhou para o que Ig estava apontando para ele: um antigo forcado com três dentes curvos e enferrujados.

Ig sentiu uma pontada nos pulmões, uma queimação como a que sentia muitas vezes quando estava prestes a ter uma crise de asma.

Ele exalou, tentando soltar o aperto no peito. Fumaça jorrou das narinas. Pelo canto do olho, Ig viu o menino de samba-canção se apoiar em um joelho e limpar o rosto com as duas mãos, tremendo nas cuecas justas.

— Eu quero correr — admitiu Jesse.

— Eu também — falou o Gordo.

— Vamos deixar Rory aqui para morrer sozinho — determinou Jesse. — Ele nunca fez algo bom pela gente mesmo...

— Ele me arrumou uma detenção de duas semanas por inundar o banheiro da escola, e eu nem entupi os vasos sanitários — confessou o Gordo. — Eu só fiquei lá parado. Então, foda-se ele. Eu quero viver!

— Então é melhor vocês correrem — disse Ig para os moleques, e Jesse e Gordo se viraram e saíram correndo em direção ao bosque.

Ig baixou o forcado, cravou as pontas no chão, se apoiou no cabo e olhou para o adolescente sentado no monte de lixo. Rory não tentou se levantar, mas devolveu o olhar com olhos grandes e fascinados.

— Me conte a pior coisa que você já fez, Rory — pediu Ig. — Quero saber se este é o mais fundo a que você chegou ou se já fez coisa pior.

De forma automática, Rory respondeu:

— Eu roubei quarenta dólares da minha mãe para comprar cerveja, e meu irmão mais velho, John, bateu nela quando minha mãe disse que não sabia o que havia acontecido com o dinheiro. Johnnie achou que ela tinha gastado tudo com raspadinha e estava mentindo para ele, e eu não revelei a verdade porque estava com medo de que ele batesse em mim também. O jeito como ele bateu nela pareceu alguém chutando uma melancia. O rosto ainda não sarou, e eu me sinto mal sempre que vou lhe dar um beijo de boa-noite. — Enquanto ele narrava, uma mancha escura começou a se espalhar pela virilha do short jeans de Rory. — Você vai me matar?

— Hoje, não — disse Ig. — Vá embora. Eu te liberto.

O cheiro da urina de Rory o assustou, mas ele não deixou transparecer.

Rory se levantou outra vez. As pernas tremiam visivelmente. Ele andou de lado e começou a recuar em direção ao limite do bosque, de costas, mantendo o olhar fixo em Ig e no forcado. Rory não estava prestando atenção no caminho e quase tropeçou em Arrombado, que ainda estava sentado no chão de cueca e um par de tênis desamarrado. Arrombado segurava um bolo de roupas sujas contra o peito e encarava Ig com o mesmo olhar que ele lançaria para algo morto e doente, uma carcaça ressequida por infecção.

— Quer ajuda para se levantar? — perguntou Ig, dando um passo na direção dele.

Arrombado se levantou de um salto e recuou.

— Fique longe de mim.

— Não deixe que ele toque em você — aconselhou Rory.

Ig encarou Arrombado e, com a voz mais paciente possível, disse:

— Eu só estava tentando ajudar.

O lábio superior de Arrombado estava retraído em um careta de repugnância, mas os olhos tinham a expressão atordoada e distante com a qual Ig já estava se acostumando — o olhar que indicava que os chifres estavam exercendo sua influência.

— Você não ajudou — retrucou Arrombado. — Você fodeu com tudo.

— Eles estavam queimando você — disse Ig.

— E daí? Todos os calouros que entram para a equipe de natação são marcados. Eu só tinha que chupar uma cobrinha para mostrar que curto o gosto de sangue e assim ficar na boa com eles. Aí você chegou e estragou tudo.

— Vão para o inferno. Vocês dois.

Rory e Arrombado correram. Os outros dois esperavam por eles no limite do bosque e, quando Rory e Arrombado apareceram, todos pararam por um momento, na penumbra com cheiro de pinho sob as árvores.

— O que é aquilo? — perguntou Jesse.

— Assustador — respondeu Rory. — Ele é assustador.

— Eu só quero ir embora — falou Gordo — e esquecer tudo isso.

Ig teve uma ideia. Deu um passo à frente e chamou os garotos.

— Não. Não se esqueçam. Lembrem-se de que este lugar é assombrado. Contem para que todo mundo saiba. Digam que devem ficar longe da velha fundição. Isso tudo aqui é meu agora.

Ele se perguntou se estava dentro do escopo de seus novos poderes persuadi-los a *não* esquecerem, visto que as outras pessoas pareciam esquecê-lo. Como Ig conseguia ser muito persuasivo em outras situações, talvez pudesse dar um jeito ali também.

Os meninos o encararam espantados por mais um momento, e então Gordo cedeu e correu, e os demais foram atrás dele. Ig ficou olhando até os moleques irem embora. A seguir, espetou a cobra "decapetada" com a ponta do forcado — o sangue pingava continuamente de seu corpo — e a levou para a fundição, onde a enterrou sob um monte de tijolos.

CAPÍTULO VINTE E SEIS

NO MEIO DA MANHÃ, ele entrou na floresta para cagar e se acocorou ao lado de um toco, com o short arriado até os tornozelos. Quando foi vestir o short, havia uma cobra não venenosa de trinta centímetros enrolada dentro da cueca. Ig gritou, agarrou o réptil e o jogou no meio das folhas.

Ele se limpou com um jornal velho, mas, como ainda se sentia sujo, desceu a Trilha Perigosa para mergulhar pelado. O rio estava deliciosamente frio contra a pele nua, e Ig fechou os olhos, tomando impulso para longe da margem e deslizando corrente adentro. Os gafanhotos zumbiam, produzindo uma harmonia que crescia e diminuía, crescia e diminuía, como uma respiração. Ele respirava com facilidade, mas, quando abriu os olhos, viu cobras-d'água passando como torpedos embaixo de si, gritou novamente e voltou depressa para a margem. Ig pisou com cuidado no que pensava ser um tronco comprido e amolecido pela água, depois pulou e estremeceu quando o tronco deslizou pela grama molhada — era uma cobra-de-esculápio do tamanho dele.

Ig recuou até a fundição para escapar das cobras, mas não havia como escapar. Ele observou, agachado na fornalha, os répteis se reunindo no chão além da escotilha, entrando por buracos na argamassa entre os tijolos, caindo pelas janelas abertas. Era como se o salão além do alto-forno fosse uma banheira e as torneiras jorrassem cobras frias e quentes. Elas entravam e se derramavam pelo chão, como uma massa líquida e ondulante.

Ig olhou para as cobras com tristeza. Em sua cabeça ecoava um zumbido nervoso que correspondia em tom e urgência ao zum-zum-zum dos gafanhotos. A floresta estava tomada pelas canções dos gafanhotos, os machos chamando as fêmeas com aquela única transmissão enlouquecedora que nunca cessava.

Os chifres. Os chifres estavam irradiando um sinal, assim como a melodia fodida dos gafanhotos. Eles transmitiam uma chamada contínua na WSNK, Rádio Cobra: *A próxima música é para todos os amantes que trocam de pele por aí.* E entrava "Tube Snake Boogie". Os chifres faziam sair das sombras tanto as cobras quanto os pecadores, convocando-os para fora do esconderijo.

Ig considerou, não pela primeira vez, serrar os chifres. Havia uma serra dentada comprida e enferrujada no carrinho de mão. Mas eles eram parte de seu corpo, fundidos ao crânio, unidos ao resto do esqueleto. Ele pressionou o polegar na ponta do chifre esquerdo até sentir uma agulhada. Recolheu a mão e viu uma gota de sangue vermelho-rubi. Os chifres eram a coisa mais real e genuína em seu mundo naquele momento, e Ig tentou se imaginar serrando-os. Ele estremeceu com o pensamento, visualizou o sangue jorrando, a dor dilacerante. Seria como passar a serra pelo tornozelo. A remoção dos chifres exigiria drogas pesadas e um cirurgião.

Só que qualquer cirurgião exposto aos chifres daria as drogas para a enfermeira e transaria com ela na mesa de cirurgia depois que a mulher desmaiasse. Ig precisava parar o sinal sem cortar partes do corpo, precisava tirar a Rádio Cobra do ar, de alguma forma.

Tirando isso, o segundo melhor plano de Ig era ir aonde as cobras não estavam. Ele não comia havia doze horas, e Glenna trabalhava no salão nas manhãs de sábado, fazendo cabelos e depilando sobrancelhas. Ela não estaria em casa, então Ig teria o apartamento e a geladeira de Glenna só para si. Além disso, ele havia deixado dinheiro e a maior parte de suas roupas lá. Talvez pudesse deixar um recado para ela: *"Querida Glenna — passei para comer um sanduíche, peguei algumas coisas, vou passar um tempo fora. Evite Lee Tourneau, ele matou minha última namorada. Com amor, Ig".*

ELE ENTROU NO GREMLIN e saltou do carro quinze minutos depois na esquina em frente ao prédio de Glenna. O calor o atingiu; foi como abrir a porta de um forno pré-aquecido. Ig não se importou, no entanto.

Ele se perguntou se deveria ter dado a volta no quarteirão algumas vezes, para se certificar de que não havia policiais à espreita, prontos para prendê-lo por puxar uma faca na cara de Lee Tourneau no dia anterior.

Ig então considerou que preferia apenas entrar e arriscar. Se Sturtz e Posada estivessem esperando por ele, Ig usaria os chifres nos dois, mandaria que fizessem sexo oral um no outro. O pensamento o fez sorrir.

Mas não havia nem sequer uma pessoa no saguão, exceto a própria sombra, chifruda e com 3,5 metros, guiando pelo caminho até o último andar. Glenna tinha deixado a porta destrancada, o que não era um hábito dela. Ig se perguntou se Glenna estava distraída quando saiu do prédio, se estava preocupada com ele, imaginando por onde ele andaria. Ou talvez ela apenas tivesse dormido demais e saído com pressa. Bem provável que fosse isso. Ig era o despertador dela, quem a sacudia para acordá-la e preparava o café. Glenna não gostava de acordar cedo.

Ig abriu a porta devagar. Ele tinha saído dali na manhã do dia anterior e, no entanto, ao olhar para o apartamento, sentiu-se como se nunca tivesse morado ali e estivesse vendo os aposentos de Glenna pela primeira vez. A mobília era barata, de venda de garagem: um sofá de veludo cotelê manchado de segunda mão, um pufe rasgado com o enchimento sintético saindo. Quase não havia qualquer coisa dele naquele lugar, nenhuma foto ou itens pessoais, apenas alguns livros de bolso na prateleira, alguns CDs e um remo envernizado. O remo era de seu último verão no Acampamento Galileia — ele ensinara arremesso de dardo —, quando foi eleito o Monitor do Ano. Todos os outros monitores haviam autografado o remo, assim como as crianças de sua cabana. Ig não conseguia lembrar como aquilo tinha ido parar ali ou o que ele pretendia fazer com o remo.

Ele olhou para a cozinha ao passar pela meia parede que a separava da sala. Havia uma caixa de pizza vazia em cima da bancada suja de migalhas. A pia estava cheia de pratos lascados. Moscas zumbiam acima deles.

De vez em quando, Glenna comentava que eles precisavam de pratos novos, mas Ig não tinha captado o recado. Ele tentou se lembrar se alguma vez comprara algo bacana para Glenna. A única coisa que lhe veio à cabeça foi cerveja. Quando ela estava no colégio, Lee Tourneau pelo menos fez a gentileza de roubar uma jaqueta de couro e dar para ela. Ig ficou enojado ao pensar que Lee fora um homem melhor do que ele.

Ig não queria Lee dentro de sua cabeça, fazendo-o se sentir impuro. Pretendia apenas preparar um café da manhã leve, arrumar as malas, limpar a cozinha, escrever um bilhete e partir — nessa ordem. Não queria estar ali se alguém fosse procurá-lo: os pais, o irmão, a polícia, Lee Tourneau. Era mais seguro na fundição, onde a probabilidade de encontrar outra pessoa era baixa. E, de qualquer maneira, a atmosfera sombria e silenciosa do apartamento e o ar úmido e pesado estavam lhe fazendo mal. Ig nunca percebera como era tão úmido aquele lugar. Por outro lado, as cortinas estavam fechadas, Ig não sabia por quê. Elas não eram fachadas havia meses.

Ele encontrou uma panela, encheu de água, levou-a ao fogão e ligou a chama no máximo. Restavam apenas dois ovos. Ig os colocou na água e os deixou cozinhando. Percorreu o curto corredor até o quarto, contornando uma saia e uma calcinha que Glenna havia largado no chão. As cortinas do quarto também estavam fechadas, embora isso fosse normal. Ele não se preocupou em acender as luzes, não precisava ver. Sabia onde estava tudo.

Ig se virou para a cômoda e hesitou, franzindo a testa. As gavetas estavam todas abertas, as dela e as dele. Ig não compreendeu, pois nunca deixava as gavetas daquele jeito. Ele se perguntou se alguém havia mexido em suas coisas — Terry talvez, tentando descobrir o que havia acontecido com ele. Mas não, Terry não bancaria o detetive particular daquele jeito. Ig viu as peças se encaixando para formar a imagem maior: a porta da frente destrancada, as cortinas fechadas para que ninguém pudesse ver o interior do apartamento, a cômoda revirada. Todas essas coisas se encaixavam de alguma forma, mas, antes que pudesse descobrir como, ele ouviu o barulho da descarga do vaso sanitário no banheiro.

Ig levou um susto, pois não tinha visto o carro de Glenna no estacionamento na lateral do prédio, então não conseguia imaginar por que ela estaria em casa. Ele já ia abrir a boca para chamá-la, informá-la de que estava ali, quando a porta se abriu e Eric Hannity saiu.

Ele segurava a calça com uma das mãos e tinha uma revista na outra, uma *Rolling Stone*. Eric ergueu o olhar e encarou Ig, que o fitou de volta. Eric deixou a *Rolling Stone* escorregar e cair no chão. Ajeitou a calça e afivelou o cinto. Por algum motivo, ele estava usando luvas de látex azuis.

— O que você está fazendo aqui? — perguntou Ig.

Eric tirou do cinto um cassetete de madeira, cor de cerejeira-negra.

— Bem — começou Eric —, Lee quer ter uma conversinha com você. Você falou o que quis no outro dia, mas ele, não. E você conhece Lee Tourneau. Ele gosta de dar a última palavra.

— Ele mandou você?

— Só para vigiar o apartamento. Ver se você dava uma passada. — Eric franziu a testa. — Foi a pior coisa você ter aparecido lá no gabinete do deputado. Acho que esses seus chifres foderam com a minha cabeça. Até ver você agora, eu não me lembrava de que você tinha chifres. Lee comentou que você e eu conversamos ontem, mas não tenho ideia do assunto.

Ele balançou o cassetete na mão direita lentamente para a frente e para trás.

— Não que isso importe. A maior parte das conversas não passa de besteira. Lee gosta de mandar. Eu gosto de executar.

— O que você ia executar? — indagou Ig.

— Você.

Os rins de Ig pareciam flutuar em água fria.

— Eu vou gritar.

— É — falou Eric. — Eu meio que estava esperando por isso.

Ig correu para a porta. A saída, porém, ficava na mesma parede que a porta do banheiro, e Eric se lançou para a direita. Ig acelerou, encolheu-se para longe de Eric e tentou passar pela porta diante de si, enquanto uma conclusão terrível surgiu em sua mente: *Não vou conseguir*. Eric tinha o taco de cerejeira debaixo do braço, como se fosse uma bola de futebol e ele estivesse prestes a correr para receber um passe.

Os pés de Ig se embolaram em alguma coisa e, quando ele tentou andar, não conseguiu. Os tornozelos travaram, e ele caiu sem equilíbrio. Eric golpeou com o cassetete, e Ig ouviu o assobio baixo da arma passando atrás de sua cabeça e, a seguir, um estrondo quando o cassetete atingiu o umbral da porta e arrancou um pedaço de madeira do tamanho do punho de um bebê.

Ig ergueu os antebraços pouco antes de cair no chão, o que provavelmente evitou que ele quebrasse o nariz pela segunda vez na vida. Ele olhou por baixo do corpo, entre os cotovelos, e viu que os pés ficaram presos na calcinha de seda preta com estampa de diabinhos. Ig já estava chutando para se livrar da calcinha. Sentiu Eric se aproximando por trás e sabia que, se tentasse se levantar, levaria o taco na nuca. Não tentou ficar de pé; agarrou o chão e se lançou à frente em uma espécie de corrida louca. O agente da lei meteu seu coturno tamanho 47 na bunda de Ig e o empurrou, e Ig caiu de queixo no chão. Ele escorregou de cara no piso de pinho envernizado. Um dos ombros bateu no remo que estava encostado na parede, que caiu em cima dele.

Ig rolou e pegou o remo às cegas para tentar tirá-lo dali, de maneira que pudesse se levantar. Eric Hannity veio para cima dele com o cassetete erguido novamente. Seus olhos estavam vazios e o rosto, sem expressão, como quando alguém estava sob a influência dos chifres. Eles eram bons em obrigar as pessoas a realizarem coisas terríveis, e Ig já tinha compreendido que eram um convite para Eric fazer o pior que ele era capaz.

Ig se moveu sem pensar, segurando o remo com as duas mãos, quase como uma oferenda. Seus olhos se fixaram em algo escrito no cabo: "Para Ig, de seu melhor amigo, Lee Tourneau. Aqui está uma coisa para a próxima vez que você for ao rio".

Eric desceu o cassetete. A arma partiu o remo em dois, no ponto mais estreito do cabo, e a pá saltou no ar e acertou Eric no rosto. Ele grunhiu e deu um passo desequilibrado para trás. Ig jogou o cabo nodoso na cabeça de Eric. O remo atingiu Hannity acima do olho direito e ricocheteou, dando tempo suficiente para Ig se erguer com os cotovelos e ficar de pé.

Ig não imaginava que Eric se recuperaria tão rápido, mas Hannity atacou-o novamente, assim que ele se levantou, dando outro golpe com o cassetete. Ig pulou para trás. A extremidade do taco esfregou no corpo de Ig e rasgou o tecido de sua camiseta. Continuou o movimento e atingiu a tela da televisão. O vidro rachou, e houve um estalo alto e uma faísca branca dentro do aparelho.

Ig recuou até a mesinha de centro e, por um instante, quase tombou no móvel. Mas ele se equilibrou enquanto Hannity tirava o cassetete da televisão. Ig se virou, subiu na mesinha, pulou para o sofá e saltou atrás dele, colocando-o entre si e Eric. Em dois passos, Ig estava na cozinha.

Ele se virou. Eric Hannity olhou para Ig por cima da meia parede. Ig se agachou, respirando com dificuldade, sentindo uma fisgada no pulmão. Havia duas saídas — esquerda ou direita —, mas qualquer caminho o levaria de volta à sala, e ele teria que passar por Hannity para chegar à escada.

— Não vim aqui para matar você, Ig — disse Eric. — Eu só queria enfiar algum bom senso na sua cabeça à base de porrada. Fazer você perceber ou, melhor, aprender a ficar longe do Lee Tourneau. Mas, puta merda, não consigo parar de pensar que preciso esmagar seu crânio lunático como você fez com Merrin Williams. Não acho que uma pessoa com chifres na cabeça mereça viver. Eu prestaria um serviço do caralho ao estado de New Hampshire matando você.

Os chifres. Eram os chifres exercendo sua influência em Eric.

— Eu proíbo você de me machucar — ordenou Ig, tentando subjugar Eric Hannity à sua vontade, reunindo toda a concentração e força nos chifres.

Eles latejaram, porém dolorosamente, sem a reação habitual. Não era assim que os chifres funcionavam. Eles não tocariam aquela música, não desencorajariam o pecado, não importava quanto a vida de Ig dependesse disso.

— Proíbe merda nenhuma — retrucou Hannity.

Ig o encarou pela meia parede, sentindo o sangue correndo dentro dele, fazendo um rugido surdo nos ouvidos como água fervendo. Água fervendo. Ig olhou para a panela no fogão. Os ovos estavam boiando, enquanto as bolhas subiam e estouravam ao redor deles.

— Eu quero matar você e cortar essa porra da sua cabeça — falou Eric. — Ou talvez corte os chifres *antes* de matá-lo. Aposto que você tem um facão por aqui. Ninguém vai saber que fui eu. Depois do que você fez com Merrin Williams, deve haver uma centena de pessoas nesta cidade que querem vê-lo morto. Eu seria um herói, mesmo que ninguém mais soubesse. Eu seria alguém de quem meu pai se orgulharia.

— Sim — disse Ig, empregando a força de vontade através dos chifres novamente. — Venha me pegar. Você sabe que quer fazer isso. Não espere, venha, venha *agora*.

Foi como música para os ouvidos de Hannity, e ele avançou, não contornando a meia parede, mas se debruçando sobre ela, o lábio superior contraído mostrando os dentes no que parecia uma careta de fúria ou um sorriso terrível. Ele apoiou a mão sobre a bancada, deu impulso sobre ela e a atravessou de cabeça. Ig pegou a panela pela alça e a lançou.

Hannity foi rápido e ergueu a mão livre para proteger o rosto no momento em que meio litro de água escaldante o atingiu, molhando o braço e espirrando na careca. Ele soltou um grito e se estatelou no chão da cozinha. Ig já corria em direção à porta. Hannity ainda teve tempo de se levantar e atirar o cassetete nele. A arma atingiu um abajur em uma mesa de canto, e a lâmpada explodiu. A essa altura, Ig estava voando escada abaixo, saltando cinco degraus por vez, como se não tivesse ganhado chifres, mas asas.

CAPÍTULO VINTE E SETE

EM ALGUM LUGAR AO sul da cidade, ele parou no acostamento e saltou para se sentar encolhido no declive, esperando os tremores passarem.

Os tremores o atingiram em rajadas furiosas, torturando braços e pernas, mas, quanto mais Ig permanecia ali, maior o intervalo entre os ataques. Depois de um tempo, os tremores passaram completamente e deixaram Ig fraco e tonto. Ele se sentia tão leve quanto uma folha de bordo — e talvez fosse levado embora se batesse uma brisa forte. Os gafanhotos zumbiam um som de ficção científica: um raio da morte alienígena.

Então ele estava certo, interpretara a situação corretamente. Lee estava de alguma forma fora do alcance dos chifres. Lee não tinha esquecido que havia encontrado Ig no dia anterior, como acontecera com os outros; sabia que Ig era uma ameaça para ele. Lee queria prejudicar Ig antes que Ig encontrasse um jeito de prejudicá-lo. Ig precisava de um plano, o que era uma má notícia; não conseguira nem bolar um plano decente para tomar o café da manhã, estava tonto de fome.

Ig voltou para o carro e apoiou as mãos no volante, tentando decidir aonde ir. Ocorreu-lhe, quase ao acaso, que era o aniversário de oitenta anos da avó e que ela teve sorte de chegar a essa idade. O pensamento seguinte foi o de que já era meio-dia, e a família inteira provavelmente estava no hospital cantando "Parabéns para você" e comendo bolo ao lado da cama dela, o que significava que a geladeira da mãe estaria indefesa. A casa dos pais era o único lugar com que alguém sempre poderia contar para fazer uma refeição quando não havia mais aonde ir — isso não era um ditado?

Claro que o horário de visita poderia ser no fim do dia, pensou ele, enquanto virava o carro de volta para a estrada. Não havia garantia de que a casa estaria vazia. Mas importaria se a família estivesse em casa? Ig poderia passar por eles, e eles esqueceriam que o tinham visto no momento em que ele saísse do ambiente. Isso levantou uma questão: será que Eric Hannity não se lembraria do que tinha acontecido no apartamento de Glenna? Depois de Ig ter fervido a cabeça dele? Ig não sabia.

Ele também não sabia se conseguiria passar direto pela família. O que ele de fato *sabia* era que não poderia ignorar Terry. Ig precisava lidar com Lee Tourneau, sim, mas precisava lidar com Terry antes. Seria um erro deixá-lo de fora, deixá-lo escapar impune para sua vida em Los Angeles. A ideia de Terry retornar a Los Angeles para tocar suas musiquinhas no programa *Hothouse* e piscar para estrelas de cinema horrorizou Ig e o encheu de ódio. O maldito do irmão ainda tinha coisas a responder. Não seria incrível encontrá-lo sozinho em casa? Seria esperar demais. Seria uma sorte dos diabos.

Ig pensou em estacionar na via de acesso a meio quilômetro de distância e caminhar até os fundos da casa, escalar a parede, entrar sorrateiramente, mas então ligou o foda-se e dirigiu o Gremlin direto até a entrada para carros. Estava quente demais para ser furtivo, e ele estava morrendo de fome.

O Mercedes alugado de Terry era o único carro ali.

Ig parou ao lado do veículo e ficou sentado com o motor desligado, ouvindo. Uma nuvem de poeira cintilante o perseguiu morro acima e girava em torno do Gremlin. Ele contemplou a casa e a quietude quente e sonolenta do início da tarde. Talvez Terry tenha deixado o carro e ido ao hospital com os pais. Era bastante provável, só que Ig não acreditou, sabia que o irmão estava em casa.

Ig não fez questão de agir em silêncio. Na verdade, quando saltou do carro, bateu a porta do Gremlin com estrondo e então hesitou, observando a casa. Achou que veria algum movimento no segundo andar, Terry afastando a cortina a fim de ver quem estava ali fora. Mas não havia sinal de uma alma viva lá dentro.

Ele entrou. A TV estava desligada na sala, assim como o computador no escritório da mãe. Na cozinha, os eletrodomésticos de aço inoxidável não emitiam barulho algum. Ig arrastou um banquinho, abriu a porta da geladeira e comeu sentado diante dela. Bebeu meia caixa de leite gelado em oito longos goles e então esperou passar a inevitável dor de cabeça causada pelo leite, uma pontada aguda atrás dos chifres e um escurecimento momentâneo da visão. Quando a dor diminuiu e ele conseguiu enxergar com clareza de novo, Ig descobriu uma travessa de ovos recheados cobertos por filme plástico. Sua mãe provavelmente havia preparado para o aniversário de Vera, mas ela não precisaria deles. Ig presumiu que Vera estaria recebendo algo mais nutritivo por meio de um tubo naquela tarde. Ele comeu todos, enfiando os ovos recheados na boca com os dedos, um após o outro. Tinha certeza de que estavam 666 vezes melhores do que os ovos que ele cozinhava no apartamento de Glenna.

Ig estava girando a travessa nas mãos enquanto a lambia, quando pensou ter ouvido uma voz masculina murmurando em algum lugar acima. Ele estacou e prestou atenção. Depois de um tempo, ouviu a voz novamente. Ig colocou a travessa sobre a pia e tirou uma faca da fita magnética na parede, a maior que conseguiu encontrar. A faca se soltou com um ruído suave de aço contra aço. Ig não tinha certeza do que planejava fazer com ela, apenas sabia que se sentia melhor segurando a faca. Depois do que aconteceu no apartamento de Glenna, ele pensou que era um erro andar por aí desarmado. Ig subiu as escadas. O antigo quarto do irmão ficava no fim do corredor do segundo andar.

Ig parou diante da porta parcialmente aberta segurando a faca. O cômodo fora transformado em quarto de hóspedes havia alguns anos e era tão impessoal e frio quanto um quarto de hotel. O irmão dormia de costas, com o braço jogado sobre os olhos. Terry soltou um murmúrio e estalou a boca. Ig perscrutou a mesa de cabeceira e viu uma caixa de anti-histamínico. Ig tinha asma, mas o irmão era alérgico a tudo: abelhas, amendoim, pólen, pelo de gato, New Hampshire, anonimato. Os murmúrios e resmungos eram efeito do remédio para alergia, que sempre deixava Terry com um sono pesado, mas curiosamente agitado. Ele emitia sons pensativos, como se estivesse chegando a conclusões sérias, importantes.

Ig se esgueirou até a cabeceira da cama e se sentou na mesinha, ainda com a faca nas mãos. Sem qualquer sentimento de fúria ou raiva, ele considerou cravá-la no peito de Terry. Ig conseguiu visualizar o ato perfeitamente, como prenderia o irmão na cama com um joelho, depois encontraria o espaço entre as duas costelas e enfiaria a faca com as duas mãos, enquanto Terry lutava para recuperar a consciência.

Ele não mataria Terry. Não conseguiria. Ig duvidava até que conseguisse esfaquear Lee Tourneau até a morte enquanto ele dormia.

— Keith Richards — disse Terry, com bastante clareza, e Ig levou um susto tão grande que se levantou de um salto, em silêncio. — Adorei a porra do show.

Ig observou o irmão, esperou que ele tirasse o braço dos olhos e se sentasse, piscando os olhos turvos, mas Terry não tinha acordado, apenas falava enquanto dormia. Falava de Hollywood, da porra do trabalho, de circular entre os astros do rock, de conseguir uma boa audiência com o programa, de pegar modelos. Vera estava no hospital, Ig havia desaparecido e Terry sonhava com os bons tempos na terra do cinema. Por um momento, Ig arfou de ódio, os pulmões se esforçando para absorver oxigênio. Terry, sem dúvida, já tinha um voo reservado para voltar para a Costa Oeste no dia seguinte; o irmão odiava aquela terra de caipiras, nunca ficava um minuto a mais do que o necessário, mesmo antes da morte de Merrin. Ig não via motivo para permitir que ele voltasse com os dedos intactos. Terry estava dormindo tão profundamente que Ig conseguiria pegar a mão direita dele, a mão do trompete, colocá-la sobre a mesinha de cabeceira e decepar os dedos com um golpe só, tudo antes de ele despertar. Se Ig tinha perdido seu grande amor, Terry conseguiria sobreviver sem o dele. Talvez pudesse aprender a tocar a porra de um kazoo.

— Eu te odeio, seu filho da puta egoísta — sussurrou Ig, e pegou o braço do irmão para afastá-lo dos olhos, e naquele momento...

Terry estremece, acorda e olha ao redor com os olhos turvos, sem saber onde está. Um carro desconhecido, em uma estrada que ele não reconhece, com uma chuva caindo tão forte que os limpadores não conseguem acompanhar, o mundo noturno lá fora, um borrão de árvores açoitadas pela tempestade e o céu preto em ebulição. Ele esfrega o rosto com uma das mãos, tentando clarear a mente, e olha ao redor, esperando, por algum motivo, ver seu irmão mais novo sentado ao lado dele. Em vez disso, ali está Lee Tourneau, conduzindo-os para a escuridão.

Ele começa a se lembrar do resto da noite, os acontecimentos vão surgindo sem uma ordem específica, como fichas caindo entre os pinos em uma partida de Plinko. Ele segura alguma coisa na mão esquerda — um baseado bem apertado, que também não é uma maconha qualquer, mas uma erva da boa do Vale do Tennessee, do tamanho de seu polegar. Naquela noite ele esteve em dois bares e numa fogueira no banco de areia sob a ponte Old Fair Road, dando uma volta com Lee. Fumou e bebeu demais e sabe que se arrependerá pela manhã. Ele precisa levar Ig ao aeroporto, porque o irmão caçula tem um voo agendado para a Velha e Boa Inglaterra, Deus salve a Rainha. Faltam poucas horas para amanhecer. No momento, Terry não está em condições de levar alguém de carro e, quando ele fecha os olhos, parece que o Cadillac de Lee está deslizando para a esquerda, como uma porção de manteiga passando por uma frigideira inclinada. É essa sensação de enjoo induzido pelo movimento que o acordou do cochilo.

Ele se senta, faz um esforço para se concentrar. Parece que estão na estrada sinuosa do interior que circunda a cidade, desenhando uma meia-lua em volta das fronteiras de Gideon, mas isso não faz sentido — não há coisa alguma ali, exceto a velha fundição e O Boxe, e não tinham por que ir a qualquer um dos dois lugares. Depois que saíram do banco de areia, Terry presumiu que Lee ia levá-lo para casa e ficou contente com isso. Ao pensar na própria cama, nos lençóis brancos engomados e no edredom fofo, ele quase estremeceu de prazer. A melhor coisa de voltar para casa é acordar no antigo quarto, na velha cama, com o cheiro de café sendo feito lá embaixo e a luz do sol atravessando as cortinas, o dia esperando por ele. Já o resto de Gideon, porém, Terry está igualmente contente por ter deixado para trás.

Aquela noite era um exemplo disso, uma ilustração perfeita do que ele não tinha saudade. Terry passou uma hora na fogueira sem se sentir de forma alguma parte daquele ambiente, poderia muito bem estar olhando através de um vidro — as caminhonetes estacionadas no aterro, os amigos bêbados lutando no quebra-mar enquanto as namoradas gritavam, a porra do Judas Coyne na caixa de som, um cara cuja ideia de complexidade musical é uma canção com quatro acordes poderosos em vez de três. A vida entre os caipiras. Quando as trovoadas começaram a ressoar e as primeiras gotas pesadas e quentes começaram a cair, Terry considerou que foi um golpe de sorte. Ele não entende como o pai consegue viver ali havia vinte anos. Terry mal consegue passar 72 horas naquele lugar.

Seu principal mecanismo para lidar com aquela situação está na sua mão esquerda e, mesmo sabendo que já ultrapassou o limite, parte de Terry quer acender o baseado e dar outro tapa. Ele faria isso se houvesse qualquer outra pessoa a seu lado que não Lee Tourneau. Não que ele reclamasse ou lhe desse mais do que um olhar de reprovação, mas Lee é assessor de um deputado da guerra contra as drogas, um homem supercristão que prega os valores da família, e seria demitido se fosse flagrado em um carro cheio de fumaça de maconha.

Lee tinha passado em casa por volta das 18h30 para se despedir de Ig. Ficou para jogar pôquer com Ig, Terry e Derrick Perrish, e Ig ganhou todas as mãos e recebeu trezentos dólares.

— Pronto — disse Terry, jogando várias notas de vinte em cima do irmão mais novo. — Quando você e Merrin estiverem bebendo seu champanhe pós-coito, pense na gente com carinho. Acabamos de pagar pela garrafa.

Ig riu e parecia satisfeito consigo mesmo e envergonhado e se levantou. Ele deu um beijo no pai e em Terry, na lateral da cabeça, um gesto inesperado que fez o irmão estremecer de surpresa.

— Tire essa língua do meu ouvido — brincou Terry, e Ig riu de novo e foi embora.

— E o que você vai fazer com o resto da sua noite? — perguntou Lee, quando Ig saiu.

— Sei lá — respondeu Terry. — Eu ia ver se estava passando Uma família da pesada. E você? Tem algo de bom para fazer na cidade?

Duas horas depois, eles estavam no banco de areia, e um colega do Ensino Médio cujo nome Terry não lembrava estava lhe entregando um baseado.

Os dois tinham saído, aparentemente, para tomar umas biritas e dar um oi para a velha galera, mas, lá no banco de areia, afastados da fogueira, Lee contou para Terry que o deputado adorava o programa dele e que queria conhecê-lo algum dia. Terry não hesitou, ofereceu a garrafa de cerveja para Lee e disse que eles poderiam fazer com que aquilo acontecesse qualquer dia. Ele sabia que Lee talvez lhe dissesse algo naquele sentido e não o culpou. Lee tem um emprego como qualquer outra pessoa, como o próprio Terry. E o trabalho dele envolve fazer muitas boas ações; Terry conhece o projeto Hábitat para a Humanidade, sabe que todos os verões Lee dedica tempo a crianças pobres e desfavorecidas no Acampamento Galileia, com Ig ao seu lado. Durante anos, ser amigo de Lee e Ig fez Terry se sentir um pouco culpado. Ele mesmo nunca quis salvar o mundo. A única coisa que Terry queria era ser pago para ficar zoando com o trompete. Bem, isso e talvez uma garota que goste de festas — não uma modelo de Los Angeles, não uma mulher que vivia pendurada no celular e no carro. Apenas uma garota divertida, genuína e um pouco sacana na cama. Alguém da Costa Leste, que vista calça jeans barata e tenha alguns CDs do Foreigner. Ele tem um emprego bacana, então, provavelmente, já está a meio caminho da felicidade de qualquer forma.

— Que porra a gente está fazendo aqui? — pergunta Terry, olhando para a chuva. — Pensei que tínhamos dado a noite como encerrada.

— Achei que você tinha encerrado a noite há cerca de cinco minutos — diz Lee. — Tenho certeza de que te ouvi roncando. Mal posso esperar para contar para todo mundo que o Terry Perrish babou no banco do meu carro.

Isso vai impressionar as gatas. É como se fosse minha pequena participação na história da televisão.

Terry abre a boca para dar uma resposta ferina — ele vai ganhar mais de dois milhões de dólares naquele ano, em parte por causa de um dom sublime para interromper verbalmente outros engraçadinhos — e descobre que não tem nada a dizer, sua mente está vazia. Em vez disso, ele mostra o dedo médio para Lee Tourneau.

— Você acha que Ig e Merrin ainda estão em O Boxe? — indaga Terry. Os dois estão se aproximando do local, à direita da estrada.

— Vamos ver — sugere Lee. — Chegaremos lá em um minuto.

— Você está de sacanagem? É melhor não irmos vê-los. Eu sei que eles não querem ver a gente. É a última noite deles.

Lee lança um olhar surpreso e curioso para Terry com o canto do olho bom.

— Como você sabe? Ela lhe contou?

— Me contou o quê?

— Que ela vai terminar com ele. Esta é a última noite dos dois juntos.

A afirmação instantaneamente tira Terry do estado chapado e incapacitado, tão inesperada quanto se sentar em uma tachinha.

— Que diabos você quer dizer com isso?

— Ela acha que eles começaram a namorar muito cedo. Merrin tem vontade de sair com outros caras.

Terry fica chocado com a notícia, recua e se espanta. Sem pensar, ele leva o baseado da mão esquerda aos lábios, mas se lembra de que não está aceso.

— Você não sabia mesmo? — pergunta Lee.

— Eu estava dizendo que era a última noite deles antes de Ig ir para a Inglaterra.

— Ah...

Terry observa a chuva, que cai com tanta força que os limpadores não dão conta; era como se estivessem em um lava-jato, pela forma como a água escorre pelo vidro. Ele não consegue imaginar Ig sem Merrin, não consegue imaginar quem seria aquela pessoa. Atordoado com a notícia, Terry leva um tempo interminável antes que a pergunta óbvia lhe ocorra.

— Como você sabe disso tudo?

— Ela conversou comigo sobre o assunto — responde Lee. — Ela está com medo de magoá-lo. Passei bastante tempo em Boston neste verão, trabalhando para o deputado, e, como ela também está lá, a gente se encontrou e conversou algumas vezes. Acho que a vi mais do que o próprio Ig no mês passado.

Terry olha para o mundo subaquático e vê uma névoa de luz avermelhada se aproximando à direita. Eles estão quase lá.

— Então, por que você quer passar aqui agora?

— Merrin disse que me ligaria se precisasse de uma carona para casa — justifica Lee. — E ela não ligou.

— Então ela não precisa de você.

— Mas ela pode não ligar se estiver chateada. Só quero ver se o carro do Ig ainda está lá ou não. O estacionamento fica na frente. A gente não precisa nem parar.

Terry não se convence com os argumentos de Lee, não consegue compreender por que ele iria querer passar ali e procurar o carro de Ig. Também não consegue imaginar Merrin na companhia deles se as coisas acabarem mal.

Mas Lee já está diminuindo a velocidade, virando a cabeça para olhar por cima de Terry para o estacionamento à direita.

— Eu não... — começa Lee, falando sozinho. — Não está... Não acho que ela teria ido para casa com ele... — murmura ele, quase soando preocupado.

É Terry quem vê Merrin parada sob a chuva à beira da estrada, sob uma nogueira de copa larga.

— Lá. Lee, bem ali.

Ela parece avistá-los no mesmo momento e sai de baixo da árvore com um braço levantado. Com a água escorrendo pela janela do carona, Terry vê Merrin como se estivesse atrás de um vidro furta-cor: a pintura impressionista de uma garota com cabelo cor de cobre, segurando no alto o que a princípio parece ser uma vela votiva branca. Quando eles param e ela anda até a lateral do carro, Terry percebe que Merrin está apenas erguendo um dedo para chamar a atenção, ao sair da cobertura da árvore e correr descalça na chuva, com os sapatos de salto pretos em uma das mãos.

O Cadillac é de duas portas e, antes mesmo de Lee mandar, Terry já está desafivelando o cinto e se virando para ir para o banco de trás. Quando ele está prestes a pular, Lee dá uma cotovelada em sua bunda e o desequilibra, e Terry, em vez de cair no banco, cai no chão do carro. Sabe lá Deus por quê, há uma caixa de ferramentas de metal ali, e ele bate com a têmpora nela e se encolhe com uma pontada de dor. Terry se senta no banco e pressiona o machucado com a palma da mão. Foi um erro pular por cima do encosto; aquilo desencadeou o enjoo mais forte até então, de maneira que parecia que o carro tinha sido tirado do chão por um gigante que está sacudindo o veículo lentamente, como um copo com dados dentro. Terry fecha os olhos, lutando para suprimir aquela súbita sensação nauseante de movimento.

Quando as coisas se acalmam o suficiente para ele se arriscar a olhar em volta, Merrin está dentro do carro e Lee Tourneau está virado de lado para encará-la. Terry olha para a mão e vê uma gota de sangue brilhante. Ele se arranhou feio, embora a dor aguda inicial já tenha praticamente passado, deixando uma dor latejante no lugar. Terry limpa o sangue na perna da calça e ergue o olhar.

É fácil perceber que Merrin parou de chorar só naquele momento. Ela está pálida e trêmula, como alguém que se recupera de uma doença ou começa a sucumbir a ela, e sua primeira tentativa de sorrir é uma coisa triste de se ver.

— Obrigada por me buscarem — comenta ela. — Vocês acabaram de salvar minha vida.

— Onde está o Ig? — pergunta Terry.

Merrin olha para ele, mas tem dificuldade em fazer contato visual, e Terry imediatamente se arrepende de ter perguntado.

— Eu n-não sei. Ele foi embora.

— Você contou para ele? — indaga Lee.

O queixo de Merrin se contrai, e ela se vira para a frente. Merrin olha pela janela para O Boxe e não responde.

— Como ele reagiu? — insiste ele.

Terry pode ver o rosto dela refletido na janela, pode vê-la mordendo os lábios e lutando para não chorar. A resposta de Merrin é:

— Podemos simplesmente ir embora?

Lee assente, liga a seta e faz o retorno na chuva.

Terry quer tocar no ombro de Merrin, quer tranquilizá-la de alguma forma, deixá-la saber que, o que quer que tenha acontecido em O Boxe, ele não a odeia nem a acusará de qualquer coisa. Mas Terry não toca em Merrin, não tocará, nunca tocou. Nos dez anos em que a conhece, ele manteve Merrin a uma distância amigável; mesmo na imaginação, nunca considerou incluí-la em suas fantasias sexuais. Não haveria mal nisso, mas ele achava arriscado mesmo assim. Por que Terry achava arriscado, ele não sabe dizer. Para Terry, a palavra "alma" se refere primeiro a soul, um gênero musical.

Em vez disso, ele oferece:

— Ei, garota, quer o meu casaco?

Merrin está tremendo descontroladamente sob as roupas molhadas.

Pela primeira vez, Lee também parece notar isso — o que é engraçado, uma vez que ele lança uns olhares para ela, observando Merrin tanto quanto a estrada — e desliga o ar-condicionado.

— Não precisa — responde ela, mas Terry já tirou o casaco e o está entregando para Merrin, que o estende por cima das pernas. — Obrigada, Terry — diz ela em voz baixa. — Você d-deve achar...

— Eu não acho nada — intervém Terry. — Então relaxe.

— Ig...

— Tenho certeza de que Ig está bem. Não se preocupe.

Ela abre um sorriso triste e grato para Terry e, em seguida, se inclina na direção dele.

— Você está bem?

Merrin estica a mão para tocar de leve a testa de Terry, onde ele deu com a cara na caixa de ferramentas de Lee. Terry recua quase instintivamente com o toque dela. Merrin recolhe os dedos sujos de sangue, olha para a mão e depois de volta para ele.

— É melhor colocar uma ga-gaze nisso.

— Tranquilo, não se preocupe — retruca Terry.

Ela assente e se vira para a frente. Então o sorriso desaparece e os olhos ficam desfocados, olhando para nada que outra pessoa consiga enxergar. Merrin está dobrando e desdobrando alguma coisa, então dobra e desdobra novamente. Uma gravata, a gravata de Ig. De certa forma, isso é pior do que vê-la chorando, e Terry tem que desviar o olhar. Não é mais tão bom estar chapado. Ele só queria ficar quietinho em algum lugar e fechar os olhos por alguns minutos. Cochilar um pouco e acordar renovado, sendo ele mesmo outra vez. A noite rapidamente se tornou abominável para Terry, e ele desejava culpar alguém, irritar-se com alguém. Ele escolhe Ig.

Terry fica irritado por Ig ter ido embora, por ter abandonado Merrin na chuva, um ato tão imaturo que seria cômico se não fosse trágico. Cômico, mas não surpreendente. Merrin vinha sendo uma amante, um cobertor confortável, uma conselheira, uma defesa contra o mundo e a melhor amiga que Ig poderia ter. Às vezes, parecia que os dois estavam casados desde que Ig tinha quinze anos. Apesar de tudo, aquilo começou e sempre foi um namoro de escola. Terry tem certeza de que Ig nunca beijou outra garota, muito menos comeu, e já fazia algum tempo que ele desejava que o irmão tivesse mais experiência. Não porque Terry não queria que Ig ficasse com Merrin, mas porque... bem, porque, sim. Porque o amor requer contexto. Porque os primeiros relacionamentos são imaturos pela própria natureza. Então Merrin queria que os dois amadurecessem. E daí?

Na manhã seguinte, a caminho do Aeroporto Logan, Terry estará sozinho com Ig e terá a chance de esclarecer algumas coisas para o irmão. Ele dirá para Ig que a ideia que ele fazia de Merrin, que ele fazia do relacionamento deles — que era o destino, que ela era mais perfeita do que as outras garotas, que o amor dos dois era mais perfeito do que o dos outros, que juntos eles realizavam pequenos milagres —, era um armadilha sufocante. Se Ig estava odiando Merrin, era apenas porque descobriu que ela era uma pessoa real, com defeitos e necessidades e um desejo de viver no mundo, não nos devaneios de Ig. Que ela o amava o suficiente para deixá-lo ir, e ele tinha que fazer o mesmo, pois, se uma pessoa ama outra, ela poderia libertá-la e... Porra, essa era uma música do Sting.

— Merrin, você está bem? — pergunta Lee.

Ela ainda está tremendo quase convulsivamente.

— Não. S-Sim. Eu... Lee, por favor, encoste. Encoste aqui. — As duas últimas palavras são ditas com uma clareza urgente.

A estrada para a velha fundição está se aproximando à direita, rápido, rápido demais para virar, na verdade, mas Lee faz a manobra mesmo assim. Terry agarra o encosto do banco de Merrin e contém um grito. Os pneus do lado do carona arremessam o cascalho liso em direção às árvores, deixando um sulco profundo de mais de um metro de comprimento.

Arbustos roçam no para-choque. O Cadillac segue aos solavancos, ainda rápido demais, enquanto a rodovia desaparece atrás deles. À frente há uma corrente esticada na estrada. Lee freia com força, o volante treme nas mãos, a traseira derrapa. O carro para com os faróis em cima da corrente, chegando a esticá-la na grade dianteira. Merrin abre a porta, põe a cabeça para fora e vomita. Uma vez. Novamente. Maldito Ig; agora Terry o odeia.

Ele também não tem bons sentimentos com relação a Lee, por dirigir o Cadillac daquele jeito. Eles definitivamente pararam, ainda assim parte de Terry sente como se ainda estivessem em movimento, derrapando para o lado. Se tivesse o baseado à mão, ele o atiraria pela janela — a ideia de colocar aquilo na boca causa repulsa, é como engolir uma barata viva —, mas Terry não sabe o que aconteceu com o baseado, não parece estar mais segurando o cigarrinho. Ele toca outra vez a têmpora machucada e sensível e estremece.

A chuva bate lentamente no para-brisa. Só que não é chuva, não mais. São apenas gotas d'água caindo dos galhos acima. Não fazia nem cinco minutos, a torrente estava caindo com tanta força que a chuva ricocheteava ao atingir a estrada, mas, como acontece com as tempestades de verão, ela passou tão rápido quanto chegou.

Lee salta do carro, dá a volta e se agacha ao lado de Merrin. Murmura algo para ela, com a voz calma, sensata. No entanto, ela diz alguma coisa, e Lee não gosta da resposta. Ele repete a oferta e desta vez a resposta dela é audível, seu tom hostil.

— Não, Lee. Eu só quero ir para casa, vestir uma roupa seca e ficar sozinha.

Lee se levanta, anda até o porta-malas, abre e retira algo dele. Uma bolsa de academia.

— Tenho roupas de academia. Camisa. Calça. Estão secas e quentes, e não estão sujas de vômito.

Ela agradece a Lee e sai para a noite úmida, molhada, ventosa e cheia de insetos, com o casaco de Terry pendurado nos ombros. Merrin pega a bolsa, mas por um instante Lee não a solta.

— Você tinha que fazer isso, sabe. Era uma loucura pensar que você pudesse... que qualquer um de vocês pudesse...

— Eu só quero trocar de roupa, ok?

Após tomar a bolsa de academia da mão dele e começar a descer a estrada, Merrin passa na frente dos faróis com a saia balançando e a luz intensa deixa a blusa ligeiramente transparente. Terry se pega olhando, obriga-se a desviar o olhar, e então vê Lee observando também. Pela primeira vez, ele se pergunta se talvez o bom e velho Lee Tourneau sente uma atração não correspondida por Merrin Williams — ou pelo menos tesão. Merrin continua descendo a estrada, caminhando de início na passagem iluminada pelos faróis, depois sai do cascalho para a escuridão. É a última vez que Terry a verá viva.

Lee está parado ao lado da porta aberta do carona, olhando para Merrin, como se não soubesse se deveria entrar no carro ou não. Terry quer dizer a ele para se sentar, mas não consegue reunir força de vontade ou energia. O próprio Terry observa Merrin por um curto período e então não consegue mais lidar com aquilo tudo. Não gosta da maneira como a noite parece estar respirando, inflando e desinflando. Os faróis iluminam um canto do campo aberto abaixo da fundição, e ele não gosta da forma como a grama molhada chicoteia na escuridão, em um movimento constante e inquieto. Ele consegue ouvir a grama através da porta aberta. Ela sibila como o viveiro de cobras no zoológico. Além disso, Terry tem a sensação tênue, porém capaz de revirar o estômago, de movimento lateral, de derrapar sem controle para longe, em direção a algum lugar aonde não quer ir. A dor na têmpora direita também não está ajudando. Ele se ajeita e se deita no banco de trás.

Bem melhor. O estofamento marrom cheio de manchas também está se movendo, como o creme que se move lentamente no café mexido, mas tudo bem, é uma coisa boa de ver quando se está chapado, uma coisa segura. Não como a grama molhada balançando em êxtase à noite.

Terry precisa pensar em alguma coisa, alguma coisa que o acalme, precisa de um devaneio para aquietar a mente enjoada. A produção está selecionando convidados para a nova temporada do programa, um pouco do que está na moda e um pouco do que já passou, preto e branco, Mos Def e Def Leppard, os Eels e os Crowes e todas as bandas com nomes de animais do bestiário da cultura pop, mas Terry está animado com Keith Richards, que esteve na discoteca Viper Room com Johnny Depp alguns meses atrás e contou para Terry que amava o programa, que adoraria participar a qualquer hora, beleza, é só chamar, porra, por que levou tanto tempo assim, caralho? Seria sensacional convidar Richards para ir ao programa, dar para ele a última meia hora. Os executivos da Fox odeiam quando Terry abandona o formato original e transforma o programa em um show — argumentam que isso manda meio milhão de espectadores direto para Letterman —, mas, no que diz respeito a Terry, os executivos podem chupar o pau fino e cansado de Keith Richards.

Em pouco tempo, ele começa a ser levado pelos devaneios. A banda Perrish the Thought está se apresentando com Keith Richards diante de uma multidão de festival, talvez oitenta mil pessoas, que, por algum motivo, reuniram-se na velha fundição. Eles estão tocando "Sympathy for the Devil", e Terry concordou em ser o vocalista porque Mick está em Londres. Terry vai em direção ao microfone e diz à multidão em êxtase que ele é um homem rico e de bom gosto — é a letra da música, mas também é verdade. Então Keith Richards ergue a Telecaster e toca o velho e bom blues. Seu solo de guitarra irregular e agressivo é uma improvável canção de ninar, mas boa o suficiente para fazer Terry Perrish mergulhar em sono profundo.

Ele acorda uma vez, brevemente, quando estão de volta à estrada, o Cadillac correndo por uma faixa lisa da noite, Lee ao volante e o banco do carona vazio. Terry está com o casaco de novo, cuidadosamente estendido sobre suas pernas, algo que Merrin deve ter feito quando voltou para o carro, num gesto tipicamente atencioso. Só que o casaco está encharcado e sujo e há algo pesado o segurando, pousado em cima dele. Terry tateia em busca do objeto, pega uma pedra úmida do tamanho e da forma de um ovo de avestruz, com fios de grama e sujeira. Aquela pedra significa alguma coisa — Merrin a colocou ali por um motivo —, mas Terry está muito tonto e confuso para entender a piada. Ele coloca a pedra no chão do carro. Tem algo pegajoso nela, como tripas de caracol, e Terry limpa os dedos na camisa, ajeita o casaco estendido nas pernas e se acomoda de novo.

A têmpora ainda está latejando onde ele bateu ao pular para o banco de trás — está dolorida e em carne viva —, e quando Terry pressiona as costas da mão nela, vê que está sangrando novamente.

— Merrin partiu? — pergunta Terry.

— O quê? — retruca Lee.

— Merrin... Cuidamos dela?

Lee dirige um pouco sem responder, então finalmente fala:

— Sim. Sim, cuidamos.

Terry assente satisfeito e diz:

— Ela é uma boa garota. Espero que ela e Ig se resolvam.

Lee apenas dirige.

Terry sente que está voltando ao sonho de estar no palco com Keith Richards, diante de uma multidão extasiada que se apresenta para ele tanto quanto ele se apresenta para ela. Mas então, no limite da consciência, Terry se ouve fazer uma pergunta que ele nem sabia que estava em sua cabeça.

— Qual é a da pedra?

— Provas — responde Lee.

Terry assente para si mesmo — parece uma resposta razoável — e comenta:

— Ótimo. É melhor evitar a cadeia se possível.

Lee ri, um som rouco, úmido, parecido com uma tosse — um gato entalado com uma bola de pelo —, e Terry percebe que nunca ouviu Lee rir e não gostou muito. E então Terry volta a ficar inconsciente. Desta vez, porém, não há sonho, e Terry franze as sobrancelhas ao dormir, como um homem tentando resolver uma pista incômoda nas palavras cruzadas, algo para o qual ele deveria saber a resposta.

Algum tempo depois, Terry abre os olhos e percebe que o carro não está se movendo. O Cadillac, na verdade, está estacionado por um tempo. Ele não faz ideia de como pode saber disso, apenas sabe.

A luz está diferente. Ainda não amanheceu, mas a noite está batendo em retirada, já recolheu a maioria das estrelas e as guardou. Nuvens gordas, pálidas e montanhosas, fragmentos do temporal da noite anterior, vagam nitidamente em contraste com a escuridão como pano de fundo. Terry tem uma boa visão do céu, ao olhar para cima por uma das janelas. Ele sente o cheiro da manhã, uma fragrância de grama molhada e terra quente. Quando se senta, Terry percebe que Lee deixou a porta do motorista entreaberta.

Ele estende a mão para o chão do carro para pegar o casaco. Deve estar lá embaixo em algum lugar; Terry presume que o casaco escorregou do seu colo enquanto dormia. Ali está a caixa de ferramentas, mas nenhum casaco. O banco do carona está inclinado para a frente, e Terry desce do Cadillac.

A coluna estala quando ele abre os braços e alonga as costas, e então ele fica imóvel — de braços estendidos para a noite como um homem pregado em uma cruz invisível.

Lee está fumando na escada da casa da mãe dele. A casa dele lembra Terry, visto que a mãe de Lee foi enterrada há seis semanas. Ele não consegue ver o rosto de Lee, apenas a brasa laranja do cigarro. Por nenhum motivo que Terry consiga identificar, a visão de Lee esperando por ele na escada da varanda o perturba.

— Que noite! — comenta Terry.

— Ainda não acabou. — Lee traga o cigarro e a brasa brilha, e por um momento Terry consegue enxergar parte do rosto de Lee, a parte ruim, a parte com o olho morto.

Na escuridão da manhã, o olho branco e cego é uma esfera de vidro cheia de fumaça.

— Como está sua cabeça?

Terry ergue o braço para tocar a têmpora e, em seguida, deixa a mão cair.

— Bem. Nada de mais

— Eu também sofri um acidente.

— Que acidente? Você está bem?

— Eu estou. Mas Merrin, não.

— O que você quer dizer?

De repente, Terry se dá conta do suor pegajoso da ressaca, uma espécie de sensação desagradável de orvalho. Ele baixa o olhar para si mesmo e vê manchas pretas de dedos na camisa, lama ou algo assim, e tem apenas a vaga lembrança de ter limpado a mão na roupa. Quando volta a olhar para Lee, Terry repentinamente se vê com medo de ouvir o que ele tem a dizer.

— Foi um acidente — explica Lee. — Eu não sabia que era tão sério até ser tarde demais para ajudá-la.

Terry olha fixamente, esperando o fim da história.

— Não estou acompanhando, amigo. O que aconteceu?

— É isso que temos que resolver. Você e eu. É sobre isso que quero conversar. Precisamos combinar o que vamos contar, antes que ela seja encontrada.

Terry faz o que é sensato e ri. Lee tem um senso de humor notoriamente inexpressivo e, se já fosse dia e Terry não estivesse se sentindo tão mal, ele até poderia gostar. A mão direita de Terry, no entanto, não acha Lee nada engraçado. A mão direita de Terry começa, sozinha, a dar tapinhas nos bolsos, procurando o celular.

Lee fala, baixinho:

— Terry. Eu sei quanto é terrível. Mas não estou brincando. Estamos em uma verdadeira enrascada aqui. Não temos a quem culpar, não foi culpa de alguém, mas estamos com o maior problema que duas pessoas podem ter. Foi um acidente, mas eles vão dizer que a matamos.

Terry quer rir de novo. Em vez disso, ele diz:

— Pare com isso.

— Não posso. Você precisa ouvir.

— Ela não morreu.

Lee dá uma tragada no cigarro, a brasa fica mais brilhante e o olho de vidro enfumaçado encara Terry.

— Ela estava bêbada e deu em cima de mim. Acho que foi o jeito que ela encontrou para se vingar do Ig. Ela tinha tirado a roupa e se atirou em cima de mim, e quando eu a empurrei... Não foi minha intenção. Ela tropeçou numa raiz ou algo assim e caiu numa pedra. Eu me afastei dela e quando voltei... Horrível. Talvez você não acredite, mas prefiro arrancar meu outro olho a causar dor a Merrin.

Terry tenta respirar, mas o esforço lhe rende um pulmão cheio não de oxigênio, mas de terror; ele enche o peito de terror, como se fosse gás, uma toxina transportada pelo ar. Sente uma agitação no estômago e na cabeça. Sente o chão desmoronar. Ele precisa ligar para alguém. Ele precisa encontrar o celular. Ele precisa de ajuda; esta é uma situação que exige uma autoridade com experiência em emergências. Terry se vira para o carro e se inclina no banco de trás, à procura do casaco. O celular deve estar no bolso interno. Mas o casaco não está no chão do carro onde ele pensava que estaria. Também não está sobre o banco da frente.

Lee pousa a mão na nuca de Terry fazendo-o ficar de pé num pulo, gritando, chorando, soluçando baixinho, então ele se afasta.

— Terry — diz Lee. — Precisamos resolver o que vamos dizer.

— Não há qualquer coisa para resolver. Preciso do meu telefone.

— Você pode usar o fixo se quiser.

Terry o ignora, empurra Lee para o lado e marcha em direção à varanda. Lee joga o cigarro fora e o segue, sem nenhuma pressa em especial.

— Se quiser chamar a polícia, não vou impedir. Vou acompanhá-los até a fundição — admitiu Lee — para mostrar onde encontrá-la. Mas é melhor você saber o que vou contar para eles antes de pegar o telefone, Terry.

Terry sobe os degraus com dois saltos largos, atravessa a varanda, abre a porta de tela e empurra a porta de entrada. Ele dá um passo cambaleante e entra em um corredor escuro. Se há mesmo um telefone ali, Terry não consegue enxergá-lo sob as sombras. A cozinha fica à esquerda.

— Estávamos todos muito bêbados — argumenta Lee. — Estávamos bêbados, e você estava chapado. Ela estava pior, no entanto. Isso é o que vou contar para a polícia primeiro. Ela deu em cima da gente assim que entrou no carro. Ig chamou Merrin de puta, e ela estava determinada a provar que ele estava certo.

Terry não está prestando muita atenção. Ele atravessa rapidamente uma pequena sala de jantar, bate com o joelho em uma cadeira de espaldar reto e tropeça, mas segue em frente, para a cozinha. Lee vai atrás dele, a voz insuportavelmente calma.

— Ela mandou a gente parar o carro para que pudesse trocar a roupa molhada, e aí fez um showzinho, iluminada pelos faróis. O tempo todo você não disse nada, ficou apenas olhando para ela, ouvindo-a falar que Iggy merecia uma punição pela maneira como a tratava. Ela ficou comigo por um tempo e então começou a investir em você. Merrin estava tão bêbada que não conseguia ver como você estava bravo. No meio da dança erótica, ela começou a falar sobre o dinheiro que poderia conseguir vendendo para os tabloides a história da suruba particular de Terry Perrish. Que valeria a pena fazer aquilo para se vingar de Ig, só para ver a cara dele. Foi quando você bateu nela. Você bateu na Merrin antes que eu soubesse o que estava acontecendo.

Terry está na cozinha, na bancada, com a mão no telefone bege, mas não o tira do gancho. Pela primeira vez, ele vira a cabeça e olha para trás, para Lee, alto e magro com sua coroa de cabelo branco-dourado e seu terrível e misterioso olho morto. Terry coloca a mão no meio do peito de Lee e o empurra com força suficiente para jogá-lo na parede. As janelas chacoalham. Lee não parece muito chateado.

— Ninguém vai acreditar nessa balela.

— Quem sabe no que vão acreditar? — retruca Lee Tourneau. — São as suas impressões digitais na pedra.

Terry puxa Lee pela camisa, para longe da parede, e o joga contra ela novamente, imobilizando-o com a mão direita. Uma colher cai da bancada e bate no chão, emitindo um som melodioso. Lee encara Terry, imperturbável.

— Você deixou cair aquele baseado que estava fumando bem ao lado do corpo. E foi ela quem feriu a sua cabeça — explica Lee. — Lutando contra você. Depois que Merrin morreu, você se limpou com a calcinha dela. Tem sangue seu na calcinha inteira.

— Do que diabos você está falando? — pergunta Terry.

A palavra "calcinha" também parece ressoar, assim como a colher.

— O machucado na sua têmpora. Eu o limpei com a calcinha dela, enquanto você estava desmaiado. Você precisa entender a situação, Terry. Está envolvido nisso tanto quanto eu. Talvez até mais.

Terry joga o braço esquerdo para trás e fecha a mão num punho, então se contém. Há uma espécie de ansiedade no rosto de Lee, uma expectativa, a respiração acelerada. Terry não bate nele.

— O que você está esperando? — indaga Lee. — Vamos lá.

Terry nunca bateu em ninguém; ele tem quase trinta anos e nunca desferiu um soco. Nunca sequer participou de uma briga no pátio da escola. Todos no colégio gostavam dele.

— Se você me machucar de alguma forma, eu mesmo chamarei a polícia. Isso vai fazer tudo parecer melhor para o meu lado. Posso dizer que tentei defendê-la.

Terry dá um passo vacilante para trás e baixa a mão.

— Vou embora. Você deveria arranjar um advogado. Eu sei que estarei falando com o meu dentro de vinte minutos. Onde está meu casaco?

— Com a pedra. E com a calcinha dela. Em um lugar seguro. Não aqui. Parei em outro lugar quando vinha para casa. Você mandou que eu coletasse as provas e me livrasse delas, mas eu não me livrei...

— Cale a boca...

— ...porque pensei que você poderia tentar colocar toda a culpa em mim. Vá em frente, Terry. Chame a polícia. Mas eu juro que, se essa merda respingar em mim, vou levar você junto comigo. Você decide. Você tem o Hothouse para apresentar. Daqui a dois dias você estará de volta a Los Angeles para se encontrar com estrelas de cinema e modelos de lingerie. Mas vá em frente e faça a coisa certa. Mantenha sua consciência limpa. Só lembre que ninguém vai acreditar em você, nem seu irmão, e ele vai odiá-lo para sempre por ter matado a namorada dele enquanto estava bêbado e chapado. Ele pode não acreditar no início, mas dê-lhe tempo. Você terá vinte anos de cadeia para dar *tapinhas nas próprias costas por sua conduta exemplar. Pelo amor de Deus, Terry. Ela já está morta há quatro horas. Se você queria parecer inocente, deveria ter relatado o crime enquanto o corpo ainda estava quente. Agora vai parecer que você cogitou escondê-lo.*

— Eu vou te matar — sussurra Terry.

— Beleza — diz Lee. — Ok. Aí você vai ter dois corpos para explicar. Divirta-se.

Terry se vira, encara desesperadamente o telefone na bancada, sentindo que, se não o tirar do gancho e ligar logo para alguém, todas as coisas boas em sua vida seriam arrancadas dele. Ainda assim, Terry não consegue. Ele é como um náufrago em uma ilha deserta, vendo um avião brilhar no céu a quarenta mil pés, sem nenhuma forma de sinalizar para ele, e sua última chance de resgate se esvanece.

— O que também pode ter ocorrido — continua Lee —, se não foi você e não fui eu, é ela ter sido assassinada por um estranho qualquer. Isso acontece o tempo todo. É como os documentários criminais que passam na TV. Ninguém nos viu dando carona para Merrin. Ninguém nos viu entrar na fundição. Até onde o mundo sabe, você e eu voltamos para minha casa depois da fogueira, jogamos cartas e desmaiamos assistindo ao SportsCenter às duas da manhã. Minha casa fica exatamente no lado oposto de onde está O Boxe. Não havia razão para termos ido lá.

O peito de Terry está apertado; a respiração, curta, e ele pensa, de repente, que deve ser assim que Ig se sente quando está prestes a ter uma de suas crises de asma. Engraçado como ele não consegue erguer o braço para pegar o telefone.

— Pronto. Falei o que eu tinha para falar. Basicamente, você pode levar a vida como um aleijado ou como um cuzão. O que acontece é decisão sua. Mas acredite: os cuzões se divertem mais.

Terry não se mexe, não responde e não consegue encarar Lee. As veias latejam no pulso.

— Vou lhe dizer outra coisa — diz Lee, em um tom calmo e sensato. — Se você fizesse um exame para detectar drogas em seu sangue, você não passaria. É melhor não procurar a polícia nesse estado. Você teve três horas de sono, no máximo, e não está pensando com clareza. Ela está morta desde o início da noite, Terry. Por que você não se permite pensar sobre o assunto pela manhã? Talvez dias se passem até que ela seja encontrada. Não se precipite em fazer alguma coisa que não possa desfazer. Espere até ter certeza do que deseja.

É terrível ouvir isso — talvez dias se passem até que ela seja encontrada —, o que traz à mente de Terry uma imagem nítida de Merrin deitada entre samambaias e grama molhada, com água da chuva nos olhos e um besouro rastejando no cabelo. Em seguida, vem a memória de Merrin no banco do carona, tremendo nas roupas molhadas, olhando para ele com olhos tímidos e infelizes. Obrigada por me buscarem. Vocês acabaram de salvar minha vida.

— Eu quero ir para casa — comenta Terry. Ele queria soar beligerante, durão, íntegro, mas, em vez disso, a voz saiu em um sussurro falho.

— Claro — concorda Lee. — Eu levo você. Mas deixe-me pegar uma das minhas camisas para você vestir antes de irmos. A sua está manchada com o sangue dela.

Ele gesticula para a sujeira que Terry esfregou na frente da camisa. Só naquele momento, sob a luz perolada e opalescente do amanhecer, aquilo podia ser identificado como sangue seco.

IG VIU TUDO AQUILO ao tocar o braço do irmão, como se tivesse sentado no carro com eles, pelo caminho inteiro até a velha fundição — viu tudo aquilo e muito mais. Viu a conversa desesperada e suplicante que Terry teve com Lee, trinta horas depois. Foi um dia de sol impossível e fez um clima fresco fora da estação; crianças gritavam na rua, alguns adolescentes brincavam na piscina do vizinho. Era quase chocante demais tentar combinar a normalidade luminosa da manhã com a ideia de que Ig estava preso e Merrin estava dentro de uma gaveta refrigerada no necrotério. Lee ficou encostado na bancada da cozinha, observando impassível enquanto Terry saltava de um raciocínio a outro e de uma emoção a outra, a voz ora com raiva, ora com tristeza. Lee esperou que ele gastasse sua energia e então disse:

— Eles vão soltar seu irmão. Fique tranquilo. As provas forenses não baterão, e eles terão que o inocentar publicamente. — Ele jogava uma pera de uma mão para a outra.

— Quais provas forenses?

— Pegadas — respondeu Lee. — Marcas de pneus. Quem sabe o que mais? Sangue, creio eu. Ela pode ter me arranhado. Meu sangue não vai bater com o de Ig, e não tem por que eles me testarem. Ou pelo menos é melhor você torcer para que a polícia não queira me testar. Espere um pouco. Eles devem soltá-lo dentro de oito horas, e Ig será inocentado até o fim da semana. Você só precisa ficar calado por mais alguns dias, então vocês dois estarão fora dessa situação.

— Estão falando que ela foi estuprada — comentou Terry. — Você não me contou que a tinha estuprado.

— *Eu não a estuprei. Só é estupro se ela não quiser* — disse Lee, que ergueu a pera e deu uma mordida molhada.

Pior do que isso foi o vislumbre que Ig teve do que Terry havia tentado fazer cinco meses depois, sentado no banco do motorista de seu Viper, com as janelas do carro abertas, a porta da garagem fechada e o motor ligado. Terry estava à beira da inconsciência, com a fumaça que saía do escapamento se acumulando ao redor, quando a garagem foi aberta atrás dele. Sua faxineira nunca na vida tinha aparecido em uma manhã de sábado, mas lá estava ela, boquiaberta ao ver Terry pela janela do motorista, apertando a roupa da lavanderia a seco contra o peito. Ela era uma imigrante mexicana de cinquenta anos e entendia bem inglês, mas era improvável que tivesse conseguido ler a parte do bilhete dobrado saindo do bolso da camisa de Terry:

A QUEM POSSA INTERESSAR,
No ano passado, meu irmão, Ignatius Perrish, foi levado sob custódia, suspeito de estuprar e assassinar Merrin Williams, sua melhor amiga. ELE É INOCENTE DE TODAS AS ACUSAÇÕES. Merrin, que também era minha amiga, foi estuprada e assassinada por Lee Tourneau. Eu sei porque estava presente e, embora não o tenha ajudado no crime, sou cúmplice ao encobri-lo, e não consigo viver comigo mesmo mais um...

Mas Ig não foi além, largou a mão de Terry, reagindo como se tivesse levado um choque de eletricidade estática. Os olhos do irmão se abriram, as pupilas dilatadas na escuridão.

— Mamãe? — chamou Terry, em uma voz arrastada e dopada.

Estava escuro no quarto, escuro o suficiente para que Ig duvidasse que o irmão pudesse distinguir algo mais do que a forma vaga dele parado ali. Ig levou a mão até as costas e apertou o cabo da faca.

Ele abriu a boca para dizer algo; queria dizer a Terry para voltar a dormir, o que era a coisa mais absurda, exceto por outra coisa. Mas, ao falar, ele sentiu a pulsação subindo para os chifres, e a voz que saiu da boca não era a sua, mas a de sua mãe. Não era imitação, um ato consciente de mimetismo. Era ela.

— *Volte a dormir, Terry* — disse ela.

Ig ficou tão surpreso consigo mesmo que deu um passo para trás e bateu com o quadril na mesinha de cabeceira. Um copo d'água chocou-se levemente com o abajur. Terry fechou os olhos outra vez, mas começou a se mexer debilmente, como se estivesse se preparando para sentar.

— Mãe — falou ele. — Que horas são?

Ig olhou para o irmão, sem se perguntar como fez aquilo — como evocou a voz de Lydia —, apenas conseguiu repetir. Ele já sabia como. O diabo podia, é claro, emitir a voz de entes queridos, dizer o que eles mais queriam ouvir. O dom das línguas... o truque favorito do diabo.

— *Shh* — retrucou Ig.

Os chifres fizeram pressão, e a voz que saiu era a de Lydia Perrish. Foi fácil, ele nem precisou se concentrar.

— *Shh, querido. Você não precisa fazer nada. Não tem por que se levantar. Descanse. Cuide-se.*

Terry suspirou e rolou para longe de Ig, virando as costas para o irmão.

Ig estava preparado para qualquer coisa, exceto sentir compaixão por Terry. Não havia como menosprezar o que Merrin havia passado, mas, de certo modo... de certo modo, Ig também tinha perdido o irmão naquela noite.

Ele se agachou na escuridão, olhando para Terry deitado de lado sob os lençóis, e ficou pensando por um tempo, considerando a mais nova manifestação de seus poderes. Finalmente, Ig abriu a boca e Lydia disse:

— *Você deveria ir para casa amanhã. Volte para sua vida, querido. Você tem que ensaiar para a nova temporada. Você tem compromissos. Não se preocupe com a vovó. A vovó vai ficar bem.*

— E Ig? — perguntou Terry, em um sussurro, de costas. — Não é melhor eu ficar até a gente saber por onde ele anda? Estou preocupado.

— *Talvez ele precise ficar sozinho agora* — falou Ig, com a voz da mãe. — *Você sabe que essa época do ano mexe com ele. Tenho certeza de que ele está bem e que gostaria que você cuidasse do trabalho. Você precisa pensar em si mesmo, pelo menos uma vez na vida. Volte direto para Los Angeles amanhã, Terry.*

Ig fez parecer uma ordem, aplicando toda a força de vontade nos chifres, de modo que eles vibrassem de deleite.

— Voltar direto — repetiu Terry. — Ok.

Ig recuou até a porta, até a luz do dia.

Terry falou de novo, antes que o irmão saísse:

— Amo você — disse ele.

Ig ficou parado, os batimentos disparados de maneira estranha no pescoço, a respiração curta.

— *Eu também te amo, Terry* — falou ele, e gentilmente fechou a porta entre os dois.

CAPÍTULO VINTE E OITO

À TARDE, IG DIRIGIU pela rodovia até uma pequena mercearia do interior. Comprou um pouco de queijo e pepperoni, mostarda escura, dois pães, duas garrafas de vinho tinto e um saca-rolhas.

O dono do estabelecimento era um velho de aparência erudita, com óculos de vovó e um suéter abotoado na frente. Estava debruçado no balcão com o queixo apoiado no punho, folheando a *New York Review of Books*. Ele olhou para Ig sem interesse e começou a registrar as compras.

Enquanto pressionava as teclas da caixa registradora, o homem confessou para Ig que sua esposa de quarenta anos de casamento tinha Alzheimer e que ele estava pensando em atraí-la para a escada do porão e empurrá-la lá embaixo. Ele tinha certeza de que um pescoço quebrado seria considerado um acidente. Wendy o amou de corpo e alma e lhe escreveu cartas todas as semanas enquanto ele servia ao Exército, além de ter lhe dado duas belas filhas, mas ele estava cansado de ouvi-la delirar e de dar banho nela, e queria ir morar com Sally, uma velha amiga, em Boca Raton. Quando a esposa morresse, ele poderia receber o pagamento do seguro de quase setecentos mil dólares, e então jogaria golfe e tênis e faria refeições fartas com Sally durante os anos que ele ainda tinha pela frente. O homem queria saber o que Ig achava disso. Ig respondeu que achava que ele iria queimar no inferno. O comerciante deu de ombros e falou: "É claro... Nem precisava dizer".

Ele conversou com Ig em russo e foi em russo que Ig respondeu, embora não soubesse russo, nunca houvesse estudado o idioma. No entanto, ele não ficou totalmente surpreso com a fluência súbita e indevida.

Depois de falar com Terry na voz da mãe deles, conversar em russo pareceu bastante insignificante. Além disso, a linguagem do pecado era universal, era o esperanto original.

Ig começou a se afastar, pensando em como havia enganado Terry, como algo dentro dele conseguira produzir exatamente a voz que o irmão queria ouvir. Ig imaginou quais eram os limites desse poder, até que ponto conseguiria confundir outra mente. Ele parou na porta e olhou para trás, encarando o comerciante com interesse. O homem havia se sentado atrás do balcão e estava lendo o jornal mais uma vez.

— Você não vai atender ao telefone? — perguntou Ig.

O comerciante ergueu a cabeça, as sobrancelhas unidas em perplexidade.

— Está tocando — continuou Ig.

Os chifres pulsaram com uma sensação prazerosa de pressão e peso.

O homem franziu as sobrancelhas para o telefone silencioso. Ele o tirou do gancho e o colocou no ouvido. Mesmo do outro lado da mercearia, Ig conseguiu ouvir o sinal de discagem.

— *Robert, é Sally* — disse Ig, mas a voz que saiu de seus lábios não era a sua.

Era rouca, grave, mas inconfundivelmente feminina e com um sotaque do Bronx; uma voz totalmente desconhecida, mas ele tinha certeza de que pertencia à tal da Sally.

Confuso, o comerciante fez uma careta e disse para a linha vazia:

— Sally? Conversamos algumas horas atrás. Achei que você estava tentando economizar com os interurbanos.

Os chifres latejavam em um estado de alegria sensual.

— *Vou economizar com interurbanos quando não tiver que ligar para você todos os dias* — falou Ig na voz de Sally, em Boca Raton. — *Quando você vem aqui? Essa espera está me matando.*

— Não posso — respondeu o dono da mercearia, falando para a linha muda. — Você sabe que não posso. Sabe quanto custaria colocar a Wendy em uma casa de repouso? Do que *nós* viveríamos?

— *Quem disse que precisamos viver como Rockefellers? Não preciso comer ostras todos os dias. Salada de atum serve. Você quer esperar até ela morrer, mas e se eu for primeiro? Como ficamos? Não somos mais jovens. Encontre um lugar onde possam cuidar dela, então pegue um avião e venha para cá, assim vai ter alguém para cuidar de você.*

— Prometi a Wendy que não a colocaria em uma casa de repouso.

— *Ela não é mais aquela pessoa para quem você fez a promessa, e estou com medo do que você possa fazer se ficar com ela. Escolha um pecado com o qual ambos possamos viver, é o que eu peço. Me ligue quando tiver comprado a passagem, e vou buscá-lo no aeroporto.*

Ig cortou o sinal, interrompeu a influência dos chifres; a sensação prazerosa de pressão desapareceu. O comerciante afastou o telefone da orelha e olhou para o aparelho, confuso, a boca ligeiramente entreaberta. O sinal de discagem continuou tocando. Ig saiu de mansinho. O homem não ergueu o olhar, havia se esquecido totalmente dele.

IG ACENDEU UMA FOGUEIRA na chaminé, abriu a primeira garrafa de vinho e bebeu bastante, sem esperar que o álcool respirasse. A fumaça encheu a cabeça de Ig e lhe causou tontura. Como uma doce asfixia, eram mãos amorosas ao redor de seu pescoço. Ele pensou que deveria estar formulando um plano, que já devia ter decidido, a essa altura, qual seria a forma mais adequada de lidar com Lee Tourneau, mas era difícil raciocinar enquanto encarava o fogo. O movimento animado das chamas paralisou Ig. Ele ficou maravilhado com o turbilhão de faíscas e de brasas alaranjadas, ficou maravilhado com o sabor amargo do vinho, que afastava seus pensamentos como um removedor agia em tinta velha. Ele cofiou sem parar o cavanhaque e curtiu a sensação; ficou feliz por tê-lo, achou que aquilo tornava seu cabelo ralo mais aceitável. Quando Ig era criança, todos os seus heróis eram barbudos: Jesus, Abraham Lincoln, Dan Haggerty.

— Barbas — murmurou ele. — Sou abençoado por ter pelos no rosto.

Ig estava na segunda garrafa de vinho quando ouviu a fogueira sussurrando para ele, sugerindo planos e esquemas, encorajando-o com uma voz suave e sibilante, apresentando argumentos teológicos. Ele inclinou a cabeça e escutou com atenção, em um estado de fascínio. Às vezes, ele assentia, concordando. A voz da fogueira disse as coisas mais sensatas. Na hora que se seguiu, Ig aprendeu muito.

DEPOIS QUE ESCURECEU, ELE abriu a escotilha e encontrou muitos fiéis reunidos no cômodo adiante, esperando para ouvir a Palavra. Ig saiu da chaminé, e o tapete rastejante de cobras — pelo menos mil delas, umas em cima das outras, trançadas em emaranhados caóticos — abriu caminho para ele até a pilha de tijolos no centro. Ig subiu no pequeno morro e se acomodou com seu forcado e a segunda garrafa de vinho. Do poleiro em cima do monte baixo, ele ministrou para elas:

— É uma questão de fé que a alma deve ser protegida, para que não seja arruinada e consumida — disse Ig. — O próprio Cristo avisou seus apóstolos para temerem aquele que destruiria suas almas no Inferno. Eu alerto que tal destino é uma impossibilidade matemática. A alma não pode ser destruída. A alma é eterna. Como o número pi, não tem cessação ou conclusão. Como pi, é uma constante. Pi é um número irracional, incapaz de ser transformado em uma fração, impossível de ser dividido. Da mesma forma, a alma é uma equação irracional e indivisível que expressa perfeitamente uma coisa: você. A alma não seria boa para o diabo se pudesse ser destruída. E não é perdida quando colocada aos cuidados de Satanás, como tantas vezes é dito. Ele sabe exatamente como reconhecer isso.

Uma cobra grossa e marrom como uma corda se atreveu a escalar a pilha de tijolos. Ig sentiu que ela se movia por cima do pé esquerdo descalço, mas a princípio não deu atenção, atendendo, em vez disso, às necessidades espirituais de seu rebanho.

— Satanás é conhecido há muito tempo como o Adversário, mas Deus teme as mulheres ainda mais do que teme o diabo... e está certo. *Ela*, com seu poder de trazer vida ao mundo, foi genuinamente feita à imagem do Criador, não o homem, e de todas as formas provou ser um objeto mais merecedor da adoração do homem do que Cristo, aquele fanático barbado que ansiava pelo fim do mundo. Deus salva, mas não agora e não aqui. A salvação Dele é uma compra programada. Como todos os vigaristas, Ele pede que você pague agora e acredite que receberá mais tarde. Já as mulheres oferecem uma salvação diferente, mais imediata e gratificante. Eles não adiam seu amor por uma eternidade distante e mal definida, mas fazem desse amor um presente aqui e agora, frequentemente para aqueles que menos o merecem. Foi assim no meu caso. É assim para muitos. O diabo e a mulher têm sido aliados contra Deus desde o início, desde que Satanás apareceu para o primeiro homem na forma de uma cobra e sussurrou para Adão que a verdadeira felicidade não estava na oração, mas na boceta de Eva.

As cobras se contorciam e sibilavam e lutavam por espaço a seus pés. Elas mordiam umas às outras, quase em êxtase.

A cobra grossa e marrom aos pés de Ig começou a se enroscar em um de seus tornozelos. Ele se abaixou, a ergueu em uma das mãos e finalmente olhou para ela. A cobra tinha a cor de folhas secas de outono, exceto por uma única faixa laranja que percorria todo o comprimento, e na extremidade havia um chocalho curto e opaco. Ig nunca tinha visto o chocalho de uma cobra, exceto nos filmes de Clint Eastwood. Ela se deixou ser içada, não fez nenhum esforço para fugir. A serpente o encarou com olhos dourados, enrugados como uma espécie de folha metálica e com pupilas em formato de fenda. A língua preta saiu e provou o gosto do ar. A pele fria parecia tão solta sobre o músculo quanto uma pálpebra fechada sobre um olho. A cauda (talvez fosse errado falar em cauda; o animal inteiro era uma cauda com uma cabeça presa em uma das pontas) pendia no braço de Ig. Depois de um momento, Ig passou a víbora por cima dos ombros e a usou como uma echarpe solta ou uma gravata sem nó. O chocalho dela batia contra seu peito nu.

Ele olhou fixamente para o público, pois tinha esquecido o que estava dizendo. Inclinou a cabeça para trás e tomou um gole de vinho. A bebida desceu queimando, uma chama gostosa de engolir. Cristo, pelo menos, estava certo ao amar a bebida do diabo, que, como o fruto do jardim, trazia consigo a liberdade e o conhecimento e certa ruína. Ig exalou fumaça e retomou a linha de raciocínio.

— Vejam a garota que eu amei e que me amou e como ela terminou. Ela usava a cruz de Jesus no pescoço e era fiel à Igreja, que nunca fez nada por ela, exceto tirar seu dinheiro do prato de doações e chamá-la de pecadora. Ela guardava Jesus no coração todos os dias e orava a Ele todas as noites, e vejam vocês o bem que isso lhe fez. Jesus em Sua cruz. Muitos choraram por Jesus em Sua cruz. Como se ninguém mais tivesse sofrido como Ele. Como se milhões não tivessem sofrido mortes piores e morrido sem serem lembrados. Se eu tivesse vivido no tempo de Pilatos, eu mesmo teria tido o prazer de torcer a lança na lateral de Seu corpo, tão orgulhoso de Sua própria dor. — Ig fez uma pausa, então continuou: — Merrin e eu éramos um para o outro como marido e mulher. Mas ela desejava mais, desejava a liberdade, uma vida, uma chance de se descobrir. Ela queria ter outros amantes e queria que eu tivesse outras amantes também. Eu a odiei por isso. Deus também. Se existia a chance de ela abrir as pernas para outro homem, Ele virou o rosto para ela, e quando ela O chamou, ao ser estuprada e assassinada, Ele fingiu que não ouviu. Ele pensou, sem dúvida, que ela recebeu o que merecia. Vejo Deus como um escritor barato de livros populares, alguém que constrói histórias em torno de tramas sádicas e sem graça, narrativas que existem apenas para expressar Seu terror do poder de uma mulher de escolher quem e como amar, de redefinir o amor como ela achar adequado, não como Deus pensa que deveria ser. O autor é indigno de Seus próprios personagens. O diabo é primeiro um crítico literário, que entrega a esse escriba sem talento o esfolamento público que Ele merece.

A serpente no pescoço de Ig deixou cair a cabeça para roçar carinhosamente na coxa dele. Ig a acariciou delicadamente quando chegou ao ponto crucial de seu sermão inflamado.

— Só o diabo ama os humanos pelo que eles são e se regozija com seus ardis contra si mesmos, sua curiosidade descarada, a falta de autocontrole, o impulso de quebrar uma regra assim que ouvem falar dela, a disposição de abrir mão da alma imortal por uma trepada. O diabo sabe que só aqueles que têm coragem de arriscar a alma por amor possuem o direito de ter alma, mesmo que Deus não tenha. E *como* fica Deus diante disso? Deus ama o homem, segundo nos dizem, mas o amor deve ser provado por fatos, não por razões. Se você estivesse em um barco e não salvasse um homem que está se afogando, com certeza queimaria no Inferno; ainda assim, Deus, em Sua sabedoria, não vê necessidade de usar Seu poder para salvar ninguém de um único momento de sofrimento e, apesar de sua inação, Ele é celebrado e reverenciado. Mostrem-me a lógica moral disso. Vocês não conseguem. Não há nenhuma. Só o diabo opera com a razão, prometendo punir quem faria da própria terra o Inferno para quem ousasse amar e sentir. — Ig parou por um momento, antes de continuar: — Eu não afirmo que Deus está morto. Posso lhes dizer que Ele está vivo e bem, mas não em condições de oferecer a salvação, sendo Ele próprio condenado por Sua indiferença criminosa. Ele se perdeu no instante em que exigiu fidelidade e adoração antes de oferecer Sua proteção. A barganha inconfundível de um gângster. Ao passo que o diabo é tudo, menos indiferente. O diabo está sempre por perto para ajudar aqueles que estão prontos para pecar, que é outra palavra para "viver". Suas linhas estão abertas. Os atendentes estão a postos.

A víbora em volta dos ombros de Iggy deu ao chocalho uma pequena sacudida seca de aprovação, como castanholas. Ig a ergueu com uma das mãos e beijou a cabeça fria, depois a colocou no chão. Ele voltou para a chaminé, e as cobras se afastaram para permitir que ele passasse. Deixou o forcado encostado na parede, do lado de fora da escotilha, e entrou, mas não descansou. Por um tempo, ficou lendo a Bíblia de Neil Diamond à luz da fogueira. Ele fez uma pausa, tocando nervosamente o cavanhaque, considerando a lei em Deuteronômio que proibia roupas com fibras mescladas. Parte problemática das Escrituras Sagradas. Um assunto que exigia reflexão.

— Apenas o diabo quer que o homem tenha uma ampla variedade de estilos leves e confortáveis para escolher — murmurou ele por fim, experimentando um novo provérbio. — Embora não haja perdão para o poliéster. Quanto a isso, Satanás e o Senhor estão de acordo.

CAPÍTULO VINTE E NOVE

IG ACORDOU PERTURBADO POR um baque e um guincho de aço. Ele se sentou na escuridão com cheiro de fuligem, pois a fogueira tinha se apagado havia muito, e esfregou os olhos. Estreitou-os para ver quem havia aberto a escotilha e levou uma chave de ferro na boca, com força suficiente para virar a cabeça dele. Ig rolou, e a boca se encheu de sangue. Ele sentiu caroços sólidos na superfície da língua. Ig cuspiu um fio de sangue viscoso, e três dentes saíram com ele.

Uma mão coberta por uma luva de couro preta se enfiou na chaminé, agarrou Ig pelos cabelos e o arrastou para fora da fornalha, batendo a cabeça dele na escotilha de ferro ao sair. Isso provocou um som metálico, como alguém tocando um gongo. Ig foi jogado no piso de concreto. Ele tentou se levantar, fazendo uma flexão brusca, e levou uma bota preta com ponta de aço na lateral do corpo. Seus braços cederam e ele caiu no concreto com o queixo. Os dentes bateram como uma claquete: *Cena 666, tomada um, ação!*

Seu forcado. Ig o havia deixado encostado na parede, do lado de fora da fornalha. Ele rolou e se atirou na ferramenta. Os dedos bateram na alça, e o forcado caiu com um estrondo. Quando tentou agarrar o cabo, Lee Tourneau desceu o salto da bota na mão de Ig, que ouviu os ossos se partirem como estilhaços de vidro. Parecia alguém quebrando um punhado de gravetos secos. Ele virou a cabeça para encarar Lee quando levou um golpe da chave-inglesa novamente, e Ig foi atingido bem entre os chifres. Um granada de luz branca explodiu na cabeça de Ig, feita de fósforo incandescente e brilhante, e o mundo desapareceu.

* * *

ELE ABRIU OS OLHOS e viu o chão da fundição passando debaixo de si. Lee segurava Ig pela gola da camisa e o arrastava, seus joelhos deslizando pelo concreto. As mãos estavam na frente do corpo, presas pelos pulsos. Fita isolante, ao que parecia. Ele tentou pular e só conseguiu mexer os pés fracamente. O mundo se encheu do zumbido infernal dos gafanhotos, e Ig demorou um pouco para entender que o som estava apenas dentro de sua cabeça, porque os gafanhotos ficavam mudos à noite.

Era errado, ao considerar a antiguidade da fundição, pensar em um lado de fora e um lado de dentro. Não havia telhado; o interior *era* o exterior. Mas Ig foi carregado por uma porta e teve a sensação de que, de alguma forma, eles haviam saído para a noite, embora ainda houvesse concreto empoeirado sob os joelhos. Ele não conseguia levantar a cabeça, mas tinha a impressão de estar em espaço aberto, de não haver mais paredes. Ouviu o Cadillac de Lee parado com o motor ligado em algum lugar próximo. Eles estavam atrás do prédio, pensou Ig, não muito longe da Trilha Perigosa. A língua se movia vagarosamente pela boca, era uma enguia nadando em sangue. A ponta tocou uma cavidade vazia onde antes havia um dente.

Se ele fosse tentar usar os chifres em Lee, teria que usar *logo*, antes que Lee concluísse o que fora fazer ali. Quando Ig abriu a boca para falar, sentiu um choque preto e opressor de dor, e tudo que ele conseguiu fazer foi não gritar. O maxilar estava quebrado — despedaçado, talvez. O sangue borbulhava e escorria pelo canto da boca, e Ig emitiu um ruído de dor.

Os dois estavam no topo de um lance de escada de concreto. Lee respirava com dificuldade e parou.

— Cruzes, Ig — disse Lee. — Você não parece tão pesado. Não fui feito para esse tipo de coisa.

Ele jogou Ig escada abaixo. Ig acertou primeiro o ombro e depois o rosto, e o maxilar pareceu se quebrar de novo. Ele não conseguiu evitar e de fato *gritou*, um som rouco e estrangulado. Rolou o resto do caminho até o pé da escada e se esparramou no chão, o nariz enfiado na terra.

Ig se manteve perfeitamente imóvel — era importante ficar imóvel, a coisa mais importante do mundo —, esperando que a pulsação tenebrosa de dor no rosto esmagado diminuísse, pelo menos um pouco. Ao longe, ele ouviu botas se arrastando na escada de concreto e batendo no chão. A porta de um carro se abriu. A porta de um carro bateu. As botas voltaram com força. Ig ouviu um tinido metálico e um som de líquido espirrando, nenhum dos quais ele conseguiu identificar.

— Eu sabia que te encontraria aqui, Ig — disse Lee. — Você não conseguiu ficar longe, não é?

Ig lutou para erguer a cabeça e olhar para cima. Lee se agachou ao lado dele. Ele usava calça jeans escura e uma camisa de botão branca, as mangas arregaçadas para mostrar os antebraços magros e fortes. Tinha a expressão calma, quase bem-humorada. Com uma das mãos, ele tocou sem perceber a cruz aninhada no pelo louro do peito.

— Eu sabia que encontraria você aqui desde que Glenna me ligou algumas horas atrás. — Os cantos da boca dele ensaiaram um sorriso por um momento. — Ela voltou para casa e encontrou o apartamento destruído. A TV esmagada. Coisas espalhadas por toda a parte. Ela me ligou imediatamente. Estava chorando, Ig. Glenna está se sentindo péssima. Ela acha que de alguma forma você descobriu o nosso... qual é o termo para isso?... nosso encontro amoroso no estacionamento e que você a odeia. Está com medo de que você possa se machucar. Eu disse que tinha mais medo de você fazer mal a *ela* e que achava que ela deveria passar a noite comigo. Você acredita que ela me rejeitou? Falou que não tinha medo de você e que vocês precisavam conversar, antes que o lance entre mim e ela fosse adiante. A boa e velha Glenna. Ela é um amor, você sabe. Um pouco desesperada demais para agradar. Muito insegura. Muito vadia. A segunda coisa mais próxima de um ser humano descartável que já conheci. A primeira seria você.

Ig ignorou o maxilar quebrado e tentou dizer a Lee para ficar longe dela. Mas quando abriu a boca, tudo o que saiu foi outro grito. A dor irradiava do maxilar, e uma escuridão surgiu com ela, se concentrou nos cantos da visão e o envolveu. Ele respirou forte — bufou sangue pelas narinas — e lutou contra a escuridão, tentando afastá-la com toda a força de vontade.

— Eric não lembra o que aconteceu na casa da Glenna hoje de manhã — comentou Lee, o tom de voz tão baixo que Ig quase não ouviu. — Por que isso, Ig? Ele não consegue se lembrar de nada, exceto você jogando uma panela de água no rosto dele e quase desmaiando. Alguma coisa aconteceu naquele apartamento. Uma luta? *Alguma coisa.* Eu pensei em trazer Eric comigo hoje à noite, tenho certeza de que ele gostaria de ver você morto, mas o rosto dele... Você queimou o rosto dele para valer, Ig. Se tivesse sido pior, Eric teria tido que ir a um hospital e inventado uma mentira para justificar como se machucou. De qualquer maneira, ele não deveria ter entrado no apartamento da Glenna. Às vezes, acho que aquele cara não respeita a lei. — Lee riu e continuou: — Talvez seja melhor assim, que Eric não faça parte disso. É mais fácil quando não há testemunhas.

Lee apoiava os pulsos nos joelhos, e a chave-inglesa pendia da mão direita, cinco quilos de ferro enferrujado.

— Eu até entendo que Eric não se lembre do que aconteceu na casa da Glenna. Uma panela de aço na cabeça pode embaralhar a memória. Mas não consigo imaginar o que aconteceu quando você apareceu no gabinete do deputado ontem. Três pessoas viram você entrar: Chet, o recepcionista, Cameron, que opera a máquina de raio-X, e Eric. Cinco minutos depois que você saiu, nenhum deles lembrava que você tinha estado lá. Só eu. Nem Eric acreditou que você tinha passado lá, até que mostrei o vídeo da câmera de segurança. No vídeo, vocês dois conversaram, mas ele não tinha ideia do que conversaram. Tem mais uma coisa também. A imagem no vídeo. Não parece direito. Como se houvesse algo errado com a fita... — A voz foi sumindo, e ele ficou em silêncio por um momento. — Distorção. Mas só ao seu redor. O que você fez com a fita? Aliás, o que você fez com *eles*? E por que não me afetou? É isso que eu gostaria de saber.

Como Ig não respondeu, Lee ergueu a chave-inglesa e o cutucou no ombro.

— Você está ouvindo, Ig?

Ig tinha ouvido cada palavra. Enquanto Lee tagarelava, ele estava se preparando, reunindo todas as forças que lhe restavam, para atacar. Recolhera os joelhos e recuperara o fôlego e estava apenas esperando o momento certo, e finalmente o momento chegara. Ig se levantou, jogou a chave-inglesa para o lado e avançou para cima de Lee, deu uma ombrada em seu peito e o derrubou de bunda no chão. Ele ergueu as mãos e agarrou o pescoço de Lee...

...e, assim que tocou a pele dele, quase gritou de novo. Ig ficou, por um instante, dentro da cabeça de Lee, e era como estar no rio Knowles outra vez; ele estava se afogando em uma torrente preta e impetuosa, sendo puxado para baixo e entrando em um lugar frio, barulhento e escuro, com um movimento desesperado. Naquele único instante de contato, Ig soube de *tudo* e quis não saber, quis que aquilo fosse embora, quis *deixar de saber*.

Lee ainda estava com a chave-inglesa e foi para cima com ela, cravou a ferramenta na barriga de Ig, que tossiu de forma explosiva. Ele foi empurrado, mas, ao ser jogado para o lado, os dedos de Ig se prenderam na corrente dourada que Lee usava no pescoço. Ela se rompeu quase em silêncio. A cruz voou noite adentro.

Lee se contorceu, saiu de baixo dele e voltou a ficar de pé. Ig estava apoiado nos punhos e nos joelhos, lutando para respirar.

— Tente me sufocar, seu merda — disse Lee, chutando a lateral do corpo de Ig.

Uma costela estalou. Ele gemeu e caiu de cara no chão.

Lee deu um segundo chute e um terceiro, que acertou a lombar de Ig e provocou um choque paralisante de dor nos rins e nos intestinos. Algo molhado lhe atingiu a nuca. Cuspe. Então, por um momento, Lee ficou parado, e os dois conseguiram recuperar o fôlego.

E, por fim, Lee indagou:

— Que porra é essa na sua cabeça? — Ele parecia genuinamente surpreso. — Cruzes, Ig. São *chifres*?

Ig estremeceu com as ondas de dor e náusea que irradiavam das costas, das costelas, da mão, do rosto. Ele cravou os dedos no chão com a mão esquerda, cavando sulcos na terra preta, tentando agarrar a consciência, lutando por cada segundo de clareza. O que Lee acabou de dizer? Algo a respeito dos chifres.

— Era *isso* que estava no vídeo — concluiu Lee, um pouco sem fôlego. — Chifres. Puta merda. Achei que a fita é que estava com defeito. Só que não havia nada de errado com a fita. Havia algo de errado com *você*. Sabe, acho que vi os chifres ontem, com meu olho ruim. Enxergo apenas sombras embaçadas com esse olho, mas, quando olhei para você, pensei *Humm...* — A voz dele foi sumindo, e Lee levou dois dedos ao pescoço nu. — *Olhe só isso...*

Quando Ig fechou os olhos, viu uma surdina reluzente e metálica, enfiada fundo em um trompete para abafar o som. Finalmente encontrara uma surdina para os chifres. A cruz de Merrin havia cortado o sinal, criado um círculo de proteção ao redor de Lee Tourneau que os chifres não conseguiram penetrar. Sem a cruz, Lee estava vulnerável. Naturalmente, era tarde demais para servir de vantagem para Ig.

— Minha cruz — murmurou Lee, ainda tocando o pescoço. — A cruz de Merrin. Você quebrou. Você quebrou tentando me estrangular. Que desnecessário, Ig. Você acha que eu *quero* fazer isso com você? Não quero. *Não* quero. Quero fazer isso com uma garotinha de catorze anos que mora na casa ao lado. Ela gosta de tomar sol no quintal, e às vezes eu a observo da janela do meu quarto. Ela parece bem virginal em seu biquíni com as cores da bandeira. Penso nela como pensava em Merrin. Não que eu vá de fato *fazer* alguma coisa com ela. É muito arriscado. Somos vizinhos, eu seria um suspeito natural. Você não caga onde você come. A menos... a menos que talvez eu consiga escapar impune. O que você acha, Ig? Acha que eu devo matá-la?

Em meio à tenebrosa pontada de dor na costela quebrada e à pressão inchada no maxilar e na mão esmagada, Ig notou que a voz de Lee estava diferente: ele falava em um tom meio sonhador, meio que conversando consigo mesmo. Os chifres funcionavam com Lee como haviam funcionado com todo mundo.

Ig balançou a cabeça e emitiu um som dolorido de negação. Lee pareceu desapontado.

— Não. Não é uma boa ideia, é? Mas vou lhe contar uma coisa. Eu *quase* vim aqui com Glenna algumas noites atrás. Eu queria tanto, de um jeito que você não acreditaria. Quando saímos da Taverna Station House, ela estava muito bêbada e iria me deixar levá-la para casa, e eu fiquei pensando que, em vez disso, poderia trazê-la aqui, foder naquelas tetas gordas e, então, bater na cabeça dela e abandoná-la. Seria culpa sua também. Ig Perrish ataca novamente, mata outra namorada. Mas aí Glenna foi lá e me chupou no estacionamento, bem na frente de três ou quatro caras, e aí tive que desistir da ideia. Muita gente poderia dizer que estávamos juntos. Ah, tudo bem. Outra hora. O lance em relação a garotas como Glenna, garotas com ficha na polícia e tatuagens, garotas que bebem muito e fumam demais... elas desaparecem o tempo todo e, seis meses depois, mesmo as pessoas que as conheciam não conseguem nem lembrar seus nomes. E hoje à noite, Ig... hoje à noite, pelo menos, eu tenho você.

Ele se abaixou, pegou Ig pelos chifres e o arrastou pelo mato. Ig não conseguiu encontrar forças para sequer chutar. O sangue escorria da boca, e a mão direita pulsava como um coração.

Lee abriu a porta da frente do Gremlin de Ig, o pegou por baixo dos braços e o jogou dentro do carro. Ele ficou esparramado de bruços nos bancos, com as pernas para fora. O esforço de erguê-lo quase derrubou Lee — ele também estava cansado, Ig podia sentir —, e ele meio que caiu dentro do Gremlin também. Ele colocou a mão nas costas de Ig para se equilibrar e o joelho na bunda de Ig.

— Ei, Ig. Você se lembra do dia em que nos conhecemos? Lá na Trilha Perigosa? Pense bem, se você tivesse se afogado, eu poderia ter pegado Merrin quando ela ainda era virgem, e talvez nenhuma dessas coisas ruins teria acontecido. Se bem que eu não sei. Ela já era uma putinha arrogante naquela época. Tem uma coisa que você precisa saber, Ig. Eu me sinto culpado por isso há anos. Bem. Culpado, não. Mas você sabe. *Esquisito*. Lá vai: eu realmente. De Verdade. Não. Salvei. Você. Do afogamento. Não sei quantas vezes eu já falei isso ou por que você nunca acreditou em mim. Você nadou sozinho. Eu nem bati nas suas costas para fazê-lo respirar novamente. Eu só te chutei por acidente, tentando me afastar. Havia uma cobra grande para caralho bem perto de você. Eu odeio cobras. Tenho, tipo, aversão. Ei, talvez a cobra tenha tirado você do rio. Com certeza era grande o suficiente. Como a porra de uma mangueira de incêndio. — Ele deu um tapinha na nuca de Ig com a mão enluvada. — Pronto. Estou aliviado por ter me livrado desse peso. Já me sinto melhor. É verdade o que dizem: a confissão *faz* bem para a alma.

Ele se levantou, pegou os tornozelos de Ig e empurrou as pernas para dentro do carro. Parte cansada de Ig estava feliz por ele morrer ali. Muitos dos melhores momentos de sua vida haviam acontecido no Gremlin. Ele tinha amado Merrin ali, teve todas as conversas mais felizes com ela ali e segurou sua mão nos longos passeios noturnos em que nenhum dos dois falava, apenas curtiam um silêncio compartilhado. Ig sentiu que Merrin estava perto dele naquele momento, que, se olhasse para cima, poderia vê-la no banco do carona, erguendo o braço para colocar a mão delicadamente na cabeça dele.

Ig ouviu um ruído abafado atrás dele e a seguir aquele som ecoante, metálico, chapinhando, e, por fim, conseguiu identificar o barulho. Era o som de um líquido caindo em uma lata de metal. Ig tinha acabado de se apoiar nos punhos quando sentiu um respingo frio e úmido nas costas, ensopando a camisa. O cheiro de gasolina fez os olhos lacrimejarem e preencheu o interior do carro.

Ig rolou e fez um esforço para se sentar. Lee terminou de ensopá-lo, deu uma última sacudida na lata e deixou-a de lado. Ig piscou por causa dos vapores pungentes enquanto o ar oscilava com o fedor da gasolina. Lee retirou uma caixinha do bolso. Ele tinha pegado os Fósforos Lúcifer de Ig ao sair da fundição.

— Eu sempre quis fazer isso — confessou Lee, riscando o fósforo e jogando-o pela janela aberta.

O fósforo aceso atingiu a testa de Ig, girou e caiu. Ele estava preso, com fita isolante nos pulsos, mas suas mãos estavam à frente do corpo, então pegou o fósforo no ar, sem pensar, apenas por reflexo. Por um instante — apenas um —, suas mãos viraram uma taça cheia de fogo, transbordando luz dourada.

Ele vestiu um traje vermelho flamejante e se tornou uma tocha viva. Ig gritou, mas não conseguiu ouvir a própria voz, porque foi quando o interior do carro pegou fogo, com um estrondo baixo e grave que pareceu sugar todo o oxigênio do ar. Ele teve um vislumbre de Lee cambaleando para se afastar do Gremlin, o rosto arrebatado iluminado pelas chamas. Mesmo tendo se preparado tanto, ele não estava pronto para ver aquilo: o Gremlin se tornou uma torre de fogo crepitante.

Ig agarrou a porta e tentou abri-la, mas Lee deu um passo à frente e a fechou com um chute. O painel de plástico enegreceu. O para-brisa começou a ser coberto por fuligem. Através dele, Ig enxergou a noite e a descida da Trilha Perigosa, o rio lá embaixo. Ele estendeu uma das mãos às cegas em meio às chamas, encontrou a alavanca de câmbio e colocou em ponto morto. Com a outra, soltou o freio de mão. Ao soltar a alavanca, pedaços pegajosos de plástico se soltaram e se fundiram com a pele dele.

Ig olhou novamente pela janela aberta do lado do motorista e viu Lee se afastando. Lee tinha o rosto pálido e atordoado sob o brilho do inferno em movimento. Logo Lee ficou para trás, e as árvores começaram a passar rapidamente conforme o Gremlin descia colina abaixo. Ig não precisava dos faróis para enxergar. O carro produzia uma rajada suave de luz dourada — era uma carruagem em chamas que lançava um brilho avermelhado à frente na escuridão. *Vindo me levar para casa*, pensou Ig na canção de Dolly Parton.

As árvores se aproximaram, e o mato varreu as laterais do carro. Ig não percorria a trilha desde aquela vez no carrinho de compras, mais de dez anos antes, e nunca tinha andado à noite ou de carro ou enquanto queimava vivo. Apesar de tudo, ele conhecia o caminho, conhecia a trilha pela sensação de mergulho nas entranhas. A colina ficava cada vez mais íngreme à medida que Ig avançava, até quase parecer que o carro tinha despencado da encosta de um penhasco. Os pneus traseiros chegaram a sair do chão e depois voltaram a tocá-lo, com um ruído metálico de pancada. A janela do carona explodiu com o calor. As sempre-vivas passavam assobiando. Ig estava com as mãos no volante. Não sabia quando havia feito isso. Podia sentir o volante amolecendo, derretendo como um dos relógios de Dalí, afundando em si mesmo. O pneu dianteiro do lado do motorista bateu em alguma coisa, e Ig sentiu o volante quase perder o controle, virar o Gremlin em chamas, mas o endireitou e manteve o carro na trilha. Ele não conseguia respirar. Tudo era fogo.

O Gremlin atingiu a pequena inclinação de terra no pé da Trilha Perigosa e foi catapultado para as estrelas, sobre a água, um cometa em chamas. O carro deixou uma espiral de fumaça para trás, como um foguete. O movimento adiante abriu as chamas na frente do rosto de Ig, como se mãos invisíveis tivessem aberto uma cortina vermelha. Ele viu a água correndo em sua direção, como uma estrada pavimentada em mármore preto liso. O Gremlin atingiu o rio com uma grande pancada que estilhaçou o para-brisa, e depois veio a água.

CAPÍTULO TRINTA

LEE TOURNEAU ESTAVA NA margem do rio e observou a correnteza virar lentamente o Gremlin, de modo que ficasse apontado para o fundo do rio. Apenas a traseira emergia. O fogo tinha se apagado, embora ainda saísse fumaça branca pelas frestas do porta-malas. Com a chave-inglesa na mão, ele olhava enquanto o carro inclinava e afundava um pouco mais, seguindo a corrente, até que um movimento deslizante perto de seu pé lhe chamou a atenção. Ele olhou para baixo e deu um pulo para trás com um gritinho de revolta, chutando uma cobra-d'água na grama. Ela passou por Lee e entrou no Knowles. Ele recuou, o lábio superior curvado em desgosto, conforme uma segunda cobra-d'água e depois uma terceira entravam na água, fazendo com que o reflexo do luar no rio tremesse e se partisse em cacos de prata. Lee lançou um último olhar em direção ao carro que afundava e então se virou e começou a subir a colina.

Lee não estava mais ali quando Ig saiu da água e escalou o barranco para o mato. Seu corpo fumegava na escuridão. Ele deu seis passos trêmulos na terra e caiu de joelhos. Enquanto se deitava em meio às samambaias, Ig ouviu a porta de um carro bater no topo da colina e o barulho do Cadillac de Lee dando meia-volta e indo embora. Ele ficou ali, descansando sob as árvores ao longo da margem do rio.

A pele dele não era mais de um tom branco pálido como a barriga de um peixe, mas de um tom vermelho intenso, como certas madeiras de lei envernizadas. Respirar nunca foi tão fácil, os pulmões nunca estiveram tão cheios. O fole das costelas se inflava sem esforço a cada inspiração. Ig tinha ouvido uma costela se quebrar menos de vinte minutos antes, mas não sentia dor. Notou muito mais tarde que os hematomas de mais de um mês nas laterais do corpo haviam sarado — era tudo o que restava para provar que havia sido atacado. Ele abriu e fechou a boca, mexendo o maxilar, mas não sentiu dor, e quando a língua passeou pela boca, encontrou os dentes que faltavam perfeitos e inteiros, de volta ao lugar onde deviam estar. Ig flexionou a mão. Parecia bem. Ele conseguia ver os ossos nas costas da mão, os metacarpos uniformes e intactos. Ig não tinha percebido na ocasião, mas percebeu agora que nunca sentiu dor durante o tempo todo em que estava se queimando. Em vez disso, ele saiu do fogo ileso e curado. O ar quente da noite estava impregnado com o cheiro de gasolina, plástico derretido e ferro queimado, uma fragrância que mexia com Ig, da mesma forma que o cheiro de limão, menta e suor feminino de Merrin havia mexido. Iggy Perrish fechou os olhos e respirou tranquilamente e, quando olhou para cima, já era madrugada.

A pele parecia esticada sobre os músculos e ossos, parecia limpa. Ele nunca se sentiu tão limpo. Era assim que o batismo deveria ser, pensou. As margens estavam cheias de carvalhos, e as folhas largas tremulavam em contraste com o céu de um azul perfeito e impossível, as bordas brilhando com uma luz verde-dourada.

MERRIN TINHA VISTO A casa da árvore entre folhas iluminadas de um jeito peculiar. Ela e Ig estavam empurrando as bicicletas ao longo de uma trilha no bosque, voltando da cidade, onde passaram a manhã como parte de uma equipe de voluntários pintando a igreja, e ambos usavam camisetas largas e short salpicado de tinta branca, feitos a partir de calça jeans cortada. Já haviam caminhado e pedalado por aquele caminho com frequência, mas nunca viram a casa da árvore.

Era fácil perdê-la de vista. A casa havia sido construída a cinco metros do chão, na copa larga de uma árvore que Ig não conseguiu identificar, escondida atrás de dez mil folhas verde-escuras. No início, quando Merrin apontou, Ig nem achou que houvesse algo ali. Não estava lá. Então de repente estava. Os raios de sol atravessavam as folhas e reluziam na madeira branca. À medida que se aproximavam, andando sob a árvore, a casa ficou mais nítida. Era uma caixa branca com quadrados largos recortados para formar as janelas com cortinas de náilon baratas. Parecia que tinha sido construída por alguém que sabia o que estava fazendo, não um carpinteiro casual de fim de semana, embora não houvesse nada especialmente chamativo nela. Nenhuma escada levava à casa, nem era necessária. Galhos baixos proporcionavam uma série natural de degraus que conduziam ao alçapão fechado. Pintada com cal na parte inferior da porta estava uma única frase presumivelmente cômica: BENDITO SEJA QUANDO ENTRAR.

Ig havia parado para olhar — bufou baixinho com desdém diante da inscrição —, mas Merrin não diminuiu o passo. Ela deitou a bicicleta nos tufos macios de grama no pé da árvore e imediatamente começou a escalar, pulando de galho em galho com uma autoconfiança atlética. Ig ficou lá embaixo, observando Merrin subir, e, enquanto ela galgava os galhos, foi impactado pelas coxas morenas nuas, macias e ágeis depois de uma longa temporada jogando futebol. Quando alcançou o alçapão, Merrin virou a cabeça para olhar para ele lá embaixo. Foi uma luta desviar o olhar do short jeans dela, mas, quando Ig conseguiu, Merrin estava sorrindo para ele. Ela não falou, mas empurrou o alçapão com um estrondo e subiu pela abertura.

Quando Ig enfiou a cabeça no interior da casa, ela já estava tirando a roupa. O chão era forrado por um pequeno carpete quadrado empoeirado. Havia uma menorá de latão servindo de suporte para nove velas meio derretidas em uma mesa de canto rodeada por pequenas figuras de porcelana. Uma poltrona com estofamento mofado cor de musgo estava em um canto. As folhas tremulavam do lado de fora da janela, e as sombras se moviam sobre a pele de Merrin, em um movimento constante e rápido, enquanto a casa da árvore rangia suavemente em seu berço de galhos. Qual era mesmo a velha cantiga infantil que falava de berços nas árvores? *Ig e Merrin em uma árvore, S-E B-E-I-J-A-N-D-O.* Não, não era essa. *Durma, bebê, em cima da árvore. Durma, bebê.* Ig fechou o alçapão ao entrar e colocou a poltrona em cima, para que ninguém pudesse surpreendê-los. Ele se despiu e, por um tempo, os dois dormiram juntos.

Mais tarde, ela perguntou:

— Qual é a das velas e dos bonequinhos de porcelana?

Ig ficou de quatro e rasteijou na direção deles. Merrin se sentou rapidamente e lhe deu um tapa na bunda com a palma da mão. Ele riu, pulou e se afastou dela.

Ig se ajoelhou diante da mesa de canto. A menorá foi colocada em cima de um pedaço de pergaminho sujo com grandes letras maiúsculas escritas em hebraico. As velas tinham derretido bastante e deixaram um rendilhado de estalactites e estalagmites de cera ao redor da base de latão. Uma Maria de porcelana — uma judia muito gata vestida de azul — estava ajoelhada em um gesto piedoso diante de um anjo do Senhor, uma figura alta e musculosa em mantos dispostos quase como uma toga. Ela tinha o braço erguido, provavelmente para pegar a mão dele, embora o bibelô estivesse posicionado de forma que Maria parecesse estar se preparando para pegar o pau dele. O mensageiro do Senhor olhava feio para ela, com desaprovação altiva. Havia um segundo anjo um pouco afastado, com o rosto voltado para o céu, de costas para os outros, soprando tristemente uma trombeta de ouro.

Nessa cena, algum engraçadinho havia inserido um alienígena de pele cinza com os olhos pretos e multifacetados de uma mosca. Ele estava ao lado de Maria, curvado para sussurrar no ouvido dela. Essa figura não era de porcelana, mas de borracha, um boneco articulado de algum filme; Ig pensou que talvez fosse de *Contatos imediatos do terceiro grau*.

— Você sabe que tipo de texto é esse? — Perguntou Merrin, arrastando-se para se ajoelhar ao lado dele.

— Hebraico — respondeu Ig. — É de um filactério.

— Que bom que estou tomando pílula — falou ela. — Você se esqueceu de colocar seu filactério quando transamos.

— Um filactério não é isso.

— Eu sei que não é — disse Merrin.

Ele esperou. Sorrindo para si mesmo.

— Então, o que é um filactério? — indagou ela.

— Os judeus usam na cabeça.

— Ah. Achei que fosse um quipá.

— Não. Isso é outra coisa que os judeus usam na cabeça. Ou talvez às vezes no braço. Não lembro.

— Então, o que diz o texto?

— Não sei. É a Sagrada Escritura.

Ela apontou para o anjo com a trombeta.

— Parece seu irmão.

— Não, não parece — retrucou Ig... ainda que, analisando novamente, o anjo de fato se parecesse com Terry tocando seu trompete, a testa larga e distinta e as feições principescas. Embora Terry jamais usasse esses mantos, exceto talvez em uma festa à fantasia.

— O que são essas coisas aí? — perguntou Merrin.

— É um santuário.

— Para quê? — Ela indicou o alienígena com a cabeça. — Você acha que é o altar sagrado do E.T.?

— Não sei. Talvez essas figuras fossem importantes para alguém. Talvez sejam uma maneira de se lembrarem de alguma pessoa. Acho que construíram a casa como um lugar para rezar.

— É o que eu acho também.

— Você quer rezar? — indagou Ig, sem pensar, e engoliu em seco, sentindo que havia pedido algum ato obsceno, algo que Merrin poderia julgar ofensivo.

Ela estreitou os olhos para Ig e sorriu com malícia. Pela primeira vez ocorreu a Ig que Merrin pensava que ele era meio maluco. Ela olhou em volta, para a janela e as folhas amarelas tremulantes, para a luz do sol pintando as velhas paredes desgastadas, e depois o encarou e assentiu.

— Claro — disse Merrin. — É melhor do que rezar na igreja.

Ig juntou as mãos, abaixou a cabeça e abriu a boca para falar, mas Merrin o interrompeu:

— Não vai acender as velas? — sugeriu ela. — Não acha que devemos criar uma atmosfera de reverência? Acabamos de tratar este lugar como o cenário de um filme pornô.

Havia uma caixa manchada e empenada na gaveta rasa que continha fósforos com cabeças pretas engraçadas. Ig riscou um palito, que se acendeu com um chiado e um estalo de chama branca. Levou o fósforo de pavio em pavio, tocando cada uma das velas na menorá. Estava agindo o mais rápido possível, mas mesmo assim o palito foi consumido até os dedos, quando ele acendeu o nono pavio. Merrin gritou o nome dele no momento em que Ig sacudia o fósforo para apagá-lo.

— Meu Deus, Ig — falou ela. — Você está bem?

— Estou — disse ele, mexendo a ponta dos dedos.

Ig realmente estava bem. Aquilo não doeu nem um pouco.

Merrin fechou a caixa de fósforos e fez menção de guardá-la, mas hesitou para olhar para ela.

— Rá — riu ela.

— O que foi?

— Nada — retrucou Merrin, jogando os fósforos dentro da gaveta.

Ela baixou a cabeça, juntou as mãos e esperou. Ig sentiu a respiração ficar curta ao vê-la, sua pele firme, branca e nua, seus seios macios e seus cabelos ruivo-escuros. Ele mesmo não se sentiu tão nu em nenhum outro momento da vida, nem mesmo na primeira vez que se despiu diante de Merrin. Ao vê-la, esperando pacientemente que ele declarasse a oração, Ig sentiu atravessá-lo uma onda doce e fulminante de emoção, quase mais amor do que poderia suportar.

Nus, os dois rezaram juntos. Ig pediu a Deus que os ajudasse a serem bons uns com os outros, que os ajudasse a serem gentis. Ele estava pedindo a Deus que os protegesse do mal quando sentiu a mão de Merrin se movendo em sua coxa, deslizando delicadamente por entre suas pernas. Precisou de muita concentração para completar a oração, de olhos bem fechados. Quando terminou, Ig disse "amém", e Merrin se virou para ele e sussurrou "amém" enquanto colava os lábios nos de Ig e o puxava em sua direção. Os dois fizeram amor outra vez e, quando terminaram, cochilaram nos braços um do outro, a boca dela roçando no pescoço dele.

Quando Merrin finalmente se sentou — tirando o braço de Ig de cima dela, o que o fez despertar —, parte do calor do dia havia se dissipado e a casa da árvore foi absorvida pela escuridão do bosque. Ela se curvou, cobriu os seios nus com um braço e procurou as roupas.

— Merda — xingou ela. — Temos que ir. Meus pais estavam nos esperando para o jantar. Eles vão se perguntar onde estamos.

— Vista-se. Vou apagar as velas.

Ig se curvou sonolento em direção à menorá... então contraiu-se tristemente quando foi tomado por uma sensação estranha e desagradável.

Ele não tinha visto uma das figuras de porcelana. Era o diabo. Ele estava posicionado na base do candelabro, e, como a própria casa da árvore em sua capa de folhas, era difícil notá-lo, meio escondido atrás da fileira de estalactites de cera que pendiam das velas. Lúcifer estava tendo uma convulsão de riso, as mãos magras e vermelhas cerradas em punhos, a cabeça jogada para trás, para o céu. Ele parecia dançar sobre os pequenos cascos de bode. Os olhos amarelos estavam virados para trás em uma expressão de deleite delirante, uma espécie de êxtase.

Ao vê-lo, Ig sentiu um calafrio nos braços e nas costas. A figura do diabo devia ter sido apenas mais parte da cena brega disposta diante dele, e ainda assim não era, e ele odiou aquilo, desejou não ter visto. O pequeno bibelô dançante era horrível, uma coisa ruim de ver, uma coisa ruim de ser deixado para trás. Não era engraçado. De repente, Ig se arrependeu de ter rezado ali. Ele quase estremeceu, como se a temperatura tivesse caído quinze graus dentro da casa da árvore. Só que não estava imaginando coisas. O sol havia se escondido atrás de uma nuvem, por isso o ambiente escureceu e esfriou. Um vento forte soprou nos galhos.

— É uma pena que tenhamos que ir — disse Merrin, vestindo o short atrás dele. — Não é agradável esse ar?

— Sim — concordou Ig, embora a voz estivesse inesperadamente rouca.

— Lá se foi nosso pedacinho de céu — declarou Merrin, e foi quando alguma coisa golpeou o alçapão com um estrondo tão alto que fez os dois gritarem.

O alçapão bateu com força na poltrona em cima dele, com tanto ímpeto que toda a casa da árvore pareceu tremer.

— O que foi isso? — exclamou Merrin.

— Ei! — gritou Ig. — Ei, tem alguém aí?

O alçapão bateu novamente na poltrona, que se mexeu alguns centímetros, mas permaneceu em cima dele. Ig lançou um olhar transtornado para Merrin, e a seguir os dois estavam catando as roupas. Ele enfiou o short enquanto ela fechava o sutiã. O alçapão bateu outra vez na poltrona, com mais força do que nunca. Os bibelôs na mesa de canto pularam, e Maria caiu. O diabo espiava com avidez de dentro de sua caverna de cera derretida.

— Parem com essa porra! — berrou Ig, com o coração latejando no peito.

Moleques, pensou ele. *Devem ser só uns moleques malditos*. Mas Ig não acreditou. Se eram garotos, por que não estavam rindo? Por que não estavam saltando da árvore e correndo excitados com a brincadeira?

Ig estava vestido e pronto, então agarrou a poltrona para empurrá-la para o lado... Foi quando percebeu que estava com medo. Ele se deteve e encarou Merrin, que ficou paralisada no ato de calçar os tênis.

— Ande — sussurrou ela. — Veja quem está lá fora.

— Eu não quero.

Ig não queria mesmo. O coração vacilou com a ideia de mover a poltrona para o lado e deixar entrar quem (*o que*) quer que estivesse lá fora.

O pior de tudo foi o silêncio repentino. Quem quer que estivesse batendo no alçapão desistiu, esperando que eles o abrissem por vontade própria.

Merrin terminou de calçar os tênis e assentiu.

— Se tiver alguém aí embaixo — começou Ig —, parabéns, você conseguiu. Estamos bem assustados.

— Não diga isso — sussurrou Merrin.

— Estamos saindo agora.

— Cruzes — sibilou Merrin. — Não diga isso a ele também.

Eles trocaram um olhar. Ig sentia um pavor crescente, não queria abrir o alçapão, e foi dominado pela convicção irracional de que, se abrisse, permitiria a entrada de alguma coisa que faria um mal irreparável aos dois. Ao mesmo tempo, não havia o que fazer a não ser abrir o alçapão. Ele assentiu para Merrin, empurrou a poltrona para trás e, ao fazer isso, viu que havia outra coisa escrita do lado de *dentro* do alçapão, grandes letras maiúsculas em tinta branca, mas não parou para ler, apenas ergueu a tampa. Ig saltou para baixo, não querendo ter mais tempo para pensar, agarrou a borda e atacou com as pernas, na esperança de expulsar quem quer que estivesse no galho. Foda-se se a pessoa quebrasse o pescoço. Ele havia presumido que Merrin ficaria para trás, que era seu papel como homem protegê-la, mas ela passou pela abertura com ele e, na verdade, pisou no galho abaixo primeiro.

O coração de Ig batia tão rápido que o mundo inteiro parecia pular e se contorcer ao redor. Ele se acomodou no galho ao lado de Merrin com os braços ainda estendidos, as mãos segurando as bordas da abertura. Ig vasculhou o solo lá embaixo, respirando com dificuldade; ela respirava com dificuldade também. Não havia ninguém. Ele prestou atenção para ouvir o som de passos, de pessoas correndo, pisoteando o mato, mas escutou apenas o vento e os galhos arranhando as paredes externas da casa da árvore.

Ig desceu e circundou a árvore, ampliando a área, procurando no mato e ao longo da trilha rastros de pegadas, mas não encontrou coisa alguma. Quando voltou ao tronco, Merrin ainda estava lá em cima, sentada em um dos galhos compridos logo abaixo da casa da árvore.

— Você não encontrou ninguém — disse ela. Não foi uma pergunta.

— Não — confirmou ele. — Deve ter sido o Lobo Mau.

Pareceu correto brincar com a situação, mas Ig ainda estava inquieto, com os nervos à flor da pele.

Se Merrin estava nervosa, não demonstrou. Ela deu uma última olhada afetuosa para a casa da árvore e fechou o alçapão. Pulou dos galhos e pegou a bicicleta pelo guidão. Eles começaram a andar e a cada passo deixavam para trás aquele sentimento ruim de medo genuíno. A última luz quente e generosa do dia ainda iluminava a trilha, e Ig sentiu um novo formigamento, desta vez agradável e satisfeito. Era bom caminhar ao lado de Merrin, os quadris quase se tocando e o sol batendo nos ombros.

— Temos que voltar aqui amanhã — declarou ela.

Quase no mesmo momento, Ig falou:

— A gente poderia mesmo fazer alguma coisa com aquele lugar, sabe?

Eles riram.

— Deveríamos levar uns pufes lá para cima — sugeriu Ig.

— Uma rede. Um lugar como aquele pede uma rede — disse Merrin.

Os dois ficaram em silêncio, andando.

— De repente pegar um forcado também — comentou ela.

Ig tropeçou como se Merrin não apenas tivesse mencionado um forcado, como dado uma espetada nele por trás.

— Por que um forcado? — perguntou Ig.

— Para espantar o que quer que seja. Se voltarem e tentarem entrar enquanto estamos nus.

— Ok — concordou ele, a boca já seca ao pensar em transar com ela novamente em cima das tábuas, na brisa fresca. — Combinado.

Mas duas horas depois Ig voltou sozinho ao bosque, correndo ao longo da trilha. Durante o jantar, ele lembrou que nenhum dos dois tinha apagado as velas da menorá e estava angustiado desde então, imaginando a árvore em chamas, as folhas queimando sendo levadas pelo vento até a copa dos carvalhos em volta. Ig correu, com medo de sentir cheiro de fumaça a qualquer momento.

Ele sentia o aroma das fragrâncias de início de verão, de grama queimada pelo sol e do frio distante, da corrente imaculada do rio Knowles, em algum lugar abaixo de Ig na colina. Achou que sabia exatamente onde encontrar a casa da árvore e diminuiu a velocidade quando achou que estava perto. Ig procurou no bosque o brilho fraco da chama da vela e não viu nada além da escuridão aveludada de junho. Tentou encontrar a árvore, aquela árvore enorme com casca escamosa de um tipo que ele não conhecia, mas à noite era difícil distinguir uma da outra, e a trilha não parecia a mesma que antes, sob a luz do dia. Ig finalmente percebeu que tinha ido longe demais — longe demais mesmo — e começou a voltar para casa, respirando com dificuldade e avançando lentamente. Ele foi e voltou na trilha duas, três vezes, mas não conseguiu encontrar sinal da casa da árvore. Ig finalmente decidiu que o vento devia ter apagado as velas ou que elas tinham se apagado sozinhas. Desde o início fora meio paranoico ao imaginar as velas provocando um incêndio na floresta. Elas foram colocadas em um pesado candelabro de ferro e, a menos que caíssem, não havia muita chance de acenderem coisa alguma. Ele poderia encontrar a casa da árvore outra hora.

Só que Ig nunca mais a encontrou, nem com Merrin nem sozinho. Ele procurou uma dezena de tardes, percorreu a trilha principal e todas as transversais, para o caso de eles terem de alguma forma se desviado e entrado em um caminho lateral. Ig procurou a casa da árvore com uma paciência metódica, mas não adiantou. Eles podiam muito bem ter imaginado o lugar; de fato, com o tempo, foi exatamente isso que Merrin concluiu: era uma hipótese absurda, mas que convinha a ambos. A casa esteve lá por uma hora, por um dia, quando os dois precisaram dela, quando queriam um lugar para se amarem, e então sumiu.

— A gente precisava dela? — perguntou Ig.

— Bem — respondeu Merrin —, eu precisava. *Eu* estava com muito tesão.

— A gente precisava dela e de repente ela apareceu. Uma casa da árvore da imaginação. O templo de Ig e Merrin — anunciou Ig.

Por mais fantástico e ridículo que parecesse, a ideia lhe deu um arrepio de prazer supersticioso.

— Essa é a melhor hipótese — falou ela. — É como diz a Bíblia: nem sempre você consegue o que quer, mas, às vezes, se você tentar, é provável que encontre o que está precisando.

— De que parte da Bíblia é isso? — indagou Ig. — O Evangelho segundo Mick e Keith?

O CONSERTADOR

CAPÍTULO TRINTA E UM

A MÃE ESTAVA MORTA no cômodo ao lado, e Lee Tourneau estava um pouco bêbado.

Eram apenas dez da manhã, mas a casa já parecia um forno. O perfume das rosas da mãe, plantadas no caminho que levava até a porta, penetrava pelas janelas abertas, uma doçura floral suave que se misturava de forma bastante desagradável com um odor fétido de dejetos humanos, de modo que todo o lugar cheirava exatamente a bosta perfumada. Lee achou que estava quente demais para estar bêbado, mas que não conseguiria suportar o fedor dela estando sóbrio.

Havia ar-condicionado, mas estava desligado. Lee o manteve assim durante semanas, porque sua mãe tinha mais dificuldade para respirar com a umidade. Quando Lee e a mãe estavam sozinhos em casa, ele desligava o ar-condicionado e colocava um ou dois edredons extras em cima da velha vadia. Então, cortava a morfina, para ter certeza de que ela realmente podia sentir o incômodo e o calor. Deus sabia que Lee podia sentir o incômodo e o calor. No fim da tarde, ele andava nu pela casa, pegajoso de tanto suar, a única maneira de suportar. Lee se sentou de pernas cruzadas ao lado da cama dela lendo a respeito de teoria da mídia enquanto a mãe lutava fracamente sob as cobertas, muito fora de si para saber por que estava cozinhando dentro da pele amarela ressecada. Quando ela gritava pedindo algo para beber — "sede" era praticamente a única palavra de que sua mãe ainda parecia se lembrar em seus últimos dias de senilidade e insuficiência renal —, Lee se levantava e ia buscar água gelada. Ao som do gelo tilintando no copo, a garganta dela começava a funcionar, na expectativa de matar a sede, e os olhos rolavam nas órbitas, vivos de empolgação. Então Lee ficava parado diante da cama da mãe, bebendo a água, de forma que ela pudesse vê-lo — a ansiedade se esvaindo do rosto, deixando-a confusa e desamparada. Era uma piada que nunca perdia a graça. Cada vez que ele fazia isso, para ela, era como se fosse a primeira vez.

Outras vezes ele levava água salgada e a obrigava a engolir, quase a afogando. Apenas um gole faria sua mãe se contorcer e engasgar, tentando cuspir. Era curioso quanto tempo ela sobreviveu. Lee não esperava que a mãe durasse até a segunda semana de junho; contra tudo e contra todos, ela se manteve viva até julho.

Ele mantinha as roupas empilhadas na estante de livros do lado de fora da porta do quarto de hóspedes, pronto para se vestir às pressas, caso Ig ou Merrin aparecessem para uma visita surpresa. Lee não permitia que os dois entrassem para ver a mãe, dizia que ela acabara de adormecer e precisava descansar. Não queria que eles percebessem quão quente estava lá dentro.

Ig e Merrin levavam DVDs, livros, pizza e cerveja para ele. Juntos ou separados, queriam estar com Lee, queriam ver como ele estava segurando as pontas. No caso de Ig, Lee achava que era inveja. Ig teria gostado se a mãe ou o pai estivesse debilitado e dependente de seus cuidados. Seria uma oportunidade de mostrar como ele conseguiria ser abnegado, uma chance de ser estoicamente nobre. No caso de Merrin, Lee achava que ela gostava de ter um motivo para estar na casa quente com ele, para beber martínis, desabotoar a parte de cima da blusa e abanar o esterno à mostra. Quando Merrin aparecia na entrada da garagem, Lee atendia à porta sem camisa, pensando que era empolgante estar seminu em casa, apenas os dois. Bem, os dois e a mãe, que não contava mais.

Lee recebeu instruções de chamar o médico se a mãe piorasse, mas ele achava que, no caso dela, morrer na verdade representava uma melhora. Com isso em mente, a primeira pessoa para quem Lee ligou foi Merrin. Ele estava nu na ocasião, e foi uma sensação boa ficar parado ali na cozinha mal iluminada, ouvindo a voz solícita dela. Merrin avisou que ia se arrumar e já estaria lá, e imediatamente ele a imaginou quase se despindo, no quarto na casa dos pais. Pequenas gavetas de roupas íntimas, talvez. Calcinhas de menina com estampa de flores cor-de-rosa.

Ela perguntou se ele precisava de alguma coisa. Lee disse que só precisava de um amigo.

Depois de desligar, ele tomou uma cuba-libre. Lee a imaginou escolhendo uma saia, virando-se de um lado para outro a fim de se admirar no espelho atrás da porta do armário. Precisou parar de pensar nisso porque estava ficando excitado. Pensou que talvez também devesse se vestir. Debateu consigo mesmo se deveria colocar uma camisa e finalmente decidiu que não ficaria bem deixar o peito nu naquela manhã. A camisa branca de botão manchada e a calça jeans estavam no cubículo da lavanderia. Ele considerou subir até o quarto para pegar algo limpo, então perguntou a si mesmo o que deveria fazer e decidiu usar as roupas velhas. Roupas amarrotadas e sujas meio que complementavam o contexto da perda. Lee vinha controlando o próprio comportamento por quase uma década, se perguntando o que deveria fazer, o que garantiu a vida que ele levava e o manteve seguro e longe de problemas, protegido de si mesmo.

Ele achava que Merrin ainda demoraria mais alguns minutos para chegar. Era hora de dar alguns telefonemas. Ligou para o médico informando que a mãe estava repousando. Ligou para o pai na Flórida. Ligou para o gabinete do deputado e conversou com o próprio por um tempo. O deputado perguntou se Lee gostaria de rezar com ele, fazer uma oração silenciosa juntos, ali mesmo ao telefone. Lee assentiu. Disse que queria agradecer a Deus por dar a ele aqueles últimos três meses com a mãe; foram realmente preciosos. Os dois ficaram em silêncio, ambos ao telefone, mas sem falar qualquer coisa. Por fim, o deputado pigarreou, um pouco emocionado, e comentou que Lee estaria em seus pensamentos. Lee agradeceu e se despediu.

Por fim, ele ligou para Ig. Lee achou que talvez Ig fosse chorar ao saber da notícia, mas o amigo se mostrou calmo, discretamente afetuoso. Lee havia passado aqueles últimos cinco anos entrando e saindo da faculdade, tinha feito cursos de psicologia, sociologia, teologia, ciência política e teoria da mídia, mas sua verdadeira especialização eram Estudos de Ig. Ainda assim, apesar de anos de diligente dedicação, ele nem sempre conseguia prever as reações de Ig.

— Não sei como ela encontrou forças para aguentar tanto tempo — disse Lee para Ig.

— Em você, Lee — respondeu Ig. — Ela encontrou forças em você.

Lee Tourneau não achava graça de muita coisa, mas rugiu de tanto rir diante da afirmação de Ig; depois transformou o riso em um soluço rouco e trêmulo. Ele descobrira havia anos que conseguia chorar sempre que precisasse e que uma pessoa que chorava podia levar uma conversa para qualquer direção que quisesse.

— Obrigado — falou ele, outra coisa que aprendera com Ig ao longo dos anos.

Nada fazia as pessoas se sentirem melhor consigo mesmas do que receber agradecimentos, de forma repetitiva e desnecessária. Então, com a voz rouca e embargada, Lee disse:

— Eu tenho que ir.

Era a fala certa, perfeita para aquele momento, mas também era verdade, uma vez que Merrin já estava parando o carro na entrada da garagem, atrás do volante da perua do pai dela. Ig disse que passaria lá mais tarde.

Lee observou Merrin pela janela da cozinha enquanto ela subia pelo caminho ajeitando a blusa, vestida elegantemente com uma saia de linho azul e uma blusa branca, desabotoada para mostrar o crucifixo de ouro. Pernas de fora, sapatilhas azul-marinho. Ela tinha pensado no que vestir antes de ir, tinha pensado em como queria ser vista. Ele terminou o drinque enquanto andava até a porta e a abriu quando Merrin estava levantando a mão para bater. Os olhos de Lee ainda estavam marejados e ardendo da conversa com Ig, e ele se perguntou se deveria deixar que algumas lágrimas rolassem pelo rosto, mas decidiu que não. Era melhor parecer que estava segurando o choro do que realmente chorando.

— Oi, Lee — cumprimentou ela.

A própria Merrin parecia estar contendo as lágrimas. Ela segurou o rosto de Lee com uma das mãos e se aproximou dele.

Foi um abraço curto, mas por um momento Lee tinha o nariz no cabelo dela e as pequenas mãos de Merrin contra seu peito. O cabelo tinha um perfume forte, quase pungente de limão e hortelã. Ele achou que era o aroma mais fascinante que já havia sentido, melhor até do que o de boceta molhada. Lee havia transado com muitas garotas, conhecia todos os cheiros, todos os sabores, mas Merrin era diferente. Às vezes Lee pensava que, se ela não tivesse aquele cheiro, ele poderia parar de se preocupar com Merrin.

— Quem está aí? — perguntou ela ao entrar na casa, com o braço ainda em volta da cintura dele.

— Você é a primeira... — murmurou Lee.

Ele quase completou dizendo *pessoa para quem liguei*, então percebeu que seria errado, seria muito... o quê? Estranho. Errado para aquele momento. Em vez disso, Lee falou:

— ...a chegar aqui. Liguei para Ig e depois para você. Eu não estava pensando. Deveria ter ligado para meu pai primeiro.

— Você já conversou com ele?

— Falei alguns minutos atrás.

— Bem. Não tem problema, Lee. Quer se sentar? Quer que eu ligue para as pessoas por você?

Ele estava conduzindo Merrin para o quarto de hóspedes onde sua mãe estava. Lee não perguntou se ela queria ir lá, apenas começou a andar, e Merrin o acompanhou com o braço em volta da cintura dele. Lee queria que ela visse sua mãe, queria a reação no rosto dela.

Os dois pararam na porta aberta. Lee tinha apoiado o ventilador na janela e ligado no máximo assim que soube que ela estava morta, mas o cômodo ainda continha um calor seco e febril. Os braços mirrados de sua mãe estavam recolhidos no peito, as mãos magras retraídas em garras, como se ela estivesse tentando empurrar alguma coisa. Ela tinha tentado de fato; por volta das nove e meia, havia feito um último esforço espasmódico para tirar os edredons, mas estava muito fraca. Os cobertores extras foram dobrados e guardados. Um único lençol azul-escuro cobria a mãe de Lee. Uma vez morta, ela parecia um pássaro, um filhote morto caído de um ninho. A cabeça estava inclinada para trás e a boca estava aberta, escancarada, mostrando as obturações.

— Ai, Lee — sussurrou Merrin, apertando os dedos dele nos dela.

Ela começou a chorar. Lee achou que deveria chorar também.

— Tentei cobrir o rosto dela com um lençol — comentou ele. — Mas não pareceu correto. Ela lutou por tanto tempo, Merrin.

— Eu sei.

— Não gosto da maneira como ela está olhando. Pode fechar os olhos dela?

— Tudo bem. Vá se sentar, Lee.

— Toma uma bebida comigo?

— Claro. Já estou indo.

Ele foi até a cozinha e preparou uma bebida forte para Merrin, depois parou diante do armário, olhando para o reflexo e se forçando a chorar. Foi mais difícil do que o normal; Lee estava, na verdade, um pouco excitado. Quando Merrin entrou na cozinha por trás dele, as lágrimas tinham começado a escorrer, e ele se curvou para a frente e exalou violentamente, um ruído muito parecido com um soluço. Foi difícil e doloroso forçar o choro, foi como remover uma farpa. Ela veio em sua direção. Merrin também estava chorando. Lee percebeu pelo ruído suave de sua respiração difícil, embora não pudesse ver o rosto dela. Merrin colocou a mão no ombro de Lee. Foi ela quem o virou, quando a respiração dele começou a falhar e sair em soluços roucos e raivosos.

Merrin pôs as mãos na nuca dele, puxou Lee para perto e sussurrou:

— Ela te amava tanto. Você esteve presente para ela, Lee, e isso significava tudo para sua mãe. — E Merrin continuou falando um monte de coisas assim, mas ele não estava ouvindo.

Ele era quase trinta centímetros mais alto do que ela e, para estar perto, Merrin precisava puxar a cabeça de Lee para baixo. Ele pressionou o rosto contra o peito dela, na fenda entre os seios, e fechou os olhos, respirando o quase adstringente cheiro de menta de Merrin. Lee pegou a bainha da blusa dela com uma das mãos e puxou para baixo, com força, de maneira que deformou o decote e mostrou a parte de cima dos seios, levemente sardentos, e o bojo do sutiã. A outra mão dele estava na cintura de Merrin, e Lee a esfregou pela cintura dela, e ela não lhe pediu que parasse. Lee chorou em seus seios, e ela sussurrou e balançou com ele. Lee beijou a parte de cima de seu seio esquerdo. Ele se perguntou se ela percebeu — o rosto de Lee estava tão molhado que talvez Merrin não soubesse dizer — e começou a erguer o rosto para ver a expressão dela, para ver se ela tinha gostado. Mas Merrin empurrou a cabeça dele para baixo e segurou Lee contra o busto.

— Vá em frente — sussurrou ela, com uma voz suave, um sussurro animado. — Continue. Está tudo bem. Não há ninguém aqui além de nós. Não há ninguém para ver.

Merrin ficou segurando a boca de Lee em seu seio.

Lee se sentiu enrijecer dentro das calças e percebeu então como Merrin estava de pé, a perna esquerda dele plantada entre as coxas dela. Lee se perguntou se o cadáver havia excitado Merrin. Havia uma vertente da psicologia que considerava a presença de um cadáver um afrodisíaco.

Um cadáver era como uma permissão para fazer uma maluquice. Depois de transar com Lee, ela poderia amenizar qualquer culpa que sentisse, ou pensasse que deveria sentir — Lee não acreditava exatamente em culpa, e sim em dar um jeito nas coisas para satisfazer as normas sociais —, convencendo a si mesma de que ambos foram levados pela dor, por vontades desesperadas. Ele beijou o seio de Merrin novamente e então uma terceira vez, e ela não tentou fugir.

— Eu te amo, Merrin — sussurrou Lee, era a coisa certa a dizer, ele sabia.

Aquilo tornaria tudo mais fácil tanto para ele quanto para ela. Ao se declarar, Lee tinha a mão na cintura dela e estava se balançando, forçando Merrin a cambalear e pressionar o traseiro contra a ilha da cozinha. Ele pegou a saia dela e a puxou até o meio da coxa; a perna de Lee estava bem entre as coxas dela e dava para sentir o calor de sua virilha contra a de Merrin.

— Eu também te amo — comentou ela, mas o tom soava esquisito. — Nós dois te amamos, Lee. Ig e eu.

Foi estranho ela dizer isso, considerando o que eles estavam fazendo, foi estranho incluir Ig naquela situação. Merrin soltou a nuca de Lee, desceu as mãos até a cintura dele e tocou de leve em seus quadris. Lee se perguntou se ela estava tentando chegar ao seu cinto. Ele ergueu a mão para a blusa de Merrin com a intenção de abri-la — se arrebentasse alguns botões, tudo bem —, mas acabou agarrando a correntinha de ouro em volta do pescoço dela, e no mesmo momento Lee teve um soluço convulsivo completamente não planejado. A mão tremeu, houve um suave som metálico, e o crucifixo se soltou e escorregou pela frente da blusa de Merrin.

— Lee — disse ela, empurrando Lee para trás. — Minha corrente.

A cruz caiu delicadamente no chão. Os dois ficaram olhando para baixo, e então Lee se agachou, pegou o colar e a entregou para Merrin. O crucifixo brilhou ao sol e iluminou o rosto dela com luz dourada.

— Eu posso consertar para você — ofereceu Lee.

— Foi você que fez isso da última vez, não foi? — perguntou ela, e sorriu, o rosto corado e os olhos marejados.

Merrin mexeu na blusa. Um botão tinha ficado aberto e a parte de cima do seio estava molhada. Ela colocou as mãos sobre as de Lee e fechou os dedos dele sobre a cruz.

— Conserte e me devolva quando estiver pronto. Você nem mesmo precisa usar Ig como intermediário desta vez.

Lee estremeceu sem querer, por um momento imaginou se Merrin quis dizer o que ele pensava que ela queria dizer com aquilo. Mas é claro que ela quis, é claro que ela sabia exatamente como ele reagiria. Muito do que Merrin dizia tinha duplo sentido, um para os outros e um apenas para Lee. Ela vinha mandando mensagens para ele havia anos.

Merrin lançou-lhe um olhar.

— Há quanto tempo você está usando essas roupas? — indagou ela.

— Sei lá. Uns dois dias.

— Muito bem. É melhor você tirá-las e ir tomar banho.

Lee sentiu um aperto no coração; o pau estava duro e quente. Ele olhou para a porta da frente. Não daria tempo de ele tomar banho antes de os dois transarem.

— As pessoas estão vindo — disse Lee.

— Bem. Ninguém chegou ainda. Tem tempo. Ande. Eu levo seu drinque.

Ele andou na frente de Merrin pelo corredor dos fundos, tão duro como nunca esteve na vida, grato por ter a cueca segurando a ereção contra a perna. Lee pensou que ela ia segui-lo até o banheiro e desabotoar as calças para ele, mas Merrin fechou a porta delicadamente assim que Lee entrou.

Ele se despiu, abriu o chuveiro e esperou por ela enquanto era martelado pela água quente. O vapor subiu. Sua pulsação batia rápida e forte, e a ereção absurda balançava na água do banho. Quando ela passou a mão com outra cuba-libre pela cortina, Lee pensou que Merrin entraria também, sem roupa, mas, assim que ele pegou a bebida, ela puxou a mão de volta.

— Ig está aqui — anunciou Merrin, com a voz baixa e cheia de pesar.

— Cheguei em tempo recorde — disse Ig, de algum lugar atrás dela.

— Como você está, cara?

— Oi, Ig — cumprimentou Lee ao ouvir a voz do amigo, tão indesejado quanto se a água quente fosse cortada de repente. — Tudo bem. Considerando as circunstâncias. Obrigado por ter vindo.

O "obrigado" não saiu direito desta vez, mas ele concluiu que Ig tomaria a rispidez na voz como tensão emocional.

— Vou pegar alguma coisa para você vestir — falou Merrin, e então eles saíram do banheiro. Lee ouviu a porta se fechar com um clique.

Lee ficou parado sob a água quente, meio furioso com o fato de que Ig já estava ali, imaginando se ele sabia de algo, se fazia ideia de que... Não, não. Ig tinha chegado rápido, porque sabia que um amigo precisava dele. Isso era Ig em sua essência.

Lee não tinha certeza de quanto tempo estava no banho até perceber que a mão direita estava doendo. Ele baixou o olhar e descobriu que estava segurando o crucifixo, com a correntinha de ouro enrolada na mão, cortando-lhe a pele. Merrin tinha olhado em seus olhos, com a blusa meio desabotoada, e havia lhe entregado a cruz. Não havia maneira mais óbvia de ela ter se oferecido para Lee, com a perna dele entre suas coxas enquanto ela lhe entregava a correntinha. Havia coisas que Merrin não ousava dizer abertamente, mas Lee entendia a mensagem, entendia Merrin perfeitamente. Ele pendurou a corrente na torneira do chuveiro, observou-a balançar, lampejando na luz do fim da manhã, mandando o sinal de que Lee podia seguir em frente. Logo Ig estaria na Inglaterra e não haveria mais motivos para cautela, não haveria qualquer coisa para impedi-los de fazer o que ambos queriam.

CAPÍTULO TRINTA E DOIS

DEPOIS QUE A MÃE de Lee morreu, Merrin passou a telefonar e mandar e-mails com mais frequência, sob o pretexto de saber como ele estava passando. Ou talvez fosse isso mesmo que ela pensava que estava fazendo — Lee não podia subestimar a capacidade do ser humano de se enganar a respeito do que queria. Merrin havia absorvido muito da integridade de Iggy, e Lee achava que ela avançaria até certo ponto, que haveria um limite para as indiretas que ela mandaria, por isso ele teria que tomar iniciativa. Além disso, mesmo com Ig na Inglaterra, eles não teriam necessariamente um caminho definido no início. Merrin estabelecera certas regras em relação a como as pessoas de status agiam. Ela precisaria ser persuadida de que, se fosse transar com outra pessoa, na verdade estaria agindo em favor de Ig. Lee compreendia, ele poderia ajudá-la nisso.

Merrin deixava mensagens para ele em casa ou no gabinete do deputado. Queria saber como Lee estava, *o que* estava fazendo, se estava saindo com alguém. Ela disse que ele precisava de uma mulher, que precisava transar. Disse que estava pensando nele. Não foi difícil ver o que Merrin estava instigando. Lee achava que muitas vezes ela ligava depois de tomar uns drinques, pois era possível ouvir uma espécie de lentidão sexy em sua voz.

E aí Ig foi a Nova York para o treinamento na Anistia Internacional e, alguns dias depois, Merrin começou a insistir para que Lee fosse vê-la. A colega de quarto dela estava se mudando, e Merrin herdaria o quarto e teria o dobro de espaço. Havia uma cômoda que ela deixara em casa, em Gideon, então mandou um e-mail para Lee perguntando a ele se poderia levar o móvel na próxima vez que fosse a Boston. Ela contou para Lee que suas coisas da Victoria's Secret estavam na gaveta de baixo, para poupá-lo do trabalho de procurá-las. Falou que ele poderia experimentar as lingeries chiques, mas apenas se tirasse fotos de si mesmo e enviasse para ela. Merrin mandou uma mensagem dizendo que, se ele levasse a cômoda, ela lhe arrumaria um encontro com uma garota, uma loira como ele, uma loira gelada. Merrin escreveu que o sexo seria tão bom quanto bater uma na frente do espelho, só que melhor, porque o reflexo dele teria peitos. Ela lembrou que, sem a colega de quarto, havia um cômodo sobrando no apartamento, caso Lee se desse bem. Revelando a ele que estaria sozinha.

A essa altura, Lee havia aprendido a interpretar as mensagens cifradas de Merrin quase perfeitamente. Quando ela mencionava essa outra garota, na verdade estava falando de si mesma, do que eles poderiam esperar do futuro. Mesmo assim, ele decidiu não levar a cômoda, pois não tinha certeza se queria vê-la enquanto Ig ainda estivesse no país, ainda que a algumas centenas de quilômetros de distância. Talvez eles não fossem capazes de controlar seus impulsos. As coisas seriam mais fáceis sem Ig por perto.

Lee sempre presumiu que seria Ig quem descartaria Merrin. Nunca havia passado pela cabeça dele que *ela* é que iria querer sair do relacionamento, que poderia estar entediada e finalmente pronta para terminar e que a ida de Ig por seis meses à Inglaterra era a oportunidade perfeita para romper o relacionamento sem maiores complicações. Ig nascera em berço de ouro, tinha um sobrenome com certo prestígio e uma família com contatos, portanto fazia sentido que ele quisesse dar uma variada. Lee sempre presumiu que Ig daria um pé na bunda de Merrin quando se formassem no colégio e que isso resolveria o problema, assim ele poderia ter sua chance com ela. Merrin estava indo para Harvard e Ig, para Dartmouth. Longe dos olhos, longe do coração, era isso que Lee imaginava, mas Ig pensava de outro modo: todo fim de semana lá estava ele em Boston transando com ela, como um cachorro marcando território.

Tudo em que Lee conseguia pensar era que, de alguma forma, Ig manteve o relacionamento com ela por um desejo perverso de mantê-la *longe* de Lee. Ig estava feliz por tê-lo como ajudante — a reforma de Lee Tourneau tinha sido o passatempo de Ig no Ensino Médio —, mas ele queria que o outro soubesse que havia limites para a amizade dos dois:

Ig não queria que o amigo esquecesse quem a conquistara. Como se Lee não se lembrasse disso cada vez que fechava o olho direito e o mundo se transformava em uma terra de sombras, um lugar onde fantasmas assombravam a escuridão e o sol era uma lua fria e distante.

Parte de Lee respeitava como Ig havia tomado Merrin dele, na época em que os dois tinham chances iguais de ficar com ela. Ig simplesmente quis aquela boceta vermelha mais do que Lee, e sob pressão ele se tornou alguém diferente, astuto e cheio de lábia. Com sua asma, seu cabelo ruim e sua cabeça cheia de curiosidades bíblicas, ninguém jamais poderia considerar Ig implacável ou sagaz. Lee ficou próximo de Ig por quase dez anos, seguindo seu exemplo. Durante esse período, aprendeu a disfarçar seus sentimentos, a ser inofensivo e a parecer de *confiança*. Diante de qualquer dilema ético, Lee aprendera a perguntar: O Que Ig Faria? A resposta, geralmente, era pedir desculpas, se humilhar e então se lançar em algum ato totalmente desnecessário de retratação. Lee aprendera com Ig a admitir que estava errado mesmo quando não estava, a pedir perdão quando não precisava e a fingir que não queria as coisas que ele merecia por direito.

Por um breve período, quando Lee tinha dezesseis anos, ela tinha sido sua por direito. Por alguns dias, ele usou a cruz de Merrin e, quando às vezes colocava a correntinha na boca, imaginava que a estava beijando enquanto ela a usava — a cruz e nada mais. Mas então ele deixou que a cruz e a oportunidade de ficar com Merrin lhe escapassem por entre os dedos, porque, mais ainda do que ver sua nudez pálida no escuro, Lee quis ver alguma coisa se estilhaçar, quis ouvir uma explosão alta o suficiente para ensurdecê-lo, quis ver a erupção de um carro em chamas. Talvez o Cadillac da mãe, com ela dentro. A própria imagem mental disso deixou o pulso acelerado e estranho de uma forma que as fantasias com Merrin não podiam alcançar. Então ele abriu mão dela, a devolveu. Fez um trato com Ig — um trato com o diabo, na verdade. Não lhe custou apenas a garota, mas também o olho. Ele achava que isso tinha algum significado. Lee tinha feito um milagre uma vez: tocou o céu e pegou a lua antes que ela caísse. Desde então, Deus pôs em seu caminho outras coisas que precisavam de conserto: gatos e cruzes, campanhas políticas e velhas senis. O que ele consertava era seu para sempre, para fazer o que quisesse, e apenas uma vez ele abriu mão do que Deus lhe concedera. O olho cego foi um lembrete para não fazer isso novamente. E então a cruz voltara para suas mãos outra vez; uma prova, se Lee precisasse de uma, de que estava indo ao encontro de algo, de que ele e Merrin estavam sendo reunidos por um motivo. Lee achou que deveria consertar a cruz e então consertar Merrin de alguma forma, talvez a livrando de Ig.

Lee poderia ter mantido distância dela durante o verão inteiro, mas Ig facilitou sua visita a ela quando lhe enviou um e-mail de Nova York:

> *Merrin quer a cômoda dela, mas não tem carro e o pai dela precisa trabalhar. Eu disse para ela pedir a você que levasse, e ela respondeu que você não é empregado dela, mas você e eu sabemos que você é, sim, então leve a cômoda na próxima vez que for a Boston por conta do deputado. Além disso, ela descobriu uma loira disponível para você. Imagine os filhos que esta mulher lhe dará, pequenos vikings com olhos da cor do Oceano Ártico. Vá até a casa da Merrin. Você não pode resistir à convocação dela. Deixe que ela lhe pague um bom jantar. Esteja pronto para cair dentro e fazer o trabalho sujo agora que estou indo embora.*
> *Como você está, aguentando firme aí?*
> *Ig*

Lee passou horas tentando entender a última parte do e-mail de Ig — *aguentando firme aí?* —, ficou intrigado com aquilo a manhã inteira, e então lembrou que a mãe tinha morrido, já estava morta havia duas semanas. Ele havia se interessado mais pela frase sobre cair dentro e fazer o trabalho sujo de Merrin, uma espécie de mensagem em si mesma. Naquela noite, Lee sofreu um superaquecimento, com sonhos sexualmente complicados; sonhou que Merrin estava nua em sua cama e que ele estava sentado em cima dos braços dela, imobilizando-a enquanto enfiava um funil em sua boca, um funil de plástico vermelho, e, em seguida, despejava gasolina por ali. Ela começou a se contorcer debaixo dele como se estivesse tendo um orgasmo. Ele acendeu um fósforo, segurando a caixinha entre os dentes para manter estável a faixa de acendimento, e o jogou funil abaixo. Houve um ruído, um ciclone de chamas vermelhas saiu do funil e os olhos surpresos de Merrin se acenderam. Ao acordar, Lee viu os lençóis empapados; ele nunca tinha tido um sonho molhado tão poderoso, mesmo quando era adolescente.

Dois dias depois, era sexta-feira, e ele dirigiu até a casa de Merrin para pegar a cômoda. Lee precisou realocar uma caixa de ferramentas pesada e enferrujada do porta-malas para o banco de trás a fim de abrir espaço para o móvel, e mesmo assim pegou emprestados extensores elásticos com o pai de Merrin para manter a porta abaixada e a cômoda no lugar. No meio do caminho para Boston, Lee estacionou em uma parada da estrada e enviou uma mensagem de texto para ela:

> Indo pra Boston hoje à noite, levando essa filha da puta pesada no porta-malas, é melhor você estar aí pra pegá-la. Loira gelada por perto? Talvez eu possa conhecê-la

Houve uma longa espera antes de Merrin responder:

> merda Lee vc é a melhor pessoa por estar vindo, mas deveria ter me contado antes. sem loira gelada hj, ela está trabalhando, acho que vc vai ter q se contentar comigo

CAPÍTULO TRINTA E TRÊS

MERRIN ATENDEU À PORTA vestindo calça de moletom e um casaco volumoso com capuz. Sua colega de quarto estava lá, uma sapatão asiática com uma risadinha irritante. Ela estava andando de um lado para outro pela sala de estar, falando ao celular, com a voz anasalada e dolorosamente alegre.

— O que você tem dentro dessa coisa, afinal? — indagou Lee.

Ele se apoiou na cômoda, respirando com dificuldade, e enxugou o suor do rosto. Lee tinha amarrado o móvel a um carrinho que o pai de Merrin lhe dissera para levar, subiu dezessete degraus para chegar ao patamar, quase derrubando a cômoda duas vezes.

— Lingerie de cota de malha?

A colega de quarto olhou por cima do ombro de Merrin e falou:

— Imagine um cinto de castidade de ferro fundido. — Então se afastou, deixando um rastro de gargalhadas de ganso.

— Pensei que sua colega de quarto tivesse se mudado — comentou Lee quando a asiática não podia mais ouvir.

— Ela vai embora no mesmo período que Ig — respondeu Merrin. — San Diego. Depois disso, vou ficar aqui sozinha por um tempo.

Ela disse isso olhando nos olhos dele, com um sorrisinho irônico no rosto. Outra mensagem.

Os dois lutaram para que a cômoda passasse pela porta e então Merrin decidiu que deixassem ali mesmo e foi para a cozinha esquentar comida indiana. Ela levou pratos de papel para uma mesa redonda e manchada sob uma janela que dava vista para a rua. A molecada estava andando de skate sob a noite de verão, saindo das sombras e entrando nos pontos de luz laranja iluminados pelos postes.

Cadernos e papéis estavam espalhados por um lado da mesa, e ela os empilhou para arrumar a mesa. Lee se curvou sobre o ombro dela, fingindo olhar para o trabalho enquanto dava uma fungada longa e agradável em seu cabelo perfumado. Ele viu folhas soltas de papel pautado com pontos e traços organizados em uma grade.

— Qual é a desse "ligue os pontos"?

— Ah — murmurou ela enquanto recolhia os papéis, enfiava dentro de um livro e o colocava no parapeito. — Minha colega de quarto. A gente joga aquele jogo, você conhece? A pessoa desenha todos os pontos e depois liga formando quadrados. Quem tiver mais quadrados ganha. O perdedor lava a roupa. Ela não lava as roupas há meses.

— Você poderia me deixar dar uma olhada — falou Lee. — Sou bom nesse jogo. Posso ajudar no seu próximo lance.

Ele só tinha visto o jogo uma vez, mas nem parecia que a grade havia sido desenhada corretamente. Talvez fosse uma versão diferente do jogo que Lee conhecia.

— Acho que isso seria trair a confiança dela. Quer me transformar numa traidora? — perguntou Merrin.

Eles se encararam por um momento.

— Eu quero o que você quer — respondeu Lee.

— Bem. Acho melhor ser uma pessoa quadrada e tentar ganhar de forma justa. Com o perdão do trocadilho.

Eles se sentaram um de frente para o outro. Lee olhou ao redor, avaliando o apartamento. Não era lá essas coisas: uma sala de estar, uma cozinha e dois quartos no segundo andar de uma construção em estilo vitoriano que havia sido dividida em cinco unidades. *Dance music* tocava alto no térreo.

— Você vai conseguir pagar o aluguel sem ter com quem dividir?

— Não. Preciso encontrar alguém para morar junto em algum momento.

— Aposto que Ig ajudaria com o aluguel.

— Ele pagaria tudo — disse Merrin. — Ele poderia me bancar como se eu fosse uma amante. Eu já recebi uma oferta assim, aliás.

— Que oferta?

— Um dos meus professores me convidou para almoçar alguns meses atrás. Achei que íamos conversar a respeito da minha residência. Em vez disso, ele pediu uma garrafa de vinho de duzentos dólares e disse que queria alugar uma casa em Back Bay para mim. Um cara de sessenta anos com uma filha dois anos mais velha do que eu.

— Casado?

— Claro.

Lee se recostou na cadeira e soltou um assobio.

— Ig deve ter se cagado todo.

— Eu não contei para ele. Não conte qualquer coisa sobre isso, você também. Eu nem deveria ter mencionado essa história.

— Por que você não falou para ele?

— Porque estou fazendo uma matéria com o cara. Não queria que Ig o denunciasse por assédio sexual ou algo assim.

— Ig não o denunciaria.

— Não. Acho que não. Mas ele ia querer que eu abandonasse a matéria. O que eu não queria fazer. Não importa se ele age adequadamente ou não fora da sala de aula, o cara ainda é um dos melhores oncologistas do país. E na época eu queria ver o que ele poderia me ensinar. Parecia importante.

— Não é mais importante?

— Diabos. Eu não preciso ser sempre a primeira da turma. Tem dias que eu acho que já vai ser ótimo *conseguir* me formar — argumentou ela.

— Ora, vamos. Você está indo bem. — Lee fez uma pausa. — Como o velho desgraçado reagiu quando você mandou o cara se foder?

— Com bom humor. O vinho era bom. Do início dos anos 1990, de um pequeno vinhedo familiar na Itália. Tenho a impressão de que ele pediu exatamente a mesma garrafa para algumas outras garotas. De qualquer forma, eu não mandei o cara se foder. Contei que estava apaixonada por outro e que achava que não seria a atitude apropriada enquanto eu estivesse frequentando a aula dele, mas que sob outras circunstâncias eu talvez considerasse a proposta com prazer.

— Foi bem gentil da sua parte.

— É verdade. Se eu não fosse aluna dele *e* nunca tivesse conhecido Ig? Até consigo me imaginar saindo com ele para ver um filme estrangeiro ou algo assim.

— Cruzes. Você não falou que ele é velho?

— Deve ter pelo menos uns cinquenta anos.

Lee afundou na cadeira com um sentimento meio estranho: nojo. E surpresa.

— Você está brincando.

— Claro. Ele poderia me ensinar a entender de vinhos. E livros. E coisas sobre as quais eu não faço ideia. Como é a vida do outro lado do telescópio. Como é estar em um relacionamento indecoroso.

— Seria um erro — determinou Lee.

— Acho que todo mundo deveria cometer alguns erros — retrucou Merrin. — Se não, talvez estejamos pensando demais sobre nossos atos. Esse é o pior erro que alguém pode cometer.

— E a esposa e a filha do velho?

— É. Não sei como fica essa parte. Claro, é a terceira esposa, então é provável que ela não se choque muito. — Merrin estreitou os olhos e perguntou: — Você acha que mais cedo ou mais tarde todos os homens ficam entediados?

— Acho que a maioria fantasia com o que não tem. Eu sei que nunca estive em um relacionamento em que não fantasiasse com outras garotas.

— Em que ponto do relacionamento? Quando é que um cara começa a pensar nas outras?

Lee jogou a cabeça para trás a fim de encarar o teto, fingindo pensar.

— Eu não sei. Cerca de quinze minutos depois do primeiro encontro? Depende se a garçonete for gostosa.

Ela deu um sorrisinho irônico.

— Às vezes pego Ig olhando para uma garota — contou Merrin. — Não é frequente. Se sabe que estou por perto, ele é bem discreto. Mas, tipo, quando fomos a Cape Cod no verão e fui até o carro para pegar o protetor solar, lembrei que o tinha colocado no casaco corta-vento. Ele achou que eu não voltaria tão cedo e estava olhando para uma garota de bruços, com o biquíni desamarrado. Menina bonita, talvez com dezenove, vinte anos. Quando estávamos no colégio, eu teria dito poucas e boas para ele, mas eu não digo uma palavra sequer. Não sei o que dizer. Ele não ficou com ninguém além de mim.

— É mesmo? — perguntou Lee, em um tom incrédulo, embora já soubesse.

— Você acha que, quando Ig tiver 35 anos, ele vai pensar que eu o prendi muito jovem? Acha que ele vai se sentir como se eu o tivesse impedido de curtir um sexo divertido no colégio e ficará fantasiando com as garotas que ele deixou passar?

— Tenho certeza de que ele fantasia com outras garotas — disse a colega de quarto de Merrin, passando com um sanduíche em uma das mãos e segurando o telefone no ouvido com a outra.

Ela continuou até entrar no quarto e bateu a porta. Não porque estivesse com raiva ou mesmo ciente do que estava fazendo. Era o tipo de pessoa que batia portas sem perceber.

Merrin se recostou na cadeira, de braços cruzados.

— Verdadeiro ou falso? Sobre o que ela disse.

— Verdadeiro, mas não de uma forma séria. Tipo ele olhando para a garota na praia. Ig pode gostar de se imaginar com outras garotas, mas é apenas um pensamento, então não importa, certo?

Merrin se inclinou para a frente e indagou:

— Você acha que Ig vai transar com qualquer uma na Inglaterra? Para satisfazer um pouco a vontade? Ou ele sentiria como se estivesse dando um passo imperdoável em relação a mim e às crianças?

— Que crianças?

— Nossos filhos. Harper e Charlie. Falamos deles desde que eu tinha dezenove anos.

— Harper e Charlie?

— Harper é a menina, em homenagem a Harper Lee. Minha escritora favorita de um único livro. Charlie se for um menino.

A maneira como Merrin mencionou o assunto fez Lee não gostar mais tanto dela. Merrin parecia distraída e feliz, e ele percebeu, pelo seu olhar repentinamente distante, que ela própria estava imaginando as crianças.

— Não — disse.

— Não o quê?

— Ig não vai sair transando por aí. A menos que *você* saia transando por aí primeiro e ele saiba disso. Aí eu acho que sim. Pode ser. Pense ao contrário por um minuto. Já se imaginou com 35 anos e sentiu que *você* deixou passar alguma coisa da vida?

— Não — respondeu ela, com uma certeza monocórdia e desinteressada. — Acho que nunca vou ter 35 anos e me sentir como se tivesse deixado passar alguma coisa. É uma ideia horrível, sabe.

— O quê?

— Transar com alguém só para contar a ele. — Merrin não estava olhando para Lee, mas através da janela. — Me sinto mal só de pensar nisso.

O engraçado é que ela já parecia meio mal naquele momento. Pela primeira vez, Lee percebeu como Merrin estava pálida, com olheiras rosadas opacas sob os olhos e o cabelo sem vida. Ela não parava de mexer as mãos, dobrando um guardanapo de papel em quadrados cada vez menores.

— Você está bem? Parece meio aérea.

Os cantos da boca de Merrin se contraíram em um meio sorriso.

— Acho que estou ficando doente. Não se preocupe. Desde que a gente não se beije de língua, não tem como você pegar.

Lee estava furioso quando foi embora, uma hora depois. Era assim que Merrin operava: ela o atraíra até Boston, levando-o a imaginar que ficariam sozinhos, depois apareceu de moletom, parecendo uma inútil, com a colega de quarto andando por ali, e os dois passaram a noite falando sobre Ig. Se Merrin não tivesse permitido que ele beijasse seu seio duas semanas antes e lhe dado a cruz, Lee teria pensado que ela não tinha interesse algum nele. Estava cansado de ser feito de palhaço e cansado da conversa de Merrin.

Mas, ao cruzar a ponte Zakim, Lee se acalmou e passou a respirar normalmente. Ocorreu-lhe que Merrin não mencionara sequer uma vez a tal loira gelada, durante todo o tempo que esteve lá. Esse pensamento foi seguido por outro: não havia loira gelada, havia apenas Merrin, vendo até onde conseguia deixá-lo empolgado, deixá-lo pensando.

Ele estava pensando, era isso mesmo. Estava pensando que Ig iria embora em breve, assim como a colega de quarto, e, em algum momento no outono, ele bateria à porta de Merrin, e quando ela abrisse, estaria sozinha.

CAPÍTULO TRINTA E QUATRO

LEE ESPERAVA PASSAR O fim de noite com Merrin, mas já eram mais de dez horas quando ele cruzou a fronteira com New Hampshire e percebeu que havia um recado do deputado na caixa postal. O homem falou com sua voz lenta, cansada, de enxaqueca, e disse que esperava Lee na manhã seguinte para conversar sobre algumas notícias que haviam chegado. O deputado parecia ansiar por encontrá-lo, o que fez Lee achar que ele ficaria igualmente contente em vê-lo naquela noite. Assim sendo, em vez de sair da I-95 para oeste até Gideon, ele dirigiu para o norte e pegou a saída para Rye.

Às onze da noite, Lee parou na entrada para carros do deputado composta de conchas brancas amassadas. A casa, uma enorme construção georgiana branca com um pórtico com colunas, ficava em um acre de gramado de aparência imaculada. As gêmeas do deputado estavam jogando croqué com os namorados, no jardim da frente, sob os holofotes. Taças de champanhe jaziam no caminho ao lado dos saltos altos das meninas; elas corriam descalças. Lee saltou do Cadillac e permaneceu ao lado do carro enquanto observava as gêmeas, duas garotas flexíveis e de pernas bronzeadas em vestidos de verão. Uma delas estava curvada sobre o malho enquanto o namorado estendia a mão por trás, oferecendo ajuda como desculpa para colar o corpo no dela. As risadas delas pairavam no ar, que tinha um leve cheiro de maresia, e Lee se sentiu novamente em seu elemento.

As filhas do deputado adoravam Lee e, quando o viram subindo o caminho, correram direto para ele. Kaley jogou os braços em torno do pescoço dele e Daley lhe deu um beijo na bochecha. As duas tinham 21 anos, eram bronzeadas e felizes, mas foi necessário abafar certos problemas que ambas tiveram: bebedeira, anorexia, doença venérea. Ele devolveu os abraços, brincou e prometeu jogar croqué se pudesse, quando fosse embora. Mas Lee se arrepiou com o toque das gêmeas. Elas pareciam macias e belas, mas eram tão rançosas quanto baratas cobertas de chocolate; uma delas mascava uma goma de hortelã, e ele se perguntou se era para disfarçar o cheiro de cigarro, maconha ou pau. Lee não teria transado com as duas juntas em troca de uma noite com Merrin, que, de certa forma, ainda era pura, ainda tinha o corpo de uma virgem de dezesseis anos. Ela só fizera sexo com Ig, portanto, conhecendo Ig como Lee conhecia, não contava muito. Provavelmente Ig manteve um lençol entre os dois o tempo todo.

A esposa do deputado encontrou Lee na porta. Era uma mulher pequena com cabelos grisalhos e pretos em camadas, com os lábios finos congelados em um sorriso rígido de Botox. Ela tocou o pulso de Lee. Todos gostavam de tocá-lo, a esposa do deputado e as filhas, e o deputado também, como se Lee fosse um amuleto de boa sorte, um pé de coelho — e ele era e sabia disso.

— Ele está no escritório — disse ela. — Ele vai ficar muito feliz em te ver. Você sabia que deveria vir?

— Sabia. Dor de cabeça?

— Terrível.

— Tudo bem — falou Lee. — Sem problemas. O médico chegou.

Ele conhecia o caminho até o escritório. Bateu à porta de correr, mas não esperou a ordem para entrar antes de abri-la. As luzes estavam apagadas, exceto a televisão, e o deputado estava no sofá, no escuro, com uma toalha molhada dobrada em cima dos olhos. *Hothouse* estava passando na TV. O volume estava no mínimo, mas Lee conseguiu ver Terry Perrish sentado atrás da mesa, entrevistando um britânico magricelo em uma jaqueta de couro preta; um astro do rock, talvez.

O deputado ouviu a porta, levantou uma ponta da toalha, viu Lee e abriu um meio sorriso. Ele largou a toalha de volta no lugar.

— Aí está você — disse o deputado. — Eu não deixaria aquela mensagem, porque sabia que você se preocuparia e viria me ver hoje à noite, e não queria incomodá-lo numa noite de sexta-feira. Já ocupo boa parte da sua vida. Você deveria estar na cidade com uma garota.

Ele falou isso no tom suave e amoroso de um homem no leito de morte conversando com seu filho favorito. Não foi a primeira vez que Lee o ouviu falar daquele jeito nem a primeira vez que cuidou dele enquanto sofria de uma de suas enxaquecas. As dores de cabeça do deputado estavam intimamente ligadas à arrecadação de fundos e aos números ruins nas pesquisas. Isso vinha acontecendo muito ultimamente. Nem uma dezena de pessoas no estado sabia que no início do ano seguinte o deputado anunciaria que pretendia concorrer ao cargo de governador contra a mulher que venceu a última eleição por esmagadora maioria, mas caiu muito nas pesquisas no decorrer do mandato. Sempre que o índice de aprovação da governadora subia mais de três pontos, o deputado precisava engolir a seco uns comprimidos de ibuprofeno e ir se deitar. Ele nunca dependera tanto da calma de Lee.

— Era esse o plano — retrucou Lee —, mas ela me deu bolo. Além disso, o senhor é bem mais bonito, então não perdi grande coisa.

O deputado soltou uma gargalhada. Lee se sentou na mesinha de centro, na diagonal em relação a ele.

— Quem morreu? — perguntou Lee.

— O marido da governadora — respondeu o deputado.

Lee hesitou e a seguir disse:

— Rapaz, espero que o senhor esteja brincando.

O deputado ergueu a toalha novamente.

— Ele tem a doença de Lou Gehrig. Esclerose lateral amiotrófica. Acabou de ser diagnosticado. Haverá uma coletiva de imprensa amanhã. Eles comemoram vinte anos de casamento na semana que vem. Não é a coisa mais terrível?

Lee estava pronto para lidar com resultados ruins de pesquisas internas ou talvez para ser informado que o *Portsmouth Herald* publicaria uma reportagem nada lisonjeira sobre o deputado (ou sobre as gêmeas — já aconteceu bastante). Ele precisava de um momento para digerir este fato, no entanto.

— Deus — murmurou Lee.

— Foi o que eu disse. Tudo começou com um polegar que não parava de tremer. Agora são as duas mãos. Aparentemente, a doença avançou bastante rápido. "Quanto ao dia e à hora ninguém sabe", não é?

— Não, senhor.

Eles ficaram sentados em silêncio. A TV continuava ligada.

— O pai do meu melhor amigo na escola primária teve essa doença — comentou o deputado. — O pobre homem ficava sentado na poltrona em frente à TV, se contorcendo como um peixe no anzol, e na metade do tempo soava como se estivesse sendo sufocado até a morte pelo Homem Invisível. Eu sinto muito por eles. Não consigo imaginar o que faria se uma das meninas ficasse doente. Você quer orar por eles comigo, Lee?

Nem um pouco, pensou Lee, mas se ajoelhou, juntou as mãos e esperou. O deputado se agachou no chão ao lado dele e baixou a cabeça. Lee fechou os olhos para se concentrar, para resolver o problema em suas várias etapas. A doença do marido da governadora aumentaria seu índice de aprovação, para começar; tragédias pessoais sempre se traduzem em alguns milhares de votos de compaixão. Além disso, saúde sempre foi a melhor proposta dela, e essa situação ajudaria, lhe dando uma maneira de levar o tema para o lado pessoal. Por fim, já era bastante difícil disputar as eleições contra uma mulher, era difícil não parecer um chauvinista, um valentão... mas disputar contra alguém que estava heroicamente cuidando de um cônjuge enfermo — quem poderia saber como *isso* se desenrolaria durante a campanha? Dependia da mídia, talvez, da abordagem que eles decidissem trabalhar. Existiria alguma abordagem que não acabasse como uma vantagem líquida para ela? Talvez. Lee achava que havia pelo menos uma possibilidade pela qual valeria a pena rezar, uma forma de dar um jeito na situação.

Depois de um tempo, o deputado suspirou, indicando que a oração acabara. Eles continuaram ajoelhados, bastante sociáveis.

— Você acha que eu não deveria concorrer? — perguntou o deputado. — Por decoro?

— A doença do marido dela é uma tragédia — respondeu Lee. — As políticas dela são outra. A questão não é apenas ela, e sim todo mundo no estado.

O deputado estremeceu e comentou:

— Tenho até vergonha de estar pensando nisso. Como se a única coisa que importasse fossem minhas malditas ambições políticas. O pecado do orgulho, Lee. O pecado do orgulho.

— Não sabemos o que vai acontecer. Talvez ela decida renunciar para cuidar dele, talvez não dispute as próximas eleições, e nesse caso é melhor o senhor do que qualquer outra pessoa.

O deputado estremeceu novamente.

— Não deveríamos falar assim. Não hoje à noite. Eu realmente estou me sentindo mal com isso. A vida e a saúde de um homem estão em jogo. A decisão de me candidatar a governador ou não é o que menos importa. — Ele balançou o corpo para a frente, ainda de joelhos, olhando fixamente para a TV, molhou os lábios e então disse: — Se ela de fato renunciar, porém, talvez seja irresponsabilidade *não* disputar.

— Ah, por Deus, sim — concordou Lee. — Imagine se o senhor desistisse da eleição e o Bill Flores fosse eleito governador? Eles ensinariam educação sexual no jardim de infância, distribuindo camisinhas para crianças de seis anos. Ok, crianças, levantem a mão se vocês pensam que sabem soletrar "sodomia".

— Pare — falou o deputado, mas estava rindo. — Você é terrível.

— O senhor seguraria o anúncio da candidatura por cinco meses — comentou Lee. — Muita coisa pode acontecer em um ano. As pessoas não vão votar nela, porque o marido está doente. A esposa doente não ajudou John Edwards, por exemplo. Ora bolas, provavelmente aquilo o prejudicou. Ele parecia colocar a carreira à frente da saúde dela.

Ele começou a pensar que a situação pareceria ainda pior: uma mulher discursando enquanto o marido se tremelicava em espasmos em uma cadeira de rodas ao lado do púlpito. Era uma coisa ruim de ver, então será que as pessoas realmente votariam nela e gostariam de ver *aquilo* por mais dois anos na TV? Ou votariam em uma mulher que achava que se reeleger era mais importante do que cuidar do marido? "As pessoas votam nas propostas, não por simpatia" era uma mentira deslavada — as pessoas votavam com as terminações nervosas. Era assim que poderiam consertar a situação: usar discreta e indiretamente a doença do marido dela para fazê-la parecer muito mais indiferente, muito menos como uma mulher. Sempre havia uma maneira de consertar as coisas.

— A saúde do marido não será mais notícia quando o senhor decidir se candidatar. As pessoas já vão estar prontas para mudar de assunto.

Mas Lee não tinha certeza se o deputado continuava ouvindo. O homem fitava a TV. Terry Perrish estava recostado na cadeira, se fingindo de morto, com a cabeça inclinada em um ângulo estranho. Seu convidado, o astro do rock inglês magricela com uma jaqueta de couro preta, fez o sinal da cruz sobre o corpo dele.

— Você não é amigo dele? Do Terry Perrish?

— Mais do irmão. Ig. Mas são todos pessoas maravilhosas, a família Perrish. Eles eram tudo para mim quando eu era mais novo.

— Eu nunca os conheci. A família Perrish.

— Acho que eles simpatizam pelos democratas.

— As pessoas votam nos amigos antes de escolher o partido — determinou o deputado. — Talvez todos nós pudéssemos ser amigos.

Ele deu um soco no ombro de Lee, como se tivesse tido uma grande ideia. O deputado parecia ter se esquecido da enxaqueca.

— Não seria bacana anunciar a candidatura a governador no programa de Terry Perrish ano que vem?

— Seria. Seria mesmo — respondeu Lee.

— Acha que há alguma maneira de combinar isso?

— Talvez eu chame Terry para sair na próxima vez que ele estiver por aqui — sugeriu Lee —, e então falo bem do senhor para ele. Para ver o que acontece.

— Claro. Faça isso. Saiam e se divirtam para valer. Eu banco tudo. — O deputado suspirou. — Você conseguiu me animar. Sou um homem muito abençoado e tenho ciência disso. E você é uma das bênçãos na minha vida, Lee.

Ele encarou Lee com os olhos brilhantes de um avô orgulhoso. O deputado tinha talento para isso, fazer aqueles olhos de Papai Noel.

— Sabe, Lee, você não é muito jovem para concorrer ao Congresso. Minha cadeira ficará vaga daqui a alguns anos, de uma forma ou de outra. Você tem qualidades muito magnéticas, é bonito e honesto, tem uma boa história pessoal de redenção por meio de Cristo, além de saber contar boas piadas.

— Acho que não. Estou feliz com o trabalho que estou fazendo agora... para o senhor. Não acho que concorrer a um cargo político seja minha verdadeira vocação — retrucou Lee, e sem qualquer constrangimento acrescentou: — Não acredito que seja isso que o Senhor quer de mim.

— Que pena — respondeu o deputado. — Você seria útil para o partido, e não há como dizer a que altura você poderia chegar. Caramba, dê uma chance para si mesmo... Você pode ser nosso próximo Reagan.

— Não — disse Lee. — Prefiro ser o próximo Karl Rove.

CAPÍTULO TRINTA E CINCO

A MÃE DE LEE não teve muito que dizer em seus últimos dias. Lee não tinha certeza de quanto exatamente ela sabia naquelas últimas semanas. Na maioria dos dias, a mãe falava variações de apenas uma palavra, com a voz ensandecida e rouca: "Sede! Muita sede!". Os olhos saltavam das órbitas. Lee se sentava ao lado da cama, nu por causa do calor, lendo uma revista. Por volta do meio-dia, fazia 35 graus no quarto, talvez debaixo dos edredons empilhados estivesse dez graus mais quente. A mãe dele nem sempre parecia perceber que Lee estava no quarto. Ela fitava o teto enquanto os braços fracos lutavam de maneira lamentável contra os cobertores, como uma mulher que caiu no mar e se debatia para manter a cabeça fora da água. Outras vezes, os olhos grandes reviravam nas órbitas para lançar um olhar suplicante e aterrorizado na direção de Lee. Ele tomava um gole do chá gelado e a ignorava.

Em alguns dias, depois de trocar uma fralda, Lee se esquecia de colocar uma nova e deixava a mãe nua da cintura para baixo embaixo das cobertas. Quando ela se urinava, começava a gritar "Molhada! Molhada! Ai, Deus, Lee! Me molhei!". Lee nunca se apressava em trocar os lençóis, que era um processo trabalhoso e cansativo. O xixi fedia como cenouras podres, como insuficiência renal. Quando finalmente trocava a roupa de cama, Lee enrolava os lençóis sujos e os pressionava sobre o rosto da mãe enquanto ela uivava com uma voz confusa e abafada. Que foi, afinal de contas, o que ela fez com ele quando criança, esfregava o rosto do filho nos lençóis quando Lee fazia xixi. Foi a maneira de ensiná-lo a não mijar na cama, um problema na juventude de Lee.

No entanto, no fim de maio, após semanas de incoerência, a mãe teve um único momento de lucidez — um perigoso momento de clareza. Lee havia acordado antes do amanhecer no quarto no segundo andar. Ele não sabia o que o tinha despertado, apenas que havia algo errado. Lee se apoiou nos cotovelos e prestou atenção no silêncio. Ainda não eram cinco horas, e havia um vislumbre fraco de aurora acinzentando o céu lá fora. Pela fresta da janela era possível sentir o cheiro de grama nova e árvores recém-germinadas. O ar que entrava tinha um peso quente e úmido. Se já estava quente naquela hora, o dia seria um maçarico, principalmente no quarto de hóspedes, onde Lee estava descobrindo se era possível cozinhar uma idosa. Finalmente ele ouviu algo, um baque suave no andar de baixo, seguido pelo barulho de alguém arrastando os sapatos em um tapete de plástico.

Lee se levantou e desceu pé ante pé para dar uma olhada na mãe. Pensou que a encontraria dormindo ou talvez olhando fixamente para o teto. Não achou que a veria do lado esquerdo da cama, se atrapalhando para pegar o telefone com uma garra murcha. Ela havia tirado o fone do gancho, que pendia na ponta do fio bege enrolado. A mãe tentara puxar o fio para alcançar o fone, que balançava, raspando no chão, às vezes batendo de leve na mesa de cabeceira.

A mãe parou de tentar recolher o fio quando viu Lee parado ali. O rosto angustiado e encovado estava calmo, quase na expectativa. Antigamente, ela tinha cabelos espessos cor de mel e por anos os manteve curtos, mas encorpados, com os cachos caindo em camadas nos ombros. Como o cabelo de Farrah Fawcett. Naquele momento, porém, estava ficando careca, os finos fios grisalhos penteados para as laterais do crânio com manchas hepáticas.

— O que você está fazendo, mãe? — indagou Lee.

— Uma ligação.

— Para quem a senhora ia ligar? — perguntou ele, registrando a clareza na voz da mãe. Naquele momento ele soube que ela tinha, de maneira impossível, emergido da demência.

A mãe encarou Lee por um bom tempo com um olhar vazio.

— O que é você?

Parcialmente emergido.

— Lee. A senhora não me reconhece?

— Você não é ele. Lee está andando em cima da cerca. Eu falei para ele não fazer isso. Avisei que ele pagaria caro, mas Lee não consegue evitar.

Lee atravessou o quarto e colocou o receptor de volta no gancho. Ter deixado um telefone operacional quase ao alcance dela fora um descuido idiota, não importava a condição mental de sua mãe.

Quando ele se abaixou para desplugar o telefone da parede, porém, a mãe estendeu a mão e agarrou seu pulso. Lee quase gritou de tão surpreso com a força feroz nos dedos magros e nodosos.

— Eu vou morrer de qualquer maneira — anunciou ela. — Por que você quer que eu sofra? Por que você não deixa acontecer naturalmente?

— Porque eu não teria como aprender algo assim — respondeu Lee.

Ele esperou outra pergunta, mas, em vez disso, a mãe falou com uma voz quase satisfeita:

— *Sim*. Isso mesmo. Aprender o quê?

— Se há limites.

— Limites até onde eu consigo sobreviver? — perguntou ela, e continuou: — Não. Não, não é isso. Você quer dizer limites para o que você pode fazer.

A mãe afundou de volta nos travesseiros — e Lee se surpreendeu ao vê-la sorrindo de uma forma que indicava que sabia das coisas.

— Você não é Lee. Lee está em cima da cerca. Se eu pegá-lo andando naquela cerca novamente, ele vai sentir a força da minha mão. Já foi avisado.

Ela inspirou profundamente e as pálpebras se fecharam. Lee pensou que ela estava se preparando para voltar a dormir — muitas vezes a mãe ficava inconsciente bem rápido —, mas então ela falou de novo. Havia um tom meditativo na voz aguda.

— Uma vez eu encomendei uma máquina de café expresso de um catálogo. Acho que era da Sharper Image. Coisinha bonita, muitos acabamentos de cobre. Esperei algumas semanas e finalmente chegou. Quando abri a caixa, acredite se quiser, não havia coisa alguma ali além de embalagem. Oitenta e nove dólares de plástico-bolha e isopor. Alguém deve ter dormido na fábrica da máquina de café expresso. — Ela exalou um longo suspiro satisfeito.

— E isso é da minha conta porque...? — perguntou Lee.

— Porque é a mesma coisa com você — respondeu ela, abrindo os grandes olhos brilhantes e virando a cabeça para encará-lo.

O sorriso da mãe de Lee se alargou para mostrar os poucos dentes que ela ainda tinha — pequenos, amarelos e irregulares —, e ela começou a rir.

— Você deveria pedir seu dinheiro de volta. Você foi enganado. É apenas uma embalagem. Apenas uma caixa bonita sem conteúdo dentro. — A risada foi áspera, fraca e ofegante.

— Pare de rir de mim — ordenou Lee, o que fez a mãe rir ainda mais, e ela não parou até o filho lhe dar uma dose dupla de morfina.

Em seguida, ele foi até a cozinha e preparou um Bloody Mary com bastante pimenta. A mão tremia ao segurar o copo.

O desejo era forte em Lee de servir uma caneca escaldante de água salgada para a mãe e obrigá-la a beber tudo. Afogá-la com aquilo.

Em vez disso, porém, ele a deixou em paz; na verdade, Lee cuidou da mãe adequadamente por uma semana, deixando o ventilador e a TV ligados, trocando os lençóis, mantendo flores frescas no quarto. Ele foi especialmente cuidadoso ao dar a morfina no horário certo, pois não queria que ela ficasse lúcida novamente quando a enfermeira estivesse em casa. Ela poderia fofocar a respeito do tratamento que recebia do filho quando estava sozinha com ele. Mas as ansiedades de Lee foram infundadas; a mãe dele nunca mais teve um acesso de lucidez.

CAPÍTULO TRINTA E SEIS

ELE SE LEMBRAVA DA cerca. O que Lee não se lembrava muito era dos dois anos em que eles moraram em West Bucksport, Maine — tampouco lembrava *por que* se mudaram para lá, um lugar no cu do mundo, uma cidadezinha onde seus pais não conheciam ninguém. E também não recordava por que haviam retornado a Gideon. Mas Lee se lembrava da cerca, do gato que saiu do milharal e da noite em que ele impediu que a lua caísse do céu.

O gato saiu do milharal ao anoitecer. Na segunda ou terceira vez em que apareceu no quintal da família, chorando baixinho, a mãe de Lee saiu para cumprimentá-lo. Ela levou uma lata de sardinha, colocou no chão e esperou que o gato se aproximasse. O animal pulou na lata como se não comesse havia dias — e talvez não tivesse comido mesmo — e engoliu a conserva prateada fazendo uma série de movimentos de cabeça rápidos e espasmódicos. Em seguida, o gato se enroscou delicadamente nos tornozelos de Kathy Tourneau, ronronando satisfeito. Era um ronronar meio enferrujado, como se o bicho estivesse sem prática em ser feliz.

Mas, quando a mãe de Lee se curvou para coçar atrás das orelhas do animal, o gato arranhou as costas da mão dela, deixando a carne aberta em longas linhas vermelhas. Ela gritou e chutou o bicho, e ele correu, virando a lata de sardinha na pressa de fugir.

Ela usou uma bandagem branca na mão por uma semana e ficou com cicatrizes feias. A mãe de Lee carregou as marcas do encontro com o gato pelo resto da vida. Quando o animal saiu do milharal outra vez, miando por atenção, ela jogou uma frigideira nele, e o gato desapareceu nas fileiras.

Havia uma dúzia de fileiras atrás da casa em West Bucksport, um acre de milho baixo e surrado. Os pais de Lee não plantaram aquele milharal e não fizeram nada para cuidar dele. Eles não eram agricultores, nem mesmo tinham vocação para jardinagem. A mãe de Lee colheu algumas espigas em agosto, tentou cozinhá-las, mas ninguém conseguiu comê-las. Era um milho sem gosto, borrachudo e duro. O pai de Lee riu e disse que era milho para porcos.

Em outubro, os pés de milho estavam secos, marrons e mortos, muitos deles quebradiços e dobrados. Lee amava o milharal, amava o aroma que exalava no ar frio do outono, gostava de se esgueirar pelas vielas estreitas entre as fileiras, com o toque seco das folhas o cutucando. Anos depois, Lee lembrou que amava o milharal, mas não sabia exatamente como era esse amor. Para o adulto Lee Tourneau, tentar se lembrar de seu entusiasmo pelo milharal era meio como tentar ficar satisfeito com a memória de uma boa refeição.

Onde o gato passava o resto do dia era uma incógnita. Ele não pertencia aos vizinhos. Ele não pertencia a ninguém. A mãe de Lee disse que ele era selvagem. Ela pronunciava a palavra "selvagem" no mesmo tom raivoso e desagradável que usava para se referir ao The Winterhaus, o bar onde o pai de Lee parava todas as noites para tomar um drinque (ou dois ou três) na volta do trabalho para casa.

As costelas do gato eram visíveis, e as falhas no pelo preto mostravam trechos obscenos de pele rosada e com crostas. Os testículos peludos eram tão grandes quanto bolinhas de gude, tão grandes que balançavam enquanto ele andava. Um olho era verde; o outro, branco, fazendo-o parecer parcialmente cego. A mãe de Lee instruiu seu filho único a ficar longe da criatura, a não o acariciar em circunstância alguma e a não confiar nele.

— O gato não vai aprender a gostar de você — argumentou ela. — Já passou da idade em que pode aprender a ter sentimentos pelas pessoas. O bicho não está interessado em você nem em ninguém, e nunca estará. Ele só aparece na esperança de conseguir alguma comida, então se não o alimentarmos, ele vai parar de vir.

Só que o gato não parou. Todos os dias, ao pôr do sol, as nuvens ainda iluminadas com seu brilho, o bicho choramingava no quintal.

Lee saiu para procurá-lo vez ou outra, assim que voltava da escola. Ele imaginava como o gato tinha passado o dia, para onde foi e de onde veio. Lee subia na cerca e andava por cima das varas, espiando o milharal em busca do gato.

Ele só poderia andar em cima da cerca até a mãe o vir e gritar para que descesse. Era uma cerca feita de tábuas de madeira lascada encaixadas em estacas inclinadas, que circundavam todo o quintal, com milharal e tudo. O sarrafo superior ficava bem acima do solo, tão alto quanto a cabeça de Lee, e as varas balançavam quando ele andava em cima delas. A mãe avisou que a madeira estava podre, que uma das varas se quebraria embaixo dele, e aí seria uma ida ao hospital (seu pai abanava a mão num gesto de desdém e dizia: "Por que você não deixa o garoto ser uma criança normal?".). Mas Lee não conseguiria ficar fora da cerca; criança alguma conseguiria. Ele não apenas subia ou andava em cima como se fosse uma trave de equilíbrio, como também às vezes até corria com os braços estendidos para os lados, como se fosse uma garça desengonçada tentando decolar. Era bom correr por cima da cerca, sentir as estacas tremendo sob os pés e o sangue pulsando nas veias.

O gato começou a provocar a sanidade de Kathy Tourneau. Ele anunciava sua chegada com um lamento melancólico e desafinado, cantava uma única nota dissonante sem parar, até que a mãe de Lee não aguentasse mais e irrompesse pela porta dos fundos para atirar alguma coisa no bicho.

— Pelo amor de Deus, o que você quer? — gritou ela com o gato preto certa noite. — Não estamos lhe dando comida, então por que não vai embora?

Lee não contou qualquer coisa para a mãe, mas achava que sabia por que o gato reaparecia todas as noites. O erro da mãe foi acreditar que o gato estava choramingando por comida. Lee, porém, achava que o gato estava chorando pelos proprietários anteriores, pelas pessoas que moravam na casa antes deles e que o tratavam da maneira como ele gostaria de ser tratado. Ele imaginou uma garota sardenta mais ou menos da sua idade, de macacão e cabelos ruivos compridos e lisos, que servia uma tigela de ração para o gato preto e depois se sentava a uma distância segura para vê-lo comer sem incomodá-lo. Cantando para ele, talvez. A ideia da mãe — de que o gato os torturava com um choramingo incessante e estridente só para ver até onde eles aguentavam — parecia uma hipótese improvável aos olhos de Lee.

Ele decidiu que aprenderia a ser amigo do gato, então uma noite ficou sentado lá fora para esperá-lo. Lee disse à mãe que não queria jantar, que estava satisfeito com a grande tigela de cereal que comeu quando voltou da escola, e perguntou se poderia sair um pouco. Ela permitiu, pelo menos até que o pai chegasse em casa, e aí seria hora de vestir o pijama e ir para a cama. Ele não mencionou que estava planejando encontrar o gato ou que tinha separado uma lata de sardinha para ele.

Escurecia rapidamente em meados de outubro. Não eram nem seis horas da noite quando Lee saiu, mas a única luz que restava era uma linha rosa-choque sobre os campos do outro lado da estrada. Enquanto esperava, Lee cantou para si mesmo uma música que fez sucesso no rádio naquele ano.

— *Look at 'em go-o-o* — cantarolou ele, baixinho. — *Look at 'em ki-i-ick.*

Algumas estrelas surgiram no céu. Lee inclinou a cabeça para trás e ficou surpreso ao ver que uma dessas estrelas estava se movendo, traçando uma reta. Depois de um momento, ele percebeu que deveria ser um avião ou talvez um satélite. Ou um óvni! Que ideia. Quando baixou os olhos, o gato estava lá.

O gato com os olhos incompatíveis enfiou a cabeça entre os pés de milho baixos para encarar Lee por um momento longo e silencioso, pela primeira vez sem choramingar. Lee retirou a mão do bolso do casaco e se moveu lentamente, para não o assustar.

— Ei, amigã-ão — falou, arrastando a última sílaba de forma musical. — Ei, amigã-ão.

A lata de sardinha emitiu um som agudo de metal estalando ao ser aberta, e o gato voou de volta para o milharal e sumiu.

— Ah, *não*, amigão — suspirou Lee, ao se levantar num pulo.

Era tão injusto. Ele planejara todo o encontro, como atrairia o gato com uma canção suave e amigável e, em seguida, deixaria a lata no chão para o bichano, sem tentar tocar nele, apenas ia deixá-lo comer. E ele se foi, sem dar uma chance a Lee.

O vento aumentou e o milharal farfalhou inquieto, e Lee sentiu o frio através do casaco. Ele ficou parado ali, desapontado demais para se mover, apenas olhando fixamente para o milharal, e eis que o gato saltou de novo, pulando para o sarrafo superior da cerca. Ele virou a cabeça a fim de olhar para Lee com seus olhos brilhantes e fascinados.

Lee ficou aliviado, porque o gato não fugiu sem olhar para trás e ficou grato por ter voltado. Lee não fez movimento súbito algum. Andou na ponta dos pés e não voltou a falar com o gato. Pensou que, quando se aproximasse o suficiente, o animal entraria novamente no milharal e desapareceria. Em vez disso, porém, quando chegou à cerca, o gato deu alguns passos no sarrafo superior e parou a fim de olhar para trás novamente, com uma espécie de expectativa. Esperando para ver se ele o seguiria, *convidando* Lee a segui-lo. Ele agarrou uma estaca e subiu até o sarrafo superior. A cerca balançou, e ele pensou que naquele momento o gato pularia e iria embora. Mas o animal esperou a cerca se estabilizar e começou a se afastar, com o rabo empinado para mostrar o cu preto e as bolas grandes.

Lee andou se equilibrando atrás do gato, com os braços estendidos para os lados. Não se atreveu a se apressar, com medo de assustá-lo, mas manteve um ritmo constante. O gato desfilou preguiçosamente em seu caminho, conduzindo Lee cada vez mais para longe da casa. O milho crescia próximo à cerca, e as folhas secas e grossas bateram e roçaram no braço de Lee. Ele levou um susto quando um dos sarrafos balançou violentamente e precisou se agachar e segurar em uma estaca para não cair. O gato esperou que ele se recuperasse, sentado na vara seguinte. O bicho continuou sem se mover enquanto Lee se levantava e cruzava o sarrafo oscilante até ele. Em vez disso, o gato arqueou as costas, eriçou o pelo e começou a soltar seu ronronar cansado e enferrujado. Lee estava quase fora de si de empolgação, por estar finalmente tão perto dele, quase perto o suficiente para tocá-lo.

— Ei — sussurrou Lee.

O gato intensificou o ronronar e ergueu as costas para Lee, e era impossível acreditar que o bichano não queria ser tocado.

Lee havia prometido a si mesmo que não tentaria acariciar o gato, não naquela noite, não quando os dois estavam apenas fazendo o primeiro contato, mas seria rude rejeitar um pedido tão inconfundível de afeto. Ele se abaixou suavemente para acariciá-lo.

— Ei, amigã-ão — cantou Lee, baixinho, e o gato fechou os olhos com força em uma expressão de puro prazer animal, e a seguir os abriu e atacou com uma garra.

Lee se endireitou, e a garra cortou o ar a menos de dois centímetros de seu globo ocular esquerdo. O sarrafo sacudiu violentamente embaixo dele, as pernas de Lee ficaram bambas, e ele caiu de lado no milharal.

O sarrafo superior ficava a apenas um metro do solo na maioria dos lugares, mas, ao longo daquela parte da cerca, a terra formava um declive para a esquerda, de modo que a queda foi de quase 1,80 metro. O forcado caído no milharal estava lá havia mais de uma década, esperando por Lee desde antes de ele nascer, abandonado no chão, com os dentes curvos e enferrujados apontando para cima. Lee bateu de cabeça no forcado.

CAPÍTULO TRINTA E SETE

ELE SE SENTOU UM pouco depois. O milharal sussurrava freneticamente, espalhando falsos rumores a respeito de Lee. O gato havia sumido da cerca. Já era noite, e, quando ele ergueu o olhar, viu as estrelas se movendo. Eram satélites, disparando em direções diferentes, caindo de um lado para outro. A lua se contraiu, caiu alguns centímetros e se contraiu novamente. Como se a cortina do céu corresse o risco de cair e revelar o palco vazio por trás. Lee estendeu a mão, endireitou a lua e a colocou de volta no lugar. A lua estava tão fria que fez os dedos ficarem dormentes, como se segurassem um pingente de gelo.

Ele teve que subir bem alto para consertá-la e, enquanto esteve lá em cima, olhou para seu cantinho em West Bucksport. Lee viu coisas que não poderia ter visto no milharal, viu as coisas da maneira que Deus as via. Viu o carro de seu pai descendo a Pickpocket Lane e virando na estrada de cascalho até a casa deles. Ele estava dirigindo com um engradado de cerveja no banco do carona e uma lata gelada entre as coxas. Se Lee quisesse, poderia ter dado um peteleco no carro e tê-lo tirado da estrada, jogando o veículo nas sempre-vivas que escondiam a casa da rodovia. Ele imaginou o carro virado de lado, as chamas lambendo por baixo do capô. As pessoas diriam que o pai estava dirigindo bêbado.

Lee se sentia tão desconectado do mundo quanto de uma ferrovia em miniatura. West Bucksport era encantador e perfeito, com suas arvorezinhas, casinhas e pessoinhas. Se ele quisesse, poderia pegar a própria casa e mudá-la para o outro lado da rua. Lee poderia ter colocado o calcanhar em cima da casa e pisado nela. Poderia limpar toda a sujeira da mesa com um golpe do punho.

Ele viu movimento no milharal, uma sombra animada se esgueirando entre outras sombras, e reconheceu o gato, e soube que não tinha sido elevado àquela altura apenas para endireitar a lua. Lee ofereceu comida e gentileza, o gato o encorajou com uma demonstração de afeto e a seguir o atacou e o derrubou da cerca. O animal podia tê-lo matado, sem qualquer motivo plausível, mas apenas porque foi feito para agir assim, e estava indo embora como se nada tivesse acontecido. E talvez para o gato *nada* tivesse de fato acontecido, talvez ele já tivesse esquecido Lee, mas *aquilo não ficaria assim*. Lee estendeu o braço comprido para baixo — era como estar no último andar da Torre John Hancock, olhando para o chão pela extensão do prédio de vidro —, enfiou o dedo no gato e o esmagou contra a terra. Por um único instante frenético, por menos de um segundo, ele sentiu um espasmo de vida trêmula sob a ponta do dedo, sentiu o gato tentando pular para longe, mas era tarde demais. Lee o esmagou, sentiu o animal se quebrar como uma vagem seca. Ele esfregou o dedo do jeito que tinha visto o pai esmagar cigarros no cinzeiro. Lee matou o gato com uma espécie de satisfação silenciosa e contida, e sentiu-se um pouco distante de si mesmo, como às vezes ficava quando estava colorindo.

Depois de um tempo, ele ergueu a mão e olhou para uma mancha de sangue na palma e uma penugem de pelo preto grudada nela. Lee cheirou a mão, que tinha a fragrância de porões mofados misturada com o odor de grama de verão. O aroma o interessou, pois contou uma história de caça a ratos no subterrâneo e de caça a uma companheira para cruzar no mato alto.

Lee baixou a mão e lançou um olhar fixo e inexpressivo para o gato. Ele estava sentado no milharal novamente, embora não se lembrasse de ter se sentado, e tinha voltado ao tamanho normal, embora não se lembrasse de ter ficado menor. O gato era um corpo arruinado e retorcido. A cabeça estava virada para trás, como se alguém tivesse tentado desenroscá-la como uma lâmpada. O bicho encarava a noite com os olhos arregalados de surpresa. O crânio tinha sido esmagado e estava deformado, e o cérebro saía de uma das orelhas. O gato preto azarado estava caído ao lado de um pedaço de ardósia, molhado de sangue. Lee mal percebia a ardência no braço direito e, ao olhar, viu que o pulso e o antebraço estavam arranhados; eram arranhões agrupados em três linhas paralelas, como se ele tivesse atacado a si mesmo com um garfo, arrancando a carne com o dente. Lee não conseguia entender como o gato o tinha arranhado quando ele era muito maior, mas estava cansado e a cabeça doía, então depois de um tempo Lee desistiu de imaginar. Era cansativo ser como Deus, grande o suficiente para consertar as coisas que precisavam de conserto. Ele se levantou, as pernas fracas, e começou a voltar para a casa.

Sua mãe e seu pai estavam na sala de estar, brigando novamente. Ou melhor, o pai estava sentado com uma cerveja e uma *Sports Illustrated* e não respondia enquanto Kathy tagarelava ao lado dele, com uma voz baixa e sofrida. Lee teve um pequeno lampejo da compreensão que baixou sobre ele quando estava grande o suficiente para consertar a lua, e soube que o pai ia ao The Winterhaus todas as noites não para beber, mas para ver uma garçonete, e que eles eram amigos especiais. Não que o pai ou a mãe tivessem mencionado a garçonete; a mãe estava furiosa com a bagunça na garagem, com o fato de ele estar usando botas na sala de estar, com o trabalho dela. De alguma forma, porém, a garçonete era o assunto que os dois realmente estavam discutindo. Lee também soube que, em alguns anos, talvez, seu pai iria embora e não o levaria com ele.

A briga dos pais não o incomodava. O que o incomodava era o rádio ao fundo, emitindo um som estridente e dissonante: como panelas atiradas escada abaixo, enquanto alguém chiava e estalava, como uma chaleira fervendo. O som irritou Lee, que se virou para o aparelho a fim de baixar o volume, e foi só quando o estava alcançando que ele reconheceu a música, "The Devil Inside". Lee não sabia por que gostara dela algum dia. Nas semanas seguintes, ele descobriria que não suportava quase nenhuma música de fundo, que canções não faziam mais sentido para ele, eram apenas uma confusão de sons irritantes. Quando o rádio estava ligado, Lee saía do recinto, preferindo o silêncio que acompanhava os próprios pensamentos.

Ele se sentiu tonto ao subir as escadas. As paredes às vezes pareciam pulsar, e Lee temia que, se olhasse para fora, conseguiria ver a lua se contraindo no céu novamente e, desta vez, talvez não conseguisse consertá-la. Ele achou que seria melhor se deitar antes que caísse. Deu boa-noite da escada. A mãe não percebeu. O pai não se importou.

Quando Lee acordou na manhã seguinte, a fronha estava cheia de manchas de sangue seco. Ele examinou o sangue sem susto ou medo. O cheiro, um odor de cobre velho, era especialmente interessante.

Poucos minutos depois, Lee estava no banho e por acaso olhou para baixo, entre os pés. Um fio fino marrom-avermelhado corria na água e rodopiava pelo ralo, como se houvesse ferrugem na água. Só que não era ferrugem. Ele levou a mão à cabeça sem perceber, imaginando se havia se cortado ao cair da cerca na noite anterior. Os dedos cutucaram um ponto sensível no lado direito do crânio. Lee tocou o que parecia ser uma pequena depressão... e por um momento foi como se alguém tivesse jogado um secador de cabelo nele molhado. Ele tomou um choque elétrico tão forte que fez o mundo piscar, se transformar em um negativo fotográfico. Quando a sensação nauseante de choque passou, Lee olhou para a mão e encontrou sangue nos dedos.

Ele não contou à mãe que tinha machucado a cabeça — não parecia importante — nem explicou o sangue no travesseiro, embora ela tenha ficado horrorizada ao ver a sujeira.

— Olhe para isso! — exclamou a mãe, parada no meio da cozinha, segurando a fronha encharcada de sangue. — É impossível tirar essas manchas! Impossível!

— Deixe para lá — retrucou o pai de Lee, sentado à mesa da cozinha, com a cabeça entre as mãos enquanto lia o caderno de esportes.

Ele estava pálido, irritado e com uma aparência doentia, mas abria um sorriso de empatia para o filho.

— O garoto teve uma hemorragia nasal, e você reage como se ele tivesse matado alguém. Ele não assassinou ninguém. — O pai piscou para Lee. — Não ainda, de qualquer forma.

CAPÍTULO TRINTA E OITO

LEE TINHA UM SORRISO no rosto quando Merrin abriu a porta, mas ela não percebeu, mal olhou para ele.

— Eu falei para o Ig que precisava estar em Boston hoje por causa do deputado — comentou Lee —, mas ele ameaçou romper nossa amizade se eu não levasse você para um jantar bacana.

Duas garotas estavam no sofá assistindo à TV, com o volume alto em uma reprise da série *Tudo em família*. Chinas, como a colega de quarto de Merrin. Entre elas e a seus pés, havia pilhas de caixas de papelão. A asiática estava sentada no braço de uma poltrona, gritando alegremente ao celular. Lee não gostava muito de asiáticos em geral, criaturas obcecadas por telefones e câmeras fotográficas que andavam em mutirão, embora gostasse do visual de estudante, os sapatos pretos de fivela, as meias compridas e as saias plissadas. A porta do quarto da colega estava aberta, e havia mais caixas empilhadas em cima de um colchão sem roupa de cama.

Merrin observou a cena com uma espécie de descrença e então se voltou para Lee. Se soubesse que ela estaria tão desleixada, sem maquiagem, com o cabelo sujo, vestindo um moletom velho e folgado, Lee teria dado uma desculpa. Totalmente brochante. Ele já estava arrependido de ter ido. Lee percebeu que ainda estava sorrindo e se obrigou a ficar sério, pensando na coisa certa a dizer.

— Meu Deus, você ainda está doente? — perguntou ele.

Merrin assentiu de forma automática.

— Quer ir para o terraço? É menos barulhento — sugeriu ela.

Lee a seguiu escada acima. Não parecia que eles iam sair para jantar, mas Merrin pegou um par de Heinekens da geladeira, o que era melhor do que nada.

Eram quase oito horas, mas ainda não estava escuro. Os skatistas estavam lá embaixo na rua novamente, com as pranchas estalando e batendo no asfalto. Lee cruzou a plataforma do telhado para observá-los por cima da borda. Dois deles usavam um moicano baixo, gravatas e camisas sociais que eram abotoadas apenas na gola. Lee nunca se interessou pelo skate além do visual do esporte, porque a pessoa dava a impressão de ser alternativo com uma prancha debaixo do braço, um pouco perigoso, mas também atlético. Ele não gostava de cair, no entanto; só a ideia de uma queda fazia com que um lado inteiro da cabeça ficasse frio e dormente.

Merrin tocou a lombar de Lee e, por um momento, ele pensou que ela ia empurrá-lo do telhado, então Lee se viraria para agarrá-la pelo pescoço pálido e puxá-la com ele. Ela devia ter visto a apreensão no rosto dele, porque sorriu pela primeira vez e lhe ofereceu uma das cervejas. Lee acenou a cabeça em agradecimento, segurando a garrafa em uma das mãos enquanto a abria com a outra.

Ela se sentou em um aparelho de ar-condicionado com a própria cerveja, mas não a bebeu, apenas passava os dedos pelo gargalo molhado. Os pés estavam descalços. Os pezinhos rosados de Merrin eram fofos de qualquer maneira. Olhando para eles, era fácil imaginá-la colocando um pé entre suas pernas, enquanto os dedos massageavam suavemente a virilha dele.

— Acho que vou tentar fazer o que você falou — anunciou ela.

— Votar em um candidato republicano? — perguntou Lee. — Progresso, finalmente.

Merrin sorriu de novo, mas parecia meio melancólico e abatido. Ela virou o rosto e falou:

— Vou dizer ao Ig que, quando ele for para a Inglaterra, quero tirar férias do relacionamento. Como uma separação experimental, para que a gente possa sair com outras pessoas.

Lee sentiu como se tivesse tropeçado em alguma coisa, embora estivesse parado.

— Você planejou mandar essa para ele quando?

— Quando ele voltar de Nova York. Não quero conversar sobre isso ao telefone. Você não pode contar qualquer coisa, Lee. Não pode nem dar a entender.

— Não. Não vou. — Ele estava animado e sabia que era importante não demonstrar. — Você vai dizer para o Ig que ele deveria sair com outras pessoas? Outras garotas?

Merrin assentiu.

— E... você também?

— Vou dizer a ele que quero experimentar um relacionamento com outra pessoa. Nada além disso. Vou garantir que tudo o que acontecer enquanto ele estiver fora será sigiloso. Não quero saber com quem ele está saindo e não vou contar para ele com quem eu estou saindo. Acho que isso... que isso vai deixar as coisas mais fáceis, de modo geral.

Ela olhou para cima, com uma expressão triste de divertimento. O vento bateu no cabelo de Merrin e fez coisas bonitas com ele. Ela parecia menos doente e menos pálida sob o céu violeta-claro do fim do dia.

— Já me sinto culpada, sabe?

— Bem... Você não precisa se sentir assim. Olhe, se vocês se amam de verdade, dentro de seis meses vão ter certeza disso e voltar a ficar juntos.

Merrin balançou a cabeça e disse:

— Não, eu... eu acho que essa decisão parece ser um pouco mais do que temporária. Descobri algumas coisas sobre mim mesma neste verão, algumas coisas que mudaram a forma como me sinto em relação ao meu relacionamento com Ig. Eu sei que não posso me casar com ele. Depois que ele estiver na Inglaterra por um tempo, depois que tiver tempo para conhecer alguém, vou terminar de vez.

— Meu Deus — sussurrou Lee, reproduzindo mentalmente a frase: *descobri algumas coisas sobre mim mesma neste verão*.

Ele se lembrou do que aconteceu na cozinha entre os dois, a perna dele entre as de Merrin e a mão na curva suave da cintura dela, a respiração suave e ofegante de Merrin em seu ouvido.

— Há apenas algumas semanas você estava me contando o nome dos filhos de vocês.

— É. Mas quando você descobre uma coisa importante, você *sabe*. Eu sei agora que nunca poderei ter filhos com ele. — Ela parecia mais calma, um pouco mais relaxada. — Este é o momento em que você começa a defender seu melhor amigo e a me convencer de não tomar essa decisão. Você está bravo comigo?

— Não.

— Você acha que eu sou uma má pessoa?

— Eu acharia que você é uma má pessoa se fingisse que ainda quer namorá-lo quando sabe, lá no fundo, que não há futuro para vocês dois.

— É isso. É exatamente isso. E eu quero que Ig tenha outros relacionamentos, que fique com outras garotas e que seja feliz. Se eu souber que ele está feliz, será mais fácil para eu seguir em frente.

— Meu Deus, mesmo assim... Vocês estão juntos desde sempre.

A mão de Lee quase tremeu quando ele tirou um segundo cigarro do maço. Em uma semana, Ig iria embora e Merrin estaria sozinha, sem ter que dar satisfação sobre com quem ela estaria transando.

Merrin acenou a cabeça para o maço de cigarros.

— Tem um para mim?

— Sério? Achei que você queria que eu parasse.

— *Ig* queria que você parasse. Eu sempre tive certa curiosidade, mas, sabe, imaginei que ele desaprovaria. Acho que posso experimentar um cigarro agora. — Ela esfregou as mãos nos joelhos e falou: — Então é hoje que você vai me ensinar a fumar, Lee?

— Claro — respondeu ele.

Na rua, um skate estalou e bateu, e alguns dos adolescentes gritaram em uma mistura de aprovação e consternação quando um skatista caiu esparramado. Merrin olhou por cima da borda do telhado.

— Também queria aprender a andar de skate — comentou ela.

— Esporte de retardado — retrucou Lee. — Um bom jeito de quebrar alguma coisa. Como seu pescoço.

— Não estou tão preocupada com meu pescoço — disse Merrin, que se virou, ficou na ponta dos pés e beijou o canto da boca dele. — Obrigada. Por trocar ideia comigo. Eu lhe devo uma, Lee.

O top de Merrin estava bem justo aos seios e, no ar frio da noite, os mamilos ficaram rígidos e marcaram o tecido. Ele pensou em colocar as mãos na cintura dela, imaginando se os dois já poderiam se pegar naquela noite. Antes que Lee pudesse tocá-la, porém, a porta do terraço se abriu. Era a colega de quarto, mascando chiclete, olhando para eles de esguelha.

— Williams — chamou a colega de quarto —, seu namorado está ao telefone. Acho que ele e os colegas da Anistia Internacional praticaram um afogamento simulado hoje, só para ver como é. Seu namorado está todo animado, quer contar para você. Parece mesmo que ele tem um ótimo emprego. Estou interrompendo alguma coisa?

— Não — respondeu Merrin, que se virou para Lee e sussurrou: — Ela acha que você é um dos vilões. O que, claro, você é. É melhor eu ir lá falar com Ig. Podemos deixar o jantar para outro dia?

— Quando você conversar com ele... você vai contar sobre... *nós*, as coisas de que falamos...

— Ah, ei. Não. Eu sei guardar segredo, Lee.

— Ok — murmurou ele, a boca seca, desejando Merrin.

— Posso pegar um cigarro? — perguntou a china gorda e sapatão, andando na direção deles.

— Claro — respondeu Lee.

Merrin deu tchauzinho, cruzou o terraço e foi embora.

Lee sacudiu o maço para oferecer um cigarro para a colega de quarto e o acendeu para ela.

— Indo para San Diego, hein?

— Sim — disse a garota. — Vou morar com uma amiga do colégio. Vai ser legal. Ela tem um Wii e tudo mais.

— Sua amiga domina o jogo de pontos e linhas ou você vai ter que começar a lavar a própria roupa?

A china franziu a testa, depois abanou a mão gorducha para afastar a cortina de fumaça entre os dois.

— Do que você está falando? — perguntou ela.

— Sabe aquele jogo em que você desenha alguns pontos formando uma grade, depois reveza com um adversário fazendo linhas, a fim de construir quadrados? Você não joga isso com Merrin para ver quem lava a roupa?

— Jogamos? — retrucou a garota.

CAPÍTULO TRINTA E NOVE

ELE OLHOU AO REDOR com o olho bom, procurando por ela no estacionamento, tudo iluminado pelo brilho estranho e infernal do letreiro em néon vermelho — O BOXE —, de maneira que a própria chuva caía vermelha através da neblina da noite, e ali estava Merrin, debaixo de uma árvore pegando chuva.

— Lá, Lee, bem ali — orientou Terry, mas Lee já estava parando o carro.

Ela tinha dito para ele que talvez precisasse de uma carona de volta do O Boxe, caso Ig ficasse muito zangado depois da "Conversa Importante" que os dois iam ter. Lee prometera que passaria de carro para ver como Merrin estava. Então ela falou que ele não precisava fazer aquilo, porém falou sorrindo e parecendo grata, de modo que Lee entendeu que Merrin realmente queria que ele lhe desse uma carona. A questão em relação a Merrin era que nem sempre o que ela queria dizer era o que ela de fato dizia, muitas vezes falava coisas totalmente contrárias às suas intenções.

Quando Lee a viu, em sua blusa encharcada e com a saia colada ao corpo, os olhos vermelhos de tanto chorar, ele sentiu as entranhas se revirarem de excitação, pensou que ela estava lá fora esperando por ele, porque *queria* estar com ele. As coisas haviam corrido mal, Ig dissera coisas terríveis, finalmente dispensara Merrin, portanto não havia motivo para esperar; Lee achava que havia uma boa chance de ela concordar quando ele sugerisse que ela fosse para a casa dele. Quando Lee diminuiu a velocidade, ela o viu e ergueu uma das mãos, já andando em direção ao carro. Ele lamentou não ter deixado Terry em casa antes de passar ali, pois queria Merrin sozinha. Pensou que, se fossem apenas os dois no carro, ela poderia se encostar nele com as roupas molhadas para se aquecer e se consolar, e ele poderia passar o braço pelos ombros de Merrin, talvez enfiar a mão dentro de sua blusa.

Lee queria que Merrin se sentasse no banco da frente e virou a cabeça a fim de dizer a Terry que fosse para o banco de trás, mas ele já estava prestes a passar o corpo por cima do encosto. Terry Perrish estava detonado, tinha fumado metade do México naquelas últimas horas e se movia com a graça de um elefante sob efeito de tranquilizante. Lee se esticou para abrir a porta do carona para ela e, ao fazê-lo, empurrou a bunda de Terry com o cotovelo para apressá-lo. Terry caiu atrapalhado no banco de trás, e Lee ouviu uma batida suave e metálica quando ele bateu na caixa de ferramentas aberta no chão.

Merrin entrou, tirando do rosto o cabelo molhado. O rosto pequeno em forma de coração — ainda de uma menina — estava branco e com uma aparência fria, e Lee foi tomado pelo desejo de tocá-la, de acariciar delicadamente a bochecha. A blusa estava encharcada e mostrava o sutiã, que tinha pequenas rosas estampadas. Antes que percebesse o que estava fazendo, Lee estendeu a mão para tocá-la. Mas ele desviou o olhar e viu o baseado de Terry, um tarugo comprido como um quiabo, e colocou a mão por cima dele, para pegá-lo antes que ela pudesse vê-lo.

Em vez disso, foi *ela* quem tocou *nele*, colocando suavemente os dedos gelados em seu pulso. Ele estremeceu.

— Obrigada por me buscarem — disse ela. — Vocês acabaram de salvar minha vida.

— Onde está o Ig? — perguntou Terry, com uma voz pastosa e idiota, arruinando o momento.

Lee olhou para ele pelo retrovisor. Terry estava inclinado para a frente, com o olhar perdido e a mão pressionada contra a têmpora.

Merrin pousou a mão na barriga, como se pensar em Ig já lhe causasse dor física.

— Eu n-não sei. Ele foi embora.

— Você contou para ele? — quis saber Lee.

Ela virou a cabeça na direção de O Boxe, mas Lee podia ver o reflexo de Merrin no vidro, podia ver o queixo formar covinhas com o esforço para não chorar. Ela estava tremendo, de modo que seus joelhos quase chocaram um contra o outro.

— Como ele reagiu? — indagou Lee, sem conseguir se conter.
Ela balançou a cabeça rapidamente e disse:
— Podemos simplesmente ir embora?

Lee assentiu e saiu para a estrada, levando o carro de volta pelo caminho de onde vieram. Ele encarou o resto da noite como um conjunto de etapas claramente ordenadas: deixar Terry em casa, levá-la para a casa dele sem discussão, dizer que ela precisava tirar as roupas molhadas e tomar um banho, com a mesma voz calma e decidida que ela usou quando mandou que ele entrasse no chuveiro na manhã em que a mãe tinha morrido. Só que, quando levasse uma bebida para ela, Lee puxaria delicadamente a cortina para observá-la sob a ducha e ele próprio já estaria despido.

— Ei, garota — disse Terry. — Quer o meu casaco?

Lee lançou um olhar irritado pelo retrovisor para Terry; tão preocupado estava ao imaginar Merrin no chuveiro que quase esqueceu que Terry estava ali. Ele sentiu certa aversão pelo charmoso, engraçado, famoso, bonito e idiota Terry, que se valeu de um mínimo de talento, contatos e um sobrenome conhecido para ficar rico e pegar as melhores bocetas do país. Fazia sentido tentar torcer a torneira de Terry, ver se não havia um jeito de ele convidar o deputado para o programa ou pelo menos dar algum dinheiro para a campanha; mas, na verdade, Lee nunca gostou muito dele, um tagarela que sempre queria ser o centro das atenções e que fez de tudo para humilhá-lo na frente de Glenna Nicholson no dia em que se conheceram. Isso o revoltou, ver o filho da puta jogar charme para a namorada do irmão, nem dez minutos depois de os dois terminarem, como se Terry merecesse, como se tivesse algum direito. Lee estendeu a mão para o ar-condicionado, irritado por não ter pensado em desligá-lo antes.

— Não precisa — disse Merrin, mas Terry já estava lhe entregando o casaco. — Obrigada, Terry.

A voz dela soou tão insinuante e carente que Lee quis lhe dar um tapa. Merrin tinha suas qualidades, mas era uma mulher como todas as outras, que ficava excitada e submissa diante de status e dinheiro. Se não houvesse herança e sobrenome famoso, Lee duvidava que ela algum dia teria olhado para o pobre Ig Perrish.

— Você d-deve achar...

— Eu não acho nada. Então relaxe.

— Ig...

— Tenho certeza de que Ig está bem. Não se preocupe.

Merrin ainda estava tremendo muito — era um pouco excitante, na verdade, a forma como os seios balançavam —, mas ela girou o corpo para esticar o braço até o banco de trás.

— Você está bem? — Quando Merrin recolheu a mão, Lee viu sangue na ponta dos dedos dela. — É melhor colocar uma g-gaze nisso.

— Tranquilo, não se preocupe — disse Terry.

Lee quis dar um tapa na cara *dele*. Em vez disso, ele pisou fundo no acelerador, com pressa para se livrar logo de Terry, tirá-lo de cena o mais rápido possível.

O Cadillac subia e descia, voando na estrada molhada e derrapando nas curvas. Merrin abraçou o próprio corpo embaixo do abrigo do casaco de Terry, ainda tremendo, com os olhos brilhantes e aflitos enquanto observava a rua através do cabelo emaranhado, que era uma confusão de palha vermelha molhada. De repente, ela apoiou a mão no painel, com o braço rígido e reto, como se eles estivessem prestes a sair da estrada.

— Merrin, você está bem?

Ela balançou a cabeça.

— Não. S-Sim. Eu... Lee, por favor, encoste. Encoste aqui. — A voz saiu aguda com a tensão.

Quando olhou para Merrin novamente, ele percebeu que ela ia vomitar. A noite estava se esvaindo, fugindo ao controle de Lee. Merrin ia vomitar no Cadillac, um pensamento que francamente o deixou horrorizado. A melhor coisa em relação à doença e à subsequente morte da mãe foi o fato de ele ter herdado o Cadillac, e se Merrin vomitasse no carro, Lee ficaria puto. Seria impossível tirar o cheiro, não importava o que se fizesse.

Ele viu o desvio para a velha fundição surgindo à direita e saiu da estrada para entrar no caminho, ainda em alta velocidade. O pneu dianteiro direito se enfiou na terra do acostamento da estrada e jogou a traseira para o lado, uma coisa que não se deveria fazer com uma garota enjoada no banco do carona. Ainda desacelerando, ele apontou o Cadillac para a estrada de cascalho esburacada, feita para ser usada pelos bombeiros, com o matagal batendo nas laterais do carro e as pedras quicando no chassi. Uma corrente surgiu no meio da estrada sob a luz dos faróis, cada vez se aproximando mais, e Lee manteve o pé no freio, reduzindo a velocidade de forma constante e uniforme. Por fim, o Cadillac gemeu até parar suavemente, encostando o para-choque na corrente.

Merrin abriu a porta e emitiu o som furioso de vômito, quase como uma tosse úmida. Lee colocou o carro em ponto morto. Ele também se sentiu um pouco trêmulo, mas de irritação, e se concentrou para recuperar a calma interior. Se Lee fosse levá-la para o banho naquela noite, ele teria que dar um passo de cada vez, conduzindo Merrin pela mão. Ele conseguia fazer isso, poderia guiá-la para onde os dois fossem, mas precisaria se controlar, controlar a noite que se acabava. Nada havia acontecido ainda que não pudesse ser consertado.

Ele saltou do carro e deu a volta, a chuva molhando as costas e os ombros de sua camisa. Merrin tinha os pés no chão e a cabeça entre os joelhos. A tempestade já estava diminuindo, apenas pingava nas folhas que pendiam da estrada de terra.

— Você está melhor? — perguntou Lee.

Ela assentiu.

— Vamos levar Terry para casa e depois quero que você venha comigo e me conte o que aconteceu. A gente prepara uma bebida, e aí você pode desabafar. Isso vai fazer você se sentir mais relaxada.

— Não. Não, obrigada. Eu só quero ficar sozinha. Preciso pensar um pouco.

— É melhor você não ficar sozinha hoje à noite. No estado em que você se encontra, isso seria a pior coisa. Ei, olhe, você *tem* que vir para a minha casa. Eu consertei sua correntinha. Quero colocá-la em você.

— Não, Lee. Eu só quero ir para casa, vestir uma roupa seca e ficar sozinha.

Ele sentiu outro lampejo de irritação — era bem típico de Merrin pensar que poderia enrolá-lo indefinidamente, esperar que ele a pegasse em O Boxe e a levasse obedientemente aonde ela queria ir sem ganhar qualquer coisa em troca —, mas afastou aquele sentimento. Lee observou Merrin de saia e blusa molhadas, ainda tremendo, e então deu a volta até o porta-malas. Ele pegou a bolsa de academia, retornou e ofereceu a ela.

— Tenho roupas de academia. Camisa. Calça. Estão secas e quentes, e não estão sujas de vômito.

Merrin hesitou, então pegou a alça da bolsa e se levantou.

— Obrigada, Lee — falou, sem olhar nos olhos dele.

Lee não largou a alça, segurou a bolsa, segurou *Merrin* por um momento, impedindo-a de sair caminhando noite adentro para se trocar.

— Você tinha que fazer isso, sabe. Era uma loucura pensar que você pudesse... que *qualquer um* de vocês pudesse...

— Eu só quero trocar de roupa, ok? — interrompeu ela, puxando a bolsa da mão de Lee.

Merrin se virou e saiu andando com dificuldade, a saia justa colada nas coxas. Ela passou pelos faróis e a blusa ficou transparente como papel-manteiga. Então contornou a corrente e avançou na escuridão, subindo a estrada. Mas, antes de desaparecer, virou a cabeça e deu a Lee um olhar carrancudo, com a sobrancelha arqueada de forma que parecia fazer uma pergunta... ou oferecer um convite. *Siga-me*. E foi quando ela sumiu.

Lee acendeu um cigarro e fumou, parado ao lado do carro, imaginando se não haveria problema em ir atrás de Merrin, sem saber se seria bom segui-la na floresta com Terry observando. Mas Lee deu uma olhada em Terry e viu que ele tinha se deitado no banco de trás e colocado um dos braços sobre os olhos. Ele batera a cabeça com força, pois havia um arranhão vermelho perto da têmpora direita e, mesmo antes disso, já estava bastante alterado, totalmente chapado. Era curioso que estivessem ali na fundição, onde Lee conheceu Terry Perrish no dia em que ele e Eric Hannity explodiram o grande peru congelado. Lee se lembrou do baseado de Terry e procurou no bolso. Talvez se desse alguns tapas Merrin se acalmasse e ficasse menos histérica.

Lee observou Terry por mais um minuto, mas, como ele não se mexeu, jogou a ponta do cigarro na grama molhada e começou a subir a estrada atrás de Merrin. Ele seguiu os sulcos no cascalho em uma curva ligeira e subiu uma colina, e lá estava a fundição, recortada contra um céu preto de nuvens agitadas. Com sua enorme chaminé, o lugar parecia uma fábrica construída para provocar pesadelos. A grama molhada brilhava e se sacudia ao vento. Ele pensou que Merrin talvez tivesse caminhado até o fortim em ruínas, cheio de sombras, e estivesse trocando de roupa lá, mas então a ouviu assobiar na escuridão, à esquerda.

— Lee — chamou ela, e ele viu Merrin a seis metros do caminho.

Ela estava parada embaixo de uma árvore velha, cuja casca deixava à mostra a madeira morta, branca e com manchas leprosas. Merrin tinha vestido a calça de moletom cinza dele, mas segurava o casaco de Terry contra o peito nu e magro. Vê-la parcialmente despida provocou em

Lee um choque erótico, como algo saído de uma fantasia durante uma preguiçosa masturbação vespertina: Merrin com os ombros pálidos, os braços magros e os olhos assustados, seminua e tremendo na floresta, esperando sozinha por ele.

A bolsa de academia estava aos pés dela, e as roupas molhadas foram dobradas e colocadas de lado, com os sapatos de salto arrumados meticulosamente em cima delas. Havia alguma coisa enfiada em um dos sapatos — uma gravata masculina, ao que parecia, dobrada várias vezes. Como Merrin gostava de dobrar as coisas... Lee às vezes achava que ela o dobrava em partes cada vez menores ao longo de todos aqueles anos.

— Não tem camisa alguma na bolsa — disse Merrin. — Apenas calças de moletom.

— É verdade — concordou ele, caminhando na direção dela. — Eu esqueci.

— Bem, que merda — comentou ela. — Me dê a sua, então.

— Você quer que eu tire as minhas roupas? — perguntou Lee.

Ela tentou sorrir, mas deixou escapar um suspiro curto e impaciente.

— Lee... me desculpe, eu só... eu não estou no clima.

— Não. Claro que não. Você precisa de uma bebida e de alguém com quem conversar. Ei, eu tenho maconha se você quiser algo para relaxar. — Ele ergueu o baseado e sorriu, porque achou que Merrin precisava de um sorriso naquele momento. — Vamos para minha casa. Se você não estiver no clima hoje à noite, fica para outra vez.

— Do que você está falando? — indagou ela, franzindo a testa e juntando as sobrancelhas. — Eu quis dizer que não estou no clima para brincadeiras. De que tipo de clima você está falando?

Lee se inclinou e a beijou. Os lábios de Merrin estavam úmidos e frios.

Ela se encolheu e deu um passo assustado para trás. O casaco escorregou, e Merrin o pegou para colocá-lo na frente de seu corpo, entre os dois.

— O que você está fazendo?

— Só quero que você se sinta melhor. Se você está infeliz, sou parcialmente culpado por isso.

— Você não tem culpa de nada — retrucou ela.

Merrin encarava Lee com os olhos arregalados e admirados, e de repente uma compreensão terrível atravessou seu rosto. Tão ingênua quanto uma menina. Era fácil olhar para ela e imaginar que não tinha 24 anos, e sim dezesseis, ainda virgem.

— Eu não terminei com Ig por sua causa. Não tem nada a ver com você.

— Só que agora podemos ficar juntos. Não foi por esse motivo que tudo isso aconteceu?

Merrin deu outro passo vacilante para trás, a expressão incrédula, a boca se alargando como se fosse gritar. A ideia de ela gritar o assustou, e Lee sentiu o impulso de avançar e cobrir a boca de Merrin com a mão. Mas ela não gritou. Ela riu — uma risada tensa, descrente. Lee fez uma careta; por um momento, ela parecia a mãe senil rindo dele: *Você deveria pedir seu dinheiro de volta*.

— Ah, porra — disse Merrin. — Ah, Deus, que merda. Ai, Lee, é um péssimo momento para uma piada infame dessas.

— Também acho — rebateu Lee.

Ela o encarou. O sorriso estranho e confuso desapareceu do rosto de Merrin, e o lábio superior se ergueu em uma expressão de escárnio. Uma expressão feia de escárnio e nojo.

— É isso que você está pensando? Que terminei com ele... para dar para *você*? Você é *amigo* dele. *Meu* amigo. Qual parte é difícil de entender?

Ele deu um passo na direção de Merrin, esticando a mão para tocar o ombro dela, e ela o empurrou. Como Lee não estava esperando por essa reação, bateu os calcanhares em uma raiz e caiu de bunda na terra úmida e dura.

Lee ergueu os olhos para ela e sentiu alguma coisa crescendo dentro de si, uma espécie de rugido estrondoso, como um metrô passando pelo túnel. Ele não odiava Merrin pelas coisas que ela estava dizendo, embora isso já fosse ruim o suficiente, uma vez que o enganou por meses — por anos, na verdade — e depois o ridicularizou por desejá-la. O que Lee mais odiava era a expressão no rosto de Merrin: o nojo, os dentinhos afiados aparecendo sob o lábio superior arqueado.

— Do que a gente vem falando esse tempo todo, então? — perguntou Lee pacientemente, ainda sentado na terra úmida. — O que conversamos durante o mês passado inteiro? Achei que você queria transar com outras pessoas. Achei que tinha descoberto coisas sobre si mesma, sobre como se sente, com as quais precisaria lidar. Coisas em relação a mim.

— Ai, meu Deus — disse ela. — Ai, meu Deus, Lee.

— Você me chamava para jantarmos juntos. Mandava mensagens de duplo sentido sobre uma loira mítica que nem existe. Ligava a qualquer hora para saber o que eu andava fazendo, como eu estava.

Ele estendeu uma das mãos e a apoiou na pilha de roupas de Merrin. Estava se preparando para se levantar.

— Eu estava preocupada com você, seu babaca — argumentou ela.
— Sua *mãe* tinha acabado de morrer.

— Você acha que eu sou burro? Você estava praticamente montando em mim na manhã em que ela faleceu, roçando na minha perna enquanto minha mãe jazia morta no quarto ao lado.

— Eu *o quê?* — Ela ergueu o tom de voz, soando estridente e aguda. Merrin estava fazendo muito barulho, Terry poderia ouvir, Terry poderia se perguntar por que eles estavam discutindo. A mão de Lee se fechou em torno da gravata enfiada dentro do sapato dela e a segurou firme ao começar a se levantar. Merrin continuou: — Por acaso está se referindo ao fato de você estar bêbado e eu lhe dar um abraço e então você começar a me acariciar? Eu não reclamei porque você parecia ferrado, Lee, e isso é tudo o que aconteceu. Isso é absolutamente *tudo*.

Merrin estava começando a chorar de novo. Ela cobriu os olhos com uma das mãos enquanto o queixo tremia. Ainda segurava o casaco de Terry contra o peito com a outra mão.

— Que doideira do caralho. Como você pensou que eu terminaria com Ig para transar com você? Eu prefiro estar morta, Lee. *Morta*. Entendeu?

— Eu entendi, sua vagabunda — disse ele, arrancando o casaco das mãos dela, jogando Merrin no chão e envolvendo o pescoço dela com a gravata.

CAPÍTULO QUARENTA

DEPOIS QUE LEE A golpeou com a pedra, Merrin parou de tentar afastá-lo. Ele poderia fazer o que quisesse e afrouxou o aperto da gravata no dela. Ela virou o rosto para o lado, os olhos revirados nas órbitas, as pálpebras tremelicando. Um filete de sangue escorria do couro cabeludo e descia pelo rosto sujo e manchado.

Lee pensou que ela estava fora de si, muito atordoada para fazer qualquer coisa a não ser aceitar enquanto ele a comia, mas então Merrin falou com uma voz estranha e distante:

— Tudo bem — disse ela.

— É? — perguntou Lee, metendo com mais força, porque era a única maneira de ficar duro.

Não foi tão bom quanto ele pensava que seria. Merrin estava seca.

— É, está gostando?

Só que Lee a entendeu mal novamente. Ela não estava falando sobre como se sentia.

— Eu escapei — respondeu Merrin.

Lee a ignorou, continuou trabalhando entre as pernas dela.

Merrin virou ligeiramente o rosto para o céu e olhou para a grande copa da árvore acima deles.

— Eu subi na árvore e escapei — murmurou ela. — Finalmente encontrei o caminho de volta, Ig. Estou bem. Estou onde é seguro.

Lee ergueu os olhos para os galhos e as folhas que balançavam com o vento, mas não havia algo lá em cima. Não sabia o que ela estava olhando ou falando, e não teve vontade de saber. Quando a encarou novamente, alguma coisa tinha sumido de seus olhos, e ela não falou mais uma palavra, o que foi bom, porque ele estava de saco cheio de toda aquela falação maldita.

O EVANGELHO SEGUNDO MICK E KEITH

CAPÍTULO QUARENTA E UM

ERA CEDO QUANDO IG pegou o forcado na fundição e voltou, ainda nu, para o rio. Ele entrou na água até os joelhos e não se moveu enquanto o sol subia cada vez mais alto no céu sem nuvens, jogando sua luz quente sobre seus ombros.

Ig não sabia quanto tempo tinha se passado até observar uma truta marrom, talvez a um metro de sua perna esquerda. O peixe pairava sobre o fundo arenoso, agitando a cauda e olhando estupidamente para os pés de Ig. Ele empunhou o forcado, como Poseidon com seu tridente, girou o cabo e o arremessou. Acertou o peixe na primeira tentativa, como se tivesse experiência em pescar com o arpão, como se tivesse atirado o forcado mil vezes antes disso. Não era tão diferente do jogo de dardos, que ele ensinava no Acampamento Galileia.

Ig cozinhou a truta com o próprio bafo, na margem do rio, expelindo uma lufada de calor sufocante dos pulmões, forte o suficiente para distorcer o ar e assar o peixe que se debatia, forte o suficiente para assar os olhos da truta, que ficaram da cor de gema de ovo cozida. Ele ainda não conseguia cuspir fogo como um dragão, mas presumiu que um dia isso aconteceria.

Foi fácil evocar o calor. Tudo o que Ig teve que fazer foi se concentrar em um ódio prazeroso. Basicamente, ele se concentrou no que tinha visto na cabeça de Lee: Lee matando lentamente a própria mãe no forno de seu leito de morte, Lee apertando a gravata no pescoço de Merrin para impedi-la de gritar. As memórias de Lee enchiam a cabeça de Ig e eram como um gole de ácido de bateria, um amargor tóxico e ardente que precisava ser cuspido.

Depois de comer, ele voltou ao rio para tirar a gordura de truta, enquanto cobras-d'água deslizavam em torno de seus tornozelos. Ig mergulhou e emergiu, e a água fria escorreu pelo rosto. Ele enxugou os olhos com as costas da mão magra e vermelha, piscou e olhou para o próprio reflexo no rio. Talvez fosse um truque do movimento da água, mas os chifres pareciam maiores, mais grossos na base, as pontas começavam a se curvar para dentro, como se fossem se encontrar por cima do crânio. A pele tinha sido cozida e ganhou um tom intenso de vermelho. O corpo estava tão desprovido de manchas e mole quanto pele de foca; o crânio, liso como uma maçaneta. Apenas o cavanhaque sedoso inexplicavelmente não fora queimado.

Ig virou a cabeça de um lado para outro, examinando seu perfil. Achou que era a própria imagem do jovem, libertino e romântico Asmodeus.

O reflexo virou a cabeça para ficar de frente e lançou um olhar malicioso para Ig.

Por que você está pescando aqui?, perguntou o diabo na água. *Pois você não é pescador de homens?*

— Pesca esportiva? — retrucou Ig.

O reflexo se contorceu numa gargalhada, um rugido desagradável e convulsivo de diversão que mais parecia um corvo, tão surpreendente quanto fogos de artifício explodindo. Ig ergueu a cabeça e viu que era mesmo um corvo, que alçou voo da Coffin Rock e sobrevoou o rio. Ig brincou com o cavanhaque, sua pequena barba que lhe dava ares de conspirador, e ouviu a floresta, o silêncio ecoante, quando finalmente percebeu outro som, vozes vindo de rio acima. Depois de um tempo, soou o guincho breve e distante de uma sirene da polícia, bem longe.

Ig voltou a subir a colina para se vestir. Tudo o que ele levara para a fundição havia queimado dentro do Gremlin. Mas ele se lembrou das roupas velhas e mofadas amarradas nos galhos do carvalho que pairavam sobre o topo da Trilha Perigosa: um sobretudo preto manchado com forro rasgado, uma única meia preta e uma saia de renda azul que parecia ter saído de um clipe da Madonna do início dos anos 1980. Ele arrancou as roupas sujas dos galhos. Puxou a saia acima da cintura e se lembrou da regra de Deuteronômio 22:5: um homem não deve vestir roupa de mulher, pois todos que fazem isso são uma abominação aos olhos do Senhor Deus. Ig levava a sério suas responsabilidades como um jovem Senhor do Inferno. O que era um peido para quem já estava cagado (ele já estava na merda mesmo). Ig calçou a meia por baixo da saia, porém, porque era uma saia curta, e ele estava constrangido. Por último, vestiu o sobretudo preto apertado, com o forro impermeável esfarrapado.

Ele foi embora com a saia de renda azul balançando nas coxas, rebolando a bunda vermelha e nua, enquanto arrastava o forcado na terra. Ainda não havia chegado ao bosque, porém, quando viu um lampejo de luz dourada à direita, na grama. Ig se virou, procurando a fonte, e a luz piscou duas vezes. Uma faísca quente nas ervas daninhas estava lhe enviando uma mensagem simples e urgente: *Aqui, idiota, olhe aqui.* Ele se abaixou e pegou a correntinha de Merrin na grama. Estava quente depois de uma manhã inteira sob o sol, com delicados arranhões na superfície. Levou a cruz à boca e ao nariz, imaginando se poderia sentir o cheiro de Merrin nela, mas não havia coisa alguma ali. O fecho tinha se quebrado novamente. Ele bafejou um pouco, aqueceu o metal para amolecê-lo e usou as unhas pontiagudas para consertar o pequeno fecho de ouro. Avaliou a corrente por mais um momento e então a ergueu, colocou-a em volta do próprio pescoço e prendeu o fecho. Ig meio que esperava que a cruz chiasse e queimasse, cauterizasse a carne vermelha, deixando uma bolha preta cruciforme, mas a correntinha ficou pendurada de leve contra o peito dele. Claro que nada que pertencera a Merrin poderia fazer mal a ele. Ig inspirou profundamente o ar matinal agradável e tomou seu rumo.

Eles haviam encontrado o carro. A correnteza levara o Gremlin até o banco de areia abaixo da ponte Old Fair Road, onde a molecada local acendia a fogueira anual para marcar o fim do verão. O Gremlin parecia ter tentado sair do rio, os pneus dianteiros cravados na areia fofa e a traseira ainda submersa. Alguns carros da polícia e um caminhão de reboque haviam entrado parcialmente no banco de areia na direção do Gremlin. Outros veículos — tanto viaturas quanto caipiras locais que tinham parado ali para olhar — estavam espalhados no cascalho embaixo da ponte. Mais carros estavam estacionados na própria ponte, enfileirados ao longo da borda a fim de observar o que acontecia ali embaixo. Rádios da polícia estalavam e balbuciavam.

O Gremlin não parecia o mesmo, a tinta havia saído e o chassi de ferro tinha ficado preto. Um policial de galochas abriu a porta do carona, e a água jorrou. Um peixe-lua saltou na torrente, as escamas cintilando ao sol do fim da manhã, e caiu na areia com um baque úmido. O policial de galochas chutou o peixe para a parte rasa do rio, o bicho se recuperou e saiu nadando.

Alguns policiais uniformizados tinham se aglomerado no banco de areia, bebendo café e rindo, nem mesmo olhando para o carro. Ig conseguiu ouvir trechos da conversa, transmitidos pelo ar límpido da manhã.

— ...porra é essa? Um Civic?

— ...sei lá. Uma merda velha qualquer.

— ...alguém decidiu acender a fogueira alguns dias antes...

Eles irradiavam o bom humor de verão, descontração e indiferença masculina. Quando o caminhão de reboque engatou a primeira marcha e começou a avançar, puxando o Gremlin para fora, a água jorrou das janelas traseiras, que haviam se estilhaçado. Ig viu que a placa havia sido removida. Provavelmente a placa da frente sumiu também. Lee tinha pensado em removê-las antes mesmo de arrancar Ig da chaminé e enfiá-lo dentro do Gremlin. A polícia não sabia o caso que tinha em mãos, ainda não.

Ig continuou pelo bosque e finalmente parou em cima de algumas rochas perto de uma descida íngreme a fim de observar o banco de areia entre os pinheiros, a uma distância de talvez vinte metros. Ele não olhou para baixo até que ouviu uma risada suave bem embaixo de si. Ig esticou o pescoço para dar uma espiada e viu Sturtz e Posada, em uniforme completo, parados lado a lado, um segurando o pau do outro enquanto urinavam no mato. Quando eles se beijaram na boca, Ig teve que se agarrar a uma árvore baixa próxima para não despencar em cima dos dois. Ele voltou correndo para o caminho, onde não seria visto.

— Sturtz! Posada! — gritou alguém. — Onde diabos vocês estão? Precisamos de alguém na ponte!

Ig deu outra espiada de esguelha e os viu indo embora. Ele quis jogá-los um contra o outro, e não um *para cima* do outro, mas não ficou totalmente surpreso com o resultado. Era, talvez, o preceito mais antigo do diabo, que sempre se poderia confiar no pecado para revelar o que havia de mais humano em uma pessoa, tanto para o bem quanto para o mal. Houve um sussurro e um farfalhar de roupas, enquanto os dois homens se ajeitavam, então Posada riu, e a seguir os dois começaram a ir embora.

Ig foi para uma posição mais alta na encosta, de onde tinha uma visão melhor do banco de areia e da ponte. Foi quando viu Dale Williams.

O pai de Merrin estava no parapeito entre os outros curiosos, um homem pálido com um corte à escovinha e uma camisa listrada de manga curta.

A visão do carro detonado pareceu fascinar Dale. Ele se inclinou contra o parapeito enferrujado, os dedos gordos entrelaçados, e olhava para o Gremlin com uma expressão vazia e abatida. Talvez os policiais não soubessem o que encontraram, mas Dale, sim. Dale entendia de carros, vendeu automóveis por vinte anos e conhecia aquele em específico. Ele não apenas vendera o Gremlin para Ig, como também o ajudou a consertá-lo e viu o carro estacionado na entrada de sua garagem quase todas as noites durante seis anos. Ig não conseguia imaginar o que Dale estava pensando enquanto observava o Gremlin no banco de areia arruinado e empretecido pelo fogo e lembrava que a filha dera seu último passeio nele.

Havia carros estacionados ao longo da ponte e nas laterais da estrada em cada extremidade da estrutura. Dale estava na ponta leste. Ig começou a atravessar a colina, andando por dentro do bosque em direção à estrada.

Dale também tinha começado a se mover. Por um longo tempo, ele ficou parado ali olhando fixamente para a carcaça queimada do Gremlin enquanto a água jorrava dele. O que finalmente o tirou do transe foi a visão de um policial — Sturtz — subindo a colina para controlar a multidão. Dale começou a se espremer por entre as outras pessoas, avançando tão lento quanto um búfalo na água para sair da ponte.

Ao chegar à beira da estrada, Ig avistou o veículo de Dale, uma perua BMW azul; Ig sabia que era dele pelas placas da concessionária. A perua estava estacionada na faixa de acostamento de cascalho, à sombra de um bosque de pinheiros. Ig saiu rapidamente da mata e entrou pelos fundos do veículo, fechou a porta e ficou sentado ali dentro com o forcado sobre os joelhos.

As janelas traseiras eram escuras, mas isso pouco importava. Dale estava com pressa, por isso nem olhou para o banco de trás. Ig percebeu que talvez não fosse bom para Dale ser visto ali. Se houvesse uma lista das pessoas em Gideon que mais gostariam de ver Ig Perrish queimado vivo, Dale certamente estaria entre as cinco primeiras. O vendedor de carros abriu a porta e se sentou ao volante.

Ele tirou os óculos com uma das mãos e cobriu os olhos com a outra. Por um tempo, Dale apenas ficou sentado ali, respirando de maneira irregular e suave. Ig esperou, sem querer interromper.

Havia imagens coladas no painel. Uma era de Jesus, uma pintura a óleo, Jesus com a barba dourada e os cabelos dourados penteados para trás, olhando, de forma inspirada, para o céu enquanto raios de luz dourada rompiam as nuvens atrás dele. "Bem-aventurados os que estão de luto", dizia a legenda, "porque eles serão consolados." Colada com fita adesiva ao lado da imagem de Jesus estava uma foto de Merrin aos dez anos, sentada atrás do pai na garupa da motocicleta dele. Ela usava óculos de proteção de aviador e um capacete branco com estrelas vermelhas e pistas de corrida azuis, e seus braços estavam ao redor do corpo de Dale. Uma mulher bonita com cabelo ruivo-cereja estava atrás da moto, com uma das mãos no capacete de Merrin, sorrindo para a câmera. A princípio, Ig pensou que fosse a mãe dela, mas depois percebeu que a moça era muito jovem, portanto deveria ser a irmã de Merrin, aquela que morrera quando eles ainda moravam em Rhode Island. Duas filhas, ambas mortas. Bem-aventurados os que estão de luto, pois levarão um chute no saco assim que tentarem se levantar. Isso não estava na Bíblia, mas talvez devesse estar.

Quando recuperou o autocontrole, Dale pegou as chaves e ligou o carro, entrou na estrada com uma última olhada de soslaio no espelho retrovisor do lado do motorista. Ele secou as bochechas com os pulsos e colocou os óculos de volta no rosto. Dirigiu por um tempo. Em seguida, beijou o polegar e tocou o dedo na menina da foto da motocicleta.

— Aquele era o carro dele, Mary — disse Dale, usando o nome com que chamava Merrin. — Todo queimado. Acho que ele se foi. Acho que o homem mau se foi.

Ig apoiou uma das mãos no banco do motorista e a outra no do carona e deu impulso para passar entre os dois e se sentar na frente, ao lado de Dale.

— Desculpe desapontá-lo — falou Ig. — Infelizmente só os bons morrem jovens.

Enquanto Ig fazia o movimento, Dale soltou um grito de medo e sacudiu o volante. Eles desviaram com força para a direita e entraram no acostamento de cascalho. Ig caiu com força no painel e quase se espatifou no chão. Conseguiu ouvir as pedras quicando contra o chassi. Em seguida, com o carro parado, Dale saiu correndo pela estrada, correndo e berrando. Ig se levantou. Não conseguia entender. Ninguém gritou e correu quando viu os chifres. Às vezes, eles até queriam matá-lo, mas ninguém gritou e correu.

Dale cambaleou até o meio da estrada, olhando para trás e soltando grasnados vagamente parecidos com os que pássaros emitem. Uma mulher em um Sentra buzinou para ele enquanto passava: *Saia da porra da estrada*. Dale cambaleou até a beira da rodovia, uma faixa fina de terra caindo em uma vala cheia de ervas daninhas. A terra cedeu sob o pé direito de Dale, e ele caiu rolando.

Ig se sentou ao volante e dirigiu lentamente atrás dele.

Estacionou ao lado de Dale enquanto o homem se levantava vacilante. Ele começou a correr mais uma vez, dentro da vala. Ig apertou o botão para baixar a janela do carona e se inclinou no assento para chamá-lo:

— Sr. Williams — disse Ig —, entre no carro.

Dale não diminuiu a velocidade, mas continuou correndo, tentando recuperar o fôlego, segurando o coração. O suor brilhava nas bochechas. Uma fenda se abriu na parte de trás das calças.

— Vá embora! — gritou Dale, as palavras soando engroladas. *Vaimbora*. — Vamborro!

Ele disse isso mais duas vezes até Ig perceber que o "orro" era "socorro" em paniquês.

Ig encarou a foto de Cristo colada no painel, como se esperasse que ele pudesse lhe dar algum conselho, e foi aí que ele se lembrou da cruz. Ig baixou o olhar para ela, pendurada entre as clavículas, apoiada delicadamente no peito nu. Lee não conseguiu enxergar os chifres enquanto usava a correntinha; então, logicamente, se Ig estivesse usando a cruz, *ninguém* poderia vê-los ou sentir seus efeitos, o que era um teorema surpreendente, uma cura para sua situação. Para Dale Williams, Ig era ele mesmo: o assassino sexual que havia afundado o crânio da filha com uma pedra e que acabara de pular do banco de trás vestindo uma saia azul e armado com um forcado. O crucifixo dourado pendurado no pescoço de Ig era sua própria humanidade, brilhando intensamente na luz da manhã.

Mas a humanidade de Ig não tinha utilidade para ele, nem nesta situação nem em qualquer outra. Não tinha sido útil desde a noite em que Merrin foi tomada dele. Era, na verdade, uma fraqueza. No momento em que havia se acostumado, Ig preferia muito mais ser um demônio. A cruz era um símbolo da condição mais humana de todas: o sofrimento. E Ig estava cansado de sofrer. Se alguém tivesse que ser pregado em uma árvore, ele queria ser a pessoa que segurava o martelo. Ig parou o carro, soltou o crucifixo e o guardou dentro do porta-luvas. A seguir, endireitou-se ao volante novamente.

Ele acelerou para ficar à frente de Dale e depois parou o carro. Estendeu a mão para trás, pegou atabalhoadamente o forcado e saiu. Dale tinha acabado de passar tropeçando, descendo na vala, com lama até os tornozelos. Ig deu dois passos atrás dele e jogou o forcado, que atingiu a água pantanosa à frente, e Dale gritou. Ele tentou voltar rápido demais e caiu sentado. Dale chapinhou com dificuldade para ficar de pé. O cabo do forcado se erguia ereto da vala rasa, tremendo com a força do impacto.

Ig deslizou pelo barranco, com toda a graça de uma cobra passando pelas folhas molhadas, e agarrou o forcado antes que Dale pudesse se levantar. Ele o arrancou da lama e apontou os dentes para o pai de Merrin. Havia uma lagosta presa em um dos dentes, se contorcendo nos estertores de morte.

— Pare de fugir e entre no carro. Temos muito que conversar.

Dale estava sentado na lama, respirando com dificuldade. Ergueu o olhar pelo cabo do forcado e estreitou os olhos para conseguir enxergar o rosto de Ig. Ele colocou a mão na testa para proteger a vista.

— Você raspou o cabelo. — Dale fez uma pausa e acrescentou, pensando melhor: — E tem chifres na testa. Jesus. O que *é* você?

— Não está vendo? — perguntou Ig. — O Diabo vestido de azul.

CAPÍTULO QUARENTA E DOIS

— **EU SOUBE IMEDIATAMENTE** que era o seu carro — disse Dale, atrás do volante, enquanto dirigia; ele tinha se acalmado, estava em paz com seu próprio demônio particular. — Assim que o vi, soube que alguém havia ateado fogo no Gremlin e o jogado no rio. E achei que você provavelmente estivesse dentro dele e me senti... me senti tão...
— Feliz?
— Triste. Fiquei triste.
— Sério mesmo?
— Triste por não ter sido eu quem fez aquilo.
— Ah — murmurou Ig, desviando o olhar.
Ele segurou o forcado entre os joelhos, e os dentes se cravaram no forro do teto, mas, depois de dirigirem por um tempo, Dale pareceu se esquecer daquilo. Os chifres estavam provocando seu efeito, tocando sua canção secreta, e enquanto Ig não estivesse usando a cruz de Merrin, Dale não conseguiria evitar dançar conforme a música.
— Eu tive muito medo de matar você. Eu tinha uma arma. Comprei só para atirar em você. Mas o mais perto que cheguei de matar alguém com ela fui eu mesmo. Uma noite coloquei a arma na boca só para saber como era. — Ele ficou em silêncio por um breve momento, puxando pela memória, e a seguir acrescentou: — Não foi uma boa sensação.
— Estou feliz por não ter atirado em si mesmo, sr. Williams.
— Eu também não tive coragem para fazer isso. Não porque eu iria para o inferno por cometer suicídio. É porque tenho medo de *não* ir para o inferno... que não haja um inferno para onde ir. Nem céu. Nada.

Na verdade, acho que não há nada depois que morremos. Às vezes, isso seria um alívio. Outras vezes, é a coisa mais terrível que posso imaginar. Eu não acredito que um Deus misericordioso teria tirado minhas duas meninas de mim. Uma de câncer e outra assassinada e abandonada na floresta. Não acho que um Deus para quem vale a pena rezar teria feito qualquer uma delas passar pelo que passaram. Heidi ainda reza. Você precisa ver como ela reza. Há um ano ela reza para você morrer, Ig. Quando vi seu carro no rio, pensei... eu pensei... bem. Deus finalmente atendeu algum pedido. Mas não. Não, Mary se foi para sempre e você ainda está aqui. Você ainda está aqui. Você é... você é... a porra do *diabo*. — Ofegante, ele lutava para continuar.

— Você faz com que pareça ruim — disse Ig. — Vire à esquerda. Vamos para a sua casa.

As árvores que cresciam ao longo da estrada delineavam uma alameda de céu azul-claro e sem nuvens. Era um bom dia para um passeio.

— Você disse que temos que conversar — falou Dale. — Mas o que há para conversar, Ig? O que você quer me contar?

— Eu queria dizer que não sei se eu amava Merrin tanto quanto o senhor, mas eu a amava de todo o coração. E eu não a matei. A história que contei à polícia, que desmaiei de bêbado atrás do Dunkin' Donuts, era verdade. Lee Tourneau deu carona a Merrin na frente do O Boxe. Ele a levou para a fundição. E a matou lá. — Depois de um segundo, Ig acrescentou: — Não espero que o senhor acredite em mim.

Só que ele acreditou. Talvez não de imediato, mas rápido o suficiente. Ig andava muito persuasivo. As pessoas acreditariam em quase qualquer coisa terrível que seu demônio particular lhes contasse. Nesse caso, era verdade, mas Ig suspeitava que, se quisesse, provavelmente poderia convencer Dale de que Merrin fora morta por palhaços que a pegaram no O Boxe em seu minúsculo carro de palhaço. Não era justo. Mas lutar de forma justa era o que o velho Ig fazia.

No entanto, Dale o surpreendeu e disse:

— Por que eu deveria acreditar em você? Me dê um motivo.

Ig colocou a mão no antebraço nu de Dale por um momento, depois a retirou.

— Eu sei que depois que seu pai morreu, o senhor visitou a amante dele em Lowell e pagou a ela dois mil dólares para sumir. E avisou que, se ela ligasse para sua mãe bêbada de novo, o senhor a procuraria, e quando a encontrasse, arrancaria os dentes dela. Eu sei que o senhor teve um caso de uma noite com uma secretária na concessionária, na festa de Natal, um ano antes da morte da Merrin. Eu sei que o senhor uma vez deu um soco na boca da Merrin por ela ter chamado a mãe de vadia. Essa é provavelmente a coisa em sua vida pela qual o senhor mais se arrepende. Eu sei que o senhor não amou sua esposa pelos últimos dez anos. Sei da garrafa na gaveta inferior esquerda da escrivaninha no trabalho e das revistas de mulher pelada em casa, na garagem, e do irmão com quem o senhor não fala, porque não suporta que os filhos dele estejam vivos, e os seus, mortos e...

— Pare. Pare com isso.

— Eu sei sobre Lee da mesma forma que sei tudo isso do senhor — explicou Ig. — Quando toco nas pessoas, descubro coisas. Coisas que eu não deveria saber. E as pessoas me contam segredos. Falam sobre o que querem fazer. Elas não conseguem evitar.

— As coisas ruins — disse Dale, esfregando suavemente dois dedos na têmpora direita. — Só que elas não parecem tão ruins quando olho para você. As coisas ruins parecem ser... *divertidas*. Andei pensando, por exemplo, que, quando Heidi se ajoelhar para rezar, eu deveria sentar na cama e mandá-la me chupar enquanto estivesse ali no chão. Ou quando ela me disser que Deus não dá às pessoas fardos que não consigam suportar, eu poderia bater nela. Poderia bater nela sem parar até que a expressão radiante de fé sair de seus olhos.

— Não. Você não vai fazer isso.

— Ou talvez matar o trabalho hoje à tarde. Ficar deitado por uma ou duas horas no escuro.

— Isso é melhor.

— Tirar uma soneca, colocar a arma na minha boca e acabar com essa dor.

— Não. O senhor não vai fazer isso.

Dale soltou um suspiro trêmulo e virou na entrada de garagem. A família Williams era dona de um rancho em uma rua de ranchos idênticos e tristonhos, caixas de um andar com um quadrado como quintal e um quadrado menor na frente. O rancho deles tinha o tom verde-pálido de alguns quartos de hospital e parecia pior do que Ig se lembrava. O revestimento de vinil estava marcado por manchas marrons de mofo na junção com a base de concreto, as janelas empoeiradas e a grama do jardim não era aparada havia uma semana. A rua fervia no calor do verão e nada se movia nela; o latido de um cachorro na estrada era o som de insolação, de enxaquecas, do verão indolente e superaquecido que chegava ao fim aos trancos e barrancos. Ig esperava, perversamente, ver a mãe de Merrin, descobrir quais segredos ela escondia, mas Heidi não estava em casa. Ninguém na rua inteira parecia estar em casa.

— E se eu matar o trabalho e tentar encher a cara até o meio-dia? Talvez eu consiga ser despedido. Não vendo um carro há seis semanas... Eles estão apenas procurando um motivo. Estão me mantendo no emprego só por pena, na realidade.

— Pronto — disse Ig. — Isso é o que eu chamo de plano.

Dale o conduziu para dentro. Ig não levou o forcado, não achou que precisava no momento.

— Iggy, você poderia me servir uma bebida do armário? Eu sei que você sabe onde está. Você e Mary roubavam bebidas dele. Eu quero me sentar no escuro e descansar minha cabeça. Minha cabeça está toda confusa.

O quarto de casal ficava no fim de um pequeno corredor feito de carpete felpudo cor de chocolate. Antes havia fotos de Merrin por todo o corredor, mas elas tinham sumido. Em vez disso, havia imagens de Jesus ali. Ig ficou com raiva pela primeira vez no dia.

— Por que o senhor tirou as fotos de Merrin e colocou imagens de Jesus?

— Foi ideia da Heidi. Foi ela que tirou as fotos de Mary. — Dale chutou os mocassins pretos para tirá-los dos pés enquanto vagava pelo corredor. — Três meses atrás, ela empacotou todos os livros, as roupas, as cartas que você enviou e enfiou tudo no sótão. O quarto da Merrin é o *home office* da Heidi agora. Ela trabalha lá enchendo envelopes para causas cristãs. Passa mais tempo com o padre Mould do que comigo, vai à igreja todas as manhãs e fica o dia todo no domingo. Ela tem uma imagem de Jesus na mesa. Heidi não tem uma foto minha ou de suas filhas mortas, mas tem uma de Jesus. Eu tenho vontade de expulsá-la de casa, gritando o nome das filhas para ela. Sabe do que mais? Você deveria ir até o sótão e trazer a caixa. Quero desenterrar todas as fotos de Mary e Regan. Eu poderia jogá-las em cima de Heidi até ela começar a chorar. Eu poderia dizer que se ela quiser se livrar das fotos das nossas filhas vai ter que comê-las. Uma de cada vez.

— Parece muito trabalho para uma tarde quente.
— Seria divertido. Uma diversão dos diabos.
— Mas não tão refrescante quanto um gim-tônica.
— Não — concordou Dale, parado na soleira da porta do quarto dele.
— Prepare um para mim, Ig. Faça um gim-tônica bem forte.

Ig voltou para a sala de estar, um cômodo que um dia fora uma galeria dedicada ao tema da infância de Merrin Williams, cheia de fotos dela: Merrin vestida e pintada como índia, Merrin andando de bicicleta e sorrindo para mostrar a boca com aparelho cromado, Merrin de maiô sentada nos ombros de Ig, mergulhado até a cintura no rio Knowles. Todas as fotos tinham sumido, e parecia que a sala de estar tinha sido mobiliada por um corretor de imóveis da maneira mais banal possível, para uma visitação pública nas manhãs de domingo. Como se ninguém mais morasse ali.

Ninguém mais morava ali. Ninguém morava ali havia meses. A casa era apenas um lugar onde Dale e Heidi Williams guardavam as coisas, tão distante de suas vidas interiores quanto um quarto de hotel.

As bebidas estavam onde sempre estiveram, no armário acima da TV. Ig preparou um gim-tônica para Dale: pegou água tônica da geladeira, jogou um raminho de hortelã, cortou uma fatia de laranja e a empurrou para dentro do gelo. Ao voltar para o quarto, porém, uma corda pendurada no teto roçou no chifre direito de Ig e ameaçou ficar enrolada ali. Ele olhou para cima e...

...*lá estavam, nos galhos acima de Ig, na base da casa da árvore, palavras pintadas no alçapão, a cal vagamente visível à noite:* ABENÇOADO SEJA VOCÊ AO ENTRAR. *Ig cambaleou, então...*

...superou uma onda inesperada de tontura. Ig usou a mão livre para massagear a testa e esperou que a cabeça clareasse, que a sensação de mal-estar diminuísse. Por um momento, aquilo veio à tona, o que tinha acontecido na floresta quando ele foi bêbado até a fundição para extravasar raiva e depredar, mas já tinha passado. Ig deixou o drinque no tapete e puxou a corda, baixando um alçapão que levava ao sótão com um guincho alto de molas.

Se fazia calor na rua, estava sufocante no sótão de teto baixo e inacabado. Um pouco de compensado foi colocado em cima das vigas para fazer um piso rudimentar. Não havia altura suficiente para ficar ereto sob a inclinação do telhado, mas Ig não precisou. Três grandes caixas de papelão com MERRIN escrito nas laterais com uma caneta vermelha haviam sido empurradas para a esquerda.

Ele pegou uma de cada vez, colocou as caixas na mesa de centro da sala de estar e examinou-as. Bebeu o gim-tônica de Dale Williams enquanto explorava o que Merrin havia deixado para trás quando morreu.

Ig cheirou o casaco de Harvard e a bunda da calça jeans favorita de Merrin. Examinou os livros, as pilhas de edições de bolso. Ig raramente lia romances, sempre gostou mais de livros que falassem de jejum, irrigação, viagens, acampamentos e construção de estruturas com materiais reciclados. Mas Merrin preferia ficção, leituras de clube do livro. Ela gostava de livros escritos por pessoas que viveram vidas curtas, desagradáveis e trágicas ou que pelo menos fossem inglesas. Merrin queria que um romance fosse uma jornada emocional e filosófica e que também lhe ensinasse algumas palavras novas.

Ela leu Gabriel García Márquez, Michael Chabon, John Fowles e Ian McEwan. Um livro se abriu nas mãos de Ig em uma passagem sublinhada: "Como a culpa refinou os métodos de autotortura, enfiando as contas de detalhes em um laço eterno, um rosário a ser manuseado pela vida inteira". E depois outro trecho, em um livro diferente: "...vai contra a tendência da narrativa americana ter alguém em uma situação da qual não pode sair, mas acho que isso é muito comum na vida". Ig parou de folhear. Os livros o estavam deixando inquieto.

Havia alguns livros de Ig junto com os dela, livros que ele não via havia anos. Um guia de estatística. *O Livro de Receitas do Campista*. *Répteis da Nova Inglaterra*. Ele bebeu o resto do gim-tônica e folheou o último. Lá pela página cem, Ig encontrou uma foto da cobra marrom com o chocalho e a faixa laranja nas costas. Era a *Crotalus horridus*, a cascavel-da-madeira, e, embora seu hábitat fosse ao sul da fronteira de New Hampshire — ela era comum na Pensilvânia —, a cobra poderia ser encontrada até nas Montanhas Brancas ao norte. Raramente atacava humanos, era tímida por natureza. Mais pessoas foram mortas por um raio no último ano do que em confrontos com a *horridus* durante todo o século anterior; ainda assim, seu veneno era considerado o mais perigoso das cobras americanas, neurotóxico, conhecido por paralisar pulmões e coração. Ig colocou o livro de volta na caixa.

Os livros médicos e fichários de Merrin estavam empilhados no fundo da caixa. Ig abriu um, depois outro, dando uma olhada. Ela fazia anotações a lápis, e sua letra cursiva cuidadosa, não particularmente feminina, estava manchada e desbotada. Definições de compostos químicos. A seção transversal de um seio desenhada à mão. Uma lista de apartamentos em Londres que ela havia encontrado na internet para Ig. Bem no fundo da caixa havia um grande envelope de papel pardo. Ig quase não ligou para aquilo, mas hesitou e estreitou os olhos para enxergar algumas marcas de lápis no canto superior esquerdo do envelope. Alguns pontos. Alguns travessões.

Ele abriu o envelope e retirou uma mamografia, uma imagem em forma de lágrima de tecido azul e branco. Parecia ser de junho do ano anterior. Também havia papéis, papéis de caderno pautados. Ig viu seu nome neles. Os papéis estavam todos marcados com pontos e travessões. Ele enfiou os papéis e a mamografia de volta no envelope.

Ig preparou outro gim-tônica e andou pelo corredor. Quando entrou no quarto, Dale tinha desmaiado nas cobertas, as meias pretas puxadas quase até os joelhos e uma cueca samba-canção branca com manchas de urina na frente. O corpo dele era uma massa totalmente branca de carne masculina, com pelos escuros cobrindo a barriga e o peito. Ig andou sorrateiramente até a lateral da cama para deixar a bebida. Dale se mexeu ao ouvir o tilintar dos cubos de gelo.

— Ah, Ig — disse ele. — Olá. Você acredita que, por um minuto, eu esqueci que você estava aqui?

Ig não respondeu. Ele ficou parado ao lado da cama com o envelope de papel pardo nas mãos e falou:

— Ela tinha câncer?

Dale desviou o rosto.

— Não quero falar dela — disse ele. — Eu a amo, mas não suporto pensar nela nem em nada daquilo. Meu irmão, você sabe, não nos falamos há anos. Mas ele é dono de uma concessionária de motos e jet-skis em Sarasota. Às vezes eu acho que poderia ir lá e vender motos para ele e olhar as garotas na praia. Meu irmão ainda me manda cartões de Natal pedindo uma visita. Acho que às vezes gostaria de me afastar de Heidi, desta cidade e desta casa horrível, e de como me sinto mal por ter uma vida de merda tão fodida, e começar tudo de novo. Se não há Deus nem razão alguma para toda essa dor, então talvez eu deva começar de novo antes que seja tarde demais.

— Dale — interveio Ig, baixinho. — Ela lhe contou que tinha câncer?

Ele balançou a cabeça, sem erguê-la do travesseiro.

— É um desses lances genéticos, sabe. É de família. Não soubemos por ela. Só descobrimos depois que Mary já estava morta. O legista contou.

— Não saiu nada no jornal sobre isso — retrucou Ig.

— Heidi queria que eles publicassem no jornal. Ela pensou que isso geraria compaixão e faria as pessoas o odiarem ainda mais. Mas eu argumentei que Mary não quis que ninguém soubesse e que deveríamos respeitar isso. Ela não contou para a gente. Ela contou para você?

— Não — respondeu Ig.

Em vez disso, o que Merrin lhe contou foi que eles deveriam tentar se relacionar com outras pessoas. Ig não tinha lido o bilhete que havia dentro do envelope, mas achou que já havia entendido.

— Sua filha mais velha. Regan. Nunca falei com o senhor sobre ela. Não achei que fosse da minha conta. Mas deve ter sido difícil perdê-la.

— Ela estava com muita dor — falou Dale, estremecendo estranhamente. — Isso a fez dizer coisas horríveis. Eu sei que ela não quis dizer muito do que falou. Ela era uma pessoa tão boa. Uma garota tão bonita. Tento me lembrar disso, mas acaba que... acaba que me lembro apenas de como Regan estava perto do fim. Ela mal pesava 35 quilos, e trinta eram de puro ódio. Ela disse coisas imperdoáveis para Mary, sabe. Acho que ela ficou brava porque a irmã era tão bonita e... Regan perdeu o cabelo e teve que realizar uma mastectomia e uma cirurgia para remover um entupimento nos intestinos, então ela se sentiu... ela se sentiu meio como o Frankenstein, como algo saído de um filme de terror. Regan dizia que, se a amássemos de verdade, colocaríamos um travesseiro em seu rosto e acabaríamos logo com aquilo. Ela comentou que eu deveria estar feliz por ser ela a morrer, e não Merrin, porque sempre gostei mais da Merrin. Tento tirar essas coisas da cabeça, mas algumas noites acordo pensando nisso. Ou pensando em como Mary morreu. Todo mundo se esforça para lembrar como elas viveram, mas as coisas ruins meio que sufocam o resto. A psicologia deve ter alguma explicação para isso. Mary estudou o assunto, então talvez soubesse por que as coisas ruins deixam uma marca mais profunda do que as boas. Ei, Ig. Você acredita que minha filhinha entrou em Harvard?

— Sim — respondeu Ig. — Acredito. Ela era mais inteligente do que o senhor e eu juntos.

Dale bufou com desdém, o rosto ainda virado.

— Você não sabe de nada. Fiz uma faculdade de dois anos; foi tudo que meu pai se dispôs a pagar. Meu Deus, como eu quis ser um pai melhor do que ele. Ele me disse a quais aulas eu poderia assistir e onde poderia morar e no que eu trabalharia depois de me formar para pagar a ele de volta. Eu dizia para Heidi que fiquei surpreso por ele não estar no quarto na nossa noite de núpcias e me instruir em relação ao método aprovado de transar com ela. — Ele sorriu ao se lembrar. — Isso foi quando Heidi e eu podíamos brincar sobre esse tipo de coisa. Heidi era engraçada e sacana antes de encher a cabeça com esses assuntos de igreja. Antes que o mundo lhe drenasse todo o sangue. Às vezes eu quero tanto deixá-la, mas ela não tem mais ninguém. Heidi está completamente sozinha... exceto por Jesus, creio eu.

— Ah, quanto a isso eu não sei dizer — falou Ig, soltando um suspiro lento e irritado, ao pensar em como Heidi Williams havia retirado todas as fotos de Merrin e jogado a memória da filha na poeira e na escuridão. — O senhor deveria dar uma conferida na sua esposa quando ela estiver trabalhando para o padre Mould na igreja. Faça uma surpresinha. Acho que vai descobrir que ela tem uma... *relação* mais ativa com a vida do que o senhor acredita.

Dale lançou um olhar questionador para ele, mas Ig permaneceu impassível e não disse mais nada. Por fim, Dale deu um sorrisinho e falou:

— Você deveria ter raspado a cabeça antes, Ig. Ficou bom. Eu queria fazer isso, ficar careca, mas Heidi sempre falava que, se algum dia eu fizesse isso, poderia considerar nosso casamento acabado. Ela nem me deixou raspar para mostrar meu apoio a Regan, depois que ela passou pela quimioterapia. Algumas famílias fazem isso. Para mostrar que estão unidos na luta contra o câncer. Mas não a nossa. — Ele franziu a testa e perguntou: — Como é que chegamos a esse assunto? Do que estávamos falando antes?

— Quando o senhor foi para a faculdade.

— Ah, é. Bem. Meu pai não me deixou fazer o curso de teologia que eu queria, mas não conseguiu me impedir de frequentar as aulas como ouvinte. Eu me lembro da professora, uma negra, a professora Tandy. Ela me contou que Satanás aparece em muitas outras religiões como o mocinho. Ele geralmente é o cara que leva a deusa da fertilidade para a cama e, depois de algumas brincadeiras, os dois geram o mundo. Ou as colheitas. Algo assim. Ele entra na história para engabelar os indignos ou induzi-los à ruína... ou pelo menos para lhes tirar a bebida. Mesmo os cristãos não conseguem realmente decidir o que fazer com ele. Quero dizer, pense bem: Deus e o Diabo supostamente estavam em guerra um contra o outro. Mas, se Deus odeia o pecado e Satanás pune os pecadores, não estariam eles trabalhando em equipe? O juiz e o carrasco? Os românticos. Acho que os românticos gostavam de Satanás. Eu não lembro por quê. Talvez porque ele tinha uma bela barba, gostava de garotas e sexo e sabia dar uma festa. Os românticos não gostavam de Satanás?

— *You're whisperin' in my ear.* — Ig cantarolou a música dos The Romantics. — *Tell me all the things that I wanna hear.*

Dale riu novamente.

— Não. Não *esses* românticos.

— São os únicos que conheço — disse Ig.

Ele fechou a porta delicadamente ao sair.

CAPÍTULO QUARENTA E TRÊS

IG ESTAVA SENTADO NO fundo da chaminé, em um círculo de luz quente da tarde, segurando a mamografia lustrosa de Merrin acima da cabeça. Iluminado por trás pelo céu de agosto, os tecidos internos pareciam um sol preto virando uma supernova, pareciam o Fim dos Dias, e o céu parecia uma vestimenta fúnebre. O diabo consultou a Bíblia: não o Antigo Testamento, nem o Novo, mas a última página, onde anos antes ele copiara a chave do alfabeto em código Morse das enciclopédias de seu irmão. Mesmo antes de traduzir os papéis dentro do envelope, ele sabia que eram um tipo diferente de carta: uma despedida. O testamento de Merrin.

Ig começou com os pontos e travessões escritos no próprio pacote, uma sequência bastante simples. Dizia CAI FORA, IG.

Ele riu — um grasnado desagradável e convulsivo de diversão que mais parecia o de um corvo.

Ig retirou as duas folhas de caderno cobertas de pontos e travessões dos dois lados, representando o trabalho de meses, de um verão inteiro. Trabalhando com a Bíblia, Ig começou a traduzi-los, tocando de vez em quando a cruz em seu pescoço, a cruz de Merrin. Ele colocara a correntinha novamente assim que saiu da casa de Dale. Isso fez Ig sentir que ela estava com ele, perto o suficiente para tocar os dedos frios em sua nuca.

Converter aquelas linhas de pontos e travessões em letras e palavras foi um trabalho lento. Ele não se importou. O diabo não tinha nada além de tempo.

Caro Ig,

Você nunca vai ler isso enquanto eu estiver viva. Não sei se quero que você leia mesmo depois de eu morrer.

Uau, esta é uma escrita lenta. Não me importo. É um passatempo quando estou presa em uma sala à espera do resultado deste ou daquele exame. Também me obriga a dizer apenas o necessário e nada mais.

O tipo de câncer que tenho é o mesmo que atingiu minha irmã, um tipo conhecido que é de família. Não vou aborrecê-lo com papo de genética. Não é avançado ainda, e tenho certeza de que, se você soubesse, iria querer que eu lutasse. Sei que deveria, mas não vou. Decidi que não quero morrer como minha irmã. Não vou esperar até estar cheia de ressentimento, não vou magoar as pessoas que amo e que me amaram, que são você, Ig, e meus pais.

A Bíblia diz que os suicidas vão para o inferno, mas inferno foi o que minha irmã passou quando estava morrendo. Você não sabe disso, mas minha irmã estava noiva quando foi diagnosticada. O noivo a deixou meses antes de ela morrer. Ela o afastou, um dia de cada vez. Quis saber quanto tempo ele esperaria depois que ela fosse enterrada para comer outra pessoa. Quis saber se ele usaria sua tragédia para ganhar a compaixão das garotas. Ela era horrível. Até eu a teria deixado.

Prefiro pular tudo isso, obrigada. Só que ainda não sei como fazer, como morrer. Gostaria que Deus encontrasse uma maneira de me levar de uma vez, quando eu não estiver esperando. Me faça entrar em um elevador e então rompa o cabo. Vinte segundos de queda livre e acabou. Talvez como bônus eu pudesse cair em cima de alguém mau. Como um técnico de elevadores que abusa de crianças ou algo assim. Isso seria bacana.

Tenho medo de que, se eu lhe contar que estou doente, você desista do seu futuro e me peça em casamento, e eu serei fraca e aceitarei, e então você ficará algemado a mim, observando enquanto eles cortam pedaços e eu vou encolhendo, ficando careca e fazendo da sua vida um inferno, e aí eu morro de qualquer maneira e estrago o que havia de melhor em você nesse meio-tempo. Você quer tanto acreditar que o mundo é bom, Ig, que as pessoas são boas. E eu sei que quando estiver muito doente não conseguirei ser boa. Serei como minha irmã. Eu tenho isso dentro de mim, eu sei como magoar as pessoas, e talvez não consiga evitar.

Quero que você se lembre do que havia de bom em mim, não do que havia de mais terrível. As pessoas amadas não deveriam poder compartilhar seu pior lado.

Você não sabe como é difícil não conversar sobre esse assunto com você. É por isso que estou escrevendo esta carta, eu acho. Porque preciso falar com você, e esse é o único jeito. Mas é uma conversa meio unilateral, não é?

Você está tão animado para ir para a Inglaterra, para resolver os problemas do mundo. Lembra aquela história que você me contou sobre a Trilha Perigosa e o carrinho de compras? Você é assim todos os dias. Pronto para decolar nu, descendo a encosta íngreme da própria vida, e ser lançado na correnteza humana. Pronto para salvar pessoas que se afogam em injustiças.

Eu posso magoá-lo apenas o suficiente para que você se afaste. Não estou ansiosa para fazer isso, mas será mais gentil do que deixar que essa situação se desenrole.

Quero que você encontre uma garota com um sotaque cockney barato, leve-a para o seu apartamento e transe com ela até cansar. Alguma menina bonita, imoral e que leia livros. Não tão bonita quanto eu, não sou tão generosa assim, mas tudo bem se ela não for horrível. Então, espero que ela seja insensível e lhe dê um pé na bunda, e você siga em frente com outra pessoa. Uma pessoa melhor. Uma pessoa séria e carinhosa e sem histórico familiar de câncer, doenças cardíacas, doença de Alzheimer ou qualquer outra coisa ruim. Também espero já ter morrido a essa altura, de modo que eu não precise saber nada sobre ela.

Sabe como eu quero morrer? Na Trilha Perigosa, descendo dentro do meu próprio carrinho de compras. Eu conseguiria fechar os olhos e imaginar seus braços ao meu redor. E aí bateria direto em uma árvore. Ela nunca saberia o que a atingiu. É assim que eu queria. Gostaria muito de acreditar em um Evangelho segundo Mick e Keith, onde posso não conseguir sempre o que quero — ou seja, você, Ig, e nossos filhos, nossos sonhos ridículos —, mas pelo menos posso ter o que preciso, que é um fim rápido e repentino e a noção de que você escapou ileso.

E você terá uma esposa-mãe robusta e gentil para lhe dar filhos e será um pai maravilhoso, feliz e cheio de energia. Você verá o mundo inteiro, cada canto dele, e conhecerá dor e terá alívio de parte dela. Você terá netos e bisnetos. Você vai ensinar. Você fará longas caminhadas na floresta. Em uma dessas caminhadas, quando já estiver muito velho, você se verá perto de uma árvore com uma casa nos galhos. Eu estarei esperando por você lá. Estarei esperando à luz de velas em nossa casa da árvore da imaginação.

São muitas linhas e pontos. Dois meses de trabalho, bem aqui. Quando comecei a escrever, o câncer era uma ervilha em um dos seios e menor que uma ervilha em minha axila esquerda. Agora, encerrando, o câncer é... bem... From small things, Mama, big things one day come, já cantou Bruce Springsteen.

Não sei se eu precisava mesmo escrever tanto. Provavelmente poderia ter me poupado bastante esforço e apenas copiado a primeira mensagem que lhe enviei, lampejando a minha cruz no seu rosto. NÓS. Isso resume a maior parte. Aqui está o resto: eu te amo, Iggy Perrish.

Sua garota, Merrin Williams

CAPÍTULO QUARENTA E QUATRO

DEPOIS DE LER A mensagem derradeira de Merrin, deixá-la de lado, reler e deixá-la de lado mais uma vez, Ig saiu da chaminé, pois queria ficar longe do cheiro de carvão e cinzas por um tempo. Ele foi para o cômodo do lado de fora, respirando profundamente o ar do fim da tarde, antes de perceber que as cobras não haviam se reunido. Ig estava sozinho na fundição, ou quase. Uma única cobra, a cascavel-da-madeira, estava no carrinho de mão, dormindo enrolada, formando uma espiral gorda. Ele ficou tentado a se aproximar e acariciar a cabeça da cobra, deu um único passo na direção dela e parou. *Melhor não*, pensou Ig, e olhou para a cruz no pescoço, depois encarou a própria sombra escalando a parede na última luz vermelha do dia. Viu a silhueta de um homem alto e magro. Ainda sentia os chifres nas têmporas, sentia o peso deles, as pontas cortando o ar frio, mas a sombra mostrava apenas a si mesmo. Se andasse até a cobra naquele momento, com a correntinha de Merrin pendurada no pescoço, Ig achava que havia uma boa chance de ela cravar suas presas nele.

Ele considerou a extensão da sombra, escalando a parede de tijolos, e compreendeu que poderia ir para casa se quisesse. Com a cruz no pescoço, sua humanidade era novamente dele, se quisesse. Ig poderia deixar os dois últimos dias para trás, um pesadelo de doença e pânico, e ser quem sempre foi. A ideia lhe provocou um alívio quase doloroso, um prazer quase sensual: ser Ig Perrish, e não o diabo; ser um homem, e não uma fornalha ambulante.

Ele ainda estava pensando nisso quando a serpente no carrinho de mão ergueu a cabeça, banhada por luzes brancas. Alguém estava vindo pela estrada. Ig pensou primeiro em Lee, voltando para procurar a cruz perdida e qualquer outra prova incriminatória que ele pudesse ter deixado para trás.

Mas, quando o carro parou na frente da fundição, Ig reconheceu o veículo como o Saturn esmeralda surrado de Glenna. Ele enxergou pela passagem que se abria para uma queda de quase dois metros. Ela saiu deixando um rastro de fumaça. Glenna jogou o cigarro na grama e o apagou com o pé. Ela havia parado de fumar duas vezes enquanto estava Ig — uma vez por uma semana.

Ig a observou pelas janelas enquanto Glenna contornava a construção. Ela tinha muita maquiagem. Ela sempre usava muita maquiagem. Batom cereja-escuro, permanente no cabelo comprido, sombra nos olhos e blush rosa reluzente. Glenna não queria entrar, Ig percebeu pela expressão dela. Por baixo da máscara, ela parecia amedrontada, infeliz e bonita de uma forma simples e desamparada. Ela usava calça jeans preta, um modelo justo e de cintura baixa que mostrava o cofrinho da bunda, e um cinto cravejado de tachas e um corpete branco, que mostrava a barriga macia e expunha a tatuagem no quadril, a cabeça de coelho da *Playboy*. Ig ficou chateado ao olhar para ela e ver como ela tinha se montado em uma espécie de apelo desesperado: *Me queira, alguém me queira.*

— Ig? — chamou Glenna, que colocou a mão em concha ao redor da boca para amplificar a voz. — Iggy! Você está aí? Está por aqui?

Ele não respondeu, e ela baixou a mão.

Ig foi de janela em janela, observando Glenna caminhar dentro do mato, contornando até a parte de trás da fundição. O sol estava do outro lado do prédio, era a ponta vermelha de um cigarro chiando através da cortina pálida do céu. Quando ela cruzou até a Trilha Perigosa, Ig passou por uma porta aberta e deu a volta atrás dela. Ele andou pé ante pé pela grama e pela luz mortiça e âmbar do dia: uma sombra carmesim entre muitas. Glenna estava de costas para Ig e não o viu se aproximar.

Ela caminhou devagar no topo da trilha ao ver a marca de queimadura na terra, onde o solo tinha sido chamuscado e ficado branco. A lata de gasolina de metal vermelho ainda estava lá, caída na vegetação rasteira. Ig a seguiu de mansinho, atravessou o campo e entrou nas árvores e nos arbustos, do lado direito da trilha. No campo ao redor da fundição, ainda era fim de tarde, mas sob as árvores já estava anoitecendo. Ele esfregava a cruz sem parar, entre o polegar e o indicador, pensando em como se aproximar de Glenna e o que deveria dizer a ela. O que Glenna merecia dele.

Ela observou a queimadura na terra e depois a lata de gasolina de metal vermelho e, finalmente, acompanhou o olhar trilha abaixo, em direção à água. Ig viu Glenna juntando as peças, entendendo a situação. Ela começou a respirar mais rápido. Enfiou a mão direita na bolsa.

— Ai, Ig — disse Glenna. — Ai, que droga, Ig.

Pegou o celular.

— Não faça isso — falou ele.

Ela cambaleou. O aparelho, rosa e liso como um sabonete, escorregou da mão dela, caiu no chão e quicou na grama.

— O que diabos você está fazendo, Ig? — indagou ela, passando de tristeza a raiva enquanto tentava recuperar o equilíbrio.

Ela espiou além de uma tela de arbustos de mirtilo e nas sombras sob as árvores.

— Você me deu um susto do caralho. — Glenna começou a andar na direção dele.

— Fique onde está — ordenou Ig.

— Por que você não quer que eu... — começou ela, e aí parou. — Você está usando saia?

Uma tênue luz rosada atravessou os galhos e recaiu sobre a saia e a barriga nua de Ig. Do peito para cima, porém, ele permaneceu na sombra.

O rubor e a expressão zangada de Glenna deram lugar a um sorriso incrédulo que revelava mais medo do que divertimento.

— Ai, Ig — suspirou ela. — Ai, gato.

Glenna deu mais um passo à frente, e ele ergueu a mão.

— Eu não quero que você volte aqui.

Ela não se aproximou.

— Por que você veio à fundição?

— Você destruiu nosso apê — respondeu Glenna. — Por que fez isso?

Ig não respondeu, não sabia o que dizer.

Ela baixou o olhar e mordeu o lábio.

— Acho que você ficou sabendo sobre mim e Lee na outra noite.

Glenna não lembrou, obviamente, que ela mesma havia contado para ele. Ela se obrigou a encará-lo.

— Ig, me desculpe. Você pode me odiar se quiser. Eu mereço, acho. Só quero ter certeza de que você está bem. — Respirando suavemente, ela continuou em voz baixa: — Por favor, me deixe ajudar.

Ig estremeceu. Ouvir outra voz humana se oferecendo para ajudá-lo era mais do que ele conseguiria suportar, ouvir uma voz em tom de afeto e preocupação. Ig vinha sendo um demônio por apenas dois dias, mas não sabia o que era ser amado havia muito tempo, em um passado distante. Assustava Ig o fato de os dois conversarem de uma maneira perfeitamente normal, um milagre tão simples e bom quanto um copo de limonada gelada em um dia quente. Glenna não teve o impulso de confessar seus piores e mais vergonhosos desejos; a culpa que ela carregava eram apenas segredos, como os de qualquer outra pessoa. Ele tocou a cruz no pescoço novamente, a cruz de Merrin, que continha sua preciosa humanidade.

— Por que achou que me encontraria aqui?

— Eu estava assistindo ao noticiário no trabalho e vi os destroços de um carro queimado que encontraram no rio. As câmeras de TV estavam meio longe do local, então não dava para saber se era o Gremlin, e a apresentadora disse que a polícia não havia confirmado uma marca ou modelo. Mas eu apenas tive um pressentimento, tipo uma sensação ruim. Liguei para Wyatt Farmer... Você se lembra de Wyatt? Ele colou uma barba no meu primo Gary uma vez, quando éramos crianças, para ver se eles conseguiriam comprar cerveja.

— Eu lembro. Por que você ligou para ele?

— Eu vi que foi o caminhão de reboque do Wyatt que tirou os destroços do banco de areia. É isso que ele faz agora, tem uma oficina. Achei que ele poderia me contar qual era o carro. Wyatt falou que estava tão queimado que ainda não tinham descoberto, porque não havia nada para investigar, só a estrutura e as portas, mas achou que fosse um Hornet ou um Gremlin, e estava mais convencido de que fosse um Gremlin porque são mais comuns hoje em dia. E aí eu pensei: *Ah, não, alguém queimou o carro de Ig*. Então cogitei a possibilidade de você estar dentro do Gremlin quando pegou fogo. Em seguida imaginei que você tivesse feito isso de propósito. E eu sabia que, se isso fosse verdade, você teria feito aqui. Para estar perto dela. — Glenna lançou outro olhar tímido e assustado para Ig. — Eu entendo porque você destruiu nosso apê...

— Seu apê. Nunca foi nosso.

— Eu tentei torná-lo nosso.

— Eu sei. Eu acho que você fez o melhor possível. Eu, não.

— Por que você queimou o carro, afinal? Por que você está aqui vestindo... isso? — Glenna havia cerrado as mãos em punho e as pressionava contra o peito, e fez um esforço para sorrir. — Ain, gato. Você parece ter passado pelo inferno na terra.

— Foi mais ou menos isso.

— Vamos. Entre no meu carro, Ig. Vamos voltar para casa, tirar essa saia e tomar um banho, e então você será Ig novamente.

— As coisas vão voltar a ser como eram antes?

— Sim. Exatamente como eram antes — confirmou ela.

O problema estava bem aí. Com a cruz no pescoço, ele poderia ser o velho Ig de novo, poderia ter tudo de volta se quisesse, mas não valia a pena. Se alguém fosse viver o inferno na terra, era vantagem ser um demônio. Ig levou a mão à nuca, abriu a correntinha e a pendurou em um galho alto, depois afastou os arbustos e saiu para a luz, para que Glenna o visse como ele era.

Por um momento ela tremeu. Glenna deu um passo cambaleante e instável para trás, o salto afundou na terra macia e girou de modo que ela quase torceu o tornozelo antes de se recuperar. A boca se abriu para gritar, um verdadeiro grito de filme de terror, um lamento profundo e torturado. Mas a voz não saiu. Quase imediatamente, o rosto rechonchudo e bonito de Glenna voltou ao normal.

— Você odiava o jeito como as coisas eram — falou o diabo.

— Odiava — concordou ela, e uma espécie de tristeza atravessou seu rosto novamente.

— Tudo aquilo.

— Não — disse Glenna. — Eu gostava de algumas coisas. Gostava quando a gente transava. Você fechava os olhos e eu sabia que estava pensando nela, mas eu não me importava porque poderia fazer você curtir e, por mim, tudo bem. E eu gostava quando preparávamos o café da manhã nas manhãs de sábado, um café da manhã especial, com bacon, ovos e suco, e depois assistíamos a idiotices na TV, e você parecia ficar feliz em passar o dia todo sentado ao meu lado. Mas eu odiava saber que nunca importaria. Odiava saber que não tínhamos futuro e odiava ouvir você falar das coisas engraçadas que ela dizia e das coisas inteligentes que ela fazia. Eu não poderia competir. Eu nunca conseguiria competir.

— Você quer mesmo que eu volte para o apartamento?

— Nem *eu* quero voltar. Odeio aquele apartamento. Odeio morar lá. Eu quero ir embora. Quero começar de novo em outro lugar.

— Aonde mais você iria? Aonde você poderia ir para ser feliz?

— Para a casa do Lee — respondeu ela, e o rosto se acendeu radiante, estampando um sorriso doce e surpreso, como uma menina conhecendo a Disney. — Ir com minha capa de chuva sem nada por baixo e dar uma emoção de verdade para ele. Lee quer que eu vá lá qualquer dia. Ele me mandou uma mensagem hoje à tarde dizendo que, se você não aparecesse, a gente deveria...

— *Não* — interveio Ig, a voz ríspida e uma fumaça preta saindo pelas narinas.

Glenna se encolheu e se afastou.

Ele inalou e aspirou a fumaça de volta. Pegou o braço dela, virou Glenna na direção do carro e começou a andar. A donzela e o diabo caminharam sob a luz da fornalha do fim do dia, e o diabo a advertiu:

— É melhor você não ter nada com ele. O que Lee fez por você além de roubar uma jaqueta e tratá-la como uma puta? Você precisa mandar o Lee cair fora. Precisa de coisa melhor do que ele. Você tem que dar menos e receber mais, Glenna.

— Eu gosto de agradar às pessoas — argumentou ela, com uma vozinha corajosa, como se estivesse envergonhada.

— Você também é uma pessoa. Faça algo legal por você. — Enquanto falava, Ig concentrou sua força de vontade nos chifres e sentiu um choque de prazer intenso percorrer os nervos deles. — Além disso, olhe como você vem sendo tratada. Eu destruí seu apartamento, você não me vê há dias, e aí vem aqui e me encontra desfilando como uma bicha de saia. Transar com Lee Tourneau não vai fazer você se vingar de mim. Você precisa enxergar além. Vá para casa, pegue o cartão do banco, esvazie a conta e... tire umas férias. Você nunca quis um tempo para *si mesma*?

— Não seria incrível? — disse Glenna, mas o sorriso vacilou depois de um momento, e ela falou: — Eu me meteria em encrenca. Já fui presa uma vez, por trinta dias. Nunca mais quero voltar para a cadeia.

— Ninguém vai incomodá-la. Não depois de você vir à fundição e me ver de saia rendada bancando a bicha. Meus pais não vão meter um advogado em cima de você. Não é o tipo de coisa que eles queiram divulgar para o público em geral. Leve meu cartão de crédito também. Aposto que eles não vão cancelá-lo por alguns meses. A melhor maneira de se vingar de qualquer pessoa é vê-la através do espelho retrovisor enquanto vai em direção a algo melhor. Você merece algo melhor, Glenna — aconselhou Ig.

Os dois estavam ao lado do carro dela. Ig abriu a porta e a segurou para Glenna. Ela olhou para a saia de Ig e depois para o rosto dele. Glenna estava sorrindo. Também estava chorando, vertendo grossas gotas pretas de rímel.

— Essa era a sua tara, Ig? Saias? Foi por isso que não nos divertimos tanto? Se eu soubesse, teria tentado... Não sei, teria tentado colocar essa sua tara em prática.

— Não — respondeu Ig. — Só estou usando isso porque não encontrei uma malha colante e uma capa vermelha.

— Malha colante e capa? — A voz dela soava atordoada e um pouco lenta.

— Não é isso que o diabo deve vestir? Tipo uma fantasia de super-herói. Sob muitos aspectos, acho que Satanás foi o primeiro super-herói.

— Não está querendo dizer supervilão?

— Não. Herói, com certeza. Pense bem. Em sua primeira aventura, o diabo assumiu a forma de uma cobra para libertar dois prisioneiros mantidos nus em uma selva do Terceiro Mundo por um megalomaníaco todo-poderoso. Ao mesmo tempo, ampliou a dieta deles e os apresentou à própria sexualidade. Parece uma espécie de cruzamento entre o Homem-Animal e o dr. Phil.

Ela riu — uma risada estranha, desconexa e confusa — e então soluçou, e o sorriso sumiu.

— Afinal, para onde você está pensando em ir? — perguntou Ig.

— Sei lá — disse Glenna. — Eu sempre quis conhecer Nova York. Nova York à noite. Táxis passando com música estrangeira soando pelas janelas. Gente vendendo aquele amendoim, amendoim doce, em cada esquina. Eles ainda vendem aqueles amendoins em Nova York?

— Não sei se ainda vendem. Vendiam. Não vou lá desde pouco antes da morte de Merrin. Por que não vai descobrir? Vai ser ótimo. A maior diversão da sua vida.

— Se fugir é tão bom — indagou ela —, se me vingar de você é tão maravilhoso, por que me sinto tão mal?

— Porque você ainda não está lá. Você ainda está aqui. E quando for embora, tudo de que vai se lembrar é de ter me visto vestido para o baile com minha melhor saia azul. Todo o resto... você vai esquecer. — Ele concentrou o peso e a força dos chifres nessa instrução, enfiando o pensamento no fundo da cabeça de Glenna, uma penetração mais íntima do que qualquer coisa que eles já tinham feito na cama.

Ela assentiu, encarando Ig com os olhos injetados e fascinados.

— Esquecer. Ok. — Glenna começou a entrar no carro, mas hesitou, olhando para ele por cima da porta. — A primeira vez que falei com você foi aqui. Lembra? O pessoal estava cozinhando um cagalhão. Que coisa, hein?

— Engraçado — disse Ig. — É meio isso que estou planejando hoje à noite. Vá agora, Glenna. Espelho retrovisor.

Ela assentiu novamente e começou a entrar no carro, então se endireitou e se curvou sobre a porta para dar um beijo na testa de Ig. Ele viu algumas coisas ruins sobre ela que ele ainda não sabia; Glenna pecou muitas vezes, sempre contra si mesma. Ig se assustou e deu um passo para trás, ainda sentindo o toque frio dos lábios dela na testa e o cheiro de cigarro e hortelã do hálito dela nas narinas.

— Ei — murmurou Ig.

Glenna sorriu.

— Cuide-se, Ig. Parece que você não consegue passar uma tarde na fundição sem quase morrer.

— É verdade — afirmou ele. — Agora que você comentou, parece que criei uma espécie de hábito.

IG VOLTOU PARA A Trilha Perigosa a fim de observar o carvão em brasa do sol mergulhar no rio Knowles e sumir. Parado ali na grama alta, ele ouviu um curioso trinado musical, semelhante ao de um inseto, mas não era de um que conhecesse. Ig ouviu o som claramente — os gafanhotos haviam se calado no crepúsculo. De qualquer forma, eles estavam morrendo, o zumbido mecânico da volúpia dos gafanhotos diminuía com o fim do verão. O som veio novamente, à esquerda, na direção das ervas daninhas.

Ele se agachou para investigar e viu o celular rosa semitransparente de Glenna na grama ressecada onde ela havia deixado cair. Ig pegou o aparelho e abriu. Havia uma mensagem de Lee Tourneau na tela inicial:

O QUE VC TÁ VESTINDO?

Ig torceu o cavanhaque, pensando nervosamente. Ele ainda não sabia se conseguia fazer aquilo por telefone, se a influência dos chifres poderia ser disparada de um transmissor de rádio e refletida em um satélite. Por outro lado, era sabido que os celulares eram ferramentas do diabo.

Ig selecionou a mensagem de Lee e apertou o botão LIGAR.

Lee atendeu no segundo toque.

— Só me diga que está vestindo algo sexy. Você nem mesmo precisa estar usando. Eu sou ótimo para fantasiar.

Ig abriu a boca e respondeu com a voz suave, suspirada e amanteigada de Glenna:

— *Estou vestindo um monte de lama e terra, é isso que estou vestindo. Estou com problemas, Lee. Preciso de alguém para me ajudar. A porra do meu carro atolou.*

Lee hesitou e, quando falou de novo, a voz saiu baixa e comedida:

— Onde você se atolou, moça?

— *Na porra do caralho da fundição* — respondeu Ig, com a voz de Glenna.

— Na fundição? Por que você está aí?

— Vim procurar Iggy.

— Por que você foi fazer isso? Glenna, não foi inteligente da sua parte. Você sabe como ele é instável.

— *Eu sei, mas não posso evitar, estou preocupada. A família dele também está preocupada. Ninguém sabe por onde ele anda, ele perdeu o aniversário da avó e não atende ao telefone. Ele pode estar morto, até onde se sabe. Eu não aguento e odeio pensar que Ig está confuso e que a culpa é minha. É culpa sua também, seu idiota.*

Ele riu.

— Bem. Provavelmente. Mas ainda não sei por que você foi à fundição.

— *Ele gosta de vir aqui nesta época do ano, porque foi onde ela morreu. Então pensei em dar uma espiada, dirigi e atolei o carro, e é claro que Iggy não está por perto. Foi bem legal da sua parte me dar uma carona na outra noite. Será que não poderia repetir esse favor para a dama aqui?*

Lee fez uma pausa por um momento e então respondeu:

— Você ligou para mais alguém?

— *Você foi a primeira pessoa em quem pensei* — retrucou Ig, com a voz de Glenna. — *Vamos. Não me faça implorar. Minhas roupas estão cheias de lama, preciso me lavar.*

— Claro — concordou ele. — Tudo bem. Contanto que eu possa ver. Ver você se lavando, quero dizer.

— *Depende se você vai conseguir chegar aqui rápido o suficiente. Estou sentada dentro da fundição, vou esperar aqui. Você vai me zoar quando vir onde meu carro atolou. Vai morrer de rir, pode ter certeza.*

— Mal posso esperar — falou Lee.

— *Venha logo. É meio assustador ficar aqui sozinha.*

— Aposto que sim. Sozinha com os fantasmas. Aguenta aí. Estou indo.

Ig desligou sem se despedir. A seguir, ficou agachado por um tempo, em cima das cinzas onde o carro havia queimado no topo da Trilha Perigosa. O sol havia se posto enquanto ele não estava prestando atenção. O céu tinha um tom de roxo-escuro parecido com uma ameixa, e o pontilhado das primeiras estrelas o iluminavam. Ig finalmente se levantou para voltar à fundição e se preparar para encontrar Lee. Ele parou e pegou a correntinha de Merrin no galho do carvalho onde havia pendurado. Pegou também o galão de metal vermelho. Ainda continha mais ou menos um quarto de gasolina.

CAPÍTULO QUARENTA E CINCO

ELE IMAGINOU QUE LEE precisaria de pelo menos meia hora para chegar lá, mais ainda se estivesse vindo de Portsmouth. Não parecia muito tempo. Estava bom assim. Quanto mais tempo ele tivesse para pensar sobre o que precisava fazer, era menos provável que fizesse.

Ig contornou até a frente da fundição e estava prestes a erguer o corpo para passar pela porta aberta quando ouviu um carro quicando na estrada esburacada atrás dele. A adrenalina disparou em uma onda gelada e Ig sentiu frio. As coisas estavam acontecendo rápido, mas não poderiam estar indo tão rápido assim, a menos que Lee já estivesse dirigindo por aquelas bandas quando Ig ligou. Só que não era o grande Cadillac vermelho, e sim um Mercedes preto com Terry Perrish ao volante.

Ig afundou na grama e colocou o galão com gasolina contra a parede. Ele estava tão despreparado para ver o irmão — ali, *naquele momento* — que era difícil aceitar o que seus olhos lhe mostravam. Seu irmão não poderia estar ali, porque seu avião pousara na Califórnia, e Terry estava lá no calor semitropical, sob o sol do Pacífico, em Los Angeles. Ig o tinha despachado para ceder ao que ele mais queria fazer — fugir para evitar problemas —, o que devia ter sido o suficiente.

O carro virou e reduziu a velocidade ao se aproximar do prédio, avançando pela grama alta e áspera. A visão de Terry enfureceu e inquietou Ig. O irmão estava no lugar errado e na hora errada, e quase não havia tempo para se livrar dele.

Ig correu pela fundação de concreto, mantendo o corpo abaixado. Ele havia chegado ao canto da fundição quando o Mercedes passou, acelerou e fez um movimento súbito. Ig abriu a porta do carona e saltou dentro do carro.

Terry olhou para ele, gritou e se encolheu contra a porta do motorista, tateando pela trava. Então reconheceu o irmão e se deteve.

— Ig — ofegou ele. — O que você...

Ele baixou o olhar para a saia imunda e então encarou o irmão.

— Que porra aconteceu com você?

Ig não entendeu no começo, não compreendeu por que o irmão ficara tão chocado. Então ele sentiu a cruz ainda na mão direita, a corrente enrolada nos dedos. Ig estava segurando o crucifixo de Merrin, silenciando os chifres. Terry via o irmão com os próprios olhos, pela primeira vez desde que tinha voltado para casa. O Mercedes avançou entre as ervas daninhas do alto verão.

— Quer parar o carro, Terry? — pediu Ig. — Antes que a gente desça a Trilha Perigosa e acabe no rio?

Terry encontrou o freio, e o carro parou.

Os dois irmãos permaneceram sentados nos bancos da frente. Terry respirou rapidamente pela boca aberta. Por um longo momento, ele encarou Ig boquiaberto, com o rosto inexpressivo e perplexo. Então Terry riu. Foi uma risada trêmula e horrorizada, mas acompanhada de uma contração nervosa dos lábios, o que quase formava um sorriso.

— Ig. O que você está fazendo aqui... desse jeito?

— Eu é que pergunto. O que você veio fazer aqui? Você tinha um voo hoje de manhã.

— Como você...

— Você precisa ir embora, Terry. Não temos muito tempo.

Enquanto falava, Ig olhou pelo espelho retrovisor, verificando a estrada. Lee Tourneau chegaria a qualquer minuto.

— Tempo antes de quê? O que vai acontecer? — Terry hesitou e depois indagou: — Qual é a da saia?

— Mais do que ninguém, você deveria reconhecer uma referência à Motown, Terry.

— Motown? Você não está fazendo sentido.

— Claro que estou. Você precisa dar o fora daqui. O que poderia fazer mais sentido do que isso? Você é a pessoa errada no lugar errado e na hora errada, Terry.

— Do que você está falando? Você está me assustando. O que vai acontecer? Por que não para de olhar o retrovisor?

— Estou esperando alguém.

— Quem?

— Lee Tourneau.

Terry empalideceu.

— Ah — murmurou ele. — Ah. Por quê?

— Você sabe por quê.

— Ah — repetiu Terry. — Você sabe. Quanto... quanto você sabe?

— Tudo. Que você estava no carro. Que você desmaiou. Que ele armou para que você guardasse segredo.

Terry tinha as mãos no volante, os polegares se moviam para cima e para baixo, os nós dos dedos estavam brancos.

— Tudo. Como você sabe que ele está vindo?

— Eu sei.

— Você vai matá-lo — disse Terry. Não foi uma pergunta.

— Obviamente.

Terry considerou a saia de Ig, os pés descalços sujos, a pele avermelhada, que poderia ser uma queimadura de sol particularmente grave.

— Vamos para casa, Ig. Vamos para casa conversar. Mamãe e papai estão preocupados com você. Vamos para casa, eles vão ver que você está bem e depois todos conversaremos. Vamos resolver tudo juntos.

— Eu já resolvi — retrucou Ig. — Você deveria ter ido embora. Eu mandei você ir.

Terry balançou a cabeça.

— O que você quer dizer com isso? Eu não vi você em momento algum desde que voltei para casa. Não trocamos nem uma palavra.

Ig olhou pelo retrovisor e viu faróis. Ele se virou no assento e olhou pelo vidro traseiro do Mercedes. Um carro estava passando na estrada, do outro lado do bosque entre a fundição e a rua. Os faróis piscaram entre os troncos das árvores em um *staccato* rápido, como uma veneziana sendo aberta e fechada, *pisca pisca pisca*, enviando uma mensagem: *Rápido, rápido*. O veículo passou sem virar, porém era uma questão de minutos até chegar um carro que *não* passaria direto e viraria para entrar na estrada de cascalho, seguindo na direção deles. Ig baixou o olhar e viu uma mala no banco de trás; o estojo do trompete de Terry jazia ao lado.

— Você fez as malas — constatou Ig. — Você planejou ir. Por que não foi?

— Eu fui — respondeu Terry.

Ig se endireitou no banco e encarou o irmão com uma expressão interrogativa.

Terry balançou a cabeça.

— Não importa. Esqueça.

— Não. Conte.

— Mais tarde.

— Conte logo. O que quer dizer? Se você saiu da cidade, por que voltou?

Terry lançou um olhar vazio para o irmão. Depois de um momento, ele começou a falar, cuidadoso e devagar:

— Não faz sentido, ok?

— Também não faz sentido para mim. É por isso que quero que você me conte.

Terry passou a língua pelos lábios ressecados. Quando falou, sua voz estava calma, mas um pouco apressada:

— Decidi que ia voltar para Los Angeles. Sair da ala dos doentes mentais. Papai estava puto comigo. Vera está no hospital, e ninguém sabe por onde você andou. Mas enfiei na cabeça que não havia nada de bom para fazer em Gideon e que precisava ir, voltar para Los Angeles, me ocupar com os ensaios. Papai disse que não conseguia imaginar nada mais egoísta do que eu fugindo com as coisas do jeito que estão. Eu sabia que ele estava certo, mas de alguma forma isso não parecia importar. Foi bom dirigir para longe.

"Exceto que, quanto mais longe eu chegava, menos me sentia bem. Eu ouvia rádio, ouvia uma música de que gosto e começava a pensar num arranjo dela com a banda. Aí eu lembrava que não tenho mais banda. Não tenho mais ensaios."

— Como assim, não tem ensaios?

— Estou desempregado — confessou Terry. — Pedi demissão. Abandonei o *Hothouse*.

— Do que você está falando? — perguntou Ig, que não vira nada disso na viagem por dentro da mente de Terry.

— Semana passada — disse Terry. — Eu não aguentava mais. Depois do que aconteceu com Merrin, não era mais divertido. Era o oposto de diversão. Era um inferno. O inferno é ser forçado a sorrir, rir e tocar músicas de festa quando na realidade você quer gritar. Toda vez que toquei trompete, eu estava gritando. O pessoal da Fox pediu que eu tirasse o fim de semana de folga para pensar melhor. Eles não ameaçaram me processar por quebra de contrato se eu não aparecer para trabalhar na semana que vem, mas sei que isso é uma certeza. Também sei que não dou a mínima. Não preciso de nada que venha deles.

— Então, quando você se lembrou de que não tinha mais programa para apresentar... foi aí que você deu meia-volta?

— Não imediatamente. Foi assustador. Parecia que eu era... que eu era duas pessoas diferentes ao mesmo tempo. Em um minuto eu estava pensando que precisava sair da interestadual e voltar para Gideon. Aí eu começava a me lembrar dos ensaios novamente. Finalmente, quando eu já estava quase chegando ao Aeroporto Logan... Você conhece aquela colina com a cruz gigante? Logo depois de passar pelo hipódromo de Suffolk Downs?

Os pelos dos braços de Ig se arrepiaram.

— Com mais ou menos seis metros de altura. Conheço. Eu achava que se chamava Don Orsillo, mas não é esse o nome certo.

— Dom Orione. Esse é o nome da casa de repouso que cuida da cruz. Eu encostei o carro ali. Há uma estrada que leva dos conjuntos habitacionais até aquela coisa. Eu não percorri o caminho todo. Apenas parei para pensar, estacionado na sombra.

— À sombra da cruz?

O irmão assentiu de forma vaga.

— O rádio ainda estava ligado. A estação da faculdade, sabe. O sinal fica ruim muito ao sul, mas eu não tive tempo de mudar de estação. E o universitário entrou no ar dizendo que a ponte Old Fair Road em Gideon estava aberta, depois de ter sido bloqueada por algumas horas, enquanto a polícia resgatava um carro incendiado de um banco de areia. Ouvir sobre aquele carro me embrulhou o estômago. Do nada. Porque não tínhamos notícias suas havia alguns dias e o banco de areia ficava rio abaixo da fundição. E isso mais ou menos na mesma época do ano em que Merrin morreu. Tudo parecia conectado. De repente eu não sabia mais por que estava com tanta pressa de partir. Não sabia por que era tão importante ir embora. Eu dei meia-volta. Retornei. E quando estava entrando na cidade, pensei que talvez devesse verificar a fundição.

No caso de você ter vindo aqui para ficar perto de Merrin e... alguma coisa ter acontecido com você. Achei que não deveria tomar uma decisão até ter certeza de que você estava bem. E... aqui estou eu. E você não está bem. — Ele examinou Ig novamente e então a voz saiu hesitante e com medo: — Como você ia... matar Lee?

— Rapidamente. Que é melhor do que ele merece.

— Você sabe o que eu fiz... e não vai me punir? Por que não me mata também?

— Você não é a única pessoa a estragar as coisas porque sentiu medo.

— Como assim?

Ig pensou por um momento antes de responder:

— Eu odiava a maneira como Merrin o admirava quando você tocava trompete em suas apresentações. Sempre tive medo de ela se apaixonar por você, em vez de por mim, e não conseguia suportar isso. Sabe os fluxogramas que você desenhava para sacanear a irmã Bennett? Eu escrevi o bilhete dedurando você. Aquele que lhe rendeu um zero em Ética e a dispensa do recital de fim de ano.

Terry o encarou boquiaberto por um momento, como se Ig tivesse falado em uma língua incompreensível. A seguir, riu. A risada saiu tensa e baixa, mas sincera.

— Ai, merda. Minha bunda ainda está doendo com a surra que o padre Mould me deu. — Terry não conseguiu segurar o sorriso e, quando a graça passou, disse: — Isso não chega nem perto do que fiz com você. Nem em gênero nem em grau.

— Não — concordou Ig. — Mencionei apenas para ilustrar o princípio. As pessoas tomam más decisões quando estão com medo.

Terry tentou sorrir, mas parecia mais que ia chorar.

— Precisamos ir — falou ele.

— Não — retrucou Ig. — Só você. Agora.

Ele já estava baixando a janela do carona. Enrolou a correntinha de Merrin e a jogou na grama, livrando-se dela. No mesmo momento, Ig se concentrou nos chifres e chamou todas as cobras da floresta, convocou os répteis para se juntarem a ele na fundição.

Terry soltou um grunhido gutural, um longo silvo de surpresa.

— *Chi-chifres*. Você... você tem chifres. Na cabeça. O quê...? Meu Deus, Ig... O que você é?

Ig se virou para o irmão. Os olhos de Terry eram lâmpadas, brilhando aterrorizados, mas ao mesmo tempo admirados.

— Não sei — respondeu ele. — Demônio ou homem, não tenho certeza. O mais louco é que acho que isso ainda não foi determinado. Mas eu sei de uma coisa: Merrin queria que eu fosse uma pessoa. As pessoas perdoam. Demônios... nem tanto. Se estou deixando você ir, é tanto por ela quanto por você ou por mim. Ela também o amava.

— Eu preciso ir — anunciou Terry, em uma voz aguda e assustada.

— Isso mesmo. É melhor você não estar aqui quando Lee Tourneau chegar. Você pode se machucar se as coisas derem errado, e mesmo que não se machuque, pense no dano que você pode causar à sua reputação. Isso não tem nada a ver com você. Nunca teve. Na verdade, você logo vai esquecer essa conversa. Você nunca veio à fundição e nunca me viu. Tudo que aconteceu aqui vai sumir da sua mente.

— Sumiu — confirmou Terry, recuando e depois piscando rapidamente, como se alguém tivesse jogado água fria em seu rosto. — Meu Deus, eu preciso sair daqui. Se algum dia eu quiser trabalhar de novo, preciso dar o fora dessa porra.

— Isso mesmo. Esta conversa sumiu, e você também. Dê o fora. Vá para casa e diga à mamãe e ao papai que você perdeu o voo. Esteja com as pessoas que você ama e dê uma olhada no jornal amanhã. Dizem que nunca há boas notícias, mas acho que você vai se sentir muito melhor em relação à sua vida depois de ver a manchete da capa. — Ig queria dar um beijo no irmão, mas estava com medo... preocupado em descobrir algum segredo que o faria repensar o desejo de mandá-lo embora. — Adeus, Terry.

IG SAIU DO CARRO e se afastou quando ele começou a se mover. O Mercedes avançou lentamente, esmagando a grama alta no caminho, e fez um retorno aberto e preguiçoso, contornando uma grande pilha de entulho, tijolos, tábuas velhas e latas. Ig se virou, sem esperar até que o Mercedes saísse do outro lado do monte de lixo. Ele tinha que se preparar. Andou depressa ao longo da parede externa da fundição, lançando olhares para o bosque que a separava da estrada. A qualquer momento, Ig esperava ver os faróis entre os abetos, reduzindo a velocidade conforme Lee Tourneau se aproximasse.

Ele subiu para o cômodo depois da fornalha. Parecia que alguém tinha jogado ali baldes cheios de cobras e fugido. Os animais deslizavam dos cantos e caíam de pilhas de tijolos. A cascavel-anelada se desenrolou do carrinho de mão e caiu no chão com um baque audível. Havia apenas umas cem. Bem. Era o suficiente.

Ig se agachou e ergueu a cascavel-anelada no ar, segurando-a pela barriga; ele não tinha medo de ser mordido. A cobra estreitou os olhos em uma expressão sonolenta de afeto, sacudindo a língua preta para ele, e por um momento sussurrou palavras carinhosas e ofegantes em seu ouvido. Ig beijou suavemente a cascavel-anelada na cabeça e a levou até a fornalha. Enquanto a carregava, percebeu que não podia captar qualquer sentimento de culpa ou pecado por parte da cobra, pois ela não se lembrava de ter feito algo errado. A cascavel-anelada era inocente. Todas as cobras eram, obviamente. Arrastar-se pela grama, morder e levar à paralisia, seja com veneno ou com o rápido movimento do maxilar, engolir e sentir a massa peluda e macia de um rato silvestre descer até o estômago, entrar em um buraco escuro e se enrolar em uma cama de folhas — eram coisas puras, do jeito que o mundo deveria ser.

Ele entrou na chaminé e deitou a cascavel-anelada no cobertor fedorento sobre o colchão. Ig se curvou sobre ela e acendeu cada uma das velas, criando um ambiente íntimo e romântico. Ela se acomodou em uma espiral satisfeita.

— Você sabe o que fazer se eles passarem por mim — disse Ig. — A próxima pessoa a abrir esta porta... você deve morder, morder e morder. Entendeu?

A cascavel-anelada mostrou a língua comprida e lambeu o ar suavemente. Ele dobrou os cantos do cobertor sobre ela, para escondê-la, e então colocou em cima o celular de Glenna, com seu formato de sabonete rosa. Se por acaso Lee o matasse, em vez do contrário, ele provavelmente iria lá soprar as velas e, quando visse o aparelho, iria querer levá-lo consigo. Afinal, Lee recebera uma chamada daquele celular, então seria bom não deixar provas espalhadas.

Ig saiu da chaminé e fechou a fornalha quase totalmente. A luz das velas tremeluzia em torno das bordas, como se os antigos fornos tivessem sido acesos mais uma vez, como se a fundição estivesse voltando à vida. Ele agarrou o forcado, encostado na parede à direita da escotilha.

— Ig — sussurrou Terry atrás dele.

Ig se virou, com o coração disparado, e viu o irmão parado do lado de fora, na ponta dos pés para olhar por cima da porta alta.

— O que você ainda está fazendo aqui? — contestou Ig, perturbado ao ver o irmão.

— Isso são cobras? — indagou Terry.

Terry se afastou quando Ig pulou para a porta. Ig ainda tinha a caixa de fósforos em uma das mãos e a jogou de lado, em cima do galão de gasolina. Virou-se e apontou o forcado para o peito de Terry. Esticou o pescoço para olhar por trás do irmão, para o campo escuro. Não viu o Mercedes.

— Onde está seu carro?

— Atrás daquela pilha de merda — disse Terry, gesticulando em direção a um monte de lixo particularmente grande.

Ele ergueu a mão e afastou delicadamente os dentes do forcado.

— Eu mandei você ir embora.

O rosto de Terry brilhava de suor na noite de agosto.

— Não — retrucou ele.

Ig demorou um pouco para processar a resposta improvável.

— *Sim.* — Ele instigou o irmão com os chifres, instigou com tanta força que a pressão e o calor sofridos por eles eram, pela primeira vez, quase dolorosos; uma dor desagradável. — Você não quer estar aqui, e eu não quero que você fique aqui.

Terry chegou a cambalear, como se Ig o tivesse empurrado. Então ele firmou os pés e permaneceu onde estava, com uma tensão severa nas feições.

— E eu disse não. Você não pode me obrigar. O que quer que você esteja mexendo na minha cabeça tem seus limites. Você só consegue fazer a oferta. Para obedecer, eu tenho que aceitar. E eu não aceito. Não vou embora, não vou deixar você aqui para enfrentar Lee sozinho. Foi o que eu fiz com Merrin, e tenho vivido no inferno desde então. Se você quer que eu vá, entre no carro e venha comigo. Vamos dar um jeito nessa situação. Vamos descobrir como lidar com Lee de um jeito que ninguém acabe morto.

Ig emitiu um grunhido sufocado de raiva e avançou contra ele com o forcado. Terry cambaleou para trás, para longe dos dentes. Ig ficou furioso por não conseguir obrigar o irmão a fazer o que ele queria. Cada vez que ele se aproximava cutucando com o forcado, Terry se mantinha fora de alcance, com um sorriso fraco e inseguro. Ig se sentia impotente, como quando tinha dez anos e era forçado a brincar de brigar no quintal.

Faróis oscilaram do outro lado do bosque que separava a fundição da estrada e entraram devagar naquela área. Ig e Terry pararam, olhando para a estrada.

— É Lee — anunciou Ig, que se voltou furioso para Terry. — Entre no carro e saia de vista. Não tem como você me ajudar. Só vai estragar as coisas. Fique escondido e fora do caminho para não correr o risco de morrer.

Ig instigou o irmão a ir para trás com outro golpe do forcado e, ao mesmo tempo, aplicou uma última pressão nos chifres, tentando *submeter* Terry.

Terry não lutou contra desta vez, virou-se e correu através da grama alta, de volta para o monte de entulho. Ig observou até ele alcançar o canto do prédio. Então passou pela porta alta e entrou na fundição. Atrás dele, os faróis do Cadillac de Lee Tourneau perscrutavam o ar, cortando a escuridão como um abridor de cartas rasga um envelope preto.

CAPÍTULO QUARENTA E SEIS

ASSIM QUE IG SUBIU para entrar na fundição, os faróis iluminaram as janelas e as portas. Quadrados brancos de luz passearam pelas paredes cobertas de grafite e revelaram mensagens antigas: TERRY PERRISH É UM MERDA, PAZ 1979, DEUS ESTÁ MORTO. Ig se afastou e se esgueirou até a lateral da porta. Tirou o sobretudo e o jogou no chão. Agachou-se no canto e usou os chifres para convocar as cobras.

Elas deixaram seus esconderijos, caíram de buracos na parede, saíram de baixo da pilha de tijolos. Foram se arrastando em direção ao casaco, passando uma por cima da outra na pressa. O sobretudo se mexia conforme as cobras se aglomeravam embaixo dele. Então começou a se erguer. O sobretudo ganhou vida, enquanto as cobras preenchiam os ombros e as mangas, como se um homem invisível o estivesse vestindo. Por último, uma cabeça surgiu, com o cabelo se contorcendo e se espalhando sobre a gola. Parecia um homem de cabelos compridos, ou talvez uma mulher, sentado no meio do chão, meditando, de cabeça baixa. Alguém que tremia constantemente.

Lee buzinou.

— Glenna? — chamou ele. — O que você está fazendo, gata?

— *Estou aqui dentro* — respondeu Ig, com a voz de Glenna, e se agachou à direita da porta. — *Ai, Lee, torci a porra do tornozelo.*

A porta do carro se abriu e bateu. Passos se aproximavam pela grama.

— Glenna? — disse Lee. — E aí?

— *Estou aqui dentro sentada, querido* — falou Ig, com a voz de Glenna. — *Estou bem aqui.*

Lee apoiou a mão no concreto e ergueu o corpo para passar pela porta. Ele havia engordado uns cinquenta quilos e raspado a cabeça desde a última vez que Ig o vira, uma transformação quase tão surpreendente quanto ganhar chifres. Por um momento, Ig não conseguiu entender, não assimilou o que estava vendo. Não era Lee. Era Eric Hannity, com as luvas de látex azul, segurando o cassetete e com a cabeça toda empolada e queimada. Sob os faróis, a curva óssea do couro cabeludo estava tão vermelha quanto a de Ig. As bolhas na bochecha esquerda eram firmes e grandes e pareciam cheias de pus.

— Ei, moça — disse Eric delicadamente.

Os olhos dele dispararam de um lado para outro, vasculhando o cômodo. Eric Hannity não viu Ig com o forcado, não onde ele se escondia à direita, nas sombras mais profundas. Os olhos de Eric ainda não haviam se ajustado à escuridão. Com a luz dos faróis entrando pela porta em volta dele, nunca se ajustariam. Lee estava em algum lugar lá fora. De alguma forma, ele percebeu que não era seguro e chamara Eric para acompanhá-lo, mas como soube disso? Lee não tinha mais o crucifixo de Merrin para protegê-lo. Não fazia sentido.

Eric deu pequenos passos bruscos em direção à figura de sobretudo, balançando o cassetete em arcos lentos e displicentes com a mão direita.

— Diga alguma coisa, vadia — mandou ele.

O sobretudo estremeceu, mexendo debilmente um braço, e a cabeça balançou. Ig ficou parado, tenso, na expectativa. Ele não conseguia pensar no que fazer. Era para Lee ter entrado ali, não outra pessoa. Mas essa era a história de sua curta vida no ramo demoníaco, pensou Ig. Ele planejara o que era satanicamente o melhor possível para executar um bom e simples assassinato, e, naquele momento, tudo estava sendo levado pelo vento como cinzas frias. Talvez tenha sido sempre assim, no entanto. Talvez todos os esquemas diabólicos não fossem qualquer coisa se comparados com o que os homens poderiam planejar.

Eric avançou pé ante pé até ficar bem atrás da coisa dentro do sobretudo. Ergueu o cassetete com as duas mãos e o desceu nas costas da figura. A roupa desmoronou, e as cobras jorraram. Era como um saco grande se rompendo e espalhando o conteúdo por toda a parte. Eric emitiu um grunhido, um grito sufocado e enojado, e quase tropeçou nas próprias botas Timberland ao se afastar.

— O que foi? — gritou Lee de algum lugar lá fora. — O que está acontecendo?

Eric desceu a bota na cabeça de uma cobra não venenosa que se enroscava em seus pés. O crânio se estilhaçou com um baque frágil, como uma lâmpada se quebrando. Ele emitiu um som sofrido de repulsa, chutou uma cobra-d'água e continuou recuando, recuando na direção de Ig. Eric andava com dificuldade no meio do gêiser de serpentes. Estava quase se virando para sair quando pisou em uma cobra e torceu o tornozelo. Ele fez uma pirueta surpreendentemente graciosa e girou, antes de se desequilibrar e cair com força sobre um joelho, de frente para Ig. Eric encarou assustado com seus olhos pequenos e porcinos no rosto largo e queimado. Ig segurou o forcado entre eles.

— Que o diabo me carregue — murmurou Eric.

— A você e a mim — retrucou Ig.

— Vá para o inferno, seu merda — disse Eric, enquanto erguia a mão esquerda.

Pela primeira vez, Ig viu o revólver de cano curto.

Ig atacou com o forcado, sem se dar tempo para pensar, e o cravou no ombro esquerdo de Eric. Foi como enfiá-lo no tronco de uma árvore. Um impacto estremecedor subiu pelo cabo até as mãos de Ig. Um dos dentes quebrou a clavícula de Eric; outro perfurou o deltoide; o dente do meio atingiu o tórax superior. A arma disparou para o céu, um estampido alto como a explosão de um morteiro, o som do verão americano. Ig continuou em frente, desequilibrou Eric e o fez cair de bunda no chão. O braço esquerdo dele foi jogado para trás, a arma voou para a escuridão e disparou novamente quando atingiu o chão, e uma cobra-de-esculápio se partiu em duas.

Hannity grunhiu. Parecia que ele estava tentando levantar um peso terrível. O maxilar estava cerrado, e o rosto, já vermelho, se aproximava de um tom de carmesim, manchado com grandes bolhas brancas. Eric largou o cassetete, estendeu a mão direita sobre o corpo e segurou o forcado pela cabeça de ferro, como se quisesse arrancá-lo do torso.

— Solte — ordenou Ig. — Eu não quero matar você. Você vai se machucar ainda mais tentando arrancá-lo.

— Eu. Não. Estou — ofegou Hannity. — Tentando. Arrancar.

E ele girou o corpo para a direita, arrastando o cabo do forcado e Ig junto, para fora da escuridão na direção da porta bem-iluminada. Ig não sabia que isso ia acontecer até que aconteceu, até que perdeu o equilíbrio e saiu cambaleando das sombras. Ele recuou e puxou o forcado. Por um instante, os dentes farpados se agarraram aos tendões e à carne, então se soltaram e Eric gritou.

Ig não teve dúvidas e tentou sair pela porta, que o enquadrou como um alvo vermelho sobre papel preto, mas foi lento demais. O estrondo da espingarda foi um único estampido ensurdecedor, e a primeira vítima foi a audição de Ig. A arma cuspiu fogo vermelho, e os tímpanos atordoados de Ig faleceram. O mundo foi tomado por um silêncio inatural e imperfeito. Ig sentiu como se o ombro direito tivesse sido atingido de raspão por um ônibus escolar. Ele cambaleou para a frente e foi de encontro a Eric, que soltou um ruído rouco e úmido de tosse, uma espécie de latido.

Lee apoiou uma das mãos no batente da porta, ergueu o corpo e entrou com uma espingarda na outra. Ficou de pé, sem pressa. Ig viu Lee acionar o ferrolho, viu com muita clareza quando o projétil gasto pulou da câmara aberta e saltou em um arco parabólico na escuridão. Ig também tentou saltar em um arco, virar para a esquerda, se tornar um alvo móvel, mas alguma coisa o segurou pelo braço — Eric. Eric agarrou Ig pelo cotovelo e o puxou, fosse para usá-lo como muleta ou como escudo humano.

Lee atirou novamente, e uma pá atingiu Ig nas pernas, que se dobraram, o que o fez se abaixar. Por um instante, ele conseguiu se manter de pé: fincou o cabo do forcado no chão e apoiou nele o peso do corpo para não cair. Mas Eric ainda o segurava pelo braço e levou o disparo, não nas pernas, mas no peito. Ele caiu imediatamente e puxou Ig consigo.

Ig teve o vislumbre de um céu preto e uma nuvem luminescente girando, onde, quase um século antes, havia um teto. Então bateu de costas no concreto com um baque surdo que sacudiu os ossos.

Ele estava deitado ao lado de Eric, com a cabeça quase apoiada no quadril do homem. Ig não conseguia mais sentir o ombro direito nem mais nada abaixo dos joelhos. O sangue se esvaiu da cabeça, o céu ficou perigosamente mais escuro, e Ig se submeteu a um esforço desesperado para se agarrar à consciência. Se desmaiasse, Lee o mataria. Esse raciocínio foi seguido por outro: sua consciência relativa não faria a menor diferença, já que ele morreria de qualquer maneira. Ig notou, quase como se esclarecesse as ideias, que o forcado ainda estava em sua mão.

— Você *me* acertou, seu idiota! — gritou Eric.

A voz dele saiu abafada. Ig parecia ouvir o mundo de dentro de um capacete de motociclista.

— Poderia ser pior. Você poderia ter morrido — disse Lee para Eric, e parou diante de Ig, apontando o cano para o rosto dele.

Ig golpeou com o forcado e prendeu o cano da arma entre os dentes. Ele virou a ferramenta para cima e para a direita, de maneira que, quando a espingarda disparou, explodiu na cara de Eric. Ig se virou a tempo de ver a cabeça de Eric Hannity estourar como uma melancia atirada de uma janela. O sangue atingiu Ig no rosto, tão quente que parecia escaldar, e ele pensou, sem conseguir evitar, no peru se despedaçando com um estampido repentino e aniquilador. As cobras se atolaram e deslizaram no sangue, fugindo, indo para os cantos da sala.

— Ai, merda — comentou Lee. — A coisa só piorou. Desculpe, Eric. Eu estava tentando matar Ig, eu juro.

Então ele riu, uma risada histérica e sem graça.

Lee deu um passo para trás e soltou o cano dos dentes do forcado. Ele baixou a arma, Ig bateu nela com o forcado novamente, e a espingarda disparou pela quarta vez. O tiro saiu alto, atingiu o próprio cabo do forcado e o estilhaçou. A ponta do tridente girou na escuridão e ressoou ao cair no concreto, deixando Ig com um cabo de madeira quebrado e inútil nas mãos.

— Você poderia, por favor, ficar quieto? — perguntou Lee, acionando o ferrolho da espingarda novamente.

Ele deu um passo para trás e, a uma distância segura de mais de um metro, apontou o cano novamente para o rosto de Ig e puxou o gatilho. O cão bateu com um estalo seco. Lee fez uma careta, ergueu a espingarda e olhou decepcionado para ela.

— Quê? Essas coisas só carregam quatro balas? — indagou Lee. — Não é minha. É do Eric. Eu teria atirado em você com uma arma na outra noite, mas, sabe como é, perícia forense. Neste caso, porém, não há nada que cause preocupação. Você matou Eric, e ele matou você, e eu estou fora disso, e tudo faz sentido. Só é uma pena que Eric tenha ficado sem munição e precisado bater em você até a morte com a arma.

Ele virou a espingarda, pegou o cano com as duas mãos e a ergueu por cima do ombro. Ig teve um instante para notar que Lee parecia ter passado algum tempo no campo de golfe: deu uma tacada fácil e perfeita ao girar a arma... e então acertou a cabeça de Ig, atingindo um dos chifres com um estalo quebradiço. Ig foi arremessado para longe de Eric, rolando pelo chão liso.

Ele parou de bruços, ofegante, sentindo uma pontada quente no pulmão, e esperou que o mundo parasse de girar. O céu balançou, as estrelas voaram ao redor como flocos em um globo de neve em que alguém deu uma boa sacudida. Os chifres zumbiam, eram um grande diapasão. Eles absorveram o golpe, porém, e mantiveram o crânio de Ig intacto.

Lee caminhou na direção dele, ergueu a espingarda e bateu a arma no joelho direito de Ig. Ele gritou e se endireitou, agarrando a perna com uma das mãos. Parecia que a rótula havia se partido em três partes, como se cacos de massa óssea se movessem sob a pele. Ele mal tinha se sentado, porém, quando Lee atacou novamente. Desferiu um golpe de raspão no alto da cabeça de Ig e o derrubou de costas mais uma vez. O pedaço de madeira que Ig estava segurando, a lança afiada que tinha sido o cabo do forcado, voou de sua mão. O céu continuou a girar como um globo de neve nauseante.

Lee bateu com a coronha da espingarda, com toda a força que conseguiu reunir, entre as pernas de Ig e acertou o saco. Ig não conseguiu gritar, não conseguiu encontrar ar para gritar. Ele se retorceu, se virou e dobrou o corpo. Uma dor intensa subiu da virilha para suas entranhas e se expandiu, como ar venenoso enchendo um balão, em uma fulminante sensação de náusea. Seu corpo inteiro se contraiu enquanto Ig lutava contra a vontade de vomitar, e o corpo se cerrou como um punho.

Lee largou a espingarda, e Ig ouviu a arma bater no chão ao lado de Eric. Então ele começou a andar de um lado para outro, procurando alguma coisa. Ig não conseguia falar, mal conseguia respirar.

— O que Eric fez com o revólver dele? — disse Lee, em uma voz pensativa. — Sabe, você me enganou, Ig. É incrível como você consegue mexer com a cabeça das pessoas. Como você consegue fazê-las esquecer coisas. Apagar a memória. Fazê-las ouvir vozes. Eu realmente pensei que fosse Glenna. Eu estava vindo para cá quando ela me ligou mandando que eu fosse me foder. Mais ou menos assim, do nada. Acredita? Eu falei: "Ok, vou me foder, mas como você conseguiu desatolar seu carro?". E ela disse: "Do que diabos você está falando?". Você não imagina como foi aquela sensação. Como se eu estivesse perdendo a cabeça. Como se o mundo inteiro tivesse dado defeito. Eu senti algo assim uma vez, Ig. Quando eu era criança, caí de uma cerca e machuquei a cabeça, e quando me levantei, a lua tremia como se estivesse prestes a despencar do céu. Tentei contar isso para você uma vez, sobre como eu a consertei. Consertei a lua. Eu coloquei o céu em ordem. E eu vou consertar você também.

Ig ouviu a escotilha do alto-forno se abrir com um guincho de dobradiças de ferro e sentiu uma breve onda de esperança, quase dolorosa. A cascavel-anelada pegaria Lee. Ele meteria a mão dentro da chaminé e a cobra o morderia. Mas Ig ouviu Lee se afastando, a sola dos sapatos se arrastando no concreto. Ele apenas abrira a porta, talvez para ter mais luz para enxergar enquanto procurava pela arma.

— Liguei para Eric, disse que achava que você estava aqui, fazendo algum tipo de jogo, e que tínhamos que acabar com você, mas eu não sabia com que força. Como você era nosso amigo, achei que deveríamos lidar com você de maneira discreta. Claro, você conhece Eric. Eu não tive que me esforçar muito para convencê-lo. Também não precisei mandar que ele trouxesse suas armas. Ele fez tudo isso por conta própria. Você sabe que eu nunca tinha disparado uma arma na vida? Nem mesmo tinha recarregado uma. Minha mãe dizia que elas são o braço direito do diabo e não guardava armas em casa. Ah, bem. Melhor do que nada.

Ig ouviu um arranhão metálico, era Lee pegando alguma coisa do chão. As ondas de náusea chegavam em intervalos maiores naquele momento, e Ig conseguia respirar em pequenas golfadas. Ele achou que, com mais um minuto para descansar, talvez tivesse forças para se sentar. Para um esforço final. Ig também achou que em um minuto haveria cinco balas calibre .38 em sua cabeça.

— Você é cheio de truques, Iggy — comentou Lee, voltando. — A verdade é que, apenas alguns minutos atrás, quando você estava gritando com sua voz de Glenna, parte de mim meio que acreditou em tudo de novo, realmente pensou que fosse ela, embora racionalmente eu soubesse que Glenna estava no trabalho. As vozes são ótimas, Ig, mas não tanto quanto sair de um carro em chamas sem uma marca no corpo. — Ele fez uma pausa. Lee estava parado perto de Ig, não com o revólver, mas com o tridente do forcado. — Como isso aconteceu? — perguntou Lee. — Como você ficou assim? Com os chifres?

— Merrin — disse Ig.

— O que tem ela?

A voz de Ig estava fraca, trêmula, um pouco mais alta do que uma expiração.

— Sem Merrin na minha vida... eu era isso.

Lee se apoiou em um joelho e olhou para Ig com o que parecia ser compaixão verdadeira

— Eu também a amava, você sabe — falou Lee. — O amor nos transformou em demônios, creio eu.

Ig abriu a boca para argumentar, mas Lee colocou a mão no pescoço dele — e todas as coisas ruins que Lee já tinha feito escorreram por sua garganta como um produto químico corrosivo e gelado.

— Não, acho que seria um erro deixar você dizer mais alguma coisa — comentou Lee, erguendo o forcado com os dentes apontados para o peito de Ig. — E a essa altura eu acho que não há mais nada para conversarmos.

O toque do trompete foi uma rajada estridente e ensurdecedora, o som de um acidente de carro prestes a acontecer. Lee virou a cabeça para olhar para trás, para a porta, onde Terry se equilibrava em uma das pernas, o trompete erguido na altura dos lábios.

No instante em que ele desviava o olhar, Ig se levantou e empurrou a mão de Lee para o lado. Ele segurou as lapelas do casaco de Lee e bateu a cabeça em seu torso: enfiou os chifres na barriga do outro. O impacto reverberou pela espinha de Ig. Lee grunhiu, um som suave de todo o ar saindo de seus pulmões.

Uma sucção úmida prendeu os chifres, então foi difícil puxá-los de volta. Ig virou a cabeça de um lado para outro, aprofundando os buracos. Lee passou os braços em volta da cabeça de Ig, tentando forçá-lo a recuar, e Ig o chifrou de novo, entrando ainda mais, numa resistência elástica. Ele sentiu o cheiro de sangue misturado a outro odor, um fedor nojento de lixo velho — um intestino perfurado, talvez.

Lee colocou as mãos nos ombros de Ig e o empurrou, tentando se livrar dos chifres. Ouviu-se um som úmido de sucção ao se soltarem, o barulho que uma bota faz ao ser arrancada da lama.

Lee se dobrou e rolou para o lado, os braços ao redor do corpo. Ig também não conseguia mais se sentar e tombou, caindo no concreto. Ele ainda estava virado para encarar Lee, que estava quase em posição fetal, se abraçando, os olhos fechados e a boca um grande buraco aberto. Lee não estava mais gritando, não conseguia respirar para gritar e não viu a cobra-de-esculápio preta passando por ele. O réptil procurava um lugar para se esconder, uma maneira de escapar da confusão. Ela virou a cabeça ao passar, lançando a Ig um olhar frenético com os olhos folheados a ouro.

Pronto, disse Ig mentalmente, apontando para Lee com o queixo. *Esconda-se. Salve-se.*

A cobra-de-esculápio diminuiu a velocidade e olhou para Lee, depois de volta para Ig. Ele sentiu que havia uma gratidão inconfundível no olhar da serpente. Ela mudou de rumo, deslizando elegantemente pela sujeira no concreto liso, e entrou na boca aberta de Lee.

Os olhos dele se abriram de supetão, tanto o bom quanto o cego, e brilharam com uma espécie de horror maravilhado. Lee tentou fechar a boca, mas, quando mordeu o tronco de sete centímetros de espessura da cobra, apenas a assustou. A cobra estremeceu furiosamente e se apressou, descendo goela abaixo. Ele gemeu, se sufocou com o animal, e largou a barriga machucada para agarrá-la, mas as mãos dele estavam encharcadas de sangue, e a serpente se contorceu e escorregou entre seus dedos.

Terry estava cruzando o cômodo em passos cambaleantes.

— Ig? Ig, você está... — Mas quando viu Lee se debatendo no chão, ele parou onde estava e encarou a cena assustado.

Lee rolou de costas, gritando, embora fosse difícil emitir qualquer som com a garganta cheia de cobra. Bateu os pés no chão. O rosto mudava para uma cor que era quase preta durante a noite, e várias veias se destacavam nas têmporas de Lee. O olho ruim, o olho arruinado, ainda estava virado para Ig e o encarava com algo muito próximo a espanto. O olho cego era um buraco escuro sem fundo de onde saía uma espiral de fumaça pálida, descendo a um lugar onde uma alma poderia ir e nunca mais retornar. As mãos caíram ao lado do corpo. Uns bons vinte centímetros de cobra-de-esculápio pendiam da boca aberta de Lee, um longo pavio preto saindo de uma bomba humana. A cobra em si estava imóvel, parecia entender que havia sido enganada, que cometera um grave erro ao tentar se esconder no túnel úmido e apertado da garganta de Lee Tourneau. Não conseguia avançar nem deslizar para fora. Ig lamentou por ela. Era um jeito ruim de morrer: presa dentro de Lee Tourneau.

A dor estava voltando, se espalhando em Ig a partir da virilha, do ombro arrasado e dos joelhos esmagados, como afluentes poluídos se esvaziando em um profundo reservatório de mal-estar. Ig fechou os olhos para se concentrar em controlar a dor. Então, por um tempo, tudo ficou em silêncio na velha fundição, onde o homem e o diabo jaziam lado a lado — embora quem era o quê talvez fosse assunto para um debate teológico.

CAPÍTULO QUARENTA E SETE

AS SOMBRAS BATIAM SEM controle nas paredes, subindo e descendo, a escuridão vinha em ondas. O mundo estava indo e vindo com elas, e Ig lutou para se segurar. Parte dele queria afundar, para escapar da dor, abaixar o volume do corpo arruinado. Ig já estava se afastando de si mesmo, a dor era contrabalançada pela crescente sensação de que estava flutuando. As estrelas nadavam lentamente no alto, da esquerda para a direita, parecendo que ele estava boiando no rio Knowles, deixando a correnteza levá-lo continuamente rio abaixo.

Terry se curvou sobre o irmão com o rosto angustiado e confuso.

— Tudo bem, Ig. Você está bem. Vou ligar para alguém. Tenho que ir até o carro e pegar o celular.

Ig sorriu de um jeito que esperava ser reconfortante e tentou dizer que tudo o que o irmão precisava fazer era botar fogo nele. O galão de gasolina estava do lado de fora, encostado na parede. Derrame um pouco de combustível e jogue um fósforo, e tudo ficará bem. Mas Ig não conseguia pronunciar as palavras, a garganta muito rouca e apertada para deixar as palavras passarem. Lee Tourneau fizera um belo estrago, com certeza.

Terry apertou a mão de Ig, que descobriu que o irmão mais velho havia copiado as respostas de um teste de geografia do sétimo ano do garoto sentado na frente dele.

— Eu já volto — disse Terry. — Está me ouvindo? Já volto. Um minuto.

Ig assentiu, grato a Terry por cuidar das coisas. O irmão largou a mão de Ig e sumiu de vista.

Ig inclinou a cabeça para trás e olhou para a luz avermelhada das velas que banhava os tijolos antigos. O tremeluzir das chamas o acalmou e aumentou a sensação de suspensão. Ele pensou em seguida que, se havia velas, a escotilha da fornalha deveria estar aberta. Isso mesmo, Lee abrira a escotilha para lançar mais luz no chão de concreto.

Então Ig soube o que estava prestes a acontecer, e o choque o tirou do delírio flutuante. Terry ia ver o aparelho, o celular de Glenna, cuidadosamente colocado em cima do cobertor na fornalha. Terry não poderia colocar a mão ali. Logo ele, que quase morreu aos catorze anos de picada de abelha, precisava ficar longe da fornalha. Ig tentou chamá-lo, gritar, avisar, mas não conseguiu produzir nada além de um assobio estridente e desafinado.

— Um minuto, Ig — disse Terry do outro lado do cômodo, parecendo, na verdade, estar falando sozinho. — Aguente firme e... espere! Ei, Ig, estamos com sorte. Tem um telefone bem aqui.

Ig virou a cabeça e tentou de novo, tentou impedi-lo, e de fato conseguiu pronunciar uma única palavra: "Terry". Mas a compressão dolorosa fechou a garganta de Ig outra vez e ele não conseguiu dizer mais nada. De qualquer maneira, Terry não olhou para trás ao ser chamado.

O irmão de Ig se abaixou, passou pela escotilha e esticou a mão para pegar o celular sobre o cobertor amarfanhado. Quando ele pegou o aparelho, uma dobra de pano caiu para trás e Terry hesitou, olhando para a cobra em espiral ali embaixo, para as escamas como cobre escovado à luz das velas. Houve um chocalho seco de castanholas.

A víbora se desenrolou e atacou Terry no pulso, um ruído que Ig conseguiu ouvir a sete metros de distância, um baque forte. O aparelho voou. Terry gritou, se levantou, recuou e bateu com o crânio na estrutura de ferro da escotilha. O impacto o derrubou. Ele ergueu as mãos e se apoiou antes de cair de cara no colchão, com a parte inferior do corpo pendurada para fora da escotilha.

A cobra ainda o segurava pelo pulso. Terry a agarrou e sacudiu. A cascavel-anelada rasgou o pulso dele quando as presas foram arrancadas, se enroscou e atacou-o novamente, no rosto, cravando as presas na bochecha esquerda. Terry agarrou a cobra mais ou menos no meio do corpo e a puxou, e ela o soltou, se encolheu e atacou uma terceira vez, uma quarta. A cada ataque, a cascavel-anelada fazia um som que parecia alguém treinando socos na bola de pancadas de uma academia.

O irmão de Ig desmoronou para fora da escotilha, caindo de joelhos. Agarrara a cobra pela parte de baixo, perto do fim da cauda. Terry a arrancou de si, ergueu-a no ar e bateu com ela no chão, como se batesse uma vassoura num tapete para tirar a poeira. Um jato de sangue e miolos de cobra espirrou pelo concreto. Terry afastou a cascavel-anelada, e ela rolou e caiu de costas. A cauda chicoteava loucamente, quicando no chão. O movimento foi diminuindo, até que a cauda balançou suavemente para a frente e para trás e então parou completamente.

Terry se ajoelhou na escotilha, com a cabeça baixa, como um homem em oração, um devoto penitente na Igreja da Sagrada e Eterna Chaminé. Os ombros subiam e desciam, subiam e desciam, com a respiração.

— Terry! — Ig conseguiu gritar, mas o irmão não ergueu a cabeça e retornou o olhar.

Se Terry o ouviu — Ig não tinha certeza disso —, não conseguiu responder. Ele teve que poupar cada fôlego precioso para o esforço de encher os pulmões de oxigênio. Se aquilo fosse choque anafilático, Terry precisaria de uma injeção de epinefrina urgente ou sufocaria nos tecidos inchados da própria garganta.

O celular de Glenna estava em algum lugar dentro da fornalha, a menos de dez metros, mas Ig não sabia onde Terry deixara cair o aparelho e não queria se arrastar à procura dele enquanto o irmão sufocava. Ele se sentiu tonto e achava que não conseguiria alcançar a escotilha para entrar na fornalha, que ficava a sessenta centímetros do chão. Enquanto o galão de gasolina estava bem ali, do lado de fora.

Ig sabia que começar seria o mais difícil. Só o pensamento de tentar rolar acendeu um conjunto imenso e intrincado de dores no ombro e na virilha, uma centena de finas fibras ardendo. Quanto mais tempo se dedicasse a pensar, pior seria. Ele se virou de lado, e parecia que havia um gancho enterrado no ombro sendo manipulado — uma empalação contínua. Ig gritou — não sabia que era *capaz* disso — e fechou os olhos.

Quando a mente clareou, ele estendeu o braço bom, agarrou o concreto e se arrastou por cerca de trinta centímetros. E gritou novamente. Tentou se empurrar com as pernas, mas não conseguia sentir os pés, não conseguia sentir nada abaixo da dor aguda e persistente nos joelhos. A saia estava molhada de sangue. A saia provavelmente já estava arruinada.

— E era a minha favorita — sussurrou Ig, com o nariz amassado contra o chão. — Eu ia usá-la no baile.

E riu — uma gargalhada seca e rouca que ele achou que parecia particularmente louca.

Ig arrastou o próprio corpo por mais trinta centímetros com o braço esquerdo, e as facas se enfiaram no ombro direito mais uma vez, fazendo a dor irradiar no peito. A escotilha não parecia mais tão perto. Ele quase riu de novo com a futilidade divertida de tudo aquilo. Arriscou uma olhada no irmão. Terry ainda estava ajoelhado diante da escotilha, mas sua cabeça caiu de modo que a testa quase encostava nos joelhos. De onde estava, Ig não conseguia mais ver o interior da fornalha. Em vez disso, ele estava olhando para a porta de ferro entreaberta e a maneira como a luz da vela oscilava em torno dela e...

...havia uma porta lá em cima, emoldurada pela luz.

Ele estava tão bêbado. Não ficava tão bêbado assim desde a noite em que Merrin fora morta, e ele queria ficar ainda mais bêbado. Ig tinha mijado na imagem da Virgem Maria. Ele tinha mijado na cruz. Tinha mijado copiosamente nos próprios pés e riu disso. Ig estava vestindo a calça com uma das mãos e inclinando a cabeça para trás para beber direto da garrafa quando a viu acima de si, aninhada nos galhos doentes da velha árvore morta. Era a parte de baixo de uma casa na árvore, a menos de cinco metros do chão, e ele podia ver o retângulo largo do alçapão, emoldurado por uma luz de vela fraca e bruxuleante. As palavras escritas naquela porta mal eram visíveis na escuridão: ABENÇOADO SEJA VOCÊ AO ENTRAR.

— Humm — murmurou Ig, enfiando a rolha na garrafa sem se dar conta e deixando-a cair. — Aí está você. Vejo você aí em cima.

A Casa da Árvore da Imaginação pregou uma boa peça nele — nele e em Merrin —, ao se esconder dos dois durante todos aqueles anos. Ela nunca esteve ali, em nenhuma das outras vezes que ele tinha ido visitar o lugar onde Merrin foi assassinada. Ou talvez sempre estivera, mas ele é que não estava com o estado de espírito correto para enxergá-la.

Ele fechou o zíper e começou a colocar...

...outro pé no chão de concreto liso. Ig não queria levantar a cabeça para ver a distância que tinha percorrido, sentiu medo por não estar mais perto da porta do que alguns minutos antes. Ele estendeu o braço esquerdo e...

...agarrou o galho mais baixo e começou a subir. O pé escorregou, e Ig teve que puxar um ramo para não cair. Fechou os olhos e esperou passar um momento de tontura, sentindo que a árvore estava prestes a ser arrancada da terra

e cairia com ele trepado nela. Então Ig se recuperou e continuou, escalando com a graça fluida e impensada de um bêbado. Logo ele se viu no galho logo abaixo do alçapão e tentou abri-lo. Mas havia um peso em cima do alçapão, que apenas batia ruidosamente no batente.

Alguém falou lá dentro — uma voz que Ig reconheceu.

— O que foi isso? — berrou Merrin.

— Ei! — exclamou outra pessoa, em uma voz que ele conhecia melhor ainda: a própria.

A voz vinha de dentro da casa da árvore, estava abafada e distante, mas, mesmo assim, Ig a reconheceu imediatamente.

— Ei, tem alguém aí?

Por um momento, Ig não conseguiu se mover. Eles estavam lá, do outro lado do alçapão, Merrin e ele, os dois ainda jovens, ilesos e perfeitamente apaixonados. Eles estavam lá, e não era tarde demais para salvá-los do pior, e Ig se ergueu para bater com força no alçapão com os ombros...

...e abriu os olho, avaliando o entorno com a visão turva. Ele havia apagado, talvez por uns dez minutos. Sua pulsação estava lenta e pesada. O ombro direito, que estava quente, parecia frio e úmido. O frio o preocupou. Cadáveres ficavam frios. Ig ergueu a cabeça para se orientar e descobriu que estava a apenas um metro da escotilha e da queda de quase dois metros na qual tentava não pensar. O galão jazia ali embaixo, logo à direita. Tudo o que ele precisava fazer era passar pela porta e...

...poderia contar a eles o que aconteceria, poderia avisá-los. Poderia aconselhar sua versão mais jovem a se jogar no amor por Merrin e a confiar nela, ficar ao lado dela, pois o tempo era curto. Ig bateu no alçapão sem parar, mas a porta abria apenas alguns centímetros antes de se fechar com força de volta.

— Parem com essa porra! — gritou o jovem Ig do interior da casa da árvore.

Ig fez uma pausa, preparando-se para outra investida contra o alçapão... e então se conteve, ao se lembrar de como se sentiu do outro lado da porta.

Ele teve medo de abrir o alçapão, apenas decidiu abri-lo quando a coisa que os esperava do lado de fora parou de tentar entrar à força. E não havia nada lá. Ele não estivera lá; ou eles não estiveram.

— Se tiver alguém aí embaixo — disse ele mesmo, do outro lado do alçapão —, parabéns, você conseguiu. Estamos bem assustados. — Uma pausa. — Estamos saindo agora.

Os pés da poltrona rangeram ao serem arrastados, e Ig acertou o alçapão no instante em que sua versão mais jovem o abriu. Ele pensou ter visto as sombras *dos dois amantes saltando para fora e passando por ele, mas concluiu que fora apenas um truque das chamas tremeluzentes lá dentro, fazendo a escuridão parecer viva brevemente.*

Eles haviam se esquecido de apagar as velas e, quando Ig enfiou a cabeça pela porta aberta, viu que ainda estavam acesas, então...

...ele enfiou a cabeça pela porta, e o corpo desmoronou. Ig bateu com os ombros na terra, e um choque sombrio atravessou seu braço direito, provocando uma explosão. Ele achou que talvez tivesse sido fragmentado por ela, partido em pedaços. Eles encontrariam porções de Ig nas árvores ao redor da fundição. Ele rolou de costas, com os olhos abertos e fixos.

O mundo estremeceu com a força do impacto. Os ouvidos de Ig foram tomados por um zumbido atonal. Quando encarou o céu noturno, foi como um filme mudo chegando ao fim: um círculo preto começou a encolher, se fechando em si mesmo, apagando o mundo, abandonando Ig...

...sozinho no escuro da casa da árvore.

As velas tinham derretido e se transformado em cotocos disformes. A cera escorria em gotas grossas e reluzentes, obscurecendo quase completamente o diabinho agachado na base da menorá. A chama tremeluzia pelo ambiente. A poltrona manchada de mofo estava à esquerda do alçapão aberto. As sombras dos bibelôs de porcelana estampavam as paredes, os dois anjos do Senhor e o alienígena. Maria estava caída de lado, da maneira como ele se lembrava de tê-la deixado.

Ig olhou em volta. Era como se apenas algumas horas tivessem se passado desde a última vez que ele estivera ali, e não anos.

— Qual é o propósito? — perguntou Ig, a princípio pensando que estava falando consigo mesmo. — Por que me trazer aqui se eu não posso ajudá-los?

Ele ficou com raiva ao dizer isso. Sentiu um calor no peito, um aperto fumegante. As velas emitiam fumaça, e a casa cheirava a elas.

Devia haver uma razão, algo que ele precisava fazer, precisava encontrar. Algo que os dois deixaram para trás, talvez. Ig observou a mesinha com os bibelôs de porcelana e notou que a gavetinha estava meio centímetro aberta. Andou até o canto e a abriu, pensando que poderia haver algo no interior, alguma coisa que ele pudesse usar, alguma coisa com que pudesse aprender. Mas não havia nada, exceto uma caixa de fósforos. Um diabo preto saltava na capa, com a cabeça inclinada para trás de tanto rir. As palavras FÓSFOROS LÚCIFER tinham sido escritas com a caligrafia ornamentada do século XIX. Ig pegou os palitos, olhou fixamente para eles, depois cerrou o punho, tentando esmagá-los. Ele não *conseguiu, no entanto. Ficou parado segurando-os, analisando os bibelôs... e então os olhos voltaram a se concentrar no pergaminho abaixo deles.*

Na última vez que Ig estivera na casa da árvore, quando Merrin ainda estava viva e o mundo era bom, as palavras no pergaminho eram em hebraico, e ele não fazia ideia do que diziam. Ig acreditava que era da Sagrada Escritura, um pergaminho de um filactério. Mas à luz bruxuleante das velas, as letras pretas ornamentadas tremiam como sombras vivas, de alguma forma magicamente fixadas no papel, e transmitiam uma mensagem em um inglês simples e claro:

CASA DA ÁRVORE DA IMAGINAÇÃO
ÁRVORE DO BEM E DO MAL
OLD FOUNDRY ROAD, Nº 1
GIDEON, NH 03880
REGRAS E CLÁUSULAS:
USE O QUE QUISER ENQUANTO ESTIVER AQUI
PEGUE O QUE PRECISAR AO SAIR
DIGA AMÉM AO PASSAR PELA PORTA.
FUMAR NÃO É PROIBIDO
L. MORNINGSTAR, PROPRIETÁRIO

Ig leu e releu, sem saber se conseguia interpretar o texto melhor naquele momento, mesmo entendendo o que dizia. O que ele queria era Merrin, e ele nunca a teria novamente, e, já que não ia tê-la de volta, Ig quis queimar aquela porra de lugar onde fumar não era proibido. Antes que percebesse, ele varreu a mão pela mesa, jogando a menorá acesa do outro lado do cômodo e derrubando os bibelôs. O alienígena tombou e quicou, rolando em direção ao chão. O anjo que se parecia com Terry e que segurava uma trombeta caiu dentro da gaveta entreaberta. O segundo anjo, aquele que estava ao lado de Maria, indiferente e superior, bateu na mesa com um estalo. A cabeça indiferente e superior se soltou e rolou.

Ig girou em um círculo furioso...

...girou em um círculo doloroso e viu o galão de gasolina onde ele o havia deixado, encostado na parede de pedra, abaixo e à direita da porta. Ele se empurrou por um monte de grama alta e bateu a mão na lata, produzindo um som ao mesmo tempo metálico e líquido. Ele encontrou a alça e a içou. Ficou surpreso com o peso da coisa. Como se estivesse

cheia de concreto líquido. Ig tateou a parte de cima do galão em busca da caixa de Fósforos Lúcifer e a deixou de lado.

Ele ficou imóvel por um tempo, reunindo forças para o último ato. Os músculos do braço esquerdo se contraíam sem parar, e ele não tinha certeza se conseguiria fazer o que precisava. Por fim, decidiu que estava pronto para tentar e, com muito esforço, ergueu o galão e o virou em cima de si mesmo.

A gasolina o banhou como uma chuva fedida e reluzente. Ele sentiu uma súbita explosão aguda no ombro mutilado. Ig gritou, e uma nuvem de fumaça cinza em forma de cogumelo saiu de seus lábios. Os olhos lacrimejaram. A dor era sufocante, o fez largar o galão e se dobrar. Ig tremia furiosamente na saia azul ridícula, uma série de tremores que ameaçavam se tornar uma convulsão total. A mão esquerda tateou, ele não sabia o que estava procurando até encontrar a caixa de fósforos na terra.

Os sons noturnos de agosto — grilos e carros zunindo na rodovia — eram muito fracos. Ig abriu a caixa. Os palitos caíam em sua mão. Ele escolheu um dos poucos que restaram dentro da caixinha e o riscou na faixa de acendimento. Uma chama branca surgiu na cabeça.

As velas haviam rolado pelo chão. A maioria ainda estava acesa. O alienígena de borracha cinza encostou em uma delas, e uma chama branca começava a queimar e a liquefazer a lateral do rosto do boneco. Um olho preto já havia derretido e revelado um vazio. Três outras velas rolaram até a parede, embaixo da janela, com suas cortinas brancas ondulando suavemente com a brisa de agosto.

Ig agarrou as cortinas, arrancou-as da janela e levou-as até as chamas. O fogo escalou o náilon vagabundo, correndo em direção às suas mãos. Ele jogou as cortinas na poltrona.

Algo estalou e se esmigalhou sob seus pés, como se Ig tivesse quebrado uma lâmpada. Ele olhou para baixo e viu que havia pisado no diabo de porcelana. Tinha esmagado o corpo, embora a cabeça permanecesse intacta, balançando nas tábuas. O diabo sorriu como um maníaco, os dentes à mostra acima do cavanhaque.

Ig se abaixou e pegou a cabeça. Ele estava dentro da casa da árvore em chamas, avaliando os traços sofisticados e bem-feitos de Satanás, os pequenos chifres pontiagudos. Flâmulas de fogo se desenrolaram pela parede e uma fumaça preta se acumulou sob o teto inclinado. As chamas consumiram tanto a poltrona quanto a mesinha de canto. O diabinho parecia encará-lo com prazer, com aprovação. Ele estimava um homem que sabia como botar fogo em alguma coisa. Mas Ig havia concluído seu trabalho ali, e era hora de seguir em frente. O mundo estava cheio de coisas que mereciam ser queimadas.

Ele rolou a cabecinha entre os dedos por um momento, depois voltou para a mesa. Pegou Maria e beijou o rostinho da imagem.

— Adeus, Merrin — disse ele, colocando o bibelô de Maria em pé.

Ele pegou o anjo diante dela. Dava a impressão de ser imperioso e indiferente, com uma expressão de superioridade moral, como quem diz "como ousa me tocar", mas a cabeça quebrou e rolou. Ig endireitou a cabeça do diabo, achou que Maria ficaria melhor com alguém que parecia saber como se divertir.

A fumaça penetrou os pulmões de Ig e queimou, gerando incômodo em seus olhos. Ele sentiu a pele repuxar com o calor das três paredes incendiadas. Ig foi até o alçapão, mas, antes de descer, ergueu-o parcialmente para ver o que estava escrito no lado de dentro da porta; Ig se lembrava muito claramente de que havia algo pintado ali com cal. Dizia: ABENÇOADO SEJA VOCÊ AO SAIR. Ele quis rir, mas não riu. Em vez disso, Ig alisou a veia de madeira delicada do alçapão, disse "Amém" e entrou no buraco.

Com os pés no galho largo bem embaixo do alçapão, ele parou para dar uma última olhada ao redor. A casa era o olho de um turbulento ciclone de chamas. Os nós de madeira estouraram com o calor. A poltrona crepitou e assobiou. Ig se sentia, de modo geral, feliz consigo mesmo. Sem Merrin, o lugar servia apenas como lenha. Assim como o mundo, no que dizia respeito a Ig.

Ele fechou o alçapão ao sair e começou a escolher um caminho lento e cuidadoso para descer. Precisava ir para casa. Precisava descansar um pouco.

Não. O que Ig realmente precisava era estrangular a pessoa que tirou Merrin dele. O que dizia mesmo o pergaminho na Casa da Árvore da Imaginação? Que a pessoa conseguiria o que precisava ao sair? Não custava ter esperança.

Ig parou apenas uma vez, a meio caminho do chão, para se encostar no tronco e esfregar as têmporas. Uma dor forte e perigosa se intensificou ali, algo parecido com uma pressão, uma coisa pontiaguda forçando para sair da cabeça. Cruzes. Se ele já estava assim naquele momento, imaginou que teria uma ressaca infernal pela manhã.

Ig exalou — não percebeu a fumaça pálida saindo das narinas — e continuou descendo da árvore, enquanto o paraíso ardia acima dele.

Ele olhou para o fósforo aceso na mão por exatamente dois segundos — um segundo, dois segundos — e então o palito foi sendo consumido até chegar aos dedos. A chama entrou em contato com a gasolina, e Ig pegou fogo com um baque e um assobio, explodindo como um morteiro.

CAPÍTULO QUARENTA E OITO

IG FICOU PARADO, UM homem em chamas, o diabo em um vestido de fogo. Por meio minuto, as chamas da gasolina emanaram dele, levadas para longe da carne pelo vento. Então, com a mesma rapidez com que ganhou vida, o fogo começou a assobiar e a se extinguir. Em instantes, o fogo se apagou, e uma fumaça preta e oleosa subiu do corpo de Ig em uma coluna espessa e sufocante. Ou teria sido sufocante para qualquer outra pessoa, mas, para o demônio, era tão agradável quanto uma brisa alpina.

Ig jogou fora o manto de fumaça, saindo dele inteiramente nu. Sua pele tinha queimado e dera lugar a uma nova, a de um tom mais fechado e intenso de carmim. O ombro direito ainda estava dolorido, embora a ferida tivesse se fechado e se transformado em uma massa esbranquiçada de cicatrizes. Não havia preocupações tomando-lhe o pensamento; ele se sentia bem, como se tivesse acabado de correr dois quilômetros e estivesse pronto para nadar. A grama ao redor estava esturricada e fumegante. Uma linha vermelha de chamas marchava pelo mato seco e os ramos de grama, em direção à floresta. Ig olhou além da linha de fogo, para a cerejeira morta, pálida contra o cenário de sempre-vivas.

Ele havia incendiado a Casa da Árvore da Imaginação e queimado o paraíso, mas a cerejeira se manteve intacta. Uma rajada de vento quente fez as folhas se agitarem e, mesmo de onde estava, Ig podia ver que não havia casa na árvore alguma. No entanto, era curiosa a maneira como o fogo parecia ser *atraído* até lá, abrindo caminho pela grama alta até o tronco. Era o vento, canalizando as chamas diretamente pelo campo, lançando fogo na floresta da cidade velha.

Ig subiu pela porta da fundição. Passou por cima do trompete do irmão.

Terry estava ajoelhado diante da escotilha aberta, com a cabeça baixa. Ig viu a imobilidade perfeita, a calma expressão de concentração, e achou que o irmão parecia bonito mesmo morto. A camisa esticada perfeitamente nas costas largas, os punhos dobrados cuidadosamente nos pulsos. Ig se ajoelhou ao lado de Terry. Dois irmãos no banco da igreja. Ele pegou a mão de Terry e viu que, quando o irmão tinha onze anos, ele havia grudado chiclete no cabelo de Ig quando voltavam no ônibus da escola.

— Merda — murmurou Ig. — Precisei cortá-lo com uma tesoura.

— O quê? — perguntou Terry.

— O chiclete que você jogou no meu cabelo — respondeu Ig. — Dentro do ônibus da escola.

Terry inalou uma pequena golfada de ar, a respiração sibilante.

— Respirando — disse Ig. — Como você está respirando?

— Eu tenho — sussurrou Terry — pulmões... muito fortes. Tenho... mesmo. Toco trompete. Agora. E depois.

Após um momento, ele falou:

— É um milagre. Nós dois... saímos disto... vivos.

— Não tenha tanta certeza disso — retrucou Ig.

O celular de Glenna ainda estava na fornalha, tinha batido na parede e rachado. A tampa da bateria havia saído. Ig achou que não funcionaria, mas o aparelho ligou e emitiu um bipe assim que foi aberto. Que sorte dos diabos. Ig ligou para a emergência e disse a uma atendente que fora picado por uma cobra, que estava na fundição perto da Rota 17, que algumas pessoas tinham morrido e que coisas estavam pegando fogo. Então ele desligou e saiu da chaminé para se agachar ao lado de Terry novamente.

— Você ligou — falou o irmão. — Pedindo ajuda.

— Não — disse Ig. — *Você* ligou pedindo ajuda. Preste atenção, Terry. Deixe-me dizer do que você vai se lembrar... e o que você vai esquecer. Você vai ter que esquecer um monte de coisas. Coisas que aconteceram esta noite e coisas de *antes* desta noite.

E, enquanto ele explicava o plano, os chifres latejavam sob uma forte onda de prazer animal.

— Só há espaço para um herói nesta história... e todos sabem que o diabo nunca é o mocinho.

Ig contou uma história para o irmão, com uma voz suave e agradável, uma boa história, e Terry assentia enquanto ouvia, como se acompanhasse a batida de uma música de que gostasse muito.

EM ALGUNS MINUTOS, ESTAVA feito. Ig permaneceu com o irmão por mais alguns minutos, os dois calados. Ig não tinha certeza se Terry sabia que ele ainda estava ali; o irmão foi avisado para esquecer. Terry parecia estar dormindo de joelhos. Ig ficou sentado até ouvir o lamento distante de um trompete, tocando uma única nota irritante de alarme, uma canção de emergência e pânico: os caminhões de bombeiros. Ele tomou a cabeça do irmão nas mãos e beijou a têmpora de Terry. O que ele viu foi menos importante do que o que sentiu.

— Você é um bom homem, Ignatius Perrish — sussurrou Terry, sem abrir os olhos.

— Blasfêmia — falou Ig.

CAPÍTULO QUARENTA E NOVE

ELE DESCEU PELA PORTA aberta e então, pensando melhor, estendeu a mão e pegou o trompete do irmão. Então se virou e observou o campo aberto, a avenida de fogo, que se estendia em linha reta até a cerejeira. A labareda saltou e bruxuleou em volta do tronco por um momento... e então a própria árvore irrompeu em chamas, como se estivesse encharcada de querosene. A copa crepitou, tornando-se um paraquedas de flamas vermelhas e amarelas, e nos galhos estava a Casa na Árvore da Imaginação. Cortinas de fogo se avolumaram nas janelas. A cerejeira solitária queimava como lenha, enquanto as outras árvores permaneciam intocadas.

Ig percorreu o caminho que o fogo abriu, um jovem lorde andando pelo tapete vermelho que o conduziria à sua mansão. Por alguma ilusão de ótica, a luz dos faróis do Cadillac de Lee recaiu sobre Ig e projetou uma sombra gigante na fumaça fervente. O primeiro caminhão de bombeiros chegou quicando lentamente pela estrada de terra esburacada, e o motorista, um veterano de trinta anos chamado Rick Terrapin, viu um diabo chifrudo todo preto tão alto quanto a chaminé da fundição. Ele gritou e virou o volante de forma brusca, tirando o caminhão da estrada e atropelando uma bétula. Rick Terrapin se aposentaria três semanas depois. Depois de ter visto o diabo no meio da fumaça e os horrores dentro da fundição, ele perdeu totalmente a vontade de apagar incêndios. Ele estava feliz em deixar que tudo queimasse, não dava a mínima.

Ig atravessou as labaredas com o trompete roubado e finalmente chegou à árvore. Não diminuiu o passo e começou a subir a escada feita de galhos em chamas. Pensou ter ouvido vozes lá em cima, vozes irreverentes e alegres e risos — uma comemoração! Ouvia-se música também, tambores e o sopro atrevido de trompetes. O alçapão estava aberto. Ig entrou na nova casa, sua torre de fogo, onde tinha seu trono de chamas. Ele estava certo; havia uma comemoração em andamento — uma festa de casamento, *sua* festa de casamento —, e a noiva de Ig estava à sua espera, os cabelos em chamas e nua, a não ser por um xale de fogo. E ele a tomou nos braços, a boca da noiva encontrou a dele, e, juntos, os dois queimaram.

CAPÍTULO CINQUENTA

TERRY VOLTOU PARA CASA na terceira semana de outubro e, na primeira tarde quente em que não tinha nada para fazer, dirigiu até a fundição para dar uma olhada. A construção de tijolos se erguia em um campo enegrecido, em meio aos montes de lixo que tinham virado fogueiras e não passavam de montes de cinzas, vidro sujo de fumaça e arame queimado. O prédio em si estava manchado de fuligem, e o lugar inteiro cheirava levemente a carvão.

Mas, no topo da Trilha Perigosa, estava um clima bom, com a luz chegando de lado, através das árvores decoradas em vermelho e dourado para o Halloween. As árvores estavam em chamas, acesas como tochas enormes. O barulho suave da correnteza do rio lá embaixo se contrapunha ao sussurro ameno do vento. Terry achou que poderia ficar sentado ali o dia todo.

Ele caminhou muito naquelas últimas semanas, passou bastante tempo sentado, observando e esperando. Colocou sua casa de Los Angeles à venda no fim de setembro e voltou para Nova York, onde ia ao Central Park quase todos os dias. O programa acabou, e sem ele Terry não via motivo para morar em um lugar onde as estações do ano não eram bem definidas e onde não era possível fazer nada a pé.

A Fox ainda esperava que ele voltasse; os executivos fizeram um pronunciamento dizendo que, após o assassinato do irmão, Terry decidiu tirar um ano sabático, ignorando o fato de que ele havia se demitido formalmente bem antes do incidente na fundição. O pessoal da TV poderia dizer o que quisesse; ele não voltaria. Terry achava que talvez dentro de um ou dois meses pudesse começar a tocar em clubes. Não estava com pressa de voltar a trabalhar, no entanto. Ele ainda estava arrumando a vida, tentando não pensar muito. O que quer que acontecesse a seguir aconteceria dentro de seu próprio cronograma. Um dia Terry encontraria seu caminho. Ele nem comprara um trompete novo.

Ninguém sabia direito o que tinha acontecido naquela noite na fundição, e como Terry se recusou a comentar e todos os outros presentes estavam mortos, circularam muitas teorias mirabolantes sobre a noite em que Eric e Lee morreram. O TMZ publicou o relato mais louco. Segundo o canal, Terry tinha ido à fundição procurando o irmão e acabou encontrando Eric Hannity e Lee Tourneau, os dois discutindo. Terry ouviu o suficiente para concluir que eles haviam matado Ig, que tinham feito churrasquinho do irmão ainda vivo dentro do carro dele, e estavam lá em busca de provas que os incriminassem e que pudessem ter deixado para trás. De acordo com o TMZ, Lee e Eric flagraram Terry tentando escapar e o arrastaram para a fundição. Eles pretendiam matá-lo, mas primeiro queriam saber se ele havia chamado alguém, se alguém sabia onde Terry estava. Eles o trancaram dentro da chaminé com uma cobra venenosa, tentando assustá-lo e fazê-lo falar. Mas, enquanto Terry estava lá, os dois começaram a discutir novamente. Terry ouviu gritos e tiros. Quando conseguiu escapar da chaminé, as coisas estavam pegando fogo e os dois homens tinham morrido: Eric Hannity com a espingarda e Lee Tourneau com o forcado. Era como o enredo de uma tragédia de vingança do século XVI; só faltou mesmo a participação do diabo. Terry se perguntou como o TMZ conseguira as informações, se subornara alguém da polícia — o investigador Carter, talvez. A reportagem bizarra do TMZ era quase igual ao depoimento assinado pelo próprio Terry.

O investigador Carter o visitou em seu segundo dia no hospital. Terry não se recordava de muita coisa do primeiro dia. Ele se lembrava do momento em que foi levado para a emergência, de alguém colocando uma máscara de oxigênio sobre seu rosto e de uma lufada de ar frio com um cheiro levemente medicinal. Terry se lembrou de que mais tarde teve alucinações, abriu os olhos e viu o irmão morto sentado na beira do leito no hospital. Ig tinha o trompete do irmão nas mãos e tocou um *riff* curto. Merrin também estava lá, dando piruetas, descalça, em um vestido curto de seda carmesim, rodando ao som da música para que o cabelo ruivo-escuro esvoaçasse. Quando o som do trompete se transformou no bipe constante da máquina de eletrocardiograma, os dois sumiram. Depois, nas primeiras horas da manhã, Terry ergueu a cabeça, olhou em volta e viu a mãe e o pai sentados em cadeiras encostadas na parede, ambos dormindo, a cabeça do pai apoiada no ombro da mãe. Eles estavam de mãos dadas.

Mas, na tarde do segundo dia, Terry se sentiu como se só estivesse se recuperando de uma gripe muito forte. As juntas latejavam; ele não conseguia beber o suficiente e estava ciente de que uma fraqueza se abatera em seu corpo... mas, fora isso, Terry estava consciente. Quando a médica, uma asiática atraente com óculos de gatinho, entrou no quarto para verificar o prontuário, ele perguntou se tinha quase morrido. Ela respondeu que ele tinha 33 por cento de chances de sobreviver. Terry indagou como ela chegara àquele cálculo, e a médica disse que foi fácil. Havia três espécies de cascavéis-aneladas. Ele fora mordido pela que tinha o veneno mais fraco. Se houvesse acontecido com qualquer uma das duas outras espécies, Terry não teria tido a mesma sorte.

O investigador Carter entrara enquanto a médica saía. Carter anotou a declaração de Terry de modo impassível, fazendo poucas perguntas, mas permitindo que Terry desfiasse a narrativa, quase como se ele não fosse um policial, e sim uma secretária datilografando um ditado. Ele leu o depoimento em voz alta, corrigindo de vez em quando. Então, sem desviar os olhos do bloco de notas amarelo, ele disse:

— Não acredito em uma única palavra dessa balela. — Sem raiva, sem humor e sem muita inflexão. — Você sabe disso, não é? Nem em uma merda de palavra.

O investigador Carter finalmente ergueu os olhos vazios, de quem sabia das coisas, para encará-lo.

— Sério? — indagou Terry, deitado no leito de hospital, um andar abaixo da avó com o rosto arrebentado. — O que o senhor acha que aconteceu, então?

— Pensei em outras explicações — disse o homem. — E todas fazem ainda menos sentido do que essa merda que você contou. Que o diabo me carregue, não faço a mínima ideia do que aconteceu. Que o diabo me carregue mesmo!

— Que o diabo carregue todos nós — comentou Terry.

Carter lhe lançou um olhar severo e hostil.

— Eu queria poder lhe contar algo diferente. Mas foi isso que realmente aconteceu — argumentou Terry.

E, na maior parte das vezes, pelo menos quando ainda era um dia claro, Terry de fato acreditava que *foi* o que tinha acontecido. Depois de escurecer, porém, quando ele tentava dormir... depois de escurecer às vezes Terry tinha outras ideias. Ideias ruins.

O BARULHO DOS PNEUS no cascalho despertou Terry, que ergueu a cabeça e olhou para trás, na direção da fundição. No instante seguinte, um Saturn esmeralda apareceu quicando do outro lado, percorrendo a paisagem destruída. Quando a motorista o viu, o carro parou com um gemido e ficou ali em ponto morto. Então avançou mais e finalmente estacionou a menos de três metros de onde ele estava.

— E aí, Terry? — cumprimentou Glenna Nicholson enquanto saltava do carro.

Ela não pareceu nem um pouco surpresa ao vê-lo — como se eles tivessem marcado de se encontrar.

Ela estava bonita, uma garota cheia de curvas em uma calça jeans cinza desbotada, uma camisa regata preta e um cinto preto com tachinhas. Ele viu a tatuagem do coelhinho da *Playboy* no quadril, o que lhe dava um ar de piranha, mas quem nunca cometeu erros ou fez coisas de que se arrependeu, não é mesmo?

— E aí, Glenna — respondeu Terry. — O que traz você aqui?

— Às vezes eu venho aqui para almoçar — disse ela, mostrando um sanduíche embrulhado em papel-manteiga. — É silencioso. Um bom lugar para pensar. No Ig e... em outras coisas.

Ele assentiu.

— O que você tem aí?

— Berinjela à parmegiana. Trouxe um refrigerante também. Quer metade? Eu sempre pego o tamanho grande, não sei por quê. Não posso comer um grande. Ou não deveria. Embora às vezes eu coma, sim. — Ela torceu o nariz. — Estou tentando perder cinco quilos.

— Por quê? — perguntou Terry, analisando Glenna de cima a baixo novamente.

Ela riu.

— Pare com isso.

Ele deu de ombros.

— Vou comer metade do seu sanduíche se for para ajudar na dieta. Mas você não precisa se preocupar com isso. Você está bem.

Os dois se sentaram em um tronco caído ao lado da Trilha Perigosa. A água brilhava sob a luz dourada do crepúsculo. Terry não sabia que estava com fome até que ela lhe deu metade do sanduíche e começou a comer. Logo acabou, e Terry lambeu os dedos. Eles dividiram o resto do refrigerante. Não conversaram. Por Terry, tudo bem. Ele não estava a fim de jogar conversa fora, e ela parecia compreender isso. O silêncio não incomodou Glenna. Foi engraçado, pois em Los Angeles ninguém nunca calava a boca; todos ficavam aterrorizados diante de um momento de silêncio.

— Obrigado — disse Terry finalmente.

— Não há de quê — respondeu ela.

Ele passou a mão pelo cabelo. Em algum momento das últimas semanas, Terry descobriu que estava ficando careca no cocoruto e reagiu deixando o cabelo crescer até quase ficar desgrenhado.

— Eu deveria ter ido ao salão — comentou ele — para que você desse um corte. Meu cabelo está meio descontrolado.

— Eu não trabalho mais lá — informou Glenna. — Ontem foi meu último dia.

— Saiu.

— Uhum.

— Bem. Um brinde à nova vida, então.

— Um brinde à nova vida.

Eles tomaram um gole do refrigerante.

— Seu último cliente foi um bom corte? — perguntou Terry. — Encerrou com um trabalho incrível?

— Eu passei máquina zero na cabeça de um cara. Era um cara mais velho, na verdade. Geralmente os caras mais velhos não pedem para raspar o cabelo. Isso costuma ser pedido pelos mais jovens. Você conhece o cara... é o pai da Merrin Williams. Dale?

— É, eu meio que conheço — falou ele, fazendo uma careta, resistindo a uma onda de tristeza que não fazia muito sentido.

É claro que Ig foi assassinado por causa de Merrin; Lee e Eric o queimaram vivo por causa do que eles achavam que ele tinha feito com ela. O último ano de Ig tinha sido tão ruim, tão infeliz, que Terry quase não suportava pensar nisso. Ele tinha certeza de que o irmão não fizera, de que nunca poderia ter matado Merrin. Terry acreditava que não havia mais como descobrir quem realmente cometera o crime. Ele sentiu um arrepio ao se lembrar daquela noite. Ele tinha saído com o maldito do Lee Tourneau — o pequeno sociopata revoltado — e até gostara da companhia dele. Alguns drinques, um pouco de maconha barata no banco de areia, e então Terry cochilou no carro de Lee e não acordou até amanhecer. Às vezes parecia ter sido a última noite em que fora realmente feliz, jogando cartas com Ig e depois dirigindo sem rumo por Gideon em uma noite de agosto com cheiro de rio e fogos de artifício. Terry se perguntou se havia outro aroma tão agradável em todo o mundo.

— Por que ele fez isso? — indagou Terry.

— O sr. Williams contou que está de mudança para Sarasota e que, quando chegar lá, quer sentir o sol direto na cabeça. Também porque a esposa dele odeia homens com a cabeça raspada. Ou talvez ela seja ex--esposa agora. Acho que ele vai para Sarasota sem ela. — Glenna alisou uma folha no joelho, em seguida a pegou pelo ramo, a ergueu contra a brisa, soltou e observou enquanto era levada. — Eu também estou me mudando. Foi por isso que pedi demissão.

— Para onde?

— Nova York — respondeu ela.

— Manhattan?

— Uhum.

— Diabos. Por que não me procura quando chegar lá? Posso lhe mostrar algumas boates legais — disse Terry, já escrevendo o número do celular em um recibo antigo.

— Como assim? Você não está morando em Los Angeles?

— Não. Não tem por que eu ficar lá sem o *Hothouse*, e eu acabaria deixando Los Angeles e me mudando para Nova York de qualquer forma. Sabe? É uma cidade muito mais... real. — Ele entregou o número de telefone para Glenna.

Ela se sentou no chão, segurando o pedaço de papel, e sorriu para Terry, com os cotovelos apoiados no tronco e o sol iluminando seu rosto. Glenna estava mesmo bonita.

— Bem — disse ela —, acho que vamos morar em bairros diferentes.

— É por isso que Deus inventou os táxis — brincou ele.

— Foi Ele que inventou?

— Não. Os homens inventaram os táxis para que pudessem chegar em casa com segurança após uma noite de farra e bebedeira.

— Pensando bem — disse Glenna —, a maioria das boas ideias surgiu para tornar o pecado muito mais fácil.

— É verdade — concordou Terry.

Eles se levantaram para dar um passeio pela fundição enquanto digeriam o sanduíche. Diante da construção, Terry parou novamente e observou a faixa larga de terra chamuscada. Foi curioso como o vento canalizou o fogo para o bosque e apenas uma única árvore foi incendiada. *Aquela* árvore. Ela ainda estava de pé, um suporte de grandes chifres pretos, chifres terríveis que arranhavam o céu. A visão o fez hesitar; ficou paralisado por um breve momento. Terry sentiu um arrepio; o ar de repente esfriou, mais parecido com o outono na Nova Inglaterra.

— Olhe isso — disse Glenna, enquanto se agachava para pegar alguma coisa na vegetação rasteira queimada.

Era um crucifixo de ouro, pendurado em uma correntinha delicada. Ela ergueu a cruz, que balançou para a frente e para trás e lampejou uma luz dourada no rosto bonito e sereno de Glenna.

— Bonito — comentou ela.

— Quer ficar com isso?

— Eu provavelmente pegaria fogo se colocasse essa coisa — disse ela. — Fique com ela.

— Não — retrucou Terry. — É de menina.

Ele levou a correntinha até uma muda de árvore perto da fundição e pendurou em um dos galhos.

— Quem quer que tenha perdido talvez volte para resgatá-la.

Os dois seguiram caminho, sem falar muito, apenas curtindo a luz e o dia, andando pela fundição e voltando ao carro dela. Terry não sabia direito quando os dois se deram as mãos, mas, quando chegaram ao Saturn, elas estavam entrelaçadas. Os dedos dela soltaram os dele com uma relutância inconfundível.

Uma brisa soprou, correu pelo pátio e carregou o cheiro de cinzas e o frio do outono. Ela envolveu o próprio corpo com os braços, tremendo de prazer. Ao longe se ouvia o som de um trompete, uma brincadeira atrevida e alegre, e Terry inclinou a cabeça para prestar atenção, mas devia ter sido um carro com o rádio ligado passando pela rodovia, porque depois de um minuto o som já tinha sumido.

— Eu sinto falta dele, sabe — admitiu Glenna. — De uma forma que nem sei explicar.

— Eu também — disse ele. — É engraçado, no entanto. Às vezes... às vezes ele está tão perto que é como se eu pudesse me virar e vê-lo. Sorrindo para mim.

— Sim. Eu também sinto isso — concordou ela, abrindo um sorriso forte, generoso e genuíno. — Ei. Tenho que ir. Vejo você em Nova York, talvez.

— "Talvez", não. Com certeza.

— Ok. Com certeza. — Glenna entrou no carro, fechou a porta e acenou para ele antes de dar à ré.

Terry ficou parado ali, depois de ela ir embora, com a brisa batendo no sobretudo, e olhou novamente para a fundição vazia, para o campo destruído. Ele sabia que deveria sentir algo por Ig, deveria estar atormentado pela dor, mas, em vez disso, estava se perguntando quanto tempo depois de ele voltar a Nova York Glenna demoraria para ligar para ele e para onde poderia levá-la. Terry conhecia alguns lugares.

O vento soprou de novo, não apenas frio, mas genuinamente gelado, e Terry inclinou a cabeça mais uma vez, pensando por um momento ter ouvido o trompete outra vez, uma saudação sacana. Era um curto *riff* belamente executado, e, no momento em que ouviu, ele sentiu, pela primeira vez em semanas, o impulso de tocar novamente. O som do trompete então desapareceu, levado pela brisa. Estava na hora de ele ir também.

— Pobre diabo — disse Terry, antes de entrar no carro alugado e partir.

AGRADECIMENTOS, NOTAS, CONFISSÕES

OS ESPECIALISTAS DISCORDAM A respeito da letra de "What I Like about You", sucesso seminal dos anos 1980 na voz da banda The Romantics. Ig canta *"you're whispering in my ear"*, mas muitos ouvintes afirmam que Jim Marinos está gritando *"warm whispering in my ear"* ou mesmo *"phone whispering in my ear"*. Considerando a confusão popular generalizada, achei que Iggy pudesse cantar do jeito dele, mas peço desculpas aos puristas do rock que pensam que eu entendi errado.

O editor deste livro observou corretamente que os gafanhotos morrem em julho, mas o autor optou por ignorar a informação pelas famosas licenças poéticas de que sempre ouvimos falar tanto.

Meus agradecimentos ao dr. Andy Singh, por me fornecer um esboço do BRCA1, a forma de câncer que condenou a irmã de Merrin e poderia ter levado Merrin também se minha trama não exigisse o contrário. Quaisquer erros médicos são, no entanto, de responsabilidade do autor. Agradeço também a Kerri Singh e ao resto do clã Singh por terem sido tão pacientes com a minha preocupação a respeito deste romance em especial, ao longo de várias noites.

Muita gratidão também a Danielle e ao dr. Alan Ades. Quando precisei de um lugar para trabalhar onde ninguém me incomodasse, eles encontraram um para mim. Agradeço também ao pessoal da Lee Mac's por me alimentar durante quatro meses. Sou grato aos meus amigos Jason Ciaramella e Shane Leonard, que leram este livro quando ainda era um manuscrito e me forneceram muitos comentários úteis.

Agradeço a Ray Slyman, que me informou a respeito da Cruz de Dom Orione, e à minha irmã, a pastora Naomi King, que me indicou diversas passagens da Bíblia. *O problema com Deus: as respostas que a Bíblia não dá ao sofrimento*, de Bart Ehrman, também provou ser uma fonte útil. Eu li o livro enquanto estava mergulhado até o pescoço na quinta revisão da história. Suspeito que, se eu tivesse lido antes, este romance teria ficado bastante diferente. Nem melhor nem pior, apenas diferente.

Uma equipe dedicada de pessoas apaixonadas por livros trabalhou em *O pacto* nos bastidores da William Morrow/HarperCollins: Mary Schuck, Ben Bruton, Tavia Kowalchuk, Lynn Grady, Liate Stehlik, Lorie Young, Nyamekye Waliyaya e a editora Maureen Sugden. Meus agradecimentos a todos por se esforçarem tanto para que eu brilhe.

Devo agradecer também a Jody Hotchkiss e Sean Daily, que são apaixonados tanto por livros quanto por filmes e que foram defensores ferozes e felizes dessa história.

Em algum momento achei que este livro em si era o diabo; sou grato aos meus editores, Jen Brehl, Jo Fletcher e Pete Crowther, e ao meu agente, Mickey Choate, pela paciência enquanto eu lutava com o manuscrito e por toda a ajuda que ofereceram para me guiar através do caminho das pedras da minha própria história. Finalmente, com amor aos meus pais, a Leanora e aos meus meninos; sem eles eu não teria insistido em terminar *O pacto*.

— *J. H., agosto de 2009*

O DIABO NA ESCADARIA: UM AVISO

OS ESCRITORES ÀS VEZES são culpados de espalhar um mito, a noção infernal de que o que escrevem surge de uma visão unificada clara e poderosa, um conjunto de percepções da condição humana. Os leitores também estão inclinados a investir nessa ideia — acreditar que seus autores favoritos são profundamente sábios, que percorrem suas histórias como as camadas de um pedaço de madeira. Até os críticos (aqueles que deveriam de fato saber das coisas) participam da brincadeira. Se um escritor tem uma filosofia fundamental, os críticos gastam suas oitocentas palavras caçando, abatendo com um tiro e realizando a autópsia dela. É, resumindo, um afago ao ego que acaba agradando a todos.

Mas eu conheço um velho que gosta de dizer *Conte a verdade e envergonhe o diabo*, então vamos cair na real. A maioria dos escritores — tanto os que valem a pena ler quanto os que não valem — não passam por nada parecido com "uma visão unificada clara e poderosa". Eles não estão vendendo ao leitor uma Teoria Unificada de Tudo. Em vez disso, o escritor é apenas um cara com uma lancheira surrada de *Star Wars* cheia de tralhas preciosas. Ele a carrega para onde quer que vá e não resiste a abri-la e, de vez em quando, retirar coisas dela para examiná-las. Aqui está a foto de Bettie Page de meias pretas que deu a ele as primeiras noções sobre sexo. Aqui está um gibi dobrado e amassado que lhe rendeu arrepios na nuca. Aqui está a Bíblia de seu pai, que ele roubou em uma tarde de verão por motivos de que ele mesmo não se lembra ou entende. Aqui está um Lúcifer de porcelana lascado, dançando sobre seus pequenos cascos de cabra.

Quando está se preparando para escrever, o autor abre a lancheira, enfileira suas memórias e as admira sob a luz. Ele inspira seu cheiro (elas têm o mesmo cheiro do escritor). Ele toca nelas. Ele as estuda. Ele as muda de lugar para observá-las numa ordem diferente. Ele guarda algumas coisas, aparece com outras. Cada variação é uma nova história. O escritor, como podemos perceber, não está fundamentando suas grandes sacações filosóficas; em vez disso, está vendendo ingressos para uma exposição particular de fascínios pessoais e esquisitices.

A prova está bem aqui. Você acabou de ler a história de um diabo que ainda acredita e luta pela humanidade (a dele e a dos outros). A narrativa a seguir diz respeito a um diabo que vê a humanidade como o clímax de uma piada muito antiga e sacana. Ig torce por nós; o diabo na escadaria, *não*. Ambas as tramas foram compostas de muitos dos mesmos artefatos retirados de minha lancheira enferrujada, mas dispostos em arranjos radicalmente diferentes, de modo que parecem até entrar em conflito um com o outro.

Existe alguma maneira de *O pacto* e "O diabo na escadaria" (que apareceu pela primeira vez na antologia *Seres mágicos & Histórias sombrias*, de Neil Gaiman e Al Sarrantonio) representarem "uma visão unificada clara e poderosa"? Eu não vejo como. Eu acreditava na verdadeira narrativa de cada história enquanto as escrevia e nunca pensei na possibilidade de estar bancando o advogado do diabo para a outra.

Sei que essa explicação não é muito satisfatória. Se essas duas histórias não representam a tal visão unificada, então é perfeitamente plausível querer saber qual delas é, por falta de uma palavra melhor, a "certa". *O pacto* parece argumentar que é possível alguém pecar e alcançar a salvação. Já "O diabo na escadaria" faz uma piada sórdida sobre essa ideia. Qual é a correta? Qual destas histórias está contando a verdade *verdadeira*?

E de que diabo eu lá sei?

Joe Hill
New Hampshire, julho de 2010

O DIABO
NA ESCADARIA

Eu
nasci em
Sulle Scale,
o filho de um
pedreiro comum.

                                                                                              A
aldeia
onde nasci
se aninhava no
mais alto dos cumes,
bem acima de Positano, e
nas primaveras frias, nuvens
perambulavam pelas ruas como uma
procissão de fantasmas. Para baixo,
uma escada de oitocentos e vinte degraus.
Eu sei. Subia e descia com o pai, acompanhando
ele, lá do nosso lar no céu, para baixo e para cima.
Depois de sua morte, muitas vezes percorri o caminho sozinho.

Subia
  e   a cada
   descia   que degrau
     levando até   parecia que
      carga   os ossos
             dos meus joelhos
            estavam prestes a virar
          um monte de lascas afiadas.

Os
penhascos
eram labirintos
de escadarias sinuosas,
de tijolo em alguns pontos,
granito em outros. Mármore aqui,
calcário ali, de barro, de madeira.
Quando havia escadas a serem construídas meu
pai as construiu. Quando os degraus eram levados
pelas chuvas primaveris, ele precisava restaurá-los.
Por anos meu pai teve um burro para carregar as pedras.
Depois que o bicho caiu morto, ele teve a mim, seu rebento.

                  Ah,
                 eu o
                odiava,
               é óbvio.
            Meu pai tinha
          uns gatos e vivia
        cantando para os bichos
       e lhes servia pires de leite
      e lhes contava histórias bobas
     enquanto os acariciava no seu colo
    e quando eu chutei um deles certa vez —
   não me lembro qual foi o motivo da agressão —
  ele me chutou também, me derrubou no chão e me avisou
para nunca mais encostar nos seus preciosos e lindos filhos.

Então
carreguei

as suas pedras
quando devia ter
carregado livros de escola,
mas não finjo odiá-lo por isso.
Eu não via sentido na escola, odiava
estudar, odiava ler, e eu também sentia
profundamente o calor sufocante da escola
de uma sala só. A única parte boa em tudo isso
era minha prima Lithodora, que lia para os menores
sentada em seu banquinho, as costas sempre bem retas,
seu queixo todo empinado e o belo pescoço branco à mostra.

                     Por
                   vezes,
                imaginava
             o pescoço dela
           frio como o altar
        de mármore da igreja,
      e queria repousar a testa em
      Lithodora, como fizera no altar.
     Com que voz baixa e controlada lia,
    a mesma que um doente imagina chamá-lo,
   dizendo que voltará a ficar bem, com a promessa
  de que sua febre só será a do corpo dela. Teria amado
os livros se minha prima os tivesse lido para mim na cama.

E
cada
degrau
das escadas
entre Sulle Scale e
Positano era para mim
um velho conhecido, e eles
formavam as longas escadas que
mergulhavam pelos cânions e desciam
por túneis abertos no calcário, passando por
pomares e pelas ruínas das fábricas de papel então
esquecidas, até as cachoeiras com suas lagoas verdes.
Eu andava pelas escadarias enquanto dormia, nos meus sonhos.

A
trilha
usada por
mim e meu pai
com mais frequência
levava a um portão vermelho,
que barrava o caminho para uma
escadaria torta. Imaginava então que
aqueles degraus conduziam a uma mansão
particular e por isso mal pensava no portão,
até o dia em que, ao descer com uma carga pesada
de mármore, parei por alguns instantes para descansar
e me apoiei no portão vermelho, que se abriu ao meu toque.

O
meu
pai devia
estar cerca de
trinta degraus atrás.
Atravessei o portão até
o patamar, querendo saber
onde aqueles degraus levavam.
Eu não vi mansão nem vinhedo abaixo,
apenas a escada despencando para longe
de mim, pelo mais íngreme dos despenhadeiros.

— Pai —
chamei quando
chegou mais perto,
o barulho dos seus passos
ecoando nas rochas, a respiração
saindo ofegante, um silvo de esforço.
— Alguma vez já desceu por essa escada?

Ao
me ver
ali parado
depois do portão,
meu pai empalideceu e

agarrou meu ombro na hora.
Ele me arrastou de volta para a
escadaria principal e então berrou:
— Como você abriu o portão vermelho?

                              — Ele
                         já estava
                     aberto quando
                    cheguei — falei.
                — Você acha que essas
             escadas vão até o mar, pai?

— *Não.*
— Mas elas
parecem ir até
bem lá embaixo, não?

                              — Elas vão
                         além — disse ele,
                    já se benzendo. Então
                   repetiu: — O portão está
                  sempre trancado. — E olhou para
               mim, o branco dos seus olhos visível.
              Eu nunca tinha visto meu pai olhar assim
             para mim, jamais tinha imaginado que um dia o
            veria olhar para mim com uma expressão de medo.

Lithodora
riu quando eu
relatei a história
e falou que meu pai
era velho e supersticioso.
Ela me contou sobre uma lenda
que dizia que a escada depois desse
portão vermelho levava ao inferno. Eu já
havia andado pela montanha muito mais vezes
que Lithodora e queria saber como ela conhecia uma
história da qual eu jamais tinha ouvido falar até esse dia.

Ela disse
que os velhos
nunca falavam nela,
mas a tinham registrado
em um relato sobre a região,
e eu também conheceria se lesse
alguma das lições dadas pelo professor.
Eu disse para Lithodora que não conseguia
me concentrar em livros quando ela estava no
mesmo cômodo que eu. Lithodora riu. Mas, quando
tentei tocar seu pescoço, minha prima se encolheu.

Aí
meus
dedos roçaram
o seio de Lithodora
e ela ficou com raiva e
me disse que eu precisava
ir embora lavar minhas mãos.

Depois
da morte de
meu pai — ele
estava descendo as
escadas com uma carga de
telhas quando um gato de rua
surgiu no seu caminho e, para não
pisar no bicho, meu pai pisou no vazio
e caiu quinze metros até acabar empalado
em uma árvore —, achei um uso mais lucrativo
para minhas pernas de burro e meus ombros largos
e fortes. Resolvi trabalhar para Don Carlotta, dono de
um grande vinhedo nos socalcos lá nas encostas de Sulle Scale.

Eu descia
com seu vinho
por mais ou menos
oitocentos degraus até
Positano, onde era vendido

para um sarraceno muito rico,
esbelto e moreno e mais fluente na
minha língua do que eu, um príncipe, era
o que diziam, um jovem inteligente que sabia
ler tudo: partituras, estrelas, mapas e sextantes.

Certa
vez eu me
desequilibrei
nos degraus de tijolo
quando descia com o vinho
do Don e uma alça escorregou,
o caixote nas minhas costas bateu
na lateral do penhasco e uma garrafa
se quebrou. Eu a levei até o sarraceno no
cais. Ele disse que eu bebi o vinho ou deveria
ter bebido, pois aquela garrafa custava a mesma
coisa que eu ganhava em um mês. O sarraceno me disse
que eu poderia me considerar bem pago até demais. Então
ele riu, e seus dentes brancos brilharam no rosto escuro.

Estava
até sóbrio
quando ele riu
de mim, mas logo
fui me afogar no vinho.
Não no vinho tinto apimentado
e suave de Don Carlotta, mas, sim, no
Chianti mais barato da Taverna, que bebi
na companhia de vários amigos desempregados.

Lithodora
me encontrou
no escuro e parou
acima de mim, os cabelos
pretos emoldurando o rosto frio,
branco, bonito, enojado e amoroso.
Ela disse que tinha a prata que me deviam.
Lithodora dissera ao seu amigo Ahmed que havia

insultado um homem honesto, que minha família se
ocupava de trabalho, não mentiras, e era sorte eu não...

— Seu
amigo? Ele?
— falei. — Um
macaco do deserto
que nunca ouviu antes
a palavra de Jesus Cristo?

O olhar que
Lithodora lançou
até me envergonhou.
E a maneira como largou o
dinheiro na minha frente logo
depois me envergonhou ainda mais.
— Já vi que quer mais esse dinheiro do
que sua prima — disse Lithodora antes de ir.

Quase
me levantei
e a segui. Quase.
Um dos amigos disse:
— Já soube que sua prima
ganhou do sarraceno uma pulseira
de escrava, com sinos de prata, para o
tornozelo? Lá nas terras árabes, devem dar
esses presentes para a nova putinha do harém.

Fiquei
de pé tão
rápido que a
minha cadeira caiu.
Agarrei a garganta dele
com as duas mãos e disse:
— Seu mentiroso. O pai dela
nunca deixaria Lithodora aceitar
um presente assim de um mouro pagão.

Mas
outro
amigo meu
disse que o árabe
mercador não era mais
um pagão. Lithodora ensinara
Ahmed a ler latim usando a Bíblia
como gramática, e ele agora dizia ter
entrado na luz de Cristo, tendo dado a tal
pulseira com pleno conhecimento dos pais de
Lithodora, como agradecimento por finalmente
apresentá-lo à graça do Pai Nosso que está no Céu.

                                    Quando
                              meu primeiro
                       amigo recuperou
                o fôlego, contou que
            Lithodora subia as escadas
        todas as noites para encontrá-lo
     escondida em cabanas de pastores vazias
ou nas cavernas, ou nas ruínas das fábricas,
onde rugia a cachoeira de prata líquida ao luar, e aí
Lithodora era a aluna e ele, seu professor firme e exigente.

Ele
sempre
ia na frente
e então Lithodora
subia as escadas escuras
usando a pulseira. Ao ouvir
sinos, Ahmed acendia uma vela,
para indicar à minha prima onde ele
estava esperando para começarem a aula.

                                           Eu
                                      estava
                                 tão bêbado.

Eu fui
para a casa
de Lithodora,
sem ideia do que
pretendia fazer por lá.
Cheguei por trás da casa
onde ela morava com os pais,
pensando em jogar algumas pedras
para acordá-la e fazê-la aparecer na janela.
Mas quando me aproximei da parte de trás da casa,
ouvi um tilintar de prata em algum ponto acima de mim.

                                             Ela já
                                      estava na
                                escada, subindo
                         em direção às estrelas
                  com seu lindo vestido branco
            esvoaçando nos quadris, e no seu
       delicado tornozelo estava a pulseira
de prata, tão brilhante na noite escura.

Meu
coração
batia forte,
era como um barril
jogado escada abaixo:
tum tum tum tum tum tum.
Eu conhecia as colinas melhor
do que ninguém e corri por outro
caminho, por uma subida íngreme por
degraus de lama para passar na sua frente,
então retomei o caminho principal até a cidade.
Ainda tinha as moedas de prata que o príncipe árabe
tinha dado a ela, quando ela foi até ele e me desonrou
implorando que o comerciante pagasse aquilo que era devido.

                                             Enfiei
                                     as moedas
                               de prata do árabe

em uma caneca de lata,
diminuí o passo e comecei
a sacudir o dinheiro de Judas na
caneca velha e surrada. Era um tilintar
lindo a ecoar pelos cânions, pelas escadas,
pela noite, acima de Positano e da arrebentação
e dos suspiros do mar, conforme a maré consumava o
desejo da água de bater e finalmente subjugar a terra.

E,
por
fim, em
uma pausa
para recobrar o
fôlego, vi uma vela
se acender na escuridão.
Estava em uma ruína bonita,
um lugar de muros altos de granito,
emaranhado com flores silvestres e hera.
Uma entrada ampla levava a um cômodo com o
chão de grama e um teto de estrelas, como se
o local tivesse sido feito não para abrigar do mundo
natural, mas para proteger a natureza da violação do homem.

Por
outro lado,
parecia um lugar
pagão, ou o cenário
natural para uma orgia dos
faunos com cascos de bode, com
flautas e paus peludos. E, assim, o arco
levando ao pátio particular de ervas daninhas
e plantas verdejantes mais parecia a entrada de um
grande salão à espera dos foliões para seu bacanal privado.

Ele
esperava
em um cobertor
jogado na grama, com

uma garrafa de vinho do Don
e alguns livros. O sarraceno sorriu
ao ouvir o som tilintante das moedas de
prata quando me aproximei, mas parou assim
que me viu entrar na luz de sua vela, já segurando
o bloco de pedra bruta e pesada com a minha mão livre.

                                                                                      Eu
                                                                                  o matei
                                                                                 ali mesmo.

Eu
não o
matei por
causa de honra
familiar ou ciúme,
não o golpeei com a
pedra porque ele havia
conquistado o corpo fresco
e branco da minha prima, que
Lithodora jamais ofereceria a mim.

                                                                                       Eu
                                                                                 bati
                                                                            nele com
                                                                        aquele bloco
                                                                 de pedra porque
                                                         odiava seu rosto escuro.

Depois
que parei de
bater nele, eu me
sentei com o sarraceno.
Acho que peguei seu punho
para ver se ainda tinha pulsação,
mas, depois que confirmei que estava
morto, continuei segurando a mão dele e
ouvindo o zumbido dos grilos na grama, como
se o árabe fosse uma criança pequena, o meu filho, e
agora cochilasse depois de resistir ao sono por muito tempo.

                              O
                            que
                       me tirou
                   do torpor foi
                a doce música dos
             sinos subindo a escada
           e vindo na nossa direção.

Eu
me pus
de pé de um
pulo e corri, mas
Lithodora já estava lá,
passando por aquele arco,
e quase esbarrei nela ao fugir.
Dora estendeu sua mão branca e
delicada, chamando o meu nome, mas
não parei. Desci os degraus três de cada vez,
correndo sem pensar, mas não fui rápido o suficiente
e ouvi quando minha prima gritou o nome *dele* duas vezes.

                                           Eu
                                       sequer
                                   sabia onde
                               estava indo. Para
                          Sulle Scale, talvez, mas
                      eu sabia que eles iriam me
                  procurar lá primeiro, assim que
              Lithodora descesse as escadas para
           contar a todos o que eu fiz com o árabe.
        Não diminuí a velocidade até ficar sem fôlego
      e meu peito arder como se por ele corresse fogo e
   foi quando me apoiei em um portão ao lado do caminho

— você sabe
que portão —

                                              e
                                            ele
                                       se abriu
                                    ao meu toque.
                              Passei pelo portão e
                           comecei a minha descida
                        pela escadaria íngreme abaixo.
                     Achei que ninguém fosse me procurar
                aqui e eu poderia me esconder por um tempo e...

Não.

                                             Eu
                                          pensei
                                      que aqueles
                                 degraus levariam
                            à estrada e eu iria para
                        o norte, para Napoli, onde
                     compraria um bilhete de navio
                  para os EUA e assumiria um novo
                nome, então eu começaria uma nova...

Não.
Chega.
A verdade:

                                             eu
                                          tinha
                                     certeza de
                                que a escada ia
                           até o inferno e era
                     ao inferno que queria ir.

No
início,
os degraus
eram feitos da
mesma pedra velha
e branca, mas, conforme

eu ia descendo, aos poucos
eles foram ficando escuros e
sujos. Outras escadarias levavam
até lá, juntando-se aqui e ali, vindo
de outros pontos da montanha. Não entendia
como era possível. Até então, pensava já haver
percorrido todos os degraus nas colinas, com exceção
dos em que me encontrava, e não conseguia nem imaginar
de onde todas aquelas outras escadas poderiam estar vindo.

                                                    A
floresta
ao meu redor
tinha sido expurgada
pelo fogo havia algum tempo,
em um passado não muito distante,
e eu desci por entre pinheiros destruídos
e queimados, por uma colina toda escurecida
e carbonizada. Só que não houve qualquer incêndio
naquela parte da colina, não que pudesse me lembrar.
A brisa trazia um calor inconfundível. Logo comecei a ficar
extremamente desconfortável e suado nas minhas roupas quentes.

Eu
segui
a escadaria
por um retorno
e vi mais abaixo um
garoto, sentado em um
patamar de pedra mais largo.

Ele
possuía
uma coleção de
mercadorias curiosas
espalhadas por um cobertor.
Havia um pássaro de corda feito de
lata dentro de uma gaiola, um cesto de
maçãs brancas, um isqueiro de ouro amassado.

Tinha uma jarra e, dentro dela, havia uma luz,
cujo brilho aumentava de intensidade até iluminar o
lugar como se fosse o sol nascente, então desaparecia em
escuridão, encolhendo até virar um vaga-lume bem brilhante.

Ele
sorriu
ao me ver.
O garoto tinha
cabelo dourado e
o sorriso mais lindo que
eu já tinha visto no rosto de
uma criança, e fiquei com medo
dele — mesmo antes de me chamar
pelo nome. Fingi que não ouvi, fingi que
o garoto não estava lá, que não o vi, e passei
direto por ele, que gargalhou ao me ver correndo.

Quanto
mais longe eu
descia, mais íngreme
o terreno ia ficando. Parecia
haver uma luz lá embaixo, era como
se, em algum lugar depois de uma saliência,
no meio das árvores, houvesse uma grande cidade,
do tamanho de Roma, uma tigela de luzes sobre uma cama
de brasas. A brisa soprava até mim o cheiro de comida cozinhando.

Se
é que
era mesmo
comida — aquele
aroma de carne no fogo
me deixava com muita fome.

Ouvi
vozes à
minha frente:
um homem falando

em tom cansado, talvez
sozinho, um discurso longo
e sem graça; outra pessoa rindo,
risos feios, descontrolados e raivosos.
Um terceiro homem estava fazendo perguntas.

— Uma
ameixa fica
mais doce após
ser enfiada na boca
de uma virgem para que
fique quieta ao ser possuída?
E quem reivindicará o bebê dormindo
no berço feito da carcaça podre do cordeiro
que se deitou com o leão só para ser eviscerado?
— perguntava o terceiro homem que eu não conseguia ver.

Na
curva
seguinte,
eles por fim
ficaram visíveis.
Enfileirados, estavam
meia dúzia de homens pregados
em cruzes de pinheiro. Não consegui
ir em frente e não consegui voltar atrás;
por causa dos gatos. Um dos homens tinha uma
ferida no lado do corpo, uma coisa vermelha que
sangrava, fazendo uma poça nos degraus, e o sangue
dele era lambido por filhotes de gatos como leite, e o
homem falava com eles em tom cansado, dizendo a todos os
belos gatinhos que bebessem até ficarem de barriga cheia.

Não me
aproximei
o suficiente para
ver o rosto do homem.

Por
fim, eu
voltei pelo
caminho que tinha
vindo com pernas trêmulas.
Encontrei o garoto me esperando
com sua coleção de objetos estranhos.

—Que
tal se sentar
e descansar esses
pés doloridos, Quirinus
Calvino? — perguntou ele.
Eu me sentei diante do garoto,
não porque eu quisesse, mas porque
foi então que as minhas pernas cederam.

De início, nenhum de nós falou. Ele sorriu do outro lado do cobertor cheio de mercadorias, e fingi interesse no muro de pedra que protegia o patamar ali. Aquela luz na jarra aumentava cada vez mais até as nossas sombras serem projetadas na rocha como gigantes deformados, e então o brilho se apagava e nos mergulhava de volta à escuridão. O garoto me ofereceu um odre de água, mas eu sabia que não devia aceitar nada daquela criança. Ou achei que soubesse. A luz na jarra começou a crescer de novo, era um único ponto flutuante de brancura perfeita que se inflava como um balão. Tentei olhar para a luz, mas senti uma pontada de dor na parte de trás dos olhos e desviei o olhar.

— O que é isso? Está queimando os meus olhos — perguntei.

— Uma pequena faísca roubada do sol. Dá para fazer muitas coisas maravilhosas com isso. Daria para criar uma fornalha com a faísca, uma fornalha gigante, poderosa o suficiente para aquecer uma cidade inteira e acender mil lâmpadas Edison. Veja como fica brilhante. É preciso ter cuidado, no entanto. Se a pessoa quebrar a jarra e deixar a faísca escapar, aquela cidade desapareceria em um clarão. Você pode ficar com a luz, se quiser.

— Não, não quero — respondi.

— Não. Claro que não. Você não gosta desse tipo de coisa. Não importa. Alguém virá mais tarde para ficar com ela. Mas pegue alguma coisa. O que quiser.

— Você é Lúcifer? — perguntei com uma voz rouca.

— Lúcifer é um bode velho horrível que tem um tridente e cascos e faz as pessoas sofrerem. Eu odeio sofrimento. Só quero ajudar as pessoas. Dou presentes a elas. É por isso que estou aqui. Todo mundo que desce por essa escada antes da sua hora recebe um presente de boas-vindas. Você parece estar com sede. Quer uma maçã? — perguntou, segurando a cesta de maçãs brancas enquanto falava.

Eu estava com sede — minha garganta não estava apenas dolorida, mas ressecada, como se eu tivesse inalado fumaça, e comecei a estender a mão para a fruta oferecida, quase como um reflexo, mas depois recolhi a mão, pois conhecia as lições de ao menos um livro. Ele sorriu para mim.

— Essas são... — perguntei.

— São de uma árvore muito antiga e honrada — disse o garoto. — Você nunca vai provar uma fruta mais doce. E, quando comer, vai ficar cheio de ideias. Sim, até alguém como você, Quirinus Calvino, que mal sabe ler.

— Eu não quero — falei, quando o que eu realmente queria dizer era que ele não me chamasse pelo nome; eu não suportava o fato de que ele soubesse o meu nome.

— Todo mundo vai querer a maçã — falou ele. — Todos vão comer sem parar e serão tomados pela compreensão. Ora, aprender a falar outro idioma será tão simples quanto, ah, aprender a construir uma bomba. Basta uma mordida da maçã. E que tal o isqueiro? Você pode acender qualquer coisa com este isqueiro. Um cigarro. Um cachimbo. Uma fogueira. Imaginações. Revoluções. Livros. Rios. O céu. A alma de outro homem. Até a alma humana tem uma temperatura na qual se torna inflamável. O isqueiro tem um encantamento que está ligado aos poços mais profundos de petróleo do planeta e ateará fogo nas coisas enquanto o petróleo durar, o que tenho certeza de que será para sempre.

— Você não tem nada que eu quero.

— Eu tenho coisas para todos os gostos — disse ele.

Fiquei de pé, pronto para ir embora, embora não tivesse para onde ir. Eu não podia descer a escada. A ideia me deixou tonto. Nem poderia subir. Lithodora já teria retornado à vila. Eles estariam procurando por mim na escada com a ajuda de tochas. Fiquei surpreso por não tê-los ouvido ainda.

O pássaro de lata virou a cabeça, olhou para mim enquanto eu andava de um lado para o outro e piscou, as persianas de metal dos olhos se fecharam e se abriram. Ele soltou um pio enferrujado, assim como eu logo depois, assustado pelo movimento repentino do pássaro. Pensei que fosse um brinquedo, um objeto inanimado. Ele me observou com atenção, e devolvi o olhar. Quando criança, me interessava por objetos mecânicos engenhosos, bonecos que fugiam dos esconderijos na batida do meio-dia: o lenhador para cortar madeira, a donzela para dançar. O garoto acompanhou o meu olhar e sorriu, depois abriu a gaiola e enfiou a mão para pegá-lo. O pássaro saltou delicadamente para o dedo dele.

— Ele canta as músicas mais lindas — disse o garoto. — O pássaro encontra um mestre, um ombro em que goste de se empoleirar, e canta para essa pessoa pelo resto da vida. O truque para fazê-lo cantar para você é contar uma mentira. Quanto maior, melhor. Alimente-o com uma mentira, e o pássaro cantará a melodia mais maravilhosa. As pessoas gostam de ouvir a música dele. Elas amam tanto que nem se importam com a mentira. Ele é seu, se quiser.

— Eu não quero nada de você — falei, mas então o pássaro começou a assobiar: a melodia mais agradável e suave, um som tão bom quanto o riso de uma garota bonita ou uma mãe chamando o filho para o jantar.

A música soou um pouco como se fosse tocada em uma caixa de música, e imaginei um cilindro cravejado girando no interior, batendo nos dentes de um pente de prata. Estremeci ao ouvi-la. Nesse lugar, nessa escada, nunca imaginei que fosse ouvir algo tão bonito.

O garoto riu e acenou com a mão. As asas do pássaro saltaram do lado do corpo, como facas pulando de bainhas, e ele planou e pousou no meu ombro.

— Viu? — disse o garoto na escada. — Ele gosta de você.

— Não posso pagar por ele — falei com a voz rouca e estranha.

— Você já pagou — respondeu o garoto.

Em seguida, ele virou a cabeça, olhou escada abaixo e pareceu escutar algo. Ouvi um vento subindo. O ar soltou um gemido baixo e ofegante ao atravessar o vão da escadaria, um grito grave, solitário e inquieto. O garoto olhou para mim.

— Agora vá. Ouço o meu pai vindo. O bode velho horrível.

Recuei e meus calcanhares bateram no degrau atrás de mim. Eu estava com tanta pressa de fugir que caí nos degraus de granito. O

pássaro decolou, subindo em círculos cada vez maiores, mas, quando voltei a me erguer, ele planou até onde havia se empoleirado antes no meu
ombro
e eu comecei
a subir correndo
pelo caminho por onde vim.

                                                                                     Subi
                                   apressado
                            por um tempo,
                     mas logo me cansei
              de novo e precisei ir mais
          devagar. Comecei a pensar no
     que diria quando chegasse à escada
  principal e fosse finalmente descoberto.
    — Eu vou confessar tudo e aceitar o meu castigo,
  seja ele qual for — falei para mim mesmo em voz alta.
O pássaro de lata cantou em tom alegre e bem-humorado.

Ele não
cantava mais
quando cheguei
ao portão, calado
por uma outra música:
os prantos de uma garota.
Ouvi e voltei de mansinho até
onde havia matado o amante dela.
Não ouvi barulho além dos seus choros.
Ninguém gritava, ninguém subia por degraus.
Senti como se tivesse passado metade da noite longe,
mas, quando cheguei onde deixara o sarraceno e encarei
Lithodora, foi como se uns poucos minutos tivessem passado.

                                         Eu
                                 cheguei
                       e sussurrei para
                 minha prima, quase
            com medo de ser ouvido.

A segunda vez que chamei o
nome de Dora, ela virou a cabeça
e olhou para mim com olhos odiosos e
vermelhos, e gritou para que eu sumisse dali.
Eu queria consolá-la, pedir desculpas, mas, quando
me aproximei, ela se pôs de pé em um pulo e avançou
contra mim, me batendo e arranhando o meu rosto com as
unhas afiadas enquanto praguejava e amaldiçoava o meu nome.

Eu quis
colocar minhas
mãos nos ombros dela
para contê-la, mas quando
eu as estendi, elas encontraram
o pescoço branco e liso de Lithodora.

O
pai de
Dora, seus
companheiros e
aqueles meus amigos
desempregados me acharam
chorando sobre minha prima morta.
Passando os dedos pela seda de seus longos
cabelos pretos. O pai de Lithodora caiu de joelhos
e tomou a filha nos braços, e por um tempo as colinas
ecoaram o nome dela, de novo, de novo, de novo, de novo.

Outro
homem, com
um rifle na mão,
me perguntou o que
tinha acontecido e contei
que o árabe, aquele macaco do
deserto, tinha atraído Lithodora até ali
e, quando não conseguiu arrancar a inocência
dela à força, ele a estrangulou na grama, e eu os
encontrei, nós lutamos e o matei com o bloco de pedra.

                                    E
                                quando
                          contei a história,
                    o pássaro de lata se pôs
                  a assobiar e cantar a melodia
                 mais triste e mais delicada que eu
                já escutara na vida. Os homens ouviram
              até aquela canção triste ser cantada até o fim.

Eu
levei
Lithodora
nos braços na
volta para a cidade.
E, enquanto descíamos
as escadas, o pássaro voltou
a cantar quando lhes contei que
o sarraceno havia planejado levar as
meninas mais bonitas e amáveis para um
leilão de carne branca na Arábia — uma linha
de comércio mais lucrativa do que a venda de seus
vinhos caros. A essa altura, o pássaro assobiava uma
canção de marcha, e o rosto dos homens estava tempestuoso.

                                   Os
                                homens
                             de Ahmed
                          queimaram junto
                       com o navio do árabe,
                     afundando no porto. Seus
                   bens, guardados no armazém
                 perto do cais, foram apreendidos,
               e o baú de dinheiro dele ficou comigo
              como uma recompensa pelo meu heroísmo.

Ninguém
nunca poderia
imaginar, quando
eu era criança, que um

dia eu seria o mercador mais
rico de toda a costa de Amalfi, ou
que eu seria dono dos valiosos vinhedos
de Don Carlotta, logo eu, que um dia trabalhei
como uma mula por algumas poucas moedas do homem.

              Ninguém
            nunca poderia
         adivinhar que um dia
       eu seria o amado prefeito
      de Sulle Scale, ou um homem
     de tanto renome que Sua Santidade,
   o papa, me convidaria para uma audiência
e agradeceria por meus atos notáveis de generosidade.

As
molas
dentro do
belo pássaro
de lata ficaram
gastas com o tempo,
e um dia ele finalmente
parou de cantar, mas àquela
altura não importava se alguém
acreditava nas minhas mentiras ou
não, tamanhos eram meu poder e fama.

              Contudo,
            muitos anos
         antes de o pássaro
        de lata se emudecer,
       eu acordei certa manhã
      na minha mansão e descobri
     que ele havia construído um ninho
    de arame no peitoril da janela e posto
    ovos frágeis, feitos de um metal brilhante.
   Eu observei aqueles ovos com inquietação, mas
  quando estiquei os dedos para melhor investigá-los,
a mãe mecânica me mordeu com seu bico afiado e depois
desse dia não fiz nenhuma outra tentativa de perturbá-los.

Meses
mais tarde,
no ninho restavam
só as cascas de metal.
Os filhotes da nova espécie,
criaturas de uma nova era, pelo
visto tinham alçado voo e partido dali.

                                          Não
                                  sei dizer
                              quantos dos
                          pássaros de lata
                        e arame e corrente
                    elétrica existem agora
                  no planeta — mas, neste
                mesmo mês, ouvi o discurso
          do sr. Mussolini, nosso mais novo
            primeiro-ministro. Quando ele canta a
            grandeza do povo italiano e o parentesco
        com nossos vizinhos alemães, tenho certeza
      de que ouço um pássaro de lata cantando junto.
A música do pássaro é muito bem carregada pelo rádio.

Eu não
moro mais
nas colinas. Faz anos
desde que vi Sulle Scale.
Descobri, ao finalmente descer
à terceira idade, que não consigo mais
tentar usar a escada. Eu digo às pessoas que
é por causa dos meus pobres e velhos joelhos doloridos.

                            Mas na verdade
                                passei a ter
                                  medo de
                                      altura.

Este livro foi impresso pela Vozes, em 2023, para
a HarperCollins Brasil. O papel do miolo é
avena 70g/m², e o da capa é cartão 250g/m².